後六十種曲

第二册

朱恒夫　主　編

復旦大學出版社

目　　錄

呂蒙正風雪破窰記（傳奇）…………………… 明·佚名	1
第一齣　副末開場 ……………………………………	5
第二齣　卜問前程 ……………………………………	5
第三齣　計議招婿 ……………………………………	10
第四齣　綵樓選婿 ……………………………………	12
第五齣　相門逐婿 ……………………………………	14
第六齣　暫投旅舍 ……………………………………	20
第七齣　店起奸心 ……………………………………	23
第八齣　旅邸被盜 ……………………………………	24
第九齣　破窰居止 ……………………………………	26
第十齣　橋上覓瓜 ……………………………………	28
第十一齣　夫人憶女 …………………………………	29
第十二齣　夫婦祭竈 …………………………………	32
第十三齣　乞寺被悔 …………………………………	34
第十四齣　送米破窰 …………………………………	38
第十五齣　邅齋空回 …………………………………	39
第十六齣　同儕赴選 …………………………………	44
第十七齣　神明顯聖 …………………………………	45
第十八齣　虎近窰門 …………………………………	46
第十九齣　梅香勸歸 …………………………………	48
第二十齣　狀元遊街 …………………………………	50
第二十一齣　夫人看女 ………………………………	51
第二十二齣　拜謁相公 ………………………………	54

第二十三齣　遣迎夫人 …………………………………… 56
第二十四齣　宮花報捷 …………………………………… 57
第二十五齣　夫婦榮諧 …………………………………… 61
第二十六齣　夫妻遊寺 …………………………………… 64
第二十七齣　遊觀破窑 …………………………………… 67
第二十八齣　相府相迎 …………………………………… 70
第二十九齣　團圓封贈 …………………………………… 73

薛平遼金貂記（傳奇） ………………………… 明·佚　名 77
第一折　本傳綱領 ………………………………………… 81
第二折　官家私宴 ………………………………………… 81
第三折　國戚郊遊 ………………………………………… 83
第十折　痛惜良友 ………………………………………… 83
第十一折　救解苛刑 ……………………………………… 84
第十二折　臨監探父 ……………………………………… 87
第十三折　俯監悲夫 ……………………………………… 89
第十四折　陳奏鬧朝 ……………………………………… 90
第十五折　餞私行路 ……………………………………… 93
第十六折　蘇寇犯唐 ……………………………………… 96
第十七折　李公保薛 ……………………………………… 98
第十八折　懷憂遇喜 ……………………………………… 101
第十九折　釋憤成歡 ……………………………………… 103
第二十折　遣刺泄機 ……………………………………… 105
第二十一折　施邪保障 …………………………………… 106
第二十二折　知風避難 …………………………………… 108
第二十三折　賞月開懷 …………………………………… 110
第二十四折　逢强被劫 …………………………………… 111
第二十五折　冒險求援 …………………………………… 113
第二十六折　賣貂延住 …………………………………… 115

第二十七折	沖寨出圍	117
第二十八折	寄跡傷秋	119
第二十九折	緩兵捱日	120
第三十折	疲卒進程	120
第三十一折	猙賊退步	121
第三十二折	飲社烊風	124
第三十三折	因醫訴忿	130
第三十四折	託疾藏機	132
第三十五折	呼神贈劍	138
第三十六折	西莊顯聖	139
第三十七折	北塞揚靈	141
第三十八折	雪中雙感	143
第三十九折	夢裏孤鳴	144
第四十折	羽書敗狄	146
第四十一折	舟楫回鄉	148
第四十二折	配合封贈	151

高文舉珍珠記（弋陽腔）　　　　　明・佚名　155

第一齣	開場	158
第二齣	自欺	158
第三齣	慶壽	159
第四齣	施財	160
第五齣	贅婚	164
第六齣	講學	166
第七齣	赴試	169
第八齣	登途	172
第九齣	較藝	174
第十齣	勒贅	177
第十一齣	接報	182

第十二齣　聞報 …………………………………… 184
第十三齣　經筵 …………………………………… 191
第十四齣　顯示 …………………………………… 192
第十五齣　遇虎 …………………………………… 192
第十六齣　被責 …………………………………… 194
第十七齣　憶別 …………………………………… 199
第十八齣　藏珠 …………………………………… 201
第十九齣　詢奴 …………………………………… 203
第二十齣　逢夫 …………………………………… 205
第二十一齣　訴寃 ………………………………… 209
第二十二齣　謝恩 ………………………………… 215
第二十三齣　團圓 ………………………………… 216

鉢中蓮（弋陽腔） ……………………… 明·佚　名　221
第一齣　佛□ ……………………………………… 226
第二齣　思家 ……………………………………… 227
第三齣　調情 ……………………………………… 228
第四齣　贈釵 ……………………………………… 233
第五齣　託夢 ……………………………………… 235
第六齣　殺窑 ……………………………………… 238
第七齣　逼斃 ……………………………………… 242
第八齣　拜月 ……………………………………… 246
第九齣　神關 ……………………………………… 249
第十齣　園訴 ……………………………………… 253
第十一齣　點悟 …………………………………… 255
第十二齣　聽經 …………………………………… 260
第十三齣　冥晤 …………………………………… 262
第十四齣　補缸 …………………………………… 264
第十五齣　雷殛 …………………………………… 267

第十六齣　鉢圓 …………………………………… 269

附錄　鉢中蓮串關 ………………………… 佚　名 273
　第一齣　示讖贈釵 …………………………………… 276
　第二齣　託夢除奸 …………………………………… 282
　第三齣　冥會補缸 …………………………………… 290
　第四齣　雷擊殭屍 …………………………………… 294

西園記（傳奇） ……………………………… 明·吳炳 297
　第一齣　開卷 ………………………………………… 301
　第二齣　舟鬧 ………………………………………… 301
　第三齣　倦繡 ………………………………………… 303
　第四齣　尋幽 ………………………………………… 305
　第五齣　庭宴 ………………………………………… 306
　第六齣　雙覷 ………………………………………… 308
　第七齣　憶見 ………………………………………… 311
　第八齣　訛始 ………………………………………… 313
　第九齣　憶訛 ………………………………………… 315
　第十齣　留館 ………………………………………… 316
　第十一齣　巫醫 ……………………………………… 319
　第十二齣　堅訛 ……………………………………… 321
　第十三齣　代禱 ……………………………………… 322
　第十四齣　病訣 ……………………………………… 325
　第十五齣　聞訃 ……………………………………… 327
　第十六齣　訛驚 ……………………………………… 329
　第十七齣　議立 ……………………………………… 330
　第十八齣　立女 ……………………………………… 331
　第十九齣　倖想 ……………………………………… 333
　第二十齣　同登 ……………………………………… 334

第二十一齣　再館 …… 336
第二十二齣　覬婚 …… 337
第二十三齣　呼魂 …… 338
第二十四齣　訝疏 …… 340
第二十五齣　議贅 …… 341
第二十六齣　幽媾 …… 343
第二十七齣　辭婚 …… 345
第二十八齣　遣伺 …… 347
第二十九齣　勸婚 …… 348
第三十齣　冥拒 …… 351
第三十一齣　驚婚 …… 353
第三十二齣　訛釋 …… 356
第三十三齣　道場 …… 359

綠牡丹（傳奇） …… 明·吳　炳　363
第一齣　奇略 …… 366
第二齣　強吟 …… 366
第三齣　謝詠 …… 371
第四齣　倩筆 …… 373
第五齣　社集 …… 376
第六齣　私評 …… 380
第七齣　贋售 …… 381
第八齣　閨賞 …… 383
第九齣　訪俊 …… 385
第十齣　扼腕 …… 388
第十一齣　報閨 …… 390
第十二齣　友謔 …… 391
第十三齣　疑貌 …… 395
第十四齣　覬姻 …… 396

第十五齣　艱遇	398
第十六齣　羣偈	400
第十七齣　戲草	404
第十八齣　簾試	406
第十九齣　逐館	411
第二十齣　辨贗	413
第二十一齣　談心	415
第二十二齣　邀館	417
第二十三齣　疑釋	420
第二十四齣　叨倩	422
第二十五齣　嚴試	423
第二十六齣　晤賢	427
第二十七齣　閨晤	429
第二十八齣　爭婚	431
第二十九齣　假報	432
第三十齣　捷姻	436

翠屏山（傳奇） 明·沈自晉　439

第一齣　家門	443
第二齣　□□	443
第三齣　□□	444
第四齣　□□	446
第五齣　□□	450
第六齣　結義	452
第七齣　□□	460
第八齣　戲叔	463
第九齣　送禮	465
第十齣　□□	468
第十一齣　□□	470

第十二齣　看佛牙 …………………………………… 471
第十三齣　起兵 ……………………………………… 477
第十四齣　□□ ……………………………………… 478
第十五齣　□□ ……………………………………… 478
第十六齣　□□ ……………………………………… 481
第十七齣　□□ ……………………………………… 484
第十八齣　□□ ……………………………………… 486
第十九齣　知情 ……………………………………… 488
第二十齣　酒樓 ……………………………………… 489
第二十一齣　反诳 …………………………………… 493
第二十二齣　□□ …………………………………… 496
第二十三齣　殺頭陀 ………………………………… 497
第二十四齣　□□ …………………………………… 499
第二十五齣　□□ …………………………………… 500
第二十六齣　殺山 …………………………………… 501
第二十七齣　□□ …………………………………… 503
附錄　翠屏山佚曲 …………………………………… 505

嬌紅記（傳奇） ………………………… 明・孟稱舜 507

第一齣　正名 ………………………………………… 511
第二齣　辭親 ………………………………………… 511
第三齣　會嬌 ………………………………………… 513
第四齣　晚繡 ………………………………………… 516
第五齣　訪麗 ………………………………………… 519
第六齣　題花 ………………………………………… 521
第七齣　和詩 ………………………………………… 523
第八齣　番釁 ………………………………………… 526
第九齣　分燼 ………………………………………… 527
第十齣　擁爐 ………………………………………… 529

第十一齣	防番	533
第十二齣	期阻	534
第十三齣	遣召	536
第十四齣	私悵	537
第十五齣	盟別	538
第十六齣	城守	541
第十七齣	求醫	542
第十八齣	密約	543
第十九齣	歸圖	546
第二十齣	斷袖	547
第二十一齣	遣媒	550
第二十二齣	婚拒	552
第二十三齣	妓飲	555
第二十四齣	媒覆	559
第二十五齣	病褒	561
第二十六齣	三謁	565
第二十七齣	絮鞋	568
第二十八齣	詬紅	570
第二十九齣	詰詞	573
第三十齣	玩圖	575
第三十一齣	要盟	577
第三十二齣	紅構	580
第三十三齣	愧別	584
第三十四齣	客請	586
第三十五齣	贈佩	588
第三十六齣	赴試	590
第三十七齣	喜賀	592
第三十八齣	榮晤	593
第三十九齣	妖迷	595

第四十齣　詰祟 …………………………………………… 597
第四十一齣　明妖 ………………………………………… 600
第四十二齣　帥媾 ………………………………………… 602
第四十三齣　生離 ………………………………………… 604
第四十四齣　演喜 ………………………………………… 607
第四十五齣　泣舟 ………………………………………… 610
第四十六齣　詢紅 ………………………………………… 614
第四十七齣　芳殞 ………………………………………… 615
第四十八齣　雙逝 ………………………………………… 619
第四十九齣　合塚 ………………………………………… 623
第五十齣　仙圓 …………………………………………… 626

呂蒙正風雪破窰記

（傳奇）

明·佚名

【作者簡介】作者佚名。

【劇情概要】《破窰記》寫北宋呂蒙正發跡事，創作時間為明萬曆年間。呂蒙正，《宋史》有傳，字聖功，河南洛陽人，官至參知政事，諡文穆。但劇情與史實多不符。王定保《唐摭言》記唐王播少年孤貧，寄居揚州惠照寺木蘭院隨僧齋食，後為僧厭，改飯後擊鐘。播不得食，乃題詩壁上。孫光憲《北夢瑣言》將這一故事安在唐段文昌身上。徐渭《南詞敘錄・宋元舊篇》著錄有《呂蒙正破窰記》，金院本有《拋繡球》（見《輟耕錄》），元馬致遠有《呂蒙正風雪齋後鐘》雜劇，此三劇均佚。元雜劇《呂蒙正風雪破窰記》，相傳為王實甫所撰，存明鈔本，趙清常手校。可見，至少在金元時代，就已將王播（或段文昌）因齋後鐘而不得食的故事敷衍到呂蒙正身上，其本事或出於此。據該劇眉批："疊床架屋語已多刪去，猶有未盡然者"（十二齣）；"原本無《夫人看女》一齣，今增之，似更完"（二十一齣）；"古本無《辭窰》一節，今增之"（二十四齣）等，可知該劇是一個改編本，在其之前，尚有古本存在。劇述當朝丞相劉懋於十字街頭高結綵樓招婿，其女劉千金看中了舉止儒雅的窮秀才呂蒙正，便將綵毬擲向他。劉懋怕呂蒙正進府成親後其志氣為相府優越的生活所銷磨，不上進攻書，便將蒙正夫婦趕出府門，並告親朋鄰里及庵堂寺觀人等不得收留他們。二人無處可去，只得來到蒙正舊日居住的破窰棲身。蒙正經常聞鐘聲到木蘭寺趕齋，久之僧厭，改飯後擊鐘。蒙正不及吃齋反遭僧人戲弄侮辱，他憤然題詩雲堂之上，以記所受之辱。後蒙正得人資助進京應舉，劉小姐生活無着，常以野菜山芹充飢。劉夫人寒窰探女，見女兒如此狼狽，勸之回去。劉小姐表示"夫不身榮誓不歸"。蒙正終於高中狀元。患難夫妻團聚後，重遊木蘭寺，後又重遊破窰，回憶往事，唏噓不已。劉丞相大排筵宴，迎接蒙正夫婦回府。在眾人的勸解下，父女翁婿言和。華筵中忽傳聖旨到，授呂蒙正光祿大夫右丞相，司中書門下平章政事；妻劉氏敕封楚國夫人，丞相劉懋及妻王氏也多有封贈。於是眾人山呼萬歲，舉家歡慶。

該劇以喜劇的手法，歌頌了相府小姐劉千金對愛情的堅貞不渝,讚揚了呂蒙正在困苦的環境中仍胸懷大志,追求理想,批判了嫌貧愛富的思想,對當時社會的炎涼世態予以無情的揭露和嘲弄。

【版本流傳】明萬曆時的戲曲舞臺,諸腔雜陳,僅弋陽腔就繁衍出青陽、太平、徽池雅調諸腔。當時的戲曲選本《新刻京板青陽時調詞林一枝》、《新刊徽板合像滾調樂府官腔摘錦奇音》與《新刻羣音類選》均選有該劇散齣,《羣音類選》將該劇散齣收到"諸腔類",這類戲曲注云:"如弋陽、青陽、太平、四平等腔是也。"將該劇與上述選本相比勘,發現其唱白與《詞林一枝》和《羣音類選》相近,而與《摘錦奇音》出入較大。由此可推,該劇很可能是一個青陽腔劇本。

《破窰記》現存版本有明富春堂刻《新刻出像音注呂蒙正破窰記》及鄭振鐸舊藏明刻《刻李九我先生批評破窰記》,《古本戲曲叢刊初集》據後者影印。本書以《古本戲曲叢刊初集》本為底本,以《詞林一枝》、《羣音類選》、《摘錦奇音》所收《破窰記》散齣及舊鈔《綵樓記》諸本為參校本。

【演出情況】該劇在問世後受到當時觀眾的喜愛而盛演於舞臺上。非但如此,該劇在私家或官府也有演出,第七齣眉批就記錄有"此節話柄比來多不搬演,在士庶家猶可任意戲謔,若官府中只好點過節目。曾見多有廷怒者,戒之戒之"之語,可見在不同的場合,演員可視情況將劇情予以刪減。明王錂據此改編為《綵樓記》傳奇。清以後的地方戲中,據呂蒙正故事改編的劇目有川劇《綵樓記》、辰河高腔《破窰記》、梨園戲《呂蒙正》等,京劇、越劇、蘇灘、河北梆子、山東東路梆子、五音戲、楚劇、漢劇、徽劇、贛劇、蒲劇等也有同題材的劇目。《蒙正祭竈》、《宮花報喜》等還作為承應戲在清宮演出。

(戴 霞)

第一齣　副末開場

【滿庭芳】（末）生際明時，高堂大廈，文章繡吐天葩。牙籤玉軸，占斷五侯家。鯫生後學空逞，俐齒伶牙。本待看時容易做，就實堪誇。編話本錦上添花，但佳人才子，暫時落泊，異日榮華。添插南科北諢，按宮商由自無差。賢門聽戲文，可意恬靜，莫喧嘩。且問梨園子弟，搬演甚傳奇？

（內應）《呂蒙正風雪破窰記》。

【水調歌頭】（末）昔日呂蒙正，飽學負多才。白衣卿相誰知，未遇困塵埃。幸遇相門劉氏，高結綵樓招婿，一意共和諧。爭奈爹行怒，趕出不容權。破窰中，苦哀哉，朱門謁遍，滿頭風雪却回來。羞睹妻兒面目，空撥寒爐一夜灰。喜得選場開，一舉魁金榜名，位列三台。

　　窮書生未遇英雄志，相國女先辨青雲器。
　　占鰲頭金馬玉堂仙，錦衣歸方顯風流婿。

第二齣　卜問前程

【五供養】（生）胸中豪氣，吐虹霓獨步文幃。前程如暗漆。謾思量，陋巷窮居。甘自守、風雲際會。運來時，管教身到鳳凰池。學積三餘勤苦讀，錦繡文章藏滿腹。有朝鏖戰試場中，筆掃千軍人共服。如今命蹇與時乖，安居未架黃金屋。桃花浪暖迅雷轟，一躍龍門方遂欲。若還點額仍漂流，百結鶉衣只自羞。范丹豈無塵甑苦，顏子亦有簞瓢憂。傳說岩前曾版築，太公獨釣磻溪曲。題橋司馬滌器時，出胯淮陰年少辱。我觀將相未逢時，包羞忍耻是男兒。鴻鵠自有冲天志，區區燕雀怎能知？小生姓呂名蒙正，字聖功，本貫洛陽人也。先祖呂孟常，為起居郎；先父呂科，曾為戶部侍郎，守官廉介，家道貧寒，忝居黌序，未能展志。可歎！可歎！

【八聲甘州引】（末）十年篤志謾勞神，自古儒冠不悞身。試看滿朝朱紫貴，紛紛盡是讀書人。呂兄拜揖。不知呂兄在此，嗟歎則甚？

（生）小生胸藏星斗志凌雲，自古文章可立身。豈料功名如畫虎，未安牙爪怎驚人？

（末）書生不必怨沉埋，富貴有時還自來。萬事不由人計較，一生都是命安排。

（生）力學芸窗已有年，雲霄萬里路茫然。蒼天故把卑人困，不是卑人苦怨天。

【荷葉鋪水面】（生）前程事，枉費心，鑽研賢傳聖人經。奈天不垂憐，教咱破窯中饑共貧。似行歌買臣，想吹簫伍員。怎得脫韓愈焚膏，車胤囊螢？端的是儒冠多悞身。

【前腔】（末）功名事，古到今，蒼天未必輕負人。抱韓李胸襟，教你破窯中饑共貧。在詩書理明，更文章藝精。端的是落筆煙雲，七步才成，不信儒冠能悞身。

（生）道尤未了，早有占卜先生來到。

【賞宮花】（淨）子平五星，是我胸中博記聞。算來沒些準，盡離經。假使斗牛星伴客，也須回首問前程。老漢名喚做忽地笑。忽地笑，忽地笑，時運未來休焦躁。須知萬事總由天，時運不來忽地笑。這數日不曾到街坊上，不免往東門走一遭，有何不可。正是：相逢不下馬，各自奔前程。

【前腔】（丑）積祖有名，盡呼隔壁聽。只是兩年不發市，好傷情。莫怪勸人人不動，咱門不是動人人。老漢喚做隔壁聽。隔壁聽，隔壁聽，人生萬事皆前定。貧窮富貴我都知，一任隨他隔壁聽。老漢多時不曾在這條路上經過，不免向前走一回。正是：不辭三步遠，特地過橋來。

（淨）你是誰？

（丑）我是隔壁聽。

（末）莫是窗外豈無人。

（丑）你是誰？

（淨）我是忽地笑。

（末）驪山舉火戲諸侯。
（淨）我兩個會得恰好。
（末）了得掇。坐，哥哥。
（丑）我非是個喜相逢。
（末）正是你雙雞鳩。
（生）你兩人占是誰更高些？
（末）選一個高者問之便見。

（淨答云）若論看命第一，老漢最是高強。博覽古今書史，胸藏萬籠千箱。精學五星八字，真個不比尋常。識盡君相妙運，能通造化陰陽。會看排星印煞，能解片紙千張。若論離經水漲，剖判神鬼難當。壽夭賢愚肯説，貧窮富貴不藏。筆下寫成煙霧，口中吐出流漿。管甚木火金水，由他角亢氏房。淺處善能言掇，人言及會雖張。先分時刻胎息，推看日月星辰。算出金乘火位，道破木到大梁。四海名傳獨步，須教天下無雙。不怕文王孔子，那道鬼谷天罡。苗恍裔聞風拱手，李淳風見説他忙。郭璞見而畏懼，堯夫聽而伏藏。真人尊師先哲，果然藝壓當行。若有人來問命，待吾慢慢商量。孤星便刑鰥寡，對煞便克妻房。李廣不侯祿薄，王陽早相身強。推得石崇豪富，范丹窮苦堪傷。顏回只因命短，彭祖必是壽長。一品二品來算，便斷他丞相平章。民官風憲來問便，説他清正朝綱。管軍官人來算，便言他位鎮邊疆。沒錢了斷他是貧家子，有錢的獎他是富家郎。虔婆算他有些水性，耆老説他有些錢粮。客施經商來問，講他走遍他鄉。算五更便天曉，言點燈必是黃昏。丈人便是尊長，女婿便是新郎。沒頭髮算做和尚，有鬈瞅的定是婆娘。

（丑）小子精通星學，五行造化深知。雖非天罡鬼谷，自然參透神機。八卦記得最熟，六爻又沒差池。每把乾坤坎兌，常將艮震巽離。變化千千萬萬，人前一一詳推。敵勝他老人們，剖判賽過他卜，行裏支離賣的。處口詢珠玉記，念處洞達玄機。不怕眼前高術，誰人敢説太欺。半日不曾發市，餓得口乾目眵。行盡前街後巷，那曾覓得分厘。算來不如莫去，賣不得值甚臘兒。

（末）你兩個全然胡說了。

【鳩采紅】（生）論窮通各有時,惟吾心欲待預知。想富貴人人欲歆,貧賤衆惡之,都是五行定先期。（末）蒙不棄特賜指迷,選高的留一位。（生）請吾兄略待片時,待卑人自有道理。（淨）謾誇多才多藝,談破更有多侵異。徒得往回街市裡,你如是雙雙步隨,要終日尋活計。

【朱奴兒】（丑）自天明直到日西,說得我沒些氣力。鼓兒打得鏧鏧的,脚兒更有不停地。誰知道,時乖運蹇,走一日不發市。

【前腔】（淨）會灼龜占此禍福,能圓夢知些喜氣。卦錢到手纔講起,一一事盡知詳細。難說道,他說的不,拖帶我發市。

（生）如此,留下這一位罷。

（末）小子自有個道理。

（淨）此處不留人,更有留人處。（下）

（末祷祝介）

（丑發課介）

（末）先一番是軍期,第二番是婦人,意欲和他那個,看意下如何?

（丑）有一佳人能絶氣,有一男子樓下睡。你們有意要相逢,只是他心猶未定。依愚見斷來,這個卦也沒有十分好處。

（淨上云）先生,你且替我卜一卦,至緊至緊。

（生）等小子先卜,然後老兄去卜,未為遲也。

（淨）就讓你窮秀才先問,有甚打緊。

（生祷祝介）

（丑發課介）詩曰:知君特地問功名,要待來年事有成。必作鳳凰臺上客,定為龍虎榜中人。居相位,佐明君,暫時落泊且寬心。綵樓高處逢佳配,一段姻緣目下成。

（末）我們都發課了,煩先生解說一遍。如今有一卿相之女,結綵樓招婿,小子凝望,敢問可以成就得否?

（丑）足下雖是他處方可成就得。

（淨）小子却如何?

（丑）足下之課，全不見好，一世貧窮不可不知。你三人發課，一個平穩，一個不好，倒是這窮秀才之課，目下姻緣可成，後日前程發達。綵樓之事，他斷然成就得。

（生）小生焉敢望此姻親。

（淨）放屁！胡說！我們凡事強他，這樣窮秀才，誰人把他上數！你再替我卜一卦，看是如何？

（丑）糚扮無端浪子情，守株待兔免勞神。煮羹空指天邊雁，可笑賢兄枉費心。

（淨）放屁！全然誣講！（怒扯破招牌介）

【纏枝花】（丑）你們做作忒無禮，把我招牌都扯碎。（淨）你說我無些是，只把我來調戲。（生、末）忒性急，莫怨及，枉被人論耻。（淨）我命裡真不利，便輒敢生嗔譁。（丑）相府公門多榮貴，要你這窮秀才為女婿。風子枉自生狂意，不嫁你空嘔氣。他機□是怎生，你敢求佳配？（淨）聽伊說教人怒起，扭將來大拳搥。（末、生）勸君子不必恁地，是不是明日便知。各自歸，各自歸，空着力閑爭是非。

（淨）一口糊塗說話兒，

（丑）招牌扯破太相欺。

（生）常言萬事皆前定，

（末）何必閑爭是與非。（淨、丑俱下）

（末）卜課之事，寧可信其有，不可信其無。賢兄，明日也去走一遭，倘或天與姻緣，亦未可料，吾兄不可不去。

（生）但小生衣衫襤縷，如何去得？

（末）這個不妨，待我將身上襖子與賢兄穿，打扮似個模樣，明日同在綵樓之下走一遭來。

（生）如此，深感深感。

詩曰：
　　襖子周全感至深，請君整頓舊精神。
　　如今世事皆如此，只重衣衫不重人。

第三齣　計議招婿

【纈山月】（外）當今天子股肱臣，名譽藹朝廷，幸民康時稔，樂昇平。（夫上）對良辰美景多歡慶，潭府內四時春。（外）老夫縉紳華裔，簪笏名家，習讀詩書，屢建勳業，名標史冊，官居極品，位列三台。鬼鬼架海紫金梁，兀兀擎天碧玉柱。風調雨順，皆吾燮理之功；國治家齊，共慶團圓之樂。老夫姓劉名懋，官至當朝宰相，家眷五十口，至親者三人：夫人王氏。小女劉氏千金，年方及笄，未曾許聘他人。自古道，女長須嫁，老夫欲招一個東床，不知夫人意下如何？（夫）相公之意，只慮女兒未偕伉儷，以此掛懷。（外）老夫已曾分付院子結起綵樓，明日吉辰，求一佳配入贅，以遂百年諧老之願。（夫）如此却好。不知綵樓却也完備未曾？（外）待我喚院子過來，問他則個。院子那裡？（末上）出入朱門，頻聽小心，不辭辛勤。有福之人人伏事，無福之人伏事人。公相有何鈞旨？

（外）昨日分付你結綵樓之事，可曾完備否？

（末）覆公相，綵樓已曾完備了，怎見得綵樓好處：【西江月】錦繡光輝爛熳，笙歌簇擁聲喧。珠簾高掛玉鈎懸，真個人間罕見。

鳳燭光騰紫霧，猊爐香噴清烟。綵樓高聳待神仙，未睹嫦娥嬌面。

（夫）院子，你叫梅香請小姐出來。

（末）轉過廳堂後，還來繡幙前。梅香，公相夫人有請小姐。

【錦堂月】（旦）嬌養富豪門，玉貌賽傾城，（占）似瓊姬謫降下蓬瀛。（旦）畫堂中忽聽得雙親命，未審有何因。

【臨江仙】（旦）富貴當朝丞相女，嬌癡生長深閨。忽聞爹媽叫孩兒，潛身離繡閣，緩步出庭幃。（丑）好似奇花開苑面，東風未許輕吹。（占）姐姐，釵頭飛下喜蛛兒，綵樓高結處，來日赴佳期。

（見介，旦）爹娘萬福。不知爹娘喚孩兒出來，有何分付？

（外）孩兒，青春易老，佳配難逢。男婚女嫁，人倫大事。我今結下綵樓，欲待與你選一佳婿，共同百年諧老。不知你意下如何？

（旦）稟告爹爹得知，念孩兒生居潭府，長在深閨，不諳世事，禮尚昧於蘋蘩，身難供乎箕帚。乞賜爹娘悋念，遲以數年，實為萬幸。

（外）男女及時，不必過慮。

【雁過沙】（旦）告雙親聽啓，兩葉眉顰，對人羞逞啓櫻唇。似奇花含繡英，向東風、未許遊蜂近。（合）上層樓，趁良辰。仗綵毬，權為媒證。留心，擲個俊英。雙雙向蘭臺宴飲。

【前腔】（外）年深掌握朝政，家世素來荣盛。喜眼前百事如心，只愁伊姻緣未定。聘多才、一意諧歡慶。（合前）

【前腔】（夫）萬種娉婷，二八青春富盛，肯悮年少姻親。向粧臺花容倦整，謾停針慵繡蘭房靜。（合前）

【前腔】（占、丑）娘行風采氣韻，温柔更兼聰俊。向綵樓必遇知音，管同諧鴛衾鳳枕，恐門庭富貴難稱。（合）上層樓，趁良辰。仗綵毬，權為媒證。留心，擲個俊英。雙雙向蘭堂宴飲。

【三字令】（末上）覆相公，容告稟，專來請。綵樓已粧成，羅綺相掩映。（外、夫）便登樓，從伊選才俊，莫遲留。一言永為定。（旦）謝雙親，奴家敢辭命。告蒼天今願諧佳聘，（占）喜鵲聲簷前報佳信。（合）便即目向前行，趁良辰諧秦晉，畢竟是定。

【四邊靜】（外）層樓好似神仙境，青湘燦雲錦。（末）娘子莫留停，車馬往來競。（合）樂聲又清，笑聲又頻，綵樓高結，藍橋路兒近。

【刮地風】（夫）須信婚姻前定，算此事總由命。（占）和伊共入層樓上，選才郎為姻契。花朝月夕辰雲景，那時管耳雙雙同歡慶。百年偕老結深盟，永共枕同衾。

【尾聲】（衆）姻緣萬事皆前定，願得才人早稱心，美滿同諧百歲親。

　　　　鸞鳳自有鸞鳳對，鴛鴦自有鴛鴦配。
　　　　蒼天若與好姻緣，風流佳婿今日會。

第四齣　綵樓選婿

【探春令】（生）春闈不第困京畿，□□□□□，□□□□□□，須提起無窮意。卦中之讖，乃聖賢留□，□□□□□生。今日綵樓之事，倘或蒼□□□，亦未可知。

【桂枝香】（生）詩書勤苦，功名何處。忽問賣卜君平，卦中許我佳期遇。又道是書中有女，顏如珠玉。何須憂慮，不見漢相如，未遂題橋志，文君與駕車。

【皂羅袍】（生）暗想朱門嬌女，豈無豪俊，肯嫁寒儒。聞言謾自意躊躕，無情却被多情悮。藍橋何處，路兒又無；陽臺何處，路兒難覓。朝雲暮雨誰憑拠。如今不免到綵樓下走一遭來，多少是好。

【卜算子】（生）無意問君平，時有鸞鳳許。惱亂蘇州刺史腸，佳會知何處。休說鵲橋仙，慢意巫山雨。無心夢杳然，不見陽臺路。這回若得佳期遇，方信人間術士高。

【高陽臺】（旦）玉貌羞花，黛眉拂翠，金蓮穩覰腰肢。百種嬌嬈態，默默如痴。（占、丑）巫山十二無間阻，咫尺雲雨佳期。（合）仗繡毬，託與知音，共效于飛。（占）綵樓高處真堪羨，（旦）好似蓬萊並閬苑。（丑）願教得遇好才郎，百歲鸞鳳諧繾綣。

（占）道尤未了，遠遠望見一秀才來了。

【四國朝】（末）望綵樓，綵樓高結，遊人恣往來。聞知丞相府高結綵樓招婿，不免整肅衣冠，去綵樓下走一遭。非干伊没分，自是我無緣。（下）

（占）道猶未了，又有一個官宦子弟來了。

（丑）小姐，這一個官人好人才，想必是富豪相門之子。

（旦）可得一個文章秀士，終身倚託。其人外貌堂堂，不知胸中學問如何，未可輕許。

【步蟾宮】（淨）風流英俊多華麗，正恰遇青春年紀。綵樓高處等多時，作個風流佳婿。

（丑）小姐，這個官人好。

（旦）你們閉着口，只管説甚麼！

（净）亂打個下來，不吃别人笑。不肯把綵毬打時，有磚頭也打個下來也不妨。没人揪保，我自唱一個曲兒回去罷。

【桂枝香】（净）謾誇娘子精細，嫁個官人不濟。一似亂嘴黄瓜，誤了你青春年紀。繡房中暗想，繡房中暗想，是你爹娘没福氣。買些香紙，剪下青絲髮，快去修行過半世。罷罷罷，不如收拾閒風月，紙帳梅花獨自眠。（下）

【卜算子】（生）篤志在詩書，何意尋鴛侣。聞道英豪結綵樓，試往閒觀取。小生留心經史，着意書篇，聞知有綵樓之事，不免試看則個。

（占）姐姐，有一個秀才了。其人標緻清奇，只是衣冠不正。

（旦）梅香，這個書生風姿俊偉，志氣軒昂，定有風雲際會之時，未可量也。

（占）小姐，百歲姻緣須仔細，想他不是風流婿。

（旦）梅香，你有眼何曾識好人，異日必遂風雲志。

（占）小姐，你看這秀才身上就似雨打雞一般。

（生）可笑可笑。聽得樓上有人道，似雨打雞一般，不免就將此爲題，吟詩一首。（詩）雨打雞毛濕，紅冠不染塵。五更能報曉，驚動世間人。

（旦）梅香，我眼裡不看差了人，你听他出口成章。

【轉山子】（旦）瞥見多才早留意，待託與心期。（占）常言道覆水難收，恐不是風流佳配。（旦）想英豪俊美，誠百年姻契。

（擲毬介）

【獅子序】（生）卑人告，聽拜啟，一貧自守、豈望榮貴。（旦）奴心暗喜，想長時在繡闈，時至逢佳配。（丑、占）娘行忒恁癡迷，看寒儒，有何標緻。（旦）你休悮我，百歲佳期。

【前腔】（生）聽啟，娘行當三省，非是卑人、怎敢推違。（旦）到此何須恁過謙，應是契合前世。（占、丑）娘行更不思，唯恐不是風流佳婿。（生）聽此言，怎不教人羞恥。

【前腔】（旦）感意，奴今託與此身，須與花爲主。（生）特見憐，收回這綵毬,別選個、英豪佳婿。(旦)一言既出駟馬難追,似落花有情隨流水。(占)常言道,好事不在忙裡。

【前腔】(生)感得,娘子見憐,又豈敢、堅辭佳意。(旦)深謝得,君今遂奴懷,我又怎生抛棄。(生)恐公相怪責寒儒,那時節休叫退悔。(旦)寬心寬意,管取不至連累。

【恁地好】(末上)相公傳臺旨,開筵宴等多時。綵毬已擲逢佳配,趁良時。(合)一雙兩好,如魚似水。珠翠列兩行,笙歌擁入蘭堂裏。

【前腔】(旦)告伊聽咨啓,行步莫遲遲。雙親等久休嫌棄,怎辭推。(合前)一雙兩好,如魚好水。珠翠列兩行,笙歌擁入蘭堂裏。

【前腔】(生)荷蒙提掇起,卑末怎辭推。如今進退渾無計,自羞耻。(合前)一雙兩好,如魚似水。珠翠列兩行,笙歌擁入蘭堂裏。

【前腔】(占)洞房花燭裡,祥煙噴金猊。喧天鼓樂排佳會,盡人人喜。(合前)一雙兩好,如魚似水。珠翠列兩行,笙歌擁入蘭堂裏。

銀燭光中泛玉杯,蘭堂深處勝蓬萊。
百年夫婦今朝合,一段姻緣天上來。

第五齣　相門逐婿

【三台令】(外)畫堂珠履三千,猛拚一醉玳筵。(夫)輻輳姻緣,跨青鸞同赴洞天。(見介)相公,不知女孩兒綵樓事体若何?(外)夫人,姻緣由乎天定,不須憂慮。(末)畫堂深處風光好,別是人間一洞天。院子叩頭。(外)院子,小姐招有才郎否?(末)伏相公夫人得知,小姐招有一位秀才,同到府門首,着小人先來通報。(外)分付樂人,吹打迎接進府。(生、旦、貼上)屏開孔雀,褥繡芙蓉,蘭堂別是風光。寶鼎香濃,開宴間列紅妝。多因前生姻契,喜今生重效鸞鳳。(旦)秀才,到此便是寒家。(生視內介)天上神仙府,人間宰相家。那正堂上端坐襆頭衣紫袍的是誰?(旦)是我家父。(生)右邊戴珠冠的是誰?(旦)是我家母。(生)目下思想起來,小生一介寒儒,蒙小姐不棄入贅相府,恐公不垂青目,教小生進退兩難。將此絲鞭奉還,卑人告退。(旦)秀才,天下只有成親之理,那有退親之條?(生)恐令尊不從,如何?(旦)既如此,待奴家先去稟過爹娘,然後請你進來。(生)言之有理。(旦見介)(跪云)稟告爹娘得知,孩兒到綵樓上招得一位秀才,不知中爹娘意否?(外)既称我孩兒之心,比中斯人之選。且叫他來。(旦)秀才,我告過爹娘,請進相見。(生)移步轉拜雙親,同歸洞房。

(見介)(外怒喝介)院子那裡?

(末)小人在。

(外)好大胆,誰教你招此寒儒!

(末)院子只在街頭看,綵樓之上有梅香。

(外)梅香那裡?

(占跪)此事不管梅香事,都是小姐沒商量。

(外)寒儒一見好恓惶,山雞焉敢配鸞凰。且向朱門求口食,身穿百納破衣裳。

(旦)爹爹不必恁相傷,自古文章當自強。

(生)桃花不隨流水出,漁郎怎得赴高堂!

(外)此事不干寒儒事。

【八聲甘州】(外)都是孩兒不忖量,看此人、焉是我家東床!(旦)觀他容貌,多應是滿腹文章。(生)襄王怎敢勞夢想,只恐虛負巫山窈窕娘。(夫)端詳,這姻契不比尋常。梅香那裡?

(貼跪介)

(夫)好打這個賤人!

【前腔】(占)梅香,非不間阻娘,奈他心、不肯虛負勞攘。(外)相門榮貴,不道玷辱門墻。(旦)讀書自能榮故鄉,(生)奈娘子錯認陶潛作阮郎。(末)慚惶,枉教人空負高唐。

【不是路】(净、丑)羅綺生香,花燭熒煌照洞房。來看取,不知那個是檀郎?(外)心好傷,我做當朝秉國為卿相,爭奈我兒不記長。豈他家配偶，這般姻契，我兒休想！（净、丑）甚般模樣。

【前腔】（旦）出言直恁相妨，雀在深林笑鳳凰。休閒講，從來海水難將升斗量。（生）好恓惶，這場恩愛使人怏怏，惱亂蘇州刺史腸。（净、丑）你好不度量，（旦）便何須劈面將人搶。（净、丑）請他行上。

【解三酲】（旦）告雙親怎生擔當，望新人且休怏怏。（生）算將來好事多磨障，他出言語恁猖狂。看來誰敢當，直破要劈破雲鬟金鳳凰。（合）空思想，姻緣也要，門户相當。

【前腔】（外）笑窮酸恁般不忖量，惱得我怒氣冲冠没處藏，（生）諕得我戰戰兢兢、小鹿兒只管在心頭撞。（旦）不須驚惶，（生）姻緣到此、多因是難主張，休把你堂上雙親和氣傷。（合前）空思想，論姻親也須要，門户相當。

（外）院子，叫那寒儒過來，問他姓甚名誰。

（生）學生姓呂名蒙正。

（外）且站開。（背云）只聞其名，不見其人。此人須是一貧如洗，乃是個飽學的秀才。若招他在府中，受享榮華，不肯攻書，後來必定耽悮我女孩兒。眉頭一蹙，計上心來。不免將他夫婦二人，雙雙趕出府門受苦，使他用心攻書，後來必然榮貴，纔顯我孩兒眼能識人。梅香過來。（占跪介）你對小姐説，我這裡將銀十兩，與那秀才贖取絲鞭，打發出去。如若不從，將他花冠禮衣盡行剥去，雙雙趕出府門。

（占）理會得。小姐，老相公分付，將銀十兩與寒儒贖取絲鞭，叫小姐離了這秀才。如若不從，將小姐花冠禮衣剥下，雙雙趕出。

（旦）秀才，我爹爹將銀十兩與贖取絲鞭，但不知你意下何如？

（生）小生非慕金帛而來，既姻親不諧，奉還絲鞭，絶不受無義之財。

（旦）秀才，我爹爹説如若不從，將奴花冠禮衣盡行剥去。假若還他之時，不知你家中有没有？

（生）花冠禮衣没有，鳳冠霞帔我家中盡多。

（旦）梅香，你對公相説，

【催滾】（旦）你說小姐心性呆，（重）一心要嫁呂秀才。花冠禮衣都剝去，自有鳳冠霞帔來。熟油煎苦菜，由人心裡愛，一意要成雙。

（占跪）（唱介）

【光光乍】（外）一意要成雙，逐出離廳堂。（合）你一心要與寒儒同鴛帳，潭潭相府沒福享。

【前腔】（旦）奴家告爹娘，直恁硬心腸。（外怒介）（合前）（衆）你一心要與寒儒同鴛帳，潭潭相府沒福享。

【尾聲】這般人忒狂蕩，飢寒宿債未曾償，只落得兩家愁斷腸。

（外）梅香，將小姐與那寒儒一同趕出府門。只因差一招，滿盤都是錯。（虛下介）

（旦跪哭）娘，你止生得女孩兒一人，虧你忍得！望娘親勸解爹爹，留那呂秀才在府中讀書，後來必有好處。

（夫）我兒且起來，怪不得你爹爹發怒。自古道，夫乃婦之天也。看起這呂秀才焉能為我兒終身之望。

（旦）娘呵，豈不聞古人由困而亨，由否而泰。呂秀才乃是個讀書君子，豹變龍騰，何難之有！

（外上）這寒儒還在我府中做甚麼？

（夫）相公在上，容妾身一言。

（外）夫人有話，但說不妨。

（夫）相公，我和你年紀高大，上無一男，單生此女。看老身分上，留此秀才在我府中讀書，且將錯就錯也罷。

（外）夫人，非是我不依你說，看起此寒儒，成甚的模樣！卑陋形骸，只好求謁於木蘭僧寺。衣衫襤縷，焉能坦腹於花燭洞房！

【雁過沙】（外）形骸恁愚魯，衣衫更襤縷。我兒好不與我爭氣，我父親乃是一朝冢宰，你乃是千金小姐。自古道，夫婦須相稱，將身認他為丈夫，如何做得收花主。論昭穆，怎當家豪富，不道玷辱了潭潭相府。（重）

【前腔】（旦）爹媽望相容，奴甘與陪奉。桃花浪煖魚化龍，從來將相皆無種。休使他人相斷送，時運未年俱困窮。

【前腔】(夫)擇婿選賢良,才貌兩相當。孩兒怎生諧鳳凰,歸來玷辱芙蓉帳。梅香,綵樓還在不在?(占)綵樓還在。(夫)兒,你不如再往綵樓上,別選風流年少郎。

(旦)秀才,你在綵樓之下,吟詩答對如流,今日到此,因何半言不露?

(生)吟詩答對,是我本然之事。豈不聞書云:"正其衣冠,尊其瞻視,儼然人望而畏之。"今日見你令尊大人這等軒昂氣象,教卑人敢畏而不敢言。

(旦)我父親也是一個人,終不然是老虎會食人不成!

(生)小姐言之有理。這姻緣成與不成,將絲鞭還他,我就出去,其奈我何! 不免大膽說他幾句,有何不可! 大人見禮。

(外)寒儒,又見甚麼禮?

(生)老大人差矣。人將禮樂為先,樹將花果為園。開口就說寒儒,終不然老大人出太夫人腹中,就有紫袍金帶不成? 也曾在黌門中出身,今日若非小姐綵毬相招,府門也不敢擡頭仰視。學生雖則寒儒,亦是宦家舊裔。先祖呂孟,曾為起居郎;先父呂科,亦曾為戶部侍郎。論門戶可以相對,論閥閱可以相當。屏風雖破,骨格尚存,如何輕視斯文? 貧窮儒家常理,富貴何必驕奢。豈不聞聖人云:素富貴行乎富貴,素貧賤行乎貧賤。老大人今日富貴,焉知異日之不貧賤乎? 學生今日貧賤,焉知異日之不富貴乎? 學生亦非雞鳴狗盜之雄,大人似若狐假虎威之態。

(外)卑陋寒儒,只管搖唇鼓舌。

(生)寬洪宰相,何須發怒生嗔。

(外)你自矜才高,且試你花草對課。

(生)願聞。

(外)嫩滴滴一枝丹桂,誰敢高扳?

(生)浪滾滾三級龍門,吾能獨跳。

(外)站退。(背云)看此對課,一字不差。

(生)莫說對課,就憑老大人出下題目,面考學生文章。

(外)好沒廉恥,誰來考你!

（生）姻緣出乎前定，可以進則進，可以退則退，何須大人發怒。
（外）我就發怒，待如何？
（生）任伊發怒生嗔，掃不盡我胸中志氣。
（外）志氣在那裡？

【前腔】（生）志氣凌雲，憂道不憂貧。儒冠未必多誤身，囊螢困守輕車胤。今生恐難諧秦晉，只重衣衫不重人。
（外）一言既出，駟馬難追。院子那裡？
（末）小人在。
（外）着你在街坊上，只說相公嚴命，分付親鄰人等，及一街兩巷庵堂寺觀，不許停留。蒙正夫婦如若停留，罪及不恕。
（末）小人就去。（下）
（旦哭介）娘，虧你下得這等狠心，趕逐女孩兒在外。
（夫）兒，非是為娘的不留你，爭奈你爹爹性發如火，為娘的也做不得主了。
（外）覆水於地不可收，
（旦）爹爹何苦結冤仇。兒孫自有兒孫福，
（生）莫把兒孫作馬牛。
（外、夫、占下）
（丑）小姐好不聽人勸，一心要嫁這窮儒，何時等得他身榮貴？却纔老公相分付，若勸你不回心轉意，將花冠禮衣剝去，雙雙趕出府門。
（旦）秀才，這花冠禮衣還他去罷。
（生）還他去打甚麼緊！
（旦脫衣介）奴才，快拿去！
（丑）衣冠剝去好恓惶，
（生）蒼天未必困吾行。
（丑推生旦出）且是侯門深似海，不許外人敲。（下）
（旦）秀才，你且站着，待我進房中收拾針線，和你起程。（敲門介）開門！開門！
（內）小姐，老公相下鎖了。

（旦）既前門下鎖，待我從後門進去。（叫門介）
（內應如前）
（旦哭介）
【風入松】（旦）恨雙親不念兩分離，使母子東西。朱門已出重門閉，秀才，咱和你怎生存濟？（合）想前生契合與伊，今世裡共效于飛。
【前腔】（生）念卑人不第自羞恥，奈久困京畿。無心悞入桃源裡，感娘子留心留意。
【賺】（旦）看多才調多標緻，稠人裡驀然一見遂奴意。（生）又豈知令尊怒生嗔，將伊趕出門兒去。（旦）謾說陽臺有夢夢兒迷，悞了我雲雨佳期。（生）落花有意隨流水，咱焉敢將伊拋棄！（合）冷落香閨繡幃，潭潭府甚時歸？
【前腔】（旦）飽詩書取功名有日，休忘却繡毯兒。（生）看他時金榜姓名題，身須到鳳凰池。（旦）共君家暫往莫延遲，更不必多疑。（生）卑人多感得遇芳容，即目未有棲身之所，欲尋一旅店暫時安歇，不知娘子意下如何？（旦）任從君家便是。（生）寒門冷落在孤村裡，恐一去程途迢遞。（合）向前村且尋個旅邸，旬日後尋歸計。

目憐無分受榮華，母子恩情一旦差。
休念故鄉生處好，受恩深處便為家。

（末上）只因差一着，現出萬般形。昨日，我公相分付結下綵樓，令小姐自選佳婿。誰知那小姐之意，何如却情願嫁一個窮苦的秀才！惱得我相公怒從心上起，惡向膽邊生。如今將着親女和那秀才同趕出門去，再不許歸家。如今着令小人前去分付親眷庵堂寺觀人等，不許停留他夫婦二人，又不許我們去看他。今蒙公相鈞旨，不敢有違嚴命。正是：上命差遣，盖（下缺）

第六齣　暫投旅舍

【鳳凰閣】（生）萬恨千愁，鎮日無言淚流，此情欲語又還羞。

（旦）漸覺腰圍傾減，容顏消瘦，捱不盡天長地久。

（生）娘子。（詩）旅店荒涼暫度時，荷蒙不棄得提携。

（旦）官人。（詩）在天願為比翼鳥，入地共成連理枝。

（生）卑人有句言語，敢問娘子，今早綵樓之上，聽得有人說道：百歲姻緣須仔細，想他不是風流婿。這是誰說的？

（旦）這是梅香誣說，官人要休怪他。

（生）卑人閑悶，豈敢怪他。請娘子緩步而行。

【金字令】（生）紅粧豔質，看娘子如今容顏，與綵樓上大不同，今日多儜僗。（旦）你家在那裡？（生）家鄉縹緲，對景空回首。（旦）想起我爹娘，真個是薄情呵耳。懊恨雙親，下得毒手，把奴家推出門兒，做出這場醜，如今到此不自由。官人，奴家不覺身上冷將起來。（生）娘子，這是金風送暑，薄袂生寒。（旦）寒威冷颼颼。官人，甚麼蛩兒叫得好悽惶？（生）此蛩有三名：一曰蟋蟀，一曰促織，一曰寒蛩。正是：庭前昨夜棄行聲，籬菊花間蟋蟀鳴。寒蛩起暮秋，月掛銀鈎，雁過南樓，寒燈冷落獨自憂。

（旦驚介）官人，是甚麼子墜在奴家髻□下來？

（生）梧桐一葉落，天下盡皆秋。此是梧葉經秋。

【前腔】（旦）梧桐樹一葉秋，寂寞幾時休，轉添愁，黃昏時候。秋來萬木凋零，奴家好生傷感。（生）娘子，萬木近秋皆落葉，愁人莫向愁人說。（旦）萬木凋零將盡，恨鎖眉頭，官人，奴家行不動了，怎生是好？（生）難怪小姐三寸金蓮，為着卑人受此跋涉。娘行謾自空淚流。娘子不要煩惱，還是卑人命薄，以致如此。（旦）想是奴家命薄，天還知否，和天也瘦。恨悠悠，悄似長江水，涓涓不斷流。

（生）娘子，你往日在潭潭相府，香閨繡閣，享不盡榮華富貴，今日跟着卑人在途中受此苦楚。

（旦）官人，正是：世事短如春夢，人情薄似秋雲。

【蠻牌令】（旦）憶昔繁華如夢，無心想舊遊。盡百年歡笑同校鸞儔，共伊諧鳳偶。（生）感娘子至誠兩意相投，共你雙雙廝守。盡老綢繆，天長地久永無休。功名有志定須守，詩書為友。（旦）看取君家才貌獨冠儒流，時乖運蹇須宜守。（生）還須向前求，一占鰲頭,那時回來,共伊歡偶。娘子,且喜今朝贅相門,荷蒙娘子意慇懃。

(旦)官人,他年身作金章客,不可相忘此日情。

(生)此間有所客店,和你暫時安泊。娘子,你且在此站着,待我叫王婆出來。王婆有請。

(丑上)人無笑臉休開店,心不瞞人莫作牙。來者是誰?

(生)王婆,是我。

(丑)呀,原來是呂先生,你那破窰相去不遠,因何到我家借宿?

(生)王婆,今日呂蒙正,不比往常的呂蒙正。

(丑)怎見得?

(生)當今劉懋丞相十字街頭高結綵樓,把千金小姐招我為婿,岳父見我衣衫襤褸,將我夫妻二人雙雙趕出,因此特來你處借宿。

(丑)小姐在何處?

(生)那前面坐的便是。

(丑)待我看取。(相見介)恭喜賀喜!

(旦)有何喜賀?

(丑)賀喜小姐,今日招得呂官人,他是個飽學的秀才,眼前雖則貧窮,後來必然大貴。小姐今日是如此,後來必定做夫人。

(旦)多謝王婆講得好,奴家要一間清楚的客旅,待我呂官人好讀書。

(丑)老身茅房廣有,任從小姐所愛。

(行看介)(旦)婆婆,這一間房屋怎麼不鋪瓦?

(丑)小姐,這一間雖然不曾鋪瓦,却是取得個名好。

(旦)叫做甚麼名?

(丑)叫做月點燈。

(旦)這一間怎麼沒有門户?

(丑)這一間没有門户的也取得個名好。

(旦)取甚麼名?

(丑)叫做風掃地。

(旦)這一間略可些。

（丑）這一間既中小姐意，待老身進去打掃。暫時相別去，少待又相逢。（下介）

（生背云）可笑可笑，龍游淺水遭蝦戲，虎落平陽被犬欺。叵奈那丫頭在綵樓上道：百歲姻緣須仔細，想他不是風流婿。

（旦）官人，此乃梅香一時快口之言，休要怪他。

（生）非是我怪着他。

　　　　只為貧寒人所輕，暫時落泊且寬心。
　　　　着意栽花花不發，無心插柳柳成陰。

第七齣　店起奸心

【金錢花】（丑）自來居此多年，多年，胡亂開個客店，客店。大房一日住千錢，人都道好腌臢，不發市多埋怨。老身住在東京客店，自來出名。今日有個呂秀才和娘子，乃是宰相人家女子，被劉府中趕出，在老身店中安下，那娘子到有些金銀首飾之類。如今劉丞相分付，庵堂寺觀旅店人等，不許停留他夫婦二人，又不許手下人等往來看顧。如今老身有個兄弟，曾做經商折了本錢，別無活計，常為偷盜生理。老身不免說與他知，略施小計，呂娘子那頭上的金銀首飾，定然被我奪來了，管教他目前富貴無多日，百兩黃金一夜空。兄弟快來！

（淨上）咱們平生浪蕩，廣交英雄好漢。平生不務生理，專一擄掠人家。帶閃閃爍爍之雪刃，提沉沉默默之鋼刀。白日橫行，夜間為盜，山泊中休說浪子燕青，大路上不數好兒趙正。也要殺傷人命，也要收拾人財。果然是世上魔君，真個是人間好漢。這幾日不曾搶奪經商客旅財寶，洞主們有些吃惱了，如今沒有去處。道尤未了，只聽得山下有人叫我，待我前去試看則個。（相見介）呀，原來是姐姐，有何話說？

【僥僥令】（丑）一言特報你，不許外人知。有個官人身榮貴，今在店中兩三日。

（淨）不知姐姐起意何如？

（丑）説與你得知,有一件事天來大,海樣深。

（净）有甚麼好事?

（丑）今夜去幹那買賣。

（净）説將來,是我時運到了。

【前腔】（净）伊言深感激,此事真容易。則待斗轉星移更闌後,管教他囊篋金銀皆我的。

（丑）我們無富積,衣食皆華麗。任他會使無窮計,難免其間目下危。

不使萬丈深潭計,怎得驪龍項下珠!

第八齣　旅邸被盜

【風馬兒】（生）獨守芸窗已有年,日忘飡夜廢眠。功名事付蒼天,（旦）□向寒燈相伴。拈針線,空房寂寞,衾冷夜如年。官人,但把詩書勤着意,功名自有時來至。（生）匡衡鑿壁夜偷光,幸有焚膏光可継。（旦）郎讀詩書奴針指,一夜更深殘月墜。（生）一朝金榜掛名時,那時方遂男兒志。

【山坡羊】（生）月照誰家庭院,人在孤村茅店。（旦）那里有風來吹灯?（生）呀,原來是這紙窗破處,待我將紙塞住就好了。寒窗紙隙風如箭。對聖賢,留心在簡篇。終須要遂平生願,一任譙樓更漏轉。（合）留連,更闌尚未眠。（重）

【前腔】（旦）忽聞征鴻哀怨,聽得寒蛩撩亂,無言謾自停針線。砧韻轉,傷情在眼前。雙親咫尺如天遠,剔盡殘燈愁轉添。（合前）

【水紅花】（生）今生相會是前緣,休埋怨、百年姻眷。（旦）一心和你告蒼天,天呵,望周全功名如願。（合）早得名標金榜,平步便登仙,咱共伊永諧百年。

【梧葉兒】（旦）精神倦,針線懶拈,纖手下花鈿。金釵卸,雲鬢偏,（生）掩着書篇,並倚香肩暫且眠。

（生旦睡介）

（丑上）如今正是更深時候,門縫推開,見他夫婦二人倚着香肩睡也,則是燈光未滅。我尋思起來,不免下個毒手。想他們一個是秀才,一個是千金小姐,都是善人,不要害他。我則割開壁進去,那些衣服首飾都是我的了。正是:踏破草鞋無覓處,算來全不費工夫。自家看來,要把這夫婦二人殺了,又與我沒些冤仇,且饒他去罷。自古道:得放手時須放手,得饒人處且饒人。(下)

(生旦醒介)

【探春令】(生)睡覺來(雞叫介)聽得雞聲叫早,不覺東方曉。呀,娘子!娘子!則見門户都開了,壁又倒了。

(旦)官人,好怪異,怎的衣服首飾都不見了,只留下些破衣服在此,想是被盜了。

(生)小生的衣衫也不見了,只有些舊囊篋,俱被賊人盜去,怎生區處?

【鎖南枝】(生)看書倦,睡少時,不知禍起蕭牆裡。使我囊篋皆虛,到此難區處。身轉無所倚,對此景,怎生存濟。

【前腔】(旦)教奴家怎區處,他們甚所為。下得十分毒害,教我素手無倚,使奴渾無計。咱共伊,今靠誰;尋店主,問詳細。店主婆快來!

【前腔】(丑)休胡說,莫亂提,房錢欠少何處支?請你即便出門去,休把咱連累。行共李,即便移;更不然,推出去。

【前腔】(旦)官人,只得向前去,何須苦恁地。到此慚無計,教我舉目無親,受此惡滋味。(生)咱共伊,今暫離;(旦)如今往何處去?(生)破窰中,和你暫居止。

(哭介)

【尾聲】誰念困龍遭毒手,恰如風裏行舡,淒涼無奈泪漣漣。在天同碧落,入地返黃泉。

衣裳首飾一齊空,何事夫妻直恁窮。

屋漏更遭連夜雨,行舡又被打頭風。

第九齣　破窰居止

【夜行船】（生）一別京畿離故里,看看破窰來至。（旦）風凛霜天,鄉村岑寂,一路悄無人跡。

（生）娘子,屋漏更遭連夜雨,行舡又被打頭風。如今破窰相近,我和你趲行幾步。

（旦）只見炎□隱隱罩松梢,皓月濛濛霧未消。

（生）山勢欲窮無有路,水流不斷又連橋。娘子,請快行,前面就是破窰中了。

【啄木兒】（生）荒煙淡鎖疏林外,行過溪邊小橋。山徑恁迢迢,一里又一里。（旦）破窰還在那裡?（生）前途便是,前途便是,咱和你謾謾行,行到這裡,暫時向破窰中別做道理。

（旦）秀才,你看秋風乍起,樹葉皆黃,好教奴在此對景感傷也。呵!

（生）小姐,這一帶垂楊都肅索了呵!

【前腔】（旦）垂楊漸覺添憔悴,見敗葉飄墜。（生）娘子,且自寬懷。（旦）好傷悲,暗淚垂,秀才,那鳥兒叫得好凄慘人,又聽得孤鴻嘹唳。（合前）咱和你謾謾行,行到這裡,暫時向破窰中別做道理。

（生）小姐,如今來到我家中。

（旦）怎的不見房子?

（生）這裡下不是房子?

（旦）這個門怎麽這等低小?

（生）外面雖小,裏面極是寬大。

（旦）這等我進去。（進入介）呀,這是甚麽□□撞我一下頭?

（生）初到我家,講些好話,如今要改過。

（旦）改做什麼□?也罷,你是讀書之人,就改做龍門。

（生）如此却好。你不曉得,我進叫做禮門,但是讀書道中朋友到此講學,一箇三鞠躬纔不會撞了頭。□□你一鞠躬,頭再低些,二鞠躬,三鞠躬,進禮門纔不會撞頭,你要你學我一樣。

(旦如前,會科)怎麼這等裡面黑洞洞?

(生)我還有窗門不曾開。(開介)

(旦驚介)秀才,這個泥會壓下,我走出去罷!

(生)那是做成的,不會壓下來,你放大胆些。

(旦)果然是好不會壓下來。恭喜到你家,可待我吟詩一首。(詩)團團都是壁,四處没風來。有朝歸寿呵,不用買棺材。

(生科範)你初到我家,謂些好話,要改過。

(旦)有朝身荣貴,改做棟梁材。

(生)好!好!(詩)平生愛住上磚房,就地開來不用梁。記得古人詩一句,安居不用架高堂。

(旦)秀才,拿箇桌子我坐坐,我脚也站疼了。

(生指石墩介)那兩箇不是桌子?

(旦)那箇是石頭,怎麼坐得?

(生)我這箇叫做溫涼宝石,你不曉得,到冬天來放兩箇草墩在上,坐下去就溫煖;到夏天把這兩箇草墩去了,就凉快。你試坐坐,看凉快不凉快?

(旦)秀才,果然凉快。我如今肚飢了,你的鍋竈在那裡?我要討飯吃。

(生指瓦礶介)那箇不是鍋竈?

(旦)那箇是茶礶,怎麼煮得飯吃?

(生)茶便是茶礶,極是便得緊。先煮一礶,憑在小姐先吃也好,卑人先吃也好。

(旦)床鋪在那裡?

(生指稻草介)這便是床鋪。

(旦)那是些亂稻草,怎麼睡得?

(生)我這箇是龍鬚草,小姐今日來,極是便了。把你短衣服開在裡下當席子,後將卑人長衫當被。

(旦)你不要穿?

(生)日間當藍衫,夜裡當被單。

（旦出窰，背哭科）

【前腔】（生）休得淚偸垂，心兒痛哀切。功名垂手得意時，怎敢忘恩義，但詩書飽學終須遇。（合前）咱和你謾謾行，行到這裡，暫時向破窰中別做道理。

【前腔】（旦）嫁雞逐雞飛，百歲鎮相隨。孤村冷落咱共伊，如今到此不由己，望君家早遂凌雲志。（合前）

（生）小姐，請受卑人一禮。

（旦）秀才，不須下禮。

【憶多嬌】（生）深感伊，深謝伊，男兒事業焉敢違。倘得一朝攀丹桂，那時節回歸，怎敢忘伊此時？

【前腔】（旦）空慘悽，枉歎息，雙親下得只恁的。將我夫妻趕出，又把朱門緊閉。奴家不願別的來，但願我夫身榮貴，黃金榜上姓名題，馬前喝道狀元回，那時節人人都道好箇風流佳婿。（合前）

窮達隨時莫罣牽，破窰深處暫沉潛。
畫堂不戀風光好，且向窰中度幾年。

第十齣　橋上覓瓜

【神仗兒】（丑）瓜兒賣來，（重）人人堪愛。一文兩個，真個没賽。小子姓湯名叫蕩鼇，前已年也曾往南北二京做些經商買賣，不想都被那幾個光棍騙去了財本，整日裡只換得幾杯酒吃。今日素手回家，難以度活，哀求我一個朋友，借得幾分銀子，貨些瓜兒，在此橋上來賣。道尤未了，只見有一秀才來，想必是買瓜的。

【上馬賜】（生）書生未遇時，終日受岑寂。妻兒更肚饑，破窰中冷似水。特往京畿，探取閑相識。此情慘慽，後巷前街没個人怜惜。

（末）秀才，你快轉來，我請你吃個瓜去。

【駐雲飛】（生）謾憶侯園，瓜種青門、瓜種青門知幾年。落齒冰霜濺，曾向金盤薦。嗏，不覺口流涎，意留連。塵沃我胸襟，我則待嘗一片，開口告人難上難，開口告人難上難。

【前腔】（末）不必多言,一個瓜兒、一個瓜兒值幾錢。我到處行方便,畧效芹忱獻。嗏,瓜嚼水晶寒,勝甘泉。日後相逢,記取慇慇面,惟效當年玉井蓮,惟效當年玉井蓮。無刀難剖,可將這瓜在欄杆上打開就是。

（生）也說得是,不免將這瓜在欄杆上打破也好。（打瓜落水介）

【前腔】（生）只恁無緣,我也不怨人來、不怨人來不怨天。多應是時乖蹇,瓜不從人願。嗏,重逢是何年,恨綿綿。逐浪隨波,要見無由見,悶倚欄杆空泪漣,悶倚欄杆空泪漣。

（末）秀才,你也真個時運不濟。送他一瓜,又落在橋下去了。你來,我再送你一個,把回家去剖開。也罷!（詩）一瓜畧以贈英雄,

（生）記取今朝恁困窮。異日身榮須有報,

（末）人生何處不相逢。

（生）今日多蒙老丈相贈我瓜,異日風雲際會,決不敢忘此恩。

　　　　時來風送滕王閣,運去雷轟薦福碑。
　　　　一個瓜兒消不得,食前方丈是何時。

第十一齣　夫人憶女

（末）光陰似箭催人老,日月如梭趲少年。小人,伏侍劉丞相的院子。我那丞相真個朝朝筵宴,夜夜元宵。纔賞春光花苑,又逢避暑涼亭。高樓玩月共穿針,不覺中秋又近。只見彤雲布野,看看飛絮飄瓊。一枝先寄隴頭人,報道寒梅開盡。今早相公分付,安排羊羔美酒,以為慶賀豐年祥瑞。如今已了,恐公相夫人出來,只得在此伺候則個。

【絳都春】（外）彤雲四起,遍長空柳絮梨花飄墜。滿目江山粉飾,瓊粧如銀砂。（夫）晚來江上真奇異,見漁叟披玉簑歸去。（合）太平時世,豐年稔歲,預先祥瑞。（夫）盡道豐年瑞,（外）豐年瑞若何?（夫）長安有貧者,（外）宜瑞不宜多。夫人,真個是好雪。今早

已曾分付院子,安排羊羔美酒,慶賀豐年,不知道席已完備也未曾。院子何在?

(末)伏相公,酒席俱已完備了。

(外)既然完備,將酒過來。

(末)酒在此。

【絳都春序】(外)朔風剪水,見觸目是處瓊花飄墜,六出霏霏珠璣碎。遍人世,瓊林玉樹各粧綴,更無限青山失翠。(合)倚欄凝竚,偏宜對景,唱歌沉醉。

【前腔】(夫)還是江山萬里,遍邐迤更沒行踪跡。滿目樓臺同一色,盡圖裏,子猷昔日遍沉醉,剡溪棹遍舟歸去。(合前)

【前腔】(淨、丑)堪題臨堤傍水,更昨夜漏洩東君,五芷三花枝頭綴。暗香至,一枝斜浸銀瓶裡,管獨占百花為最。(合)對花酌酒,偏宜玩賞,唱歌沉醉。

【前腔】(外)清奇冰肌素体,想姑射宴樂來遊人世。(夫)暗想逋仙孤山裏,動吟趣,清香浮動黃昏至,更疏影橫斜日。(合前)

【滾遍】鱗甲滿天飛,玉塵堆砌。于此時,玉仙塑出獅兒美。果然無比,雪月交輝。(合)歌金縷,舞楊枝,斟醱醿。

【前腔】(夫、外)潭潭府中居,玉食膏粱貴。趁好景,大家同樂華堂內。獸炭頻添,笙歌鼎沸。(合前)

【尾聲】瑤池此日羣仙會,向華堂須拚醉歸,這般樂人間能幾。

(外)梅雪爭春未肯降,騷人擱筆費文章。(夫)梅須遜雪三分白,(合)雪却輸梅一段香。(外夫)(上下)

(占末吊場)

(夫)梅香,長安有貧子在此,叫院子去,多討些酒與他吃。今日天氣十分寒冷,不比尋常。

(末)酒在此。

(夫)梅香,將我那一分饅頭將來,與院子吃。

(占應,與饅頭介)

(末收饅頭介)

(夫)你如何不吃?

（末）小人在此伏侍老相公和夫人做賞雪筵席，多謝夫人賞賜。家中有一女兒，年方七歲，在家凝望。以此要將回家去，把與女兒吃。

（夫哭女介）我想，我那孩兒如今不知流落在那裡，信息也不知是何如？

（末）夫人不問，小人不敢說出來，夫人休要煩惱。

（夫）如今在那裡？

（末）伏夫人，小娘子在十餘里外一小村中，羊腸路屈曲奇曲，鳥道嶺崔嵬峻聳，山深樹密，惟聞嬌嬌怯怯之怪禽；地僻人稀，但見獰獰獰獰之猛獸。漠漠輕烟迷碧草，森森綠竹間孤松。全無車馬往來，只見牛羊放牧。是則京城密迩，奈何景物荒涼。試听小子起伏：夫人，虧了那秀才和小娘子居無華屋，甘守破窑，舉目無親，一貧徹骨。食早膳先愁午膳，着夏衣必典春衣。蓆為門甕為牖豈是生涯，荊為釵布為裙全無粧束。學顏子陋巷簞瓢之樂，效孟光舉案齊眉之歡。不思父母一旦差池，但要夫妻百年厮守。功名未遂，四時常听讀書声；衣食全慳，兩口夫妻無怨語。或向朱門求食，或去僧寺羅斎。受人間未曾歷之窮，捱世上無人受之苦。三春易過，九夏何妨，到秋來不覺恓惶，對冬景如何區處？窑門外雪深三尺地，炉內火没半星。便假饒忍冷飢寒，怎熬得無柴没米！小娘子巴巴結結亦自甘心，奈傍人沸沸揚揚盡皆談笑。（夫）傍人談笑甚的？（末）道是兩口夫妻直恁貧，夫人不念女孩親。自家骨肉尚如此，何況區區陌路人。

（夫哭介）

【五更轉】（夫）聽伊言，心腸碎，撲簌簌珠淚滴。如今使得知端的，恨當初一時間不是。今日瑞雪紛紛地，教他冷清清在孤村裡。那破窑中，如何存濟！

【東甌令】（占）尋思起，好傷悲，咫尺天涯音訊稀。蘭堂慣享榮華貴，怎受得此惡滋味！將些錢米問因伊，望慈悲。

（外上，背聽介）夫人，我先去睡，你因何在此短歎長吁？

（夫）相公，你進裡面去。我將羊肉水面饅頭賞院子，院子不吃，藏回去與女孩兒吃。我思想起來，他是門下之人，尚知愛偕女兒，我如今年紀高大，尚無一男，止有一女，但不知他流落何方去了，因此嗟怨。

（外哭介）夫人，我若留他在家，那呂秀才必是不讀書，悮了他也。

【懶畫眉】（外）聽伊言起痛傷悲，不念親生更念誰。呂蒙正是個飽學秀才，你不須煩惱他，他有珠璣燦爛五車書，想他不久登高第，富貴榮華自有時。院子，同梅香送些錢米去與他吃，叫他一則要與爹爹立志，二則要與父親爭氣，舉案齊眉甘自守，休與傍人說是非。（夫）六花撩亂滿空飛，應是飢寒無所倚。孤村冷淡那更朔風吹，自古道：濟人須濟急，踏雪前村莫待遲。

風寒雪凍怎支吾，獨自前村守困廬。
可憐夫妻遭凍餒，濟人須濟急時無。

第十二齣　夫婦祭竈

【金蕉葉】（生）時乖運否，破窰中暫時守己。（旦）憶昔繁華夢裡，謾自傷情淚垂。

（生）瑞雪紛紛舞朔風，可憐身在破窰中。
（旦）飢寒二字不堪煮，誰念兒夫在困窮。

（生）娘子，今日乃是臘月二十四日，竈神昇天。人皆以犧牲祭祀，惟有我蒙正一貧徹骨，難以措置。自思聖賢乃正直無私之神，豈受人之厚祀！在乎人心之誠，不在乎人之祭禮。卑人在此荒村，寂寞無以為祭，待我吟詩一首，送他上天：一盞清泉一炷煙，送君直上九重天。玉皇若問人間事，蒙正文章不值錢。（拜介）

【駐雲飛】（生）上告蒼天，一盞清泉、一盞清泉一炷煙。愧我無供獻，聊表慇懃願。嗏，祝讚上青天，祝讚上青天，聽着吾言。望你升天玉皇臺前，將我虔誠奏上三重殿，唯有蒙正夫妻最可憐，蒙正夫妻最可憐。

（旦）待奴家也吟一首詩，祝贊竈神上天：一炷心香一首詩，我

今送你上天衢。玉皇若問人間事,可憐蒙正兩夫妻。(拜介)

【前腔】(旦)望鑒微誠,聽取從頭、聽取從頭說事因。無甚犧牲敬,略表奴芹意。嗏,大聖呵,你正直不容情,正直不容情,將我虔心,奏上天庭。道我蒙正夫妻遭此艱危甚。何日飛騰身顯榮,何日飛騰身顯榮。

(生)娘子,我和你夫妻兩口,舉目無親,一貧徹骨,更兼風寒凜冽,大雪漫空,怎生是好?娘子呵!

(旦)官人,且自耐煩,你讀書人自有發達之時。自古道:黃河尚有澄清日,豈可人無得運時。

(生)娘子,講得有理。你看,好大雪!

(旦)官人,我與你且推開窰門,看是如何?(推開門介)

(生)你看,千山鳥飛絕,萬逕人踪滅。孤舟簑笠翁,獨釣寒江雪。

(旦)真個是好大雪!

【碧玉簫】(生)只見那曠野雲低,往來人影稀。淒涼這般天氣,瑞雪紛紛下。(旦)嚴寒透玉肌,朔風吹短衣。空自慘悽,頓覺愁無計,此情訴與誰?(生)我和你一同去拜天罷。(合)告天天怎知,告人人羞恥。

【繡停針】(旦)瘦減腰圍,坐守飢寒,悶無所倚。(生)娘子,□□□□我吟詩一首□:□花撩亂滿空林,唯有山禽作伴吟。夫樂顏瓢須盡意,妻供孟案亦甘心。凜凜朔風寒透骨,紛紛瑞雪冷浸襟。滿腹文章無賣處,何言一字值千金!可憐一字不堪煮,空自有滿腹詩書。(旦)夫呵,怎捱得寒威凜冽、窰爐冷,空教我燃盡枯枝。奴家思想起來,今日如此受苦,不由人不感物傷情。暗想家中富豪,華堂錦帳飲羊羔,怎知今日窮如是。

(生)娘子,今日這等大雪紛紛,無柴無米,況兼肚中飢餒難當,我也怪不得娘子煩惱了。

【蠻牌令】(生)雪兒滿空飛,豪門忒相欺。破窰寒似水,教我怎支持。(旦)官人,你也不須煩惱。奴家思忖起來,我和你夫婦二人今日受這等的苦楚,也是前生註定,命當如此。待奴家也吟詩一首，以為後日之記。自從身入破窰門，暮缺飱兮朝缺饔。端擬招君歸相府，何期同你守孤村。休將名利關心苦，且把詩書着意溫。但願我夫登金榜，同乘駟馬謁家尊。（生）多承娘子過獎。（旦）奴家自離相府，來到窰中的時節，到此間全無計策，厨灰冷空甑塵飛。尋思起，珠淚垂，（生）娘子不須煩惱，卑人自有區處。只得去謁豪門，捱過三時。

【仙麻客】（旦）待告人，還羞恥，（生）欲往街頭反復遲。（旦）官人，你怎的又不去？（生）娘子，非是卑人不去，自古道：上山擒虎易，開口告人難。看世情，開口非容易。空使肚中饑餒，滿頭風雪，束手空回。

【尾聲】炎凉世態皆如是，且自安分守己。（旦）夫，異日風雲休忘未濟時。

（生）娘子，你且耐煩，待我向朱門求覓些粮食，以濟飢餒則個。
（旦）如此，奴家等候。

　　　　束薪如桂米如珠，求告須求大丈夫。
　　　　十字街頭風雪冷，朱門誰肯濟寒儒。

第十三齣　乞寺被悔

（末上）鳴鐘擊皷度晨昏，換水添香我更勤。試問老僧何處去，時時獨守半間雲。今日堂頭和尚分付辦齋供衆僧，恐怕升堂，只得在此等候。

【散天花】（净）一段因緣説與知，（合）三明花。（丑）為甚和尚没孩兒？（合）摩呵謾多。（净）前日師姑生一個，（合）被他滓死在放生池。（丑）一段因緣説與知，（合）三明花。（净）因甚和尚没頭皮？（合）前日師姑生一個，被他滓死在放生池。若還勘倒提將起，好似一個火攛槌。

（净）我每請佛做佛事了，然後吃齋打鼓、升堂説法、敲磬誦經，打後做伕事則個。

【金錢花】（净、丑）雙雙童子雲端裏，香風吹閃佛前燈，吹散滿天花、金錢花。昨日靈山開法會,(合)諸尊菩薩降來臨。只有兩個金剛尋不見,王婆店裡吃餛飩。

【前腔】(丑)昨日靈山開法會,小僧因甚去遲遲?只為袈裟尋不見,師姑將去做裩兒。(淨)昨日靈山開法會,諸佛慈悲來道場。一個堂頭尋不見,却在行者房裡做新郎。

(淨)衆僧聽我分付,可惡那呂蒙正,整日在我寺中攪擾。今日來時,你等不要與他齋粮。

(丑)小僧有個計策,今日先吃了飯,然後打皷鳴鐘。

(淨)你這個屁也放得是。

(末)恁的時只打木魚吃齋,回向阿弥陀,回向保安寧。回向今辰齋主身,一年四季總如春。添壽考,永康寧,從今以後福祿增。南無阿弥陀佛。如今却打鍾,教他來時一場空。正是:洛陽橋上花如錦,等你來時不遇春。(吊場)

【駐雲飛】(生上)步出窰來,大雪紛紛撞滿懷。滿地銀鋪砌,滿地銀鋪砌,凍得好難熬。嗏,站立山門外,只怕闍黎門不開,只怕闍黎門不開。師父開門!(打門介)這些和尚都不應我,待我哄他。三門外有人請你念佛。

(末)請我的!

(丑)請我的!(出外看介)

(生坐向火介)

(末)師父被他哄了,把水澆滅那火,不要與他回。

(生)師父,討齋與我吃。

(淨)今日沒有,你來遲了。

(生)你鐘纔响。

(末)今日先吃飯後鳴鐘。

(生)師父,拿紙筆來,寫對聯送你。

(淨、丑)對聯我不要,你會吟詩,可將木魚為題,吟得一首詩來,就討齋與你吃。

(生吟介)木魚本是木刻成,變成鱗甲自分明。須然肚裡無肝膽,頭上分明有眼睛。不去龍門投變化,却來寺裡討声名。須然未結桃花浪,東打西敲過已春。

（淨）呂秀才,我出個對你對。（出介）雨濕儒衣,好似榨糟布袋。

（生）你三人在天□站住,我就對还你。（站介）雪堆僧頂,尤如春粉擂槌。

（末）又被他罵了。

（丑）我出個對你對。（出介）二女並肩,上下四張大口。

（生）三僧對坐,左右六個光頭。（衆笑科）

【宮娥泣】（淨、丑）笑伊行止無羞恥,且請回步疾早出門兒。也須知僧多不能支持,山門冷落孤恓。我們尚不充飢,伊家好不量已。

【漁家燈】（生）到此中途裡難存濟,兢兢地冷入玉肌。破衣百結難遮體,捱不動帶水沾泥。如今歸尤未得,實熬不過飢寒凍餒。沒奈何。師父,有剩粥討一碗與我充飢。

（淨）呂秀才,莫說粥湯,你若數得羅漢,一個個曉得名字,我就辦齋請你。

（生）說過不要哄我。

（淨、末）呂先生,我是出家之人,終不然謊你不成！你只管數來就是。

【混江龍】（生）剪鵝毛雪花片片,受饑寒千般磨難。師父,你寺裡幾員僧？（末）有一百員。（生）百員僧,諸尊菩薩各粧嚴。（合）鐘聲喨,悶轉添,困龍何日得昇天？（末）這個叫甚麼佛？（生）這是如來佛祖。（末）左邊一個騎獅子,右邊一個騎白象,是甚麼佛？（生）是文殊普賢。自俄然,左有文殊右普賢。青獅白象巍巍立,金馬何曾助我言？（合前）（末）這是甚佛？（生）是觀音菩薩。（末）左右兩個甚人？（生）左邊善哉童子,右邊雞頭龍女。自沉吟,低頭無語拜觀音。觀音菩薩原是莊王女,白雀寺裡去修行。（合前）（末）這個甚麼佛？（生）這個諸天菩薩。（末）這鬼做甚麼？（生）他灑甘露這等討吃。自慘然,忍饑受餓拜諸天。諸天菩薩須念我寒儒,□□□功名早登先。（合前）（末）這個甚佛？（生）這是降龍禪師。降龍祖師好威嚴,明珠一顆引龍蟠。説是灵山鐘皷事,如今留記在世間。(合前)(末)這個甚佛?(生)是伏虎禪師。伏虎祖師好威儀,岩前説法虎皈依。菩薩須念貧窮士,名標金榜在已時。(合前)(末)這甚麼佛?(生)這是長眉祖師。好長眉,眉髮鬚長不過膝。説盡世間今古事,如今留與作話提。(合前)(末)這個甚佛?(生)這個銑耳祖師。過廊西,忍饑受苦拜銑耳。可怜寒儒遭凍餒,果然一字不堪煮。(合前)(末)這個甚佛?(生)這是弥勒祖師。弥勒祖師笑嘻嘻,一包行李付與誰?不得五賊來偷去,那討粮食濟民饑。(合前)(末)這個甚佛?(生)這是梁武帝。削髮留鬚梁武帝,汝身本是帝王身。削髮留鬚除煩惱,千年萬載作話題。(合前)出三門,左有拾得右寒山。寒山拾得兩頭陀,終朝無語笑呵呵。凡人笑你無了日,你笑凡人災障多。

(合前)師父,羅漢數完,討飯來我吃,肚飢了。

(末)你在這裡坐住,我叫徒弟討來。

(生)快些。

(末下)

(生)我在此等久,還不見納來。

(內云)没有這話,哄你的。

【駐雲飛】(生)唉,你不該哄我三生日,所為飯後鐘纔起。全無發善心,不發慈悲意。你有剩飯殘羹,何不相周濟!如今這等大雪紛紛,肚中又十分飢餒,且無一個投奔去處。不免取去舊毫,就在雲堂之上題詩數句,記取今日之苦。十度邅齋九度空,叵耐闍黎飯後鍾。呀,這筆凍住了,寫不得。欲待題幾句詩,箋凍毫乾後,韻湊不起。從今日為始,再不來了,除非是躍馬揚鞭,纔到山門寺裡。也罷! 不免撿些舊籬巴,回去燒些火向。

(內)枉説你是讀書人,那籬巴要你撿!

(生)我就不要你的!

【後庭花】(生)顧不得羞上羞,管不得心中煩又煩。自歎孤貧命,道一聲求人難上難。回首盼家山,雪花撩亂。爭奈一身兒衣又單,怎禁得地凍天寒。

滿頭風雪且回歸,城廓村莊盡掩扉。
兩字飢寒貧徹骨,蒼天何必困窮儒。

第十四齣　送米破窰

（末上）上命差遣,蓋不由自。小人乃是劉府中一個院子是也,如今蒙老夫人分付,我同梅香送些錢往南城破窰中看取小姐則個。一路問得來,破窰就在前面了。梅香姐快來！正是：不辭三步路,又是一家風。

（占）借問破窰何處是,牧童遙指杏花村。

【由破第一】（旦）凍雲癡,朔風勁,誰肯相周濟？轉傷悲。荒村寂靜,教人胸懷添悶。寒雪紛紛,六出飛花如粉似瓊。想兒夫何處？不歸教奴望你。想當初在相府之時,思當日,暖閣紅爐開宴酌,真懽慶。今共昔總休論,時乖運塞皆奴命。（占上）踏雪來尋,密密霏霏,撲面飛蝴蝶。（末上）只見野徑人稀,飛禽斷影。（占）瀟條破窰,多想是棲身不穩。（敲門介）（旦）是誰敲門？扣門相問声声,早已回應。試開門,想是兒夫,歸來恁緊。呀,原來是梅香,潛來詢問。（見介）（占）娘聽告,自從別後,容顏多消瘦。（旦）深感伊,冒雪冲寒至,潤透鞋兒濕。（末）略表芹忱,玉粒專相贈。望笑留收領,先回尋舊徑。（末下）（旦）離愁滿腹,一言難盡。（占）一從別後長思你,無由見淚盈盈。（旦）空憶昔,當時朝夕同歡會,鎮相親,（占）今日淒涼教人悶縈,（旦）奴記綵樓,雙親忿趕出難投奔。（占）奴記綵樓擲繡毬,曾勸娘苦不聽。（旦）因見着多才俊,趁我心,誰知道今日貧窮難禁。（占）他窮窘,娘行怎不醒。莫痴迷,休戀他急作計,早抽身別求姻。（旦）一馬一鞍,決不教他孤冷,負却前盟。（占）空用心徒勞勸你,（旦）姻緣事是天與,夫妻輻輳是緣分。（占）空恁把忠言說與,伊不輕聽。（旦）管今世一醮永定,恐虧心天須報應。

（占）小姐,良藥苦口利於病,忠言逆耳利於行。如若姐姐不聽梅香之言,只得且自回去,又作道理。分明指出平川路,莫把忠言

當惡言。(下)

(旦)叵耐這個丫頭,到把言語來唆我,想是我公相與夫人教他來到此。正是:是非終日有,不聽自然無。(下)

第十五齣　邐齋空回

【駐雲飛】(旦)自恨時乖,蒙正兒夫窮秀才。衣破衫無帶,比范丹窮無奈。嗏,我夫終日去邐齋,飢寒無賴,苦楚難捱。我曉得了,想前生欠少貧窮債,只落得倚定窰門手托腮,窰門手托腮。待奴家將梅香送來的米煨碗粥湯,在此等我官人回來充飢,多少是好。(煮粥介)

【前腔】(生)冒雪歸窰,正是:霧重不知天早脫,雪深難辨路高低。老天呵,你既要下雪,不要起風。既要起風,何須下雪!似這等瑞雪紛紛、凍得我渾身似水澆。妻在窰中無倚靠,歸家謾自傷懷抱。嗏,提起闍黎恨怎消,飯後鳴鐘,不與齋糧,哄我數了羅漢,又將咱推倒在雲堂上。只得舉筆題詩凍紫毫,素手空回轉破窰。雪呵,富貴之家喜你賞你,我呂蒙正這等貧窮,惱你恨你!埋怨你這般樣滿空飄,好一似細剪鵝毛使人焦。無米無柴素手回來,清冷傷懷抱,正是地凍天寒難打熬。(重)

【前腔】事有可疑,輾轉教人心下猜。舉目無倚靠,有誰向看待。嗏,頓覺怒心懷轉疑猜。為甚的左有男踪,右有女跡,男踪女跡往來相交。呂蒙正在此荒村,住一所破瓦窰,上無親朋,下無鄰居,倚靠荒村,寂寞淒慘,怎得個男人到?想是妻兒弄醜乖,頓疑心似火燒,頓起疑心似火燒。我曉得了,想是岳丈接我妻子回去了,不免進窰中看取便見。

【前腔】回入窰中,呀,娘子,你原來倦睡去了,忽覷嬌妻、忽覷嬌妻睡正濃。欲待要叫一聲,又恐怕驚嚇了他,本待相呼動,驚醒沉沉夢。嗏,你不厭貧窮,甘心陪奉。我有日成名,你的賢能四海人傳誦。妻呵,你苦也只在今冬苦,富也只在來春富。呵,耐煩捱過殘冬苦,專聽春雷起臥龍。還不醒,這等好睡。不免將蘆柴燒些火來向。呀,爐中還有火在,待我吹起來。(吹介)咳,呂蒙正時運不濟,就是這火欺負我,我不免將此為題,吟詩一首:十謁朱門九不開,滿頭風雪却回來。歸家羞睹妻兒面,撥盡寒爐一夜灰。

【步步嬌】冒雪衝寒街頭轉,雪緊風如箭。朱門九不開,似這等素手空回,怎不哀怨。撥盡地爐灰,羞睹妻兒面。

【前腔】(旦)踏雪歸來多勞倦,撲簌簌身驚戰。多想他錢無米又無,若不是梅香至此,教我怎支持。有粥在此,你吃些,撥粥兩三匙,聊與兒夫充饑餒。

(生)這粥有污氣,我不吃。

(旦)清水煮白米,有甚污氣?

(生)既沒有污氣,且問你,為丈夫的早去晚回,半顆米兒也不能勻,只得素手空回,向且家中又沒柴米,粥從何至?

(旦)人能祈天永命,天豈絕人之糧!

(生)終不然天降這粥與你吃不成!

(旦)亙古以來,沒有天降粥之理。

(生)既然不是天降的,説箇來歷與我聽着。

(旦)飢者易為食,何須問來歷。

(生)既不説來歷,教我如何吃!

(旦)你吃就説。

(生)你不説斷然不吃!

【江兒水】(生)謁盡朱門遍,只落得素手回。漫空大雪紛紛地,寂寞孤村又無鄰里,這些粥食從何至?問取娘行來歷,説與我知詳細。(背云)自古道,婦人家水性楊花。他見我為丈夫的這等貧窮,出外邐齎就作出這等勾當。不免哄他出窰去看那脚踪,羞他一場。娘子,我有些柴米在窰外,同你去拿進來。

(旦)如此,官人先行。

(生)雪擁山溪雲自橫,荒村寂寞少人行。

(旦)兩邊粉壁銀世界,四圍玉砌錦乾坤。

(生)你看,地下好景致。

(旦)還是天上好景致。

（生）路上好景致。
（旦）山上好景致。
（生）我說地你就說天，我說路你就說山。你看地下是甚麼？
（旦）是雪。
（生）雪上是甚麼？
（旦）是腳踪。
（生）你也認得是腳踪！
（旦）你看這雪飛飄，猶如細剪鵝毛。
（生）顧左右而言他，是何道理？
（旦）覩道路而細察，有甚狐疑？
（生）為人在世，要盡得富貴不能淫，貧賤不能移，威武不能屈，纔是個好人。
（旦）這幾句別人不能全得，唯有我劉氏可全得。
（生）你改也難全。
（旦）我怎麼難全？爹爹當初命我自選佳婿，綵樓下有多少王孫公子，偏不招他，別富貴而配寒儒，這是富貴不能淫了。貧賤不能移，我本千金之體，適與你一介窮儒，貧守破窰，全無嗟怨，這不是貧賤不能移？威武不能屈，當日同你到我家，爹爹見你衣衫襤褸，怒發如雷，將你與我趕出門來，奴家即便前來，全無畏懼，這不是威武不能屈？
（生）講到也講得來，只是有辱你潭府，玷污我斯文。倘我後日成名，有愧誥命。
（旦）依我之言，潭府也無辱，斯文也無玷，你有能做得官來，誥命也無愧。
（生）既然如此，就請千金小姐把這腳踪來評一評。
（旦）這個容易，瑞雪濛濛積滿空，太陽一出便無踪。
（生）依你這等說，那日出雪消，這腳踪就沒有了？你今日評得腳踪明白就罷，若評不明白，從此以後，休得進我窰內來！（生進窰介）
（旦）看起來，非我劉氏千金，豈能做得他妻子，只為這些腳踪

不明，懊恨了他許多豪氣，真乃我丈夫也！不免進去説明，免使他憂悶。（入窑介）

【前腔】（旦）我夫聽奴語，不必太多疑。聽得伊口口聲聲道，是男子漢不吃嗟來食。我在此饑寒無所倚，衝寒驀見梅香至。（生）終不然這粥是梅香送來的？（旦）非是梅香送此粥來，是我爹娘在家賞雪，見我不在，有思念之心，叫院子與梅香送些錢米周濟於我。送些錢米問因依，探取奴行端的。你今日回來，見此脚踪就起疑心，你把我妻子做甚麽人看待？你枉為個男子漢大丈夫，讀書輩君子儒，説出話來没巴没臂。爹娘，誰叫你送些錢米來，反與女孩兒添惱也。呵，只為這些錢和米，教兒受場嘔氣，受場嘔氣。

（生背云）倒是我差矣，原來是院子與梅香的脚踪。我心下疑他幹出甚麽醜事來，如今反惹他吃惱。不免進前賠個不是。（向旦云）娘子，適間言語衝撞，望勿介怀。

（旦不動）

（生）娘子差矣，我為丈夫的在你跟前深深唱個喏，你身子也不動，是何道理？我曉得了，你説令尊家送些錢米來，你就做出這等威勢。一杯之水，焉能救我車薪之火？娘子還是命好，遇着我有事回來緩緩問你。比如那一等愚蠢之人，有事回來不問情由，一頓乱打，你如何處置？

（旦）你今日回來，言語都講盡了，只是不曾打，你於今打就是！

（生）説便是這等説，於今講明白了就是，可將粥來我吃。（旦與粥介）我且問你，往日回來得早，今日為何回來得遲？

（生）娘子，我今日回來得遲有個原故。往日到那木蘭寺，有齋就吃齋，無齋就向火。今日到那裡，齋又不見，叵耐那秃驢又哄我數了羅漢，教我在雲堂上等他拿齋來。卑人到雲堂上，只見經桌下有一炉火，卑人彼時身上正寒冷，竟在那裡端然向火。那些秃驢們甚是可惡，就把那經桌上一碗净水將火一傾。（傾粥介）

【香柳娘】（生）奈緣慳分淺，奈緣慳分淺，有許多不遂。思量飯食非容易，苦肝腸寸斷，（又）欲待要充饑，誰知傾落地。想蒼天困我,(又)直恁地空流珠泪。

娘子,卑人昨夜三更時分,夢見窰外起個大旗杆,掛面大紅旗,寫個"窮"字在上。我彼時也吟詩一首:昨夜三更夢見窮,空字盖頭身背弓。後來一下驚醒,不曾湊得下韻。

(旦)待我替你湊起下韻:腰間拔出昆吾劍,斬斷窮根永不窮。

(末上)小人乃是學裡一個齋夫,蒙老爺分付我送些盤纏,與吕先生應舉。來此便是。(見生介)

(生)呀,原來是齋夫到此,有何話説?

(末)老爺着我送些盤纏來,與相公上京應舉。

(生)這等,多謝你老爺了。

(末)暫時相別去,久後又相逢。(末下)

(生進窰云)娘子,卑人前日在天津橋上覓瓜,聞説黃榜招賢,意欲前去求取功名,爭奈缺少盤纏。今蒙令尊憐憫,着人送錢米來,又蒙學裡師父相贈,如今卑人不慮没有盤纏,只慮娘子在家,孤身獨自,卑人豈忍一旦割捨而去!

(旦)官人,你去求取功名是好事,務要用心與奴爭氣,離別之情,何足歎也。待奴家略贊幾句口詞,以表今日離別之情:良人奮志在春闈,何必匆匆歎別離。鸞鳳飛騰宜及早,魚龍变化正當時。

(生)若依我蒙正的文章,奪青紫如拾草芥,有何難處。待我也回詩一首:桃浪煖時催客興,柳絲垂處系人心。尊怀若許微生去,定見承恩入翰林。卑人此去,若天不見怜,不能一舉成名,正是有去無興而歸了。

(旦)官人,但願馬前喝道狀元來,這回方顯風流婿。

【七賢過關】(生)皇都三月時,聞道開科試。天下英才,盡赴文場内,好一似浪煖魚龍,趁此風雲會。即便登程往帝京,那時丹墀對策,雁塔題名。瓊林宴罷醉扶歸,藍袍脱却換朱衣,那時方遂男兒志,那時方遂男兒志。

(旦)待奴家掩上窰門,略送一程。(掩窰門介)

【前腔】(旦)掩上柴扉,輕移蓮步,蓮步輕移,遠送兒夫竟往長安去。寶鏡鸞儔暫別離,待奴家折柳贈君行。折却一枝河畔,須當贈與我夫君。陽關送別言難盡,聊表離情一片心,略表奴芹意。君今此去求名利,須念糟糠劉氏妻。十里紅樓休迷戀,謹記十載困書幃,百結舊鶉衣。奴只願我夫此去扳仙桂,十年身到鳳凰池,千鍾粟榮華貴。

（生）娘子請回,卑人就此拜別。

【駐雲飛】（生）拜別賢妻,夫婦恩情且暫離。不為功名事,怎忍分鸞鏡。嗏,（旦）辭去往京畿,奴在冷落荒村,誰來偢問,惟願你金榜題名及早歸。

（生）娘子請了。

兒夫今喜赴科場,惟願此去姓名揚。
桃花浪暖魚龍化,方顯男兒當自強。

第十六齣　同儕赴選

【水底魚兒】（末）雪案螢窗,讀書多倦勞。文章才學,是我獨為高。來遊上國,豈避路途遙。（合）藍袍脫却,金榜姓名標。

【前腔】（净）窮酸秀才,到來粧怪喬。琴劍書箱,我們獨自挑。乾糧吃盡了,肚饑極會熬。（合前）

【前腔】（丑）暮史朝經,腹中無一毫。戲文曲調,記得熟似糟。無人代筆,科場没下稍。（合前）

（净、丑）尊兄拜揖。

（末）二兄拜揖。

（净）途路勞苦,但願得吾輩共登高第。

（丑）惟願我三人都做狀元。只一件,惟恐筆端高下不同,不知老兄一路來有何佳作?

（末）學生途中偶成一詞,自述平生之志。

（净、丑）願聞。

【西江月】（末）一段翰林風月,幾多吏部文章。天教付與少年郎,笔掃虹霓萬丈。此去應無阻滯,今年管取翱翔。衣襟尤帶桂花香,萬里雲霄直上。（净、丑）妙哉! 高作如此,今歲狀元必定是尊兄中了。(末)不知二位途中有何佳作？(丑)小子方無盤纏,便説故事又會念詩。九月九日菊花開,張公惱似燈,甚講將爛熟。且説隋煬帝大業三年,夏六月、重陽日、元宵節,起一陣東西南北風,下一番青紅赤白雪,高三百六十五丈零二寸。且不着脚面,是月夜明如畫,伸手不見脚後跟。

(净)學生在途中只做得四句詩,且是有些意趣。

(丑)如此願聞。

(净)(詩云)緑羅剪出錦條花,名錦裁成兩樣瓜。不應故鄉張大嫂,受恩深處便為家。

(末)你二人休閑説,但願得此去登高第,大家齊做狀元郎。

【金錢花】(生)我們同入科場,科場,果然文學高强,高强。管教衣惹御爐香,(合)標金榜姓名揚,齊做個狀元郎。

【前腔】(净)我們才學相當,相當,看他雲霄直上,直上。袖中懷挾幾張。(合前)

【前腔】(丑)你們忒煞輕狂,輕狂,好似風子模樣,模樣。這回快煞怎商量。(合前)

【前腔】(末)幾年因苦寒窗,寒窗,暫時落泊何妨,何妨。管教名字奏吾皇。(合前)

(生)諸兄拜揖。

(净、末不應介)

(生)吾兄若赴科場,一就拖帶則個。

(丑)惶恐惶恐,好一似乞丐模樣,也來赴科場。

　　　　正是將相本無種,果然男兒當自强。

第十七齣　神　明　顯　聖

(末扮太白上)作善者善神常護,作惡者惡鬼相隨。此間有一書生,姓呂名蒙正,他日位居相國,如今獨往京都,只留下妻室一人,獨守破窰之内。吾恐有盜賊虎狼之輩侵害貴人,不免叫出此間土地,分付他速與防護。土地何在？即速過來！

【西地錦】(丑扮土地上)土地感靈,總主此一方咸保安寧。驀然叫得傳尊命,只得駕來臨。告尊聖,有何法旨?

(末)此山之間破窰之內,有一未濟書生,姓呂名蒙正,却有將相之分。今為劉丞相女婿,時運未來,被趕出府門,無處安身,今在此破窰居止。如今獨往東京赴試,留下妻子在此窰內。吾恐盜賊虎狼之輩侵害,貴人不當穩便,汝可防護。

(丑)告尊聖法旨,土地只掌管一方祑福,虎狼之輩乃是山神管理,他可除却。

(末)山神何在?即速過來!

(净扮山神上)

【前腔】小神常居村內,統領百萬陰兵。怕豺狼虎豹傷人命,用力收擒。禀尊聖,有何法旨?

(末)此山之間,有豺狼盜賊,毋令侵害生民。今此破窰之中有一婦人,乃未濟書生呂蒙正之妻,獨守於此,其夫目今上京赴試後,日有將相之分,汝等用心持防。

【番皷兒】(末)聽使令汝等用勤謹,(丑)又豈敢有違尊命。(末)有一佳人在此荒村幽靜,異日身荣管取名,傳達帝京。(净)頃刻領兵至村居,安然莫耽悮。

【袞袞令】(末)狼和虎不得傷人,(丑)我等速往即當用心。(净)小神守一方略顯些威靈,使虎斷絶,精怪潛形。

【双勸酒】(净)施威猛烈,業畜震驚,(丑)小神勇猛,凶徒難侵近。(合)直教四境保安寧,功績達天庭。

【前腔】(末)從今剿除,山林安靜,(丑)且即便行,休違尊命。(合)管教虎狼不敢近他門,草寇無踪影。

第十八齣　虎近窰門

【一枝花】(旦)鱗鴻無信音,村落人孤冷,空負黃昏後。尋思起多少離情,難捱良宵永漏。未能安寢,直待更殘最苦,依依隻影。半輪殘月松梢上,四顧瀟條惱亂人。懊恨子規枝上叫聲聲,腸斷不堪聞。如今丈夫往京赴選,未知消息何如,使奴家在破窰受此淒涼,好傷人也!

（虎上挨門介）

【秋月夜】（旦）寒夜深,寂寞孤靜,（虎又推門介）好作怪呵,誰把門兒推不定,是誰半夜三更推門則甚?聲聲問他他不應,還是甚人?

【恨蕭郎】莫不是風飄落葉声,又不是僧敲月下門。夜長人靜,又不是行李相投。莫非鄰里相問,奴身暗地臨門認。（看虎驚介）教奴見也見也還驚。呀,原來是猛獸來山徑。苦也!（哭介）我尋思在府中,那曾見這個虎!

【獅子亭】看他貌,多怒嗔,眼睜睜的直恁好怕人。你尋常此身,須隱匿山林,莫恁地逞身弄影。諕得我身兢戰,心驚怕,神魂散,情懷不定。百步裡使奴,没處安身。

【劉潑帽】只見他横行擺尾身不定,我只得牢頂柴肩,苦天天特賜相怜憫。顯神通,救取奴一命。道犹未了,只見一簇神人走來,真個是怕人,不知何如?

【鬥鵪鶉】（净）恰離了古廟荒村,早來到山凹谷口。恰領了尊聖言詞,我則索騰雲駕霧。憑着我勇力爭獰,把精神抖擻。甚處覓,何處求?我這裡尋跡追踪,瞻前顧後。

【紫花序】我則見天光黯黯,月色濛濛,夜氣悠悠。則聽得陰風怒吼,冷氣颼颼。何由,莫不是潑毛團,在這裡細追求?兀自舞爪張牙,不住他擺尾搖頭。

【調大和】這裡見他怎肯干休,那時節野草閑花滿地愁。他那裡閃雙睛顧在山前後,看一回龍爭虎鬥,猶兀自挣眉緘口。休便休,大來惹事擔憂。禿廝兒趕趕潜身便走,我怒吽吽忿氣難收。只見他尚能不自由,你莫待要死在荒郊。

【煞声】上前來忙把他身後扭,把他铁鎖將他緊扭。冷清清鎖在廟門前,虎,再休想在山前路上走。（净鎖虎下介）

【哭梧桐】（旦）人無害虎心,虎有傷人意。月冷風清難存濟,誰知猛虎潜來至。不是蒼天救奴存,一命須臾喪泉世,由兀自戰戰兢兢地。

【前腔】都緣命裡乖,只是長吁氣。禍若來時怎逃避,今宵要躲渾無計。舉目無親靠着誰?但願兒夫早早回家裡,如今別無所告,只得一心禱告天和地。

　　　　虎狼挨户好驚人,謝得天神救妾身。
　　　　萬事勸人休碌碌,舉頭三尺有神明。

第十九齣　梅香勸歸

【剔銀燈】(占)一別後全無音信,潛身特來相尋問。朝烟淡鎖疎林影,奈滿目孤村人靜。桃花綻錦,柳色相映,青蕪露濕鞋兒潤。又早是他家相近,如何門兒尚扃,不免推開窑門,進去看取,呀,原何的全不見人?

(旦提籃上介)

【前腔】(旦)浸晨早提籃去採芹,驀見人跡歸荒徑。呀,是誰把門開了?門兒半掩人無影,(占)小姐,是我。(旦)又聽得何人聲應。(占出介)(旦)原來是你到此相詢問。(占)小姐,採這野芹做甚麼?(旦)梅香,是我操作不成,牧童採取閒相贈。(占)小姐,這芹籃待我替你拿着,敢問你那裡去來?(旦)去問取兒夫信音。(占)呂官人在那裡去了,問他信音?(旦)他如今往帝京。(占)前日老相公送春衣盤費贈呂官人赴試,小姐呵,但不知呂官人榜上也有名否?(旦)梅香,我那呂官人才學奪青紫,如拾草芥,何難之有?登科定有他名姓。(占)小姐,同你進窑中坐着。(旦)梅香,你來此何幹?(占)小姐,是老太太使我來勸你回府,不要在此受苦。(詩)孤村寂寞最傷情,豺狼虎豹好驚人。當初不聽梅香諫,昔享榮華掌上珍。

【紅納襖】(占)享榮華掌上珍,到如今受飄零水上萍。漠漠寒烟樹影微,瀟條寂寞好孤恓。荒村寂寞受孤冷,只落得瘦懨懨多悶縈。小姐,你在此有甚麼好處?早行終日不逢人,惟有山花夾路明。舉頭但見牛羊放,坐對青山看白雲,舉目無個親。若不是老夫人念取骨肉情,使梅香來看你,有誰人來相問?(旦)梅香,我在這裡多少清閒自在。(占)說甚麼清閒自在度芳春,臉上容顏瘦十分。終日窰門緊閉着,只落得雨打梨花深閉門。(旦)兒夫才學衆皆聞,下筆成章泣鬼神。此回得遂青雲志,坐守詩書多苦辛。

【前腔】(旦)他守詩書多苦辛,自古道貧者因書富,富者因書貴,想儒冠不悞身。(占)不知你幾時等得呂官人發達?(旦)梅香,自古道:時運未來君且守,困龍也有上天時。淺水蛟龍豈長困,桃花浪暖來問津。(占)小姐,梅香今日到此,別無話說,老夫人叫我多多拜上小姐,不要守着這窮秀才,即刻回去,別選日期,招個佳婿。(旦)賤人,是誰人教你講這話!既與他為契姻,自古道:嫁夫靠主度終身,難動銅肝鐵膽心。□想赤繩曾繫足,今生纔可結姻盟。娘,怎出此言教女孩兒怎做得薄幸人!不忘海誓共山盟,豈肯棄舊又怜新。不向華堂金玉貴,寧做荊釵裙布人。正是一夜夫妻百夜恩,我和他百夜夫妻海樣深。(占)百般紅紫鬥芳菲,萋萋野草正愁人。黃鸝紫燕枝頭語,正值陽和三月春。

【前腔】(占)正陽和三月春,自古道:近水樓臺先得月,向陽花木易為春。只見草鋪茵花綻錦。三月春光半流水,百年身世一浮萍。韶光可惜閑虛度,那幽禽弄舌枝上鳴。小姐,那鳥兒叫得好。(旦)那鳥兒怎的叫呵?(占)叫道歸去好歸去好,免在破窰受煩惱。(旦)他不是這等,叫道:在此好在此好,從着寒儒終須好。(占)傍前去你試聽。(旦)去聽他怎的?(占)真個叫得好聽。(鳥)春山日日勸人歸,一片歸心只自知。啼到日西啼未了,何曾勸得一人歸?他聲聲也只是頻勸你,(旦)你烏鴉嘴扁毛翅,絮絮叨叨叫怎的?自己羽毛不能變,反來勸別人!(占)小姐,要打梅香便打,不要將鳥譏誚。(旦)梅香,同出窰外觀看一會。(占)小姐,這三枝樹真個好似三個人。(旦)梅香,好似那三個人?(占)這桃李似老相公夫人,這梅樹像似呂官人一樣。(旦)梅香,你說了許多話都不中听,比梅樹像似呂官人這句話說得好。(占)小姐,你听我道這梅樹來。同行攜手翫枯梅,儼似窰中呂秀才。敗葉不沾新雨露,枯枝當惹舊塵埃。十枝曾有九枝朽,數蕊全無半蕊開。獨守孤村甘冷淡,焉能占得百花魁！（旦）梅香，你那裡知道這梅樹有好處？枯梅越看越精神，惟有枯梅骨格真。也應伴却調羹手，但未曾沾雨露恩。

【前腔】（旦）未曾沾雨露恩，這梅樹呵，寂寞神棲煙水村。槎牙榾柮雪中存，受淒涼雪裡存。梅為兄來竹為友，松號大夫名不朽。雖然松柏奈歲寒，梅花獨占春魁首。有日花開占春榜，（占）小姐，你看桃紅李白，這梅樹縱好顏色淡薄。（旦）說甚麼桃花紅來李花白，梅花縱好無顏色，雖然未結黃金實，鬥雪先開白玉花。那桃紅李白皆後塵。（占）小姐，他縱好也沒有結果。（旦）梅樹今冬無枝葉，精神未必染紅塵。陽春等待冰霜熟，也有開花結子時。你看那枝頭子漸青。（占）小姐，他縱有結果，也沒有好滋味。（旦）鐵作枝梢玉作葩，調羹曾薦帝王家。這些滋味真想他，不做擎天碧玉柱，定做個御手調羹鼎鼐臣。

（占）呀，小姐進去了，就把窑門閉上，不知俺小姐情願守著這窮秀才有甚好處！罷！罷！罷！我且自由他則個。

甘心受苦守清貧，爹娘不念女兒親。
此心堅似金和石，寧做荊釵裙布人。

第二十齣　狀元遊街

（末）五百名中第一仙，花如羅綺柳如煙。綠袍著處君恩重，黃榜開時御墨鮮。龍作馬，玉為鞍，等閒平步上青天。時人莫訝登科早，月裡嫦娥愛少年。今日黃榜已開，臚傳已罷，如今迎著三位狀元浪遊街市，小人不免在此伺候則個。道猶未了，只見狀元早來。

【豹子令】（生）今日蒙君親賜衣，一舉成名天下知。果然平步登雲漢，一朝身到鳳凰池。（合）名標金榜做個狀元歸。

【前腔】（淨）十載寒窗多愴悽，一朝榮貴到丹墀。今日得遂平生志，早歸閭里拜親幃。（合）名標金榜做個榜眼歸。

【前腔】（丑）平日糟糠一肚皮，試場只得和鑼槌。笑他真木却落□，不如魍魎掛荷衣。（合）名標金榜做個探花歸。

十年窗下無人問，一舉成名天下知。

第二十一齣　夫人看女

【金玉驄】（夫）一別夢難逢，思憶心悲痛。欲往窰中，探問嬌容。知他去向，苦樂與誰同。

【前腔】（占）苦諫不依從，甘守破窰中。一似黃花秋老，瘦減春容。樹凋葉落，却恨五更風。夫人，梅香叩頭。

（夫）梅香，我聞知呂秀才上京應選，小姐獨守窰中。今喜相公入朝赴宴，想他一時不回，我意欲帶你同往破窰一看。

（占）稟夫人得知，此去小姐破窰，乃羊腸小路，崎嶇難行。

（夫）既如此，分付看小篼來罷。

【駐馬聽】（夫）緩步羊腸，親往窰中看女行。不念高堂母老，晝夜思量，鎮日悲傷。此間乃是獨木橋，衆人須要仔細着。我兒呵，只愁你孤村寂寞景荒凉，耽驚受怕多磨瘴。梅香，見我和你此來呵，勸取回鄉，（重）免教爹媽懸懸望。

（占）來此就是窰門外了，請夫人下篼。

（夫）衆夫子遠遠伺候。梅香，你先進去通報小姐，只説我親自來看他。

（占）理會得。呀，只見只見窰門閉上，在此不免打叫一声：小姐，開門！開門！

【駐雲飛】（旦）夫往京畿，懷抱經綸、懷抱經綸赴試闈。惟願他登高第，四海揚名字。㗳，身着紫羅衣，遙拜丹墀。寵沐君恩，方表男兒志，不在奴受盡饑寒吃盡虧，受盡饑寒吃盡虧。（開門見介）梅香，你今日到此，有何話説？

（占）小姐，老夫人親自來看你，如今已到窰門外。

（旦思量介）梅香，我本該出窰外迎接，奈我身體欠安，不可以冒風。你與我稟過老夫人，請他進來。

（占回稟介）

（夫）梅香，他曉得我要強他回去，故此推疾。也罷，我且自進去。（相見抱哭介）我的嬌兒，這等寂寞所在，虧你在此安身過得，教我為娘的怎捨得你在此！

（旦）老娘請坐，受女孩兒一禮。有勞母親到此，未遑遠接，負罪多多。

（夫）不須下禮。自從骨肉兩分離，荒村寂寞受孤恓。容顏枯槁身襤褸，痴心守着一寒儒。兒呵，你听我娘親一言，今日同我回府中去罷。

（旦）娘，虧爹下得狠毒心，一時性發若雷霆。夫婦雙雙遭趕逐，街坊囑付莫容身。破窰內，且安貧，枯木時來也遇春。莫道娘親傷情處，鐵石人聞也泪零。

（占）小姐，夫人終日念孩兒，母在東來女在西。破窰受苦梅香說，不告夫人怎得知。今相會，兩傷悲，再勸小姐轉庭闈。莫道梅香多勸你，只恐猿聞也淚垂。

（夫）兒，從今脫却貧寒苦，相伴娘親及早歸。

（旦）娘，貧寒苦楚皆熬定，夫不身榮誓不歸。

（夫）兒，你當初不聽娘親諫，今日孤恓怨着誰！（哭介）

【江頭金桂】（夫）你當初不從娘命，到今日破窰中棲此身。兒，你往日在家，住的是潭潭相府，繡閣香閨，今日呵，住的是泥房土壁，薦庸蓆門，似這等風吹雨打誰怜憫！兒，你的床鋪在那裡？（占）夫人，這些稻草就是床鋪。（夫）你在女家做女兒之時，睡的是牙床錦被，羅帳紗幃，鴛鴦繡枕，疊褥重裀，娘心尚若不足。今日睡的是亂草鋪茵，斷磚做枕。兒，你三飡飯食在那裡炊煮？（占）這瓦罐兒就是他鍋竈了。（夫）兒，你昔日在家，吃的是肥羊美酒，鮮品佳餚，你今日怎受得這等苦楚呵！到如今吃的是青虀淡飯，野菜山芹，如何苟活殘生命？兒，你往日玉貌輕盈，真個似一朵解語花。今日呵，臉如飄秋敗葉，髮如收暮垂楊。容枯貌朽可驚傷，教娘如何不慘。見你容顏瘦盡，容顏瘦盡，衣衫破損。兒，我爹娘上無一男，單生一女，把你做個掌中珠看待，今日這等狠狠呵，好傷情，你本是花容月貌多嬌女，到做個垢面蓬頭下賤人。

（旦）娘，那時孩兒明白，招贅呂秀才為婿，又非苟且胡行，反觸爹爹雷威，將奴即時趕出。

【前腔】（旦）忍得下不慈心性，自古道，嚴父慈母。那日爹爹雖然發怒，娘在一邊袖手旁觀，勸也不勸一聲，全不念骨肉情。忍將奴衣冠剝去，逐出廳堂，把重門緊閉無投奔。逐出不容也自罷了，又差人曉諭街坊，不許停歇我夫妻二人，懊恨爹爹太無情，街坊分付莫容身。夫婦雙雙無計策，破窰權且守清貧。只得向曠野幽村，安貧守分。（夫）兒，我知道你在此受苦，今朝撇下這窰房，隨老娘一同回也罷。（旦）娘說那裡話！綵毬作證結為婚，雖受飢寒不久貧。荒村寂寞奴甘守，直待兒夫播姓名。再不念深閨繡閣，金屋銀屏，珠圍翠擁繁華景。（夫）兒，只怕呂秀才終身如此，可不悞了你一世。（旦）娘，自古道：儒冠不悞人。正是：虎落平陽被犬欺，退毛鸞鳳不如雞。困龍豈是池中物，直見風雲際會時。試看他鵬程奮迅，鵬程奮迅，龍門馳騁。我丈夫呵，他定要去占魁名。一舉鰲頭名姓揚，朝衣新惹御爐香。莫笑荊釵裙布女，須知有日戴金冠。休言我荊釵裙布貧寒女，定做個紫誥金花富貴人。（占）小姐，你當初在家，桃腮杏臉人如玉，皓齒朱唇貌若花。

【前腔】（占）你當初一貌如花嬌俊，到如今鬢蓬鬆醜陋形。小姐，你是公相夫人掌上珍，綵樓高結配佳姻。誰知鳳與寒雞配，終朝空倚破窰門。你本是千金體態，守着一介書生，小姐，自古道：青春易過，歲月難留。你朝守荒村僻處，暮對西景斜陽。只見飛禽走獸，癡心苦度時光。似這等苦中虛度青春景。梅香因知愚不諫賢，我說個比方與小姐聽着。豈不聞卓氏文君，聽琴私奔。不肯隨時應變，苦自癡心當壚滌器。（旦）賤人，你好大膽！呂官人非相如之輩，我亦非文君之私！（占）我這裡忠言，你那裡逆耳全不聽。小姐，梅香不敢勸你，莫枉了老夫人自來，你可須當三省，（重）再加詳審。（旦）賤人，你只管絮絮叨叨在此誣講怎的！（占）豈胡云，你本香閨繡閣紅顏女，到做個破瓦窰中薄命人。（旦）娘，語四言三論短長，貧窮富貴分相當。眼前任你魚蝦笑，自有榮華不用忙。

【前腔】（旦）你出言全不思忖，這言辭豈可聞。我是昆山潔玉無瑕玷，火煉黃金性不移。我本是無瑕白璧，赤色黃金，任你千磨百煉難移性。自古久耐歲寒松與柏，幽谷生香是蕙蘭。我是松柏遺形,蕙蘭丰韻。我不學癲狂柳絮隨風舞,輕薄桃花逐水流。決不效癲狂柳絮,輕薄殘英,怎做那隨風逐浪萍。(夫)兒,到此回頭猶未晚,寒雞相別鳳來儀。依我娘勸,回去也罷。(旦)娘,嫁夫靠主度終身,□□銅肝鐵石心。夫妻本是前緣定,今生纔得締姻盟。締姻盟,難負初心薄倖人,我若虧心短倖,虧心短倖,被人談論,絕不負初心。娘,只做得齊眉舉案,怎效覆水難收!我堅心立志持貞女,不做那敗俗傷風薄倖人。

(夫)兒,今日爹爹進朝去了,我潛身出來,相勸你回去。誰知你執性癡迷,老娘怎捨得一旦拋撒而去。兒呵,

【催拍】(夫)幼年間父憐母惜,為婚姻父逐母棄。到如今無依無倚,到如今無依無倚,我說只來勸你回府,故不曾帶得銀米來與你。只得脫下衫兒,取下金釵,周濟你身依口食。(合)辭別去母子東西,腸寸斷泪雙垂。

(旦)多蒙母親憐念,容孩兒拜謝。

【前腔】(旦)謝娘親脫衣遮體,謝娘親百般週濟。似這等無依無倚,似這等無依無倚,兒送娘回,娘看兒歸。兩眼睜睜,怎忍分離。(合前)

(占)夫人,不必延滯,恐老相公宴罷回來。

【前腔】(占)告夫人趲行莫遲,恐公相宴罷回歸。家中有誰,家中有誰,公相回來,問老夫人那裡去了,那時節尋伊不見,怒發如雷。道你擅離夫主,罪過難推。(合前)

【尾聲】骨肉今朝纔相會,一時分散又東西,母子恩情怎忍離。
　　　　千思萬想看嬌兒,得別嬌兒又別離。
　　　　欲行幾步回頭顧,娘往東行兒往西。

第二十二齣　拜謁相公

【探春令】(外)歸來身惹御爐香宴,瓊林初散。青春白晝開門館,看遲日移春檻。殿上袞衣明日月,硯中旗影動龍蛇。縱橫禮樂三千字,獨對丹墀日未斜。如今黃榜初開,臚傳已罷,今科狀元乃

是本里人氏，姓吕名蒙正。老夫暗想，昔日綵樓招那吕秀才，正與此人名字相同，莫不是他？少刻必來相見，便知端的。（末）男兒欲遂平生志，須把文章窗下讀。馬前喝道狀元來，這回方顯風流婿。伏相公，于今狀元、榜眼、探花特來參見老爺，未敢擅進。（外）既如此，請進相見。

【花心動】（生）一跳龍門到如今，方顯身家貴。深感皇恩，足躡雲梯，一舉手拔仙桂。（小净）這回得遂平生志，皆出自春風桃李。

（相見介）

（外）恭喜列位賢契，皆抱不世之奇才，並登斯科之高第。誠可為朝廷得人之賀，老夫亦與有榮焉。

（衆云）學生輩碌碌庸才，深荷提携之力。老大人休休大德，多蒙作養之功。

（外）説那裡話！

【曉行序】（生）即日恭惟，念十年窗下，幾多勞疲。荷蒙陶煉，忝為天下名魁。（外）應是滿腹文章無比，動龍顔多忻喜。（合）幸遇得提携，金榜高標名第。

【前腔】（净、丑）須看濟濟雍雍，無非出自，公門桃李。休然容我，容我遍謁階墀。（外）不外辱過高軒暫淹留，須刻時休違棄。（合）幸遇得提携，金榜高標名第。

【憶秦娥】（末）茶至玉川清味奇，浮盞浪花起。（外）署備酒三杯，望乞少留官署也。（合）蒙君意美豈敢違，尊者兹承降接，何勞賜宴會。

【前腔】（外）重感激親訪及，特地表誠意，何必再三謙意也。（合前）

【尾聲】來朝同往入丹墀，詮曹授官職，無非佐助明時。（外）詩書不負男兒志，（生）此回俱喜登高第。從今位職早安除，協力寅恭報知己。

　　　　　　披星鳴佩入金門，朝罷歸來席未温。
　　　　　　英雄五百齊參謁，今日方知宰相尊。

第二十三齣　遣迎夫人

【喜遷鶯】(生)自別京畿,春闈應試,喜得仙桂高扳。湘浦魚沉,衡陽雁斷,奈孤村景物荒涼。追思岳丈薄情,深荷賢妻厚愛。望家鄉,雲山一派,何日衣錦回還。丹墀對策冠羣英,御筆親書第一名。五殿旌旗齊已至,兩班鴛鷺仰而欽。衣冠拜舞龍顏悅,姓字高標虎榜荣。歸到行軒人莫羨,十年前是一書生。下官自別荊妻,來此赴選,忝中狀元。除授翰林,官居清要。今日且喜謝恩,朝罷喚過梅香院子,前去南窰中接取夫人來此,同享富貴,有何不可。梅香院子何在?

(淨、丑)食人之食,當事人之事。禀爺爺,院子梅香叩頭。

(生)梅香院子,喚你二人出來別無他事,差你前去接取夫人到京,不可有違。

(淨、丑)小人們曉得。

(生)且起來,听我分付。

【忒忒令】(生)衆人須聽、聽我從頭囑付你們幾聲,夫人若問這裡事情,依我言詞回話。(淨、丑跪云)小人領命。(生)你道我中狀元,你道我中狀元,金榜也曾高登。俺夫人問我歸期時節呵,你道俺受翰林歸鞭未整,梅香院子,俺夫人那裡飲食比為官的大不同,你二人須索要頻加特進,你二人須索要頻加特進,莫教我夫人在途路上耽飢受餒。(淨、丑)小男女不敢有違。(合)謹領着恩官命,不必細叮嚀,想來都是會中人,想來都是會中人。

【前腔】(淨、丑)蒙相公差遣去匆匆,念小人如梭去緊。梅香,我們二人領了呂老爺嚴命,在途路中再休題耽勞二字。(丑)院公,言之有理耳。(淨)説甚麼戴月披星,登山渡嶺。(丑)院公,差了,不曾問得老爺家鄉在那裡。(淨)梅香姐,你不説險些兒忘了,和你轉去問個明白來。(生)你二人因何去而復還?(淨、丑)非是小男女去而復還,拜問老爺家鄉住在何處,拜問老爺家鄉住在何處?免使小人們在途路上尋踪覓影。(生)原來是如此。(淨、丑)小男女不知去向,請問老爺尊示。(合)謹領恩官命,不必細叮嚀,想來都是會中人,想來都是會中人。

(生)既如此,院子,分付衆手下的,在門外伺候。

(净分付介)

【前腔】(生)若提起舊家風景,不由人羞顏慘情。(净、丑)稟老爺,官居上位,禄享千鍾,有何愧色?(生)你二人不知我家中的事情,若問我家住在那裡,此去到吾家,竟過一條鳥道嶺,曠野幽深。那壁廂羊腸路徑,這壁廂破窰相近。你二人呵,休道我家貧窘,到京師莫把我名揚外郡。(净、丑)小男女豈敢。(合)謹領着恩官命,不必細叮嚀,想來都是會中人,想來都是會中人。

(丑)院公,我說老爹呵,

【前腔】(丑)因甚的躊躕思忖,原來有段事情。(丑)聞得小姐在綵樓上,見多少王孫公子偏不招他,一見了吕老爺,就把絲鞭拋下。他今日果中了狀元,方顯得小姐高見。那小姐在綵樓上能識吕老爹是個宰相才能,(净)梅香姐,那老爹在破窰中養成一個狀元首領。(生)你二人閑話休說!(净、丑)小人不敢。(生)你二人與我傳遞一封雁鴻書信。梅香拜上夫人,説吕老爹懸懸而望,免使我忘飡廢寢。(净、丑)小人就去。(合前)

【尾聲】(生)奎光直透三千丈,果然身惹御爐香,方顯男兒當自強。

(末上)稟老爺,聖人遣使臣到此,宣老爺去赴宴。(生)左右,拿朝服來。(末)朝服在此。(生)朝廷赴宴去匆匆,(净、丑)老爺,怎麽不修書接夫人?(生)無暇修書報玉容。(净、丑)老爺没有書,恐夫人不信。(生)夫人問我書和信,左右,拿宫花過來!宫花當作紫泥封。

第二十四齣　宫　花　報　捷

【謁金門】(旦)曙色瓏璁,見幾陣落花風送。奈好夢難成,縈懷方寸,教我醒眼矇矓。天上碧桃和露種,日邊紅杏倚雲栽。尋常謾道思登薦,爭得元臣重選才。奴家為何道這幾句言語？想俺兒夫才學,必然高中。倘遇我爹爹主握文場,又不知廷試何如？今日正當揭曉之期,若是得中,必有佳音傳報。待奴家步出窰門觀看一公。正是：未出窰門三五步,觀盡江山千萬重。草茅爭視重瞳目,五百英雄入轂中。

【二犯傍妝臺】兒夫去後悶無窮,雁杳魚沉信不通。此去功名成就否,教奴暗地想重瞳。三陽開泰運來洪,洪鈞一氣轉如風。一跳龍門先遇錦,今朝定奪狀元紅。臨軒此日、殿試策英雄。呀,只見東邊彩雲捧日,瑞氣騰騰,我昨晚夢見紅日昇天,得此佳兆,想我兒夫必然高中了！天為皇家開景運,鶯闕外彩雲籠,只見今朝喜鵲枝頭噪,昨日燈花結錦桃,若得兒夫魁金榜,好似潛龍上九霄。日高喬木喧靈鵲,雷動中天起臥龍。當初起程,奴家囑付他,若得功名成就,千萬寄一封書信回來。鰲頭已占,魚信可通,捷音想出鳳城東,捷音想出鳳城東。那日送別之際,我說道,兒夫此去,務要用心奪取功名,與奴爭氣。我遂占口詞,以送他行。兒夫奪志在春闈,何必匆匆歎別離。鶯鳳飛騰宜及早,魚龍變化正當時。他彼時也回得好：若依我蒙正的文章,奪青紫如拾草芥,何難之有？亦口回詞一律：桃浪暖時催客興,柳絲垂處繫人心。尊懷若許微生去,定見承恩入翰林。夫,你說便是這等說,功名兩字真個是難！

【前腔】那日送別我夫君,志氣軒昂往帝京。夫道求名如拾芥,我言富貴好磨人。思量一會轉憂冲,天下讀書的廣,有做秀才的廣,多不似我兒夫,被詩書悞了半世。此去功名成就,萬望天地神明保佑。夜聞哀雁驚魂夢,朝望征鴻少信音。一炷心香頻禱告,願夫黃榜占魁名。無言可道,謾自叩蒼穹。他那日起程,我說夫,不須叮嚀囑付,惟在功名二字。他回言道,得我明朝鏖戰文場內,他日恩沾上九重。不用再三親囑付,管教此去化魚龍。尋常謾道登天易,愁腸百結意沉吟。掩上柴門恨怎禁,去路遠行千里路,薄情總是一般情。兒夫去後,奴家終朝顒望,相似甚的,奴一似大旱之望雲霓也。妾身畢竟望霓虹。正是：不聞喜鵲頻頻噪,惟有嬌鶯恰恰啼。終朝顒望雲邊雁,那得英雄捷報飛。忽聽得流鶯嘲哳花枝午，怎不見捷寄塵飛柳陌風？夫，你倘或不中之時，你若是龍門空返，鏖戰罔功，何顏再轉破窰中，何顏再轉破窰中。

【不是路】（占）忙步去匆匆，娘行今喜遇芳叢。（旦）梅香，你為何慌慌忙忙，來此怎的？（占）相傳捧，綵樓佳婿近乘龍。（旦）奴只為乘龍人去鳳樓空，休胡哄，草茅焉敢望華風，又何勞你騰舌相譏諷。（占）呂相公如今中了狀元，天下人皆知道，人喧閧，鴻臚首唱皇都動，小梅香呵，恨不得飛捷前來羽翰冲，此言非哄，此言非哄。（旦）心思忖，果然得獻賢臣頌，他自有敕賜傳宣下九重。梅香呵，你休把此言傳哄。（占）是老相公親自赴宴回來，說與了老夫人知道，因此着梅香特來報知，此言非哄，此言非哄。

【掉角兒】（旦）想兒夫猶如困龍，喜今日奮發登庸。梅香，你當初在綵樓上道他，行路把頭低，渾如雨打雞。你道他是冒雨寒雞，今做了朝陽鳴鳳。我想，別人似我的丈夫這等貧窮，那里還肯讀書，惟我夫身愈貧而志愈堅，今日果遂他之志願了。破窰中，臺鼎一陶鎔，窰呵，今日呂相公得中，連你也有光彩，那一個不道破窰中出個狀元？從此後，斯名增重。（占）恭喜小姐，昔為丞相女，（合）今作狀元妻。（旦）謾勞你這般獎奉，喜上眉峯。這富貴陡然來悄如春夢，好似滕王風送。

【前腔】（占）俺是個婦人家肉眼胼朦，莫說我是個奴婢，就是老公相，他立在一人之下，坐在萬人之上，掌天下之文衡，為當朝之元老，尚且認不得好人，何況侍妾乎？就是老相公藻鑑當空。思想起來，還是小姐眼中有珠，能識好人。真個是頭角未成，先識塵埃之宰相，俺小姐鳳目鶯睛，魚鰕內認出真龍。看今日呂相公得中，滿城珠簾高掛起，紅裙爭看綠衣郎。珠簾內，士女笑顒。我思量起來，當初綵樓上之言語，果是我不該如此，你今朝，變豹喜匆匆，悔當初，綵樓上錯把他調弄。（合前）

【前腔】（淨、丑）鬧炒炒香車簇擁，喜孜孜金釵侍從。來此就是破窰，大家進去。稟夫人，小男女叩頭。（旦）前面跪的是誰？（眾）新科狀元呂老爺差來迎接夫人的。（旦）梅香，拿書上來。（眾）稟夫人得知，狀元爺爺正欲修書來接夫人前往，爭奈龍廷宴促赴匆匆，把宮花當作泥封。(旦)果然是真了。我兒夫不修書來，我曉得了，當初綵樓上，奴將絲鞭招他，他今得中，故把宮花來報我。綵樓一見喜非常，絲鞭親親效鸞凰。莫道婦人無眼力，塵埃先識狀元郎。果然奪得狀元紅，不枉奴綵毬兒將他贅重。(合前)

【前腔】(衆)六街上香塵滾滾，滿城中笑語喁喁。一路而來，誰人不願見夫人一面，引多少白叟黃童，都來看小姐芳容。(旦)敢是來看狀元的？(衆)人都說，狀元三年一中是有的，誰似夫人，在塵埃中能識賢愚者罕見。小姐千載一奇逢，勝狀元三年一中。(合前)

(衆)請夫人上篼。

【七賢過關】(旦)幾年困守破窰中，今日成名天下聞。且把愁腸都撇下，幸喜鳴騶出谷中。衆夫子聽我分付：羊腸路小甚崎嶇，野草閑花滿徑迷。衆人不須多擾攘，從容緩步擁香車。謾把香車擁，衆夫子，且放下篼來，待我拜辭了窰纔去。窰呵，我夫婦相守你數年，今日一旦抛撇而行，我心中豈忍！爭奈富貴逼人，窰，你受我一禮！破窰困守數年窮，今朝別你去匆匆。非是夫妻情不久，捷報催人上九重。物色出塵埃，(衆)禀夫人，這些零碎家火不要他罷。(旦)坯塊成何用。梅香，你看我村中好景致。(滚)你看青山青隱隱，綠水綠溶溶，花柳堪圖畫，村內小乾坤。怎捨得淡淡煙籠，靄靄雲封。往常間猿啼鶴唳蕙帳空，今日裡怎當得車如水馬如龍。讀書之人不可欺，果然平步上雲梯。大鵬此日同風起，扶搖直上九萬里。鳥道鵬程信可通。(內云)衆山鄰送夫人。(占)禀上夫人，那近山居鄰人提壺挈酒，趕至中途，要與夫人送行。(旦)梅香，當初呂相公未運之時，我夫妻困守破窰，那曾見有山鄰之人？破窰困守最傷情，寂寂寥寥誰念貧。今日兒夫魁首選，何勞芹藻餞行程！梅香，叫那衆山鄰轉去，不要來送。正是：貧居鬧市無人問，富在深山有遠親。謾勞他把芹藻來相送。(占)禀小姐得知，梅香領老公相夫人的嚴命，請小姐先回相府，然後往狀元宅上去。(旦)梅香，你與我多多拜上老相公，傳言拜上老夫人，只說道：昨日今朝事不同，寒門怎向朱門寵。他那裡金屋，俺這裡茅簷，金屋茅簷，一霎時間隔着幾重,一霎時間隔着幾重。(占)小姐,天下無不是底父母,往日之言何必介懷?(旦)梅香不必苦多言,誰想寒雞中狀元。滿朝文武皆欽仰,五百名中他占先。(占)夫人不必怪奴身,肉眼無珠不識人。相公今日登高第,小姐呵,須念爹娘骨肉親。(旦)賤人,你不記當初在綵樓,千言辱罵呂窮流。始知今日身榮貴,何不含憨自害羞!(占)稟夫人得知,京中梅香反成坐簥,小奴婢自幼伏侍夫人的,反成步行。(旦)京中梅香是呂老爺原賜他坐簥來,你今日反來爭簥,這賤丫頭好不知羞!你自來不是夫人用,又何須中道逢迎,逞着妾婦容。梅香,那前面紅紗灯籠擺道者是甚麼官?往何處去的?(丑)那正是呂老爺罷宴回府中去。(旦)黃童白叟笑吟吟,人馬紛紛來接迎。笙歌鼎沸喧天地,方解愁眉喜不勝。滿城燈火笙亂擁,俺這裡快引神仙,從他那裡兩道紗籠控玉驄。

【餘文】今宵添作繁華夢,管教人來喜氣濃,抵多少困守寒窗幾度冬。

(旦)幾年困守破窰中,(衆)今日声名播九重。
(旦)古言富貴皆前定,(衆)方信花開一樣同。

第二十五齣　夫婦榮諧

(生)十年灯火困書幃,一旦声名四海知。金帶懸腰,荷衣掛体,不負少年豪氣。上苑遊街日,瓊林赴宴時。彩霞揮未改,報與故人知。下官已曾差人迎接夫人到府,同享荣華,尚未見到。左右,聽候迎接。

【七賢過關】瓊林赴宴歸,喜沐君恩寵。光映綠袍新,醉壓金鞍重。當日黃卷青燈夜雨愽,換得玉堂金馬春風。始通道書中車馬多如簇,真個是人似神仙馬似龍。當日我呂蒙正接得綵毬,雙雙進府,將謂花燭蘭房,笙歌宴舞,岳翁玉潤,女婿冰清。誰知岳丈看我衣衫襤褸,全無富貴規模,不意他一時間變雲作雨,起怒生嗔,放下那臉皮,中途變了卦者。口口道我是寒儒,声声説他是相府。岳丈,我蒙正不日也是宰相了!你道是相府高門,豈知咱仕路又逢,你枉做調和鼎鼐三公位,不識南陽有臥龍。還是舊日書生拜岳翁。手下的,那裡鐘响?(衆)是禁鐘響。(生)思忖起來,那日窰外雪深三尺,夫妻乏食,只得冒雪邐斋山寺。誰想闍黎飯後鳴鐘,素手空回。我今日雖然富貴,聽得禁鐘,猶如飯後鐘声宛然在耳。當日三飡饔粥猶還缺,今日叨享君恩祿萬鍾。耳邊忽聽鯨音送,恍惚猶疑山寺鐘。埋頭數載,致身九重。當日蒙正披星曉起,尚未對策丹墀,闕門未啟,在那石階上少坐。有一狂士談笑而過,低頭把我一看,他道:破窰村夫還渴睡未醒。彼時雖則被他譏誚,我也不計較他。正是:小人言語快如刀,君子襟懷寬似海。我是寬洪大度三公量,不比凡夫一樣同。轉眼之間,渴睡漢中了狀元。狂士,可惜你不在此,若在此,也不認得我了。綠袍金帶雕鞍上,不認得當時渴睡翁。思想夫人,當初被他父母剥下衣冠,雙雙趕出府門。蒙正往日自稱才子,那時未免低首喪氣,到不如夫人講得好:剥下花冠禮衣去,自有鳳冠霞帔來。夫人,你本是鳳冠霞帔千金體,到今日紫誥金花萬歲封。我今日拔萃超羣呵,只為五經三史精窮究。正是:讀書不破費,讀書萬倍利。欲為金殿青雲客,須向寒窗苦用功。此身既受君恩重,報國丹心務秉忠。

(末)秉老爺得知,夫人到了。

(生)夫人已到,左右,吹打迎接。

【西江引】(旦)兒夫今日赴丹墀,一舉成名天下知。齊道狀元回,風流婿此回無比。(相見介)賀喜相公獨占魁名,使奴家不勝之喜。

(生)皆賴夫人洪福,忝中了狀元。

(旦)敢問相公,當初怎麼知道就是你中了?

(生)初然間人都道呂蒙正今中了狀元,下官猶豫未定,及至傳臚開榜之際,果然了。

【泣顏回】(生)金榜掛名時,喜得荣登高地。雲梯步躡,還是手扳仙桂。荷衣掛體,吐虹霓頓有凌雲志。夫人,請上受下官一禮。(旦)相公尊重,妾身豈敢。(生)下官此拜非為別來,感娘子舊日恩情,不負你綵樓佳期。

（旦悲介）

（生）夫人，當初在破窰受苦之時，未嘗下淚，今日下官得中高魁，反成不悦，何也？

（旦）相公，听我道來。

【前腔】（旦）思之，爹媽棄奴時，焉知今日夫妻荣貴？（生）夫人，你令尊當初見我一介寒儒，不想今日有此。（旦）他時廊會，知他是誰羞恥，身荣歸故里。相公，請上受奴一禮。（生）夫人請起。（旦）奴家此拜非為別的，感相公與奴爭口氣，畫堂中兩行珠翠。（生）夫人，下官當初被岳丈趕出府門，意欲在他門首鼎新做個狀元牌坊，使他出入見了，豈不慙愧！（旦）相公所言極善。若然如此，不為有愧，而反替他爭光矣。明日有往來官員，迎送出入，説他有個這等好女婿。若依奴家愚見，還要在破窰前做個牌坊纔好。（生）夫人所見差矣，做在那裡有甚好處？（旦）做在那裡，使後人不敢輕視讀書之人，白屋裡頓生光輝。

（生）夫人，且喜于今夫貴妻荣，又是今口重來，有酒在此，欲盡今宵之樂事，少攄昔日之愁懷，未知夫人意下何如？

（旦）如此甚好。

（生）院子，看酒過來！

（丑）酒在此。

（生）夫人，請酒！

【古輪臺】（生）我和伊，春賞名園景明媚，和風扇暖日遲遲。鞦韆庭院，纖手同携，對景尋芳拾翠。看取遊人，往來如蟻。

【前腔】（旦）相公請酒。不覺炎光清晝遲，浮瓜沉李待共你。同去泛蓮舟，荷花香裏，蘭槳輕搖，菱歌聲美。和你泛金卮，斟綠醱，恣拚沉醉夜忘歸。

【前腔】（生）一年一度，牛郎會佳期，秋意美。臨水芙蓉，桂花香裡。皓月中秋，又覺重陽節至，倏忽瓊花淒凉飄墜。

【前腔】（旦）一夜青山盡失翠，紅爐煖閣，羊羔美酒。頓提起昔日孤貧，寒灰撥盡，空甑塵飛，曾有何人周濟？往事休提，炎凉如是。

【尾聲】如今幸得身榮貴，雙雙四時宴逸。夫人，我和你盡老今生不暫離。

一舉成名天下知，夫妻美滿正相宜。

從今百歲永雙雙，此回方表風流婿。

第二十六齣　夫　妻　遊　寺

【女冠子】（生、旦）腰金衣紫身荣貴，喜得名譽，動達丹墀。今朝特地遊山寺，可看取舊日留題。（旦）今歲春三月，花香襯馬蹄。（生）有人在平地，看我上雲梯。夫人，下官分付夫馬先行，我與夫人携手同行，观看郊源景致，未知尊意若何？

（旦）如此却好，妾謹隨侍。

（生）夫人，下官思想，昔日未遇之時，曾經歷此路，受多少苦楚。今日我衣紫腰金，又在此行。正是：山水年年不改，人事一旦不同。

【七賢過關】（生）書生未遇時，終日捱貧困。夫人，下官遇君平，問他占一課，單道：功名誰承望，婚姻之事……（旦）那先生如何道來？（生）那先生批云：天喜當頭，婚姻得路。若問功名，位居宰輔。賣卜憶君平，卦中許我佳期定。也是我三生有幸，綵毬為證。那時下官蒙夫人携歸相府，指望受享荣華富貴，又誰知岳丈一見怒生嗔，雙雙趕出無投奔。令尊又着令一街兩巷不許停留，蒙正夫妻去到一村莊，投王婆店中安歇。不想那王婆串同賊人，將衣服首飾盡皆盗去，霎時間王婆店裡囊空罄。深謝夫人憐憫，不棄寒貧，同到南城，我和你破瓦窰中坐受饑寒受苦辛。偶值風雪瀰漫，窰中無柴無米，只得含羞告謁，去到一山門。叵耐闍黎飯後鳴鐘磬，那時節，下官腹中飢餒，身上單寒，饑寒難忍，風雪怎禁？謾將凍筆題詩句，今日身榮記此情。

（旦）今日幸喜相公高中，夫榮妻貴，不枉昔日破窰之苦。

（生）夫人，我思想昔日在破窰之時，受盡無限的苦楚。

【前腔】十年謁朱門，九度誰俵問。那日下官冒雪回窰，正值夫人睡着，下官撿得幾枝蘆柴回來，意欲燃起火叫醒夫人一同向火，誰知那火也燒不着。下官即吟詩一首。（旦）那詩怎麼道？（生）十謁朱門九不開，滿頭風雪却回來。歸家羞覿羞兒面，撥盡寒炉一夜灰。那時節羞臉覿妻容，寒炉灰撥盡，塵生空甑，枯枝燃盡，舉目無親誰念貧？去到天津橋，感老丈特把瓜兒贈。幸遇天開文運，黃榜招賢，喜得春闈已動選場開，禹門平地雷聲震。獨占鰲頭第一名，那蒼天豈肯把我男兒困。今日裡馴馬高車方重人，俺只見前呼後擁誰不畏欽。今朝恩賜還鄉井，破瓦窰中氣象新。

（丑上）木蘭寺和尚迎接爺爺。
（生）和尚，這是甚麼所在？
（丑）秉上爺爺，前面就是山門了。
（生）夫人，不覺就到山門。
（旦）相公，果然是好一所寺院。
（生）夫人，正是：上方勝境人知少，天下名山僧占多。

【前腔】衣錦轉山門，和尚，那裡上香？（丑）請爺爺觀音堂上香。（生旦拈香介）頂禮參慈聖。和尚，那裡坐？（丑）請爺爺芸堂上坐。（生）和尚，那粉壁上碧紗罩的是甚麼物件？（丑）此是神仙留記。（生）你這寺中和尚有何德行，敢勞神仙留記？（丑）昔日有一位神仙，姓呂號洞賓，遊至寺中，留下筆跡在此，故把碧紗罩着。（生）揭開，待我觀看。（丑）禀爺爺，此是神仙留記，小和尚不敢揭開。（生）手下的，揭開紗罩，同夫人看取。（旦）相公，原來是兩句詩。（生泣介）揭起碧紗籠，感我詩題興。（旦）相公，揭開紗罩，為何吊淚？（生）夫人，你有所不知，下官昔日到這寺中邏齋，平常是先撞鐘後吃飯。只因我屢次攪擾，眾僧設計，先吃飯後鳴鐘。那日下官到此，齋糧酒飯一毫不與，反將下官推倒在雲堂上，因此題詩在此為記。（旦）妾聞律詩有八，絕句有四，相公如何只題兩句？（生）夫人，彼時筆煉毫乾，難成下韻。（旦）相公，今日衣紫腰金，還要湊成下韻，待後人也好觀覘。（生）夫人言之有理。左右，拿筆過來。（末）筆硯現在。（生）十度邏齋九度空，叵耐闍黎飯後鐘。這兩句是原題的。二十年前塵壁土，今朝方顯碧紗籠。夫人，下官詩已湊完,請夫人到觀音堂少坐片時。(旦)如此,妾身不得相陪了。(下)(生)左右,把這些和尚押在西廊下來。今來湊成,想前情記前情,逐出闍黎再不許他在山門進。左右的,你與我剝了他袈裟,取了度牒,追了他鐃和磬,左右的,選過粗板子,每一個和尚重責四十板!打你個先吃飯後鳴鐘。禿驢呵,你是個出家人,不發慈悲起善心。我說個比方你聽着:不記得漂母進食哀韓信,後來呵,拜將封侯立大勳。左右,將滿寺和尚一齊趕出山門!(丑)徒弟們,我等不奈何,只得三步一拜,拜入觀音堂,求夫人救命。夫人,和尚等肉眼無珠,當初有慢了老爺,今日將滿寺僧人痛責四十,又要一齊趕出山門。可怜見,望夫人救寺中香火缽盂,願夫人早生貴子,萬代公侯。(旦)梅香,叫眾和尚起來,在山門外立等。(見生介)(生)夫人有何見諭?(旦)相公,妾聞古之君子,以德報怨,今相公以怨報怨,何也?寺中這些和尚乃肉眼凡夫,豈識青雲之士?雖皆有罪,今宜容恕。既責以刑,又欲逐之,使彼無棲身之地,望相公開慈悲之門,赦和尚之罪。殿宇倒塌者修之,如此則福有所歸。異日士大夫聞之,莫不服君之量宏矣。(生)謹領尊言。左右,放那些和尚轉來。(丑)徒弟,你們大家來拜謝夫人。(拜介)謝夫人救和尚香火缽盂,願夫人早生貴子做公卿。(生)若不是夫人再三救你,誰容你這些禿驢再進山門。今後若有讀書者來寺中遊翫,毋得仍前如是。(丑)眾和尚等再不敢如此。(生)此乃是夫人嚴命,丘山戴頂,(旦)相公呵,那些個有眼空相識,都是凡夫肉眼人。

(生)是那裡吹打?

【前腔】(生)忽聽得樂聲頻,(占)相公夫人得知,老公相着小男女領着車馬樂人,迎接狀元與夫人回府。(生)原來是梅香院子來接請。你二人回去拜上老相公,說道我羞臉轉江東,想我不是風流婿。梅香,昔日綵樓之下,也是我呂官人,今日也是我呂官人,昔年蒙正,今日蒙正,蘇秦還是舊蘇秦,想循環反覆由天定。院子,我說個古人與你聽:不記得耕莘伊尹也有時,來至八十歲姜公遇聖君。(旦)相公,你閒言閒語俱休論,今日夫妻身榮貴,方信詩書不誤人。(生)還是夫人有慧明。

【尾聲】貧居鬧市無人問，富在深山有遠親。夫榮妻貴光閭里，方顯男兒志氣成。

院子、梅香，你回去多多拜覆老相公，説狀元、夫人遊城南破窰了，就回來。

昔日受他羞，今朝雪此仇。

能明恩與怨，方是丈夫流。

第二十七齣　遊觀破窰

【菊花新】（生）十年身到鳳凰池，脱却藍衣換紫衣。（旦）鞍駿玉勒馬嘶嘶，（生）左右，分付閒人廻避！（旦）故鄉人爭看榮歸。

【鶴沖天】（生）街鼓動，禁城開，天上探花回。鳳啣玉詔出雲來，平地一聲雷。（旦）龍已化，鶴已仙，一夜滿城車馬喧。家家樓上女神仙，爭看鶴沖天。相公，今日天氣清和，奴家欲往破窰一遊，不知尊意如何？

（生）破窰乃下官舊居之地，不可不遊。左右的，擺道前往城南走一遭也。

（净、丑）理會得。

【仙吕點絳唇】（生）策馬揚鞭，（旦）相公，好清和天氣。（生）日暖風和二月天。遙望故園，馬疾心如箭。

（旦）相公，你今日做到這地位呵，

【混江龍】烏紗照眼鮮，詩書換得紫袍穿。（生）將金帶高綰，玉綬新纏。看今朝斗牛豪氣三千丈，真不負雪案螢窗二十年。從今後，休笑寒儒蹇，須信是文章果有緣。（旦）相公，你今日呵，鵬搏展翅，龍困離潛。

（生）夫人請先行。

（旦）還是相公先行。

（生）夫人，和你攜手同行。

【油葫蘆】攜手雙雙歸故苑，不暖不寒天。（旦）隨步遊芳徑，春色景鮮妍。花新嬌醉日，柳嫩翠含煙。（旦）相公，那鳥兒真個叫得好听。(生)鳥聲遙弄笛,草色軟鋪氈。(旦)相公,你還記得這所在否?(生)夫人,我已忘懷了。(旦)相公,那日送你上京赴選,送到此間,你説此行若不登高第,情願死在科場内。我説夫,願你此去馬前喝道狀元來,這回方顯風流婿。今日果然。(生)舊時同此別,今日又喜言,旋欺窮通人異物依然,覩物傷心珠淚漣。

(旦)相公,你因何吊淚?

(生)夫人,我思想昔日之苦,

【天下樂】(生)昔日芒鞋雪裡穿,傷心,淚滿腮,(旦)相公,這裡是甚麼所在?(生)夫人,就是昔日獨木橋。(旦)呀,當初一人也不能過,如今任從車馬往來,怎的又有一所亭子在此?(生)夫人,是我叫本縣造成此橋,起蓋亭子,以便人之往來。(旦)相公,此乃舊遊之所,不可虛過,在此畧坐片時。(生)夫人言之有理。左右,拿胡床過來。(丑)胡床現在。(旦)相公,你看橋邊,那柳樹都長成了。(生)夫人,正是景物不同。此處不可久坐,請行了。步危橋轉過小山源。(衆)禀相公夫人得知,來此就是城南窑。(生)夫人,且喜到窑中。(旦)相公,只見滿地都是青苔,這草兒都長得好深了。(生)左右,開窑門。(丑開窑門介)(生)青苔滿芳徑,野草漫連天,夫人,我先進窑去,你們隨後就來。(轉介)待入窑中仍復轉。

【窣地錦襠】(末、占上)芳香草色逗芳菲,日麗風和景物稀。那堪上林春富貴,馬蹄紅襯落花飛。禀相公夫人,梅香院子見。

(生)有勞你二人,又到此何幹?

(末)公相聞知狀元夫人遊窑,特令小男女敬來此迎接狀元夫人回府。

(生)你二人起來伺候。

(末、占應介)

(旦)相公,方纔進窑,怎麼又轉來?

(生)夫人,我未遇之時,鶉衣百結,不能遮体,今日託夫人福庇,衣紫腰金,亦不可這等奢華。

(旦)相公言之有理。

(生脱衣介)

【節節高】（生）脫下藍袍藍袍新豔，猶記破衣破衣污染。我和你低首歸窰，（旦）相公，就在此處同坐。（生）拂塵並坐，舊苦最堪憐。（旦）兩眼相看，荒村寂寞低首淚漣漣。（生）夫人，誰想破窰化作樓臺，改為庭院，端的是讀書人富貴依然。憶昔時乖運未通，夫妻貧守破窰中。寒將爐內灰頻撥，飢視厨中甑又空。人道窮源無活水，誰知枯木有華風。如今喜得身榮貴，還記僧敲飯後鐘。

【元和令】（生）覷寒爐恨轉添，撥寒灰火不燃。（旦）相公，我當初在這裡和睡時節，傷心此間一處眠，（生）夫人，端的是天為羅帳地為氈。（內作馬嘶介）（旦作一驚介）（生）夫人，你緣何吃驚？是我乘來的馬嘶。（旦）相公，奴家忽然聽得馬声，記得你赴選去了，那夜三更時分，有一隻虎來挨門，奴家孤身在此，苦不勝言。（生）是，虧了夫人。（旦）今日裡忽聽得馬嘶聲，躑躅猶疑是虎聲。相公，奴家今日在此，亦題一詩，以為記耳。（生）願聞。（旦）破窰曾記舊時因，説起令人淚滿襟。蚯蚓竈前翻篆字，蜘蛛甑裡結絲綸。夜來魂夢愁逢虎，朝倚窰門不見親。今日感天增意氣，更無人笑阿奴貧。

【上馬嬌】（旦）提起那貧寒事，痛傷心不敢言，呀，誰想你平步便登仙。（生）夫人請坐，受我一禮。（旦）夫婦之情，説那裡話。（生）下官此拜非為別事，謝識寒儒不棄嫌，（旦）相公請坐，受奴一禮，從奴願賴週全。

（生）夫人，別人像似我蒙正，也不讀書了。

【勝葫蘆】（生）誰似我窮守破窰志愈堅，詩書做本錢，飢寒貧乏度窮年。陋巷簞瓢，蓬門蓽户，苦又不堪言。説甚麼囊螢映雪受齏鹽，謁豪門幾度空旋，大雪寒風難步行。孤身獨自，影隻形單，險些兒兒做個餓莩在溝渠。

【後庭花】（旦）相公，雖然是婦人家眼力淺，相公，奴家在綵樓上，有多少才郎經過，偏要嫁你，今日果然做到這等地位，却如我塵埃中識狀元。（生）果是夫人眼有珠。（旦）那日，梅香説你是雨打雞，你就將雨打雞吟詩一首，奴家因此上便奇你是個好人。（生）雖然是見詩成配偶，也是我前生命有緣。（旦）爹，像似你空掌天下權,肉眼糊心不可言,全然不辨賢。爹爹,你那日見他衣衫襤褸,就將我夫婦趕出來。今日見我夫榮貴,就要取我回去。爹,虧你有這等臉嘴,我夫婦莫説不回,待回家有何顏相見?喜今朝雪此冤,謝皇天從人願。(生)須信是否極還生泰,苦盡了又生甜。夫人,此處不可久留,快回去罷。

(旦)既然如此,請相公先行。

(生)還是夫人先行。

【寄生草】(旦)思昔日覩物愁,喜今日意忻然。(生)非我情性有時偏,正是榮華勢異前,雕鞍駿馬策金鞭。夫人,我未遇之時,有那個識得我,昔日裡十年窗下無人問,今日裡五百名中第一仙。(旦)紅日正當天,桃花笑欲燃。相公,那許多人是做甚麼子的?(生)滿城中亂紛紛争看狀元,怎想着寒儒猶有今生願,夫人,我如今前呼後擁,有多少人侍從我,擺列着青衣喝道在馬前。(旦)相公,當此融和天氣,你看百花開放了,滿林園花柳爭妍,畫困鶯聲喚柳眠,行色照林泉。(旦)相公,你今日居了官,相貌比前也不同了。(生)夫人,正是居移氣養移軀,稱心處紅光滿面,(旦)勸世人休把儒生賤。

曾記當初在破窑,寒爐撥盡火難燒。

今朝得此諸侯劍,斬斷窮根定不饒。

第二十八齣　相　府　相　迎

【採茶歌】(淨)淡紅衫兒,水紅裙,鞋長一尺三寸橫。打扮起來越不好,人人叫做野狐精。奴家不是別人,呂狀元府中伏侍夫人的海棠便是。今日劉丞相府中大排筵宴,使着七八十人來接狀元和夫人。奴家尋思起來,我也是呂狀元府中一個養娘,沒一人説道請養娘。如今聽得梅香且説着兩句言語,説道:百歲姻緣須仔細,想他不是風流婿。我狀元恰好聽得,時常間記恨他。我只消得這兩句話説與狀元聽着,教梅香且空説着回去便了。道尤未了,只見梅香來了。

【粉蝶兒】(占)羅綺筵開,榮華勝如仙府,遣梅香再三傳語。喜今朝,他顯貴,一時相聚。畫堂中,夫妻子母相遇。(淨)梅香姐,你到此何幹?(占)劉丞相命着梅香,再三來請狀元與夫人,即便同行。(淨)我夫人和狀元昨遊山寺,梅香姐,今日又來請他,只請狀元和夫人,奴家也有分沒有?沒有我也定要同去。(占)這個不曾說。(淨)狀元夫人却來了。(生、旦同上)沉醉歸來興未闌,珠簾高捲噴沉煙。畫堂深處風光好,別是人間一洞天。

(占)狀元夫人在上,梅香叩頭。梅香領老相公老夫人嚴命,多多上伏狀元夫人,府中略備草酌慶賀,伏望降臨。

(旦)梅香,多時不見。
(生)今日有勞貴脚踏賤步,
(旦)梅香,我眼睛不差了。
(占)我當初也說,好個官人。
(生)那時你說,百歲姻緣須仔細,想他不是風流婿。
(占作呆介)
(末)丞相着小人請狀元夫人早臨。
(旦)許多時未蒙爹提攜,今日何故這等慇懃?
(生)不須你說,我也不去。
(占)相公夫人請行。
(生)夫人若去時,我也去。
(占)早肯了三分。
(旦)問你有何面目相見呵,

【駐馬聽】(生)閒事閒非,一筆都勾不用提。(旦)梅香,昔日沒人來睬也是呂官人,今日有人來請也是呂官人,(生)論着九秋菊綻,三月桃開,各自有其時。(旦)梅香,往常間却不見來問我,(生)正是從來人面逐高低,世情冷暖皆如是。梅香,到此方知,却不道想他不是風流婿。

【前腔】(旦)堪歎人情,昔日何踈今日親。(占)夫人再三傳示,莫忘了爹娘。(旦)將奴趕逐,冷落荒村,守着貧清。梅香,彼一時此一時也,蘇秦本是舊蘇秦,我這寒門敢把朱門認。相公,喜得成名,不記得十年窗下無人問。

　　【前腔】(占)夫人,父母劬勞,休恁地繾得溫和氣便高。(旦)梅香,非是我氣高,怎敢引着這窮秀才回去?(占)休恁地龍爭虎鬥,雖不是燕約鶯期,真個是鳳友鸞交。(旦)這賤人好回去,再在此言三語四,叫左右趕將出去呵。(占)夫人差矣,天下無不是底父母。你歸與不歸,隨在夫人,干梅香甚事?說甚麼言來語去絮叨叨,又不是區區陌路人來到。說甚麼舊恨難消,冤冤相報何時了。

　　【前腔】(净)梅香呵,忘了當初,你今日正是船到江心補漏遲。不記傍人僝僽,公相生嗔,趕逐階墀。十年身到鳳凰池,這回方表男兒志。(末)夫人,天晚了,請狀元夫人即便同行。(净)使甚虛脾,不如及早尋歸計。

　　【前腔】(末)真個是富貴榮華,輻輳有如錦上花。(旦)他接我回去做甚麼?(末)今日裡華筵開展,珠履三千,物色堪誇。夫人,洛陽雖好不如家,從今一筆都勾罷。他那裡望眼巴巴,看看月上葡萄架。道尤未了,那養小姐的奶娘又來了。

　　【耍孩兒】(丑)特地到階墀親造見,功名無絆牽,且喜稱心如願。相公今日意恁專,列羅筵華堂開宴。(合)請于今即离行軒,重歸昔日庭院。

　　【前腔】(生)何必尊親相記念,寒村冷落,自慚微賤。(旦)若非今日恁荣顯,緣何雙親怜念。(合前)

　　【鶯兒舞】(占)自古道:親者只是親,休視親同陌路人。須望娘行,再三宛轉。父母恩深,怎成宿冤。莫説往日未甚,縱饒昔日有閒言,(丑)今日還須看奴面。

　　【前腔】(生)憶昔當初,時乖運蹇。燕爾新婚,天合姻緣。那時何故出盡薄情言?(旦)今日何顏再相見!

　　(丑、占)夫人,便是當初老公相有些言語,如今休怪,君子不念舊惡也罷。

　　(生)夫人,昨日在寺中,蒙夫人勸下官以德報怨,今日夫人也須以德報怨。

　　(旦)既如此,依相公之言,我你同去罷。

（净）夫人，海棠却如何？

（占）姐姐也去走一遭來。

【太和佚】（旦）只得再整花冠帶翠鈿，乘鸞赴洞天。（生）雙親今日，畢竟要團圓，不必意留連。我如今閑事都休念，惡姻緣翻作好姻緣。（合）請君雙雙同赴華筵，重與雙親相見，從今後子母夫妻共歡宴。

【前腔】（丑）幸得夫人已見怜，如今便向前。（占）須知門外，車馬恣声喧，皷樂骈闐。（合前）

【前腔】（占）這翻恩愛，欣喜悄如前。須知那裡，心顫顫，意懸懸。（合）笙歌簇擁懽笑喧，同歸故苑。夫妻美滿身荣顯，雙雙偕老今生願。

【前腔】（生、旦）萬千愁怨，何須再論言。（净、丑）揚鞭跨馬，齊赴宴，莫遲延。（合前）笙歌簇擁懽笑喧，同歸故苑。夫妻美滿身荣顯，雙雙偕老今生願。

　　莫講是和非，同行勿再遲。
　　世情看冷暖，人面逐高低。

第二十九齣　團圓封贈

【似娘兒】（外、夫）和氣藹庭幃，繡幙香風細。孩兒未至，看看漸日午花枝。（外）香風羅綺畫堂春，（夫）珠翠成行繞畫屏。（外）金盞頻斟笙歌沸，（夫）正疑仙客會蓬瀛。

（外）夫人屢次使人去請女婿和孩兒，至今尚未見來，莫不是他有怪恨我們之意？

（夫）他夫婦二人就有怪恨，想他也必定要來見我和你。如今又着人去催，他必定也在路上來了。

（外）既然如此，再分付院子，教他一任齊備樂器接應。餚饌須要整齊。院子那裡？

（末）碧玉堂前听使令，珎珠簾下忽傳声。伏相公，筵宴安待完備，怎見得十分齊整。

【滿庭芳】（末）綺席宏開，繡簾高揭，相門珠翠成行。金炉烟裊，繚繞噴沉香。滿耳笙歌声沸，樓臺灯燭荧煌。須知道，金釵十二，和氣滿蘭房。玉堂，金馬客，冰盤犀節，繡褥銀床。瓊姬仙子、端不比尋常。烹龍炮鳳，歌舞處列紅粧。人都道，滿座朱紫，星斗□文章。

（丑、占）十二分人情纔請得這兩位客到。

（净）閑雜人等，都站在一傍去！

【疏林影】（生、旦）夫妻美滿，百歲共伊同諧繾綣。子母重輻輳，方顯好姻眷。（外、夫）如今幸覷孩兒面，喜他已功名荣顯。（合）畫堂光映，笙歌韻美，玳筵開展。

（生、旦見介）

（生）今日承蒙賜厚筵，（旦）爹娘何事更相怜。（占）可誇此日夫妻美，（末）莫記當時父母言。（外）地久天長常好合，冰清玉潤永團圓。（夫）今朝子母重相見，（合）管取傍人作話傳。

（末扮使臣上）聖旨已到，跪聽宣讀。皇帝詔曰：敕封侍郎吕蒙正受金章紫，綬光禄大夫右丞相，司中書門下平章政事；妻劉氏，敕封楚國夫人；丞相劉懋，加封太師，食禄五千户，提舉太乙官吏；妻王氏，加封魯國夫人。欽此。奉行叩頭。謝恩。

（衆）山呼萬歲！萬萬歲！

（生、旦、衆起介）

【前腔】（生）喜得功名遂，重沐提携。荷天天配合一對兒，如鸞似鳳夫共妻。腰金衣紫身荣貴，兩邊深感激。（合）喜重相會，畫堂羅綺駢珠翠。歡声宴樂春風細，今日裡再成相契。效于飛，好一似如魚似水。

【前腔】（旦）深感情意美，舊恨休提。曾記綵樓上結會時，巫山待思雲雨期，爭些兒誤了鸞鳳配。教我受尽好孤恓，冷落在荒村裡。（合前）喜重相會，畫堂羅綺駢珠翠。歡声宴樂春風細，今日裡再成相契。效于飛，好一似如魚似水。

【前腔】（外）日前唯恐人談耻，一時嗔怒是虛脾。不道生嫌棄，此時無計可留意。只把酒頻斟，共醉一團和氣。（合前）

【前腔】（夫）今日裡懽樂拚沉醉，縱饒昔有閒言語。是非長短總休提，看此慇懃意，世情冷暖心自知。（合前）

【前腔】（外）效學雙雙團圓盡老，常常如是。悄似奇花同根並蒂，永不暫離。（生）美滿相看，人人盡說咱共伊。（合前）

【前腔】（夫）算姻緣這般輻輳皆前世，（旦）□□見喜。幸然身受皇恩再得荣貴，團圓到底。（合前）

【前腔】（末）算姻親事悄如昔日，相如果遂題橋志。又似月梅荣貴，子母相歡會人間有幾？到今日裡歡會拚沉醉，萬忘昔日綵毬兒。（合前）

【包子令】（外）春賞名園花似綺，景最奇，（夫）十里荷花棹輕移，兩相宜。（合）畫堂日日同歡會，曾教辜負好良時、好良時，教傍人傳說《綵樓記》。（生、旦）丹桂飄香花五輝，秋夜遲，（外）冬雪紛紛綻寒梅，飲瓊枝。（占）梅花酒逢節遇時，称心如意。香花院落歌声沸，斟醁釃泛金卮。（合）畫堂中都笑語，悄如我和伊。同樂繡鸞衾，今生效連理。珠箔繡幃，洞天福地，却似悞入桃源裡，這荣貴世無比。

【尾聲】前生料想曾結會，又喜得今生相聚，正是華筵慶會時。

困厄飢寒名未成，破窰風雪受艱辛。
□□□□□□□，□□□□□□□。

薛平遼金貂記

（傳奇）

明·佚　名

【作者簡介】作者佚名。

【劇情概要】劇寫唐太宗朝名將薛仁貴,功高位重,為皇叔李道宗嫉憚。某日道宗與御史張傑遊春,偶遇採桑民女翠屏,淫心頓起,強搶逼婚,致翠屏含憤自盡。醜聞敗露後,仁貴作詩譏罵道宗無良。道宗懷恨,與張傑合謀,將詩句篡改為一首反詩,誣告仁貴存謀逆之心,致仁貴下獄,受盡酷刑。百官力保,尉遲恭更是為其冤屈抱打不平,在天牢面斥張傑趨炎附勢、殘害忠良;在朝堂怒責道宗欺君誤國,激憤之下揮拳擊落道宗門齒。太宗不明真相,責尉遲無禮鬧朝,下旨貶為庶民,落職田莊務農。遼國大元帥蘇保童,是高麗元帥蓋蘇文之侄,為薛仁貴手下敗將,聞說薛仁貴被誣下獄、尉遲恭被貶還鄉,以為有機可乘,舉兵犯唐。唐軍師李勣、老將軍程咬金、小將秦懷玉等,在朝堂力保薛仁貴掛帥征遼。終於說動了太宗,下旨赦免仁貴罪,官復原職,拜為征東大元帥,程咬金任監軍,共領大軍出征。道宗加害仁貴未遂,不肯罷休,又令刺客趙義謀害仁貴妻兒。趙義對道宗謀害忠良的行徑極為反感,表面接受指令,暗將事情原委告知仁貴妻兒,縱其逃生,自己也逃離道宗,另謀生計。仁貴妻兒被迫逃離家園,途中又遇劫匪,搶走了全部的盤纏。無奈之下,薛夫人柳氏將薛仁貴臨行前留給他們的金貂,交給兒子丁山售賣。丁山叫賣了一陣,無人應聲,正煩憂之際,意外地遇到了被貶為民的尉遲老將軍。尉遲仗義相助,將仁貴妻兒安頓在自己家中。薛仁貴率領大軍與遼軍交戰,被蘇保童施展邪術,困於鎖陽城。程咬金冒險突圍,回朝求援。李道宗把持朝政,認為這是加害薛仁貴的絕好機會,於是設法不令程咬金面君陳情,只撥給五千疲弱兵卒,並讓年近八旬的尉遲掛帥。程咬金慮及軍情緊急,不敢耽擱,率五千疲兵前往職田莊見尉遲。尉遲聞訊裝瘋,推辭不去,後被程咬金識破,二老領薛丁山同赴疆場救援。行前尉遲將女兒許配丁山,囑其在家中好好照顧薛夫人。人間劫難驚動了神仙世界,被李道宗逼婚致死的翠屏女死後被封為孝真仙女,此時奉玉帝仙旨,將辟邪寶劍賜予薛丁山,助其伐遼救父,又親手捉拿了李道宗、張傑二人的魂魄,懲治了殘害忠良、欺君誤國的佞臣,並託夢太宗，言明忠奸善惡。薛丁山隨軍救父，決意奮平生所學，建功立業，親為先鋒，逢山開路，遇水搭橋，不辭勞苦。抵達邊塞時，天色已晚，丁山修書，約父帥明日裏應外合，一舉殲敵，書信寫好後親射入城。入夜，土地神奉孝真仙女之命，託夢丁山，囑其明日仗神劍奮勇破敵，並留贈辟邪寶劍。第二天，唐軍裏應外合，神威默助，所向披靡，果然擊敗了圍城的遼軍，蘇保童率殘軍逃往大漠深處。唐軍凱旋還朝，薛家再得團圓，兩家兒女喜結連理，兩代將軍皆獲封贈。

【版本流傳】該劇現存版本有：一、明富春堂刻本，四卷，四十二折，首附《功臣宴敬德不伏老》雜劇，1953年《古本戲曲叢刊初集》據之影印；二、近代許之衡飲流齋校訂本，二卷，1926年稿本，2004年《綏中吳氏藏抄本稿本戲曲叢刊》據之影印；三、近代張玉森古吳蓮勺廬鈔本，二卷；又一種，古吳蓮勺廬鈔飲流齋本，二卷；2010年《鄭振鐸藏古吳蓮勺廬抄本戲曲百種》據此二種影印。本書以明富春堂刻本為底本。該本為殘本，闕第三至九折。字跡不清或殘缺處，參校飲流齋校訂本并增補。底本原有總目，但未標折次；正文每折前僅有折次，未標折目。今均為補全。

【演出情況】明祁彪佳《遠山堂曲品》著錄此劇，列入"具品"。清褚人獲《堅瓠補集》卷六所收觀劇詩，詠及該劇演於清康熙四十三年（1704）。該劇在明清時期均盛演於舞臺，《羣音類選》、《綴白裘》、《詞林一枝》、《歌林拾翠》、《萬壑清音》、《八能奏錦》、《摘錦奇音》等選集中，都收錄該劇散齣或單齣；《綴玉軒曲譜二十卷》收有該劇全本曲譜，《異同集》、《崑曲集錦》、《霓裳新詠譜》（一）、《崑曲譜》、《枕菊山房曲譜》、《天韻社曲譜》、《曲宗十二集》、《聊以自娛》等曲譜集中亦收有該劇散齣曲譜，另有散齣總本、單折等流傳。

（詹怡萍）

第一折　本傳綱領

【七言古風】（末上）

　　平遼仁貴盡臣職，皇叔道宗生忌嫉。守節甘死翠屏女，仗義退休胡敬德。

　　賢臣負屈陷衡陽，遼奴猖獗寇華國。文臣廷諍保賢能，武將陳言舉忠直。

　　天子金雞不易傳，壯士仁心安可得。母子逋逃遇故人，師旅相持困邊域。

　　拗公擊賊請兵援，丁山救父破戎敵。歸朝二姓結姻親，恩寵一門光赫奕。

　　詩曰：

　　　　翠屏女矢心盡節，丁山子全孝克戎。
　　　　尉遲恭歸田仗義，薛仁貴報國精忠。

第二折　官家私宴

【滿庭芳】（生上）業就功成，名揚姓顯，稜威遠振圉顏。風雲際會時，治斷烽煙。最喜文修武偃，果然物阜民安。春色好，柳舒花放，桃李競爭妍。虎略龍韜羅滿胸，玉堂金馬貴無窮。昂昂素志擎天碧，耿耿丹心向日紅。揚名姓，顯英雄，天山三箭服夷戎。雖無管仲匡齊略，當效班卿佐漢功。下官姓薛，雙名仁貴，乃絳州龍門人也。隨駕跨海，征服高麗，三箭平定天山。蒙聖恩，職授平遼公，掌握兵權，兼理國政。想昔我生於畎畝之間，處於茅茨之下，荷葉被氈，羹藜含糗，豈能望乎貴耶？幸爾時至運來，知遇明君，見用當世，彗掃塵途，功施社稷。一旦：金書鐵券銘其勳，虎符龍節旌其德，休言閭里多榮耀，真乃邦家柱石臣。且喜室家柳氏，賢德溫柔，不在伯鸞之下；孩兒丁山，晨昏定省，可居閔子之科。正是：妻賢夫禍少，子孝父心寬。當此春光明媚，已曾分付院子，安排筵席，與夫人、孩兒賞玩片時，消遣情懷，多少是好。院子那裏？

（末上）晴春正喜百花開，可愛時光次第來。幸託東君為主宰，免教飄謝積蒼苔。老爺有何分付？

（生）我着你安排筵席，可曾完否？（末）俱已完備了。

（生）怎見得？

（末道）但見：異饌金盤共積，奇珍玉碗堆裝。紫霞琥珀暗浮香，不少駝蹄熊掌。秀褥金屏鋪列，珠簾翠幌高張。瑤簪寶珥滿華堂，鼓樂笙歌嘹亮。

（生）既如此，請夫人、公子一同玩賞則個。

（末）理會得。夫人、公子，有請。

【滿堂紅】（旦上）畫棟新巢歸紫燕，風和日暖。（丑上）香氣熏衣，紅塵拂面。（小生上）學禮趨庭承父誨，尋芳遊冶非吾願。（合）且及時暢飲，休辜負好良天。（見介，生）自古皇都春色好，聽枝頭鳥聲低巧。（旦）亂紅堆砌，自有春風掃。（小生）暑往寒來，愁多樂少，須信芳菲易老。（合）杏花深處，莫惜玉山頹倒。

（生）看酒來。

（丑）酒在此。

（小生把盞介。小生唱）

【梁州序】海棠如醉，碧桃將暖，風弄珠簾高捲。羅衣初試，朝來尚有餘寒。只見于飛燕燕、簧語鶯鶯，來往驚人眼。但將松與柏，比椿萱，只恐花飛又一年。（合）香徑裏，雕欄畔，綺羅富貴誇仙苑。時序好，可留連。

【前腔】（生唱）滿庭紅紫，揭天歌管，玉瓚琉簪頻勸。珍饈堆壘，金猊噴爇龍涎。自有高歌金縷，笑舞霓裳，對此堪消遣。人生得意也，荷皇宣，願得常瞻豐稔年。（合前）

【前腔】（旦唱）西郊外車馬爭先，畫堂中笙歌聲遠。且相攜素手，采香踏遍。最喜淡煙籠柳，遲日催花，正好同遊衍。酒酣人笑語，戲秋千，美女妖嬈更少年。（合前）

【前腔】（丑唱）花底霧蛺蝶偷殘，草間煙杜鵑飛散。看無邊光景，已歸一半。正值青梅如豆，綠草如茵，零落餘紅瓣。池中鴛對

對,浴清泉,觸目繁華似去年。(合前)

【生薑芽】(生唱)身如閬苑仙,在花前,(旦)紅圍翠繞令人羨。(生)深庭院,半日閒,同歡宴。(旦)人生容易朱顏變,良宵一刻千金換。(合)逢時遇景且高歌,勸君休吝錢十萬。

【前腔】(小生)蘭漿須飲乾,漫盤桓,(丑)猛撞沉醉扶歸院。(小生)精神健,興未闌,天將晚。(丑)看看玉鏡升霄漢,迢迢玉漏催更箭。(合前)

【餘文】西園夜飲休辭倦,歡娛久絳蠟再燃,整備着鳳枕鴛衾醉後眠。

詩曰:
　　光陰年歲疾如梭,及時行樂莫蹉跎。
　　遇飲酒時須飲酒,得高歌處且高歌。

第三折　國戚郊遊

【傳言玉女】(淨上)流派天潢,麟趾龍鱗氣象,吐虹霓胸襟宏壯。位居千秉,半朝君半為卿相。一人之下,萬人之上。

自家當今一脈、高祖連枝。布龍鳳之旌旗,擺神仙之氣象。瓊其臺,瑤其室,富貴榮身;錦為衣,玉為食,奢華奪目。果然令行之際,丘山俱撼動;真個言出之下,神鬼皆欽從。轟耳聲名揚海宇,沖天豪氣壓公卿。吾乃皇叔李道宗是也,位尊魯王,世係唐冑。滿朝文武百官,無不敬服。唯有薛仁貴這廝,倚恃功高,每每欺我。……

(按:下至第九折闕)

第十折　痛惜良友

【二郎神】(外上)司鼎鼐,我夙夜此心匪懈。浮雲蔽日愁無奈,洗天風雨,未審甚時來。(貼唱)心懼椿庭年已邁,去了青春難再。離妝臺,堂前問寢,愧我裙釵。

(相見科,外)為國全忠全義,欲斬佞臣無計。

（貼）百歲自來稀,休把閒愁牽繫。
（外）哀淚哀淚,忍失瑚璉之器。
（貼）爹爹,孩兒每常間見爹爹,雖有憂愁,並無淚落。今日為何長吁不絕、痛淚交流？必有緣故。
（外）孩兒,我心中有事,你那裏曉得！
（貼）孩兒知道了。
（外）你知道什麼來？
【前腔】（貼唱）我詳猜,莫不是斑衣缺舞、綵袍傷愛？（外）我那裏為此兩節來。（貼）爹爹,既然不是,此事叫人心怎解,莫不是為分飛鳳侶,沉吟感起悲哀？（外）也不然說。（貼）敢只是奴家得罪,把定省晨昏違悖？這愁懷,是何故,今朝悶積千堆。
【前腔】（外唱）哀哉。我心存惻隱,胸藏慷慨。懊恨那當道讒臣忒恁歹,（貼）當道讒臣是何人？（外）叵耐李道宗這廝,誑奏薛平遼妄題反詩,意在簒逆。官裏准聽,把他禁獄,難辭簒逆之罪□。傾頹玉柱、國家失喪良材。（貼）平遼公雖遭陷害,爹爹何故如此悲痛他？（外）我忍見含冤深似海,（貼）這是爹爹抱不平之氣了。（外）不平氣難教寧耐。（合）這傷懷,端只為金蘭痛,淚盈腮。
【囀林鶯】（貼唱）聞言不覺心戰駭,那奸雄質類狼豺。風波頓起將人害,冶長縲絏,尼父料無猜。也是時乎該哉,否極後應須還泰。（合）棟梁材,天網恢恢,自有安排。
【前腔】（外唱）追思那人功積大,番成做糞土塵埋。成仁取義今何在？陶潛三徑,終不惹飛災。我那平遼公呵,也是無如之奈,我定要與他雪冤,除非是立誅管蔡。（合前）
詩曰：
　　（外）彩鳳無辜鎖玉籠,（貼）長吁淚洒歎英雄。
　　（外）無限心中不平事,（貼）一番清話又成空。

第十一折　救解苛刑

【秋夜月】（淨上）做獄官,自在不能勾。夜眠早起多生受,錦衣玉食何曾有。管的是死囚，吃的是罪囚。

自家職授獄官長久，果然衣食不苟。銅錢近來也使，銀子就要到手。若有犯人發下監來，恰便似羊落虎口。沒錢與我的就是冤家，有錢與我的就是朋友。做官不要東西，棺材本兒那有？朝廷不過升我是巡檢馴丞，料沒有什麼節堂太守。只圖眼下榮華，要什麼清名不朽。有時上司下監點監，我自覺有些出醜，道是我淩虐罪人，又道我寬鬆了枷杻。是不是，拖翻便打，那裏容吾分割。若是看了這樣子，不如做個看家的老狗。今日張御史下監，勘問薛平遼的事，只得在此伺候。道猶未了，張爺來也。

【卜算子】（丑上唱）牙爪勝貔貅，鐵面威風有。浮生此外更何求，誰識官清吏瘦。叫獄官，我奉朝廷命，今日勘問薛平遼反逆的事情，你可帶他出來問話。

（淨）曉得。叫禁子，帶平遼公出來。

【前腔】（生上唱）簪縷怎低頭，只得趨前剖。人生命運有時休，屈事逆來難受。張先生請了。

（丑）你是個反賊，還要與我作揖下跪纔是。

（生）下官被讒陷在此。縱有罪犯朝廷，我怎麼來跪你每則個？

（丑）你道我官小，所以不跪？叫獄官，快請聖旨過來。難道你不下跪？

（生）既有聖旨，怎敢不跪？

（丑）卻又來。請過了聖旨。你好好將妄題反詩的事情從實說來，免受刑罰。

【紅衲襖】（生唱）我待學輔國的伊共周，誰肯做負君的禽與獸？（丑）你既要做好人，為何思想謀反起來？（生）這都是李道宗讒譖之言，下官豈敢為此謀逆之事！（丑）你既不謀反，不然皇叔平白害你？（生）只為我立朝綱紀三人口，落在那嫉妒賢能二叔謀。（丑）既是他讒譖你，這四句反詩是誰人做出來的？（生）只憑他長舌傷人曲似鉤，難當我赤膽胸藏累似斗。（丑）不打不招。左右的，奉聖旨打薛仁貴四十。（生唱）可憐負屈含冤，也熬不得峻法嚴刑桎梏羞。

【前腔】(丑唱)我笑你戴衣冠似沐猴,可怪你圖篡逆似乳狗。(生)聖上,我薛仁貴素抱忠良,頗有功於社稷,豈敢反乎!(丑唱)你便有當年遊說蘇秦口,逃不得目下捆扒范叔愁。(生)實是冤枉。聖上可憐!(丑)水既覆,安可收?孽自作,還自受。我想你受了朝廷大俸大祿,又想做皇帝,天也不容!果然是人心不足蛇吞象,不到烏江不盡頭。不招,着實打!

【卜算子】(外唱)心為廟堂憂,終日眉兒皺。忠臣平白作俘囚,枉受許多僝僽。

(淨)獄官接爺爺。

(外)起去。

(丑相見科)老將軍請了。

(外)原來是西臺,在此勘問平遼公事?

(丑)下官奉聖旨而來,勘問他謀反的事。

(外)西臺,你勘問得其情有無?

(丑)下官十分用刑,只是不肯招。

(外)平遼在那裏?

(丑)在階下。

(外)叫獄官快與我扶起他來。(相見介,外)張傑,你怎麼把我這忠臣打得這般模樣?

【紅衲襖】(外唱)不由我氣沖沖貫斗牛,怎忍見受鞭笞、被鎖杻?張傑,你緣何把忠臣義士為寇仇?(丑)下官奉聖旨勘問的,什麼寇仇?(外唱)這是你附勢趨炎效虎彪。我把你這賤才!(作捏拳打科。生)恩公,這是命官,非干他事。(外)若非命官,我一拳打死你這賤才。賢弟,可惜你是盡忠的宰相儔,可惜你是安邦的良將首。那明珠却被塵埋也,撲簌簌教咱兩淚流。

【前腔】(生唱)却不道禍無門人自求,又不道時不利災與咎。只指千載聲名垂不朽,誰知道十大功勞一旦休。好端端做罪囚,生擦擦成土垢。(外)聖天子不念舊日之功,目下雖則如此,料不至於死地。(生)老將軍,早知道今日風波險,誰待要官封萬里侯!

(外)賢弟,適纔扛苛刑,老夫來遲,望勿見罪。

（生）多謝恩公顧愛。（外）老夫明日早朝面君,與賢弟分雪其冤。且自將息貴體,保重,保重。

（生）敢蒙大恩,倘若再生,當效犬馬之報。

（外）言重。老夫告回,再來看你。

（生）多謝恩公。

（外）賢弟,可憐你：帶鎖披枷困網羅,英雄遭厄奈如何？好似紅雲遮白日,窮途車覆淚滂沱。

（外）張傑,你再不可造次。我若知道,你恰要仔細。

（丑）再不敢了。（外下。丑）可惡,這老畜生,何等無禮,我且慢慢和他計較。難道受了這場嘔氣,罷了不成？叫獄官,把薛仁貴牢固鎖杻,毋得寬鬆。今日不招,明日再拷。明日不招,後日再打。不怕他飛上天去了。（下）

詩曰：

　　　　（生）受辱難消忿,（丑）叵耐老駑駘。
　　　　　　閉門家裏坐,　　禍從天上來。

第十二折　臨監探父

【五更轉】（小生上）愁似織,心如醉。潸潸淚染衣,嚴親負屈兒難替。我那爹爹！你綱紀立身,枉招其罪。虧心漢,恣讒言,作冤對。不仁不義逆天理,不道雷擊齊堂,霜飛燕地。

迤邐行來,此間已是監門首了。有人麼？

（丑上）懼法朝朝樂,欺公日日憂。什麼人？呀,原來是薛大爺在此。

（小生）煩你開門,放我進去,見我爹爹一面則個。

（丑）自古牢獄不通風,別的決不相容。大爺在此,請進,待小的開門。

（小生）起動了。

（丑）大爺在官廳上少住,待小的扶老爺出來。

（小生）勞你了。

（丑）老爺有請。

【前腔】（生上唱）功已成，身不退。如何懊悔遲，名韁利鎖遭奸計。天降災殃，實難逃避。（見介）我那兒呵，天厭之，身據危，骨肉兩分離。李道宗，你那反賊，虛誣陷我囹圄地，抱恨黃泉，含冤作鬼。

（小生）爹爹，你平日以忠義為本，不想今日遭此冤枉。打得這般狼狼，使母親與孩兒日夜痛心，如何是好？

（生）孩兒，我上不怨天，下不尤人。這都是命該如此，不須說起。只是你年紀幼小，不曾與你畢得姻親，以此放心不下。

（小生）李道宗，你那讒賊、讒賊！

【山坡羊】（小生唱）陷殺我眼前嚴父，愁殺我家中慈母。我的爹爹，你只望明哲保身，誰知道窄路上逢狼虎。爹爹繫獄，怎當刑共辱。看你血流兩腿，難替你疼和苦。仰望蒼天，陰空持護。（合）無辜、無辜的做死俘，號呼、號乎得眼淚枯。

【前腔】（生唱）這冤枉籲天無訴，這苦楚對人難語。狡兔死走狗當烹，再不見你斑衣舞。我當初破高麗、定天山，受了多少辛苦，千槍萬劍之下，巴得今日。指望致君澤民，不想遭此讒臣誣陷。似美玉，被青蠅來玷辱。埋光產彩，與草木同為腐。我那聖上，聽信讒言，把我葵心辜負。（合前）

【香柳娘】（小生唱）這一身枷杻，這一身枷杻，怎捱朝暮？千愁萬恨誰肯顧？恨奸雄太毒，恨奸雄太毒。安得假昆吾，與爹爹雪怨怒？（合）歎時乎運乎，歎時乎運乎，身投網羅，怎得陽春忽佈？

【前腔】（生唱）願吾王憫愚，願吾王憫愚，恩沾雨露，免教怨死歸黃土。我的兒，我死之後，你母親眼下，只看得你一個。甘旨之奉，不可有缺，勝吾在日一般。我死在九泉之下，也得瞑目。我的兒，你晨昏奉親，你晨昏奉親，願當效慈烏，休得相違忤。（合前）

（丑）大爺請回罷。儻張老爺今日又來，不當穩便。

（生）既如此，孩兒，你回去罷。

（小生）爹爹，孩兒就去了，再來看你便了。

【哭相思】(小生唱)遭顛沛,受禁持,珠沉劍沒沽名譽。崑崗玉石俱焚毀,骨肉分離恨怎舒。(下)

第十三折　俯監悲夫

【破陣子】(旦上唱)解籜篔簹褪粉,含英菡萏生香。屏繞瀟湘,釵分鸞鳳,厭聽池塘蛙孃。窗下停針蔥指倦,閨裏添愁玉筯長,教人痛斷腸。

【古風】並蒂苦摧殘,連枝生斫折。本是同林鳥,限到各分別。閉却楚館雲,夢斷秦樓月。青鬢怯瓊妝,粉黛飄香屑。漸覺羅帶寬,誰挽同心結?情緒亂如麻,腮頰空流血。指望百年期,誰知中道絕。蠹賊陷忠良,此恨何時雪!奴家丈夫,被李道宗坑陷在獄。值此炎天,太陽如火,披枷帶鎖,如何捱得許多苦楚。爭奈不得見他一面,怎生是好?夫之不幸,乃妾之不幸也。正是:啞子試嘗黃柏味,難將苦口對人言。

(詩一首)風弄簾衣歸燕驚,雨餘荷葉淚珠傾。牙床正遶陽臺路,夢醒愁聞蟬燥聲。

【四朝元】蟬聲噪響,流金日正長。看碧欄寂靜,瓊窗虛朗,《金縷》和誰唱?那冰山懶賞,那冰山懶賞,羞睹、羞睹兩兩蜻蜓、對對鴛鴦。冷落紗廚,空餘翠幌。對南薰知勉強,咳,葵榴謾吐芳。大廈傾頹,妾失終身望。君身罹災殃,妾身少舒暢。浮瓜沉李,昏昏悶悶,盡皆遺忘,盡皆遺忘。寶鏡分開妾命垂,千愁萬恨為多才。日愧孤鸞羞睹影,慵慵意懶傍妝臺。

【前腔】妝臺懶傍,朱顏暗裏傷。欸鳳簫聲斷,鸞鏡塵生,針線無心向。這眉顰怎放,這眉顰怎放?最苦夫陷俘囚,妾守空房。兩地憂愁,一般情况。命薄成鞅掌,咳,血淚漬成行。廢寢忘餐,鎮日心勞攘。天知也悀惶,猿聞也斷腸。夫妻恩愛,牽牽絆絆,怎生撇樣,怎生撇樣?奸雄讒謗聖明君,美玉輕將烈火焚。使妾白頭吟絕句,老天何苦困斯文。

【前腔】斯文天喪,陰雲蔽太陽。奈修蛇橫道,蒼蠅喧謗,排陷忠良黨。我那丈夫,把一身骯髒,把一身骯髒,你本是舉案梁鴻,教妾做尋屍孟姜。做不得濯足滄浪,到惹得碎身醢醬。這苦和誰講,喏,虔誠禱上蒼。但願風起金縢,免得六月飛霜降。善者兆禎祥,惡者加災障。分明善惡,蒼蒼湛湛,照臨私罔,照臨私罔。

藁砧忠義反災殃,空有葵心向太陽。沾羅怨恨何由洗,仰希霖雨洒桁楊。

【前腔】桁楊悽愴,何曾枕簟涼。想蘭湯那有,紈扇空想,半刻時也無安享。你遭刑受棒,你遭刑受棒,為你口不如瓶,舌不如囊。正好行舟,又遭風浪。怎得天之相,喏,無期見汝龐。生不能相看,死不得同穴葬。骨肉歎參商,家門恨消蕩。你妻單子幼,淒淒楚楚,有誰倚仗,有誰倚仗?

詩曰:

夫作俘囚受慘淒,妾身悲怨少人知。
何年夫脫牢籠難,使妾終身得共枝。

第十四折　陳奏鬧朝

【出隊子】(小生上)奸雄無懕,奸雄無懕,嫉妒家尊怨怎當。無端橫禍起蕭牆,特此銜情達未央。飲恨吞聲,腳步匆忙。

我薛丁山,痛父被讒,監禁在獄,願以身代。想漢時有緹縈之女,尚能救父之命,我乃堂堂男子,不能雪父之冤,豈不愧乎!□□我父伸奏冤枉,官理尚未升殿,不免禱告天地一番,多少是好。

【畫眉序】屈事痛人腸,撮土為香告上蒼。那覆盆儻舉,再見三光。願聖主筆聚青蠅,使老父身離羅網。那時骨肉重相會,凶回吉再整門牆。

【出隊子】(外上唱)皇恩作養,皇恩作養,正氣漫漫積滿腔。秉心忠直立朝綱,舉進忠良,袪除奸黨。豈忍見,縠觫牛亡。

(小生)那來的好像尉遲老將軍,不免上前相見。呀,老將軍。

(外)薛公子,這早來此何幹?

(小生)早朝面君上本,代父之罪,雪父之冤。

（外）公子，老夫不忍見令尊受屈，我今特來啟奏，亦與令尊辯冤。公子請回，待老夫先上此本，且看聖意如何，然後公子再來奏，那還未遲也。

（小生）如此，小侄告回了。

（外）請了。

（小生）眼望旌旆旗，耳聽好消息。（下）

【前腔】（淨上唱）金雞纔唱，金雞纔唱，淡月疏星遶建章。仙風吹下御爐香，隱隱鳴梢三下響。待漏隨朝，環佩鏗鏘。

（相見科，淨）老將軍，今日為何來得甚早？

（外）有事起奏，是以早來。

（淨）奏何事？

（外）保舉忠良，祛除邪佞。

（淨）忠良是誰，邪佞是誰？

（外）忠良就是薛仁貴，邪佞就是李道宗。

（淨）此言謬矣。那薛仁貴妄作反詩，意在謀篡，焉得是忠良？我道宗為國直言，以除逆黨，反說我是邪佞，你好不達世務。

【金錢問卜】（外唱）他是個梁棟材、英雄將。屈殺了梁棟材，枉殺了英雄將，好教咱悚惕驚惶。想周公往日遭流謗，大夫文種當年喪。

（淨）叛逆之臣，也不足惜。今比周公、文種，太過了些。

【滾繡球】（外唱）却是你懷殘忍、設異謀，報私仇、起禍殃。你全無此愷悌慈祥、胸中正道，偏却將公義亡。平白地生風作浪，陷得他入天羅，屈事難當。（淨）你既說是俺害他，那反詩是何人所作的？（外）却不道遇難匡衡，豈是那真誠陽虎，縲紲雖居他是公冶長。暗箭難防。

（淨）那薛仁貴雖則位高，其德太薄，你道他那些好處？

【倘秀才】（外唱）他掃塵煙威揚鬼方，撫黎民聲振朝堂。禮士尊賢類孟嘗，才華超管樂，義勇過關張。

（淨）雖則如此，我乃帝王之冑、玉葉金枝，我豈不如他！

【滾繡球】（外唱）假威權倚強，既然是玉葉金枝，又何須違法度、喪紀綱。妨賢手刀槍兒一樣,妬國口毒似砒霜。推倒了擎天柱,摧折了跨海梁。(淨)閒事休管,將就我李道宗些兒。(外唱)想着俺居臺鼎股肱卿相,須索要分邪正燮理陰陽。怎容得曹瞞、伯嚭盈朝亂,豈忍見伍相、韓侯一旦亡。當要仔細思量。

(淨)那薛仁貴,內多意而外施仁義,吾豈不知!

【倘秀才】(外唱)他循規矩有清風高尚,守恭敬和柔謙讓。(淨)那裏見得?(外)洞見他肺腑抱忠良,可惜他堂堂的豪氣,誰似你狠狠的貪狼。

(淨)予聞食人之食,當人之事,君臣之分,而不忘於一飯。薛仁貴出身卑賤,驟得微功,受天子之美官,享朝廷之大祿,不思報國,反圖篡逆。為臣子者,豈宜緘口傍觀?社稷危乎!

【滾繡球】(外唱)你只好合着口自去隱藏,誰許你數其黑、論其黃?你不見這是什麼?(指天科,淨)是天。(外)却又來。那湛湛青天在人頭上,無私曲善惡昭彰。責人先正己,柔必能制剛。(淨)你好欺心,為何尊仁貴如珍寶,視我如草芥?如此強辯是非,敢是同謀之故耳?(外)你氣昂昂將咱挺撞,嘴喳喳兀自猖狂。惱得我怒髮沖冠,惡氣難含,攮得個揮袖摩拳鬧一場。(淨)你敢打我!(外)打死你讒賊,與國除害。(打介,淨)打得好,打得好!打下我兩個門牙!如今聖天子已登寶位,我和你面君去,看你有何理得說。(外)俺豈懼哉。俺向王庭下,折檻敷揚。

(內白)聖主不登寶殿。有何文表,就此宣讀。

(淨)臣李道宗奏聞陛下:臣為帝室之親,伏睹逆臣之亂,惟恐失鹿難追、養虎貽患,故將薛仁貴所作反詩,奏達天聽,所以保社稷無危。今尉遲恭不守官箴,惟私己見,陳仁貴之善,閉仁貴之惡;嫉妬臣之直言,打落臣之門牙,顯有同惡相濟謀亂之意,伏乞聖裁。

(內白)尉遲恭有何文表,就此披宣。

(外)臣尉遲恭啟奏陛下:古人云:人平不語,水準不流。薛仁貴忠貫日月,志不忘君,有舜代五人之風,孔門羣賢之德。李道宗恃王室而張威,逼節婦而亡命;忤仁貴之面辱,訐讒言與君王。報己私仇,陷害忠義。臣恐失國家柱石,喪國家之梁棟,是以懷不平之氣,打凶惡之强,皆乃進賢臣之在位、袪邪佞之立朝者也。伏乞憐仁貴功高,可宥其罪;李道宗邪佞,以禁其强。冒瀆天威,萬死,萬死!

(內傳旨云)聖旨道來:李道宗所奏,深有為國之心,朕甚嘉焉。尉遲恭不以道宗係朕宗室,輒敢揮拳落齒,即如欺朕一般。情甚可惡,本該賜死。念爾有開國之功,但罷其職,貶為庶民,仍賜犁一張,赴職田莊為農。謝恩!

(淨、外)萬歲,萬歲!

(內白)退班。

(淨)尉遲恭,教你:臨崖失馬收韁晚,船到江心補漏遲。(下)

(外吊場)常將冷眼觀螃蟹,看你橫行到幾時。自古道:官高必有險,名利不如無。恨不得一拳打死這讒賊,方出一口氣。爭奈聖天子寵信奸邪,反將俺削爵為農,不免就此去也呵!

【醉太平】俺從今解朝簪辭了朝堂,執耕犁歸去田莊。早知道病國妨賢,誰待要登壇為將。且潛身首陽,遠禍害駕孤航。又何須三聘相成湯,樂得個簞瓢陋巷。無拘無管身無恙,安眠安坐心安享。從今脫却利名韁,三徑就荒。

【前腔】可憐我立功勳懷忠義,鋤强勘亂都淪喪。可惜俺朝驚恐暮憂愁,竭力扶王到鬢霜。落得個恩多成怨,落得個罷職除官,不能够衣錦回鄉。今日裏恨只恨讒言誣詆,歸山去訪張良。

【煞尾】俺待要學農夫耕草野,聽牧童三弄着梅花嘹亮。與漁樵為伴侶,忘機共頡頏。再休想舉直陳言錯諸枉,睡起三竿日方上。忘却隨朝待漏忙,撇却揚威在戰場。慮只慮國無棟梁幸民望,願只願賢帝主袪除奸佞黨。(下)

第十五折　餞私行路

【菊花新】(丑上唱)勤王輔主志無虧,兔走狐亡暗自疑。廉藺已分離,割斷桃園恩義。漢包六合網英豪,一個冥鴻惜羽毛。世祖功臣三十六,雲臺爭似釣臺高。老夫程咬金,字知節,官拜拗公之職。不想尉遲恭不忍薛平遼受屈，所以打落讒臣之牙，官裏將他罷職除官，貶往職田莊為農，今日起程。昨期軍師、薛公子在十里長亭餞行，不免少候。叫左右，列位老爺到了，可作速通報。

（眾作應科）

【前腔】（末上唱）佩環才離鳳凰池，西出陽關無故知。（小生上）空有酒三杯，自覺此心慚愧。

（相見科）昨有所期，特來相約。

（丑）感蒙相摯，老夫不勝欣幸。

（末）可憐平遼不能脫其冤，鄂公又遭罷其職。讒佞當朝，如之奈何了？

（丑）正所謂：高鳥盡，良弓藏。敵國破，謀臣亡。前車既覆，我和你此時即當戒之慎之便了。

（小生）鄂公今日遭貶，皆為家父一人，小生豈不赧顏了。

（末）鄂公想必到了。

（丑）左右打聽，來時即忙通報。

（眾應介）

【夜航船引】（外上）日月相催鬢髮絲，掛冠歸去賞東籬。也無憂慮，那有閑非。別京畿，樂田裏，事耕犁。

（淨扮家童上）稟老爺知道，各位老爺俱在長亭上，與老爺餞行。

（外）家童，你分付把小姐車兒勒在樹中，待我和眾位老爺相別就來。（淨分付介，眾與外相見科）

（眾）今日與老將軍一別，未知何日再會，吾等有一拜。

（外）不敢。

（末、丑）嗟君此別意何如，駐馬卸杯問謫居。

（小生）聖代只今多雨霧，

（眾）暫時分手莫躊躇。

（外）老夫此去，因禍而得福，到得安閒。老死於林泉，固無憾矣。只是讒佞當道，平遼公不能白冤出獄，以此放心不下。

（小生）恩公遭此不幸，乃小姪父子之罪耳。

（外）天命所關，非賢父子之罪也。

（末、丑）老將軍暫且寧耐，待小弟輩再上一本。那時赴職田莊上，請仁兄便了。

（外）罷了。自自世治用文，世亂用武。當初四方豪傑並起，天下兵慌，東蕩西除，南征北討，那時便有你我。如今太平時節，我和你都是無用之物了。

（衆）便是。

【新水令】（外唱）想俺功高姜尚立皇基，功高姜尚立皇基，捨殘生攻城掠地。秉丹心能貫日，仗義膽似塗赤。到今日化作寒灰，化作寒灰，伴君王似虎狼作隊。

（衆）老將軍，我等聊備蔬酒一杯，以敘餞別之情。

（外）有勞了。

（衆）取酒來。

【步步嬌】（末、丑唱）手捧金杯浮綠蟻，餞別長亭裏。匆匆話別離，鮑管情分，使人流涕。良友各天涯，怎能勾范張雞黍重相會。

【折桂令】（外唱）為只為兔死狐悲。一封朝奏，違忤讒逆。雖然他夕貶忠直，消不盡孟軻豪氣。早不學急流湧退，省擔些投閣災危。俺如今甘老林泉，願得逆黨消除，民安樂聖主垂衣。

【江兒水】（小生唱）恩德如山重，只自知，銘心刻骨難忘棄。城門失火，殃及池魚；楚國亡猿，禍延林木。今日恩公遭此貶謫呵，為家尊負屈多連累，相逢難得相離易。從此一別，關山阻隔，珍重有書難寄，小侄聊備一杯，與恩公餞別，萬勿見嫌。更盡一杯，聊敘陽關別意。

【雁兒落】（外唱）難消受禮殷勤祖道的鳳凰杯，搵不住唱驪駒難分手的英雄淚。拜辭了有道的聖明君，撇不下刎頸的金蘭契。牽衣袂訴衷曲，恨時乎遭狼狽。慨聚散各有時，歎浮沉渾無計。想當日，（末、丑）老將軍，想當日什麼來？（外）想當日，俺正在澄清澗澡馬，見軍快來報某家道："主公有難，急往榆窠裏救駕。"俺一聞此言，甲也披不及，馬也備不迭，忙提著虎尾竹節鋼鞭，飛步趕到榆窠地面。見單雄信看看趕上吾主，正在危急之際，被某家大喝一聲：

"單雄信勿傷吾主!"只見他慌忙就撇了吾主,那元帥望某家左脇下刺一狼牙棗槊過來,被某家將身躲過,用左手接住那棗槊,右手舉起虎尾竹節鋼鞭,叱吒一聲,打得他吐血數里而去。聖上,聖上!更不想榆窠裏,打圍時追至也,俺今日悔之遲,俺今日悔之遲。

【饒饒令】(末、丑、小生)無心雲出岫,知倦鳥還飛。戀戀綈袍膠投漆,兩難辭在歧路側。

【收江南】(外)呀,早知道恩義變為仇,誰待要惡相持。到做了滿船空載月明歸,痛英雄含冤受慘淒。好教人牽繫,好教人牽繫,恰便似孔子慟顏回。

老夫告辭了。

(衆)請了。倉惶不忍故人別,愁斷河梁五字詩。(下)

(外)叫家童,把小姐車兒輾上來。

(淨)曉得。叫車夫,好把小姐車兒推上來。

【園林好】(貼上唱)出皇州徘徊路歧,向林泉撇却是非。却不道在家從父,怎憚得路嶇崎,怎憚得路嶇崎。

【沽美酒】(外唱)羊腸的路嶇崎,蹀躞的馬驂騑,空谷傳聲車啞伊。古林深,野鳥啼;遠山橫,洞雲迷,見漁翁獨釣清溪。誰待要貪名圖利,那裏有流離顛沛。我呵,須索要粧呆做癡,安樂是便宜,呀,笑殺那奔波塵世。

【尾文】重重疊疊山蒼翠,曲灣灣急流湧退,再不入虎穴龍池。

詩曰:

赤膽空懷社稷憂,謫居田裏別皇州。

縱然拘盡湘江水,難洗今朝一面羞。

第十六折　蘇寇犯唐

【北調一枝花】(淨上唱)力拔山弓藏甲冑,雄糾糾統領貔貅。俺待把中華吞併,那輿圖管取吾收。你看俺這裏好景界。

(內白)怎見得?

(淨道)俺這裏西臨遼水,東望扶桑。天寶物華,龍光常射於斗牛；雲霞海市，蜃氣時結乎樓臺。只見那朵林山、魯亭山、賀蘭山，近着蓬萊山處，蒼蒼翠翠，猶如列戟之形；又見那嘔罕河、阮黑河、禿都河，接着鴨綠灘頭，碧碧青青，好似拖藍之勢。小小的島套沙洲，各各的人強馬壯；遠遠的山川城郭，處處的草備糧存。三尺的童子會開弓、能射箭，更兼慣使刀槍；萬隊的兒郎忙排陣、緊行兵，尤善飛揚炮石。山連海，海連山，重重疊疊，怎識透俺的銅營鐵壘；馬間人，人間馬，齊齊整整，怎當得俺的堅甲利兵。自家非別，乃蘇保童是也。語俺人物勇猛，手段高強，氣欲拔山，力能舉鼎。頭戴着星紅鐵兜鍪，燦燦爛爛，儼像那沒遮攔的真太歲；身披着須彌烏銀鎖鎧，閃閃爍爍，渾是那攬災禍的惡魔王。劍舞七星，左插翅，右插翅，上結花，下結花，盤盤旋旋，光芒貫日；馬騎千里，遠追風，近追風，驟踥蹀，慢踥蹀，趷趷蹬蹬，形影騰雲。好壯哉，好勇哉，真個是名馳遼海；又能文，又能武，果然是威服蠻夷。自家向年在本國高麗，俺叔父蓋蘇文，與大唐爭取世界。俺叔父被薛仁貴戰死，俺流入海西，遼邦天子拜俺為大元帥之職。今聞得大唐囚了薛仁貴，貶了尉遲恭，俺如今速整人馬，侵奪大唐天下，與俺叔父報仇，多少是好。把都每那裏？

【清江引】（衆上）咱每給□都是牛共羊，聽觱篥兒胡笳響。吃的打辣酥，睡的青氈帳。舞回回，齊拍手，高歌唱。

覆元帥，有何使令？

（淨）衆把都每，俺奉郎主之命，統領大兵，侵奪大唐天下。你每聽吾號令，有功者賞，無功者罰。出令之後，不可有違。就此起兵前去則個。

（衆）得令。

【紅繡鞋】（淨唱）爭鋒破敵奔牛、奔牛，擒王智按奇謀、奇謀。披鎧甲，冠兜鍪；欺烏獲，賽蚩尤。（合）不取勝怎干休，不取勝怎干休！

【前腔】（衆唱）揚威撞府沖州、沖州，圖些拜將封侯、封侯。人似虎，馬如彪；持弓箭，挺戈矛。（合）齊得勝便干休，齊得勝便干休。

詩曰：
（淨）要把唐家誅與戮，百般武藝須精熟。
（衆）渴時怒飲刀頭血，饑來喜嚼生人肉。

第十七折　李公保薛

【點絳唇】（旦扮黃門上）紫陌雞鳴，龍樓光映。東方曉，紅日將昇，向螭頭下傳宣命。

羽林軍十二，羅列應星文。霜仗懸秋月，電旌倦夜雲。鳴鞭千載肅，奏樂九天聞。御座浮佳氣，匆匆繞聖君。自家乃唐朝黃門是也。恐天子臨朝，只得在此伺候。真個是：吾朝君聖臣賢。

（內白）怎見得？

（旦道）但見我皇上英明神武，日表鳳姿。撫戰士含血吮瘡，賜功臣剪髮曉藥。掃平四海，辛辛苦苦，逮開天闢地之功；歌舞七德，謙謙翼翼，有撫琴命詩之樂。巍巍蕩蕩，恢漢高祖之大度；戰戰兢兢，法周文王之小心。古古怪怪，麒麟出現，聖人在位顯禎祥；翱翱翔翔，鳳凰來儀，明主臨朝呈景瑞。諍臣言官，鯁鯁直直，敢告而直前；左輔右弼，烈烈轟轟，忠諫而恐後。邦有道，寂寂靜靜，不聞紫芝之歌；民樂業，嚷嚷鬧鬧，咸上河清之頌。只見那文班聚立着：徐茂功、劉文靜、房玄齡、杜如晦、李淳風、袁天罡，整整齊齊，盡是那賢能宰相；又見那武班排列着：李樂師、程咬金、段志玄、殷開山、馬三保、秦懷玉，鏘鏘躋躋，俱是豪傑英雄。個個都胸中懷蘊着：皎皎潔潔、精忠報國、騰蛟起鳳的才華；人人皆腹內包藏着：凛凛烈烈、撥亂安危、紫電青霜的節操。洞洞屬屬，意如城，口如瓶，拜舞於丹墀；欽欽敬敬，手容恭，足容重，侍立於金階。文官治郡，正正堂堂，磊磊落落，可比那商傅說、湯伊尹、周姬旦、齊管仲、魯孔丘、秦百奚，燮理陰陽，田豐年稔；武官壓寨，雄雄壯壯，猛猛威威，有同那周呂望、趙廉頗、燕樂毅、吳孫臏、漢鄧禹、晉謝安，調和鼎鼐，國泰民安。君敬臣，臣敬君，停停當當，如魚似水，措社稷於和平；文愛武，武愛文，和和睦睦，並力同心，保國家而安固。你看那九域歸心，遠遠近近，尺地寸天皆入貢；誰知道八紘仰德，大大小小，南蠻北狄盡朝天。立綱紀，循法度，逐讒臣，電走星飛；記大恩，忘小過，愛忠良，雲濕雨潤。但願民康物阜，皇朝綿一統之圖；地久天長，聖主介萬年之壽。道尤未了，奏事官早到。

【前腔】（末上唱）舟楫英名，鹽調沸鼎。沙堤上玉佩鏘鏘，操掌著絲綸命。隨朝當起早，憂國願年豐。語及君臣際，精誠滿腹中。下官姓徐名勣，蒙聖愛御賜改姓李。勣字茂功，職授軍師，官拜英公。即今邊報到來，遼寇犯界，甚是猖獗，邊上官兵屢敗。我欲乘機會，今日入朝奏聞聖上，保舉平遼公薛仁貴復職，領兵破賊，將功贖罪，却不是好？道尤未了，眾官早上。

【前腔】（丑上）像入丹青，勒銘鐘鼎。舉潛龍天下周行，施霖雨慰蒼生。

【前腔】（貼扮護公秦懷玉上）正笏輸誠，垂紳篤敬。一封朝奏達承明，保同袍見交情。（丑）長樂鑱聞一扣鐘，百官初謁未央宮。（貼）金波皎潔沙堤月，玉樹槎牙上苑風。

（丑）軍師在前，須索相見。

（貼）請了。

（與末相見科，末）即今遼寇侵邊，請問二位，何人可以為帥？

（丑）薛平遼乃當世之英雄，負屈久陷縲絏，老夫無計以解憂患。若能保舉他出師，有何不可！

（末）下官正欲如此，可見志之相同、道之相合也則個。

（貼）下官亦有表章，正為此事。《易》云：「二人同心，其利斷金。」我三人一同上表保奏便了。

【神仗兒】一人有慶，一人有慶，唐堯仁政。見紅雲捧定，臣一飯不忘寵倖。齊遙拜叩王庭，齊遙拜叩王庭。

（黃白）文武官不得升殿，丹墀下俯伏。有何文表，就此宣讀。

（末）臣英公李勣奏聞陛下。

【駐雲飛】（末唱）頓首陳情，今邊上呵，羽檄飛馳疾似星。左衽侵邊境，黎庶多災眚。臣夙夜戰兢兢，敢圖僥倖？速整王師，早把狼煙淨。（黃）聖旨道來：邊庭有亂，依卿遣何人破賊，疾速奏來。(末)臣觀元勳之內，老的老，病的病，弱的弱，皆非遼賊之對。臣思平遼公薛仁貴，久陷囹圄，此乃讒臣之譖，以惑聖聰。伏乞赦宥仁貴，出師剿賊，必然克敵。管取天河洗甲兵，管取天河洗甲兵。

(黃)聖旨道來：薛仁貴妄作反詩，負朕大德，實難宥罪。可令程咬金為帥，即日興兵。

(丑)臣拗公程咬金奏聞陛下。

【前腔】(丑唱)稽首陳情，乞念微臣華髮星。昏昧歸榆景，蹀足難馳騁。臣筋骨已崚嶒，恐辱君命。臣觀薛仁貴有周家方叔之風，無漢世董卓之行。陛下休聽小人之言，有失安邦之良將。看他才比霍驃姚，臣等孰難並。聖上若宥仁貴之罪，何不令他為帥？那遼寇必然望風瓦解，聖上得以安然無慮矣。伏乞綸音下紫庭，伏乞綸音下紫庭。

(黃)聖旨道來：薛仁貴有謀心為不軌，若與其兵，如虎添雙翼，決難唯聽。卿既老邁，可遣秦懷玉督領精兵，疾速剿除。

(貼)臣護國秦懷玉奏聞陛下。

【前腔】(貼唱)叩首陳情，鬼病懨懨罹惡星。況臣才疏力怯，無計把乾坤整，無力把妖氛淨。臣惟恐負長纓，罪當烹鼎。臣聞君臣一德，上下同心，魚水相□，疑忌不作，太平之基。今吾主聽信道宗之譖言，將仁貴陷入於坎地，文武懷忠仗義者，心實不平。伏望吾主明證道宗之罪，赦宥仁貴之過，則揚威於玉關之外，盡忠於王庭之上，何愁天下不安、遼寇侵我疆界哉？果臣言不謬，使他殲滅渠魁，方顯邪和正。莫負英雄一點誠，莫負英雄一點誠。

(黃)聖旨道來：卿等所奏，皆乃私意保舉，實非為國公議。聖主大怒，勿得再奏。

(衆)萬死！萬死！

【前腔】再叩陳情，敢顧私情負聖明！臣等呵，一意存忠鯁，為國言公正。臣懇聖主罷雷霆，俯求天聽。那薛仁貴呵，他智類班生，誓斬匈奴盡。聖上，若赦他仍統王師，必然立功異域，報捷來朝。如有生變，臣等甘受滅族之罪。伏乞聖裁。干瀆天威即舉行，干瀆天威即舉行。

（黃）聖旨道來：卿等如此力奏，朕無猜忌。即日頒赦，遣李勣齎旨，仍復薛仁貴平遼公之職，加授征西大元帥，以程咬金監軍，同率精兵，即日赴敵，弗得有違。謝恩！

（衆）萬歲！萬歲！萬萬歲！（下）

詩曰：

（末）齊聞降赦笑顏開，（丑）為拯良臣出困垓。

（貼）萬事不由人計較，（合）一生都是命安排。

第十八折　懷憂遇喜

【齊天樂】（生上唱）披冤似染膏肓病，多應有死無生。春夢一場，功忠沒影。惱殺獸心奸佞，招災惹釁。這痛苦難禁，怎能熬命。年乖蹭蹬，我憤怨對誰評。惜不居休早去齊，屈原空賦一哀詞。功成何不衣錦歸，無禍無非。爭似終身守藝，何曾棄子拋妻。披枷帶鎖苦誰知，悶積千堆。

【雁魚錦】千愁萬恨常淚零，把當年往事重思省。樂道共守貧，蓬門冷終朝。效先賢莘野躬耕，猛思量起兩字"功名"。分開夫婦情，一謎裏匆匆的棄業離鄉井。萬里揮戈，却來探虎境。從征，拼却殘生，苦相持鏖戰到狼煙淨。天山已定，受千辛換得司鐘鼎，鐵柱上標題姓名，麟閣上圖形畫影。滿天下播芳名耀閭里，加封誥我的家荊，青雲果然平步登。又誰知遭塞遇着昧天理誆君虧心漢，不想道無端陷着守禮法赤心忠義卿。哀鳴，怨苦不勝，渾身杻械怎捱淒涼景。謾想成湯，夏臺拘繫，試看周文羑裏，曾經我真誠薄命。從前事業，到此都成畫餅。冤家，冤家，你弄得我困窮垓下愁難脫，陷殺人平白雲陽遭憲刑。怎如遁跡埋名，安得有鴟夷飄水，與這懸首吳城？撇不下貧賤相交、糟糠舊情，教我憂且驚。還更意牽心掛孩兒幼，天知證無辜陷阱，只落得飲恨吞聲。恨只恨流言猛起風波釁，怕只怕公道難欺日月明。遭淩並，何日得黃河水清？我只得告神靈，賜天雷風雲，震起金縢，願吾王筆聚青蠅，使微軀再圖家慶。思量起，悶繁增。但願皇朝再得生良將，盜息民安國太平。

（淨上）有事不敢不報，無事不敢亂傳。獄官稟爺知道，軍師徐爺捧赦旨到了。

（生）莫非胡説？

（淨）小的怎敢説謊。

（生）既如此，忙排香案迎接。

（淨）馳身排御案，洗耳聽綸音。（下）

【生查子】（末上唱）鳳詔出楓宸，良將沾恩命。枯木已逢春，重把山河整。

詔曰：朕登大寶，内無禍亂，外淨邊塵，所賴將相同心，盡託文武協力。近爾遼寇侵邊，吾民失措。腹心之疾，良藥方袪。軍師李勣等，保舉薛仁貴，有鋤強勘亂之才、定國安邦之略。兹特赦爾復還原職，加授征西大元帥，操掌兵權。隨征官將，悉聽約束。即日興師，速剿遼寇。有功爵賞，毋辜朕意。謝恩！

（生）萬歲！萬歲！請過聖旨。（相見科）下官十有九死，無復求活。今感軍師再生之恩，九泉之下不敢忘了。

（末）大人肝膽，天日昭知。讒謗雖行，德行無玷。但以予輩某等救患之遲，甚多罪責。今幸天子寬恩，實拗公、秦公廷諍之力，非下官一人敢居功也。

（生）下官赴闕謝恩已畢，即造各府拜謝。

（末）不敢。

【玉芙蓉】（生唱）雲收月再明，春到花重盛。感蒼天救濟，此生饒倖。謝同袍赤手磨塵鏡，大聖恩波洗垢清。（合）沾餘慶，當不俟駕行。仗天威速掃，歸來齊唱凱歌聲。

【前腔】（末唱）蛟龍入海溟，彩鳳脫籠穽。歎人生榮辱，揔由天命。柳營再振將軍令，寶劍長揮天下平。（合前）

詩曰：

（生）狴犴牢中久困身，今朝幸喜出迷津。

（末）黃河已見澄清日，時去時來果是真。

第十九折　釋憤成歡

【清江引】（小生上）緹縈救父當時羨，男子寧無見。我欲效荊軻，刺中奸人面。暗藏刀私向前，管教伊命難轉。

我薛丁山。父親不想被讒賊李道宗陷害，監禁在獄，未否死生若何。我屢屢懷恨在心，一向臥薪嘗膽，欲報深冤久矣。想當初，齊襄公能復九世之仇，我為人子，不能救父於流離之際，豈能為孝！昨思一計，不免身藏利刃，刺殺那廝，方遂吾願。此事若對母親說知，決不容去。我只索瞞過了母親，自去便了。

（旦暗上）孩兒，你身藏利刃，瞞了我要往那裏去？

（小生）我那娘，父母之仇，不共戴天，恨不得生啖冤家之肉。孩兒欲挾上方之劍，施博浪之錐，殺却那賊讒雪父冤。

【鎖南枝】（旦唱）聽伊道，心似煎，孤形靠兒在眼前。你去也罷，只恐畫虎不成斑，反類犬。貧賤權忍耐性莫偏，若是漏機□□娘又哀怨。

【前腔】（小生）兒不孝，罪逆天，無能盡心報父冤。待學漢留侯，義把千金散。擤此軀把孝義全，殺冤家遂兒願。

（淨上）□陰霾得睹青天，除荊棘還由天道。稟上夫人、公子知道：老爺已得天恩，赦放回家，先差小人通報。

（旦、小生）果然？感謝天地，勞動你了。

（淨下）

【西地錦】（生上唱）今朝幸喜瞻廬舍，重舒胸次英傑。（生、旦、小生相見科）渾疑夢裏相逢也，心事許多難說。

（生）弦歌陳蔡自含羞，於今得向湘江洗。

（旦）神龍失勢困泥潭，沛然際遇風雲起。

（小生）陽春一布網羅除，從今黑白分明矣。

（合）合浦明珠去復還，一門骨肉生歡喜。

（生）夫人，下官蒙軍師李英公，與程拗公、秦護公三人保救，得出囹圄。我和你暫得相逢，即日要起程，赴邊破賊，奈何？

（旦）既蒙天宥，欣喜不勝，與國除害，理之當然。相公放心前去，不必以家為慮。

（小生）孩兒只因母親在堂，不能隨爹爹代勞，恕孩兒不孝之罪。

（生）孩兒，你可在家竭力奉母，免得我掛念。

【催拍】（生唱）謝天恩脫離縲絏，我心中頓除愷切。斷弦已接，斷弦已接，奈王事羈身，兵事騷屑。不顧私情，且盡臣節。（合）從此去夢似蝴蝶，歸來後再歡悅。

【前腔】（旦）我只道連枝斫折，幸喜得同心帶結。恩情阻絕，恩情阻絕，不久歡娛，又早離別。誓立勳名，掃盡胡羯。（合前）

【前腔】（小生唱）慮只慮玉關遠涉，恐不聞魚書雁帖。牽衣淚咽，牽衣淚咽，沙塞晨昏，誰問寒熱。心逐征車，愁緒難歇。（合前）

（淨上）上命為差使，奔趨無盡期。一心忙似箭，兩腳走如飛。頭目稟上老爺：聖旨催促進兵起程，程爺等候多時，請老爺赴教場中發令。

（生）曉得了，我與夫人分別就來。

（淨）將軍聞命下，馳馴往邊庭。（下）

（生）夫人，王命催促，不得與夫人一敘，就此拜別。

【前腔】（生唱）君命促和伊暫撇，（旦）若成功早歸帝闕。（生）不免哽咽，不免哽咽，人有悲歡，月有圓缺。（小生）遙望邊城，早報音捷。（合前）

（生）鳴鞭從此離家園，

（旦）未知何日是歸年。

（小生）此去遙知百戰勝，（合）管教平定始方還。

（旦、小生下，眾軍上）

（生吊場）叫軍士每，就此起兵前去便了。

（眾應介）

【水底魚】鼉鼓喧天，炮聲應百川。征袍紅錦，大將振桓桓。

【前腔】（生唱）胡兒犯界，天兵討罪愆。（眾）燎毛摧朽，鞭敲金鐙旋。（下）

詩曰：
　　舉天戈削平螻蟻穴，揮雪刃斬盡虎狼羣。

第二十折　遣刺泄機

【步蟾宮】（淨上唱）折辭玉籠飛彩鳳，反開金鎖，蛟龍脫走。（末暗上）終日皺眉頭，使盡心機不偶。

　　一斟一酌，莫非前定。自家用了多少心機，把薛仁貴弄得十有九死。不思遼寇犯界，可怪李勣與程咬金、秦懷玉等，齊上表章劾我，仍保薛仁貴征伐。聖上准奏，赦免本罪，原復舊職，前往邊庭去了。只是怨恨未消，如何罷得？我想起來，他有一妻一子在家，我欲着人去行刺他兩口，以雪其憤。只是沒個心腹幹事的人，怎麼是好？記上心來，我府中有一人，喚名趙義，此人心粗膽大。待我喚他出來，多賞賜他些金銀，教他做個刺客，却不是好。趙義何在？

　　（末）臺前隨出入，殿下聽傳呼。大王爺有何分付？

　　（淨）趙義，你曉得，養軍千日，用在一朝。我有一椿心事託你，只怕你膽小去不得。

　　（末）小的受大王爺恩養，無可以報。雖赴湯蹈火，不辭而去。

　　（淨）別無他事，我着你做個刺客而去。

　　（末）不知大王要刺何人？

　　（淨）你尚不知，我與薛仁貴切齒之仇，被他漏網去了。他有妻子在家，特着你去刺他二人。

　　（末）這個有何難處，限小人三日之內，管取成事。

　　（淨）先賞你白金一兩前去，你若成事回來，還有重重賞你。

　　【好姐姐】（淨唱）你用心須擇計謀，切莫要風聲洩漏。若能成事，重賞不虛謬。（合）心懷咎，從前惡憤難消受，不是冤家不聚頭。

　　【前腔】（末唱）主公你不必慮憂，管教他喪吾毒手。烏江不到，我須不甘休。（合前）

　　詩曰：（淨）用心幹成此事，（末）不須囑付叮嚀。
　　　　　　小心天下去得，　　大膽寸步難行。

（淨下）

（末吊場）惻隱之心，人皆有之。我皇叔陷得平遼公十有九死，幸有天理，赦宥討賊去了。心上又不足，使我行刺，覆絕人之宗祀，於心何忍！方纔若不應承，倘若令使別人去刺他二人，却不虛費了我一點善人心。趁今潛地到薛府，報與他子知道，指令逃避外方，也顯我一片好心，却不是好。正是：

　　欺暗常不然，欺明當自滅。
　　難將一人手，掩却天下目。（下）

第二十一折　施邪保障

【鳳凰閣】（生上唱）欽承君命，能操縱略過孫臏。休誇三載立功名，且將紫塞煙清。元戎職掌，試看五申三令。

【前腔】（丑上唱）軍容蕭整，真個是威風凛凛。棘門埧上皆兒戲，怎如細柳周營。吾當益壯，先士卒爭功奪勝。

（生）承恩為帥仗吳鉤，不斬樓蘭誓不休。

（丑）雙手補完天地缺，一心分破帝皇憂。

（生）多蒙老將軍活命之恩，尚未竭誠叩謝。請老將軍居正，下官侍傍。

（丑）豈有此理。老夫雖忝在先輩的元勳，奉王命從事麾下聽令，焉敢僭越。

（生）老將軍乃下官再生父母，豈敢妄尊。

（丑）不敢，職分之所當為。元帥若不居正，難以發令施號。

（生）如此多僭了。眾將官，今日乃黃道吉日，可以分付各部下軍卒人等，經過村坊，毋得騷擾百姓。如有妄取一物、擅驚一民者，斬首示眾。

（眾應介，生、丑）就此起兵，前去殺賊。

【普天樂】整封疆，趨邊境。統王師，離鄉井。須當要、須當要破竹先聲，笑談間席捲膻腥。（合）呀，看旌旗蕩影，金戈晃日明。戰馬征車，碾起、碾起沙塞黃塵。

【北朝天子】（淨衆上，同唱）俺家兒在西，那馬兒不離，使槍刀弓箭為生計。齊齊打哄，且歌舞一回，擁貂裘在穹廬內。獐巴兒又肥，打辣酥好吃，勿辣赤辣赤勿辣赤。把琵琶操彈一曲，醉了呵齁齁睡，醉了呵齁齁睡。（下）

【普天樂】（生衆上，同唱）趲長途，登高嶺。過竹林，穿松徑。怎辭得、怎辭得露宿霜征，向迢迢萬里邊城，（合）呀，看旌旗蕩影，金戈晃日明。戰馬征車，碾起、碾起沙塞黃塵。（下）

【北朝天子】（淨衆上，同唱）長官每做一屯，把都每分幾羣，牽駕着獵犬和鷹隼。來來往往，駭狐兔亂奔，鳥雀兒飛成陣。發一矢入雲，射雙雕落茵，撒銀撒銀撒撒銀。笑呵呵成團打滾，真快活無愁悶，真快活無愁悶。（下）

【普天樂】（生衆上）須遵守，將軍令。管繫取，單于頸。民無擾、民無擾雞犬不驚，長驅進威震夷庭。（合）呀，看旌旗蕩影，金戈晃日明。戰馬征車，碾起、碾起沙塞黃塵。（下）

【北朝天子】（淨衆上）沖鋒將一似熊，巴山馬一似龍，身披着鐵甲何愁重。威威猛猛，挽烏號也麼哥，把髯篆兒胡箚弄。着皂貂幾重，打征鼓幾通，撲鼕撲鼕撲撲鼕。論咱每性兒好勇，論咱每性兒好勇，取中華貔貅擁，取中華貔貅擁。

（淨）把都每，探子來報，中原人馬在前不遠，就此殺上前去。

【水底魚】殺氣騰騰，喧天戰鼓鳴。方剛膂力殺，教他一命傾，教他一命傾。

【前腔】（生、丑領衆上唱）劍鍔楞楞，陰山鬼魅驚。揚威奮武，遼奴一掃平，遼奴一掃平。

（淨）來將何人？
（生）吾乃征西招討大元帥薛平遼公是也。
（丑）吾乃監軍拗公程是也。
（生）你是何人？
（淨）遼西大元帥蘇⋯⋯
（生）蘇保童，你這廝，無故犯我邊界。好好罷兵，早獻降書，免你一死。

（淨）薛仁貴，我只以為你囚禁死了，你恰尚在。好好下馬讓中原與我，雪了俺叔父之仇。若言半字不肯，殺教你血流標杆。
　　（交戰科，淨作敗介，淨）把都兒，俺這裏殺他不過，待我仗劍施術，捉拿這廝便了。（淨作披髮交戰介）
　　（生）眾將官，傳令軍士急回。你看遼賊施逞邪術，風沙四起，黑霧迷天，難以抵敵，暫且退入鎖陽城，再作道理。（生眾下）
　　（淨）眾把都每，你看薛仁貴敗入鎖陽城去了，俺這裏把城子四面圍住，毋得走漏中原人馬。如有違令者，拿來哈剌了。
　　（眾應介）得令。
　　【滾繡球】（淨唱）俺這裏將堂堂猛似蛟，雄糾糾勇似彪。閃爍爍遮天旗纛，密匝匝耀日槍刀。俺只見持畫戟、挺戈矛，殺得他旗竿折倒，殺得他膽氣潛消。空笑他虎落坑枉有王公略，魚遭網難施呂望韜，你有命難逃。（下）

第二十二折　知風避難

　　【霜天曉角】（旦上唱）梧桐已敗，一瞬星霜改。（小生）思親極目雲山外，鴻書阻隔難來。
　　（旦）孩兒，自從你父親去後，不覺又是早秋，未知他安否何如。
　　（小生）母親，爭奈關河阻絕，杳無音信，如何是好？
　　（旦）我兒，你且排下香案，待我禱告天地一番，保佑你父親在外，康寧無事。
　　（小生）謹依慈命。香案在此。
　　【小桃紅】（旦唱）香焚寶鼎，身拜瑤階。但願年豐泰也，四寨除刁斗，百姓少荒災。人寄在天涯，願得他身無恙、體康寧、安邊境也，率叛歸王齊奏凱。遂上班師表，獻俘早回，蔭子封妻耀草萊。
　　【前腔】（末上唱）忙移步履，此間已是薛府，直造廳階。（小生）汝是何人，有何急事，直入吾之重門？（末）有事來相報也。（小生）願聞其事。（末）我乃是荊軻輩，豫讓與同儕。（小生）母親，"荊軻、豫讓之輩"，是個刺客了。（旦）孩兒，怎麼好？（小生）母親，有孩兒在此，決然無事。這人此來，要行刺我。（末）我雖是個刺客，何忍昧靈臺？（小生）既然不昧靈臺，是不加害於我家，又來怎麼？（末）自家奉皇叔差遣。（旦）我道又是此賊。（末）我焉敢背順從逆，行此不仁之事？我雖背主之命，倘皇叔知事不成，仇恨端在，只恐他別生謀，你禍到來，難分解也，及早潛身和遠害。船到江心處，補漏遲哉，後悔空追事不諧。

【下山虎】（旦唱）戶庭不出，橫禍飛來。大哥，謝你救我娘和子，怎不教人感戴。除非是結草銜環，佩德銘心深似海。惱殺奸雄恨滿懷，今日遭蜂蠆，果是時該命又該。但願天憐憫，雲開霧開，從此逃災免禍胎。

【蠻牌令】（小生唱）你心田果無壞，德行信無乖。取義成仁名譽美，似鉏麑效觸槐。我那娘，如何把家園輕棄，無投奔痛苦難捱。不由人淚珠滿腮，少不得命喪蒿萊。

【尾文】妒花風雨催無奈，死餘辜難償恩債，免使紛紛點翠苔。

（旦、小生）敢謝賢士不殺之恩，將何以報？動問賢士高姓。

（末）自家姓趙名義。我此行只是通知夫人、公子，早辦行計，不可遲延，遲則禍所不免。待等薛老爺班師回來，再作道理。

（旦）言之有理。急忙收拾盤纏，我和你且往龍門縣故里之中避難便了。

（小生）謹依慈命。

（旦）多謝賢士盛心，雖沒世不忘也。

（末）不敢。

（旦）冤家何苦用心堅，暗裏機謀使萬千。

（小生）不是恩人親說破，險些兩命喪黃泉。（下）

（末弔場）救人一命，勝造七級浮屠。可憐他母子，何等哀痛，何等倉促。皇叔，皇叔，你何等譎佞，何等太毒！只是我做事不成，難以回覆。且喜囊中還有餘貲，不免逃往外方，別尋生理度日，多少是好。李道宗，李道宗！

詩曰：

做事欠惺惺，千年遺臭名。

但存方寸地，留與子孫耕。

第二十三折　賞月開懷

【惜奴嬌引】(淨上唱)玉兔東昇，向更樓玩賞，人月雙清。(貼扮妃子上)穿針罷，又早是中秋佳景。(旦、丑扮宮人上)涼生金風乍起，萬戶搗砧聲映。(合)娉婷粉容嬌面，玉宇瓊樓廝稱。

(相見科，淨)把酒問青天，今日是何年？

(貼)輪飛金闕外，鏡掛玉樓前。

(淨)我欲乘風去，高處不勝寒。

(合)但願人長久，千里共嬋娟。

(貼)大王，今乃中秋涼夜，妾備酒筵，與大王賞玩一宵，有何不可。

(淨)賢妃，你看雲開天朗，月白風清，如此良夜，能有幾何？感承賢妃美情，看酒過來。

(貼進酒介)

【梁州序】柔飈鳴韻，浮雲攢慶，忽見滄溟明瑩。冰輪初起，江山遍處輝熒。疑是玉盤推轉，金餅鋪成，照徹清虛境。嫦娥靈藥就，可長生，一七令人換骨輕。(合)荒塞夜，深閨暝，那征夫思婦齊孤另。清淚灑，有誰問？

(淨)請賢妃上酒。

【前腔】朱宮光潤，瑤臺涼浸，誰把軒轅馳騁。長空萬里，星橋上接天門。驀地雲梯咫尺，桂殿嬉遊，儼在蓬瀛境。俏然神思爽，實欣幸，跨鶴歸來露濕衿。(合前)

(貼)請大王爺再上酒。

【前腔】最堪誇銀漢無聲，還可愛碧欄猶憑。把水晶簾捲，鬢蟬重整。只見光搖銀海，寒逼玉樓，嬌怯□停竚。輕移蓮步，轉入承明，寶鴨香消漏已沉。(合前)

(旦、丑)官婢們進上大王爺、娘娘二位酒一杯。

(淨)生受你了。

【前腔】（旦、丑兩傍跪唱）看全無一點纖凝，喜團團十分端正。想浮生在世，幾逢歌詠。那更常缺常圓，離合悲歡，四字難期訂。天人相別處，果是無憑，暑往寒來瞬息更。（合前）

（旦、丑斟酒科）

【鬥寶蟾】（淨唱）霞觥，有酒當傾，只恐秋霜，半歸青鏡。總黃金百鎰，難買這般光景。不定空階促織，南枝烏鵲驚。最關情，如訴的嗚嗚咽咽，紫簫堪聽。

【錦衣香】（淨、貼起身，立玩科，唱）珠斗明，銀河耿。白露凝，霓裳冷。看玉作人間，琉璃萬頃，雙雙攜手步閒庭。（回身科，旦、丑進酒介）紅裙進酒，玉斝高擎。且忘憂樂矣，趁今宵滿懷佳興。幾處添悲哽，幾家歡慶。刻漏頻催，長門寂靜。

【漿水令】（淨唱）畫堂中銀臺寶鼎，玳筵前檀板金樽。（貼唱）鏗鏘佩響有飛瓊，寒生碧瓦，水浸銀瓶。（旦、丑唱）中秋夜，堪誇逞，尋常三五真難並。（同唱）人生裏、人生裏幾見虧盈，明日裏、明日裏未否陰晴。

【尾文】（淨唱）臨風對月拼酩酊，（貼同唱）不覺參橫斗柄，咿喔晨雞報五更。

詩曰：

　　（淨）良宵雲靜月當天，（貼）皎潔團圓照綺筵。

　　（旦）休辭達曙殷勤玩，（丑）一墜西岩又隔年。

第二十四折　　逢強被劫

【勝如花】（旦、小生上唱）愴惶走，喘未蘇，歷盡過危橋野渡。又只見峻嶺巉岩，愁怯怯如何舉步，勉強把纏藤攀負。（合）寂寂的人稀影孤，喳喳的猿啼鳥呼。戴月披星，受風霜艱苦。歎飄蓬寄託無處，母子每悲痛窮途，母子每悲痛窮途。

【前腔】（小生唱）空回首，望帝都，誰道家筵難顧。到做了奔狗無家，歎此身流離，何日裏得開心素。（合前）

（旦）孩兒，我和你離家已遠，脫相虎穴。在路已經數日，不知幾時得到故鄉。

（小生）母親生長閨門，那曾受這般苦楚。待孩兒背扶母親行走則個。

（旦）我兒，你自尚且行走不動，那裏背負得我起。只是口中煩渴，此間荒僻所在，又無人家，你可將瓢去尋些水來，待我略解喉嚨，捱到前途，我和你再作計較。

（小生）母親且在此林中坐下，待孩兒去取水來。

（旦）你去就來。

（小生）過林尋碧澗，覓水奉萱親。（下）

（淨、丑上）劫殺為活計，剪徑作生涯。自家兄弟兩人，綽號金眼虎、鐵爪鷹的便是。俺兩人專一在此剪徑。方纔見一漢子與一婦人走入林子去了，身邊包裹甚是沉重。不免撞入林中，去將那漢子包裹打搶來，那時却不是好。（喝介）咄！你那婦人，好好將包裹中金帛拿出與我，萬事全休。若言不肯，你看我手中斧子，快也不快！

【鎖南枝】（旦唱）天涯外，躲難危，飄蓬此身無所依。（淨）你有金帛，拿些與我，那管閒事。（旦）囊底甚蕭然，途中欠盤費。（淨）你休得閒說，放火殺人，是咱活計。休得萬阻千推，免伊一死。（旦）斂衽告，息怒威。（淨、丑）你要性命，快些取金帛過來。（旦）望乞發慈悲，不忘大恩義。

（淨、丑）恩義恩義，放我臭屁。包裹拿來，免你悔氣。

（淨、丑搶包科，下。旦倒地介）

【前腔】（小生取水上）離鄉井，奔路岐，勞心焦思渴又饑。荒野乏饗飱，清泉當菽水。（叫介）母親，水在此。呀！為何痛哭無言，將身倒地？娘，莫不是見汲水來遲，惹得娘生氣？（旦）兒，你去時，誰知遇盜賊。驀被奪行裝，我幾乎喪泉世。

【前腔】（小生唱）聽娘道，魂魄飛，愕然駭得心似癡。屋漏歎無棲，更遭連夜雨。（旦）囊空路貧，怎麼是好？苦——！必□做餓莩乞兒，命難存濟。（小生）母親，幸你不傷身，我一悲還一喜。（旦唱）思量起，心痛悲。喪溝渠，定無擬。

【前腔】（丑扮道人上唱）彌陀佛，口不離，龍鍾老年行步遲。

迤邐行來，前面林子裏，一婦人和那漢子，不知在那裏為甚啼哭，不免向前問他則個。（相見科）小官人，為甚哭啼啼，其間有情弊。（旦）老道，一言難盡。我拋家避危，不想遇着強徒，見財起意。（丑）可憐，出路避難，又遇強盜。不曾被他劫了什麼東西去麼？（旦）被他劫擄一空，困殺我娘和子。（丑）那小官人就是你令郎？看起來不是以下人家。今往何處安身？（小生）無處投，（丑）你兩人怎麼度日？（小生）無可支，因此哭哀哀淚珠墜。

　　（丑）天上人間，方便第一。老身在前村觀音堂中，老年隻身。抄化回來，偶然見你母子啼哭，所以動問。如今天色已晚，莫若到我觀音堂中借住一宵，明日再作理會，有何不可。

　　（旦、小生）只是打擾不當了。

　　（丑）說那裏話，世上誰人保得無有患難之處。但貧道乏欵，休得見責。

　　（旦）不敢。

　　（丑）轉過西邊路徑，入觀音堂，此間已是。娘子與小官人請坐，貧道燒茶來吃。

　　（旦）多謝師父。

　　（丑）好說。你母子休悲怨，燒茶進步忙。（下）

　　（旦）孩兒，感承這老道好意，我和你暫且安身。只是沒有盤纏，怎麼是好？且住，我到忘了，還有你父親留下金貂在此，明日拿到街市上賣來，以作盤費便了。

　　（小生）謹依母親嚴命。（下）

　　詩曰：
　　　　時運乖遭逢強盜，緣分湊遇着好人。
　　　　無窠鳥借枝權宿，困海龍乘雨便伸。

第二十五折　冒險求援

　　【風馬兒】（生上唱）懶振綃衣忘汗食，報顏愧沒平胡策，三軍困逼愁如織。（丑）縱橫胡騎如鴉集，無計收功績。

（生）百戰沙場碎鐵衣，城南已合數重圍。
（丑）何時愁盡西戎寇，獨領精兵奏凱回。
（生）老將軍，下官所志，意欲掃盡遼奴，以報皇上。爭奈吾兵失利，困於孤城之中，如何是好？
（丑）兵困日久，內無糧草，外無救兵。軍心倘然有變，怎生處置？
（生）我欲差人赴京求援，奈無效死之人，冒突出圍，以此憂悶。
（丑）老夫年邁力衰，無寸尺效力之處。莫若待我冒圍前去，請取援兵到來，內外攻賊，有何不可。
（生）那遼賊重圍，鐵壘相似，只怕老將軍說得行不得。
（丑）非是老夫誇口，我身不披甲，手不執戈，憑著三寸之舌，去說胡寇，務必出圍。倘有不測，即當罵賊而死，元帥不必掛意。
（生）若得將軍不辭死難，此乃朝廷之幸，三軍亦得免於塗炭之災也。
（丑）事在危急之際，不得從容，就此拜別了。
【憶多嬌】（生唱）君悃愊，歸故域。就死輕生心似赤，義膽渾身冒鋒鏑。（合）遼寇雲集，遼寇雲集，怎得援兵破敵？
【前腔】（丑唱）頭已白，志敢易？見危授命身豈惜，報主捐軀盡臣職。（合前）
【鬥黑麻】（生唱）我自愧無能，除凶勉力。老將軍年已老了，這苦雪繁霜，愁伊怎歷。兵旅困，事危急。盼望周郎，鏖兵赤壁。（合）相看淚滴，不忍南北，迢遞關山，萬千阻隔。
【前腔】（丑唱）不能效班超，玉門生入。爭羨那嚴顏，此頭肯惜。取扶鸞，襯夷狄。那遼寇肯放我出圍去了便罷，若不放呵，拼板鋸油煎，厲聲罵賊。（合前）
詩曰：
（生）失陷在胡庭，（丑）忘家不顧身。
（生）士窮見節義，（丑）世亂識忠臣。

第二十六折　賣貂延住

【一盆花】（小生上）歎我一身窮困，似隨風逐浪，又生一秦。何方去負米養慈親，無魚彈鋏空愁悶。苦絕糧在陳，寄食在陳，果是皇天厭我，接踵災屯。

自家與母親避難，行到此間，不幸被劫囊空，幸遇道者相留。昨日奉母親之命，將此金貂貨賣，只索前去。

【前腔】只為饑寒難忍，賣金貂含恥，走遍荒村。此間已是東村，雖有豪家，俱已閉門斂跡。不免叫一聲："賣金貂，賣金貂。"天嘆！豪家俱已閉重門，叫得我喉嚨哽咽無人問。思想起來，正所謂：家貧不是貧，路貧愁殺人。果然是言。只得趲向前面，再叫幾聲。（叫介）"賣金貂，賣金貂。"呀！我叫了半日，全無一人瞅睬。天，好苦！這煢煢爭禁，孑孑爭禁，盼望那仁人義士，拯溺亨屯。

【前腔】（外上唱）解綬歸田甘分，這麻衣草履，足可安身。迤邐行來，前面有一漢子啼哭，叫賣金貂，待我上前試看。呀！是薛公子。（見介）我與你□經年遠別絕鴻音，緣何到此天涯郡？（小生）恩公在上，小侄一言難盡。（外）你且把詳悉慢論，將略節暫聞。為甚的雙眸垂淚，訴我根因。

【前腔】（小生唱）慚愧年時不順，被李道宗使人刺俺母子，避凶危棄業，母子逃奔。（外）原來與令堂逃難到此，你為何將金貂貨賣？（小生）中途不意遇強人，可憐劫擄囊金盡。（外）你令堂却在那裏？（小生）禪堂寄身。（外）在那處禪堂？（小生）前日被盜之後，正啼哭間，忽遇道者慈憫，留我母子二人在西村觀音堂內暫住。因無食用，將金貂賣來養身。把一半以作盤費，回到龍門縣安身，不想得遇恩公垂問。信是那有緣千里，對面相親。

（外）令堂既在觀音堂內，待老夫請到小莊住下。

（小生）多謝恩公，只是打擾不當。

（外）說那裏話。轉過松樹林，咫尺是西村。

（小生）此間已是觀音堂了。
（外）請令堂老夫人相見。
（小生）母親，有請。
【臨江仙】（旦上唱）流落他鄉身受窘，思量進退無門。一從鸞鳳寶釵分，春山常蹙損，秋水每流痕。
孩兒，你來了，金貂可曾賣了不曾？
（小生）金貂到不曾賣得，不想正撞着尉遲老將軍相接，母親可以相見。
（旦）可喜可喜，既如此，請相見。
（小生）家母請恩公相見。
（外、旦見介，旦）恩公請上，待妾拜謝。向累恩公，德未償報。萍水相逢，懷羞負報。
（外）老夫不知魚軒到此，有失迎款，罪有所歸，望乞恕罪。
（小生）向別恩公，懸懸朝夕。今得瞻仰，愁中生喜。
（外）吾聞平遼公恩宥討賊去了，方纔又聞得為李道宗這賊要害夫人與公子，因此遠來避難，可説與老夫知道。
（旦）恩公在上，聽稟。
【桂枝香】（旦唱）只為奸雄狠狠，受盡了風波險汛。李道宗暗地差人行刺我母子，那傷人暗箭難防，幸得義士不忍加害，反教逃避他方，因此拋家潛遁。（外）夫人，如今徑往何方？（旦）似無巢小鴗，似無巢小鴗，飛棲不准，有家難奔受千辛。今日得遇恩公，猶如久旱逢甘雨，正是他鄉遇故人。
【前腔】（外唱）聽伊言馨，使吾憐憫。可惜你母子飄流，頓教我淚珠拋滾。今日呵，這相逢有神，這相逢有神，此乃天使夫人、公子遇我，緣分該到，如今不必往別處去了。暫住吾家安穩，免得窮途勞頓。恨奸臣，虧心折盡平生福，行短天教一世貧。
【前腔】（小生唱）恩難忘泯，心縈方寸。逃北海喜遇孫彬，奔東吳倖存伍姓。我椿庭遠隔，我椿庭遠隔，久無音問，怎知我又遭災釁。自評論，何期側路逢青眼，終信洪波濟涸鱗。
（外）請夫人、公子且往小莊住下。夫人着小女相伴，公子且伴老夫。打聽平遼公消息，便作區處。
（旦、小生）只是打擾不當。
（外）言重，就此請行。
（旦）那道者抄化未回，不曾謝得，怎麼好？
（外）明日公子來謝他便了則個。
詩曰：
　　（旦）飄泊身依蔓草叢，（小生）故人相見喜無窮。
　　（外）一葉浮萍歸大海，　　人生何處不相逢。

第二十七折　沖寨出圍

【點絳唇】（淨上唱）戈甲重圍，鞍轡列騎。唐兵因有翅難飛，耀武揚千里。

衆把都，分付各部下，好生圍住鎖陽城，不許走漏南朝人馬。如有違令者，與我哈喇了。

（丑扮程咬金上）忠臣不怕死，怕死不忠臣。你看遼兵圍得鐵桶相似，便是天神到此，也驚怕起來。

【八聲甘州】胡兒成隊，密匝匝羅布旌旗。看槍刀劍戟似麻林，擺得青銳。當年九里垓如是，今日三軍陷可知。到此地方，也說不得了，只索撞破虜圍。便死於羯奴之手，也得垂名青史。休疑，撞得碎首分屍。

（淨）什麼人，撞入我軍營？快拿住了。
（丑）吾乃唐朝拗國公程知節。
（淨）這廝好大膽，要往那裏去？
【前腔】（丑唱）須知要還歸故里，取援兵欲解重圍。（淨）你欲出□重圍，好不知死。那鴉鵲兒尚然飛不過去，却來討死。（丑）吾當國難死鋒鏑，此生何愧。（淨）把都每，拿這廝去哈喇了。（丑笑介）你那膻狗，我死豈怕懼你，要斬便斬了。（淨）把都每，那廝大笑說道死且不怕，怎麼解說？（丑）笑你這無才無量蠻夷輩，怎學我能勇能強豪傑魁。休癡，諒天兵到此在此時。

（淨）南朝不過薛仁貴一人，今已被俺困住在此，還有什麼天兵抵敵得俺過。

（丑）你那膻奴，休說俺唐朝無人。如老夫之輩，車載斗量；薛仁貴之儔，何止千百。

（淨）好胡說。

【解三酲】（丑唱）論升斗難量海水，如螢火怎比燈輝。俺南朝呵，運籌主帥雲駢集，舉鼎將滿皇畿。你就是蚩尤妄與軒轅敵，孟獲輕將諸葛欺。俺那裏天兵不來便罷，若來的時節，令伊畏，令伊畏，管教一戰，血染邊陲。

【前腔】（淨唱）你那廝，一句句口談蘇季，一聲聲舌辯張儀。俺覷他中原將帥如螻蟻，井底蛙怎張威。我那怕你黃公再世有三略法，孺子重生有六出奇。吾威勢，吾威勢，果然是天高地厚，誰敢相持。

（丑）你既然不怕，敢放我出圍去麼？

（淨）你這說詞，吾豈不知。我若殺了你，只說我怕了你。程咬金，你南朝更有天□之輩、傾國之兵到來，我也不怕，只索放你去罷。

（丑）蘇保童，你哄我。喬做英雄，假作好漢。你今放我去後，使人來暗地殺了我，我到死得不明白，不如死在你眼前也甘心。

（淨）一言既出，駟馬難追。我殺你一人，不為罕稀。待你去取得好漢到來，那時拼個勝負，才是大丈夫所為。俺今與你一枝令箭，前去並無阻當。叫把都每，分付各部落知道：如遇南朝將官有我令箭者，即放出圍，毋得妄殺，違令者哈喇了。

（衆應科）放他去罷。得放手時須放手，合饒人處且饒人。（下）

（丑吊場科）人有所願，天必從之。那遼賊被我道了幾句，放我出圍，並無攔阻，不免急速趲行前去。

【錦纏道】歎三軍失戰利，陷身虜圍，久旱望雲霓。心如箭，只恐騏驥行遲。憑舌劍，仗天威，得離坎危。為王事多艱苦，奔走天涯，怎憚得路崎嶇。我志在除腥滌穢，忙忙裏歸帝畿。請援兵早臨邊地，管教卒叛豎降旗。
詩：
　　　　三寸舌為安國劍，五言詩作上天梯。

第二十八折　寄跡傷秋

【掛真兒】（旦上唱）夢斷秦樓心似搗，愁看萬木蕭蕭。（貼上唱）草舍荒涼，幽閨靜悄，唯有清風煙擾。

（旦）西風吹鬢添離緒，他鄉淹滯情難吐。

（貼）時已近重陽，東籬菊又黃。

（旦）征夫隔萬里，音信憑誰寄。

（貼）離合與悲歡，此事果難全。

（旦）小姐，我母子流落在外，幸逢令尊相留，打擾宅上，此心何安。

（貼）只是村舍蕭索，無物款待，多有簡慢，甚是不當。

（旦）小姐言重。

（貼）不敢。

【白練序】（旦唱）家傾覆，身一似隨風敗葉飄。今喜得鷦鷯，借枝棲了。何時還舊巢，聽蕭颯秋聲心暗焦。黃雲渺，天長人遠，夢飛不到。

【醉太平】（貼唱）人生，離多會少。想長門窈窕，也受寂寥。樂昌鏡破，終有日會在元宵。須知，衡門蓬蓽暫為家，休只慕故鄉偏好。你且不須煩惱，否終復泰，夫妻歡笑。

【東甌令】（旦唱）金颿動，鐵馬搖，怕聽鄰家砧杵敲。寒衣將寄玉關杳，雁空叫，無音耗。教奴枉自覷金貂，血淚染鮫綃。

【金蓮子】（貼唱）免悲號，生離死別何足較，這魔障都緣命招。且只索放寬心，心寬放，隨分過終朝。（下）

詩曰：
　　　　滾滾東流水，終年不過西。
　　　　離別不須歎，相逢應有期。

第二十九折　緩兵捱日

【天下樂】（淨上唱）百官朝下午門西，蹀躞飛塵滿御堤。行人畏避岩岩勢，橫空山斗齊。

張罾不得魚，不櫓罾不歸。自家前日遣趙義暗地行刺薛仁貴妻子，不想事反不成，他妻子潛逃去了，趙義亦無下落，一向納悶在心。昨日程咬金入朝，奏稱薛仁貴失陷邊庭，來此求請援兵。聖旨倒下，着俺議兵救剿。我想日久糧盡，孤城必破，仁貴豈能得生。欲待延捱日子，慢慢發兵，爭奈程咬金催促甚緊。夜來心生一計，明日揀選老幼瘦癃兵卒五千名，啟過宮裏，御筆點定，就着程咬金統領，前去職田莊上，起請尉遲恭協同，到彼處救援。我想此老匹夫，豈能成此大事？況程咬金以年力頹朽，領此疲兵，焉能克敵，二老必喪蘇保童之手。孤城若破，仁貴必死。此乃一舉兩得之計，有何不可。

【大聖樂】為冤家使盡心機，恨飛鳥脫離網罹。誰想今朝天喪你，師共旅陷邊陲。只教你華亭不得聞鶴唳，胡地休思持節歸。這牢籠計要全生，除是你屈膝戎夷。

好計，好計，必然不出吾所料。少待選兵，御點已定之後，就限日起程。真個是：

詩：

　　才離喪門並吊客，又撞黃旛豹尾來。

第三十折　疲卒進程

【憶秦娥】（丑上唱）遭奸佞，可憐白首臨邊境、臨邊境。黃沙埋骨，怎生目瞑。空有包胥淚，難辭遠塞行。我程咬金，冒險來此求兵，誰想李道宗弄權，不肯應發。令我守候日久，揀選老幼疲兵五千，與我率領，前往職田莊上，啟請尉遲老將軍赴邊擊賊。我想敬德年邁八旬，血衰力敗，濟得甚事。正所謂"將老兵疲"，豈能破得百萬之衆？我欲上表陳情，爭奈權奸橫道。我欲不去，又恐抗違君命，只得勉强而行，便死於金革之下，也説不得。只可憐薛夫人、公子，又被他使人行刺，潛逃不知去向，不能通知信息，如何是好？救兵如救火，就此起兵前去。頭目每那裏？（衆上）歲值華夷結寇仇，腰間安得解吳鈎。流淚含悲就行路，果信官差不自由。

（丑）頭目每，我見這些兵卒，個個或老或幼，俱是疲癃之數。今要臨邊克敵，使我心下不忍，如何是好？

（衆）此皆讒奸之計，況我各人御筆點定，係是天命所關，怎麼説得，不去不成。

（丑）你們事已如此，就此起程。

【金索掛梧桐】（丑唱）王師困鎖城，我不憚奔和兢。冒險冲鋒，到此逢奸佞。窮魚焉敢也比長鯨，困獸難同猛虎爭。罷，罷！人臣當要為忠鯁，做不得抗敕違宣留罵名。拼一命，捐軀報主，一似羽毛輕。（合）搵不住淚雨零零，忍把那疲癃阱。

【前腔】（衆唱）愁聞鼙鼓聲，怕聽將軍令。士卒尪羸，怎跋涉山和水？拋妻棄子也離家庭，苦向沙漠萬里程。兵法有云："兵者，凶器也，不得已而用之。戰者，危事也，不得已而行之。"乃知兵者為凶器，戰者知危勉强行。難逃命，此生骸骨，必定喪邊城。（合前）

【劉潑帽】（丑唱）讒臣當道操國柄，渾一似惡犬猙獰，欺君誤國天知證。（合）歎伶仃，心兒裏添悲哽。

【前腔】（衆唱）誰收吾骨埋荒徑，更没有設飯鋪羹，魂靈怎得歸鄉井？（合前）

詩曰：

（丑）老臣怯卒五千人，做却羝羊驅虎羣。

（衆）今朝去時活人去，有日歸來是鬼魂。

第三十一折　猙賊退步

【高陽臺】（生上唱）名位洪基，心胸磊落。掌元戎荷君推轂，爵祿虛叨,自愧怎如頗牧。蒼天不遂吞胡志,歎時乎流淚撲簌。困垓心,英雄空有,死生難卜。

玉帳牙旗得上游,安危須為主分憂。蛟龍畢竟歸滄海,鷹隼終還奮九州。自從拗公去請援兵,杳無音信,冒突虜圍,未知生死若何。況我軍中糧草將盡,胡虜攻城甚急,無計可施,不免上城觀看賊勢如何。呀,前面一隊遼兵而來,勝如蜂擁,未知何故。待他回來,便知分曉則個。

【六么令】(末衆上)威如破竹,看蜂屯蟻聚兵卒,重圍三匝困城窟。人吶喊,馬奔逐,南蠻不怕不降伏,南蠻不怕不降伏。

城上有人麼?請薛元帥與俺打話。

(生)我在此,你來有何話說?

(末)俺奉大元帥號令,着俺對元帥說知:莫若洗心,降順了俺遼西國主,獻了唐朝天下,封你萬戶侯之位,同享榮華,有何不可。若言不肯,目下攻破城池,汝等難免身填溝壑,必為老鴉螻蟻之食。汝何知也,請速受降。

(生)胡說!自古道:忠臣不事二君,烈女不更二夫。你知吾者,先一戰平汝高麗,三箭定爾天山。威加四海之外,聲震八極之間。今被他邪術困於鎖陽城,恨不能踏平胡虜之地,豈有順降之理。

(末)你既不降,俺這裏百萬雄兵,重圍數匝,縱然你身生雙翼,不怕你飛了出去。

(生)你那胡奴,豈知我,

【高陽臺】(生唱)瀝膽披肝,鋤強勘亂,為臣敢辭匍匐?(末)豈不聞權臣在內,大將焉能立功於外。況元帥與李道宗有仇,他今擅權在朝,豈容你成了功績。(生)非禮勿言,何忍行虧名辱。(末)你今日久糧盡,又無援兵,身在顛沛之中,何愁你不降。(生唱)誠篤,心如鐵石難移改,論明珠怎肯混投魚目。縱身於患難之中,豈貪非福。

【前腔】(末唱)聽覆,良藥須嘗,忠言逆耳,何必恁般拘束。(生)豈不聞齊臣王蠋之事乎?(末)那釣譽沽名,令人空笑王蠋。

（生）我薛仁貴，豈肯輕身屈志於犬戎！但聞夷變為華者有之，未有華變為夷者。（末）元帥，你道沒有華變為夷的麼？不聞漢李陵力屈而降匈奴者乎？休惑，隨機應變須及早，歎李陵原自降伏。俺元帥尊賢禮士，汝若降順，必待汝為上賓。管教伊不失封侯，寵加華黻。

【前腔】（生唱）叨沐，列土分茅，封妻蔭子，食享未忘君祿。（末）不肯也罷，只怕打破城池，刀臨項下，後悔之晚矣。（生唱）怒髮沖冠，丹心誓餐胡肉。（作朝北拜君科）衷曲，君恩此生無報補，為厲鬼羯膻誅戮。（末）把都每，他那裏既不肯降，只索攻城入去。（生）笑殺我鷗鷺翔，怎欺鴛鴦。

【前腔】（末唱）吾國，威振山丘，氣吞狼虎，人人弓精馬熟。一指一麾，頓教你噬臍容足。（生）誰怕你狐假虎威，俺天兵不日到來，你膻狗必喪吾手。早早退兵，饒汝等一死。（末）你孤獨，身投羅網休言勇，總張良計應窮促。便做了插天鷹隼，怎當落局。

【尾文】（生唱）靈臺不昧昭如燭，（末唱）假惺惺亂人心曲，（生）報國輸忠吾所欲。

（末）把都每，如有打破城池、生擒薛仁貴者，奏過郎主，功居第一。

（生）頭目每，他那裏攻城甚急，與我把鎖陽城四開，暗伏弓弩、火炮，但有賊兵入城，俺這裏弓弩、火炮齊發，必然取勝，不得違令。

（衆應介）

（末）衆把都，俺這裏攻城，他那裏反把四門大開，我想南朝人多詐，其間必有詭計。傳下號令，不許妄自入城去。兵法有云：能攻不如能守。俺這裏把人馬退去一箭之地，待他兵疲糧盡，不愁城子不破，日後他自降也。正是：會使無窮計，難逃目下災。（下）

（生吊場介）呀，賊兵果然不出吾所料，退去一箭之地。謝天謝地。

（衆）元帥神機妙算，乃三軍之多幸、天子之洪福。

【三換頭】（生唱）三軍久困，眉鎖江山愁恨。總身遭顛沛，我孤忠自存。蒙君厚寵，論為臣當守分。怎肯學李陵，屈膝甘為虜臣。羨殺蘇卿也，芳名千古存。（合）志不忘君，為國從來難顧身。

（衆）小將每隨着元帥守此孤城，所謂養軍千日，用在一朝，到此地焉敢惜身。

【前腔】（生唱）天驕肆威，鴉兵集陣。看旌旗電掣，鼓鼙雷震。如今救兵又不見來，心飛目斷，慮糧空，食又盡。這國難，如何解分？我和你久困在此，不得還鄉，愁思抑鬱，如之奈何？我盼殺妻和子，雙雙空倚門。（衆）元帥且免愁悭，（合）既在從軍，為國須當不顧身。

詩曰：

為臣今日始知難，決不輕生鼠盜間。

胸中空緼吞胡策，何時按劍斬樓蘭。

第三十二折　飲社烊風

（末上道）家住荒村一小莊，數椽茅屋可棲閑。世間人事何嘗足，且與鄉人共笑談。自家姓王，排行小二是也。我村中年規，做一個牛羊社會酬神，保佑一村人民安阜。今歲輪轉我做會首，將祭神胙物擺作幾桌，專待鄉友到來散福。言之未已，鄉友至矣。

（小生上）西塞山邊白鷺飛，桃花流水鱖魚肥。人間欲避風波險，一日風波十二時。我在下劉大的便是。今日乃是社會，須索去走一遭。

（淨上）放曠形骸寄跡山，娑婆斧劈兔須寒。人生有酒須當醉，莫待星星兩鬢斑。小人趙三是也，多蒙王二哥請我赴會，不免去走一遭。（同見科）二哥，我們鄰近有一胡老爺，乃是當朝國公爺爺，為事貶在莊上，今年要來入會。

（末）既然要來，必須去請他纔是。

（小生）不消。我已請下，少間來時，我們下個禮兒迎接他方是。

（淨）劉大哥言之有理。胡老爺前面來也。

（外上）解綬歸田未足誇，且將歲月作生涯。弓刀千騎成何事，謾效西陵學種瓜。（衆下禮迎接科。外）列位不要下禮，請起來，大家作揖。(衆揖介。外)多感,多感。你每搭我一個會子兒。

(衆)小子每怎麼敢來相扳老爺!

(外)何説此話。我與列位既是鄰居,和光混俗何妨。這會兒怎麼樣説?

(末)老爺,這個會,年規輪流祭這村中土穀神祠一次,祈我村中人民安阜,名曰"牛羊社會"。

(外)這會可有個為頭的麼?

(末)有,今年是小子為會首。

(外)好,好,明年輪着誰?

(小生)明年輪該是小子。

(末)明年該劉大哥。

(外)足下便是劉大哥?

(小生)不敢。

(外)該你為頭麼?

(小生)正該小子。

(外)也罷,明年你讓了我罷。

(衆)老爺初來入會了,怎麼教老爺費事。

(外)怎説此話。明年是我,後年就是你,何妨?(笑介)我看怎麼樣的肴饌?

(末)五樣葷腥。(外看介。末)這是白煤雞、鍋燒鵝、柳蒸羊、辣煮魚、爛雞肉五葷了。

(外)好好好,有趣,有趣。用甚麼果品了?

(末)五般鮮果。(外看介。末)這是河南桃、密雲棗、青城榴、哀家梨、貧婆果。

(外)妙哉,妙哉,好酒席,好酒席。今日還是怎麼樣坐了?

(衆)還是老爺上坐。

(外)咱初來得,就占了你的座位了?

(衆)自古一鄉序齒,正該老爺坐。

(外)可道朝廷序爵、鄉黨序齒,咱□爵齒俱全,終不然列位要咱上坐?

（眾）正是，老爺年高有德，該坐。

（外笑介）也罷，我便占了，列位都請坐下。（眾應坐介。外）此間劉大哥、王二哥、趙三哥，咱便就是胡四哥。（眾笑介。外）再沒人了？

（眾）還有一個伴哥，往城中沽酒未來則個。

（外）這樣説，留個位兒與他。

（眾）有位。

（外）這酒就是這等啞吃？

（眾）隨老爺，怎麼吃？

（外）或是行一個令兒吃纔好。

（眾）小子每俱是俗人，不曉得行令。請老爺出令，小子每依着行就是了。

（外）還是列位。

（末）主人置酒客置令，還是老爺。

（外）列位都不肯，咱便叫三位席尊做了，便行一令了。不敢動問，劉大哥治何藝業了？

（小生）小子有一隻網舡兒，在江上打魚為生。

（外）好，好，漁家樂。趙三哥甚麼生理？

（淨）小子在山中打柴為生。

（外）好，好，樵家樂。王二哥作何營生？

（末）小子靠薄田耕種生理。

（外）好，好，農家樂。坐又坐得妙。有一句見成話，倒道着我每四人。

（眾）望老爺賜教。

（外）"漁樵耕讀"。（笑介）也罷，也罷，各把生意唱一個山歌兒，然後續上一個曲兒唱一唱。這個曲令兒先從劉大哥起。

（末）還是老爺起。

（外）不必推遜，"漁樵耕讀"，以"漁"字打頭，該是漁者先起。

（小生）小子占先了。

【山歌】來往煙波一釣舟，白蘋紅蓼楚江秋。捉得魚蝦妻子樂，笑殺人間萬戶侯。

【普天樂】萬戶侯怎比俺漁家飯，釣煙波無凶患。水雲鄉、水雲鄉蕩漿咿啞，泛滄浪濯足飄然。（合）呀，共相逢，此間傳杯且笑談，那管他桑田變海，海變桑田。

【山歌】（淨）鋼刀鐮刀插在腰，生柴旋斫帶枝燒。黃精紫蕨堪充糧，勝在朝中掛錦袍。

【前腔】掛錦袍怎比俺樵柴擔，躡層巒心驚憚。附藤蘿、附藤蘿走壁穿岩，看仙棋數着千年。（合前）

【山歌】（末）稻梁收得靠蒼天，私債官糧兩項完。黃雞白酒田家樂，賽過當朝極品官。

【前腔】極品官怎比俺犁鋤漢，到秋成多消散。邀村社、邀村社老幼同歡，鬧咳咳笑語喧闐。（合前）

（衆）如今該是老爺了。

（外）俺也隨鄉入鄉，休笑休笑。

【山歌】豹略龍韜幼習聞，雲臺麟閣著勳名。今朝罷職田莊樂，管甚當朝武共文。

【前腔】武共文怎比俺歸休宦，無是非無牽絆。從今免、從今免待漏隨班，落得個自在清閑。（合前）

（外）二哥，多承你的好酒，今日多用了幾杯兒。咱感起昔日的情事，記上心來，不覺汗流沾背，怒髮沖冠。你每不嫌絮煩，待咱試說一番與你們聽。

（衆）小子們願聞。

（外）咱若說起，便要手舞足蹈起來。

【越調鬥鵪鶉】自昔咱生在善陽，幼時氣習愚魯。劉武周襲定強稱主，那宋金剛招募着山東河澗北土。咱投身在他帳下，就與那羅孔陽、陳煥章將兵統伍，襲并州威似虎。殺敗了士卒兒三千，戰退了將軍兒八部。

（內鳴鑼擊鼓叫好介）

（外）其時咱身穿一領皂色戰袍，頭戴一頂三山鐵盔，坐跨一匹烏騅駿馬，手執一條虎尾鐵鞭，在陣中左沖右突，如入無人之境。

迎頭對敵的那八員猛將,咱略數一二與你們聽。

(眾)請老爺說一說,吾等拱聽。

【賞花兒序】(外)那秦王幕下的大將,張傑的打下馬熬疼,唐儉的打在塵號苦。還有那獨孤的懷恩撇了長槍,被吾捉住;齊王的元吉打了肩背,口淋淋鮮血吐。非是咱尉遲恭誇口説,真個是勇敵萬夫,生者驚蘇,傷者嗚呼。

(内叫好介)

(外)咱後來和劉武周同領大軍,前至相節地面,與吾主秦王對營而陣。咱跑馬揮鞭搦戰,第一陣是殷開山呵,

【柳營曲】力怯的魂魄全無,撥馬回陣去了。第二陣是程知節呵,也手戰的英槍失措。怎知道將臺心看得秦王羨,他説是:人言尉遲敬德如此英雄,果不虛言。猛然第三陣的要逞銳氣,忽秦家叔寶,鞭鐧相拘。一團兒滾陣,咱與他兩下沒差殊。

(内叫好介)

(外)咱後來又在美良州地界,遇着秦叔寶,要與咱拼個生死。他與咱除盔卸甲,各逞本事,赤條條兩個身手,赤精精四隻臂膊。他那裏使一對,

【么篇】八稜鐧欺霜耀日,手飛起電走星徂。咱這裏使一對亮錚錚鋼鞭九節千斤重,逢着的碎頭顱,賽過了長劍的昆吾。他與咱兩相屠,並無個來説明,齊喝采,將名數。喝采道好漢子英雄用武,縱橫廝挺跋扈。真罕見,沒贏輸。渾只訝,似昔日的爭鋒漢楚。(内叫好介,外)咱還有一樁異樣廝戰的事,一發再説把你每聽。(眾)請老爺不吝其言,説個詳細,吾等深聽。(外)咱其時心不戀戰,撇了秦叔寶去捉主。只聽得背後叔寶大叫曰:"休得有傷吾主!"却不知美良州有個虹霓澗,波浪滔天,澗有數丈,怎麼行得過去。那秦王計難圖,觀見前青波阻。此當是天子之分,他仰天祝告已罷,那玉鬃馬一躍而來。第一來是他跳過已登岸,莫非天數。咱急把烏騅馬打上三鞭,也一躍而過。第二來吾趕上打中了秦王,咱一鞭打中腦後,猛然睜眼看時,那秦王背上紫霧騰騰,却有一條怪物,牛馬蛇體,蟹眼蝦須,魚鱗獸角,八爪拿雲,行過滄溟戲浪,因此

失了秦王。忽聽得秦叔寶連叫"神明"數聲,"可助秦瓊救主",那雷豹馬也一躍而就過去了。第三來吾背後跳虹霓,是他到重添翼羽。

（內叫好介）

（外）俺後來歸順了秦王,又從征掃蕩了四處的草寇,你每聽咱道來。

【小沙門】竇建德生擒活捉,劉黑闥監禁囚俘。王世充謀王,遷徙在西蜀去。輔公祐僭位,頭斫了詣京都。

（內叫好介）

（衆）請問老爺,如今唐朝坐享太平,皆是老爺汗馬功勞打成的天下,為何把老爺貶到職田莊上來?

（外）你每怎知得其中緣故。

【聖藥王】俺扶得國無虞,民安妥,四海歡娛。百千萬攻城掠地狠男兒,一個個倒旗卸甲都降附。你每道咱為些什麽來?那薛仁貴是個忠良,李道宗是個讒佞,咱唐王身居五位。誰知那李道宗假作反詩,誣陷薛仁貴在獄。咱果心忿不平,端只為囚忠信佞護天橫,因此上惱將起來,見李道宗在當面,揮拳打落門齒齦,聖上就把咱呵,謫貶在職田莊上守荒蕪。

（內叫好介）

（外）於今也罷了。

【尾文】大都來吾生有命皆天注,今暫且解冠隨遇。歎往昔功勞成畫餅,樂飲杯中的醇醑。

（丑上）世情看冷暖,人面逐高低。十字分明說,何須用使機。自家伴哥是也,因城中沽酒來遲,不免赴會去罷。（見介,丑）這老爺是誰?

（末）這是胡老爺,初來入會的。

（外）這是何處人?

（衆）這就是伴哥,去城中沽酒,因此來遲了。

（外）伴哥,你到城中沽酒,可有什麽新聞?

（丑）老爺,有一樁新聞的事。只見街坊上鬧哄哄,立着一宗人說道:朝廷差薛平遼去征遼西,被蘇保童困在鎖陽城中。今有程國公冒險來請救兵,不想李道宗專權,止發不堪上陣的疲兵與他,又說要到職田莊上,來請尉遲老將軍去赴敵。

(衆)尉遲是老爺了。

(外)伴哥,這個可是實話?

(丑)怎麼不實?程國公爺爺就來了。

(外)請我去赴敵麼?(作中風科)

(衆)不好了,不好了,胡老爺一時兒中風倒了,且扶到莊上去,快把薑湯灌醒。(衆扶下)

詩曰:

(末)沽醪正飲社兒會,(小生)不意遭逢不測災。

(淨)閑住鄉官還做勢,(丑)將身要我四人擡。

第三十三折　因醫訴忿

【滿堂紅前】(末上唱)惻隱真心存一點,遍行陰隲。那奸雄害人忒狠,妒賢妨國,當日鉏麑。槐下觸番思,趙盾為忠直。我於今賣藥走鄉村,無啾唧。

壯士心中抱不平,救人生命出深坑。雖然不用千斤力,勝造浮屠塔七層。自家非別,趙義的便是。只因李道宗遣我行刺薛平遼妻子,我心懷不忿,潛地報知,他母子脫逃遠方去了。我想起來,做事不成,難以回復,幸喜身邊剩得些餘貲,往江湖上改名換姓,學得些醫方,賣藥度日。一則避李道宗訪拿追捕之患,二則扶世人顛危疾病之厄。正是:古來醫道通仙道,半積陰功半養身。迤邐行來,聞說前面是尉遲老將軍職田莊上,不免趲行幾步,將患鈴搖起,招此村中有病的,取些藥兒,多少是好。(行叫介)傍我仙方法,病者早請醫。(下)

【滿堂紅後】(旦、小生上唱)夫離遠,愁似織。親眷戀,情如漆。感同袍仗義,難忘恩德。(貼上唱)猛地家君生暴疾,區區兒女添悲悒。(相見科,合唱)怎風雲不測一時來,須醫急。

(貼)婆婆,我爹爹今日去村東飲社兒會酒,不知為何,霎時間在席上身僕倒地。多蒙鄰人相救，擡了回家。這苦叫我如何是好？

（旦）這病發得急驟，必須請醫調治才可。

（貼）苦！這村中那得醫人？

（小生）門首串鈴搖過，想是過路醫人。莫若請他看說是何病症，再作道理了。

（貼）事極無奈，望乞請他進來。

（旦）孩兒，快去喚他來。

（末上，小生接見科）呀，原來是趙義士。

（末）敢問公子，為何在此？

（小生）蒙義士不殺之恩，逃避其難。不想尉遲老將軍寓居在此莊，忽然相遇，留住在此。今日老將軍有疾，聞得串鈴搖響，必是醫人，故此相喚，誰知又是義士，請進請進。（末入科，小生）禀上母親，來的醫人就是趙義士。

（旦）有此奇遇！

（相見科，貼）這義士就是當初相救行刺的？

（末）不敢。

（貼）我老父暫得一疾，到裏面診脈則個。

（旦）孩兒丁山相陪義士同看來。（末與小生虛下科。旦）此人仗義，能扶人之顛沛，必能用心察脈。或者老將軍不當命絕，天使令救好，未可見得。待他出來，問其詳細。

（貼）正是。（末與小生復上科。貼）請問醫士，這病，老父不妨麼？

（末）請夫人、小姐、公子坐下，小子容禀。

【江頭金桂】（末唱）這疾病沉沉多瞌，想驚惶急中癲。更有腳麻手戰，氣雍痰喘，身倒地，閉牙關。（貼）苦我爹爹！（哭介，旦）請問於今用何藥而愈？（末）我用些牛膽南星、二陳湯、味附子、甘薑、官桂、竹瀝相兼，徐徐一盞灌下嚥。（貼）我的爹爹，教孩兒怎麼是好！（哭介，末）夫人在上，依小子看來，老將軍一定無事。喜容顏未瘁，容顏未瘁，何須垂淚何憂煎。管教起死回生易，定把沉痾痼疾痊。

請小姐將此藥煎與老將軍服下。
（貼）金白些少，聊充謝敬。
（旦、小生）請收下了。
（末）承賜，承賜。
（貼）但願靈苗療暴疾，家君身便得安寧。（下）
（小生）再當少敘。
（旦）還要請問義士，為何不隨李道宗重用，討一官做，倚他勢頭，反出來方外賣藥？
（末）聽小子實告。

【前腔】（末唱）從那日差吾行刺，怎容瞞上有天知。安敢隨強欺善，逞功貪利，把忠良來手弒。驀然間義激心田，忿他奸偽，因此傳知惡計。怎教夫人與公子逃避，隨後小子竟不去覆他，即自東躲西遷，何期此地逢面言，笑讒臣不遂，空懷疑忌。夫人、公子在上，我小子為此一事，不敢昧了天理，不敢害了人命，幸喜身有餘貲，發心遠涉江湖，賣藥度日，盡足我的衣食，勝在李道宗身邊重用。只可憐薛老爺不知音信，倘夫人、公子還在此住下，我若打采得些消息，再當傳報。小子告別去了，夫人、公子請自寬心。免縈牽，吉人自有天憐佑，父子夫妻定保全。

詩曰：
（末）乍得相逢又別離，　　今朝心曲盡言知。
（旦）大恩銘刻心難報，（小生）死後當興義士祠。

第三十四折　託疾藏機

【一剪梅】（貼扶外上）暮景桑榆無甚用，身甚龍鍾，病又龍鍾。（貼）嚴父俄遭風疾重，憂思忡忡，愁思忡忡。
（外）病入膏肓安可痊，紫河車與我無緣。
（貼）安期若得長生棗，白首同歡到百年。
（外）孩兒，你看門外有人沒人。
（貼）待孩兒去看來。（看介）爹爹，沒有人。

（外）既沒有人，你可把門閉上了。
（貼）曉得。
（外）你道我的病，是真的假的？
（貼）爹爹風疾十分沉重，為何有假？
（外輕笑科）孩兒，我的病是假裝的。
（貼）爹爹，你假裝風疾，必有緣故。
（外）我前日往東村赴社兒會，見一伴哥來遲，我道："伴哥為何來遲？"那人道："老爺，咱從城中回來。"我問伴哥："到城中，近日可有什麼新聞？"那人道："遼寇犯界，平遼公被囚鎖陽城。程咬金赴京求援，不想李道宗專權，止發疲兵五千。聖旨着拗公不日到職田莊，啟請老將軍破賊。"我一聞此言，就倒在地，我這風疾就發，人都說真的病。
（貼）聖旨啟請爹爹，十分之喜，為何到假裝風疾？
（外）孩兒，你那裏知道？
【鎖南枝】（外唱）我守耕鋤已做田翁，再不想鬧裏鑽頭在利祿中。這黃糧升斗，勝享千鍾。當年往事，總成虛嗊，歎人生做場春夢。（合）吾儂，除官謫貶放歸農，這般清淡誰同。
【前腔】（貼唱）我嚴親豪氣如虹，罷職閑居志不窮。怕西山日短，老景朦朧。晨昏定省，須勤供奉，願長庚綿綿歡共。（合前）
【前腔】（丑扮程拗公上）奔星馳手捧泥封，特造茅廬起臥龍。看蒙頭三叟，雙建奇功。老當益壯，掃除羌種，方顯得少年英雄。（合唱）吾儂，從今復起宦離農，這般榮耀誰同。
（眾）稟老爺，此間已是職田莊了。
（丑）你們都去遠遠伺候便了。
（眾）得令。（下）
（丑）來到此間，莊門閉上，不免敲門則個。有人麼？
（外）門外有人敲響。孩兒，你去看來，隨手把門兒閉上了回話。
（貼）曉得。（開門介）開得這門來。何人在此？（見介）老將軍上姓？

（丑）老夫程知節。
（貼）元來是程叔叔，失瞻了。
（丑）不敢。令尊在麼？
（貼）家父有病，不能相接。待奴家通報，然後請進。
（丑）原來令尊有病，煩請通報。
（貼）少待。不免把門閉上了。爹爹，原來程叔叔在外。
（外）拗公此來，正為此事了。我少不得要見，儻或講話之間，提起我舊日相持廝殺的事情，話濃之間忘了這病，却不露出馬脚來。今分付你一個暗號兒，我若説到要緊所在，你在旁邊便道："爹爹，你看拐兒。"我就省將起來了。
（貼）曉得了。
（外）快請進來。
（貼）開得這門來。程叔叔，家父有請。爹爹，程叔叔來了。
（丑相見科）仁兄，我是程咬金，來看你。
（外風笑介）我那老弟。

【集賢賓】我時遭陽九羞見你，未語兩淚先垂。（丑）小弟相別已久，請受小弟一拜。（外跌介）下禮不恭休見罪，（丑）不敢。仁兄為何染了這樣的病症？（外）天有不測風雲，人有旦夕禍福。我老病沉疴難濟。（丑）何不請醫人來調治？（外）醫人怎治，老弟，我的病兒危篤，不濟事了。五丈原秋風欲起。今日裏，未審甚風吹至。

【前腔】（丑唱）垓心奈何時失利，兵家勝負難期。小弟呵，為請援兵馳紫陛，來到京時，誰想又被那奸雄作對。（外）如今專掌朝綱者，何人也？（丑）朝中大臣，老的老，病的病，故的故，一應權柄，盡歸李道宗操掌，因此不容面君，止發老幼殘疾、不堪上陣的疲兵五千，與小弟帶領，仍又故請仁兄一同破賊。特承詔旨，請吾兄率師持旅。今日裏，為此事登門相會。

【鶯啼序】（外唱）安居守分無是非，何必再圖榮貴。（丑）仁兄，你若不去之時，平遼公何人可救得？（外）那相持閑話休題，可憐衰朽傾棄。老弟，我只好去眠床臥枕，怎生去披堅執鋭？（丑）待小弟開讀聖旨。（外）咳，開甚麼讀來？（丑）若不開讀，仁兄又不去,是違背聖旨了。(外推丑跌介)今日裏,只得把聖宣違背。

【前腔】(丑回身背唱科)他雖然病老力未頹,儀容幾曾凋弊?其間有蓄詐藏機,使吾心下疑忌。仁兄,你莫不是貪安避危,(外)那有這樣的説話?(丑)既然不是,你為何的違宣絶義?仁兄既不去,小弟説也無用了。今日裏,只索是告辭而去。

(外)老弟,我不得相待,多罪了。孩兒,送了程叔叔出去。

【猫兒墜】(貼)程叔叔,重蒙尊降,蓬蓽盡生輝。乏款相留顔赧慄,我家父呵,是難雕朽木望遮庇。(丑)多多打擾了。(下,貼轉身介)他去,須索把柴門即忙關閉。

(外)孩兒,程叔叔去了麼?

(貼)去了。

(外)哄得他好,我想得他再不來了。

(丑回身上介)我想尉遲老將軍既然有病,被我急了幾句言語,把我一推。他那臂膊子猶如鐵柱一般,況且容顔不像是有病的。那小姐站立在旁邊,只説道:"爹爹,你看拐兒,你看拐兒。"其中必有假意。待我試着些軍士打入進去,看他怎麼。軍士那裏?

(衆上)只聽將軍令,不聞天子詔。稟老爺,有何分付?

(丑)軍士每,你衆人都到前面房子裏去,説道:我每御筆點差征遼西的小軍,今日晚了,借你家房子養馬。男子漢剉馬草、煮馬料,婦人家做襪鞋、衲袢襪,到晚來燒湯洗澡,又要與俺擦擦背、搥搥腰。肯便肯,不肯就打將起來。

(衆)小的每倘打出事來却怎麼?

(丑)有我在此,不妨。

(衆)曉得。一朝權在手,便把令來行。此間已是,有人麼?開門,開門。

(外)又是什麼人敲得門響,再去看來。

(貼)待孩兒出去。(開門看介)呀,你每這些什麼人?

(衆)我每御筆點差云云。(照前白科)

(貼)不要囉唣,待我去與爹爹説知。(回身介)爹爹,不好了,外面有一夥人,説"我每御筆……"。(照前白科)

（外）他是這等説？待我出去，教他認我一認。
（貼）不要出去。
（外）没事，開了門。呀，你每是什麽人？
（衆照前白）
【前腔】（外）咄！你這些畜生，倡狂亂語，把我太相欺。可怪狐狸張虎威，揮拳教你命些微。無知，怎消得老漢胸中這般惡氣。（打介）
（丑上扯介）仁兄，貴恙沉重，不可如此。
（外）我曉得了，你使計賺了我。罷，罷！不消説起，請入裏面去。
（丑）小弟多罪，如今仁兄推病不得了。
（外）只是空費老夫這場心機。也罷，也罷，只索去走一遭。孩兒，請薛夫人、公子出來。
（丑）那個薛夫人、公子？
（外）就是平遼公令正、令郎。
（丑）原來夫人、公子被李道宗逼逐於此，快請相見。
（旦、小生上）隔牆須有耳，窗外豈無人。是何人？呀，原來程老將軍在此。老將軍萬福。
（丑）夫人萬福。
（小生）程老叔拜揖。
（丑）賢侄少禮。
（旦）老將軍與妾夫在邊上，何故降臨到此？
（丑）老夫與平遼公擊賊，不料困於鎖陽城中。老夫冒死突圍，來此求援。
（旦）天那！我的兒，元來你爹爹被失陷了，如何是好？
（小生）程叔叔，可曾到京取得援兵否？
（丑）老夫到京，遭逢李道宗專權，不容面君，止發疲兵五千，與老夫統領，奉聖旨啟請尉遲老將軍一同破賊，所以至此。
（小生）既如此，二位恩公與母親在家。家父被陷，為子者豈宜坐視其危。我待替二位一臂之力，一則與國家排難，二則救父困於邊城,三則顯平生所學。若不掃盡胡賊,誓不為男子矣。

（外）公子若得如此奮志,老夫願將小女結為秦晉之好。建功回日,方始畢姻,則小女終身有望,老夫放心得下。

（旦）但恐野雉不入鳳凰之羣,豈敢妄扳貴宅。

（丑）此乃一椿美事,老夫當為月老。有何聘物,就此定下。

（旦）多蒙見愛,身在窘迫之際,無可為聘,止有妾夫留下金貂,權為聘禮,萬乞笑留。

（外）老弟,古人尚有以荊釵為聘者,況金貂乎？孩兒,你且收下。我去之後,就把親母夫人即以姑禮待之,勿得有慢、乖違孝名。

（貼）謹依爹爹嚴命。

（丑）救兵急如風火,公子,就此拜辭令堂前去。

【繡帶兒】（小生）兒只為君親患難,甘旨恨不周全。卸斑衣拜別萱堂,着戎衣遠涉邊關。縈牽,此行未審何日返,這一點望雲心怎生割斷。（外唱）休留戀,須當要努力向前。那中饋蘋蘩,我兒看管。

【前腔】（旦唱）孤單,兒今去娘心痛酸,我兒你征伐事尚未經練。知己知彼,百戰百勝。將在謀而不在勇,你臨敵之時,隨機應變,休使血氣之勇。務要顯功揚名,繼父之志,祖宗亦生光彩矣。但得你破虜成功,免教娘意馬心猿。縈牽,雲橫萬里邊塞遠,王孫母冷清清倚門望懸。（丑唱）別離歎,何必要這般淚漣。那美玉珍藏,趁時投獻。

【太師引】（貼唱）親當老年,只恐身衰倦,怎禁路途辛與艱。那菽水何人承奉,倩誰人數問寒暄？程叔叔,薛公子,叮嚀,可憐休忘舊相扶持,掃盡烽煙。（外唱）排國難,貪不得苟安。只得把幼兒,頓然拋閃。

【前腔】（小生）吾意堅,不得奇功顯,有何顏再返家園！念孩兒為忠為孝,請寬懷慎勿憂煎。（旦唱）此心要把情懷遣,除非是信傳鴻雁。（丑唱）為兵援,如風火怎延。須及早登程,望勿遲緩。

詩曰：

（小生）今朝膝下離娘親,（外、丑）跋涉邊關淨虜塵。

（旦）流淚眼觀流淚眼，（貼）斷腸人送斷腸人。

第三十五折　呼神贈劍

【浪淘沙】（貼上唱）善惡要分明，從善如登，古云從惡果如崩。人惡人怕天不怕，善者常存。

昔是凡間女，今為天上仙。小聖乃翠屏女是也，生前因被李道宗強逼為婚，守節自盡，蒙玉帝憐我孝能事姑、死能盡節，超我擢為孝真仙女，掌管人間善惡。以此檢閱案牘，其有李道宗積惡太多，待玉帝旨下施行；薛仁貴懷仁懷義，亦被他在朝讒謗，曾禁入獄，上天護佑，終不遂其惡計。今又失陷邊城，其子丁山奮志救父，爭奈遼寇多有邪術，焉能敢敵？我將辟邪寶劍一口，授與此子，以助神威，多少是好。京都土地可在？

【前腔】（生扮土地着抱笏上唱）小聖最通靈，廟在畿京，春秋血食獻吾神。衛護皇宮並帝闕，萬載安寧。

吾乃京都土地是也。玉帝有旨，敕下孝真仙女，不免入見。（生揖科）京都土地見。

（貼）地祇免禮。土地，我召你有事分付，你可差善走鬼使一名來。

（生轉身呼科）鬼使那有？

（內扮小鬼上舞介）

（貼）鬼使，你可聽吾法旨。（執劍觀科）

【前腔】此劍呵，雪白耀雙睛，見者心驚，寒芒利口賽豐城。殺氣橫秋光射斗，在匣常鳴。

你可將此寶劍，徑往邊庭土地處投下，令傳送與薛丁山，殺賊救父。

【前腔】劍嘯響錚錚，助汝威行，降魔止怪斬妖精。管取揮時能破敵，霧散雲清。（鬼使下）

（生）請問上聖，薛仁貴如何？

【寄生草】（貼）聽吾道來，他是個田舍郎，定天山真可敬，白袍百步穿楊猛。父慈子孝守忠貞,溫良恭儉無強橫。(合)從來積惡降災殃,積善的自有天之慶。

(生)請問上聖,李道宗如何?

【前腔】(貼)聽我道,他是個天潢派帝胄名,全不想金枝玉葉宗藩胤。到反要欺君誤國懷奸佞,狼心狗行恃強橫。(合前)

(貼)我明日打扮前身下界,到桑林顯聖,活捉李道宗去也。

(生)京都土地告退了。(下)

詩曰:

(貼)人間私語,天聞若雷。
(生)暗室虧心,神目如電。

第三十六折　西　莊　顯　聖

【清江引】(貼上唱)家住白雲蓬萊島,聽猿啼野鶴叫。饑餐柏子芽,渴飲華池瀑。這道遙,共乾坤長不老。

吾乃孝真仙女,即前世翠屏女也。今查得下界李道宗,惡貫滿盈,陽壽該絕。我已預知,他今日約同張傑,往西莊賞雪,必由桑林經過,故特託跡下凡,將身依先扮作舊時模樣,站在林間顯靈,等他到時,即令鬼判捉拿他的陰魂,發付酆都府受罪,多少是好。陽間作惡無窮盡,暗裏追魂有定時。(下)

【窣地錦襠】(淨上唱)彤雲密佈雪風飄,正堪誇美酒羊羔。(丑上)紅爐暖閣擁多嬌,那怕他雪積山高。

(相見科,淨)西臺,我昨日着人整酒,在西莊藏春閣上,特請你今日一同賞雪。

(丑)蒙皇叔見愛,下官何以克當。

(淨)我常有事,勞西臺計議,志同道合,只有你一人,不必過遜。

(丑)下官叨領,侍陪同往。

(淨)叫侍兒,在那裏?

(末上)臘雪未消山獻色,朔風才動水生冰。侍兒叩頭。

（淨）昨日分付你安排酒席，完備未曾？
（末應介）酒筵完備已多時了。
（淨）既如此，只索前去。（行介）
【金衣公子】（淨唱）黑帝執權杓，命馮夷剪水飄，山河變作銀鋪罩。西臺，我與你貂裘、狐帽，尚且寒冷，你看那高樹上，烏鴉、喜鵲兩宗兒，身居在破巢，這嚴寒怎熬，啼饑望食喳喳叫。我和你呵，（合）飲香醪，及時遊賞，沉醉樂滔滔。
【前腔】（丑唱）滕六逞英豪，但聞聲竹折梢，人蹤萬徑俱滅悄。如今下官同皇叔要往西莊去，咫尺之路，尚兀難行。當初陳朝太子徐德言，沖寒冒雪，尋訪樂昌公主，到西京投見故人蕭子敬之時呵，西京路迢，菱花鏡凋，窮途跛鱉心焦燥。蒙皇叔相挈下官，（合前）
（淨）我與西臺出來賞雪，你道有那個古人比着俺們的？
（丑）這個倒想不起了。
【簇御林】（淨唱）吾知汝，情興超。賞瓊林，在此宵。爭如訪戴空回棹，袁安僵臥何須效。羨風騷，倚梅吟啜，古寺老僧曹。
【前腔】（丑唱）銀河瀉，玉屑飄。下下高高，補缺坳。瑤鸞皓鶴剛相肖，蘆花柳絮無如巧。最堪描，蒼山頓老，難把白頭饒。
（淨）我與西臺遊了半日，被雪侵迷，眼花繚亂，不知是甚麼所在了。
（丑）前面就是桑林，到西莊不遠了。
（淨笑介）西臺，你記得遊春時節桑間之事乎？
（丑）下官怎麼不記得了。
【琥珀貓兒墜】（淨唱）當初不想，一見那妖嬈，惹得心兒遂蕩搖，欲求相結鸞鳳交。咳，親事又不成就，明明的害了那個婦人性命，幹出許多事情來。罷罷罷，不要說起了。空料，想是恁緣慳分淺，命喪蓬蒿。
【前腔】（丑唱）思量前事，其實計徒勞，勾引襄王枉自邀，巫山神女夢魂遥。（貼暗上立科，淨）西臺，此時大雪天氣，又非芳春光景，如何桑林內有一標緻婦人，站在那邊？看他風情可愛，莫非真觀音出見乎？我與你上前一看。（看介）偷瞧，莫不是美人留意，歡會鮫綃？

（鬼判上，淨、丑驚介）不好了，有鬼，有鬼！

【尾文】（貼指科）你從前作惡皆差了，（鬼判扠介，淨、丑）到今日親身自招。（貼唱）罪極彌天，教人恨怎消。

（貼）鬼判，你每速將二惡解送酆都府，拷按過惡，以受天律，以彰報應，勿得遲滯。我今親往唐王宮中，託夢與他，訴知此事去也。（貼下，鬼判帶淨、丑隨下）

詩曰：

善惡昭彰在目前，如何使計昧心田。
吾今勸解人歸正，暗裏神明自不偏。

第三十七折　北塞揚靈

【夜遊朝】（小生上）耀武揚威清宇宙，咱豪氣橫繞嵩丘。落日彎弓，偷天長劍，行臥不離甲冑。

韜略盈吾腹，珠璣羅滿胸。不須兵十萬，橫入匈奴中。我薛丁山，自從別了母親，隨軍救父，親為先鋒，逢山開路，遇水疊橋。止為君親，焉辭勞苦。不覺已到邊庭，與賊相去不遠。急欲進征，爭奈天色已晚，暫且扎營，在此安息。將士，明日破賊，未為遲也。不免寫書一封，拴縛在於箭上，射入鎖陽城裏，約父來日相持，內外夾攻，有何不可。（寫書介）

【馬蹄花】自別神州，母子牽腸只淚流。又被道宗逼逐，萍梗隨波，敬德相留。忽聞父陷倍添愁，應須子至忙相救，膝下分憂。當為內應，同誅賊首。

書已寫完，不免步出營外，射入鎖陽城去。你看月白風清，胡笳滿耳，好淒慘也。

【一江風】碧雲浮，月色如明晝，呀，是什麼響？是卷旆胡風吼。遠遠望見遼賊，城圍鐵桶，飛鳥也不能得過，俺一箭怎能勾射入城去？上蒼，上蒼，我丁山若得父親出圍，即使返風相助，此劍速飛入城；如若父該命絕，我丁山不能救父，此箭仍復落下。（射介）

呀,此箭沖天去遠,想必射入城矣。可喜,可喜!聽得那裏,韻悠悠,亂奏胡笳,俺這裏鳴刁斗。心為嚴父謀,心為嚴父謀,仰賴天之佑。我那爹爹,如今兩地懸隔,教我為兒子的,溫衾扇枕,兩下不能勾。神思困倦,不免入帳,少睡片時。

（末上）玉帳牙旗殺氣生,救親報國志英明。精誠感格吾神助,一劍橫揮天下平。善哉,善哉,吾乃本境土地是也。奉孝真仙女法旨,齎此寶劍與薛丁山。此間是他營寨,按下雲頭,夢中投劍與他則個。呀,此處是他臥帳,待我對他說知。小將軍聽着,小聖奉孝真仙子所遣,授汝寶劍一口,佩之則神威默助,揮之則邪術潛消。折沖破敵,所至皆勝。救父出圍,反掌易也。分付已畢,寶劍在此,小將軍收下。小聖須索回復於仙子去也。大抵乾坤都一照,免教人在暗中行。（下。小生醒介）

【前腔】夢中遊,猛見蒼髯叟,賜劍情相寶。此乃日有所思,夜必夢寐。呀,果有一劍在此,甚是奇怪。想是神天助我丁山,未可知也。常時楚昭王臥覺,床頭得一寶劍。不識其名,問於其臣薛燭,薛燭對曰:"造此劍時,赤堇山破之而出錫,若耶溪流之而出銅,歐冶所造,名曰'湛盧'。縱盈海金珠,尤不可得。人若得之,定成霸業。"如今天賜於我,何愁遼賊不能破乎!賽純鉤,凜凜神威,紫氣沖牛斗。心為社稷謀,心為社稷謀,願得功成就。掃妖氣,滅盡諸夷醜。

我將此劍提出帳前,趁月明之下,試舞他一回。（舞介）

【北耍孩兒】舞盤旋龍吟虎吼,光閃爍星移電走。大將踏步來馳驟,復翻身地轉天浮。看了他秋霜慘慘能寒膽,聽了他夜雨沉沉猛起愁。我的英雄萬抖擻,斷不效刻舟的愚鹵,須學那提劍的炎劉。

【北收江南】呀,早知道恁般離別憂,限我父似羈囚。空教我兵書戰策滿胸收,身掛甲頭上戴兜鍪。細尋思轉羞,細尋思轉羞,不覺淋漓珠汗下如流。

【尾文】他重圍密密嚴相守,怎知道天兵到否,我此去呵,不斬樓蘭誓不休。

詩曰：

吾生仗劍學從軍，要與朝廷淨虜氛。
管取胡人來納款，麒麟閣上表功勳。

第三十八折　雪中雙感

【薄倖】（旦上唱）雲掩柴扉，香消玉體。正關河才凍，悶懷難寄。金錢問卜，去人歸未。（貼唱）雞鳴起，對美景梅花粧綴。欲成三白，應時呈瑞。（旦）翠被生寒，粉容流雨，征人不見歸南浦。天公施功羨斯須，幻出銀花繚亂舞。（貼）漁翁罷釣，樵夫迷路，梅花香暗度。長安多少富豪家，樂極不知貧處苦。

（旦）媳婦，自從你爹爹與我孩兒去後，杳無消息，未審邊庭勝負如何。

（貼）奴家爹爹與公子此行，畢竟建功，歸期不遠，婆婆請自寬心。

（旦）媳婦，你看彤雲密佈，飛雪滿天，好淒慘人也。只見：

【銷金帳】雲漫天際，玉雪隨斜吹，見紛紛如剪紙。堪同那亂舞楊花，一層鋪地，千山頃刻、頃刻迷蒼失翠。歎塞外征人，屈指歸期三四。（悲介）我的夫呵，你音書竟杳、竟杳，何時稍至？

【前腔】（貼唱）嚴親凋瘁，我想念渾無寐，向燈前垂兩淚。只愁他雪夜胡天，有誰溫被，沙場冒冷、冒冷從征寧避。今日裏對雪含悲，好教我柔腸如刺。（悲介）我的爹爹呵，你龍鍾衰老、衰老，難攀鞍騎。

【前腔】（旦唱）我孤身凋敝，多感家尊留我久住在此，辱荷深相契，屆隆冬天道閉。正馮夷碎剪六花，似空飛絮，此時富貴之家，羊羔錦帳、錦帳紅爐得意。想昔日縣尹蕭防與董雙成二人呵，一個是聖世才郎，一個是華陽玉女，他兩人尚且不隔仙凡，如鳳求凰相聚。（悲介）我的夫呵，偏教你我、你我，拋離頓棄。

【前腔】（貼唱）我深閨堅志，不幸萱親逝，賴嚴君多訓誨。誰知道越地皇宣，又重為累，邊城雪阻、雪阻多應淹滯。（悲介）我的爹爹呵，却憐你殘喘之軀，苦跋涉寒崗凍地。但願得天心見憫、見憫，陽和開霽。

【尾文】（貼唱）傷情哽咽交流淚，（旦唱）都鏖戰長城燕薊，（合）何日得三人返故廬。

詩曰：

（旦）玉壺一夜冰漸滿，（貼）瓊瑤遍地無拘管。

（旦）聊將春信付梅花，（貼）兔走烏飛時夕短。

第三十九折　夢裏孤鳴

【掛真兒】（小生扮唐王袞冕上）剪綵為花隋飾巧，長驅席捲燎毛。遐邇歸王，關中彌盜，齊祝慶江山重造。

朕紹高皇帝之鴻業，受天明命，底定萬方。除隋之亂，真個能比跡湯武；致治之美，果然是庶幾成康。自古功德兼隆，由漢以來，未有如朕者也。朕連日簡出宫女三千，兼以朝政多端，甫能得暇。今早朝又為給事中張玄素上一本，諫朕罷修洛陽宫闕。朕以此言有理，即為罷役。退朝之餘，不覺神思昏倦，且在玉案上暫睡片時，多少是好。叫內臣，分付中書官，凡有諸衙門官章奏，許即留下，不得面奏。

（內應介）奉聖旨。

（小生作睡科）

【前腔】（末扮土地上）預防帝主萬歲勞，夢中驚恐宜調。仙女陳言，幽明遠窵，因此上先來默導。

臣乃京都土地是也。有玉帝誥封孝真仙女，親下雲端，朝見吾主，託夢訴説生前冤屈、李道宗之過惡、薛仁貴之仁善，只得在此伺候。你看真龍睡着，紅光豔豔，紫氣騰騰，呼聲一似轟雷，吸氣猶如猛雨，果然非凡之主、再生之聖，隋恭帝豈能及也。道猶未了，仙女早降。

【風馬兒】（貼扮仙女上唱）離却雲霄，到皇宫從頭言告。

（末）京都土地啟上上聖：今者帝王入夢未深，少待睡沉，方可開奏，恐其有驚聖躬，不當穩便。

（貼云）土地，你且退後，待我啟奏則個。

（末退俟科。貼）吾主，臣生前民婦翠屏女也，蒙玉帝陰封為孝真仙女，今特來朝見吾主則個。

【北梁州第七】臣專奏上：李道宗的平生榮耀，倚天潢的勢壓當朝，尊居千乘稱王號。穿的是錦衣龍袞，吃的是鳳髓羊羔，行的是金階御道，聽的是法曲仙韶。我翠屏呵，幼生身窘窘蓬茅，長棲枝小小鷦鷯。自從適了良人，喜之子于歸，得遂桃夭，得遂桃夭。只指望夫婦團圓到老，一似那鴛鴦侶兩兩相交，琴瑟和調。室家宜樂，誰知道拆散於飛好，使奴家孤孤另、哀哀悼。傷心寂寞出空巢，猛可地撞了鴟鴞。

（末）京都土地啟上上聖：今者帝主身出雨汗，未可造次冒瀆。必待睡深，再當開奏則個。

（貼）我知道了。（末退俟科。貼）吾主睡深了。

【北一枝花】嗟哉，我輕柔蒲柳姿，苦守着一點松筠操。到春來陌上采蠶桑，魆然間路畔逢奸巧。那李道宗與張傑二人呵，遊賞春郊，窺見我嬝娜娉婷貌，便似那豺狼虎豹饕。將我來霎時兒撲捉並拿抓，那裏管老年姑在家中無靠。

（末）請問上聖，如何被李道宗拿去，然後却怎的，望上聖可細細言之乎？

【牧羊關】（貼唱）他聽信了西臺計，把俺做奴婢逃。府中乳母來相道，倉卒裏威逼成婚，頃刻間綱常怎倒。他説我枉自守房幃，我説伊羞殺登廊廟。他欲待與乘鸞共吹簫，我立誓寧斷臂不開蘭棹。

（末）聽聞上聖説將起來，足見節勵冰霜、心堅鐵石。那李道宗淫心已起，遂肯罷了不成？

【四塊玉】（貼）他自逞金枝玉葉僚，美我是無瑕寶。巴不得洞房花燭成歡笑，豈知我柏舟自許焉重醮。撿一死向黃泉，撿一死埋青草，因此上舍殘生將衣帶絞。

（末）上聖如此自盡，方為烈女。只是上聖把青春年紀喪了，可惜在陽間為人一遭了。

【哭皇天】（貼）我我我由地府陰司告，没面目閻羅的上奏天曹。藍青臉牛頭的魂誅奸狡，朱紅髮馬面的魄攝強豪。荷蒙上帝有好生之德，勘得我節孝雙全，親賜俺仙真花誥。又勘得仁貴精忠，丁山全孝；遼兵該剿，虜氣宜消。合當那兒救父出重圍在此遭。我今來道與吾王深奧，夢兒裏須記牢牢。

（末）啟上聖：旨道陽間帝主將次夢醒，望乞駕上那道白雲雲頭，不可煩奏也便了。

（貼）曉得了。

【烏夜啼】（貼唱）看將來莫說道神明無報，怎欺得日月光昭。人善的福簿內姓名標，人惡的孽帳裏凶強銷。我如今身上雲霄，自在逍遙。句句兒將前情一一訴根苗，將前情一一訴根苗，訴說我前生烈女逢剛暴。那李道宗、張傑二人，我押送在酆都墺，你那裏去逗風騷？只教你怕的是湯池火竈，畏的是劍嶺槍皋。

【尾聲】青天湛湛的休輕藐，由你明瞞與暗挑，由你能使機關為巧妙。做千年的計較，也有時丟了，試看那古往英雄、英雄的在何處討。

臣翠屏不勝戰慄，告辭去也。京都土地，帝主覺來，自自分明，我與你速離寢處，不可驚動帝躬。

（貼）半世心中黑冤事，

（末）今番夢裏白分明。（下）

（小生作睡起科）好怪，好怪，朕一時勞倦，向御案上打睡，忽夢仙女，口稱"翠屏"，被皇叔因奸致死，不從而自盡。說道：上帝已行旌表，皇叔即被陰誅，薛仁貴有子救出重圍。夢中之事，未可憑信。朕且至玉華宮修省身心，一面着內臣打聽皇叔存亡，便知真偽也。（下）

第四十折　羽書敗狄

【賀聖朝】（生上唱）風沙亂擾胡關，黃雲衰草連綿。援兵未得到三邊，顒望眼將穿。漢將思家路未通，故鄉空望杳溟濛。草黃木落悲風起，羌笛聲聞淚滴紅。即今糧空食盡，援兵又不能到，戎賊又不能退，如何是好？

【剔銀燈】困邊城憂愁萬千，我忠節冰霜堪換。欲傳心事無衡雁，望故鄉天高日遠。告天，天若可憐，願王師早臨為援。

【前腔】（末上唱）軍情事特來報傳，咱兩腳走如飛電。報元帥知道，我巡城忽地拾一箭，上拴着梅花封簡。元帥，看此書，乃是公子的，想必救兵到了。這愁煩，今朝方免，多只是天兵來援。

（生）拿上來我看。

（末遞科。生看介）"愚男丁山書，百拜嚴父大人膝下：……"（拆書科）呀，果是我孩兒的書，待我細看。（唱前【馬蹄花】科）原來我夫人又被李道宗逼逐漂流，幸得尉遲老將軍收留。可喜，可喜。孩兒書上，約我為裏應外合，必是後兵來也。今日相持，不可違誤。分付衆將官，各各催點三軍，整齊器械，就此殺出城去。

（衆應介）

【番鼓兒】（生唱）驅士馬，驅士馬，努力休辭倦。抖擻精神，上前鏖戰。虎穴有時離，天隨人願。殺盡膻奴，凱歌回轉。（下）

【前腔】（淨、丑上）重疊疊，重疊疊，刀戟槍和劍。萬騎飛雲，千乘奔電。笳鼓亂聲喧，旌旗風卷。殺盡南蠻，撒銀回轉。（下）

【前腔】（小生、外、丑上）勤王事，勤王事，不憚沙場遠。殺氣千層，威風八面。兩手要扶天，英雄須顯。殺盡遼奴，凱歌回轉。

（淨、衆上遇介）

（小生）來將何人？

（淨）吾乃遼西大元帥蘇保童的便是。你乃是何人？

（小生）吾乃平遼公之子、薛丁山是也。

（淨）黃口雛兒，敢來索戰！

（小生）腥膻草寇，何足較威。

（對陣科，外、丑接上科）咄！你那狂賊，認得俺尉遲老將軍，與俺程將軍麼？教你死不全屍。好好放吾平遼公出圍，萬事全休。

（淨）你這兩個老兒，怎敵得俺的本事，敢來相持？

（混戰科）

（生）膻狗，得我在此。

（淨）敗軍之將，焉敢張威。（又混戰科，淨敗下）

（生相謝科）老將軍遠涉胡沙，救濟窮師，屢承厚愛。瓊瑤之報，不足補其萬一。

（外）老夫年邁力敗，所賴公子神威挈帶，此爾退賊，豈足為謝。

（生）老將軍不避死難，冒險求援，犬馬之報，不足盡其誠敬。

（丑）此非老夫之德，為國家成敗所系，因及大人，何必謝也。

（小生）男丁山久違膝下，有恕不孝之罪。

（生）若非二位老將軍挈領吾兒至此，下官必為溝壑之鬼。

（外、丑）不敢。

（生）孩兒，我偶得箭書，方知你母子被逐。幸今蘇保童敗走沙漠去了，兵法有云："窮寇勿追。"就此班師回去。

（衆）得令。

【朝元歌】（生唱）天河洗兵，鐵柱標名姓。（外唱）王師凱聲，羽檄馳鄉井。（丑唱）倚劍崆峒，掛弓天嶺。（小生）為國久忘家垄，（生、外）萬里從征，愁雲深鎖白帝城。（丑唱）驃騎不留停，（小生唱）壺漿遠送迎。（衆合唱）登山涉嶺，又早離胡天朔境，又早離胡天朔境。

詩曰：

（生）離却邊關上玉京，（外）征西車騎已先行。

（丑）旅師飲馬黄河竭，（小生）振凱龍荒赤土平。

第四十一折　舟楫回鄉

【七娘子】（旦上）一陽回轉寒將往，看萬木又思芽長。（貼唱）雪霽天晴，雲收山朗，嚴親不見心懸想。

（旦）媳婦，昨夜燈花結蕊，今朝喜鵲傳聲，莫非家信至也？

（貼）婆婆，非但家信，就是行人歸，也未可知。

【尾犯序】（旦唱）靈鵲噪南窗。蓮步輕移，倚門凝望。多是鱗鴻,有書來帝鄉。追想,畫眉郎知他何處,溫衾子知他那廂?(合唱)終宵裏,夢魂顛倒,鎮日意彷徨。

【前腔】(貼唱)節孝不能忘。一炷心香,對天祈禳。願我嚴君,早還歸故鄉,無恙。在晨昏問他安否,侍左右就養茶湯。(合前)

【哭相思】(外上唱)思家懶衆雲臺上,休誇我補天名匠。(小生)戰甲雖藏,彩衣疏曠,念親一點難妨。(相見科)

【前引】(旦唱)別離許久心悒怏,兩地無依無仗。(貼唱)又得相逢,頓除淒慘,也知人事如翻掌。

(旦)恩公喜容留臉,必然掃盡烽煙。兒夫吉凶,望乞見告。

(外)令郎英才智勇,神人莫測。平遼奏捷,已到京華。

(小生)久別慈顏,朝夕懸念,今日再睹,歡容喜倍增。

(貼)爹爹歷盡風霜,兒腸寸斷,重瞻顏面,方釋一憂。

(小生)家母在堂,多蒙看顧。

(貼)老父之塞,敢荷扶持。

(旦)孩兒,汝既破賊,何不與爹爹一同赴京,請功受賞則個?

(小生)爹爹意欲回來見母親一面,因非便道,所以竟至京中,先着孩兒請母親還歸故里。

(外)老夫亦與令郎同回,專為畢姻一事,搬取小女,送至夫人宅上。

(旦)多蒙厚意,沒世不忘。

(外)兒女親家,何必言重。

(旦)媳婦,可備淡酒,聊與令尊洗塵,以將薄敬。

(貼)備下了。

(旦)既如此,將酒過來。

(貼)春如,看酒來。

(淨)三杯和萬事,一醉解千愁。酒在此。

(旦)孩兒把酒。

【泣顏回】(小生唱)一自赴遐荒,各天涯父母參商。蒼天默相,功成就捷奏吾王。萱花在堂,孩兒未報慈烏養。(合)喜今日同泛蘭漿，骨肉又成歡暢。

【前腔】（旦唱）吾兒壯志果昂昂，使娘親頓解愁腸。（敬酒科）恩公老親家請酒。能誅夷黨，幸得個功顯名揚。兒遊遠方，（謝貼介）感娘行竭力能供養。（合前）

【前腔】（外唱）嗟吁兩鬢久星霜，一身被利鎖名韁。浮生勞攘，愧不能勘亂鋤強。我絕倫可傷，（拱手謝小生介）仗賢才彼此來終養。（合前）

【前腔】（貼唱）思親憔悴減容光，更喜得膝下安康。顏猶和藹，返家園再整門牆。身居繡房，媳婦多得罪了，奉親姑愧乏肥甘養。（合前）

（外）親家母，今日乃是吉日，就此起程。

（旦）既如此，請先行了。

（外）叫左右，快備轎馬過了。（衆上作乘鸞科，外唱）

【漁家傲】今日裏速整行裝，早登程歷遍村坊。（旦唱）但只見雲岫重遮，歎行蹤轉蓬一樣。（小生唱）松篁遠列如障，煙樹裏酒旗高颺。（貼唱）穿山過嶺受奔忙，披星戴月添惆悵。

（外）前面是大江水路了，叫左右喚梢水過來。

（衆）梢水快走動。

【山歌】（淨、丑扮船家上）我做梢公真個能，撐舡搖櫓勿曾停。日裏扯蓬幹打哄，夜間好酒吃三瓶。

梢水叩頭。

（外）起來，你是那裏差的？

（淨、丑）小人是縣家撥來的。

（外）我要大舡二隻，一只是薛夫人與小姐乘坐，一只是我與公子乘坐。

（淨、丑）曉得了，二隻俱已在此。

（外）請親家母下舡。

【漁家傲】（外唱）山程歷盡，早已至滄浪，住車馬又使帆檣。（旦唱）怕只怕受險擔驚，那長江滔天的風浪。（小生唱）駕鴛戲浴在蘆花蕩，鷗鳥伴成羣相向。（貼唱）白蘋岸側聞漁唱，紅蓼灘頭停釣舫。

【尾文】（外唱）煙波渺渺憑來往，（旦、貼唱）風餐水宿苦忙忙，（小生）又只見孤鶩寒鴉噪夕陽。

詩曰：
（外）遠樹林中宿鳥投，（旦）菰蒲深處泊扁舟。
（小生）聚散有期雲北去，（貼）浮沉無計水東流。

第四十二折　配合封贈

【臨江仙】（生上唱）受盡風霜歸故里，雀羅蛛網門簷。鳳歸不見那孤鶯，愁煩填腹內，離恨鎖眉尖。數載西征變二毛，歸來入觀拜皇朝。垂紳正笏螭頭下，猶勝當年戍塞勞。下官賴子丁山驍勇絕倫，得歸故里。只是我家荊流寓在尉遲老將軍莊上，未得見面。我已先着孩兒迎歸，許久了還不曾到。好似和針吞却線，刺人腸肚系人心。

【前腔】（旦唱）飄泊經年才得返，湘妃血淚方乾。（小生唱）舉頭又見我家山，否來終有極，泰去也知還。

（末稟介）稟老爺，夫人、公子到來。

【前腔】（相見科，旦唱）那日鴛鴦齊拆散，今朝缺月重圓。從新又整舊家園，夫妻到老，骨肉永成歡。

（生）夫人，下官久陷邊城，將為厲鬼。若非孩兒相救，安能再會！

（旦）相公別後，遭逢奸佞陰謀，得蒙義士通知，倖存餘喘。

（小生）窮途被劫，母子悲傷。偶爾鄂國延留，免填溝壑。

（生）下官屢被道宗荼毒，未報深仇。近聞已喪黃泉，足彰天報。

（旦、小生）我三人今春團圓，真是出萬死於一生者，感謝天地！感謝天地！

【排歌】（生唱）離別家鄉，身淹外藩，吾兒用武桓桓。班超生入玉門關，蘇武回來雪鬢殘。（合）花重放，鏡再完，夫妻母子免縈牽。諧連理,續斷弦,輝光和氣藹門闌。

【前腔】(旦唱)香散衾裯,釵分鸞鳳,思君忽聽啼鵲。閉門坎坷禍牽纏,寄食娘兒苦萬千。(合前)

【前腔】(小生唱)國步艱難,靈椿困番,萱親受盡顛連。延平從此劍仍全,合補於今珠復還。(合前)

(淨上)我是一儐相,詩贊都停當。雖然卑微舉,強似浪蕩漢。掌禮人叩頭。稟上老爺:今日是黃道吉日,尉遲老將軍奏過聖上,送小姐到府,與公子畢姻。為此先差小的來報,尉遲老將軍隨後就到了。

(生)夫人,既如此,當備親迎筵席。

(旦)曉得了。

(生)我孩兒去整衣冠,上堂行禮則個。

(小生應介,下)

【菊花新】(外上唱)掛冠歸去守蓬門,鳳詔重征秉大均。(丑唱)伉儷趁良辰,畢竟彩箋通信。(相見科)

(生)下官屢蒙厚德,未曾芹菜之酬。小兒況且才疏,又愧蒹葭之倚,但恐家寒,有玷恩公親家,負罪多矣。

(外)小女嬌養深閨,幼無母訓,舅姑之禮,或有乖違。蘋蘩之託,或勿堪寄,望乞希恕。

(生)不敢。

(丑)公子才德,小姐官容,正是一對夫妻、雙飛鸞鳳。此際已當吉時,可着儐相贊禮。

(生)儐相過來。時辰已到,你快請新人行禮。

(淨)曉得子。小人就唱禮了。(念詩科)天下婚書月老傳,人間配合萬和千。侯門吉日風雲會,玉女金仙降下天。(第一請云,再念)男女初曾見面,夫妻今喜齊眉。明夜黃昏時候,鴛鴦被底多穿。(第二請云,又念)織女星郎天湊巧,鵲橋低度成偕老。洞房深處兩歡娛,一刻千金真是寶。(第三請云)

【菊花新】(小生、貼上)盟堅山海結深恩,繡幕牽絲中彩痕。(貼唱)羞步離閨門,勉強低頭前進。(淨)

【滿庭芳】伏以天喜初臨，紅鸞高照，今朝兩姓聯姻。華堂設席，鼓樂振唫唫。才子佳人，玉手共拈香，寶鼎氤氳。祝天地，轉歸房內，撒帳笑生春。交杯，雙勸酒，夫先入口，婦後粘唇。願五男二女，七子奇珍。男作翰林學士，女配青鎖名臣。從此後，榮華富貴，福祿壽無垠。請新人交拜。（拜介，淨）小人贊禮已完，就此告退。

（生）儐相，多勞你了。

（淨）不敢。（淨下）

【山花子】（外唱）赤繩繫足成合卺，金貂為聘相親。念吾女荊釵布裙，當如梁孟殷勤。（合）羨星期牛女渡津，舉堂宴飲歡笑頻。笙歌鼎沸聲遏雲，滿座飄香，酒瀉金樽。

【前腔】（生唱）多蒙不棄諧秦晉，兩家喜締朱陳。愛吹簫臺上鳳鳴，雀屏射目成婚。（合前）

【前腔】（旦唱）吾兒得遂關雎論，愧無百輛盈門。休反目百年共親，執柯全賴冰人。（合前）

【前腔】（丑唱）冰清更喜逢玉潤，郎才女貌俱稱。洞房中花燭燦銀，羅幃錦帳翻春。（合前）

【菊花新】（末捧敕上）加官進爵展經綸，手捧天書出紫宸。堪羨衛青門，孝義忠貞兩全。

聖旨已到，跪聽宣讀。詔曰：朕嗣洪基，纘承大統。寧旰不遑，憪弘帝業。故輿圖之廣悉歸，臣妾罔有內外，是誠開萬世之太平者也。其有忠孝節義，用加褒封，奸佞凶強，當行懲戒。茲爾平遼公薛仁貴，拒敵爭先，臨難不苟；其子薛丁山，上能報國，下能救親，忠孝萃於一門。鄂國公尉遲恭，林泉養傲，耿畎思君，節義歸於兩盡。拗國公程咬金，捐生罵賊，竭力勤王，建非常之偉績，勵精白之乃心。茲四人者，朕實嘉之，宜寵殊恩，以彰大化。薛仁貴仍授征西大元帥，贈特進光祿大夫、上柱國，加賜九錫，食邑一萬三千戶。妻柳氏，封為鎮國夫人。薛丁山封為定西侯，其妻尉遲氏蘭英封為淑德夫人，仍賜鳳冠霞帔。尉遲恭封鄜、夏二州都督，程咬金封廬州都督，俱贈龍虎將軍、上護軍，各賜黃金一千，食邑萬戶。宗室李道宗，詿君誤國，妒賢嫉能；御史張傑，敗俗傷風，趨炎附勢。

本當各正典刑,朕偶夢神人訴言,二惡已被天誅,果見真的,朕不追究前愆矣。嗚呼！旌賢遏惡,乃王者之典常；濟美盡倫,正君子之德行。服此休嘉,孰云過□。望門謝恩！

（衆）萬歲,萬歲,萬萬歲！

【紅繡鞋】（生、旦、小、貼合唱）言言如綍如綸、如綸,全家沾惠沾恩、沾恩。光宗祖,蔭兒孫。旌孝子,獎忠臣。旌孝子,獎忠臣。

【前腔】（外、丑、末合唱）邊庭掃盡煙塵、煙塵,人臣建立功勳、功勳。食天禄,駕朱輪。門楣顯,繼簪纓。門楣顯,繼簪纓。

【十二時】（生唱）此奇編,重補訂。（旦、貼唱）繞梁聲琳琅堪聽,（衆唱）留與知音作世珍。

（生）龍章褒寵下神京,（旦）御墨淋漓雨露新。
（外）罷職歸田仍效職,（丑）捐生冒險復更生。
（小生）爹娘未報烏兒孝,（貼）夫婦先諧鴛侶盟。

高文舉珍珠記

（弋陽腔）

明·佚 名

【作者簡介】作者佚名。

【劇情概要】此劇寫儒生高文舉父母雙亡，家道中落，又因當值甲子庫時遭受回祿之災。在窮困潦倒、官銀無法償還之時，遇富翁王百萬街頭佈施，賑濟災民，王見高文舉儒雅多才，與女兒王金真又是同年同月同日生，便代為繳納所欠官銀三百兩，並以己女妻之。文舉上京應試中狀元，被丞相溫閣逼贅為婿。文舉向溫閣說明家中有妻，溫閣怒，以取消功名、削職為民相威脅。文舉無奈，被逼贅婚溫家。文舉思念髮妻，令溫家奴僕張千攜帶書信至洛陽迎接岳父母與妻子金真進京。溫氏妻偵得，將信改為休書。張千送信至王家，王百萬見休書而遷怒於張千，令家僕鞭打。金真尋夫至京，適文舉進宮侍讀經筵，溫氏受張千挑唆，將金真剪髮剝鞋，逼其為奴，在相府澆花、掃地。金真幸得老僕幫助，纔與文舉在書館重逢。文舉懼溫閣權勢，不敢挺身抗爭，乃使金真越牆赴開封府告狀。包拯審明真相，上本題奏，皇帝下詔謫罰溫閣，並准許金真處罰溫氏。王百萬夫婦婉勸，金真寬恕溫氏。因文舉赴京科考與妻金真分別之時，金真剖珍珠，與文舉各執一半，以為後會之證，故劇名為《珍珠記》。

【版本流傳】該劇為明人徐渭《南詞敘錄》著錄。祁彪佳《遠山堂曲品》所述的《高文舉還魂記》，其故事情節似與《高文舉珍珠記》有別。今存明萬曆間金陵文林閣刊本，是明代嘉靖、隆慶間民間藝人改編的弋陽腔劇本。明代《八能奏錦》、《萬曲長春》、《玉谷調簧》等戲曲選集，收有《鞠問老奴》、《書館相會》等齣。今日易見的本子為中華書局1988年出版的由王瑛、吳書蔭點校的《明清傳奇選刊》本。

【演出情況】清以後各種地方戲均有改編本，盛演不衰。贛劇《珍珠記》和婺劇的《合珍珠》、潮劇的《掃紗窗》、莆仙戲的《米糯思妻》、河北梆子的《夜宿花亭》以及秦腔、川劇、河北梆子、西路評劇、河南曲劇、哈哈腔、定縣秧歌的《花亭會》等，都是此劇的改編本。1958年，上海電影製片廠攝製了贛劇《珍珠記》，由潘鳳霞、董慶祁主演。

（張　凡）

第一齣　開　場

【鷓鴣天】（末）拉友尋春郊野回，胸羅春景發詞蓓。珠璣萬斛寒星斗，風月一襟饒壯懷。搜逸史，摘騷材，悲歡離合巧安排。寄語閭閻歌舞客，莫驚玉笛落江梅。

（向內問科）請問後房子弟，今日搬演誰家故事，哪部傳奇？試說一聲，庶知終始。（內云）包文拯公案一條，《高文舉夫妻會合珍珠記》。（末云）待小子略道幾句，足見全文大意。

【長短句】（末）高文舉家貧學富，王百萬重義無嗣。街頭賑濟偶攜歸，親女結為姻契。夫婦關雎暢美，春闈一旦分離。龍頭獨步拜丹墀，顯得文章無比。因參溫閣奸相，苦苦逼贅門楣。詐書一紙接前妻，金真來至京地。張千搬鬪是和非，磨滅他實難存，多感老奴相替，書館細說因伊。米糷藏珍珠半顆，黑夜裏幸爾相期。高堂明鏡包癇痸，耿直君前奏啟。一施一報定無疑，封贈團圓到底。

　　　　高文舉家貧求謁，王百萬重義疏財。
　　　　金真女尋夫受苦，包龍圖判斷重諧。

第二齣　自　歎

【生生令】（生）篤志留心，詩書覽盡；時未遇，龍門難進，何日得會風雲？

【七言律】胸藏星斗志淩雲，滿腹文章未立身。誰信功名如畫虎，安排爪牙始驚人。

（生云）小生姓高，名文舉，表字節成。爹爹名喚高岳，母親何氏。家住洛陽縣桃花巷口。先人頗有家私，不幸家母雙亡，卑人惟事儒業，內助乏人，政無綜理，近充甲字庫被火回祿，因將產業罄賣賠填，尚少銀三百兩，比徵甚急，萬分無措，如之奈何？正是：不能夠攀龍附鳳，何時得脫地網天羅？

【懶畫眉】（生）少什麼龍樓鳳閣，做成棟梁材？也有薇省蘭堂做成詞賦魁,也有金門玉殿轉天街,也有闢帥琴堂在,似這等十謁朱門九不開。

【前腔】思之貧窘實堪哀,寒谷何時暖氣回?悄一似太陽當晝被陰霾,智囊莫展愁無奈。眼下雖然如此,槁旱難忘甘雨霈,終有個龍蟠泥淤符春雷。

　　　曾聞雷轟薦福碑,我今不遇有誰攜!
　　　莫道浮云終蔽日,九天閶闔困龍飛。

第三齣　慶　壽

【轉仙燈】(外)桑榆暮景,看看兩鬢皤然。奈子息少靠,使我日夜憂心。【集日句】祖居桃花本故家,一門和氣實堪誇。奈無子息箕求繼,虛度光陰老年華。

(外云)老夫姓王,名傑,表字彥才。頗有田地家私,鄉人稱為百萬。每懷尚義之風,恥為守錢之奴。安人張氏,尚無男嗣,只養一女,名喚金真。且喜幼聞母訓,頗諳四德三從,雖然年已及笄,未獲絲蘿佳婿。吾觀此女不凡,他日當遇貴配。今日乃老夫初度之晨,已命整酒,花前一賞,不免喚安人小女出來,以盡一樂。(向內叫介)(夫、旦同上)

【點絳唇】(夫)不出庭闈,又聽得賣花聲,報道春歸。(旦)昨夜耀長庚,流霞酒美,向花前賀喜。(合)齊祝贊福山壽海,松柏拂雲低。(相見科)

(外云)安人,今日本老夫誕生之日,特請安人同女兒出來,向堂中敘樂一番,以舒老景。

(夫云)員外貴降,老身與女兒禮合拜賀。金真我兒,向前上壽,把爹爹盞者。

【七言句】(外)紛紛紅紫慶生辰。(夫)日永風和趁晚春。(旦)但願年年當此際,一杯壽酒向花傾。

(旦把盞介)爹爹酒到。

【風入松】(旦)一年一度果稀奇,海屋添籌龜鶴隨。學禮學針黹,且樂爾花前沉醉。(合)酌春一卮共兩卮,效舞彩堂上奉親闈。

【前腔】(夫)員外酒到。鶯兒對對燕兒飛,鶯隨垂楊燕掠泥。仲夏天氣倦人時,睹郊原萬般華麗。(合)效擧案琴瑟永齊眉。

(外云)安人,待老夫回敬一杯。

【中滾遍】(外)須看取青山畫圖擺列,細思之,渭水東流不絕。聽絲竹簹前不歇。羅列杯乾酒闌,又不覺共賞明月。

(外)將酒席收了。

【尾聲】(衆)一年最喜春長在,玉人扶得醉人歸,月上花枝日落西。

(外云)金真我兒,可入繡房,休得在此。

一家和氣樂天倫,拜祝高堂福壽椿。
但願遐齡常不老,一杯仙酒慶生辰。

(旦下)

(外、夫吊場)(外云)老安人,我和你日薄西山,桑榆晚景,家私鉅萬,子息全無。曾記得古語云:"貧而有子非貧,富而無子非富。"今日雖是老夫賤生,奈目下正值饑荒,本處貧者極多,皆鬻女賣男,流離載道。意欲將家下所積銀、米,向十字街頭佈施貧窮,救濟百姓,以保夫婦今世福壽康寧,再祈來世不墮幽冥者,但不知安人意下若何?

(夫云)員外若無此意,老身不敢亂道。既然如此,最為善事。但我你無男,金真年紀長大,婚姻之事須要得宜,莫若招一賢婿,以為養老之計。員外今往街頭佈施,倘有未遇英雄,暫時落魄,只要與女兒同年同月、共日同時,不論貧富高低,情願招贅便了。

正是但存方寸地,雖知留與子孫耕。(下)

第四齣　施　　財

【卜算子】(外)繭絲有餘賞,昭穆無宗祀。街頭賑濟覓佳婿,天意從人否？

（外云）院子哪裏？

（末上）忽聽員外叫，即忙便來到。不知員外有何吩咐？

（外云）吩咐衆人，挑着銀兩、布匹、米糧等件，前往街頭佈施貧民，以種來世之福果。

（末云）銀兩俱已齊整，請員外先行。（做行路介）

【玉抱肚】（外）平生好善，家財富足樂悠然。饑荒年歲實堪憐，敬往街頭佈施，惟願康寧福壽齊。

（外云）院子，來此乃是鬧市街頭，可將這賑濟帖兒各處張掛。（末云）理會得。（做掛榜叫介）（淨、丑上介）

【賽蘇州歌】（淨）一年不覺一年子春，東獄廟裏賽靈子神。正月十五元宵節，只聽得鑼兒當當，鼓兒咚咚，簫兒悠悠，板兒呷呷，武梨喇喇鬧過了正陽子門。

【前腔】（丑）一年不覺一年子夏，官人奶奶沉李泛浮子瓜。五月五日端陽節，吩咐安童挑著一擔酒樽，手拿一陌紙錢，黑洞洞挑過了浪淘子沙。

【前腔】（淨）一年不覺一年子秋，淵明賞菊樂悠子悠。半空中忽聽得一聲孤雁子叫，邊塞征夫珠淚流。睡到五更並半夜，只聽得寒蛩兒星星，鐵馬兒叮叮，叮叮星星，星星叮叮，怎睡得到天子明。

【前腔】（丑）一年不覺一年子冬，鵝毛瑞雪亂紛子紛。可憐貧人無飯吃，古廟裏靈神宿了幾昏！頭枕斷磚眠亂草，怎當得虱子兒咬，哈蚤兒叮。咬咬叮叮，翻來覆去，怎睡得到天子明。

（淨、丑相談科）（淨云）老兄，我和你平生好婉，以致如此。到這地位，有甚快活。

（丑云）老兄差矣！自古道：天子過一日，貧子過一日。却不道好個風流乞丐，管他怎的。

（淨云）老兄，閑話少說。如今王百萬員外，在那十字街頭捨財濟貧，和你大家去求謁，必多有所得。

（丑云）莫不是桃花巷住的王百萬麼？

（淨云）是了。

（丑轉介）我不去，你自去。

（淨扯問介）你却怎的不去？

（丑云）老哥，你有所不知，我當初有錢糧做里長時，在他家去討糧差，被我罵了他幾句，如今沒有臉皮去得。

（淨云）你這個呆子，自古道：君子不念舊惡。況他發心佈施，豈計前情。又道是：一日不識羞，三餐吃飽飯。

（丑云）你倒也說得有理，同你一齊去罷。

（淨、丑跪見介）員外，貧子求謁的。

（外云）你二人既來求濟，為何把臉兒向外不朝轉來？

（淨、丑云）員外，非是我每不朝轉來，爭奈你沒有臉嘴見我。

（外笑云）是你沒有臉嘴見我。

（末云）員外，這兩個乃是花嘴光棍，不要聽他。

（淨、丑云）院子哥，你道我不是好人，倒也難怪你，只是我兩個當初也做過好人來。

（外做看云）我看起二位，真個有些面善一般了。

（淨云）員外，我是何在，曾把一段田並莊屋賣與你尊府，酒飯吃得不要。

（外云）原來是何大官了，休怪！這一位是誰？

小人就是暴富，曾與員外納過稅糧來。

（外驚問云）足下既做糧尊，今日為何一貧如此？

（丑云）我只因娶了一房懶媳婦，不會理家，那不孝的兒子，又好吃好賭，把些田產盡行賣了，以至如此。

（外云）既然如此，你可以把懶媳婦說與眾人知道。

（淨、丑云）員外請坐，聽我一一說來。

【警世歌】一唱人家懶媳婦，哩蓮花，平生懶去做人家。竈上灰塵三寸厚，瓦瓶煮粥把手來抓。身上衣衫如繳布，兩鬢頭髮亂如麻。紅日三竿睡不起，經年整月不煎茶。丈夫一日出外去，牽兒抱女走人家。走在東家吃碗酒，開眉笑臉轉回家。走在西家吃碗酒，十個指頭結芝麻。東家有事西家說，南家有事又報北邊家。搬鬪兩家廝打起，走在中間甜言蜜語去勸他。舊年端陽買斤麻，今年九月不見半邊紗。三年五載織得一匹布,拿在急水灘頭好撈蝦。拿起籬笆打一晒,唬得判官小鬼叫喳喳。這樣媳婦莫娶他,急寫休書辭出去;休書若還不肯寫,敗了鄉風壞人家。員外捨我錢和米,猶如錦上更添花。

(外云)這懶媳婦極說得是。院子,每人賞他五錢銀子、一匹棉布。

(末云)銀子、布匹在此,你每收下去罷。

(淨、丑云)多謝員外賞,容我二人拜謝。

(外)些小微物,不勞下禮。(淨、丑拜介)

【喬木香】(衆)員外燒好香,香煙嫋嫋透天堂。願你養男做宰相,養女做娘娘。

(丑云)何老兄,可惡這個院子,只顧攛掇我和你去,不免罵他幾句。院子哥,多勞你也受我二人一禮。

(末云)我不要你拜。

【前腔】(衆)院子哥燒好香,每日買膏藥貼疔瘡。願你生男會做賊,生女做花娘。

(末打淨、丑下介)(生高文舉上介)

【駐雲飛】(生)自恨時乖,困守寒窗苦自捱。終日無聊賴,却有誰相貸?嗏!思想古人來,蒙正邅齋,韓信釣淮,蕭何三薦登臺拜。自恨書生命。

(末撞見生,問介)秀才,來此何幹?

(生云)敬來求見你家員外,有事相煩。

(末云)既如此,待我先去通報,然後請相見。

(末見外云)前面有個窮秀才,要來見員外。

(外云)既如此,請來相見。(末請外進,相見介)

(生云)員外端坐,容小生見禮。

(外云)先生不須下禮,只可長揖。院子,看胡床。

(生云)員外在上,小生焉敢僭坐?

(外云)請坐不妨。(生云)告坐了。

(外云)吾觀足下,相貌堂堂,因何一身狼狽?今見老夫,有何見諭？

【紅衲襖】（生）告員外聽訴因，念寒儒命運迍。（外）尊姓大名？（生）姓高名文舉。（外）令尊令堂尚存否？（生）早年不幸喪雙親。（外）賢昆有幾位？（生）鴻雁獨自鳴。（外）可有令正娘子麼？（生）關雎又失羣，伏望員外大發慈悲也，犬馬區區當報恩。

【前腔】（外）聽伊言感我心，勸秀才免淚淋。囊螢映雪先儒困，買臣當初曾賣薪。不須多悶縈，寬懷放下心。我今賙濟伊貧也，有日裏發跡身榮人畏欽。

（外云）敢問足下青春幾何？

（生云）多蒙員外顧問，小生乃庚年、卯月、酉日、子時。

（外背語云）老夫自思昨日安人之言，為小女婚配之事。且喜這高秀才，上無父母兄弟，又與我女同年共月，共日同時，且是人品軒昂，文章飽學，不免帶他回去，與家裏商議，將金真招贅他罷。敢問秀才為何求謁於老漢？

（生云）只因身充甲字庫被火回禄，把家私罄賣賠填，尚欠官銀三百兩。實無可措，望員外救拔於水火之中。

（外云）既然如此，老夫欲請先生到寒舍，有話別敘，但不知尊意如何？

（生云）願赴趨後。

堂堂七尺貌英雄，感謝收留我困窮。
一葉浮萍歸大海，人生何處不相逢！

第五齣　贅　　婚

【風入松】（夫）夫君一去未歸家，使得我心下咨嗟。（內作鵲鳴科）自古道：鵲噪未為喜，鴉鳴豈是凶。人問凶與吉，不在鳥音中。只聽得喳喳喜鵲簷前下，員外呵，他是個老人家，須憑藜杖相扶去，那時還不見回來，好一似因過竹院逢僧話，思量起果無差。

【前腔】（旦）嚴君一去未回家，不由人感歎咨嗟。柴門緊閉無車馬，蓬蓽外少喧嘩。繡房中針線懶拿，睹嬌姿閉月羞花。

（夫、旦相見禮介）（夫云）金真我兒，你爹爹往十字街頭佈施去了，至今未見回來，同到門首盼望，看是如何？（外、生同上，唱介）

【前腔】（外）相逢邂逅遇君家，却猶如錦上添花。秀才，你時乖運蹇遭陽九，終有日帽戴烏紗。忙移步到吾家。

（外云）先生，來此就是寒舍。且請在前廳少坐，容老夫先進去。（生應，虛下介）（外入，相見介）

（夫云）員外，今日賑濟回來，為何這等歡天喜地？

（外云）金真我兒，有客在外廳，你可進繡房去。

（旦云）忙步金蓮歸繡閣，等閑誰敢出庭闈。（下介）

（外云）老安人，今年荒旱，受苦者極多，求謁者不計其數，內有一秀才，與我女兒同年同月，同日同時，因充甲字庫被火回祿，折了官銀三百兩。我見說如此，就帶他回來，和你商議則箇。

（夫云）員外，既是如此，且說他人品志氣何如？

（外云）老安人，聽我道來。

【駐馬聽】（外）聽說端詳：壯貌堂堂志氣昂；那更胸懷飽學，璨爛珠璣，滿腹文章。昔年蒙正似他寵，後來榮耀登金榜。且共商量，共商量，姻緣配合花燭洞房。

【前腔】（夫）聽說其詳，使我心中喜氣揚。且喜得同年同月同日同時，才貌相當。管教織女會牛郎，鵲橋高架銀河上。且共商量，共商量，姻緣配合花燭洞房，

（夫云）可請他進來，與老身相見。

（外云）院子，請那高秀才進來。

（內叫介）高相公，員外有請。（生應介進）（相見禮介）

（外云）院子，引高相公到書房去坐。（生下介）

（夫云）員外，我看他果是人才出眾，但未知天緣若何？

（外云）安人，自古道：人有善願，天必從之。就叫院子作伐，諒必聽允。院子那裏？

（末上云）院子在。

（外云）你去那對秀才說，我員外無男，單生一女，欲招他為養老女婿；又替他賠納官銀，問他意下若何？

（末云）理會得。（叫介）（對生云介）高相公，你一時造化到了，俺家員外無男，單生一女，意欲招足下為個養老女婿；又替你賠納官銀，但不知你意下如何？

（生云）多蒙員外見愛，奈小生家業漂零，沒有寸絲聘禮。

（末云）既如此，待我與員外說明。（向外云介）高秀才一意應承，奈無聘禮，這等說。

（外云）高秀才差矣！我家黃金白銀，豈圖禮物！但喜足下年月日時與小女一樣。今朝況值黃道吉日，喚梅香請小姐出來拜堂，就此成親。家僮到南街頭，去喚得李媒婆來做儐相。（內應叫介）（丑扮媒婆上介）（請旦出介）

【珠履曲】（旦）姻緣本是前生定，又何須紅葉題詩？

（丑作喝班撒帳諢科）（丑下介）（生、旦拜堂禮，諢科）（把酒介）

【山花子】（生）良緣託在周公禮，荷蒙愛念提攜。感岳翁納吾為婿，成就了百年夫妻。（合）今朝已結連理枝，雙雙四時不暫離，盡老今生，效學于飛。

【前腔】（旦）同年同月又同時，真乃是天緣奇遇。想前生赤繩綰繫，今世裏舉案齊眉。（合前）

【尾聲】（衆）姻緣從此相稠密，諧老恩情不暫離，骨肉團圓直到底。

（外、夫云）兒，願得你夫妻百年長壽，五男二女，七子成行。

織女配牛郎，才貌兩相當。
洞房花燭夜，金榜姓名揚。

第六齣　講　學

【水底魚】（末）泮水芹堂，胸藏星斗光。五經三史，文章賽老莊。

（淨上云）老兄，等我一等。

【前腔】（淨）刺股懸梁，貪花愛杜康。尋師問友，齊去講文章。

（丑上云）列位老兄，待學生作個夥伴去。

【前腔】(丑)搖搖擺擺擺搖搖,擺擺搖搖擺過橋。文章若在搖擺上,孔子當時擺斷腰。

(相見介)(丑)有一樁異事,列位可知道不曾?

(衆云)甚麽異事?我每不知道。

(丑云)前日本縣取得案首高文舉,一時發跡得不可當。桃花巷那王百萬,在十字街頭施貧,高兄也去求謁,那長者見他人物軒昂,就帶他回去,便把嫡親女兒招他。又替他賠納官銀三百兩。有這等好造化。

(淨云)老兄,那長者眼裏有珠,倒不認錯了人。高文舉終非魚蝦之比。

(末云)這倒果是場異事,我每都不曾知道。本是同學交遊,今年又當大比,一同到他家去,只説拜賀,就將經書講論一番,以求進取。

(衆云)就此請行。

【前腔】(衆)踏步隨行,相邀訪故人。到他家裏去,特地求講文。

(衆云)來此是他家了。叫一聲高兄有請。(生應上介)

【南呂引】(生)寒窗苦讀,何時得步雲梯?

(衆見云介)一日不見,如隔三秋;三日不見,連秋至秋。

(丑揮拳云介)列位站開,待我來打。

(生云)學生未得罪於足下,怎麽説要打我?

(丑云)自古道:慶新打喜,天下常理。

(淨云)你且不要打,打損了腰,晚上幹事不得。待我寫狀去告他私婚幼女,霸管人家財產。

(末云)二位老兄,依我説,也不要打,也不須告,罰他午間整東道。(衆作笑介)

(生云)學生辦得有酒。

(丑云)説聲有酒,我的手就軟了,和你大家拿賀禮出來。高兄,我是一錢,只欠人八分。

(淨云)我便是兩錢,只少錢八分。

（末云）學生具有薄禮在此，望乞笑納。

（生云）學生豈敢受禮？有勞列位光降，請坐！略敘契闊之情。

（衆云）如此難為了。

（生向內云）家僮，看酒到這來。

（內應介）列位，酒到。（衆把盞飲酒介）

【畫眉序】（衆）琥珀泛瓊漿，荷良朋瑤光草堂。青蒭白飯無佳釀，且開懷暢，直飲得紅日影西山。

（合）破除萬事言非謬，逢知己酒腸寬。

（浮云）高兄，酒厚了，請收饌罷。

（生云）列位，再飲幾杯纔是。

（末云）自古道：君子以文會友，以友輔仁。今當大比之年，一來恭賀，二來求教。各將本經講論一番，以圖大用，但不知高兄所治何經？

【駐雲飛】（生）讀的《書經》，《書》內專言政事評。典謨宜成定，訓誥宜深省。嗏，《禹貢》與《盤庚》。（淨云）列位老兄，《書經》內惟有這兩篇最是難讀，《盤庚》《盤庚》，愈讀愈生；《禹貢》《禹貢》，讀得頭痛。（生云）雖然是這等說，中間奧義微言還多。（唱）讀得頭疼，帝曰都明。虞夏商周證，識此方能學有成。

（衆云）承教了。

（生云）請問蔡兄所治是何經？

（末云）學生《詩經》。

（衆云）其義如何？

【前腔】（末）讀的《詩經》，《詩》內專言理、性、情。善者吾當省，惡者吾當儆。

（丑云）老兄，吾聞《詩》乃聖賢寓言，其中有甚奧妙？（末云）列位，《詩》有《風》《雅》《頌》之三綱，興、比、賦之三體，可以驗風俗之盛衰，政治之得失。（唱）嗏，巧妙甚難明。秦楚荊蠻，魯氏周公整。麟趾干城，要與王家定太平。（衆云）蒙兄指教，且所志甚大，可謂得詩人之髓矣！（末云）不敢。田兄所治何經？請講。（丑云）小子《易經》。

【前腔】（丑）若問吾經，《周易》文王卦有靈。伏羲先天定，爻象周孔準。

（衆云）敢莫田兄善於卜課？（丑云）列位還不知道，街坊人都號我做"田見鬼"，卜卦無周水，説事直透肺中腸，不是先生自誇嘴。（唱）䓇，金錢響當叮。列位呵，你若問前程，丟下卦錢，我把爻象分明證。老兄，你若是舍不得錢呵，自古無錢卦不靈。

（衆笑介）夏兄所治何經？

（淨云）列位老兄，學生的經，名雖同而實則異。

【前腔】（淨）自好風情，十載攻書纔得成。《春秋》吾當省，傳注公梁定。䓇，董解元的舊詞情，關漢卿新編整，西洛張生崔氏鶯鶯，兩下相淩並。列位，那侍妾紅娘，傳書遞柬，約定八月十五日晚間，鶯鶯小姐前往書館中來，與張生做朋友。暗約巫山雲雨情，還有那絕妙風情未講明。

（衆云）天色已晚，各自回家，擇日赴試，相期一路同行。

紫墨磨穿鐵硯池，此行端擬掛荷衣。
一舉首登龍虎榜，十年身到鳳凰池。

第七齣　赴　　試

【憶遠行】（旦）夫妻未久恩未滿，恨春闈把鴛鴦拆散。（生）試期逼矣，要赴京畿。思念夫妻恩愛，怎忍分離！

（旦云）秀才，朝雲暮雨，遽忍割結髮之荊妻？夏清冬溫，能忘情贅婚之岳父？爭名奪利，固君子之盛心。悖德辜恩，恐有乖於名教。事當三思，不宜草草。

（生云）映雪囊螢，受十載寒窗之苦；登天步月，望一朝雲路之昇。試期已近，心難拋眷戀之糟糠；倘得成名，決不負泰山之恩澤。誠恐及時不去，徒爾蹉跎歲月。為此進退躊躇，特請裁於妝次。

（旦云）秀才，求功名乃是好事，為妻的豈敢阻擋，但早去早回。

【惜奴嬌】（旦）為功名把恩情遠離，剖同心青驄難繫。須念我爹娘年老，休迷戀秦樓歌舞，免使奴憶歸期。盼歸期，同戲彩舞斑衣。

【前腔】(生)賢妻免憂疑,不為功名怎忍分離。論豺獺知報本,我豈肯變初心。妻,岳父、岳母在堂,卑人遠離膝下呵,晨昏望你相侍奉,寒則加衣,饑則進食,免教他憶歸期。數歸期,終有日舞斑衣。

(旦云)幾時起程?

(生云)今日就行。

(旦云)既如此,請爹娘出來,稟明前去。(叫介)

【鵲踏枝】(外)女婿往京畿,何日還家裏?(夫)畫堂鼎沸有何因?想只是我女婿要去求名。

(相見禮介)(外云)賢婿,我看你行色匆匆,要往那去?

(生跪云)小婿有一事告稟岳父、岳母:今當大比,上國開科,不才意欲往京求取功名。因此,拜辭膝下前去,但不知尊意如何?

(外、夫云)賢婿,我當初只為無男,將小女相招,圖個養老之計。況我家財鉅萬,你享些田園之樂倒不好,去求甚麼功名,不要去!

(生起應,長吁介)(向內云)叫學裏齋夫,把我的行李挑回來,不要搬上船去。

(旦作止介云)那齋夫,只管挑上船去,高相公少刻就來。(內應介)

(旦跪云)告稟爹娘得知:高秀才讀盡萬卷古書,指望一朝榮耀。今科不去,又過三年,三科不去,須是九載。趁雙親未老,讓他去走一遭,倘得寸進,門楣亦增光彩。

(外、夫云)我兒起來,非是老爹娘不要他去,只怕讀書人心歹,得中之後就忘了我一家。

(生云)岳父母既慮這些事,小婿就當天表一誓來。(跪云)皇天后土,日月三光,高文舉此行,倘得中功名,若還忘了岳丈一家,天地不容,鬼神罰殛!

(衆云)改禍成祥,前程萬里。金真我兒,准備春衣夏服、琴劍書箱,多取些盤費伺候。叫梅香整酒來餞行。

（內應介）酒在此。

（外垂淚把盞介）賢婿，酒到。

【懶畫眉】（外）賢婿今日往京畿，聽我從頭囑咐你：此回若得身榮貴，早把泥金報我知。荒村雨露宜眠早，野店風霜要起遲。（合）但願你名標金榜，身掛荷衣。

【前腔】（夫）叮嚀囑咐我門楣，琴劍書箱往帝畿。兒，你把月中丹桂和根拔，不許旁人折半枝。夕陽古道無人語，禾黍秋風聽馬嘶。（合前）

【前腔】（旦）夫君聽我說因伊，囑咐你言詞緊記心。此去若得一舉登科日，早把家書捷報歸。昨宵個繡衾香暖留春住，今夜個翠被生寒有夢知。（合前）

【前腔】（生）辭岳父即便登程，我賢妻不須涕零。七篇文對策丹墀，五言詩金門奪錦。妻，我青鳥有信頻須寄，黃榜無名誓不歸。（合前）（生拜別介）

【尾聲】（眾）匆匆拜別登程去，未知何日轉家庭？衣錦歸來，教人作話題。（外、夫、占下介）兒，早去早回。（生、旦吊場介）娘子，就此分手，不勞遠送了。（旦云）秀才，夫妻恩情，難以割捨，待奴短送一程。（生云）既然如此，娘子請行。（旦悲行，云介）君今此去赴科場，攜手含悲痛斷腸。兩字功名如拾芥，一時難舍鳳離凰。

【尾犯序】（旦）鳳離凰，適纔有爹娘在堂，梅香在旁，羞答答，許多情況怎忍分張？此去燕京，教奴顒望着迢迢皇壤，思想。（生云）娘子，莫不為春花秋月之思，朝雲暮雨之怨了。（旦云）秀才，王氏金真，豈是那等之婦！不慮你去後雲雨巫山，但愁你厭棄糟糠。夫，不念奴結髮恩愛，也須念我的爹娘。（合）分袂去，難拋難捨，止不住兩眼淚汪汪。

【前腔】（生）賢妻不必恁悽惶，高文舉豈是鐵石心腸，為功名權將恩愛兩分張。此行勉強，圖畫錦煌煌返故鄉，悲傷！（旦）悲傷哪一件來？莫不為路途遙遠，跋涉艱難麼？（生云）妻，自古男兒志四方，不愁水遠與山長。休慮我程途迢遞，愁只愁我去後，無人侍養你爹娘。

（合前）（旦云）秀才，前面是什麼所在了？（生云）娘子，來此乃是河橋了，請回罷！（旦悲介）送君到河橋，手把楊柳折。少年何事輕離別，淚滴相思血。子規枝上聲哀切，問歸期甚時節？

【風馬兒】（旦）河橋話別，比先時愁腸轉結。忍聞這樹上蹄鵑，愁看那陌頭柳色。攜手牽袂袪，問歸期甚時節？夫，多有男子漢心歹，得中之後便忘了前妻。我今將珍珠一顆搗為兩半，你我各藏半顆在身，彼此不許重婚再娶，留作後會之盟。君牢收記，莫閑拋撇！聽說聽說，奴不是會稽愚婦，君休學百里奚，忘了炭寠妻妾。

【前腔】（生）臨歧悲咽，從今去關河阻隔。試聽罷三疊驪歌，止不住雙眼流血。妻，謾勞思胡越，閑花草怎攀折。妻，這半顆珍珠卑人收留身畔了。牢收笥篋，豈忍拋撇。聽說聽說，俺不是黃允西河。妻，只有一件來，卑人此行，天若憐念，僥幸成名，倒有個夫榮妻貴。倘若時乖運蹇，那時個落第空回，妻，妻，你休學蘇秦的妻妾。（拜別介）

【歇拍】（旦）惓惓囑託無他說，仗寄平安書幾行。（生云）娘子請了，不顧了。一聲沖破秋江碧，打散鴛鴦兩處忙。（生下）

【煞尾】（旦）人不見，馬頻嘶。花邊人馬柳邊迷，欲舒望眼無高處，立盡斜陽不忍歸！

　　　　正是情到不堪回首處，一齊分付與東風。（下）

第八齣　登　　途

【水底魚】（末）詩賦詞章，珠璣滿腹藏。棘闈鏖戰，做個狀元郎。

【前腔】（净）丈尺斤兩，升斗把秤量。金銀錢穀，大大的做皮箱。

【前腔】（丑）天地玄黃，讀了三兩行。水裏放個屁，沖倒海龍王。

【前腔】（生）自入書齋，山林久困埋。龍門一跳，做個棟梁材。

（衆相見介）（生、末云）淺水流下澗，烏雲宿滿天。

（净、丑云）雁飛不到處，人被利名牽。

（净云）列位長兄，今日皆往長安赴試，乃是斯文一家。行路辛苦冷淡，不成模樣，和你大家説一令耍子。

（末云）倒也好，令要怎麼説，就請老兄為令首出題。

（净云）這令要四書一句，曲牌名一個，還要俗語兩句，內藏一古人，效意押韻。説得者便罷，説不得者罰一錢銀子做東道。

（衆云）這等那一位先講？

（净云）高兄請先講。

（生云）既如此，學生僭了。《中庸》有句書同文，我今此去"謁金門"。不怕禹門高萬丈，管教平步上青雲。

（净云）説得絕妙，四書、曲牌、人名，皆是有的。而今該蔡兄了。

（末云）妻子好合出《中庸》，曲牌一個"滿江紅"。今夜洞賓來聚會，有緣千里得相逢。

（丑云）説得清切。如今該夏兄了。

（净云）《論語》有句天喪予，曲名便是"泣顏回"。聽罷仲尼琴七操，不傷悲處也傷悲。

（末云）説得更好。而今該田兄了。

（丑云）學生告免罷。（衆云）一定要説。

（丑云）不瞞列位，學生四書欠通些，只有《千字文》最曉，四言慣熟，我就把這兩經説一個。誅斬賊盗我最高，"一江風"過便蹊蹺。老君傳我真口訣，挖壁穿籬不用刀。

（衆笑云介）原來足下是梁上君子了。

（丑云）不是這等説，君子小人皆要人做。

（衆云）閒話少敘，路長日短，趲行幾步。

【朝元歌】（生）東郊北郊，點點青山小。前橋後橋，一曲清溪繞。遠望莊村，雞鳴犬鬧。盼望家鄉遙遠，雁杳魚沉，縱有音書難得到。途路上謾煎熬，離愁暫且拋。（合）要登廊廟，要登廊廟，就是父母共妻兒，也得五花官誥。

【前腔】（末）附鳳攀龍，年少攜書上九霄。妻子情拋，暗傷懷

抱,倒不如樂守田園野老。不望身榮,豈個圖顯耀。途路間謾煎熬,終須折大刀。(合前)

(内作女子叫采花介)(丑云)那好女子也呵!

【前腔】(净、丑)遠望高樓俊俏,巧丹青難畫描。老兄,他生得鬢如鴉翅,手似蔥枝,口似櫻桃,紅裙露出金蓮小。(净云)老兄,你看他那裏,一雙眼只瞧着我,和我有情。(丑云)沒來由,我認得他,還和我相好。(生、末云)你兩家不要爭。此去若得一舉占鼇頭,紅裙爭看綠衣郎,自有嫦娥把你我招。(合前)

(净云)天色已晚,大家趕行幾步,前去尋個清幽客店安歇,明早又行。

(衆云)正是了。

途中滋味惡,天色又黃昏。
早尋沽酒館,燈下共論文。

第九齣　較　藝

【喬牌令】(外)九天降下徵賢詔,棘闈開,英才都到。何人有志占鼇頭?管教名姓覆金殿。

(外云)簇簇槐花綻,秋闈舉子忙。五篇文對策,金榜姓名揚。下官程文是也。蒙朝廷開考選天下英才,但願一時賢能盡皆入吾彀內,一不負聖天子榜招之意,二不枉衆舉子琢磨之功,三者得為臣以人事君之道。惟恐文星失暗,遺棄命世之才。左右,請五經官各居房舍,把貢院門開了。(左右應介)

【水底魚】(末)驛路槐黃,秋風桂子香。(生)名標金榜,狀元探花郎。

【前腔】(丑)散誕風光,花街柳陌場。腹中無個字,勉強赴科場。

(衆進見參拜介)(外云)衆秀才,各照天地玄黃字號,退居席舍。(衆應立介)

(净叫云)天字號秀才領題。

（生云）秀才在。

（外云）衆秀才，文章論策隨你所見，各歸席舍去做來，且當面答一對去。

（生云）願聞。

（外云）紅袖手籠鸚鵡盞，來接狀元。

（生云）白衣身到鳳凰池，去朝天子。

（外云）好秀才。

（净叫云）地字號領題。

（末云）願聞。

（外云）風扇搧風，風自扇中搧出。

（末云）水車車水，水從車裏車來。

（外云）歸席舍。（净叫云）玄字號領題。

（丑云）請肥肉。

（外云）這秀才話語不清。

（丑云）是福建。

（外笑云）且出一對你對，節屆清明，姑嫂廚下炊米顆，煎煎炒炒。

（丑云）有了，當時半夜，夫妻床上杵糍粑，唧唧嚼嚼。

（外云）太粗了。

（丑云）非干生員事。

（外云）歸席舍。

（生云）天字號呈卷。

（外看云介）這文章未齊，一時難定優劣。再還一對去。廟裏神明，雙脚何曾踏地。

（生對云）朝中宰相，一心只要扶天。

（外云）做二場來。

（生云）是。

（末云）地字號交卷。

（外云）也還一對去。醉漢騎驢，步步點頭算酒賬。

（末云）艄公蕩槳，深深作揖討船錢。

（外云）打點二場。
（末云）是。
（丑云）玄字號拽犍。
（外云）這秀才交卷也不會説。
（丑云）生員禀過，在先齒鑿不明。
（外云）還一對去。大頭秀才，恰似廣東呆子壳。
（丑云）麻臉宗主，渾如福建荔枝皮。
（外云）退去，做二場來。
（净叫云）天字號進二場。
（生云）二場完。
（外云）三場答策，我這裏要面試。
（生云）請宗師命題，生員就面對三策。
（外云）第一，問修齊治平之道。
（生云）謹對。

【駐雲飛】（生）心正身修，國治家齊天下平。（外云）當以何者為先？（生）禮樂陶民性，致君為堯舜，嗏，紀綱要修明。竭力輸誠，四海雍熙盛，復睹唐虞治再新。

（外云）天下奇才。（生退介）
（净叫云）地字號。
（末云）二場已完。
（外云）面試一策。
（末云）願求題目。
（外云）有文事者必有武備，第二，問禦侮戡亂之道何如？
（末云）生員以一得之愚講對。

【前腔】（末）豹略龍韜，號令嚴明士卒驍。奇正相生妙，征伐存王道。嗏，樽俎折沖高。古人云："善戰不如善守，攻城莫若攻心。"善於攻心，柔遠除强暴，夷狄來王兵革銷。

（外云）文武全才，可羨，可羨！
（末云）望宗師作養。
（净云）玄字號領題。

（丑云）告秉宗師，日色將晚，容生員明日對策罷！

（外云）豈有此理！來早不是試期。且問你經術世務，其道如何？

（丑背云）什麼叫做經術世務，我全然不懂。

（淨作趲題介）（丑作慌介）我如今没奈何，只得向前胡謅幾句，不中也罷了。

【前腔】（丑）懇拜宗師，經術全然不得知。（外云）這秀才，自古道：明經取士。你既不明經術，怎麼來赴考？且說世務是怎麼樣？（丑唱）世事人騎虎，反覆如雲霧。（外云）一發講左了，不是這個世務，想是學業荒疏了。（丑）嗟，螢窗不肯下功夫，也者之乎。（外云）怎麼做得個秀才？（丑云）不瞞宗師說，生員這秀才是費了本錢的。（外笑介）（丑）都是些關節人情助。（外云）左右，公道難容，豈可以白丁而玷衣冠？將這秀才頭巾、襴衫盡皆剝了。（淨應介）（丑跪云）望宗師優容，今後再不敢來赴考、乞賜我衣巾終身，免得羞回鄉里。（拜介）乞賜我衣巾終身還故土。

（外怒云）左右，休要聽他！將墨塗臉，趕出貢院，剝下衣巾，行學除名。

（淨剝丑衣下，云介）有才我是大，無官一身輕。（丑下）（生、末齊上介）

（外云）眾秀才，來日看榜。（眾應介）

（淨云）封門。

　　　　三場考選策英雄，一綱羣儒入彀中。
　　　　自古文章無憑據，朱衣暗點狀元紅。

第十齣　勒　贅

【七言句】（末）榮戟沙堤鼓樂宣，金猊寶鼎吐祥煙。笙歌弦管聲騰沸，別是人間一洞天。

（末云）自家乃温府中一個堂候是也。今日丞相爺升堂，恐新狀元赴宴已罷，要來參拜，只得在此侍候。道猶未了，丞相來也。

（净冠帶上介）

【青衲襖】（净）宋朝中為大臣，掌山河立帝京。一人有慶民安泰，管取聲名厭帝京。【集日句】輔佐君王氣象新，威風赫奕果驚人。赤膽忠心扶社稷，萬里山河一掌平。

（净云）老夫姓溫名閣，表字彥才。幼以黃甲登科，蒙皇上錯愛，官拜當朝宰輔。真個威傾中外，勢壓縉紳。奈何白首無男，止生二女，長女獲配當今，正位後宮；次女年方二八，未曾許聘他人。聞得新科狀元高文舉，乃洛陽人氏，才貌兼全，年庚與我女上下，十分稱吾之意，欲將愛女招他為養老東床，但不知天緣若何？想必今日一定來府參拜，叫堂候來吩咐他。堂候哪裏？

（末跪云）堂候在。

（净云）堂候，吾聞新科狀元乃洛陽人氏，才貌兼全，我欲將千金小姐招他為婿。少刻他若來時，茶罷中間，你將此親事講起，倘得成就，我明日討一個好衙門你去。

（末云）狀元乃天祿石渠貴客，小姐本瑤臺閬苑神仙，丞相所見不錯，堂候自有理會。（內報云）狀元、榜眼、探花，帶各甲進士參丞相。（末跪稟前白）

（净云）榜眼、探花並各甲進士，俱來日相見，單請狀元進府答話。

（末向內云）（前白介）

（內應介）（生冠帶上介）

【錦衣香】（生）十年窗下攻書史，今朝喜掛荷衣。

（生進見云）丞相端坐，容學生參拜。

（净云）只須常禮，不勞如此，

（生拜云介）念文舉一介寒儒，多賴宰公作養，未遑走報，參拜稽遲，乞恕罪譴。

（净云）賀喜足下，奪青紫如拾芥。朝廷深幸得人之助，老夫不勝欣羨。左右退堂，看胡床。

（生云）宰公在上，學生焉敢坐？

（净云）敬朝廷而敬足下，列坐無妨。不知貴府幾名？

（生云）告坐了。敝府六名。

（净云）好文風，但不知狀元令尊、令堂安樂否？

（生云）有蒙宰公動問，先父母俱已棄世。

（净云）狀元貴庚？

（生云）二十有二。

（净云）堂候換茶。

（生立，末跪禀介）一事告禀狀元得知，宰公無男，單生二位小姐，長者配與皇上；次者年方及笄，未曾許聘，意欲招狀元為東床。門戶相稱，年貌相當，望狀元爺成就百年鸞鳳。

（生云）堂候，煩你善言，對丞相說：只道家有前妻，不敢奉命。（末對净云前白介）

（净云）你對狀元說：富易交，貴易妻，此乃人之常情乎？（末向生覆云）

（生云）自古道：貧賤之交不可忘，糟糠之妻不下堂。停妻再娶，恐有違例。（末向净覆云）

（净怒云）他道那一個違例？

（末云）道宰公。

（净云）升堂！（指生云介）輕薄後生，無知小子！朝廷多少公卿見我，莫不箝口結舌，唯諾聽從，爾今纔得進身，輒敢出此言語！

（生云）宰公何須發怒？道不得個學生違例。

【駐馬聽】（净）魍魎窮酸，有甚福緣跨彩鸞！裝模作樣，惱得我氣滿胸膛。（生）平生頗讀書幾行，停妻再娶人倫喪。（末云）狀元，為人要隨時達變，切不可執一無權。且順何妨，順何妨？當朝宰相為岳丈。

（净云）哪一個為官不會讀書？罕見你中個狀元來。

【前腔】（净）休恁猖狂！堂候，朝中是哪一個掌把？（末云）是宰公掌把。（净）朝中選法咱把掌，若不回天轉日，奏上明君，罪不輕放。（生悲介）思前想後事多端，嬌妻在室難撇漾。（末云）狀元乃是智者，小人愚不諫賢。請自斟量，自斟量，臨崖勒馬收韁晚。

（净云）堂候，你去對他說，若從吾招贅，則與萬歲連襟，不日臺輔可望,富貴久長。如不肯從我,來早一本奏知官裏,道他才力不及,文理生疏,削除官職,罷爵為民,那時羞歸故里。叫他三思回話。(末向生覆云介)

(生云)待我思忖何如?

(生背沉吟云)下官尋思起來,本待不從,他乃一朝獨貴,倘聖上准他的奏章,將我削去官職,羞回故里,枉受十載燈窗之苦。不免權且允從,成其親事,然後差人迎接岳丈一家到此,同享榮華,多少是好。堂候,多蒙丞相見愛,非是下官推辭,爭奈旅寓京華,缺少聘物。

(末云)啟覆宰相:狀元而今回心肯了。他說:奈在客中,缺少聘物。

(淨笑介云)只要狀元肯就好,吾乃宰輔人家,少了什麼財帛不成?問陰陽官,今日是成親日期不是?(末問介)

(內應云)是成親日了。(末覆云介)

(淨云)既如此,喚官媒婆來贊禮。

(末向內云)叫得媒婆來做儐相。(內叫介)(丑扮媒婆上介)

【短偈】(丑)我做官媒停當,花紅羊酒成擔。張侍郎纔叫議婚,溫府中又叫我做個儐相。

(丑云)官媒婆叩頭。

(淨云)你是媒婆麼?俺家小姐今日與新科狀元成婚,命你為個儐相。

(丑云)小男女理會得。敲雲板,待我迎新郎,再請小姐出來拜天地。(占上唱)

【遮幕紗】(占)嬌羞無奈蹙雙眉,蓮步輕移出繡幃。

(丑云)新郎新女,並列於堂中。請禁喧嘩,聽撒帳於左右。待我取一個撒帳本來。呀!這不是帳本,乃是一本《千字文》。(向淨跪云)稟過恩相,待媒婆回去取撒帳本,纔好撒帳。

(淨云)拜堂乃喜事,不要打回頭。

(丑云)既如此,待我把《千字文》斷章取義,聊一個撒帳本也罷。

（淨云）憑在你，只要吉祥些就是。（丑應起介）

【撒帳本】（丑）伏以天地玄黃，辰宿列張。上請龍師火帝，下叩鳥官人皇。但願永綏吉劭，謾誇四大五常。老相公，迺府羅將相，出入處車駕肥輕，前呼者高冠陪輦，後擁者家給千兵。四壁間圖寫禽獸，兩廊下鼓瑟吹笙。整齊齊肆筵設席，光燦燦銀燭輝煌。高狀元是塊美玉，出自昆岡；溫小姐是個千金，生居麗水。一個男效才良，讀盡了漆書壁經，果然是學優登仕；一個女慕貞潔，生得有工顰妍笑，真不亞毛施淑姿。寶鼎前稽顙再拜，雖然是禮別尊卑；畫堂中接杯舉觴。那更有弦歌酒宴，露結為霜。成就了上和下睦，福緣善慶，但願你夫唱婦隨。俺小姐乃渠河的歷，不比那圓莩抽條；高狀元是路俠槐卿，謾思量雲騰致雨。從今後藍筍象床，一任你畫眠夕寐。恰更似鳴鳳在樹，兩情投好爵自縻。切不要悚懼恐惶，憑在他篤初誠美，那怕他堅持雅操，一定是同氣連枝。銷金帳脫下了乃服衣裳，鴛鴦枕加功夫璇璣懸幹，初相交易輶攸畏，慣熟時悅豫且康。悄不覺惟躬鞠養，生幾個猶子比兒，齊喝采如松之盛，共祝讚福壽無疆。撒帳已畢，賞賜花紅。

（淨云）媒婆倒也停當，花紅是有的，且喝班贊禮者。（丑應介，喝拜介）（生旦拜介，丑把酒科）

【畫榮序】（合）姻緣兩相宜，效學丹山彩鳳飛。喜今日結成連理，百歲夫妻，准擬定同心牢繫。真個是有緣千里來相會，願期諧效于飛。

（淨云）院子，取三錢銀子來，賞這媒婆去。

（丑叩頭介）謝老爺賞。一本《千字文》中義，換得三錢利市銀。（下）

（淨云）梅香，夜深了。好生伏侍狀元與小姐進洞房。

（夫應介）理會得。

（淨云）封了府門。

　　　　一條紅線落江中，未釣鯉魚先釣龍。
　　　　有緣千里能相會，無緣對面不相逢。

第十一齣　接　報

【胡搗練】（生）攜書離故園，喜文章幸中青錢。無端紅線把人纏，魚箋欲寄天涯遠。

【踏莎行】紅杏花殘，綠荷新長，子規夜半哀聲慘。分明叫破故鄉心，隴頭何處傳魚雁。鳳闕終登，鸞膠硬結，羈絆此身歸未得。忍做辜恩生離別，重諧藍宅情吳越。

（生云）下官自贅溫府，光陰似箭，又早夏日炎天。思憶家鄉，杳隔白雲深處。我想：岳父之言，洋洋在耳；荊妻之囑，耿耿在懷。奈被溫相強贅，逗留在此，不能還鄉，如何是好？幾番欲寄佳音，奈無其便。今日稍暇，不免寫書一封，差一的當人，竟往洛陽去，迎接岳父、岳母、山妻，同到京城，共享榮華，以報前恩，多少是好。

（向內叫介）總管那裏？

（淨云）堂前喚總管，未審有何因？啟爺爺，總管叩頭。

（生云）你就是總管麼？

（淨云）小人是。

（生云）我且問你，府中今日那一個該長差？

（淨云）張千該出差。

（生云）既如此，你去吩咐他，收拾行李就來此聽差。

（淨云）理會得，叫來便來，叫去便去。（先下）（生作寫書介）

【一封書】（生）高文舉上言岳翁岳母妻室前：離膝下，到帝輦，一舉魁名中狀元。叵耐朝中溫丞相，把女相招苦結緣。寫家書付張千，草草不恭，臺照不宣。

（生云）叫張千來。

（末上云）頻聽指揮黃閣下，入聞呼喚畫堂前。張千見。

（生云）你是張千正身不是？

（末云）小人是正身。

（生云）我如今差你往洛陽桃花巷王百萬老爺家投下。

（末云）敢問老爺姓高，為何在王家投下？

（生云）是我岳丈家裏。

（末云）如此，小人就行。

（生云）張千，賞你五兩銀子作路費，可仔細收下。起來，聽我囑咐你前去。（末應立介）

【駐馬聽】（生）尺素封完，須信千金莫等閑。妻，你那裏望穿淚眼，數盡歸鴉，擲遍金錢。張千，你休辭迢遞莫遲延，登山涉水防危險。領文去，事必傳宣，事必傳宣，你把行囊促整，不索留戀。

【前腔】（末）謹領尊言，豈憚迢遙路以千！念取程途跋涉，帶着一紙雲箋。（背唱介）只恐天邊鴻雁阻青鳶，路逢緊急乖黃犬。（生云）張千，你背地裏說甚麼言語？（末跪云）沒有。（合前）事必傳宣，我把行李促整，不索留戀。

（生云）張千，你悄地出了府門，不要與閑人知道。書寄鄉關須仔細，屈指翹首望人來。（先下）

（末云）高爺吩咐得利害，不免悄悄偷身出去，（占、丑上，撞見介）

（占云）張千，你到那裏去？

（末跪云）高爺吩咐，街坊上買零碎，去會賓客。

（占云）肴饌、酒果物件，我府中極多，還要買甚麼零碎？梅香，搜！看他身上有甚麼物件？

（丑搜出書介）小姐，原來是一封書。

（占接書云）張千，這分明是高老爺差你去下家書，為何瞞我來？

（末作慌介云）望小姐赦奴隸之罪，是高爺再三吩咐，教不要與夫人知道，非小人敢瞞。

（占云）我不怪你就是，且問你吃飯不曾？

（末云）還不曾吃飯。

（占云）你去吃飯，帶行李來。（末應虛下介）

（占云）原來相公差張千往洛陽下家書，要瞞着我，想這書中必有妨礙，且將來拆開看取，有無緣故？又作道理。（拆介）（看書念介云）梅香，我看起這書寫得不好，通埋怨我家。你去取過一個柬帖,拿筆硯來,待我換改他的,免得他前妻來此,多少是好。

（丑云）小姐說得是,待我去取筆、硯、柬帖來。

【前腔】（占）高文舉上言岳父岳母妻室前：離膝下,到帝輦,一舉魁名中狀元。這些通好,只有"叵耐"二字放得不妥貼,要替他改過。好個朝中温丞相,這"苦"字也要改掉。把女相招喜結緣。寫家書付張千,這兩句無疑,要打斷他不來,只在這一句上。可使前妻別一天。

（丑云）小姐,怎麽叫做"別一天"？奴婢不知道,望小姐教導。

（占云）梅香,夫乃婦之天也,是教他前妻再嫁一人。

（丑云）小姐真個聰明,纔與高爺成親,一發通經了。

（末上云）侯門多使令,堂上取公文。啟覆小姐,張千領書去。

（占去）梅香,拿五兩銀子來賞張千,雖要趲去快回,不可違了我期限。到洛陽見了前夫人,言語須要謹慎。

（末云）蒙小姐賞,小人理會得。

（看書問丑介）梅香姐,這書不像我前的一般。

（丑譚介）（末云）没奈何了！是與不是,只得拿去。

（占云）張千,你聽我吩咐。（末應介）

　　　　　洛陽下公文,流星不可停。
　　　　　眼望旌捷旗,耳聽好消息。

第十二齣　聞　　報

【望遠行】（旦）夫君遠去未回歸,終日裏望斷虹霓。

【長相思】紅滿枝,綠滿枝,宿雨懨懨睡起遲,諢愁無奈何。

憶歸期,數歸期。夢見雖多相見稀。相思只自知。自從丈夫去後,此時科場已罷,未知得中與否？杳然不見音信家來。我送他去時花柳芳妍,到如今綠暗紅稀,正值困人天氣,真個好悶人也！（占云）小姐,須索排遣耐煩者。（旦云）梅香,夫君已出路,半載別衷腸。鱗鴻音信杳,暗想畫眉郎。（唱介）

【傍妝臺】（旦）畫眉郎合歡未已,又早赴科場。淚滴盡湘江滿,愁壓碎楚天長。河橋別酒情難舍,幾度思量幾斷腸。(合)山迢遞,水渺茫,有書難寄到伊行。

【前腔】(旦)重門深鎖,寂寞恨更長,有誰人分訴這衷腸。恨打散鴛鴦伴,愁拆散鳳鸞凰。梅香,你看適纔間日影在這一邊,如今移過那邊去了,正是:窗外日光彈指過,席前花影坐間移。忙移步出碧欄杆外,只見紅日沉西映粉牆。(合)心何狠,情慘傷,相思最苦怕昏黃。

(末背包裹持雨傘上)

【不是路】(末)山水茫茫,歷盡崎嶇到洛陽。(向內問云)大哥,動問桃花巷王百萬員外家住在那裏?(內應云)前面那大樹下,白粉牆高樓房的便是。(末云)起動了,果然好大房子。好牆門,只見那喬木森森映畫堂。(末進問云)有人在家沒有?(旦、占見驚云)呀!是何人,因甚前來到小莊?(末云)我是京城來的。高文舉老爺得中頭名狀元,差小人來下萬金家書。(占云)既如此,少待,我稟與小姐知道,然後着你進來。(末應介)(占云)姐姐,外面那人說道,高姐夫得中狀元,差他來下書報喜的。(旦云)梅香,你去問他叫什麼名字?還是裏班外班親隨的不是?(占問介)下書人,俺家小姐問你,叫甚名字?是內班親隨的不是?(末云)不枉了做個夫人。煩你通稟,只說是裏班親隨的,名喚張千就是。(占云)他說是裏班親隨的,名喚張千。(旦云)既是如此,你把珠簾放下,叫他在簾外見我。(占云)張千哥,我小姐叫你在簾外答話。(末進跪介)夫人,張千磕頭。(旦云)高爺既然得中,有什麼言語?(末云)夫人端坐,高爺別無閒話。只為這錦繡花箋紅錦囊,高老爺依仰皇恩登虎榜。高爺多拜夫人,他官居翰苑,日待經筵,一時不能够還鄉。要接老老爺、老夫人、與夫人一齊到京,共享榮華。有書呈上,有書呈上。(旦云)高秀才今日果然得中了。兀的不是喜從天降,兀的不是喜從天降!

(旦云)叫安童到這來。

(占云)安童哥,快來!

(丑上云)正在廚中吃冷飯,忽聞堂上叫安童。姐姐,你請我出來做什麼？

（旦云）高姐夫得中狀元，差人來此下書，叫你領他到書館裏去，好生待他茶飯。

（丑笑介）（見末禮、動問介）大哥，你是京城的遠差，敢莫不知道高文舉是我的姐夫？

（末云）原來是舅爺了，小人有眼不識，望舅爺休怪。

（丑云）張千哥，我家姐夫人，命我來陪你到書館中去茶飯。

（末云）多勞了。（譚下科）

【中袞遍】（旦）想當初困守寒窗，今日裏播姓留芳。功名早遂鼇頭占，登雲路萬里跨翱翔，添喜氣耀輝光。（合）深荷修書紙半張，雖然紙短情意長。盡剖衷情，盡剖衷情，怨別離，願相守，永遠成雙。

【前腔】（占）承恩赴瓊林宴，顯儒溧讀盡古聖文章。恩光寵詔居，白晝山色改，閭裏盡播揚，衣錦惹御爐香。（合前）

【餘文】（衆）茅簷蔀屋皆名望，守己傳家百世昌，方顯男兒當自強。

（旦云）梅香，請我爹娘出來。

（占云）員外，安人，有請！（外、夫同上介）

【調笑引】（外）堂上鬧喧呼，想是女婿有書回。（夫）移步出庭前，聽得喜鵲聲喧，

（相見科）（外、夫云）兒，你請我兩個老人家出來，有何話說？你手中拿着什麼？

（旦云）恭喜爹娘！女婿到京得中狀元，差張千來此下書。

（外、夫云）既然得中，我兒是夫人了。可喜，可喜！有書且拿來我看。（旦遞介）

（外接書看介）兒，讀書人真個上禮，這封套上寫着小婿高文舉頓首，拜岳父大人親手開拆。（拆書介）

【一封書】（外）高文舉上言岳翁岳母妻室前：（夫云）員外，好女婿，把我一家都寫在上面了。（外）正是。離膝下，到帝輦，一舉魁名中狀元。好個朝中溫丞相。（夫云）丞相怎的發瘋了？（外云）

安人,不是這等說。那丞相姓温,想是我女婿得他擡舉,故此也寫在書上。(夫云)這也説得是。(外云)且看後面:把女相招喜結緣。(夫云)高文舉天殺的,又娶了一房妻子。(旦云)娘,做官人一兩房妻子何害?終是女兒居長。(夫云)兒,説便是這等説,自古道:船多礙港,人多礙床。(外)安人,女兒説得是,且不要嚷。寫家書付張千,可使前妻别一天。

(夫云)員外,怎麽叫做"别一天"?

(外悲云)安人,這一句説得不好,夫乃婦人之天也,叫我女再嫁一人了。

【剔銀燈】(外)看書罷教人怒起,高文舉不仁不義!你當初家貧無依,把錢財將伊周濟,親愛女招為門婿。到而今中魁名,便要停妻再娶。(合)思知,教人怒起。虧心的,負心的,都是高文舉所為。

(夫罵介)高文舉,你這天殺的!

【前腔】(夫)書中句全没道理,高文舉忘恩負義!只為同年同月又同時,員外帶回招為門婿。遇着春闈催試,琴劍書箱,衣資路費,送往京畿。你而今得中魁名,便寫休書把我女相抛棄!(合前)

【前腔】(占)員外安人不須怒起,聽梅香一言訴與:高相公是個讀書君子,料他豈肯停妻再娶!(背唱)高相公你把我家恩山義海,如鹽落水。自古道:下不敢言上,賤不可議貴。只是你受了我家這等厚恩,今日得中,便寫休書家來棄了我小姐,是何道理?莫説員外、安人怪你,就是梅香也説你不該如此。就是那鴉有反哺,犬知濕草,馬有垂韁義。(合)思知,天不可欺。虧心的,負心的,都是高文舉所為。

【前腔】(旦)告爹娘不須淚垂,聽孩兒一言咨啟:俺丈夫,他是個讀書之輩,決不忍忘恩失義。(背云)夫,你既有此事,寫在書上怎的?你那裏既中狀元,寄家書宜當報喜,不可報憂,緣何偏偏寫着一紙離書至?望爹娘不須怨憶,下書人現在吾家裏,叫他出來問取,招贅,我也得知,不曾招贅,我也得知。從頭問個詳和細。(合前)思知,天不可欺。虧心的,負心的,都是高文舉所為。

（外云）安人，女兒說得是，且叫安童出來。（叫介）
（丑上）聽得員外叫，未審有何因？
（外向丑云）安童，適纔高姐夫那一封書是離書了。
（丑云）員外不須吃惱，且說怎麼叫做離書？
（夫云）高文舉入贅溫丞相府裏，今到我家來，叫你姐姐再嫁別人。
（丑云）是這等?!
【前腔】（丑）告員外不須怒起，勸安人寬懷免意。高姐夫，他當初一貧如洗，那日在街頭求濟，是員外帶回招為女婿。到而今得中魁名，寄家書辜恩絕義。待安童肩馱包裹，手提雨傘，徑往京城去，敢問爺爺，那京城裏也有官府沒有？（外云）京城裏怎麼沒官府。（丑云）爹爹，既有官府就好了，我與他當官告理。吏部堂上也去告，三法司也去告，科裏道裏也去告，兵馬司衙門也去告，那時節他講情來我講理，那老爺明如鏡清如水，問他個停妻再娶。（合前）思知，教人怒起。虧心的，負心的，都是高文舉所為。
（外云）快叫那張千到這來。（叫介）
（末醉上云介）一步一跌，吃得不歇；一行一倒，飲得正好。啟員外、安人，張千磕頭。
（外云）張千，這書是那一個交付與你來？
（末云）是高老爺親手交付，差小人來接員外一家。
（外云）你領了這書，還到什麼衙門沒有？
（末云）小人並沒有轉什麼衙門。
（外云）這書分明是假的。安童，着實與我打！
（丑作打，末慌跪云介）員外，且不要打，那萬金家書怎麼說是假的？
（外云）你還來饒舌，這是什麼報喜的家書？乃是一紙退婚的離書。
（末云）咳！正是：半天下雨，不知來頭了。（丑打末，插諢科）
【前腔】（末）告員外暫息雷威，望夫人一言寬慰，聽張千細說其就理。這封書，高老爺親筆寫親手付與。念小人走盡了千山萬水,並不知這書中詳細。(丑打云)你還說不知,真個好打。(末悲云)老爺,你差小人來洛陽下了一封萬金家書,指望一場擡舉,誰知今日到此,反受這一頓苦打,天可憐!(哭介)打得我遍體如刀刺,將好意反成惡意。(旦云)張千,敢是那一個套換了這書?(末云)夫人,是了,適纔被打慌了,一時記不來。那日領書,高爺吩咐悄悄出府門,不要與閒人知道。誰想一出前廳,撞着溫小姐,命梅香在我身上搜將書去。此書中間講什麼話,想是溫小姐改了。(丑云)你這狗才好大膽,還罵我小姐遭瘟。(末云)不是這等說,我家小姐姓溫,是他改了。(合前)思知,教人怒起。虧心的,負心的,都是溫小姐一字字改為。

(末云)溫小姐,你改了書不要緊,坑陷我受這一頓苦楚。

(外云)呵!原來這書是溫小姐改的,不干你事了。大哥,你怎麼不早說?倒是我錯打了你。安童,看過五兩銀子,一套衣服來。(賠笑介)張千哥,是我一時發性,錯打了你幾下,不要記懷。請受這銀子,回去以作路費。

(末跪云)小人焉敢記恨。只是高爺叮嚀囑咐,要接員外一家到京,共享榮華。

(外、夫云)你回去,多拜高爺,只說我家盡可過活,通不來。

(旦云)張千,我爹娘年老在家,只我一人來京。

(末云)員外、安人不去也罷,夫人該得去。

(旦云)梅香,再看五兩銀子來。(占應介)

(旦云)張千,這也是五兩銀子,賞你。我明日若到京城,煩你照顧一二。方纔打了你幾下,切不可計較。你先回去討夫馬,到中途迎接。

(末云)謝夫人賞。小人就回,夫馬是有的。

(外、夫云)我兒不要去,只教張千回去。

(旦云)爹娘,待孩兒同安童、梅香三人到京,去看一個明白。

(外、夫云)兒,他做官人心歹,我兩個老人家只靠着你,怎捨得你前去,只在家好。

(旦云)爹娘,孩兒多帶盤費,若到京城訪得真實,就與梅香、安童一齊便回。

（外、夫云）既如此，憑在你主張。

（旦云）安童，你適纔打了張千幾下，可向前去，陪他個不是。

（丑向末笑云介）張千哥，我適纔也不曾打你，只當戞沙一般。自古道：君子不念舊時惡，小人偏記眼前仇。你是一個好人，我若到京，全賴你照顧。

（末云）適纔多蒙儘勾了，只怕舅爺不來，若來時，我一定加二五奉承。

（對外、旦云）拜辭員外、夫人，張千先回了。

（衆云）千萬對老爺說，差夫馬來中途迎接。

（末云）不須再三囑咐，小人理會得。

（做出門云介）今朝被這一頓苦打，王夫人，你若不來便罷，若來之時，將幾句言語，在溫小姐跟前搬唆起來，直教你來得去不得。正是：雖無韓信難，也有屈原災。（先下）

（旦悲泣辭介）爹娘，孩兒就此拜別啟程了。

（外、夫泣介）（旦拜介）

【下山虎】（旦）暫違膝下，遠赴神京。只為那辜恩青雲客，甘易白頭盟。忍寄這紙無情字，煞砌下萬疊望夫城。離別沾襟血淚傾，紅顏嗟薄命。飛越關河少羽翎，又未知何日同夫返故庭。

（夫云）兒，你少長深閨，怎受得風霜勞役？此行去京，不致緊要，為爹娘的心如刀剖。若見高文舉那天殺的時節，須要相機而動，他果有休妻之心，即便抽身回家，侍奉我二人晚景，又作道理。

【前腔】（外、夫）閨門嬌養，跋涉艱辛。萬里京城地，好歹問虛真。兒，莫撞入虎穴龍潭，使爹娘望雨瞻雲。離別難分父（母）子情，埋怨人薄幸。辜負當年秦晉姻，淚灑西風一片冰。

【尾聲】（衆）今朝撇却雙親去，未知何日轉家庭，但願你窮途少禍侵。

第十三齣　經　筵

【行香子】(生)名韁利鎖,終日無言摧挫。【七言句】龍樓鳳閣九重城,新築沙堤宰相行。我貴我榮君莫羨,十年曾是一書生。下官來此,忝中高魁,被溫相強婚,逗留數月。前者修書一封,差張千往洛陽,迎接前妻一家到此,同享榮華。今已過期,還未見到,不知事體何如?叫人終朝懸望。正是:雖無千丈線,萬里繫人心。

(內云)聖旨到。

(生云)快看香案。(生跪俯介)

(內宣讀聖旨介)聖旨已到,跪聽宣讀。皇帝詔曰:"朕以涼德,叨居九五至尊;學問荒疏,遠愧堯舜之聖。不識修齊,曷臻平治。茲爾新科狀元高文舉,學源孔孟心傳,才軼班馬芳躅。是頒特旨,召歸內院。日侍經筵,講明諸書同異;夜宿密閣,纂修古今史鑒。就着女官二十名,內管二十名,發御前金絲燈籠十對,照歸內院。"聖旨到下,不得有違,即刻趨駕。叩頭謝恩,山呼:

(生磕頭云)萬歲,萬萬歲。

(內云)旨意上龍亭。(生接旨介)(旦、占、淨、丑、女官衆上)

【五言律】朝為田舍郎,暮登天子堂。將相本無種,男兒當自強。

(衆見生作稽首鞠躬介)(衆云)恭喜狀元!照金蓮燈送歸內院,乃聖上殊恩,臣子不世之隆遇也。欽羨,欽羨!

(生云)有勞列位,下官綿力樗材,蒙聖主知遇之恩,愧無以報。

(向內云)梅香,對小姐說,聖上如今選我入歸內院,經筵講讀。想一時不得回府,倘洛陽有人來此,須要好生相待,不可輕慢於他,留在府中,等我回轉。倘有他心,罪及不便。(內應介)

(衆云)請狀元就行,聖上等很久了。

【山花子】(生)蒙王敕賜恩非淺,把金蓮照歸內院。念鯫生學疏才淺,瓣赤心報主當先。(合)却便似商山四賢,從人侍妾歌笑喧,富貴榮華勝似登仙。

【前腔】(衆)大人文學過孔孟,更兼有筆下文源。喜登科弱冠青年,日伴君王夜宿書院。(合前)

【紅繡鞋】(合)翰林風月無邊,無邊;果然勝似登仙,登仙。風流金馬玉堂賢,笙歌沸鬧聲喧,何人語敢爭先?

金蓮花炬映紅袍,職掌絲綸喜氣饒。

世上萬般皆下品,思量惟有讀書高。

第十四齣　顯　　示

【折桂令】(外)論真仙變化無極,神通三界,壽與天齊。入火不焚,入水不溺。隱顯精微步大羅,上朝玉帝,度衆生頻下雲衢。

(外)水凍成冰冰化水,築土為牆土即牆。神仙說破三生話,一施一報定無差。吾乃西方太白金星是也。常在雲間觀世人之善惡,察天下之災祥,過去未來,輪回六道,皆在吾之掌握。今有桃花巷王氏金真,前世無故吹滅了佛前燈,更磨難了良善婢女,那婢女今世投胎在溫閣家為小姐,王金真有百日之災。他今與安童、梅香三人,往京尋訪高文舉。不免吩咐當山土地,化一猛虎,把他伴人驚散,待金真一人到京,撞入溫府,與溫氏苦打一場,剪髮、剝鞋、澆花、汲水,受過白日之難,以還前世之冤,方顯報應之道。(叫介)土地哪裏?

(淨扮土地上云)啟上聖,有何法旨?

(外云)土地,你可聽吾吩咐,今有王氏金真主僕三人,來此經過,你可化一黃斑猛虎,攔阻去路,把他主僕驚散,讓王氏一人進京,休要傷他性命。謹領法旨,不可違誤!

(淨應下云)莫道山神無變化,能移峰嶺塞滄江。

(外云下)　神仙不敢分明說,只恐凡人泄露機。

第十五齣　遇　　虎

【五言令】(旦)只為薄情郎,含愁別故鄉。(占)回首家何在,行人怯路長。(丑)一日復一日,千山更萬山。(合)在家千日好,出路半朝難。

(丑云)姐姐,我和你離家日久,正值春末夏初,水流花謝,綠暗紅稀,日色初長,行人困倦,途路之上,須要小心,趲行幾步。

(旦云)安童,說得有理,你可在前引路,我與梅香隨後。

【洞仙歌】(旦)春日遲兮春日遲,不覺春風起。拂柳抽條,花綻蕊,我和你行人落在窮途裏。無情杜宇向人啼,正是不孤淒處也孤淒。(合)趲上幾步行,莫等紅輪墜。

【前腔】(占)夏日長兮夏日長,殿閣薰風蕩。水面荷花十里,對對戲鴛鴦,我和你行人落在窮途上。白雲何處是家鄉,不悲酸處也悲酸。趲上幾步忙,莫等紅輪蕩。

(旦、占、丑穿走介)

【清江引】(衆)長行短行快快行,徑往京城郡。(旦)只為我夫君,不見還鄉井,普天下尋丈夫是王金真。

(旦下介)(虎上舞介)

(衆復上云)姐姐快來!這是山路。(虎叫介)(衆驚介)

(丑云)姐姐,那前面是老虎,快走,快走!(衆各走散介)(虎咬倒丑介)(虎下介)(占上見丑介)

(丑云)梅香,你走在那裏躲?這老虎好相交,且是不咬我。

(占云)小姐那裏去了?

(末云)想只在樹林裏,我和你去尋。(做叫尋不見介)

(內作虎叫,丑、占驚介云)安童哥,這裏老虎真個多,小姐又尋不見,怎麼好?

(丑云哭)梅香姐,小姐尋不見,想是老虎娶去成親了。

(占云)安童哥,若是小姐被老虎傷了,我和你怎麼處?

(丑云)梅香,如今沒有小姐,我和你不要進京了,且回家去,報與員外、安人知道,又作道理。

(占云)正是如此了。

【駐雲飛】(合)唬得心慌,戰戰兢兢沒處藏。猛虎甚猖狂,小鹿兒心頭撞。嗏!急急走還鄉,報與員外安人,只說小姐遇虎中途喪,且自逃生避禍殃。

（內做虎叫介）（丑、占走下介）（旦走上驚叫介）梅香,安童!

【前腔】（旦）猛虎來臨,唬的我戰戰兢兢無躲門。（內虎叫介）虎叫連聲近。梅香、安童怎麼都不見了?人伴無蹤影。想他二人被虎咬去了。嗏,幾時到京城,得見夫君,訴說原因,那時饒解心頭悶,免做離鄉背井人。

（旦云）安童、梅香俱已不知下落,奴家獨自一人,又不知路途,前面倒有人在那裏農田,不免問他一聲,多少是好。

（問內云）敢問大哥,此去洛陽近,還是京裏近?

（內應云）洛陽遠了,京城近。

（旦云）起勢了。既然京城近,且自一人上京,問個虛實,又作道理。好苦也!天,爭奈路遠難行,如何是好?

【前腔】（旦）路遠傷懷,腳膝酸疼步怎擎?孤苦無聊賴,童僕知安在?嗏!提起淚盈腮,痛觸心懷。似這等進退無門,恨只恨薄情夫婿相耽害。不怨兒夫怨命乖。（下）

第十六齣　被　責

【三仙橋】（占）妝臺臨罷出蘭房,那人去也,教我日夜憂心。

【七言句】乘鸞人去未回首,想是君王寵愛深。羞覷畫梁飛紫燕,落花啼鳥自關情。

（占云）相公自入內院,一向不見家來;張千差往洛陽,杳無音信,真個好悶人也!

（末上云）踏破草鞋無覓處,得來全不費功夫。來此乃是府門首,不免逕入則箇。

（丑見云介）張千哥,你回來了,小姐正說你過了限期。

（末云）梅香姐,高爺可在衙裏麼?

（丑云）高爺是聖上選歸內院,不在衙裏。可快去見小姐,說個消息。

（末背云）且喜高爺不在府中。待我到小姐跟前,將三言二語搬唆一場，等前夫人來時，把他凌辱，以報這場怨恨，多少是好。

（進見介）啟小姐，張千磕頭。

（占云）張千，你回了。怎麼去了許久，違了期限？

（末云）非是小人敢違期限，奈天時乾旱，水路船只艱難，以此回遲，望夫人赦小人之罪。

（占云）這個也罷。你到他家，見那一個說什麼言語來？

（末云）夫人若信小人說，小人纔敢說；夫人不信，小人也不敢說。

（占云）你若說得有理，我自然聽。

（末云）小人去到洛陽，見了王百萬長者，真個富比陶朱，家私一等。只有那前夫人王氏金真，極是利害，見了那封書，百般辱罵小姐無端下賤，道京城多少公子王孫不招，偏偏招她的丈夫，要來與小姐辯這一場是非。

（占云）你這狗才！我曉得了，想是你到他家，相待得你不好，故意在我跟前，誹謗這些是非麼？

（末云）小人怎麼敢！是他這等說，我便直直說與小姐。目下王夫人自己來了，還要與小姐爭大小。

（占云）說那裏話，大小自有分定。她先居高門，若來時，我就讓他位大。

（末云）小姐，這個使不得，老相公乃當朝太師，小姐是千金皇姨，自古道：寧作貧人妻，莫做富家妾。你讓他居長不打緊，合府中丫鬟、侍婢該多少，小姐明日做人也做不起，丫鬟、侍婢也管不得。此是小姐分內之事，異日老相公知道怎麼了？小人今日不說，誠恐罪及小人，望夫人三思而行，庶免後悔。

（占云）你倒也說得是，還該我居長。他若來時，依你說，還要怎麼處置？

（末云）依我說，他若不來便罷，若來之時，把他打個下馬威。見得他撞入相府，冒認親夫，剪了頭髮，剝去繡鞋，日間汲水澆花，夜掃庭階。一日三，三日九，磨滅死他。

（占云）倘高爺知道了？

（末云）高爺問時，只說王夫人不曾到就是。
（占云）你說得有理，等他來自有主意。你且起去。
（末出介）（旦上唱介）
【中呂引】（旦）一路波查，且喜來到京華。
（末見跪介）（旦云）張千，我叫你討夫馬半路迎接，怎麼不來？
（末云）夫馬已久來了，但不知夫人往水路來，往旱路來？
（旦云）我往旱路來。
（末云）夫人，既往旱路來，小人夫馬又從水路來，兩相耽擱，望夫人赦小人之罪。
（旦云）我也不計較，高爺如今在那裏？
（末云）高爺宣歸內院去了，只有溫小姐在家。
（旦云）我來此怎麼與他見禮？
（末云）夫人不問，小人不敢說。俺小姐說得不好，要與夫人爭論大小。
（旦云）張千，你道差了。自古道：出鄉人賤。況他又是相門小姐，我讓他居長就是。
（末云）這個不可，夫人與高爺乃結髮夫妻，先歸高氏之門，千年為長；溫小姐後歸高氏之門，萬年為小。今日讓他不打緊，倒了天下綱紀，滅了朝廷法度，異日受不得誥命。倘高爺回府聞知，罪責於小人。此是夫人分內之事，小人今日說明，望夫人自當三省。
（旦云）說得有理，我先歸高氏，誥命該是我的，還要我為長。
（末云）做要從頭做起，夫人不可進去，等他來接你方可去。
（旦云）你去叫他來接我。
（末進云）王夫人來了，要小姐去接他，方肯進來。
（占云）我怎麼去接他？叫他自己進來。
（末出白）小姐說，不來接你，叫夫人自己進去。
（旦云）我就進去，看他怎麼？
（末云）我而今搬唆已成，不免走往他方，有何不可。正是：放着一星火，能燒萬頃山。（下介）
（占見旦云）這婦人是那裏來的？

（旦云）是洛陽桃花巷高文舉的前妻王氏。敢問温小姐就是你麼？請下來相見。

（占云）唗！你是何等之婦，誰與你見禮！高文舉並没有前妻。梅香，這婦人無故闖入相府，冒認親夫，你與我拿下！（丑做扭介）

（旦云）我乃誥命夫人，誰敢拿我？（推丑倒介）

（占打旦介）這賤人好大膽！敢動手打我府裏丫鬟。（扭旦倒地打，旦哭介）

【駐馬聽】（占）潑賤裙釵，大膽胡行到此來。俺這是潭潭相府，撞入公庭，冒任親夫，你生門不去死門來，相逢狹處伊休怪。梅香，着實與我打。（丑打介）（合）打死裙釵，打死裙釵，須臾做個黄泉客。

【前腔】（旦）苦楚難捱，這的是鬼使神差到此來。空指望尋夫相會，又誰知重重遇着迍災。昨日，中途撞遇猛虎，倒不曾傷奴之命。今朝一命諒難回，殘生却被冤家害。（合）打死裙釵，打死裙釵，須臾做個冤家客。

【前腔】（占）取下金釵，梅香拿剪刀來，你與我剪下他青絲，脱去鞋。日間汲水澆花，夜掃庭階，不許停留。你去叫老奴出來，我吩咐他。（丑叫介）（夫上云）聽得小姐叫，急忙便來到。老奴在。（占指旦云）老奴，這婦人無故擅入相府，冒認親夫。（夫作驚云）聞説是前夫人到了。（占云）唗，老奴才！你見了前夫人，你可認得他麼？（夫云）是，老奴不敢。（占云）我吩咐你，三步一打，日裏汲水澆花，夜掃庭階，不可違吾之命。今日把個活的交與你，明日要個死的來回話。我且打個樣板與你。（打夫介）我今囑咐與伊來，推艱躲懶伊之罪。（打旦介）（合）打死你這裙釵，打死裙釵，須臾做個黄泉客。

【前腔】（旦）打得我兩手難擡，肉破皮開真可哀。高文舉心忒歹，誰教你差人接我到京來？今日裏撞着冤家，好一似游魚落網自跳來，飛蛾撲火將身害。我王氏金真怎麽受得這般苦楚！千休萬休，不如死休！倒不如觸死庭階。（旦作撞石介）（夫抱旦救云）王夫人不可輕生，須當忍耐。（旦）觸死庭階，須臾做個含冤客。

【前腔】(夫)見着傷懷,你為甚的撞入在狼窩虎穴來?忍將他百般拷打,(背云)小姐,你情上太毒了些。剪去香雲,剝下衣釵,又脫去了弓鞋。王夫人好一似入山樵子自家來,這場災禍如何解?(跪扶旦輕云)王夫人,你豈不聞古昔聖賢尚且隱忍受辱待時而興?你今只得勉强應承,苟延殘喘。那澆花汲水之事,老奴願以相替,倘異日雲開月出,你與高老爺自有相會之期。不必傷懷,不必傷懷,澆花汲水自有奴擔待。

【尾聲】(占)心頭火起難容罪,梅香,再着實與我打一頓。(丑打旦介)賤人,我把你熬油剮骨心不悔。(占云)潑賤裙釵惱我心,今朝把你作仇人。縱他是塊無情鐵,拿來煉作一枚針。老奴,須要仔細,不可賣法。(占、丑並下)

(夫云)老奴焉敢賣法,理會得。(旦暈倒地介)

(夫歎云)前夫人,是你命也!

【不是路】(夫)兩淚雙垂,王夫人,你自不合今朝來這裏。溫小姐忍下得狼虎威,打教他鮮血淋漓,老奴一見傷情意。待我看些湯水,疾忙扶起,與你些湯水吃。澆花汲水自有奴知會。(旦作吃湯,醒,云介)你是那一個?(夫云)夫人,你不要吃驚,我是溫府老奴。(旦哭云介)你不是老奴,你便是我的老娘了。你今日在此救我殘生,倘異日若得回家,夫妻相會,母子團圓時節呵,我焚香朝夕將伊拜。

(夫云)夫人,快不要説這話,請起來。這堂屋裏不穩便,我且扶你進花園去。

(旦云)老娘,我脚下没有了繡鞋,怎麼行走得?

(夫云)老奴倒有一雙新鞋,只是大些,拿來與夫人胡亂穿穿罷。

(旦云)既如此却好。(穿鞋介)

(夫云)待我拿水桶來,待我提着桶兒,扶着夫人,一步步進入在花園内。

【綿搭絮】(旦)打得我魂飛天外,好難挨。實指望尋夫相會,又誰知黃鬚豹尾二齊來。我想將起來,若非張千搬鬭小姐,也不致如此。恨只恨張千搬鬬、小姐狠心,將我百般苦打,謝老奴救命深感戴。(夫云)老奴婢不勞啟齒,但不曉張千因着甚事,搬鬬小姐要害夫人?(旦云)老奴,你有所不知,那日張千下書到俺家來,堂前拆開觀看,乃是小姐套換的假家書,我家爹爹發怒,叫安童打了他幾下,因此懷恨在心。(夫云)是如此了。恨只恨張千的奴才,你該也不該。

(夫云)夫人,你坐着,待我汲些水,起來澆水則箇。

(旦去)老奴,這都是我連累你了。

(夫云)說那裏話。(澆介)

(旦云)你看這花鮮豔得就似你家小姐一般。我今被他打得不成模樣,又剪去了這些頭髮,就是那殘花也不如了。

(夫云)敢問夫人,當初在家與高爺有甚不和美處來?

(旦云)並沒有。

【駐馬聽】(旦)自適君家,琴瑟調和並沒差。當初高相公未遇之時,一貧徹骨。我爹爹在十字街頭賑濟,他來至跟前。俺爹娘見他才貌多聰雅,把奴招贅乘鸞駕,嗏,終朝笑語共喧嘩。只為着春闈催試,整頓下琴劍書箱,夫婦雙雙送別在河橋下,我也曾萬語千言囑咐他。

【前腔】(旦)汲水澆花,今日看起此花,真個好似奴家一般。花比奴來一樣開。花蕊遭風擺,雨打無聊賴。嗏,遇着這冤家,苦嗟呀!溫氏呵,我與你恨海仇山,怎肯干休罷!就此在一殿二殿,五六七殿,見一個黑臉閻王不放他。(並下)

第十七齣　憶　　別

【鵲橋仙】(生)宦海牽腸,雲衢絆跡。強將重效鴛幃,撇下孤鸞何時重配?兩下裏人千里。

(生云)怨極心慵,愁深意懶,鴛鴦重結非吾願。青鸞杳隔未回音,終朝目斷雲邊雁。下官自差張千去洛陽,許久未見回報,教人好生愁悶。正是:和針吞却線,刺人腸肚繫人心。

（夫上云）有福之人人服侍，無福之人服侍人。（跪遞茶介）相公請茶。

（生云）老奴，洛陽有人到没有？

（夫云）没有人到。

（生云）張千可回來了不曾？

（夫云）不曾回。

（生云）你與我多拜老公相、小姐，道狀元內院久宿，心事煩躁，暫居書館乘涼，明日進衙來。老奴，你府中有人會做米糷没有？

（夫云）有人會做。

（生云）既然有人會做，明日做些送到書館來我吃。（夫應介）

（生云）吩咐着伊聽，

（夫云）拱手聽叮嚀。

（生云）些兒不到處，

（夫云）饒人罪不輕。

（生云）下官自思，昔日在家，受了岳父一家厚恩，今日做官不能够回去侍奉他，倒做個薄倖之徒，教我如何是好？多感岳丈恩愛深，思妻不見淚盈盈，幾回撇却心頭悶。

【雁魚錦】猛然提起意沉吟，想當日攜書上國求賢荷皇恩，一舉高登。那日下官起程，岳父、岳母贈我琴劍書箱，春衣夏服，白銀十兩，他望我甚的來呵！指望我白馬紅纓歸晝錦。幸天憐念，來京忝中高魁，指望替他改換門閭，誰知瓊林宴罷，參拜溫丞相，苦將小姐招我為婿，强逼成婚。又誰知溫閣丞相，强逼姻親。那時下官回道：家有前妻，不敢從命。他便倚國戚為勢，面斥下官，若不成就，他參上一本，道我才力不及，罷職為民。欲待不從，又恐怕違他命，把我削除官職，打罷為民，羞臉還鄉井。也是我造物迍邅，遭逢不幸。金真的妻，你當初送我到河橋，叮嚀話別，教我早還鄉。誰知羈留在此？不能够歸家，又入贅在相府。你只道我貪榮固寵，棄舊憐新。妻，我高文舉乃讀書守法之人，豈比那辜恩負義之輩！今日在此，實出無奈了。權做辜恩負義人。

【前腔】思省，岳丈年老之人，好一似風前燈燭，草頭露珠，真個是朝不能保暮,食不可計食。岳丈高堂鶴髮星星,挨不過桑榆暮景。他當初招贅我為婿,指望承歡膝下,以盡半子之情,誰知我在此府中,朝歡暮樂,安享榮華;他每在家下呵,定省晨昏,菽水誰親近。怎學得戲彩斑衣,更有誰替我扇枕溫衾。昨晚枕上一夢,夢見與荊妻同話,風姿儼然如舊,同侍他雙親。呀!驚覺醒來,乃是一夢。匆匆話別情難忍,數數離懷訴未明,恨殺籠雞報曉聲。

【尾聲】只為萬里雲山隔送程,空思忖,淚暗傾,幾時見得骨肉親,好似枯木再逢春。

　　　　思家杳隔恨轉濃,雲水無情絕雁鴻。
　　　　歸到玉堂清不寐,愁對寒燈一點紅。

第十八齣　藏　　珠

【駐雲飛】(旦)滿目花開,睹景情傷淚兩腮。薄倖人何在?這苦愁無奈!嗏,只恨命兒乖,受盡迍災。想是前生少欠冤家債,仔細思量淚滿腮。

【過潤引】(夫)步急如飛,口舌深藏莫露機。若將此事傳消息,惹得佳人悲怨。

(相見科)(夫云)恭喜,賀喜!

(旦云)老奴,有何喜可賀?

(夫云)高相公回了。

(旦云)我那冤家回了,而今在那裏?

(夫云)在書館之中。

(旦云)既如此,待我去見他。(行介)

(夫攔住云介)夫人差矣!你怎麼這等去見得他!前廳後堂,俱有人在那裏,倘温小姐知道,卻自送一條性命。

(旦悲云)不能够見他,怎麼好?

(夫云)你且從緩,適纔相公問我,府裏有人會做米糷没有?我只胡亂應他有人會做。我也不曉得甚麼叫做米糷。

(旦云)那米糷我倒曉得,他當初在家攻書之時,是我常做這米糰與他點心。

（夫云）既如此却好，得緊快做些來，我送去書館與他吃。待他問是那個做的？我便説是夫人做的，就得相會了。

（旦云）如此却好。

（夫云）不知要些什麽物件？

（旦云）要用糯米粉調和，做成小糰兒，再用胡椒煮湯，加些蔥韭就是。

（夫云）這些物件都是有的，待我去取來。（虛下取介）

（旦云）我想的當初與他分别之際，將珍珠搗破，彼我各收一半，今日將來裹在此米糰裏面，他若看見，就使老奴不説，他也明白，知是我來了。

（夫上云）夫人，物件都齊備了，望你教我做。

（旦云）還要些蜜糖煎熱水。

（夫云）冷水也好麽？

（旦云）煎過水冷了，便不粘牙。

（夫云）待我去看來。（旦同做科）

（旦云）老奴，今朝是什麽日子？

（夫云）今日乃中秋佳節。（旦悲云）我想去年在家，與爹娘、高郎月臺玩賞，享盡的榮華，誰知今年在此受這等苦楚！

【四朝元】（旦）中秋月半，那堪百種愁。聽鵓鴿枝上鶯啼，清晝孤房奴自守。夫，指望你名成利就，指望你名成利就，指望你萬里封侯，金帶垂腰，提攜奴一家都榮耀。我若見夫時，把你貧賤從頭數。嗏，遥想帝王都，只怕景色繁華，滿目花如繡，煙花上翠樓，花染郎衫袖。君還記否，君還記否？烈轟轟盟言可守？

【前腔】（夫）夫人聽啟，自古道：愚不諫賢，下不言上。你是主母，我是奴僕，聽取一言寬解。把雙眉暫展舒，休得再傷悲痛憶。夫人，就是天道有盛衰，日月有盈昃，江河有消長，山川有崩卸，你今雖遭此陷阱，豈無泰來時節？比你做天邊一輪明月，暫時掩在雲端裏，且自開懷莫孔悲。我聽夫人説將起來，高相公昔日那等貧賤，火燒甲庫，欠折官銀，虧了王員外的賠納，又將女兒招贅在家，他來赴試,琴劍書箱,衣服盤費,無所不至。得中頭名狀元,為何眼底無珠,不識好歹!差張千那奴才去下書,倒而今坑陷夫人受此磨滅呵!高相公,你枉讀聖賢書,得中魁名,貪戀榮華,怎的不思量歸家裏?王夫人呵,我看她終朝苦嗟吁,悶倚欄杆,眼垂雙淚,指望夫相會。尋思這就裏,感傷奴淚垂,傷情痛意。悲悲切切,夫人呵!終有個團圓之日。

【前腔】(旦)只為忘恩夫婿,因他來帝都,誰知到此受儜儓,這苦怎誰訴?奴把畫欄倚盼,奴把畫欄倚盼。夫,誰知你來到京城,榜登高第,假寫家書,接我來到京城,不仁小姐聽信讒言,將我送入波瀾,進退渾無計。老奴,那日溫小姐説道:"今日把個活的交與你,異日討個死的回話。"我今多蒙你看顧,快快請上,受我一禮。嗏,我把殘軀付與伊,異日裏若得夫妻相會,子母團圓,便做犬馬區區當報你。(夫)夫人呵,曾聞蘇武牧羊時,也有還家裏,不須憂慮,不須憂慮。(旦)老奴呵!異日裏不報冤仇,除非是咽喉絶氣。

(旦云)老奴,你拿去煮熟,送與他吃,千萬説是我在這裏,再不可隱藏了。老奴呵!

【尾聲】(旦)你須看天面,廣行方便,一椿椿一件件與他説個真詳細。

(夫云)夫人,老奴今番一定對他説,何勞你再三囑咐。

自投羅網受禁持,煩伊傳報薄情知。
黃河尚有澄清日,豈可人無得運時。

第十九齣　詢　　奴

【菊花新】(生)自別遭纏,寸心千里常思念。何日得續舊人緣,那時方把愁眉展。

(生云)辛苦螢窗有數年,喜看一日選青錢。三千禮樂才無敵,阻隔雲山恨轉添。下官自差張千往洛陽,迎接岳父一家,怎的許久不見回音?教人好愁悶也!

【駐雲飛】(生)俛首無言,心下如同亂箭穿。日日常思念,不見嬌妻面。嗏,何日得團圓?恨綿綿,阻隔雲山,要見無由見,兩處相思各一天。

(夫持米糷上介)

【前腔】(夫)謹領尊言,忙步前來訴此冤,我把忠言勸,解却憂愁怨。嗏,懊恨那張千,語言顛,搬鬪小姐千金,致令誥命夫人日夜遭刑憲。小姐呵,只恐怕仇報仇來冤抱冤。(夫見生跪云)禀相公,夫人着我送米糷在此。(生云)老奴。洛陽有人到没有?(夫云)没有人到。(生云)你會做這米糷?(夫云)是夫人做的。(生云)是哪個夫人做的?敢是王夫人做的?(夫云)是……不是,是温小姐做的。(生云)起去!(吃介)(見珠驚介)這米糷内怎麽有顆珍珠在此?當時我與王氏妻分别之際,曾將珍珠一顆搗為兩半,他收一半,我收一半。今日為何有此物?待我取來比看。(取比介)呀!真個合成一顆,使我心下可疑。

【前腔】(生)睹物傷情,提起教人珠淚零。好教我疑不定,妻,為甚的無音信?還要問取老奴,方知明白。老奴,我且問你,張千敢莫回了?

(夫云)回了……不曾回。

(生云)前夫人到了?

(夫云)前夫人到……不曾到。

(生云)咦!到就説到,不曾到就説不曾到,為何説這往來的話?

(夫云)是不曾到。

(生云)你且説,這米糷是誰做的?

(夫云)是老奴做……夫人做的。

(生云)是王夫人做的麽?

(夫云)是……是温夫人做的。

(生云)老賤才!你怎瞞我?這米糷滋味,除是我王夫人纔有這手段,别的難同此樣。這滋味一般同,事難明,好似我前妻手段無差異,正是鱸鯉難分濁與清。

【前腔】(夫)暫息雷威,聽我從容説事因。老奴只在廚房裏,那曉真端的！嗏,何用苦憂疑？自古道千里未為遠,十年歸未遲。總在乾坤內,何須歎別離！你與夫人終有個團圓日,何必叨叨究是非！

【前腔】(生)細問原因,老奴,你好分明說與知。你今日為何不說這半顆珍珠是哪來的？(夫云)小奴婢不知道。(生怒云)還說不知道！我當初與前夫人分別,他把一顆珍珠搗為兩半,他收一半,我收一半。今日若非我王夫人到此,怎麼有這半顆珠在米糰內？既是此物將為證,休得要遮藏隱。(夫驚慌介)(生背云)倒是下官差矣。他本是我使令之人,平日畏懼我,這等屬色嚴聲,他怎麼敢說？還要和顏平色,把幾句好言語溫存他纔是。老奴,若是我前夫人到了,你悄悄地說與我知,異日另把個眼兒待你。洛陽王夫人日前來府了？(夫云)來⋯⋯是不曾來。(生云)張千多久回了？(夫云)張千沒有回。(生云)王夫人到了,你怎麼瞞我？(夫云)真個沒有到。(生怒云)老賤才！我知道了。嗏,你敢是畏着小姐千金,說假道真,瞞着咱們。若是前夫人不曾到便罷,若來此受你溫小姐的虧時節,老賤人！有日審出真情,我把你六問三推,賤才,賤才！休想我輕輕饒過你殘生命。若是我王夫人來此,你對我說,免得他受苦,乃是個恩人。何不指出平川路上人？(先下)

【駐馬聽】(夫)惹禍根芽,小姐呵,暗設機關是你差。我看高老爺怎肯干休？只怕他夫妻相會,寫着表章,奏上皇家,一施一報定無差,那時節渾身有口難分話。張千的奴才,真個是惹禍根芽,真個是惹禍根芽,天來大事無干罷！(下)

第二十齣　逢　　夫

【白鶴子】(旦)遭冤屈,受災危,何時脫了冤家？
(旦云)老奴去了,至今未見回報,叫人心下縈念。(夫唱上)
【東原令】(夫)行步難前,得行方便處行方便。
(相見介)(旦云)老奴,你來了,高相公可問這米糰是誰做的不曾？

（夫云）相公正問是那個做，只是我不敢説。
（旦云）寃家，你就説是我做的，怎麽又不肯説？
（夫云）他問我，正要説出來，把棋子桌上打一下，又怕小姐知道，一驚就驚在肚裏去了。
（旦悲介）這等怎麽好？不能够見得他。
（夫云）夫人不需啼哭，我有個道理了。而今相公在第四棟房子裏書館内看書，往日晚間我替你掃地，今晚你自家掃地，前去輕輕把門兒推開，把塵灰打將進去，那時他必定問你，開門出來，就與你相見了。
（旦云）既如此，多感你了！
（夫云）夫人，我送你去。（行指介）前面那燈影裏就是。
（旦云）承教了。
（夫云）只有一件。
【尾聲】（夫）隔牆有耳輕輕語。夫人，你夫妻相會，子母團圓，頭戴鳳冠，身穿霞帔，衣錦歸家裏。
（夫交掃帚與旦介）夫人，老奴不得在此相伴了，須索仔細耐煩些。（下介）
（旦云）老奴去了，孤身在此，只得向前掃地則箇。（長吁介）謾憶當年秦晉，屏開孔雀東床。今朝落魄受欺殘，憶昔爹娘嬌養。
【江兒水】（旦）憶昔爹娘嬌養，愛奴如掌上珍，誰知今日受此情況？夫，你遇着奸相，逼做東床。你在温府中呵，穿的是綾羅錦繡，吃的是百味珍饈，朝朝筵宴穩坐高堂，怎知道妻房到此銜寃枉！爹娘呵，你倚定門兒牢望，你那裏掛念兒行，兒在京城思念爹娘。正是人居兩地，天各一方。多應是阻隔這煙水雲山，兩地一般情況。恨只恨温氏太心狠，高文舉，你是個薄倖郎，將我恁般磨瘴！奴不憚千里迢遥，指望尋夫返故鄉，誰知今朝没下場。（合）誤了我青春年少，耽擱我佳期多少，閃得人有上梢來没下梢。
（生上唱介）
【前腔】（生）舉目雲山縹緲，家鄉萬里遥。自張千一去不見回報，教我望斷魚沉與雁杳。憶惜當年貧窘，我一身好似浮萍草，感謝岳丈提攜，招作東床，一家人覷我如珍寶。今日身榮，只為着利鎖名韁，他把恩情一旦都忘了。教人心下焦，不由人珠淚抛。似這等富貴無歸，閃得他父子們，有上梢來沒下梢。

【前腔】（旦）暗地裏無言淚落，不思量便罷了，轉思量，轉痛悼。我在家深沉院宇，受享榮華，怎知今日運蹇時乖，落在他圈套。小姐呵，你一似天降吹毛，把我同心劈破了。你倚着丞相高官，將奴百打千敲，頭髮剪下，繡鞋脫了，日間汲水把花澆，到晚來命我執帚在回廊下把地掃。老奴才説第四間房子，是他讀書所在。此間有雙扇門兒，待我輕輕展開，看是如何。呀！原來有紙窗在此，待我把舌尖濕破，看他在裏面沒有？咳！冤家真個在這裏。（輕叫介）高文舉，高文舉！倒是奴家錯矣。倘有人聽得，報與溫小姐知道，他趕來此間，將我一命害了，怎麼好？欲待要將高文舉小兒名高叫，為官人心腹難料。因此上不敢聲高，只得把指尖兒輕輕的窗上敲。（合）誤了奴青春年少，耽擱我佳期多少，閃得人有上梢來沒下梢。

【前腔】（生）謾把圍屏依靠，（旦敲窗介）（生聽驚介）聽敲窗敗葉飄；試聽得寒蛩哀怨，又聽得孤雁聲高。雁，你不帶音書，偏惹愁懷抱，每夜裏對着一盞殘燈，伴着孤影照。（旦掃灰介）（生見驚介）似這等夜靜更闌，寂寞書齋，上下無人，就是紅塵飛不到。（旦叫介）高文舉！（生驚唱介）驀聽得隔壁叫聲高。（旦啼介）（生聽云）未審是何人悲嚎？（旦叫介）（生云）下官自到溫府，那一個不叫我做老爺，誰敢喚我的小名！是何人、指定我小名兒低低叫？我知道了，想是前妻來此。妻，你不得見我，好似甚的呵！好一似月影水中撈，寒冰火上熬。妻！倘若是你來此，受溫氏磨滅，我怎肯干休呵！我情願解却朝簪，棄此官職，定要把仇來報。（旦悲云）我果是你前妻來了。（生云）妻，真個來了！俺這裏待開門，不可，倒是下官差矣。若是前妻來此便好，只恐溫小姐假使梅香故裝我前妻聲音，戲弄於我，却不道反被他嗤笑一場。俺這裏想後思前，休把定盤星兒錯認了。（旦云）冤家，快開門，我是你前妻王氏金真。（生云）妻，真個是你到了。（合）妻，耽擱你青春年少，誤了你佳期多少,閃得人有上梢來沒下梢。

（生開門相見介）（旦持帚打生科）（相見哭介）

【前腔】（旦）只道你讀書人志誠,誰知你恁般薄倖。俺爹爹當初在十字街頭,帶你回程,賠納了三百兩官銀,又將奴招贅為秦晉。指望你中魁名,改門庭,蔭子封妻,一家都歡慶。誰想你變了初心,再娶着小姐千金。寫家書付張千,接我來到京城。撞遇着溫氏狼心,將我剪除頭髮,剝去繡鞋,日間汲水澆花,夜掃階庭,受苦難禁。今夜見伊們,頓足搥胸咬定牙齦。罵你幾句賽王魁,恁般薄倖！到今日屈殺我王氏金真。

【前腔】（生）休埋怨書生薄倖,非是我負義忘情。自別家鄉來到京城,幸喜得一舉魁名。瓊林宴罷,參拜溫丞。妻,誰知他把女相招,強逼為婚。彼時為丈夫呵,欲待不從,他將我削除官職打罷為民。那其間我進退無門,只得應承。即差張千遞送佳音,指望接你來到京城,共享安寧。恨溫氏蛇蝎狼心,將你頭髮剪了,剝去繡鞋,打為婢身。（旦云）夫,為妻的受了百日之苦,若再遲幾日,也沒有性命見你了！（生唱）今見嬌妻容貌凋零,不由人痛碎肝心。幸喜得夫妻相會,好一似雲開見月明。（旦唱）夫,我也不顧你光前耀後,不圖你改換門庭。我也不要你鳳冠霞帔,不望你誥命榮身。你可念結髮之情,差取人馬送我回程,得見雙親。（旦哭跪,生同跪科）夫,那時節黃沙蓋臉,不忘你大德深恩。

（旦云）夫,你要救我。

（生云）妻,今夜書房中,為丈夫的怎麼就認得你,倘奸相與小姐知道,你命我命皆索休矣。

（旦云）夫,這等怎麼好？你既不認我妻子,只求一死。

（生云）妻,你不須煩惱,今有龍圖殿大學士包文拯,執掌開封府尹,不畏權奸。昨在陳州糶糶𥸤回,你今拿一張白紙到他臺下去告我,我那時前來,方可與你相認。

（旦云）夫,我知道了,你與溫小姐乃一路之人,只是要害我妻子的性命。我去告,又沒有狀子,況你乃是朝中一個狀元,那做官人都是有你的面情。莫說是一個王氏金真,就有十個王氏,也是死的了。你不念夫妻的情分,須念我爹娘的恩義。不看我爹娘面,你就看天面。夫!

（生云）妻!為丈夫的若有害你之心,天地鬼神不容了!那包文拯明如鏡,清如水,不受人私,不怕權貴,要他纔與溫閣做得對頭,你只管放心前去告我停妻再娶,我隨後就來看你。

（旦云）夫,我去,你不來怎了?

（生云）那有此理!我自然來。

（旦云）夫,我去了,你千萬就來救我。

（生云）妻,何勞你再三囑咐,但夜深閉門,無路可去,往後門越牆而去,那邊就是官道了。（出門介）

（旦云）冤家,這牆好高得緊,我怎麼跳得過去。

（生云）幸喜有梯在此,妻,可從此梯上出去罷了。需要耐煩些。

（旦登梯介）夫!

【尾聲】（旦）這牆高梯小難移跳。（生）你且自低聲靜悄。（合）此去告官司,惟願蒼天相庇保。

（旦跳牆下,跌科）

夫妻相會謝蒼穹,若得還鄉我運通。
打破鐵籠飛彩鳳,頓開金鎖走蛟龍。

第二十一齣　訴　冤

【鳳凰引】（外）職居當朝宰輔,威名直到三台。除奸掃弊納賢才,風節凜然中外。

【長篇】鐵面龍圖不順情,令行宇宙鬼神驚。朝中若有微臣在,萬里山河永太平。老包笑比黃河清,開顏一喜天下樂。家住黎州合淝縣,鳳凰橋內小包村。爹爹人號包十萬,母封誥命老夫人。老包自幼生得醜,爹娘兄弟苦欺淩,虧了嫂嫂多賢德,撫養鞠育幸成人。也曾東京開酒店,也曾騎牛讀《孝經》。且喜一朝春榜動,手拿紙筆跳龍門。得中高魁,連登甲第。西洋橋下一農夫,手執犁鋤眼看書。大宋熙寧來應舉，黃金榜上把名書。除授定遠為知縣。只因老包心性直，打死無數不平民。上司怪我刑太毒，情願削去煩惱髮，普救寺裏去修行。因為陳州荒旱急，無人敢作監糧官，多虧薦賢王丞相，奏上朝廷把旨宣。連發金牌十三道，下官隨詔上金鑾。舞蹈山呼朝賀畢，丁字着脚八字站。吾王相貌即封官，封我龍圖大學士，兼管開封府。太常賜我金劍一把，銅鐧兩口，繡木一個，金獅子印一顆，一十二條御棍。管春正二三月風，夏四五六月雨，秋七八九月霜，冬十十一二月雪。四時不正之氣，一年偏毒之炎，務要掃除不詳，調和鼎鼐。賜我黃木枷梢黃木杖，要斷皇親國戚臣。黑木枷梢黑木杖，專判人間事不平。槐木枷梢槐木杖，要打三司並九卿。桃木枷梢桃木杖，日斷陽間夜斷陰。手下的，你與我鎖城隍，枷土地，斷得人間大姑嫌嫂醜，嫡親媳婦罵公姑。曾斷叮叮當當冤枉鬼，破窰判出瓦烏盆。不孝之人我把銅刀鐧，忤逆之徒把劍誅。魯橋曾斬黃丞相，午門又斬趙皇親。老包為人秉心正直，半點無虧，任教阿諛臺前過，妖魔敢向鏡中行。下官自陳州監糴回來，一向未曾理事。今當三六九告狀日期，張龍、趙虎，擡過放告牌出去。（旦介上）

【上小樓】（旦）狀告公衙，高文舉將奴撇下，日月須明，難照覆盆之下。（外云）你這婦人家告狀，敢是指鹿為馬麼？（旦云）老爺，奴焉敢指鹿為馬。（外云）左右的，莫非是妖魔鬼怪，把那照魔鏡擡過來。（丑、淨應介）（外云）左右的，看是何物？（丑禀云）只是一個婦人。（外云）既如此，去了照魔鏡。夫人家告甚麼狀？拿狀上來。（丑接狀，外看，笑云介）（旦）望乞青天詳察。

（外云）原來一張白紙，告甚麼人？

（旦云）告天。

（外云）那天也告得的？我曉得了，夫乃婦之天，你莫非是告丈夫麼？

（旦云）老爺，正是。

（外云）既是告丈夫，你家住那裏？姓甚名誰？從實説來，免受刑法。

【一盆花】(旦)告狀婦王金真,年方二十有餘齡。家住洛陽桃花巷,祖代是個良民。(外云)你可有父母麼?(旦唱)父親人號王百萬,賑濟饑貧。先年間有個書生,姓高名文舉,與奴家共年共月共着時生。只為火燒甲字庫,欠折官銀,彼時求周濟,俺爹爹攜帶回門。代他賠納官銀三百兩,與奴家結就良姻。指望同侍雙親,又誰知春闈催試,獨占了魁名。老爺可憐,誰想他辜恩義,再娶了溫氏千金。(外云)這婦人可惡,哪一個為官的人,沒有二三房妻小,怎麼就告他?左右,看刑具伺候。(旦云)老爺可憐,他寫家書付張千,接我來到京城。不仁小姐聽讒言,將奴剪了頭髮,剝去繡鞋,日間汲水澆花,夜掃庭階,背地裏要害我的殘生。(外云)原來如此,真個可惡!好好說來,後來怎麼?

(旦云)老爺可憐,感老奴指教方便之門,昨夜書房與夫相會,俺丈夫怕溫丞,又不敢相認奴身,因此上控告在公庭。俺這裏訴得真,說得明,望老爺詳狀施行,望青天准告施行。

(外云)高文舉,你中甚狀元!溫閣,你做甚國老!誥命夫人,請起見禮。

(旦云)有罪之婦,不敢施禮。

(外云)說那裏話,請起!(旦起見禮科)

(外云)左右的,看轎來,送高夫人到溫府中去。(應介)

(旦云)大人,若送妾再回溫府,一命休矣!望大人救妾之命。

(外云)既如此,請進後堂與山妻相見。梅香,看夫人。

(旦下云)莫道浮雲常掩日,覆盆之下有清光。

(外云)李典拿了一個拜帖去,請得高狀元到衙來。

(淨稟云)高爺來拜老爺,有稟帖到了。

(外云)左右的,聽我吩咐,少刻高爺到,我與他講話中間,叫你每打,就要打;叫你拿,就要拿,不可違我法度。

(丑、淨應介)(生上介)

【梅花引】(生)王法無私,正直昭然,判斷分明。

(相見禮科)(生云)恭喜老大人陳州監糶有功,學生未及拜賀。

(外云)託賴洪福。未得遠迎,望乞恕罪了。看茶!

（生云）大人敢問陳州風景如何？

（外云）狀元不知，説起那陳州可憐得緊。我一路而去，只見百姓每，三三兩兩都在那裏説曹皇親欺虐下民。我當時倒不信，扮做一個客商，拿一百兩銀子前去問他糶米。説起他的衙門，比我和你的大不同，頭門、二門共討去十兩銀子進見錢。他那法子又重，九十兩銀子，只兑得他八十兩，後來把米與我看，下官抓一把來看，三停米，七停糠，教百姓如何挨得這時光！彼時我心焦起來，將那一把米撒在曹皇親臉上去。誰想惱了他，叫了手下人把我綑了一吊，吊在西廊房下。若不是張龍、趙虎隨後尋到，把我解下放將下來，莫説要與百姓分憂，險些把下官活活吊死了。

（生云）此乃大人洪福。

（外云）非是下官之福，乃宋天子之福也。我一路來京，有幾紙狀不明，敬請狀元來見教。

（生云）老大人明察秋毫，幽燭鬼魅，又有何不白之事？

（外笑云）事豈不明，奈有一椿事，狀元來纔得明。

（生云）何事干着下官？請見教。

（外云）有一上水船，下水排，排家問那船家借斧子用，船家將那斧子丟將去，排快船遲，跌落水中，不想砍死一尾魚。那魚也不忿，死來告狀。依足下説，還該怎麽問？

（生云）排家問船家借斧子用，失手丟落水去，一定有聲，那魚聽見，只道是傾食，游來爭先搶食，因而砍死，此乃是誤傷性命。若再到老大人臺下來時，對他説明，只消一陌紙錢，焚化與他，就去了。

（外云）狀元有見，承教了。再有一漢子，在牆外拋磚，打死牆內之人。你説這個該怎麽問？

（生云）不知那時是何等天氣？

（外云）是四月首夏天氣。

（生云）四月天，梅李正熟。不知牆有幾尺高？

（外云）牆有七尺高。

（生云）今人不過五尺，牆有七尺，内外不見有人。那牆外者，一定拋磚打那菜品吃，不覺失手，打死牆內之人，這個也是誤傷人命，不該填命。

（外云）這果是誤傷，承教了。還有一富翁長者，在十字街頭施貧，有一窮秀才前去求謁。只因問他年庚八字，與彼女兒相同，帶將回去，替他賠納官銀三百兩，又把女兒招贅他。後來到京，得中頭名狀元，休了前妻，再娶千金小姐，假寫書回，賺哄前妻來京，將他百般磨滅。你說這個該問他何等之罪？

（生云）此是學生之事了。

（外起身云）左右的！打升堂鼓，掛起聖旨牌，去了他的官誥。（生免冠跪介）

【三段子】（外）高文舉你讀什麼書，做什麼官，跳什麼龍門？家不齊，焉能去理治均平？

【耍孩兒】（生）丞相息怒容哀告，容哀告，是我時乖命運招，深感岳丈相憐着。他將愛女招門婿，招門婿，半子之情勝嫡親，翁婿情恩難盡。只為着春闈一起，竟往京城。

（外云）你也不該再娶，忘了他的深恩厚義。

【六煞】（生）叨天寵沐聖恩，鰲頭一舉標名姓。因參柱國溫丞相，溫丞相，把女相招強贅婚，屈於無奈相從順。若還不允，削除官職，打罷為民。

【五煞】（生）我前妻受苦辛，涉程途來帝京。誰知溫氏真狼性，把他剪下青絲髮，青絲髮，汲水澆花為婢身。思量起心何忍，謝得那老奴搭救，方脫殘生。

【四煞】（生）見珍珠究苦情，夫妻昨夜纔相識。又恐奸相聞知道，聞知道，暗使機關害我身。魆魆地低聲忍，也只是無可奈何，抱屈難伸。望大人直言斧斷，定須要起死回生。

（外云）當初前妻來京，你就該相認，為何被溫氏磨滅，你在哪裏去了？

（生云）下官此時蒙聖旨宣歸內院侍讀，不在溫府。昨夜書館見妻，是我教他到老大人臺下來伸冤。

（外云）既如此，請起來，冠帶相見。

（生云）有罪於臺下，焉敢冠帶？
（外云）説明無罪，不須過謙。
（生云）謝罪了。
（外云）左右，打轎送狀元回溫府。
（生云）下官再不敢回至溫府，恐奸相知道，性命難保。
（外云）如此，請進後堂，與前夫人相敘，待老夫就此赴朝奏主，定罪施行。
（生云）全賴大人救拔於水火之中。正是：不堪回首處，分付與東風。
（外云）暫時分別去，少待又相逢。
（生下）（外吊場云）溫閣，溫閣，老包幾番見你竊弄威權，要尋思與你辯一場是非，真奈没有個對頭，今番遇着這椿事，老包與你是個對頭了。左右的，看車輦，拿朝衣、象簡到這來。
【三煞】溫閣呵，你榮登爵禄叨天命，衣紫腰金為上卿。前呼後擁人欽敬，素餐屍位情何忍，情何忍！上負君王下損民，全不輸盡。哪些個赤心報國，輔佐朝廷？
【二煞】（外）他前妻來到京，與丈夫會舊盟，誰知道時乖運蹇遭坑阱。溫金定，你在潭潭相府貪榮貴，貪榮貴，把他汲水澆花為婢身，狼毒心情何忍！却不道有傷風化，敗壞人倫。
【煞尾】我受朝廷爵禄榮，掌開封，管萬民。我怎肯虛叨名位無忠信，此事要與你通明殿，通明殿，把你讒臣正典刑，纔消得心中恨。小可的削除官職，打罷為民。
（丑云）禀老爺，來此乃是午門外了。
（外云）住了車輦，你衆人在此伺候。
【朝詞】（外）左邊打動龍鳳鼓，右邊撞動紫金鐘；龍鳳鼓響文官進，紫金鐘響武官齊。進一步，退一步，免不得揚塵舞蹈，三舞蹈，萬歲萬歲，萬萬歲！望吾王准奏傳宣，俯伏金闕下。
（内云）何臣撞鐘擊鼓，俯伏丹墀？
（外云）臣謹誠惶誠恐，稽首頓首，蒙恩敕賜職掌開封府尹、兼理龍圖殿大學士包文拯奏事。

（内云）包卿陳州監糶纔回，有何文表？當殿披宣。

（外云）臣聞：宰相者朝廷之股肱，萬民之標準。身一不端，諸事瓦解。今有丞相溫閣，不思聖明付畀之重，倚國師竊弄威權，滅法敗倫，傷風梗化。勒贅新科狀元高文舉，縱容其女溫金定，無故將誥命夫人剪除頭髮，脫去繡鞋，日間汲水澆花，夜掃庭階，百打千敲，囚繫為奴，實可憐憫。切思溫閣，既居冢宰，不圖報效，家不能齊，國奚以治。伏望吾王准奏除奸，為天下正法度，四海肅紀綱，永保江山，奠安社稷，此萬全之策也。

（内云）寡人見奏，龍顏大怒。溫閣雖係太師，全無寸功，且竊弄威權，有欺蔽朝廷之意。縱容其女，凌辱誥命夫人，情甚可惡！不能齊家，焉能治國？聖旨到下，着該部知道，將溫閣削除官職，閑住為民。捉獲張千，押赴市曹，依律取斬。所有溫氏依原着落王夫人照舊剪除頭髮，脫去繡鞋，打為奴婢，自行決罪。老奴有救助之心，着夫人帶回，以母奉養。即日賜高文舉衣錦還鄉，榮親祭祖。更有溫閣家財田產，籍沒一半，將一半給與溫閣，贍養終身。聖旨已出，不得有違。叩頭謝恩，山呼。

（外云）萬歲，萬歲，萬萬歲！溫閣丞相呵！

你會使天上無窮計，難免今朝目下災。

第二十二齣　謝　恩

【菊花新】（生）夫妻纔得重相會。（旦）猶如枯木再逢春。（外）朝罷歸來，惹得御香滿袖。（相見科）

（外云）恭喜狀元，而今朝廷聖旨到下，將溫閣丞相罷職為民，張千斬首，溫金定發於令閫夫人自己帶回，決問罪名，以報前情。賜狀元衣錦還鄉。

（生云）多賴老大人恩德，無可以報，容學生拜謝。

（外云）狀元說那裏話，此乃老夫分内之事，何須如此？（眾同拜介）

【剔銀燈】（生）荷臺諫斥去元凶，救涸鱗於沸鍋中。似當年朝陽鳴鳳,佐君王柱石奇功。權奸斂跡,寵幸摧鋒,朝野歌得賢臣頌。鯫生何幸,披荊得出危叢,沐深恩感無窮。

【前腔】(旦)斂衽百拜,謝明公救殘軀,免墮火湯中。死灰復燃蘇槁木,喜權奸一掃皆空。皇恩灝廣,花誥襃封,從前寃苦頓冰溶。奴身何幸,夫妻又得重逢,佩深恩没齒無窮。

【前腔】(外)狀元,夫人,何須感激,歎牢籠司糾劾,我職所當供。聖明有道從愚諫,玷玉青蠅一掃空。王夫人,你全璧歸趙,高狀元,你衣錦晝榮,團圓骨肉詔皇封。雙雙有幸,脱離了羅網中,願得你綿綿福祿壽無窮。

(外云)狀元,可馳驛還鄉,下官敕衙有事,不得遠送了。左右,打轎。(生、旦云)尚容他日犬馬之報。請了。(外下)

　　　　戇直封章奏聖顏,驅除獁獍戢豺狼。
　　　　不是一番寒徹骨,怎得梅花撲鼻香?

第二十三齣　團　　圓

(生云)夫人,如今荷蒙聖恩,欽賜還鄉,我和你就此起程。

(旦云)相公,朝廷旨意,着落我親自勘問温金定,你心下還是如何?

(生沉吟介云)憑在夫人怎麼發放。

(旦云)我也不難為他,只照依他的樣子也罷。梅香,把那温金定鎖在轎前行,吩咐你三步一打。看一乘小轎,擡得老奴來。

【朝元歌】(生)迢迢遠行,幾處幽林徑;步步徐行,松杉到翠屏。回首鄉關何處?阻隔白雲。渡水登山徑,戴月披星,車騎不暫停。(旦)把往事空思省,教人悶上心。山程共水程,長亭又短亭,洛陽汴城,到得哪時歡慶。

(丑云)禀狀元老爺,來此乃是洛陽桃花巷了。

(生云)左右,住了車仗,着人先去通報。

(旦云)相公,不須通報,待我先進去,見了爹娘,然後來迎你。

(外、夫同上介)

【轉仙燈】(合)門外馬頻嘶,未審何人至?(衆相見,抱哭介)兒自從那日分離去,誰知今日又相逢。
　　(旦拜云介)孩兒自離膝下,欠缺甘旨之奉,望恕不孝之罪。
　　(外、夫云)我兒,那日安童與梅香回來,報說你被虎所傷,老爹娘朝夕痛苦不了。而今幸喜回來,謝天謝地!
　　(旦云)女婿也回來了。
　　(外、夫云)既如此,快請進見。(相見介)
　　(生云)岳丈、岳母,請上端坐,容小婿參拜。
　　(外、夫云)賢婿車馬勞頓,不須重禮,長揖便是。
　　(生拜云)小婿不才,久遠色養,有負令愛遠涉程途,獲罪多端,伏乞情宥。
　　(外、夫云)恭喜賢婿,瀛洲奪錦,頭角崢嶸,蔭子封妻,門楣倍增光彩矣!
　　(旦云)梅香,把那溫金定押將過來。(占上、跪介)
　　(夫、外問介)兒,這是甚等女子為何鎖項在此?
　　(旦云)爹娘有所不知,這是溫丞相之女,當初我到京城,進她府去,不肯認我,讓我回來也罷,喝令梅香,將我一頓苦打,剪下頭髮剝去繡鞋,日間汲水澆花,夜掃庭階,要磨滅死我。多得老奴相救,方脫殘生。而今朝廷准包丞相表章,着落我依舊磨滅還她。(指着罵介)賤人!我王氏與你有甚寃仇?將我怎般磨滅!今日你也到我家來做什麼?(打介)
　　【紅衲襖】(旦)恨讒婆太不仁,聽唆言害我身,將咱剪除頭髮為奴婢,汲水澆花苦怎禁。若不是老奴懷惻隱,今日裏怎得見雙親。若還提你前情也,賤人呵,將你熬油刮骨纔稱心。(又打介)
　　【前腔】(占)告夫人免怒嗔,聽妾身訴此情。只為張千來搬鬪,非是奴家起毒心。悔當初誤聽讒言語,以致蕭薔禍變生。伏望夫人饒過我殘生也,好把前情似水傾。
　　(生云)岳丈、岳母在上,念溫氏雖有罪名,奈他乃是聖上皇姨,可看朝廷份上,對令愛說個方便,饒他也罷。
　　(外向旦云)我兒,你饒了溫小姐的罪名,可看"國姨"二字,有道是：冤將恩解，以德報怨。

【前腔】（外）我孩兒免怒嗔，聽老父說事因。兒，是你運蹇時乖早坑阱，非干他人起毒心。若不是老天相庇佑，怎得還鄉見二親。勸你大量寬宏也，莫把冤情記在心。

（生云）夫人，可聽令尊之言，此實張千搬鬭。少寬溫氏之罪，以宜室家，莫記前情也罷。

【前腔】（生）告岳丈聽哀情，勸細君莫怒嗔。也是我夫綱不能整，致使賢妻受苦辛。感德老天垂青眼，母子今朝會舊盟。望賢妻你把大德包荒也，憲度汪洋並海深。

【前腔】（夫）勸女兒莫惱心，聽老娘細說情。明是他錯聽讒言語，誤把孩兒受苦刑。情知仇德須當報，以德報仇福不輕。兒，願你生下麒麟也，接紹宗枝享萬春。

（旦云）既是爹娘再三苦勸，罪名饒過她的。這些頭髮待我替他剪掉。丫鬟，拿剪刀來。

（外、夫云）我兒不要剪他頭髮，看朝廷國姨份上，一發饒他罷。溫小姐，請起來。如今到此，乃是一家了，你令尊遙遠，就拜我做爹娘，與我女兒今後只以姊妹稱呼，休要計較。（占起拜謝科）（末扮使臣齎詔上介）

（丑跪稟介）稟狀元爺得知，聖上差使命來此。

（生云）既如此，看香案接旨。（衆跪介）

（末持旨念介）聖旨已到，跪聽宣讀：奉天承運，皇帝詔曰："朕聞天子日宰萬化，文武協贊皇猷，故后非賢罔治，賢非后罔食，必君臣合德，斯上下交修。朕德遠愧唐虞，思求伊周之輔，詢謀羣工，僉曰：新科狀元高文舉，學貫天人，才堪佐弼，即日陞授禮部侍郎；妻王氏，受誥命，封賢淑夫人。溫金定係國姨，歲給金花俸米八十石。義民王百萬，妻張氏，施財賑濟饑貧，孤窮銜恩，世之罕有，依高文舉半子之情，贈洛陽府尹，有爵無權，冠帶榮身。宣文舉即刻赴京，備朕顧問。"聖旨遥臨，毋得故違，望闕謝恩，山呼！

（衆云）萬歲，萬歲，萬萬歲！旨意上龍亭，請天使大人駐駕幾日去。

（末云）聖上欽限，即日覆命，不敢久留。

（生云）如此，多慢了。

（外云）賀喜今日夫妻相會，母子相逢。聖旨封贈，全家歡忻，就此完成慶賀團圓。

【金錢花】（衆）一家怡樂如春，如春，榮華價值千金，千金。從前離合夢中尋，憂苦事杳無聞，團圓後永安寧。

鉢 中 蓮

（弋陽腔）

明·佚 名

【作者簡介】作者佚名。

【劇情概要】劇寫嘉靖初年,江西九江府湖口縣王家莊村民王合瑞為謀生而與妻子離別,遊走江湖做些經紀,後遭遇颱風,船隻被掀翻,隻身漂流到舟山。他身無分文,無法返鄉,只得沿途乞討到奉化西鄉。蒙窰主收留,授以燒缸手藝,聊以糊口。王妻殷鳳珠年輕貌美,因多年沒有丈夫音信,生活窘迫又寂寞難耐,便與本縣一年輕捕快韓成私通。韓成受知縣差遣,要去象山出公差三月,行前到王家莊見殷氏。殷氏依依不捨之餘,將金鳳釵作為表記相贈。韓成乘船途中,忽然天昏地暗,狂風大作,將他吹到荒郊野外。他見前面有座土窰,便扣門求宿。王合瑞受窰主之託祭賽後守窰,聽有人扣門便請他進來,以祭賽殘酒相待。幾杯酒後,韓成便把自己與殷氏的私情合盤托出,並拿出金釵向王合瑞展示。王合瑞怒殺韓成,以石灰燴了割下的首級,又將其屍骨和上泥土,叉入窰內,鍛煉成缸。次日,他向窰主告辭,挑着瓦缸木桶和行李,收好金釵返鄉。歸家後,王合瑞對殷氏點破她與韓成的私情,殷氏失手將缸打破。在王合瑞的逼迫下,殷氏服鹽鹵自盡。殷氏死後,靈魂不泯成殭,但還想着舊日情人韓成。於是其殭屍出棺,私探韓成消息,途中正遇戴鎖銬長枷的韓成被鬼卒押往陰司。韓成言自己骨殖被燒成缸,現缸被打破,骨殖便拋散不全。殷氏答應他覓得匠工將缸補好。殷氏化作生前模樣招呼補缸匠顧老兒補缸,經過一番討價還價之後生意成交。顧老兒光顧留意殷氏的風騷媚態,一時失手將缸打破,殷氏一怒之下現出鬼魅面目。五雷正神因殷氏生前敗壞閨門,死後傷殘夫主,便將殷氏棺木擊開,焚化其屍骨。王合瑞在護國院剃度出家,法名肇修。

　　該劇主旨宣揚了因果報應,內容似無太多可取之處,但其音樂體制卻一直受到研究者的重視。劇中大部分唱詞按照曲牌聯套體的傳奇音樂形式填寫,且也勉強符合曲譜的填詞格律,但與傳統傳奇不同的是,劇中不少唱詞所標曲牌屬於地方戲曲聲腔,如第三齣的【絃索玉芙蓉】和【出東姑娘腔】,第十齣的【四平腔】,第十四齣的【誥猖腔】、【兩秦腔二犯】,第十五齣的【京腔】。這些曲牌中,絃索、四平腔多次出現在明代文獻中,餘者可見於清代文獻。康熙時孔尚任《平陽竹枝詞》提到"秦聲",與之同時代的劉廷璣《在園雜誌》談到四平腔、京腔是弋陽腔的變種,並涉及到與梆子腔、亂彈腔並列的"巫娘腔"等,或以為"巫娘腔"即"姑娘腔"。李聲振在《百戲竹枝詞》中言"(唱姑娘)齊劇也,亦名姑娘腔,以嗩吶節之,曲終必繞場宛轉,以盡其致"。乾隆時戲曲家蔣士銓在其劇作《昇平瑞》中曾提到【山東姑娘腔】。【詁猖腔】不見於任何古籍記載。這部戲的另一特點就是出現了不少民間小曲曲牌,如第四齣的【寄生草】、【剪剪花】、【風花對】,第十一齣還提到道士敲漁鼓執簡板唱道情等。其賓白除用北方方言外,還出現大量的吳語詞彙,平常百姓常掛在口頭的土語、諺語、歇後語更是頻頻出現,而以第三齣為最。

同一本戲中,諸腔並奏於舞臺之上的局面在康雍時也曾出現過,在乾嘉時發展到了極致,宮廷戲曲劇本中就常常出現這樣的情況。值得研究的是,像《鉢中蓮》這樣一個特點突出,且鄉土氣息十分濃厚的劇目,演出後應該是很受觀眾歡迎的,而為什麼從萬曆末年到清中葉百年間不見有任何演出記載?如此豐富的地方戲曲曲牌若果真已在萬曆間傳唱,為什麼其中的部分曲牌在清初纔見諸文獻?學界對此甚為不解。

【版本流傳】《鉢中蓮》現存版本有:程氏玉霜簃舊藏鈔本(原始本未得見),另有《劇學月刊》二卷四期之排印本(標為"玉霜簃藏明萬曆抄本"①)及孟繁樹、周傳家編校的《明清戲曲珍本輯選》所收本。本書以《劇學月刊》二卷四期排印本為底本,以《明清戲曲珍本輯選》所收本為參校本。為便於比較研究,將中國藝術研究院圖書館藏清嘉慶間南府縮寫本《鉢中蓮串闕》附錄於後。

【演出情況】該劇演出情況的最早記載,見於清吳長元《燕蘭

① 孟繁樹、周傳家編校的《明清戲曲珍本輯選》所收《鉢中蓮》劇本"説明"言該本"末葉有'萬曆'、'庚申'印記,由此可知其為萬曆四十七年鈔本"。《劇學月刊》本劇末無此。經查歷史年表,萬曆四十七年是己未年(1619),萬曆間無庚申年,庚申年為泰昌元年。當然,泰昌皇帝是八月繼位的,且即位後不久便駕崩。若一定寫為"萬曆庚申",也不應是萬曆四十七年,而應為萬曆四十八年,即1620年。

小譜》詠鄭三官詩："吳下傳來補破缸,低低打打柳枝腔。"這兩句詩可提供這樣的信息:京城舞臺演出的"補破缸"由吳地傳來,大約就是《鉢中蓮》中"補缸"一齣,戲是以嗩吶伴奏的柳枝腔演唱的。據《燕蘭小譜》記載,鄭三官是江蘇吳縣人,崑曲班中著名的旦脚演員,乾隆四十八年進京。或許,三官不僅擅長崑曲,也擅唱柳枝腔吧。該劇嘉慶時或在宮廷演出過,現存南府舊小班的《鉢中蓮串關》計四齣,其内容係從《鉢中蓮》中選析而出,原劇的地方戲曲聲腔曲牌只保留了【誥猖腔】,但改為【誥昌歌】。車王府本有《百草山》劇目,共四場,演山狐幻化人形攜走趕考書生王德興,土地變為補缸匠將山狐神缸騙走,山狐因寶物丟失終為衆天將所擒。而京劇的《鋸大缸》(又名《大鋸缸》、《大補缸》、《王家莊》)演一旱魃化為老嫗倚仗寶缸護身興妖作怪,後缸被巨靈神童撞破,土地變為補缸匠與旱魃補缸,趁機將缸擊碎,觀音派天將擒獲旱魃。二劇本事均應來自《鉢中蓮》。朱桂芳、慈瑞泉、余玉琴均工此戲,富連成社曾有全本演出該劇的記錄。徽劇《百鳥朝鳳》以及川劇、秦腔、豫劇、河北梆子、楚劇中也有關於補缸或釘缸的劇目,且後世多有演出。

(戴　雲)

第一齣　佛　□

（外、末、淨、付扮四揭諦，小生扮韋馱，旦、丑扮侍者，貼扮善才合掌，又貼扮龍女捧楊枝瓶，引老扮觀音執拂塵上）

【誦子】（老）潮音洞外海濤來，紫竹深處霽色開。普渡慈航登彼岸，聖輝先是現蓮臺。（合）南無佛！南無觀世音菩薩！

（老）善哉！善哉！廣長欲吐舌，先動海潮音。願以此功德，慈渡灑甘霖。若有見聞者，悉發菩提心。皈依三寶後，纔識度金針。吾乃觀音菩薩是也。西天證果，南海棲真。觀音妙音，到處現身設海；緣覺正覺，隨時護戒證空。定生勝業妙聞思，靜發慧根宏造化。今當下界大明天下嘉靖壬午春朝，正值瑤池蟠桃初熟，昨承金母折簡相招，應會諸天聖賢，共赴千秋盛宴。護從，

（衆）有。

【番竹馬】（老）就此駕起祥雲縹緲，（衆）領法旨。（合）巧趁取豔陽時雨順風調，把鸞車引導。間煥旛幢五色，掩映得朱暾暄耀，望崑崙還隔住晴霞照。徐行過海天遙，濤聲漸遠誼囂。（內煙火介）（老）下方何故一道紅光直冲霄漢？護法神者看來。（小生）領法旨。（作看介）啓菩薩，下方有一王合瑞，在奉化縣西鄉窰內燒缸，故此光冲霄漢。（老）善哉善哉！此人原籍江西，夙有佛門根器，可參大道，誠證菩提。今在奉化土窰，聊且燒缸度日。查得其妻殷氏，數應淫亂戕生，死後成殭，復遭雷殛。再思吾蓮座前，缺一捧鉢侍者，應俟因緣到日，吾當濟度王合瑞到來，付與鉢盂，以成勝果。（小生）原來有此一椿公案。（衆）菩薩慈悲，聖壽無疆！（老）速駕祥雲，赴蟠桃宴去者。（合）本惟人自招，從別出青紅和那皂，想塵緣尚有烟花擾。且今日莫與推敲，咫尺羣真並到，會蟠桃，三千歲一度徵招。

（齊下）

第二齣　思　家

（生上）

【女臨江】【女冠子】尋煩惹惱，因留髮，未披剃，戀身家。【臨江仙】陶漁耕稼縱爭誇，人生遭落魄，聊且度年華。

【如夢令】自是棲遲異地，俯仰全無愜意。身體幸平安，刻感佛天遮庇。生計生計，勉强土窑萍寄。卑人姓王名合瑞，本貫江西九江府湖口縣人也，向走江湖，做些經紀。不想昔年海運遭風，打至舟山，雖然舟覆逃生，乏有還鄉盤費。無奈沿途求乞，行至奉化西鄉，多蒙窑主李思泉收留，傳我燒缸行業，聊為餬口，今已多年。想我家住王家莊，還有髮妻殷氏，芳年二十。但天涯遠隔，音信難通，料我必死他鄉，怎肯青年守寡！此時再醮，也未可知。咳，若果別抱琵琶呢，到干淨；倘或做出不尷不尬的事來，豈不玷辱門風！吓，我若有還鄉之日，誓把奸夫淫婦，斬盡殺絕，斷不干休。王合瑞，你好癡也！

【九廻觴】【解三酲】料山荊必高身價，豈胡為跡類楊花。縱為人轉背難拿，把亂嫌猜自認先差。且住，想我在此，定無出頭之日，欲回鄉井，無從設措盤纏。不如早早焚修，强似燒缸度日。咳！雖然如此，還要探聽家中個下落，方好祝髮為僧。若果是鴛鴦浪打分南北，那時節拚此形孤誓出家，無虛假。（外上）【三學士】年來運好經營大，擬收回放賬增加。（生）窑主。（外）合瑞兄，小弟開此土窑，燒缸販賣，承兄不棄，幫我營生。且喜生意日盛一日，外邊賬目甚多，我欲去收回，免使歷年掛欠。看你行動舉止，十分持重老誠，窑內諸事，奉託主張，我好放心遠出。（生）在下流落他鄉，多感窑主收錄，又承倚為心腹，敢不罷免代勞！（外）如此，足感王哥。還有一說，自古英雄失意，亦常版築魚鹽，就是託業燒缸，也不要太小覷了。河濱盛典傳虞帝，你莫用啣悲掛齒牙。

（生）雖承窑主勸慰，奈我離家已久，豈不思憶乎！

（外）家鄉念切，理所當然。吓，也罷，待我討賬回來，聊奉盤费,回府一顾,务望速返,幸勿弃我,久羁乡井。

【急三枪】聊资助,回桑梓,重欢聚。宽心待,断不受波查。

(生)多谢窑主。

(外)好说。

(生)不知窑主何日起程?

(外)适有一只便船,即刻起行了。

(生)如此,待相送下船。

(外)不敢有劳。

(生)说那里话。

(外)内顾无忧任远行,

(生)请承重委献忠诚。

(外)索逋来往乘风便,

(生)赠赆还应感厚情。(同下)

第三齣　　调　　情

(贴上)

【绕池游】浮生若梦,守节终无用,趁青春眼前胡哄。非吾作俑,偷香传颂。学风流,兰桥水通。嫦娥活守青年寡,怎得临崖收意马。野火烧眉顾眼前,无情却说知情话。奴家殷氏,小字凤珠,自幼嫁在王家庄,与王合瑞为室。那知这薄倖的久客江湖,一去多年,杳无音信。但我年方二十,性喜风流,如何受此凄凉!不如别寻头路,免得守此活寡。天吓!但愿那短命的早报死信回来,倒好安心择人再醮。如今弄得来不伶不俐,进退两难,只得将露水恩情,聊且充饥止渴。因此放下胆儿,结识了一个少年,名唤韩成,充当湖口县捕快,颇有银钱使用,家中衣食无虑,又喜他识趣知情,消受些风花雪月。怎么连日不见来?吓,莫非别恋烟花,又把奴来撇?吓,或者公门有事,不能脱身?咳,只是冷冷清清,难蹲难坐。吓,不免到门首盼望一回,消遣闷怀,多少是好。

【弦索玉芙蓉】奈情郎没影踪,徒使我春心动。把云巢雨窟,判隔西東。滿腔兒幽怨有誰人懂,只待知音訴與咫尺中。風流種,怕攔門等,空慰無聊且拚今夜做孤鴻。(內)長酥無渣,蜜果橄欖吓!(貼)那邊有賣水果的來了,何不買些,等韓郎到來,也好與他配酒。賣水果的,這里來吓!(丑上)拉羅裏?(貼)在這裏。(丑)哎來哉。果兒兌起,担子挑起。(貼)賣水果的!(丑)呵,嬌娘喚起,弄得我,好像□起。(貼)多説,你有什麼水果?(丑)阿喲,一位好娘娘!要奢物事?(貼)你有什東西?(丑)哪,我這裏貨都製起,聽憑揀起,價錢講起,吃下肚皮拱起。

(貼)啐,什麼肚皮拱起!

(丑)勿……拱者,是飽也。

(貼)買什麼好?

(丑)其長其粗個甘蔗。

(貼)甘蔗性熱,吃了要發火的。

(丑)亦來哉,個是有兩句口號個也:甘蔗圓又長,發火又興陽,鮮甜真可口,節節有商量。

(貼)有什麼商量?

(丑)那説無商量介。

(貼)不好。

(丑)勿好,勿好沒,換哉那橄欖哉罷那。

(貼)青果味澀,我不要。

(丑)阿是我説吓勿識貨個,來個也有口號噲:橄欖刃頭尖,一見便流涎。入口帶酸澀,越嚼越香甜。若以子郎中講究沒,一發好哉。橄欖答甘蔗一齊吃子沒,叫做和合雙美丸,大有補益。

(貼)怎見得?

(丑)甘蔗是長個,橄欖是尖的,陰陽相配起來,阿喲,其味美不可言。

(貼)我不信。

(丑)你若不信,我答吓就試試哉那。

(貼)咳!

【前腔】這言詞太不通,(丑)奢個不通,當面一試就曉得哉。

（貼）面試成何用。（丑）那説没用？（貼）你昂藏漢子，我是嬌紅。（丑）正要一男一女咳，試得出甘蔗個長短，橄欖個大小。（貼）分明蔑禮欺孤鳳！（丑）那個欺你？（貼）僁賴心腸露口風。（丑）實出好心，並無歹意。（貼）非譏諷，免奴家氣冲。（丑）只揀一根□□　□□□送伯拉吽酥氣如何？（貼）有誰來白圖饗餮假含容！

　　（丑）阿喲！倒勿吃白食個，到底要買什麼水果？
　　（貼）可惜没有桃子。
　　（丑）要□子廣有。
　　（貼）担子裏現在没有。
　　（丑）這是隨身法寶，怎説没有？
　　（貼）取出來。
　　（丑走下，丢眼色介）
　　（貼）做什麼？
　　（丑）裏面去好取出□子出來。
　　（貼）啐，要死吓！我要的是桃子。
　　（丑）吓，桃子，我只道是□子了。大娘，如今深秋時節，久已過市，明年再做交易罷。
　　（貼）如此去罷。
　　（丑）且慢，我還要動問大娘的尊姓。
　　（貼）哪，生是生非的王大娘，就是我了。
　　（丑）失敬。
　　（貼）賣水果的。
　　（丑）在。
　　（貼）你在此耽擱久了，可不抱怨我麼？
　　（丑）只要王大娘見愛，我就耽擱上一年，也不值得什麼。
　　（貼）你這個人倒也知情識趣。
　　（丑）什麼知情識趣，無非見了你這風風月月、標標緻緻、爔爔娜娜、齊齊整整的王大娘，弄得來藕斷絲不斷罷了。
　　（貼）也難為你。

（丑）看來甘蔗好同橄欖吃了。噲，大娘。
（貼）怎麼？
（丑）我有句刮腸刮肚的說話在這裏，不知可說得麼？
（貼）但說不妨。
（丑）不好，恐怕就要面試起來，你不要怪我的。
（貼）誰來怪你！
（丑）如此，我個王大娘吓，我見子呒是，

【前腔】心頭不放鬆，將伊伴蜜酥兒用。有收魂符咒，蕩漾隨風。（貼）知情識趣言奇中，教我動忽憐才意倍濃。（丑）如邀寵，願終身服從，望娘行鑒吾生死效愚忠。

【前腔】（貼）何嘗不樂從，露水恩情重。怕揚聲出外，物議難容。（丑）只圖歡愛諧鸞鳳，顧什麼牆茨難除刺衛風！（貼）相和哄，比醍醐更濃。（付上）花柳情深縱會合，萑苻案重主分離。（丑）謝嬌娘靈犀一點暗香通。

（付）吠！你們幹什麼勾當！
（貼）阿呀！放手放手！（下）
（付）吓！你每什麼人？
（丑）我是賣水果的。
（付）怎不站在門外，闖進裏面去做什麼勾當？
（丑）脚生在我肚子底下，出也由我，進也由我。
（付）這裏不是菜園門，不是你房裏。
（丑）就不是菜園門，不是我娘房裏，你是那裏來的閑漢，大胆管我老伯的閑事！堂前掛草，直頭不是畫哩！
（付）我麼，是這裏一位坐坊的老爹。
（丑）也不怕衙門託勢。
（付）哼哼，老虎想吃肉，還要問問山神土地哩。那裏來的野虱子，思量在這裏撒野！（丑）阿呦，你道惡龍難鬥地頭蛇，我也是馱爐子劈大刀，地面上的老朋友哩。眼睛多不生的！
（付）可又來，兔兒不吃窠邊草，還要充什麼老朋友，在這裏橫不法！

（丑）不瞞你陰靈説，我就在面上尋些野食兒，只算我的本分，錢總輪不着你來核詐。（付）就算我來核詐你，拿些好水果請老伯吃吃。

（丑）我是不怕什麽烹頭的，要好水果，拿銅錢來賣把你。若要吃白食，只怕你睏不醒還在那裏做夢哩！

（付）不肯，跌翻你的担子！

（丑）阿呦，你有什麽？三個頭，八個臂，鼈子門，掛單條，説的多是海話？

（付）不見棺材不下淚，看來要出點血了。

（丑）我是鼓樓上的麻雀兒，吃驚吃嚇慣的。扯你娘什麽嚼刮思，駕什麽潮頭！

（付）吓，説我駕潮頭，我就踢把你看。

（丑）阿呦，那裏來的野賊，照打！

【出東姑娘腔】（付）誰家内外不分開，膽敢胡行闖進來！（丑）有數春天不問路，任憑出入理應該。（付）借端調戲人家小，我也知伊懷鬼胎。（丑）正直無私圖買賣，不因進内便為歹。（付）不公不法都容你，要甚巡查特點差！（丑）三管鼻涕多一管，倚官託勢掛招牌！（付）立時鎖你當官去，打了還應枷大街。（丑）若到公堂咬定你，無故扎局詐錢財。（付）癩皮光棍千千萬，惟有伊家會使乖。（丑）既曉區區神本事，看人不起亂胡柴。（付）還强嚼，不安排，（丑）什麽安排，我倒極難猜。（付）磕頭陪罪纔饒你，（丑）我有不裝柄的拳頭打得你頭頸歪！

（作打介，付敗下）

（丑）好興頭，打得燥皮，有趣！且住，這個狗頭，説是這裡坐坊，一定當什麽牌子的。今日着打，怎肯干休！有數説的，好漢勿吃跟前虧。吃官司，划不來，收拾湯團担，溜他娘罷，只是放不下我的好王大娘。罷，打聽事情平靜，再來想棗兒湯罷。列位走開點，無敵大將軍得勝還朝了！（下）

第四齣　贈　釵

　　（付上）阿呦,這個□□的倒也利害!且住。【西江月】若論百般武藝,完全只有區區。飛天盜賊看成姐,豈在浮頭撞遇。　　不可將人趕上,存些退步何如。一時詐敗出街衢,好把來由表敘。我韓成,在湖口縣內充當一名捕快,蒙本官恩德,點作捕頭。銀錢儘彀我嫖賭消遙,只靠着歪時運,銀錢來得却也容易,辦公事全賴別人。因此走動了王家莊上的王大娘,露水恩情,十分濃厚。只要他丈夫一個死信,就好迎娶他回來,那時纔得天長地久,永無後患。連日身在公門伺候官府,今日偸得閒定,思量去看看王大娘。那知本縣太爺傳我到後堂去,分付我說有要緊關文一角,差往象山關提監犯并起臟物,明早就要起身。阿呀,此去象山,路途遥遠,轉回也須數月,應當通個信兒與王大娘,使他知我行蹤,免得在家懸望。不想方到他門首,遇見個賣水果的,一時性發,兩下爭鋒。我想為人須見機而行,不是一味鬭勢的。轉個念頭,與他爭什麽英雄,所以佯輸走了。想那賣水果的,此時一定走了。為此仍歸轉來,不免到王家裏去作別一番。咳,想我韓成呵!

　　【寄生草】心上心上心兒上,牽掛單為那個多情況,早回轉慣舊遊風月場。（內）阿呀天吓!男子漢不在家裏,被人欺到這個地位!（付）進門牆,忽聽嬌鶯翻變嗓,忽聽嬌鶯翻變嗓。

　　（貼上）

　　【前腔】孤曠孤曠添孤曠,因甚驀地忽有人聲響?我心裏倒有十分疑得荒。（付）唸,是我韓成在此。（貼）不當場,還須認你為白撞,還須認你為白撞。

　　（付）休得取笑。

　　（貼）取笑?你實在有些不肖!

　　（付）什麽不肖?

　　（貼）啐!你在外邊好快活吓!

　　（付）我又不走岔路,還有什麽快活?

（貼）不走岔路，為何連日不來？還要支吾，打你幾個嘴巴才好！

（付）原該打的。

（貼）怎麼不該打？

（付）打他一個貪嘴，把身子去換水果吃。

（貼）呸！殺頭的，不要含血噴人。

（付）如今的事情只要將就得過，胡塗得去，捉什麼字眼，點什麼清盆？

（貼）呋，這麼你甘心去做蔽眼烏龜？

（付）況且千年田地八百主，個人那裏占得盡來？

（貼）啐！你在外邊胡亂幹什麼勾當，所以連日不來，要這般賊做大！

（付）這麼，錯怪了人了。我連日在衙門裏答官府，阿呀呀，有帶審的，有起贓的，還有踏勘賊洞的，買線訪拿的，忙忙碌碌沒有片刻兒工夫。今日略略空閒，指望走來同你說說閒話，叙叙舊情，不想好事多磨，明早就要長別你了。

（貼）什麼長別？

（付）奉本官差遣，要到象山縣去關提盜犯，所以連晚來會你一會，明早就要長行了。（貼）此去象山有多少路？

（付）有二千餘里。

（貼）幾時回來？

（付）極快也得三個月。此去隔江過海，還不得知再會得成再會不成了！

（貼）阿呀！

【風花對】一聞別離魂先喪，登時不住淚汪汪。（付）自相逢，男貪女愛何消講！（貼）没來由，黑越越平地興風浪。（付）此去寧波過海洋，拚微軀魚腸鱉腹為墳葬。（貼）且寬心，吉人自有天公相。

【前腔】（付）仗伊洪福身無恙，回來加倍待嬌娘。（貼）趁今宵杯中貯有葡萄釀，（付）怕將來一滴滴難到黃泉壤。（貼）且自圖歡娛共舉觴,拚酩酊添些酒力風流壯,(付)色媒人從不扯無憑謊。

（貼）吓！韓郎真個明日就要起身麼？

（付）那個哄你！（貼哭介,付）阿呀,我那娘吓！你不要哭,你一哭我心裏就無主意了。

（貼）咳,想你我前世宿緣,才得今生歡會,正欲思量一長久之計,不想又要遠行,教奴怎麼傷心吓！

（付）不妨。我到了那邊,公事一完,連日曉夜,火速趕回,除非我喪於途中。阿呀,那時就不能見你了！

（貼）啐！

【剪剪花】毫無表記送情郎,噯,一付金釵小鳳凰,憐念我衷腸。阿呀阿呀呀。（付）多承厚贈親收好,噯,時時刻刻不暫忘,諸事總圖長。阿呀阿呀呀。

【前腔】（貼）雖然鑒諒我淒凉,噯,尚要從頭問短長,何日轉家鄉？阿呀阿呀呀。（付）歸期約定須三月,噯,不敢停留在浙江,安穩守空房。阿呀阿呀呀。

【清江引】（貼）今宵欲寫風流賬,有恨休登上。（付）滿拚鄞都,貼補雲情曠,（貼）韓郎吓！（付）哎。（貼）恨不把奴軀殼團一片纔停當。

（付）阿呀,我的□娘！（抱貼下）

第五齣　託　夢

（場設香案,四小鬼執槌鞭上,跳文武判官介,引窰神上）

【粉蝶兒】糾察無私,掌窰門赫然聲勢,廟千秋昇降揚威。受馨香,昭賞罰,先形夢寐。試問伊誰,一人陶佛家根器。正直聰明定一尊,財帛當旺火常溫。瓦窰雖是無多地,統攝陰陽禍福門。吾乃奉化縣西鄉土穀正神,司窰使者是也。職掌陰陽禍福,兼攝土窰成器。今乃小聖誕辰,合窰匠工,祭賽慶祝。查得王合瑞之妻殷氏,向與韓成通奸。今夜借宿本窰,數當親夫殺死,即將尸骨煅煉成缸。歸示其妻,數該逼死,復攖雷殛,報應昭彰。其夫披剃焚修,後為佛門弟子。有這一椿公案,吾當暗顯神通,且待王合瑞到來,夢中指示一番,以彰報應。鬼卒,肅整威儀者!

（衆）領法旨。

（生執掃帚上）

【泣顏回】羈旅荷神庥,託業聊為餬口。恭逢華誕,椒馨仰答高厚。我王合瑞,前受窰主之託,小心照料土窰。且喜燒出缸來,並無傷損。今日窰神聖誕,夥計們公斗份金,準備福禮三牲,已在厨下整治。為此携着帚兒,自到神案前灑掃一回。酬恩賽願,為明烟正潔供箕帚。望東君及早言旋,阮囊助得回江右。

（欠伸介）阿呀,一霎時身子困倦。我想端正福禮,還有一會耽擱,不免就在神前打個盹兒,有何不可。衣食雖然謀客路,夢魂先已到家鄉。（作困介）

（窰神）過來,揭起睡魔。

（判應介）

（窰神）王合瑞,聽吾分付。

【石榴花】恁只想到家園梁孟效齊眉,倒不如漂泊守天涯。牢記着半邊朝字章相砌,王孫姓系仔細詳推。也多是命途中,也多是命途中,前生勾結難逃避,奇奇幻幻枕中藏秘。緣何你夙根深,緣何你夙根深,慈航渡先留意,因此向模糊客夢示玄微。

（生醒介）阿呀,神聖!阿呀,原來是一場大夢。阿呀,方纔明明神聖吩付道,牢記着半邊朝字章相砌,王孫姓系仔細推。未知吉凶如何？吓,神聖吓,弟子愚昧,詳解不出,望神聖指示呢。吓吥,神聖的偈語,豈可一時解到! 後來自有明白,自有應驗。

（四窰工匠持福禮上）苾芳盈酒盞,肥肴見牲盤。王哥,福禮完備,就請拈香。

（生）占了。

（衆）好説。

（生）神聖在上,弟子王合瑞暨合窰工匠人等獻祝千秋。

【泣顏回】（合）蒙庥,財帛易營求,感激長懸心口。馨香明德,神祇鑒納忱由。迎時祈佑,祝無疆競獻芹私有。（生）祭賽已畢,大家裏面飲福去。（衆）有理。（合）飲和時，把酒言歡似鄉社，餕餘消受。

（同下，窑神）你看這些工匠，好十分誠敬也！

【鬥鵪鶉】生受恁熾騰騰寶蠟燒成，熾騰騰寶蠟燒成，馥芬芬名香爇起。擺列着壯驟驟博碩牲牷，壯驟驟博碩牲牷，美甘甘清醇醇也那酒醴。俺這裏昭鑒精誠保護伊，一迷價分淑慝定安危。纔顯得赫明明賞罰無私，赫明明賞罰無私，潔清清焚修可貴。

（衆仝生上）

【撲燈蛾】喜孜孜看從散福來，問微微將頹玉山否，感重重佛天相呵護，管年年胙餘消受。（衆）王哥，我們今日多要回家看看，你一人在此，未免寂寞，怎麼好？（生）不妨。列位早去就來，生活要緊，不可耽擱久了。（衆）不過兩三日就來上工的。（生）如此甚好。（衆）我等告辭了。（生）慢去。（衆）急煎煎歸家正理，怕沉沉斜陽漸西流。（齊下，生）天色將晚，他們各自回家，只我一人歸期未卜，若到晚間，分外悽涼。不免收恰些剩酒殘肴，消我胸中塊壘。一面把神聖夢語，細細詳解一番，望到天明，再作道理。免啾啾須尋麯蘖，趁釅釅把夢語細推求。（下）

（窑神）鬼判。

（衆應，窑神）如今日將西下，韓成尚在慈谿。要應劫數難逃，頃刻如何得到？鬼卒，爾等呵，

【上小樓】須索把奸回戮，怎任他時刻稽？多只為數定由天，多只為數定由天，禍召惟人事。到臨歧逼拶得無路逃生，逼拶得無路逃生，因奸致死將屍立斃。（衆）領法旨。（仝下，窑神）收拾威儀者。更誰許土缸留世。

（齊下）

（付背包上）

（前鬼引付上）

【撲燈蛾】（合）穩穩的舟停自由，緊緊的風催疾走。悠悠的魂魄鉤，森森的刀斧候。悽涼落寞，親夫兒等久。雜紛紛殘肴未收，渾濁濁剩酒相留，渾濁濁剩酒相留。專待你明明亮亮私情細剖，狠

狠的殺機陡的起了冤讐。

（眾圍付坐地介，眾下）

（付）阿呀，我韓成，奉本縣大爺之命，差往象山關提盜犯，行了多日，來到慈谿。方纔坐在船中，忽然天昏地黑，只聽耳內風聲疾疾，把我吹到此間，隨風落地。如今天色已晚，不知什麼地方。你看一帶荒郊，又沒個宿店，不知今夜何處安身，我且到前面，再作區處。

【尾】在窮途苦況難消受，怪異事身遭倍唧啾，（內鴉噪介，付）咦！惱恨着報禍鴉聲分明添掣肘。好奇怪！好奇怪！（下）

第六齣　殺　窖

（生上）

【虞美人】家鄉千里何時返，廢寢長歎，蕭條形影伴誰人？孤月淒清，消悶強移樽。下酒何消看《漢書》，鄉情戀戀極難舒。今宵坐對孤燈閃，且破工夫憶夢初。我王合瑞，只為窖主遠出，今夜夥計們各自回家，只我一人獨自守窖。不安夜寢，方纔飲福之後，收拾些殘肴剩酒，聊破愁懷，安排獨酌，雖則杯盤狼藉，還堪借此怡情。今晚呵！

【步步嬌】只見月色朦朧燈光引，閃照添煩悶。且住，家鄉遠隔，插翅難飛，想也徒然。且吃酒罷！孤宵麴蘗親一醉，消愁計較多穩。方纔朦朧睡去，神道吩咐我說，牢記着半邊朝字韋相砌。吓，這是什麼偈語？（將酒寫介）朝字去了左邊，加上一個韋字，那有此字？若是去了右邊，加上一個韋字，這是韓字了。分明是韓字。阿呀，我的親戚朋友，並沒姓韓之人。這也作怪。神道又說道，王孫姓，私仔細推詳。難道是個姓王的姓孫的與我有什麼瓜葛？吓，聖意幽深，斷沒有這樣明白。且住，前漢韓信，又稱韓王孫，莫非仍舊個姓韓的，與我妻小面上幹什麼不楷的事故？叫我思想回家，不若天涯漂泊。若果如此吓，不共戴天讎，難道逆受甘容忍！什麼說話，還是吃酒罷。乾！

（付背包上）

【前腔】忽被罡風吹來狠，異事猜疑盡。莫非三生夙有因，賦作滕王運至幫襯。怎奈少旗亭，隱現窰門近。阿呀呀，好了！且喜有座土窰在此，不免借宿一宵。吓，開門開門！

（生）吓，莫非窰主回來了？

（付）開門。

（生）來了。夜深聞剝啄，扃啓叩原因。是那個？

（付）請了。

（生）請了。足下何來？

（付）在下是往象山公幹的，行到此間，尋不著宿店，暫借貴窰一宿，明日早行，自有房金奉謝。

（生）阿呀呀，這到不消，只是地方窄小，不便居停。

（付）但得坐到天明，未為不可。

（生）如此請進來。

（付）多謝。

（生關門）

（付）請了。

（生）請了。想未曾用晚膳。

（付）不要說起。一帶荒郊，並無飯鋪。

（生）若不嫌殘，有現成之物在此，請過來。

（付）怎好相擾。

（生）喲，四海之內，皆兄弟也。不消客氣，請過來。

（付）吓，從命了。多謝！

（生）好說，請用一杯。

（付）請。乾！

（生）請問尊姓？

（付）在下姓韓。

（生）阿呀呀！

【風入松】分明奇遇夢中人，（付）在下有緣，並不是夢里相逢耶。（生）幸識荊州丰韻。（付）忒過譽了。（生）大名？（付）豈敢。

叫做韓成。(生)仙鄉何處？(付)敝地江西。(生)那一府？(付)九江府。(生)那一縣？(付)湖口縣。(生)阿呀，涉遠而來，太勞苦了吓。(付)喲，常言道，無役不賤，又道上命差遣，概不由己。(生)是吓。一身入官雖勞頓，比殘業銀錢多趁。(付)雖然錢財容易得，但到底身不入官，那裏比得你每做手藝的，趁幾個本分錢，真正安逸快活。(生)好說。足下既是湖口縣，可認得一個王合瑞麼？(付)素聞其名，從未會面。他的尊閫咬，與我到有交往。(生)什麼交往？(付)阿呀，失言了。(生)喲，風花雪月，人之常情。你我雖係初交，漸漸已成莫逆，何用得言參假真？縱把風情賣，不算敗閨門。

【前腔】(付)鄰居燈火素相親，沒個些兒胡混。足下為何知道王和瑞呢？(生)他曾年昔到我窰內做些交易，如今許久不來，聞說早已死了。(付)阿，竟死了！(生)死了耶。(付)阿呀呀呀，謝天地！伊妻可免長孤寡，不消守松筠清韻。(生)這，其妻容貌如何？(付)咳，不要說他別的，就是那雙俊俏眼兒，你見了他，也要神魂飛蕩。(生)在下沒福，那裏如得足下！(付)奢說話！(生)他既是個寡居，足下何不娶了呢？(付)我亦有心久矣，恐怕外人談論。(生)談論什麼？(付)道是先奸後娶了。(生)如此說來，足下與他妻子早已交往的了。(付)吓，有交往。沒交往也夢不消說了。難道桃源洞門，劉郎去阻迷雲？

【急三槍】(生)三生石，留根蒂，真緣分。如我多俺蹇，困窰門。

(付)老兄！

【前腔】感他臨行別，把金釵贈，情無盡。(生)金釵？可怪吓，他以金釵相贈！(付)脫金釵。(生)不知可曾帶來？(付)隨身佩帶。(付作向袖中取出金釵介)哪。(生)如此可能與弟一觀？(付)看看何妨。(生)乞借一觀，哪。(付)似此貽彤管，極啣恩。

(生作背介)阿呀！

【風入松】原贓親認果然真，難教心中容忍。且住。這一股金釵，分明是我家之物。吓，我有個計較在此。(作轉介)韓兄，小弟也有個相好，要我打股釵兒，只是沒有好式樣。今見足下之釵，甚是合用。可肯借與小弟，明早拿到首飾鋪，照樣打就，即將原物奉還，不知可否？（付）這又何妨。噲，但是千萬不可遺失了吓！（生）這個自然。阿呀，只管講話，連酒多不吃了，待我手敬一大杯。（付）在下量淺，只好借花獻佛。（生）這是一點敬心，萬萬不可推却。（付）如此，勉强從命了。（生）這纔是個朋友。（付）感伊款曲昭忠信，元龍誼今夜重新。（付作醉介）乾！（生）好量吓，再奉一杯！（付）個是直頭勿能從命個哉。（生）吃個成雙杯，好與王大娘成親。（付）好采頭！多謝，多謝。吪說一句說話，你就拿把刀拉我頸子裏不許我吃，也不能遵教個哉！（生）如此足感。請。（付）直頭要吃介，直頭要吃介，自然要領情的。（生）湖海量由來有準，宜立飲莫因循。

（付）曲盡酒乾。阿呦呦！（吐介）

【急三槍】登時裏，如泉湧，難安穩。傾盆吐，睡昏昏。
（作吐酒伏桌介）

【前腔】（生）頽然醉，人如死，該身殞。不使潛逃去，定除根。韓兄再請一杯！這狗男女已睡熟了。阿呀，我此時不下手，更待何如！呀，我且到廚房下，去取了刀來。嚇，我誓把這狗男女，剁為肉泥。韓成吓，韓成！你從前做過事，今日轉相逢。

【風入松】冤家狹路遇生嗔，誓使身餐刀刃。（作虛下，即廚刀上介）狗男女吃吾一刀！（作殺付介）立時殞命舒長眼，從頭把情由思忖。吓吓吓，好！殺得爽快，殺得爽快！這厮天網恢恢，疏而不漏，自來送死，豈不是神靈有感！阿呀，且住，自古捉奸見雙，如今正殺得一人，又不殺在奸所，一些没有質證，縱使埋好了屍首，終非美事。幸虧窑主遠出，夥計又各回家，我今把這厮拖到後邊，將他的頭先割下來。阿嗨，這狗男女多是些骨頭，全要用些氣力了。（作砍下首級介）驢頭割下來，把石灰熗了，連那股金釵帶回家去，把那淫婦細看，使他無縫抵賴。一面將他屍骨和上泥土，又入窑內，煅煉成缸。一來可以滅跡，二來勝似揚灰，豈不兩全！阿呀，我王合瑞感得神明夢中指示，方得洩此隱恨。待窑主回來，作急告辭，轉回家鄉，殺却淫婦便了。韓成吓，韓成！今宵之事，非我不

仁,鋒鏑付重遭火焚,這是貪淫報先已禍臨身。真個神道有靈,如今已全應了。(拖付下)

第七齣　逼　斃

(貼扮殷氏上)天涯人去信難通,屈指歸期已訂定。孤幃寂寞無人問,新愁舊恨上眉峯。

【粉孩兒】縈縈的守孤幃愁悶死,怕翻雲覆雨,薄情如紙。楊花落地深泊時,更難堪瘦損腰肢。奴家自與韓郎別後,不覺四月有餘,屈指歸期,已經失約。未知借端逗留呢,還不知果未回來。又沒處探聽個信兒,使我好生委決不下也。天咳,若果他另尋門路,我何苦守株待兔,不如早早回絕奴家,也算一椿功德。就是那賣水果的,雖然小遜一籌,唔唔唔,強如閉戶修齋,豈貧饕隴蜀相兼,傷春去零落紅紫。(下)

(生扮王合瑞挑瓦缸木桶帶金釵上)

【紅芍藥】回故土目擊些兒風景美,照舊如斯。不幸惟吾至於此,誓歸來掃除牆茨。我自殺了韓成,割下首級,即把石灰燴好,收拾端正,木桶裝成。正要挫骨揚灰,付與無情烈火,腰邊掉出公文一角,我已備悉來蹤,遂將屍骨關文,一併焚化,不多一日,煆煉成缸。夥計們纔來上工,恰好窰主也就回轉。謝天地,且喜一些兒不漏機關。我就算清賬目,一一交明,辭別窰主。蒙贈盤纏,取了一條扁挑,一個瓦缸木桶,和那一對行李,並帶金釵,星夜趕回,便宜行事。天吓!只願那貪淫的潑賤,早早死了,我也好祝髮焚修,免得被人笑。自離奉化,不憚間關,一竟倍道而來,離家不多路了。私情莫用再訪諧,定供招罪名應死。到家門耐性輕敲,(作叩門介)為今朝羞見桑梓。

(貼上)是那個來了?

【福馬郎】迴旋聞剝啄至,料那人象山歸,伊邇歡喜死。(作開門介)可是韓……(生)是我回來了。(貼)阿呀!(生)吓,為何見了我這等大驚小怪!(貼)早難道我遊魂鬼恁疑之?有個緣故。(生)

什麼緣故?且閉了門裏面説。(貼)官人噯!睽違已多時,添羞澀作驚詞。

(生)哈哈哈,且自由他。

(貼)官人,你一去幾載,竟没個信幾寄回來!

(生)你一定道我死了。

(貼)阿呀,什麼説話!可憐奴家是日夜懸望噓!

(生)阿呀!這倒難為你吓。

(貼)一向存身何地?平安若何?怎麼直至今日纔回?——説與奴家知道。

(生)咳,不要説起!

【耍孩兒】自别故鄉遭變事,涉海人幾死,没亂裏悵悵奚之。(貼)説也可憐。(生)三年,磣磕磕光景長如是,(貼)阿呀,吃苦了。(生)咳,怎比你在家快活。(貼)你做妻子的衣食無度,快活何來?(生)哪,也比我乞食過吴市,還較勝多般耳。

【會河陽】(貼)不諒些兒,是何説詞?分明喬試故如斯。(生)唔唔,有之。(貼)須知,遊戲無心,誰怪伊一絲,(生)也難怪我吓。(貼)從今後休多事。(生)吓,怎麼説是多事?吥,我倒不多事。(貼)吓,難道倒是奴家多事?(生)吥,差也不多。(貼)阿呀,這話好生作怪!(生)作怪作怪非作怪,一邊已了相思債。(貼)好蹺蹊吓!(生)六塵無我始安心,可奈楊花留蒂芥。(貼)阿呀!出奇,如背上添芒刺;析疑,還口裏生渣滓。

(生作背介)

【縷縷金】無明證,一些兒,有罪誰輸伏,力排之。(貼)官人,夫妻久别,今日重會,合當歡喜,怎麼反自言三語四?這些語,奴家一點也不解。(生作轉介)阿呀,我倒忘了。(貼)忘了什麼?(生)帶得些土儀在此,怎麼不把你看看。(貼)什麼土儀?(生)哪,鄭重甕缸貴,伊休輕視。(貼)阿呀,這一隻小小瓦缸,盛不得多少水,醃不下什麼菜,要他何用?(生)若説無用,也就不該死死的戀着他了。(貼)誰去戀他?(生)這也難道。來,你再仔細看看,如此的顔色,這樣的式樣,由韓而至,可還尋得出第二隻麼?(貼作背介)怎麼帶個韓字？越發有古怪了。（生）什麼古怪，我原有個韓字。（貼作轉介）什麼韓字？（生）韓嗄。（貼）呒呒，要問你個韓嗄。（生）哪，本三韓成就出高貲。（貼）原來是這個韓字。（生）原是一筆寫不出兩個韓字耶，你可看得明白麼？（貼）待我來。呒，妙嗳，這隻瓦缸，顏色不同，式樣各別。（生）如何，我說你心愛的。（貼）待我來端進去。（生）這還不算希罕。（貼）可還有什麼？（生）有。（作出金釵介）哪。（貼）阿呀！（作失手將缸落地跌破介，生）吓吓吓，阿呀呀，怎麼見了金釵，這等着急，把缸都跌破了？於中有奇事，於中有奇事。

　　（貼）吓啐！有什麼奇事，不過這股金釵像是奴家的。

　　（生）呋，像似你的？

　　（貼）好像我的一樣。

　　（生）呒，如何家中之物，反落在我手内？

　　（貼）哎，蠢東西，世上同名同姓的尚多，何況這股金釵吓！

　　（生）是吓，一些也不差。

　　（貼）原不差。

　　（生）你的可在？

　　（貼）在。

　　（生）取來我看，可以配對得麼？

　　（貼）呋……

　　（生）吓，快去取來！

　　（貼）是，待……

　　（生）快去吓！

　　（貼）阿呀，什麼要緊？就是明日取來與你看何妨，這等着忙！

　　（生）唉！真贓現獲，還要支吾！

　　（貼）好扯淡，什麼真贓吓！支吾！

　　（生）吓，你還要嘴硬！還有一件東西，一發與你看了罷！（作向木桶内取出首級介）哪，你睜開肉眼來看，這是什麼？

　　（貼）阿呀，有鬼吓！有鬼！啐！啐！啐！

　　（生）可還賴得去麼？

（貼作背介）咳！

【越恁好】已將春意，漏洩到一枝。（生）阿呀淫婦吓，淫婦！我不在家，怎麼就做出這樣事來！（貼作轉介）啐！不要聽了別人言語，把奴骯髒。（生）若是別人說的呢，何足為憑！（貼）難道有人親口供招不成？（生）罷，我實對你說了罷！（貼作發戰介，生）自做江湖經記人，搭舟海運拚傾身。逃生不惜街頭乞，奉化西鄉知我貧。留習燒缸聊度日，韓成借宿到窰門。醉中親口供招定，賺得金釵果是真。殺死奸夫存首級，其餘骨殖火齊焚。煉成這只黃磁物，並帶回家事有因。應夢前宵誅賊漢，還將頸血濺紅裙。一回重把青鋒試，吓！誓斬妖淫恨可伸。（貼）阿呀官人噯！縱奴悖亂，希饒恕感仁慈。（生）饒不得！（貼）阿呀官人吓！可看往日夫妻之情分，恕奴家一個初犯。（生）放屁！誰怕你再犯麼？（貼）阿呀！哀求再四總如斯，原該萬死。（生）吓，也罷，且看夫妻情分，把你一個全屍。哪，鹽鹵、索子、刀，由你尋那一門路去。（貼）阿呀官人噯，乞饒做妻子的一命嚜！（生）哎，若再遲延，要待我來動手！（貼）啐，阿呀，殷氏吓殷氏，你從前本失志貪情嗜，阿呀丈夫！（生）快些！（貼）罷！到今拚服鹵將身試。（下）

（生）阿呀，狗淫婦吓！

【紅繡鞋】若非明示身屍，身屍；尚圖胡賴些兒，些兒。吓，這狗淫婦進去了半晌，怎麼一些聲也沒有？不知幹什麼勾當，待我看來。（作看鬼門介）吓，原來服鹵而死了。哈哈哈！好，纔是我氣消時，雖潑賤自尋死，如暴露失仁慈。我如今把這股金釵，仍舊與他戴上。一面買辦棺木盛殮，把韓成的首級，將來掩埋，免遺後患。這只瓦缸，留他何用，待我打碎了罷。咳，自古成功不毀，且把他做隻化紙缸罷。

【尾聲】惱恨蕭牆起禍時，且住！了結之後，我自然打點出家，要這所房子何用，決意要別售了。這淫婦的棺木，就將來火化了，恐外人談論太過，若是殯葬，也沒有把他這樣安穩。怎麼處呢？有了，前莊有個同姓不親的，叫做王思誠，他住房間壁有所空園，可停棺木，我如今呵，準備着木櫬移園借一支。吓，纔出我胸中之恨！

吓吓,且買棺木去罷。(下)

第八齣　拜　月

（丑扮土地執拂塵上）

【普賢歌】荒園冷落奈如何,廟宇原無樓草窠。香火不望他,打盹終日過,這樣為神真不可。小聖乃王家園裏土地勾便是。幾里叫作王家莊,有個土財主王思誠,里亂住屋就拉隔壁,勾所空園雖是里勾祖產,吙看花草全無,亭臺罕有,時常封鎖,沒人往來。是我晦氣,即道勾是清淨場哈,最自在勾,拉玉皇大帝面前,千討萬討,討子勾缺分,囉裡曉得祠廟全無,香烟斷繞,弗消説三牲福禮,永短淨屠,連勾一陌紙錢,半杯清水,也無討處。擠得我面皮越發皺哉,髭鬚越發白哉,脥骨越發彎哉,身體越發短哉。弗色頭,住亂,今夜七月十五日,大街小巷,纔是施食勾。我里勾星鬼判,一個也弗拉里相伴位祀,孤勾場哈搶野羹飯去哉。且候亂歸來,看有儕勾思路介。

（末扮判官夾堂簿,小生扮小鬼拖鋼叉,外、旦扮皂隸執鐵鏈夾竹板上）咳！

【前腔】財東尚且没思羅,夥計焉能安飽過？淫鬼實在多,已難驅逐他,着其來由添一個。

（丑）鬼判亂！

（末、小生、外、旦）有。

（丑）今夜施食勾多亂,吙亂搶子多哈羹飯歸來拿出來充公,弗然就欺瞞官府哉。

（末、小生、外、旦）園内禍事到了,那有工夫出去。

（丑）儕勾禍事？

（末、小①生、外、旦）前日擡來那口棺木。

（丑）住亂,句是王合瑞勾底老,搭隔壁園主説合,定勾寄拉園

---

① "小"原作"大",據上下文意改。

裡。快吊裡來，問裡要點使用，強如搶野羹飯㕥。

（末、小生、外、旦）不要妄想！

（旦）他今成了殭屍，十分僂賴，不來攪擾我們，也足感盛情了，還要挑牙引縫做什麼嘎！

（丑）憑里那哼尷尬，要曉在山靠山，在水靠水，拉㕥我裡地下怕裡強拉囉㕥去，快吊裡來聽審。

（末、小生、外、旦）我們都沒本事，只好公公下鄉踏勘。

（丑）放屁！本官勾堂諭都弗依勾。

（末、小生、外、旦）大家只好散堂了。

（丑）阿唷，鼓噪公堂，着實可惡，取板子擡枷來。

（末、小生、外、旦）索性取革條革了役罷。

（丑）那了？

（末、小生、外、旦）到好別投生路，省得同你吃苦。

（丑）阿唷，刁撮挏，無有本官，拉㕥眼烏殊里及哉。呒！做奢勾土地公公，要上表醼官了。

（末、小生、外、旦）不要大粧什麼威勢了，若見殭屍，只怕要倒霉哩！

（丑）放屁！打導！

（外、旦）呋！（作低聲吆喝介）

（丑）響點！

（外、旦）恐怕他聽見了，大家沒得安穩。

（丑）弗番道，就便弄點儕未完出來，隔壁屋里勾星家堂六神，事仝一體，難道坐視弗管哉儕？

（末、小生）只怕燈草拐兒，未必靠得定嘎。

（丑）弗要長他人志氣，滅自己威風，都跟我來！

（末、小生、外、旦）曉得。

（丑）且趁中元一晚，掏摸螺螄羹飯。

（末、小生、外、旦）只怕乘興而來，難免敗興而返。

（丑）唉唉唉！放屁！放屁！

（末、小生、外、旦引丑下）

（場上作放煙火介，小旦扮殷氏殭屍上）洩露機關起禍芽，枉將風月葬荒沙。靈魂不泯成殭後，願結他生望眼賒。奴家殷氏，自從服鹵死後，棺木寄在王園，仍戀韓郎舊時恩愛。自是一靈不散，已成不壞殭屍，希圖再卜來生，可踐生前鏡約。每在星前月下，虔心拜禱天神，倘能再結塵緣，益感天高地厚。今乃中元之夜，悄悄偷出棺材，趁此月色溶溶，不免禮拜只個。

　　【三仙橋】斂衽先加虔敬，跽階前通名姓。星月在上，念我殷鳳珠呵，紅顏女子，自來真薄命。香斷頭燒更冷，今夜呵，默禱處教我未肯長目瞑。縱然似井深隨銀瓶，難道呼天無響應！望憐憫此衷情言言至誠。若得個結來生，纔仰感司花權柄。且漫計壽修齊，單指望醫好了王大娘的心病。咳！

　　【前腔】把一枝金釵擎定，不成雙添悲哽。就是那隻缸呵，比揚灰挫骨，十分加罪眚。還細思誰主令，鎮日夜縱使倚傍棺槨停，怎經得見伊倍傷情！身首如何非一并，又埋沒杳無憑終朝淚零。我便是召亡靈，單恐怕閻君相病。且漫要問其他，惟願取重會了王大娘的韓姓。

　　（末、小生、外、旦引又上）他雖似人非人，我却見怪不怪。

　　（末、小生、外、旦）哪哪哪，殭屍又出來了，大家走嚘！（又同下）

　　（丑）即好硬子頭皮，搭裡鬼打諢乩。吷！囉裡來勾野鬼，規矩多弗識勾？

　　（小旦）什麼規矩？

　　（丑）好一付詐呆面孔！阿曉得我幾里弗是容易拉勾場哈？

　　（小旦）怎見得？

　　【憶多嬌】（丑）蹤跡停，須表情，檀樹銀包本不興，許久緣何無一星？（小旦）你是什麼行當，要想我的使用？（丑）弗要鬼哈哈，且張開鬼眼來認我，土穀神靈，（小旦）原來是土地尊神。（丑）土穀神靈，一體陰陽奉承。

　　【前腔】（小旦）加禮行，心至誠，寬恕嬌魂失遠迎，肅拜階前如負荊。（丑）請起。即要撥我介點使用，禮貌倒可以弗必。（小旦）

憫此孤煢，（丑）那道裡有數説勾，衙門雖小，法度一般。我幾裡弗是㑚白叨情勾場哈，阿是魘倒哉㑚。（小旦）憫此孤煢，委實腰無半星。

（丑）哎！

【鬥黑麻】慳吝為懷，實非理應，希圖保平安，及早調停。（小旦）分文無措，還望鑒憐。（丑）㑚説話，要曉得我做公公勾收規禮，靠營生。（小旦）奴家只好以禮相求，使用實難從命。（丑）甚的心貪，虛頭奉承，伊何依憑，負隅全不驚！（小旦）奴家一無所靠，總望破格垂青。（丑）要想垂青，要想垂青，夢還未醒。

【前腔】（小旦）哀告多番，半些不聽，分明的持强，一謎欺凌。（丑）囉勾欺哯？（小旦）公公强索長例，難道不是欺我？（丑）就算欺哯，我就撥哯點手段看看勾，弗是鬼話嘎。（小旦）哦，你詐贓不遂，妄想行强，就粧什麽威勢出來，也多奈何我不得。（丑）且搭哯鑥看。阿唷，詐贓不遂，輒駕大題，凶瓦！（小旦）如依舊，憫零丁。且待將來，聊聊盡情。（丑）等弗得。（小旦）果然等不得？（丑）直脚等弗得。（小旦）罷！寧甘抗衡，要錢難奉承。（丑）弗怕哯弗拿出來。（小旦）那個耐煩采你，任爾施行，杳無吃驚。（下）

（丑）阿唷！好大得收弗小瓦，那間興子雲，少弗得要落點雨句，讓我奔拉隔壁去搭勾星家堂六神相商相商，打合打合，撥裡介點辣手段使使，阿通得介。咳！為了牢錢，枉自糾纏。衆人着力，還怕徒然。（下）

第九齣　神閧

（旦扮井泉童子，執如意；外扮東厨司命，執圭；小生扮門丞，執單鞭；老旦扮戶尉，執單鐧；末扮瓦將軍，執手旗；付扮住宅土地，執拂塵上）

【四邊靜】本天班官尹，咫尺裏駐節良家，各定一尊。羨正直為神，猛可也循職把門庭鎮。生受他年年苾芬，早降下了福澤時常穩。

（旦）夏冷冬温天運周，
（外）燃薪執爨順時謀。
（小生、老旦）從來啟閉招仁惠，
（付、末）鎮宅平安並瓦頭。
（旦）小聖井泉童子。
（外）小聖東廚司命。
（小生）小聖門丞。
（老旦）小聖户尉。
（末）小聖瓦將軍。
（付）小聖住宅土地。
（合）請了。
（外）某等家堂六神，專主王門家政。
（旦）職事雖然各掌，官階共有常尊。
（小生）王門世代賢良，屢屢陽行善事。
（老旦）每遇春秋祭享，舉家明德薦馨。
（末）某等轉奏天廷，上帝准行賜福。
（付）因此百靈呵護，一門永遠平安。
（合）說話之間，後門鍾馗來也。
（淨扮鍾馗，執寶劍象笏上）
【臨江仙】憶自金門赴試，中途忽變芳顏。臚傳驚駕落孫山，捐軀魂縹緲，後宰沐恩頒。職掌降妖伏怪，平安永鎮人間。六神雖算是同班，一般圖祭祀，誰破半錢慳？
（旦、外、小生、老旦、末、付）鍾仙請了！
（淨）六神請了！
（旦、外、小生、老旦、末、付）今從何來？
（淨）小聖呵，
【耍孩兒】四時胙蚤多無分，倒碌碌守獲朝昏。偶偷閒一刻息辛勤，莫辜負他美景良辰。（旦、外、小生、老旦、末、付）作何消遣？乞道其詳。（淨）不過簫吹月下聊消疙，劍舞風前當受餐，俺與您六神呵，猛可也懸殊很。（旦、外、小生、老旦、末、付）某等雖受一家祭享,並非廟食千秋,與你鍾仙不差累黍。(净)好笑恁貪饕廟,爭如俺斷絕香熏。

【五煞】(旦、外、小生、老旦、末、付)恁道是杳沉沉斷寶香,冷清清守後門,天中像掛華堂鎮。芽茶蘊玉偕花獻,角黍包金雜俎陳。(净)俺不過望到端陽,領教他幾個粽子,怎如你三牲福禮,一年有幾頓飽餐!(旦、外、小生、老旦、末、付)多和寡爭分勻,須知俺同餐祭品,怎如你獨享佳辰?

(丑扮土地執拂塵上)

【四煞】驀地裏逆焰留,雖未有劣跡陳,奈分文不破還兀自無柔順。因此上專誠往會同僚輩,協力來除幻化身。阿唷!吼乱纔拉幾裏請哉請哉!(旦、外、小生、老旦、末、付、净)請了。(丑)吼乱阿曉得我句來意介?(旦、外、小生、老旦、末、付、净)某等不知。(丑)呵唷!着吼乱句付式樣,好自在乱。(旦、外、小生、老旦、末、付、净)為何?(丑)那間隔壁園裏哈持子一個殭屍出來,吼乱吃糧弗管事,倒又是介粧聾作啞,那道理?(旦、外、小生、老旦、末、付、净)隔壁園內出了殭屍,這是你土地的該管,與某等何干?(丑)好,説得乾净乱!我且問吼乱,今日之間,吼乱受儕人家香火個?(旦、外、小生、老旦、末、付、净)不消問得,是王家莊上王思誠家裏香火。(丑)可又來,難道隔壁勾所空園,弗是王思誠勾?那間出子殭屍,吼乱該坐視弗管勾?噲!一家生意,弗要做兩樣價錢嗄!(旦、外、小生、老旦、末、付、净)某等各有專職,不能越俎代庖。(丑)哎,直恁的忘思忖,一謎的推三阻四,枉了我負屈求伸。

【三煞】(旦、外、小生、老旦、末、付、净)可笑恁意見癡,枉費爾口舌紛,屍殭縱出桐棺混。却没有些些款跡應誅戮,何用着赫赫神靈去併吞?(丑)有數説勾,小節不知戒,因循成大殃。那間雖無儕尷尬事務了,倘然到子後來勾日脚弄點未完出來,那呢?(旦、外、小生、老旦、付、末、净)某等聞知殷氏,也還是知安分,不問我倡狂犯界,怎為你勉强行軍?

(丑)咥!

【二煞】雖則是不一心,早難道盡閉門,哦,有拉裏哉,且隨人問去，終有個安然肯。噲！井泉童子，自古英雄出少年，吽替我滅殭屍去。(旦)只曉坐井觀天，不會降妖伏鬼。況且年幼，難以領教。(丑)咳！只恨自己麻繩短，弗怪他家枯井深。吓噲！竈君皇帝，吽是一家之主，拿竈主點主意出來。(外)唔，安靜！亂動不得。(丑)哦，吽怕倒竈了。(外)吽什麼說話，要曉得竈前管不得竈後，竈上管不得竈下。(丑)攔答勾吽是冷竈里一把，熱竈裏一把，弗肯做惡人勾原故吓。阿呀，勾黑越一介一段，吽是神是鬼嘍！(末)吓！我是冠冠冕冕一位瓦將軍。(丑)吓唷，將軍將軍，雖則烟燻殭屍作祟，定會解紛。(末)不會，不會。(丑)為儕有其名而無其實？(末)豈不聞：將軍不下馬，各自奔前程。(丑)阿唷，倒推得乾淨虱！罷噱。噲，門丞戶尉，我搭吽一門裏出入，個個也再勿好推託勾哉。(小生、老旦)到底各家門，各家戶，與某等何干？你還是尋鍾老仙去。(丑)勿差吓，個倒也是一句噴咀。噲，鍾老仙，降妖伏怪勾，請你飛，你不行，快點去。(淨)論起來，拏捉殭屍，是俺的本等，只是還有一講，我職守後門，不管你囤中之事。不瞞你說，我自從端午消受了他幾個粽子，直到如今，餓得來有氣無力，幹不得什麼事來，另請高明！(丑)阿呀，又傍子空頭哉。儕咦！吽是住宅土地嘍！(付)便是。(丑)和你事一體個神，吽要替我老大個哉，看同寅面上，替我拿殭屍去。(付)咳！與你同病相憐。(丑)那了？(付)荒山土地，做不得主。(丑)吓！出來連我也拉吽倒子銳氣哉！似這般循環黨鍋拴連到，還倩誰撲滅妖氣殺我真？咳，端的無時運，全沒甚青龍獲體，倒撞着白虎纏身。

【一煞】(旦、外、小生、老旦、末、付、淨)見只恁悶昏昏好感懷，慘凄凄欲斷魂，好教我同舟誼重生憐憫。(丑)只可恨勾勾殭屍，硬頭硬腦，百勿得一味。天殼後蓋地生子個樣式，吽虱勿要一相情願個兩相答乎子介千分頑梗，吽虱首發慈心，相幫拿子裏來，粧我勾威勢，擺擺我勾門頭，直腳感激弗盡哉。請請請。(旦、外、小生、老旦、末、付、淨)知道他什麼來歷，不可冒昧行事！(丑)介沒倒要請教據吽虱個尊裁那噱。(旦、外、小生、老旦、末、付、淨)也只好觀伊風色如為禍，助你聲靈代解紛。若果無瑕釁，且一任寸絲暫繫，總不令尺蠖求伸。

（丑）阿呀，橋得來昏天黑，是介一椿事務竟忘記哉。

（旦、外、小生、老旦、末、付、净）忘了什麽？

（丑）有數説句：萬惡淫為首，勾個冷魂在生勾晨光，搭韓成云云等情，了撥勾家主公，逼里服鹵死勾，勾就是犯條款勾事務，那哼還容得裏介！

（旦、外、小生、老旦、末、付、净）生前已彰惡報，再看死後何如。某等此去，相機行事便了。

（丑）有理勾。

【煞尾】（合）且將這色相開一般向苑囿陳，但觀風望氣無輕進。某等今夜呵，把割不斷的魔緣共在暗兒裏仔細認。

（同下）

第十齣　園　訴

（場上設石碑一塊，上畫虎頭，下出"泰山石敢當"五字介，小旦扮殷氏殭屍上）

【四平腔】叵耐一味持蠻，索使用公然為難。那知我孤魂没主無羹飯，況化紙一缸從辦。今晚如船過灘，禁不住風波惡悍，禁不住風波惡悍。

（丑扮土地執拂塵上）吶丞都跟我來。勞碌總因神倒運，

（旦扮井泉童子，執如意；外扮東厨司命，執圭；小生扮門丞，執單鞭；老旦扮户尉，執單鐧；末扮瓦將軍，執手旗；付扮住宅土地，執拂塵）

（净扮鍾馗，執寶劍象笏，上）徵招慢謂事無因。

（丑）吙，野鬼！

【前腔】輒敢私下三關，鎮夜現形容親幻。你恃着徹天倖未屍駭爛，竟妄自負隅為患！（小旦）自古悖而出者，亦悖而入。怎麽不知自反，徒然以禮責人？（旦、外、小生、老旦、末、付、净）驕慢先窺一斑，驕慢先窺一斑。（丑）那間約齊子隔壁多哈家堂六神，特來拿

吽勾野鬼。(旦、外、小生、老旦、末、付、净)急勒馬臨崖未晚,急勒馬臨崖未晚。

(小旦)阿呀,列位神在嗄!

【前腔】非我不破囊慳,也只為分文難辦。那裏去人情強做邀青盼,因此上詐言千萬。(旦、外、小生、老旦、末、付、净)原來不受需索,故爾巧作煽言。若非當面道明,險些聽人驅使。(丑)哎,並無此事,不要睬他!(小旦)昏旦無渝大閑,昏旦無渝大閑,怎捉得些兒破綻,怎捉得些兒破綻?

(丑)胡說!

【前腔】我本位列天班,食俸久何勞謀幹?沒亂裏搖唇鼓舌頻譏訕,怎縱得鎔金凶犯!(小旦)要想拿我,除非做夢!(下)(丑)怕吽逃拉囉裏去!(下,旦、外、小生、老旦、末、付、净)誰敢來誰敢來!
(按:此處似有闕文)

(小旦上)

(丑追上)怕吽逃拉囉裏去!

(小旦下)

(生扮石敢當暗上)

(丑作撞石碑介)阿唷!

(生作從石碑內跳出介)吙!俺石敢當在此,個眼也生的,擅敢撞我!

(丑)我土地公公若生子眼烏珠了,再也弗吃眼前虧哉。

(旦、外、小生、老旦、末、付、净)天下本無事,庸人自擾之。這是你自做自受。

(丑)晦氣晦氣,羊肉無得吃,倒惹一身臊。好弗色頭。

(生)你道這殭屍日後沒有什麼報應的了?

(旦、外、小生、老旦、末、付、净)有何報應?

(丑)且說一看。

(生)缸合匠工擊碎,屍應雷火殛燒。纔把相思孽債,始終一筆勾銷。(下)

(旦、外、小生、老旦、末、付、净)原來有這一段公案,且任他逗留在此，某等各安職守去者。

【碧玉環帶清江引】【碧玉環】（合）預作安排一青復一藍，且任顛狂半暗。莫把缸留暫，籍端風浪撼，立剖疑團，纔知定數含。【清江引】諸惟自有天昭鑒，惡報休言。慘死又不安寗，始破奸頑膽。（旦、外、小生、老旦、末、付、净同下）（丑）纔間做得拉鬧熱，朋生那間噦橋得拉冰清水冷。咳！世間上錢無分，彰穢行誰如俺？（下）

第十一齣　點　悟

（生扮王合瑞肩背包上）細算因緣總是魔，初心竊願老頭陀。男兒自有凌雲志，漫謂逃禪缺陷多。我王合瑞，自滅奸夫淫婦，一心出外焚修。行至中途，捫心自問，雖則家遭不造，已成瓦解冰消，才交強仕之年，何必捨身入寺？趁此圖些事業，决意仍轉家門。吓，迤邐行來，好計較也。

【北醉花陰】功業錚錚好轟烈，也都是由人完結。那裏有天竺國老豪傑，黑濛濛改易前轍。我想修行事，必圖造極登峰，就使做到如來，此時尚是賒賬。不若還我本等，仍然貿易江湖。況我又是單傳，當以宗祀為重。因甚的計兒拙！今日呵，煞強似逃墨必歸儒，須索把猛回頭心事決。（下）

（生、丑、小旦、貼扮伽藍，執禪杖、畫戟、長槍、金杵）

（付扮李靖執金塔上）

【南畫眉序】龍象兩飛翻，佛教莊嚴莫輕慢。奈心生翻悔，有失誠尚。（付）某，托塔天王李靖是也。照得下界王合瑞，立願皈依，頓改生悔之心。普門大士，命俺同眾伽藍顯神通下凡點化。（小生）我變唱道情的道士。（丑）我變燒臂香的和尚。（小旦）我變磨鐵鑿的老婦。（貼）我變鑿山眼的大漢。（付）就去化來。（小生、丑、小旦、貼同下）（場上作放煙火，末扮道士執漁鼓簡板，旦扮煉魔僧點臂香，老旦扮老婦執鐵鑿，净扮大漢執斧鑿上，合）把禪門廣神通，暗度力金針不短。（同下，付）果然化得奇異，待我也顯個神通，化一掛燈道士，招點迷津便了。管伊從此無疑二，早共看鉢中蓮

滿。變！（下）

（場上作放煙火介，旦扮和尚掛肉身燈上）妙吓，都已化就。那邊王合瑞來了，我等趕上前去。心空成我，且念起來者。

（生上）一家骨肉雖星散，百世香烟注意深。

【佛經】（旦）天留甘露佛留經，人留兒女草留根。天留甘露生萬物，佛留經典度人身。人留兒女防身老，草留根在再逢春。根枯草死逢春發，人老何曾再俊生。觀世音菩薩！善人吓，為人好比一間房，口為門户眼為窗。兩手兩脚為四柱，背脊灣灣是正梁。二十四根肋骨好椽子，周圍四處是垣牆。五臟六腹為傢伙，舌頭却是管家郎。有朝一日無常到，關了門兒閉了窗。要去見閻王。南無觀世音菩薩！（下）

（生）吓！

【北喜遷鶯】言兒內雖藏真訣，言兒內雖藏真訣，已回頭着甚交迷心也麼奢。單指望眼前功業，那里弄沙門討帳賒？縱使這老釋迦親把俺利名人延為上客，也不耐世事得個長別，也不耐世字得個長別。

（內作敲漁鼓執簡板介）

（生）那邊唱道情的來了，我且聽一回去。

（末上）

【耍孩兒】道情兒上古傳，論人生善為先。昭彰報應原非淺，貪財鬪氣多遭怨。戀酒迷花易棄捐，須及早知黽勉也。只為心腸易變，唱一曲醒世良言。

（生）道長請了。

（末）居士請了。

（生）動問儒、釋、道三教，以那一教為先？

（末）三教各有妙處，佛力更浩大了。

（生）怎見得？

（末）且聽貧道說來。

（生）正要請教。

【南畫眉序】（末）清淨以心觀，默運潛浮見功緩。（生）你既身歸道教，怎麼倒贊助如來？（末）豈推崇西釋，蔑視黃冠？論規模鼎足三分，到極處歸一貫。居士，你且把儒道丟過一邊，眼前如奉慈悲教，怎不是手操神算？（下）

（生）吓，這也作怪！

【北出隊子】俺處在彷徨時節，越弄得夢中人向歧路嗟，只怕壯年時虛度隙駒捷。纔轉眼、纔轉眼一事無成已耄耋，到頭來、早難道依舊安禪去免挫折？

（外扮煉魔僧帶小生、丑、付，貼扮和尚執木魚手磬上）

【南滴溜子】（合）為指引，迷津別成疑段；想人心，善轉定知長短。只因中無雄斷，我安排再見間，微言暗宣喚。及早皈依，纔是勝算。

（外）師弟們，這裏是三岔路口，擺起來化幾個香錢。

（小生、付、丑、貼）有理。

【讚子】（合）阿彌陀佛，南無佛阿彌陀佛也。（外）我東邊要化那龐居士，西邊要化孟嘗君。（合）阿彌陀佛，南無佛阿彌陀佛也。（外）男要修來女要修，男女雙更修各有頭。（合）阿彌陀佛，南無佛阿彌陀佛也。（外）男人修得為羅漢，觀音菩薩倒是女人修。（合）阿彌陀佛，南無佛阿彌陀佛也。（外）靈山會上千尊佛，尊尊多是捨財人。（合）阿彌陀佛，南無佛阿彌陀佛也。（外）看香到底是疼難受，火氣騰騰往下焚。（合）阿彌陀佛，南無佛阿彌陀佛也。（外）三十二十個難捨施，一個兩個好發心。（合）阿彌陀佛，南無佛阿彌陀佛也。（外）罷罷罷，休休休，苦把名香燒到了跟。（合）阿彌陀佛，南無佛阿彌陀佛也。（外）多蒙那位護法捨我幾個銅錢當齋僧，當齋僧，保佑你福也增來壽也增。（合）阿彌陀佛，南無佛阿彌陀佛也。（外）貧僧不敢私領受，上對天，下對地，中對日月三光照神明。捨一文，又一文，誠心驚動了蒲州解梁縣。那位老爺本姓關，頭戴三山帽，身穿綠龍袍。單鳳眼，臥蠶眉，五柳長鬚飄。坐下赤兔胭脂馬，手執青龍偃月刀。過五關，斬六將，擂鼓三通斬蔡陽。佛爺見了神通大，坐在三十三天雲端裏。坐蓮臺，坐寶臺，照見凡間好善人。若然居士來發心，保佑你官官們。一歲關，兩歲關，三六九歲關。將軍箭，斷橋關，可入東洋大海關，關煞開通一善人。（合）阿彌陀佛，南無佛阿彌陀佛也。

（生）《孝經》云：身體髮膚，受之父母，不敢毀傷。咳，你們這些和尚，把父母遺體，如此作踐，解了香罷！

（外）我有這，吼居士站在三岔路口，投東也好，投西也好，自己還沒有定見，如何倒責備別人？要曉得，出了家都想成佛作祖，若僅半途而廢，後來百事無成。不如及早焚修，還好保全遺體。

【北刮地風】（生）噯呀，只這數說包藏天地也，猛可的已明露袖裏龍蛇。好教俺兩歧中着甚昭剛決，（外、旦）且自由他，我們去罷。（下，小生、付、丑、貼）有理。（同下，生）且住，我若仍然奔走江湖，做些經紀，單怕煞已覆前車。未免將來末路興嗟，還是削了髮罷，仍舊向鷲峰前做一個終身了結。倒或者有招邀，顯出個保身明哲，然雖如此，還防着九仞為一簀虧。徒然心熱，轉關兒如今先甚捷，端的要證菩提立與提揭。（下）

（老旦扮老婦上）

【南滴滴金】縱回頭是岸塵心斷，爾休遊移身又竄。（作磨鐵鏨介）須索把幽玄枕秘昭條貫，管教一成中無變換。（生上）嗜慾一般多已矣，修行不到也徒然。吓，媽媽，你手磨何物？（老旦）主母在家刺繡，一時無處覓針，因將鐵鏨磨成，以應閨中急用。似這的尋常計算，不用問其中長共短。（生）什麼說話！偌大一根鐵鏨，如何磨得繡花針來！（老旦）須記俗言，有憑據怎瞞？

（生）什麼憑據？

（老旦）豈不聞俗語云：只要工夫深，鐵鏨磨作針！

（生）是吓，凡事只要工夫精到，自然有日成功。

【北四門子】似這等機關大有包羅也，頓教俺夢醒蝴蝶。咫尺裏一心兒已把行藏決，敗緇門終算呆。（老旦）分明計較分明說，仔細端相仔細推。（下）（生）從此要健捷，急忙先打疊，就使惹愁魔始終無懼怯。果將願所奢，興不賒，敢將來重生枝葉。（下）（淨上）

【西江月】盤古開天治世，臣靈擘華通泉。神機智術妙椎遷，借向空山有眼。(場上作設假山介,付)要使堅心大道,全憑斧鑿鑽研。根除煩惱有在言,自比一成不變。説話之間,那邊王合瑞來了。

【南鮑老催】保全善端,開山鑿石來獨尚,春光漏與誰隱瞞?猛可也攻極堅,雷霆走,光華煥。牢籠巧妙全神貫,晨鐘一覺規模換,知非後無離叛。

(生上)

【北水仙子】俺俺俺、俺不呆,俺俺俺、俺心不呆,管管管、管自此繁華皆水謝。想想想、想一般兒多是禪機,又又又、又奇異忽然交接。吓,那邊大漢鑿山,不知何用,待我問來。吓,大漢,你鑿山何用?(淨)鑿透山眼,要通大海。(生)吓,頓頓頓、頓疑團結一些,(淨)豈不聞俗語説得好,(生)甚甚甚、甚麼的俗語關渺?(淨)鑿出通大海,心堅石也穿。(生)是吓,好個心堅石也穿!比比比、比如那鐵鑿磨針無各別。(淨)那邊還有人來點化你了。(下,生)在那裏?在那裏?阿呀,怎怎怎、怎毫無影響成孤孑?吓,大漢,阿呀,怎麼一霎時竟不見了?哦,是了,總總總、總蒙我佛暗掀揭。

(付扮和尚上)

【南雙聲子】風光滿,風光滿,講席設、無遲緩。(生)那邊來的首座,莫非也是點化我的?待我上前問來。常職尚,常職尚,禁條奉、休胡亂。(生)首座可有什麼語,點化我麼?(付)點化點化,實拉一場笑話。(生作扯付介)不要吝教。(付)那間扯住洒家直脚弗知高下!(生)難道認差了?(付)認差子人弗看道,單弗要是差子路頭。(生)我如今立志焚修,再不走差路頭的了。(付)是介,説吓也要做和尚僣?(生)便是。(付)讓我指引吓一條門路。(生)請教。(付)我里護國院裏大和尚拉乓講經設法,吓既要做和尚,竟拉我裏勾搭來,我光拉院里等吓。此一端,真放寬,(生)如此足感。(付)恰正好,慈宮闡教,與衆同歡。(下)

(生)且住,素聞護國禪院,乃是清淨道場,大和尚功行非常,我亦折衷有自了。

【北煞尾】仰止高山景行切，保從今永不更迭，惟願向釋天中衣鉢接。（下）

第十二齣　聽　經

（場上作設經壇，上擺五事醒木，外懸歡門，撞鐘擂鼓介）（末、小生、淨、付、老旦扮和尚合掌上）

【朝元令】囉囉哦囉，義諦包藏大南無佛，阿彌陀佛。伽陀臺，法界輪流過，南無佛阿彌陀佛。律子皈依，六時打坐，南無佛阿彌陀佛。只聽朝思暮鼓，般若波羅，安憚悟心隨願多，南無佛彌陀佛。運偈震恒河，珠幃耀慧波，南無佛阿彌陀佛。（丑扮侍者捧鉢盂上）序列！（末、小生、淨、付、老旦、旦、丑）宣揚福果，頃刻裏列班排妥，列班排妥。（丑）序列已畢，大和尚有請。（場上作擊雲板吹普庵咒介，外扮大和尚執拂塵上，貼扮侍者執錫杖隨上，外拜佛升座，末、小生、淨、付、老旦、旦知南介，外）善哉善哉。紅塵滾滾是迷壇，誰識西來意萬端。舌本廣長因說法，赫！棒頭一喝定心寒。大衆，老僧今日登壇現身設法，不過替天行正，代佛驅邪，只存度世婆心，勸登彼岸。但恐衆生迷而不悟，墮厥輪廻，甚至莫解宿怨，難復今孽，阱上加阱，解脫無由，六道四生，噬臍何及！（生扮王合瑞上）欲斷凡心染，還希慧眼留。（外）縱道宏慈象教，不能地獄超生。倘然四諦非也，六塵無我，本來直認了取死生斷締結之網，撤塵勞之錮，一條灑灑，不礙去來，無繫無拘，逍遥自在，種心放之殼外，真生脱彼輪廻，即此定識潛融，惠機幽晤，佇見非人非物，高生四大之中，百德百功，永超福報之上。偈云：佛祖無奇業，但作陰功不作孽。早知世事盡成魔，莫把金枝頓改柯。花底鶯聲聽不慣，及時醒悟念彌陀。這般說，難道都勸世人一體焚修，空留世界，有虧人道，大失本原矣？非也。西方東土，總屬一體，信佛即歸西極，通道即歷東土。四生同一理，何必異東西？若道全清醒，其中已着迷。若不早醒，有如孤猿叫落中秋月，野客吟殘半夜燈。此境此時如會意，白雲深處盡高僧。（合）普供養,吽字湧出花香,天母一面四璧放光明,上二手印手印妙等塗,下二手印手印輪相交,吽唵啞吽啞訖呷啞,妙果樂天母供養佛,願我佛慈悲哀納,南無普供養菩薩摩訶薩,南無普供養菩薩摩訶薩,南無普供養菩薩摩訶摩訶薩摩訶薩。

（丑）講經已畢,大衆各歸禪房。

（末、小生、净、付、老旦、旦）南無阿彌陀佛！（同下）

（外）老僧下座去也。

（生）阿呀,大和尚吓！

【入破】伏望早垂念,輕舒神手援昏墊,脱離人生傾險。（外）着甚來由,排闥入希濡？（生）欲效髡鉗,應不偷安,寮舍工夫欠,懇渡蓮航超登彼岸。心兒鬔,便結草啣環有徵驗。（外）莫用悲傷,説明蹤跡休遮掩,定與你磨瑕玷。（生）我怎敢蔽藏實話,分明到舌尖。（外）姓甚名誰？（生）合瑞為名,王姓誰嫌。（外）家住那裏？（生）向村落身淹,村落身淹,舉首瞻與,梵宇鄰燈閃。（外）你作甚膠粘學老禪？滿情歡,還把當躬壯年垂念。（生）吃盡酸鹽,吃盡酸鹽,休再問年華苒苒。蒙鑒納,削髪披緇,感悰難斂。

【中滚】（外）意果安恬,意果安恬,濟方舟定為伊家點染。（丑）若雨露親沾,雨露親沾,料此生免驚閃。（外）莫要隴蜀相兼,隴蜀相兼,清修惟一念。暮鼓晨鐘,但求無忝。

【出破】（生）我堅如鐵石無他念,莫生疑安禪有驗。（外）如此,我且留你在此,待擇吉期,與你披剃便了。（生）多謝大和尚。（外）惟願取鉢底蓮花微笑拈。指引他到寮房安担去罷。

（丑）曉得。

（生）弟子告退。此後依歸長奉絳,

（丑）這裏來。

（生）而今徼倖得垂青。（原書小註云：此處有【江神子】一曲在後,然此本後面并無此曲,想係失去。）（丑引生下）

（外）這王合瑞大有根器,今得收在門下,可謂青出於藍矣。擇吉日極是容易,與伊摩頂受記。他年誠證菩提,誰不信為神異！

（貼隨外下）

第十三齣　冥　晤

（小旦扮殷氏殭屍上）

【北賞花時】縱似蠶殭不悔淫，重出桐棺待訪尋。誰知風月暗成陰，到那裏去伴花安寢，抵多少遺恨在園林！奴家自成殭後，一心繫念韓郎，杳無會期，倍增悲泣。今夜月明如畫，一時難按春心，為此重出棺材，私探韓郎消息。咳！

【么篇】非不曉露水夫妻只寸陰，勉強在無可尋時抵死尋。俺這裏終始未忘心，我韓郎吓！你做了鬼也理應來稔，若遲呵，辜負了芳意到如今。

（老旦、旦扮鬼卒，執短錘單鞭，帶付扮韓成，戴鎖銬長枷上）

【南梁州賺】往日陽臺，到於今雲情何在？（小旦）吓，那來的不是韓郎麼！形容甚憊，當年風月全消敗！（付）吓，這是王大娘吓！陰司界，重邂逅，聊舒悶懷。（小旦）阿呀韓郎吓！（付）阿呀王大娘吓！（小旦）原無奈，徒然睽隔休輕怪。（付）多因報仇未來，（小旦、付）且圖一快！

（老旦、旦）吥，這是什麼所在！

【前腔】輒敢胡柴，入酆都休圖歡愛。（小旦、付）望二位大哥方便！（老旦、旦）你們這兩個孽障，生前罪大，如何身死牽帶！（小旦、付）阿呀，二位大哥吓！還心揣，方便事，公門正該。（老旦、旦）雖則公門裏面好修行，如何方便得你們來吓。（付、小旦）風流債，牡丹花下依然在，雖為鬼時誰撇開！（老旦、旦）好個牡丹花下死，做鬼也風流。說得有趣，且容你們略敘一敘，不許耽擱久了，轉多遺害。

（付、小旦）這個自然。

（付）阿呀王大娘吓！我和你前緣前世，一緣一結，這樣收場，有話難說！

（小旦）阿呀韓郎吓！

【南香羅帶】當初遺鳳釵，誰知禍胎，冤遭殺身煆煉來，我命難挨又並赴泉臺。也，浪打鴛鴦，水拚分開，（付）何期卜後會重與告哀，別有關懷。也，願共伊他生鸞鳳偕。

【前腔】（小旦）同心期後來，鸞鳳再偕，恩酬彼蒼豈惜財，轉世投胎若果遂私懷。也，例守松筠，莫敢胡歪。（付）卿卿縱實意依戀不才，怎沒安排。也，（小旦）韓郎何出此言？（付）我的骨殖被你丈夫燒煆，煆煉成缸，留在人間，也還是一件完全之物。被你失手跌破，年深日久，必成瓦礫。這也不算什麼大事，當不起我的骨殖拋散不全，如何覓得匠工，與我將缸補好。（小旦）不消煩悶，在我身上，與你補好便了。（付）若果如此，永感伊成全完百骸。

（老旦、旦）耽擱久了，趲路！

（小旦）阿呀，二位大哥吓！纔得重逢，如何就別！

（付）還望二位大哥方便。

（老旦、旦）呔！奉冥府吩咐，立刻打下刀山地獄受苦楚去，還不快走！

（小旦）阿呀韓郎吓，你這般瘦怯怯的身軀，怎經得那般痛苦！

（付）阿呀大娘吓！這也是樂極生悲，不消說了。

（老旦）快些趲路！

（付）大娘請上，我就此拜別。

（小旦）奴家也有一拜。

【臨江仙】鏡碎難圓誰喝采，（付）重逢忽又分開。（小旦、付）東西遙隔各天涯，今朝輕別後，何日魂再來？

（老旦、旦）走！

（付作欲下又上介）大娘，補缸要緊！

（小旦）奴家牢記在心，不消囑咐。

（老旦、旦）走，走，走！（帶付下）

【前腔】（小旦）寸斷肝腸難佈擺，缸存且與安排。但我死後成殭，已失本來面目，與人接見，定惹驚疑。不免現出在生儀容，分外添些嫵媚。又把這空園一所，幻做王家庄，好覓匠人與他補缸便了。變！（下）（場上作放煙火介，貼扮殷氏原形上）妙吓！且喜我

的容顏，比在生越覺丰采了。吓！舊原形如舊莫嫌猜，韓郎吓！纖毫無罅漏，完好任裙釵。（下）

第十四齣　補　缸

（净扮顧老兒上）修補缸罈是獨行，那知趁息極平常。不安本分圖風月，就有銀錢一掃光。自家顧老兒的便是。年過五十，性愛風流，家室全無，補缸為業。連日天氣下雨，一步也不出門。今朝天氣晴明，上街做些生意罷。

【誥猖腔】忙將擔子來挑起，挑起擔子走街坊。前街走到後街上，不覺來到王家莊。（貼扮殷氏原形上）王大娘，出繡房，（净）補缸吓！（貼）忽門外面叫補缸。雙手開了門兩扇，那邊來了補缸匠。（净）你看有個婦人開門出來，待我遷他一缸。噲，小娘子！聞知你家有缸補，（貼）正要尋你補缸。（净）好利市哩！借你寶缸來開張。（貼）師父，大缸要錢幾多個？小缸要錢幾多雙？（净）主顧生意，不討虛價，大缸要錢一百二，（貼）小缸呢？（净）小缸要錢五十雙。（貼）一些影兒也没有。（净）為何？（貼）一百二，五十雙，再添幾個買新缸。（净）你到底是個外行，新缸那有舊缸好，新缸那有舊缸光？（貼）不要嚕蘇，快說個老實價錢。（净）有數說的：上天討價，落地還錢。丟開我的，只說你的，還我多少？（貼）一分銀子。（净）我識不識什麽數目的，一分銀子，不折不扣，不缺底串，實在該有多少銅錢？（貼）準準把你七個大錢。（净）呸！出門遇你來打岔，好生混帳不成腔。補缸吓！（貼）叫聲師父轉來罷，奴家與你有商量。轉來吓！（净）商量什麽？（貼）大缸與你一百個，（净）還不離筋，小缸呢？（貼）小缸與你四十雙。（净）一百個，四十雙，再添二十有何妨？（貼）虧你還要再說。（净）小娘子，你的東西到底是大的是小的？（貼）唼！且跟我裏面來。（净）來了。（貼）前面走的王大娘，（净）後面跟的補缸匠。小娘子請見一禮。（貼）不消。（净）恭喜小娘子前後發。（貼）多謝師父，大家發財。（净）我倒不指望。（貼）為何？（净）我曉得你的□□，你也該曉得我的□□。（貼）唼！

（净）我們做手藝的，趁錢微薄，只算一隻黃沙缸，没銹水的。（貼）三句不脱本行。（净）只好度日而已，那裏發得財來。（貼）好説。你的手段如何？（净）不是誇口説，三十六天罡都是我補好的。（貼）啐，這是星斗。（净）武松打虎景陽崗，難道不是我補好的？（貼）這是地名。（净）四大金剛、月老吴剛，那個不曉得虧我補好的？（貼）這是神道。（净）李剛、薛剛、袁天罡、宋金剛，難道也不算我補好的？（貼）這是人名。（净）還有整夫綱、鍊口綱、加説綱、用急綱、久鍊成鋼、紙糊金剛，扛來扛去，扛上扛落，扛東扛西，扛猪扛狗，脱出肛門，跌落糞缸，率性打句紹興鄉談把你聽聽：伯甊過錢塘江。（貼）住了，一味都是混話，手段料想平常的。去罷！（净）我又不見你的寶缸，你又不見我補法，那裏就曉得平常吓？（貼）是吓。（净）缸在那裏？（貼）夾衖裏。（净）夾□裏？豎進來了。（貼）啐，夾衖裏！跟我來。哪，就是這隻缸。（净）阿呀，前頭一條縫，後頭一個洞，我的鑽子小，叫我那介弄！補不來的，請央好寶貨。（貼）我説你手段平常的。（净）不是手段平常，要曉得，别人弄破了，倒叫我來頂缸！（貼）正為跌破了，所以要你補吓。（净）説得不差。小娘子，你倒底要補前頭，要補後頭？（貼）多説！快補起來。（净）容易的。看起光景，我同這個小娘子，今宵剩把銀缸照，猶恐相逢是夢中。（貼）王大娘，進繡房，打開雲鬢巧梳粧。前邊梳起盤龍髻，後邊梳起揀花香。忙將花粉搽了臉，拿了胭脂點嘴旁。大紅綢衫來穿起，八幅羅裙片錦鑲。忙將白布來裹脚，大紅弓鞋子三寸長。開了門兒往外走，看看老兒來補缸。補得好些！（净）在行的，不用説得。忽然擡起頭來看，小小一個俏嬌娘。青絲挽就時新髻，大紅頭繩扎中央。翠花一對雙蝴蝶，還帶一枝玉扁方。兩耳珠環懸空掛，裹金鐲子放毫光。包頭乃是全蘇式，還把蛾眉畫得長。芙蓉宮粉擦了臉，血潑胭脂點嘴旁。身穿一件紅襖子，生活出産在錢塘。外罩一件小馬甲，汗巾拴腰理正當。八幅湘裙拖着地，團花却是繡鴛鴦。白綾膝褲釘綜線，左右鮮紅帶一雙。裹脚雖然看不見，三寸弓鞋露外廂。松花帕子拿右手，紫竹扇子象牙鑲。坐在一把交椅上，猶如西子共王嬙。左看右看真好看，一時失手打破你的缸。(貼)阿呀！怎麼打碎了！(淨)不要着忙,缸片剃胎頭,總是因兒吃苦哩！叫聲娘子休要怪,買隻新缸賠舊缸。(貼)你好前言不應後語吓！(淨)怎見得？(貼)你方纔親口說的。(淨)我說什麼？(貼)哪,新缸那有舊缸好,新缸那有舊缸光？(淨)這句說話原是有的。沒有什麼來賠補,只好當面脫衣裳。(貼)這樣屍皮那個要,沒些當管怎賠裳！(淨)合着《牧羊》一句白,(貼)怎麼說白？(淨)虎落平陽怎脫崗。(貼)胡說！我今扯你當官去,打你四十大翻黃。(淨)老兒一見事不好,(貼)同你到當官去！(淨)那邊不□發顛狂。(貼)不但打了就饒你,(淨)看來用不着硬缸,要用軟缸了。(貼)還要枷號在街坊。(淨)慌忙跪在塵埃地,我今拜你做乾娘。(貼)拜乾娘,不敢當,奴家心里最慈祥。叫聲老兒起來罷,(淨)多謝乾娘。(貼)只要放穩重些,奴家不要你賠缸。(淨)乾娘教訓的極是,對天發下千般願,(貼)發什麼願？(淨)從今再不看嬌娘。(貼)這便纔是。天色晚了,回去罷。(淨)曉得。挑起擔子連忙走,走到前街叫補缸。(貼)一見老兒回轉去,他今再不到王家莊。(淨)看看日已西沉了,就做生意也平常。(貼)王大娘關門進繡房,坐定思想補缸匠。(淨)我的癡心終不死,再闖寡門也何妨！(作叩門介)開門！(貼)是那個？(淨)是我。(貼)來了！(作開門介,淨)咦！(貼)為何去而復來？(淨)難道拜了乾娘,連姓也不曉得的？請教乾娘尊姓。(貼)哪,有人問我名和姓,生是生非王大娘。

(淨)哦,就是王大娘。噲,王大娘！呸,到底要叫乾娘。噲！乾娘！

(貼)怎麼？

(淨)乾娘,兒子回家遠了,可容我過了夜去？

(貼)使不得。

(淨)為何？

【尾聲】(貼)今朝急切休留戀,(淨)今晚不及,到底幾時來？(貼)待等時來風便。(淨)有了上句,等我索興串完。吓,殿下！那時同向金門把詔傳。

(貼)啐！

(净)打蜜蜂鞦韆,倒有趣哩!(下)

(貼)阿呀,這一隻缸乃是韓郎所託,今被擊碎,還有何顏見韓郎於地下?罷!我今急急趕上前去,尋着缸匠,要他補好還我,纔肯干休。倘有差遲,與他勢不兩立!哎!

【兩秦腔二犯】雪上加霜見一班,重圓鏡碎料難難。順風追趕無耽擱,不斬樓蘭誓不還。(急下)(净上)生意今朝雖誤過,貪風貪月有依攀。方纔許我□鸞鳳,未識何如築將壇。慾火如焚難靜候,回家五□要相煩。終須莫止望梅渴,一日如同過九灘。(貼上)呔!快快賠我缸來!(净)乾娘!說定不賠承美意,一言既出重丘山。因何灰死重燃後,後悔徒然說沸翻?(貼)胡說,誰說不要你賠?快快賠我缸來,萬事休論。(净)我是窮人無力量,任憑責罰不相干。(貼)當真?(净)當真。(貼)果然?(净)果然。(貼)罷!奴家手段神通大,賭個掌兒試試看。變!(下)(場上作放煙火介,小旦扮殷氏殭屍上)你賠也不賠?(净)阿呀不好了!鬼來了!惡狀猙獰真厲鬼,將何驅逐保平安?(小旦)若然一氣拴連定,難免今朝□用蠻。(净)怕火燒眉圖眼下,走吓,快些逃出鬼門關!(下,小旦)怕你逃到那裏去!勢同騎虎重追往,迅步如飛頃刻間。(下)

第十五齣　雷　殛

(小生扮韋馱執杵,旦扮木吒執禪杖)

【朱奴插芙蓉】【朱奴兒】枕中秘今當兆現,承提命汲引良善,不殛奸邪怎瓦全?顯彰癉果有成權。(小生)某,韋馱。(旦)某,木吒。(合)請了!(小生)韓成為色戒生,死後應遭燉爛,復令將缸擊碎,不使留禍人間。王合瑞將證菩提,豈殷氏所能加害?為此親奉金旨,下凡救獲上山。(旦)菩薩今遣某來了。為殷氏自成殭後,怙惡不悛,傳諭五雷擊開棺木,即將屍骨雷火焚燒。(小生)似此死不相饒,律昭好色貪淫之報。(旦)某等分頭前去,如敕奉行。(合)請!加天譴,難容苟延。【玉芙蓉】好安排紫金香鉢湧青蓮。

(分頭下)

（生扮王合瑞挑盞飯桶上）

【朱奴剔銀燈】【朱奴兒】受披剃堅貞不變，承師命敢惜勞勉，盞飯長生結飯緣，募歸去去食衆安禪。我王合瑞，自在護國院披剃，蒙和尚賜取法名肇修。一念焚修，六塵無我，又承各護法每家佈施齋飯一鍾，大和尚命我出來，沿門收取。【剔銀燈】爭把行擔效綿，如今天色將晚，盞飯又已打完，不免回去罷。賴檀越饗餐極便。

（小旦扮殷氏殭屍上）補缸的狗男女，快快賠我缸來吓！你是王合瑞吓！

（生）陛！鬼乜邪休得無禮。

（小旦）自古仇人相見，分外眼明！

【朱奴帶錦纏】【朱奴兒】在生日冤遭損踐，今為厲那怕摧剪？（生）憑你怎樣打牆，補起大悲咒來，不是當要的，還不迴避！（小旦）【錦纏道】梵咒總陛然，（作解汗巾介）罷！重仇莫報縑絲了萬緣。（生）阿呀不好了，快救命吓！（小生又上）吾神救你來也。（引生下，小旦）阿呀！到口難吞嚥，（內作雷聲介，小旦）阿呀不好了！一時魂膽喪空烟。

（場上烟火介，小旦急下）

（淨、付、丑、外、末、扮五雷正神，各執斧鑿上）

【京腔】除滅奸回，雷從地起，金光遍處飛。怎逭東西，了結諂淫輩，了結諂淫輩。（淨）破口喧轟暮色催，一聲威壯六丁雷。（付、丑）不循規獲大條犯，（外、末）豈為身亡免擊摧！（合）某等五雷正神是也。（淨）照得逆婦殷氏，生前敗壞閨門，死後傷殘夫主。（付）適有普門木叱，傳到大士金言。（丑）因此傳集五雷，一共明彰蘖報。（外）要使棺枋擊碎，並將屍首焚燒。（末）世間好色貪淫，當以此為鑒照。（淨）就此如敕奉行者。（付、丑、末、外）請！（淨）雄烈烈先聲怒發，擊開了櫬駐園西。（下）（付、丑）他那裏行奸賣俏，俺這裏首重倫彝。（同下，外、末）他那裏粧模作樣，俺這裏急殄奸回。（同下，淨上）他那裏尋蹤覓跡，俺這裏立破痴迷。（老旦扮鬼卒調小旦上，付、丑、外、末又追上，小旦作跪外場介，老旦暗下）（淨、付、丑、外、末作推鑿放出黃烟四圍打圈繞場介，小旦暗下）（淨）殷氏棺

木擊開,屍骨焚化,某等同赴普門,回繳覆旨去也。(付、丑、外、末)請!(合)妙蓮開趁便爭輝,妙蓮開趁便爭輝。(同下)

第十六齣　鉢　　圓

(小生扮韋馱將降魔杵引生扮王合瑞上)

【點絳唇】只為恁命竟何如,呵護得愁魔盡去。休疑慮,且是從予,微笑向拈花處。

(生)請問神聖,可是三洲感應護法韋馱尊者麼?
(小生)然也。
(生)阿彌陀佛,弟子何幸,得荷生成!
(小生)憐憫有情,不違本誓。
(生)動問尊者,那個是什麼厲鬼?
(小生)就是汝妻殷氏。
(生)怎麼這般模樣?
(小生)死後成殭,執迷不返,不但缸已擊碎,連殷氏也遭雷殛了。
(生)弟子一路跟來,並不聽見什麼雷響。
(小生)癡子吓!

【混江龍】怕您再添驚懼,因此上悄無音響過雲衢。(生)如此說來,去護國院遠了。(小生)護國寺誰堪掛錫?(生)到那裏去安擔?(小生)普陀山上儘足停車。(生)那普陀山有何景致?(小生)待俺數與你聽。(生)是。(小生)有一座落迦峰高接起青霄布濩,一個潮音洞俯迎着碧浪縈紆。一隻白鸚哥隨下上飛鳴福地,一帶紫竹林真乃是任西東掩映禪居。一枝灑甘露的小垂柳隨時香漫,一件藏法雨的大瓶到處見光鋪。(生)素聞普陀山乃觀音菩薩道場,不知大士可常在那裏麼?(小生)其間無日夜現在毫浮月面棲遲南海,有時即駕鮫床乘黿背遊幸西湖。(生)望尊者就帶弟子到普陀山去瞻仰金容,曷勝幸甚!(小生)且合了眼隨我過大海去。(生)是。(小生)瞬息中隨風去,把鯨鯢度,且見浮圖龍,倚鐘鼓聽須臾。到了普陀山了。開了眼罷。

(生)只聽得一陣風聲,來的恁快!
　　(場上作撞鐘擊鼓吹打介,小生)你聽鐘鼓齊鳴,旛幢風動,菩薩將次昇殿,你且在此伺候者。
　　(生)是。
　　(末、外、淨、付、丑旦扮羅漢,貼扮善財捧鉢盂,小旦扮龍女執楊枝淨瓶,引老旦扮觀音執拂塵上)
　　【沽美酒】(合)捧鉢盂為鉢盂,尋有緣願已符。笑吟吟毫相現斯須,寶殿高登做個翼扶。諸天聖賢意氣舒,擁護慈庭疾疾的呼。道蓮花焰吐焰吐,賞心俱尚在暗包藏天地處。
　　(小生)菩薩在上,弟子繳旨。
　　(老旦)把尋來的捧鉢人喚過來。
　　(小生)領法旨!進去見了菩薩。
　　(生)是。菩薩在上,弟子叩參,願菩薩聖壽無疆!
　　(老旦)衆羅漢!
　　(末、外、淨、付、丑)有。
　　(老旦)可將他三世之事,逐件點醒他,證盟一番,方好付鉢。
　　(末、外、淨、付、丑)領法旨。癡漢!
　　(生)有。
　　(末、外、淨、付、丑)你可對天跪下。
　　(生)是。(作朝外跪介)
　　【浪淘沙】(末)靜聽說當初,一世為儒。有同袍情重友恩辜,那賊漢的心腸奸惡也,報應何如?
　　(生)報應是何如?
　　【前腔】(外)此是禍根株,再世進呼。你淫伊閨女奔他途,致彼父終身蒙玷也,報應何如?
　　(生)報應果何如!
　　【前腔】(淨)孽債天乘除,貼補非虛。致今生漂泊困江湖,向奉化窰門釀禍也,報應何如?
　　(生)報應果何如!
　　【前腔】(付)強合在中途,殺死奸夫。那缸成骸骨已全無,把禍種重遭星碎也,報應何如?

（生）報應果何如!

【前腔】（丑）債欠補妻孥,慾海模糊。縱甘心伏罷喪冥途,怕到底冤索難斷也,報應何如?

（生）報應果何如!

【前腔】（旦）總是爾□愚,定見毫無,致招災鬼祟緒當途,一霎裏難逃雷火也,報應何如?

（生）報應果何如!

（老旦）白過來。

（生）有。

（老旦）三世因果,既經逐一指明,總因報應循環,然毫不漏。但你既歸佛教,不應頓起悔心,故遇殭屍一場驚嚇,要曉得從自己心上感召而來。如今已覺迷途,可還有別見否?

（生）菩薩在上,念弟子呵,

【沉醉東風】再不敢徬徨半途,只一念修行自圖。（小生）慈悲憫子身,早賜蓮航渡,沾感得潤苗膏雨。（老旦）退悔伊如,到底無定,派在菩提位數。

【前腔】（生）晨鐘覺翻然悔悟,保從今掙脱了那危途。（小旦）到底清修事應見真,豈受着沾泥絮?望垂慈加與吹噓。（老旦）把鉢盂付了他罷。（貼）是。面授薪傳付鉢盂,休不尋常休小覷。

（生作接鉢盂介）

【前腔】受真傳拳拳在吾,（作拜老旦介）對蓮臺頂禮傾輸。（末、外）那魔緣已盡消沒個勾留廬,（淨、付）喜孜孜頓改規模。（丑、旦）不似當年卓識,無任徘徊臨歧末路。

【前腔】（生）剃了髮全不似鬚眉丈夫,托着鉢已安然水月浮圖。（作鉢盂內現出蓮花介）金蓮一朵開,肯受淤泥污?（合）比人心清淨如何,渣滓消融半點無,纔見得廬山面目。

【煞尾】（老旦）蓬境清涼借力噓,（生）鉢中花豔發將塵心去,（合）奉你世人不貪淫天佛助。（同下）

附錄　鉢中蓮串關

佚　名

【説明】《鉢中蓮串關》，封面白皮，以黃方塊紙貼"月"字，并貼紅籤，籤題："鉢中蓮串關"。書脊裝訂處有"小班"二字，鈐"舊小班"長方墨印。首葉卷端鈐"杜穎陶捐贈"章。"舊小班"為清嘉慶時期宮廷演出機構南府戲班，據此可知該本為當時宮廷演出本。全書計《示識贈釵》、《託夢除奸》、《冥會補缸》、《雷擊殭屍》四齣，係從全本《鉢中蓮》析出者，現藏於中國藝術研究院圖書館。

（戴　雲）

第一齣　示讖贈釵

（扮哼哈二將、哪吒、伽藍、謁諦、韋馱天王上，跳舞科）

（扮善才、龍女引觀音上，同唱）

【誦子】潮音洞外海濤來，紫竹林深霽色開。普度慈航登彼岸，聖輝先是觀蓮臺。（合）南無佛，南無觀世音菩薩。

（白）廣長欲吐舌，先動海潮音。願以此功德，慈度灑甘霖。若有見聞者，悉發菩提心。皈依三寶後，纔識度金針。吾乃觀自在菩薩是也。今當春朝，正值瑤池蟠桃初熟，昨承金母折簡相招，應會諸天聖賢，共付千秋盛醼。衆神將，就此駕雲前往。

（衆應科）

（扮雲使上，同唱）

【番竹馬】駕起祥雲縹緲，巧趁取豔陽時雨順風調，把鸞車引導。間煥幡幢五色，掩映得珠噉宣耀，望昆侖還隔住晴霞照。徐行過海天遙，濤聲漸遠喧嚣。（場上放彩火，觀音白）下方何故一道紅光直冲霄漢？護法神看來。（衆白）領法旨。（作看科，白）啟菩薩，下方有一王合瑞，在奉化縣西鄉窑內燒缸，故此光冲霄漢。（觀音白）善哉！善哉！此人原籍江西，夙有佛門根器，可參大道，域證菩提。今在奉化土窑，聊且燒缸度日。查得伊妻殷氏，數應淫亂戕生，死後成殭，復遭雷擊。再思吾蓮座前，缺一捧缽侍者，應俟因緣，到日吾當濟度王合瑞到來，付與缽盂，以成正果。衆護從神，再往前途行者！（衆白）領法旨。（同唱）本惟人自召，縱別出青紅和那白皁。想塵緣尚有烟花擾，且今日莫與推敲。咫尺鼇真並到，會蟠桃，三千歲一度徵招。（下）

（扮殷氏上，唱）

【玉芙蓉】奈情郎没影蹤，徒使我春心動。把雲巢雨窟，判隔西東。滿腔兒幽怨有誰人懂，只待知音訴與咫尺中。（白）奴家殷氏，小字鳳珠，自幼嫁在王家莊，與王合瑞為室。那知這薄倖的久客江湖，一去多年，杳無音信。但我年才二十，性喜風流，如何守此凄凉。天嘎！但願那短命的早報死信回來,也好安心揀人再醮。如今弄得來不伶不俐,進退兩難,權將露水恩情,聊且充饑止渴。因此放個大膽,結識一個少年叫做韓成,充當湖口縣捕快,頗有銀錢使用,家中衣食無虞,又承他識趣知情,受些風花雪月。呃,怎麼連日不見他來？阿呀,好難蹲坐嘎！且到門首盼望一回,消遣悶懷。（唱）風流種,怕攔門等空,慰無聊且撨今夜做孤鴻。

（內白）賣果子嘎！

（殷氏笑科,白）咦,那邊有個賣果兒的來了。嘎,待我買些下酒的果兒,等韓郎到來與他吃。嗆,賣果兒的,這裏來！

（內白）來了！等這兒給了錢就過去。

（殷氏白）快些來！

（賣果人上,白）蜜蜂兒錯搭窩兩錢！

（殷氏白）住了。嗆,賣果兒的,為什麼蜜蜂搭錯了窩,搭在西瓜裏頭去呢？

（賣果人白）誰不是那麼吆呼呢？

（殷氏白）我一向正要問這個緣故,為什麼蜜蜂兒的窩要搭在西瓜內呢？

（賣果人白）你老一成子早要問這件事？

（殷氏白）正是。

（賣果人白）賣瓜的多着呢,你老為什麼不問別人呢？

（殷氏白）呃,我看你還明白些,故此來問你嘎！

（賣果人白）罷了我了,這不過説這個西瓜甜的,這麼個意思嘎。

（殷氏白）嘎,原來如此！

（賣果人白）奶奶,你老吃。

（殷氏白）我不喜吃西瓜,喜吃東瓜,取東瓜來。

（賣果人白）你老又來鬧了,東瓜是做菜的,不是賣果子的賣的。

（殷氏白）你既有西瓜,就該有東瓜,難道不是一樣的瓜麼？

（賣果人白）瓜和瓜不同,難道説我還管賣木瓜麼？

（殷氏白）這也罷了。你擔内這許多，多是些什麽瓜果？

（賣果人白）我這擔子裏瓜果多着的呢，我數給你老聽：桃兒、蘋果、火梨、沙果子、西瓜、香瓜、蓮蓬藕。

（殷氏白）怎麽你一人賣這許多東西？

（賣果人白）我每樣兒只一個，要其個有。

（殷氏白）這是什麽賣法？（賣果人白）我就是這種標賣。

（殷氏白）呸，你可有李子？

（賣果人白）胰子，香蠟鋪裏有。你老這模樣兒殼好看了，還吃胰子！

（殷氏白）啐，我問的是李子。

（賣果人白）李子賣完了，你老吃藕罷。

（殷氏白）藕淡而無味，有什麽好處？

（賣果人白）怎麽不好？古人説得好，書上説得妙，况且有詩為證。

（殷氏白）嘎，你還知道詩句，到要聽一聽。

（賣果人白）大奶奶聽啟：白花藕，圓又長，能通氣，有清香。粉嫩真可口，是節節有商量。

（殷氏白）不好。

（賣果人白）這麽好詩，念給你老聽了，還不吃？你老吃蓮蓬罷。

（殷氏白）蓮蓬也没甚好吃。

（賣果人白）豈不聞張天師有云：蓮蓬兩頭尖，又不澀又不酸。剥了皮兒吃艮好，好歹别整醼。况醫家説得好，蓬蓬藕一塊兒吃，叫做藕蓮和合丸。

（殷氏白）那有此事？我不信。

（賣果人白）不信就試試。

（殷氏白）嗳！（唱）

【前腔】這言詞太不通，面試成何用。你昂藏漢子，我是嬌紅。分明蔑禮欺孤鳳，儜懶心腸露口風。非譏諷，免奴家氣冲，（賣果人白）你老别生氣。我把這些果子都孝敬了大奶奶罷。（殷氏唱）有誰來白圖饗餮假含容!

　　(賣果人白)不肯白吃我的很好,没有領教大奶奶姓什麽。

　　(殷氏白)我麽,姓王。

　　(賣果人白)王大嫂子麽,短敬。你老過來拉拉手呢。

　　(殷氏白)啐!只是你在此耽擱了好一會工夫,我又不把一個錢與你,又做不成買賣,你可不要含怨我麽!

　　(賣果人白)只要大嫂子疼我,就在這兒歇了一年,我也是願意的。

　　(殷氏白)你這個人到也知情。

　　(賣果人白)什麽知情,我見了你老這麽個小模樣兒,阿呀,我就動不得勁兒了。大奶奶,大嫂子,大姐姐,我那大嘴的太太!

　　(殷氏白)什麽?

　　(賣果人白)我叫錯了。我的媽!

　　(殷氏白)怎麽?

　　(賣果人白)我有句擱惡心、擱肉麻的這麽一句話,不敢說,怕你老怪。

　　(殷氏白)我不怪你的,你說嘘。

　　(賣果人白)阿喲,我的親媽!難得你老眼睛、鼻子、嘴、耳朵都長在臉上,教我還熬得麽?(唱)

　　【前腔】我心頭不放鬆,將伊拌蜜酥用。有收魂符咒,蕩漾隨風。(殷氏唱)知情識趣言奇中,教我忽動憐才意倍濃。(賣果人唱)如邀寵,願終身服從,望娘行鑒吾生死效愚忠。

　　(韓成曲內上,白)花柳情深才會合,雀符安重主分離。呔,你們幹什麽勾當!

　　(殷氏白)放手放手!(下)

　　(韓成白)你是什麽人?

　　(賣果人白)我是賣水果的。

　　(韓成白)既是賣水果的,怎麽不站在門外,闖進門裏面來幹什麽勾當?老虎想吃肉,還該問問山神土地!

　　(賣果人白)什麽叫山神?什麽叫土地?你没有細打聽,我賣瓜果多是上人家炕上去賣。你要管我,算你狗拿耗子,多管閒事!

（韓成白）這等無禮,你要吃虧!

（賣果人白）你到別薰我,你也是這兒混串,我也是這兒瞎走。你要是管我,算你困了。（韓成白）什麼困了?你該死的賊囚!

（賣果人白）什麼,你罵我土子球?

（韓成白）還不走出去!

（賣果人白）我直不出去!

（韓成白）我就踢翻你的擔子!

（賣果人白）我亥你鏊出點兒血來!

（韓成白）好狗頭嘎!（唱）

【玉芙蓉】何來一賣傭,敢把風情弄。癩蝦蟆想鵝肉,怎地相容!謾言扭向官司控,先吃我拳頭一頓舂!（賣果人唱）非誇勇,雙拳最工,且嘗咱沙家手段少林風。

（作打科,韓成逃下）

（賣果人白）好嘎,走了卸底,這宗六藝就滂來了。好個王大嫂子,真無的可說,再沒有這沒得賀,真得兒。怎麼說呢,剛有點邊兒,弄了個攪屎的棍子,弄得來冷飯炒了,真正好事多磨。站着,我聽這小子在什麼衙門裏當差,別明兒個灣硬龕兒來,我就吃不刻化。常言説得好,光棍不吃眼前虧,給他一個溜。俗話説得好,這沒跑了不算丟人。（下）

（韓成上,白）阿喲,阿喲,這狗頭好生利害!我韓成,在湖口縣內當一名捕快。蒙本官恩德,點作捕頭,會賺銀錢,盡榖嫖賭。只靠着歪時運,辦公事全賴別人。因此結識了王家莊上的王娘子,十分情重。連日身在公門,伺候官府,又有要緊關要,往象山公幹,為此特來通個信兒,與我那情人。不想遇着這廝歪纏了一回。想他此時已去,我不免原去走遭。咳,想我韓成呵,（唱）

【寄生草】心上心上心兒上,牽掛單為那多情況,早回轉慣舊遊風月場。（殷氏內白）天嘎!男子漢不在家,被人欺到這個地位。（韓成唱）進門牆,忽聽嬌鶯翻變嗓。

（殷氏上,唱）

【前腔】孤曠孤曠添孤曠,因甚忽有人聲響?我心裏到十分疑得慌。(韓成白)我的娘,是我韓成在此。(殷氏唱)不當場,還須認你為白撞!

(韓成白)又來取笑了。
(殷氏白)取笑取笑,你實在有些不肖!
(韓成白)什麼不肖?
(殷氏白)你在外邊好快活!
(韓成白)我又不走叉路,有什麼快活?
(殷氏白)不走叉路,為何連日不來?還要支吾,打你幾個嘴巴子!
(韓成白)該打!該打!
(殷氏白)怎麼不該打!
(韓成白)打他個貪嘴,把身子去換水果吃!
(殷氏白)啐,好含血噴人!
(韓成白)如今的事情,只要將就得過,就糊塗到底了嘎。
(殷氏白)我只問你,為何連日不來?
(韓成白)說正經了,連日衙門裏答應官府,阿喲喲,片刻工夫也不得閒。今日略略空閒,與你叙叙,明日就要長別你了。
(殷氏白)嘎,什麼長別?
(韓成白)奉本官差遣,要到象山縣去關提盜犯,所以連夜同你會一會,明日就要長行了。
(殷氏白)此去象山有多少路?
(韓成白)約有二千餘里。
(殷氏白)幾時回來?
(韓成白)極快也得兩三個月,還要過海哩!
(殷氏白)呀!(唱)

【滿江紅】乍聞言魂先喪,禁不住淚汪汪。自相逢男貪戀,女愛何消講。沒來由黑魆魆平地興風浪,寧波過長江,此去保安康。吉人天庇佑,囑咐有情郎,莫把奴撇漾。贈與你小金釵,常掛心兒上,常掛心兒上。

（韓成白）我的娘,我若忘了你,我是一個小狗。

（殷氏白）韓郎,你到了那裏,須要寄個音書與我,免使奴家懸念。

（韓成白）阿呀,我的娘!我心緒如麻。但不知此去歸期,何日可能與你再會了。

（殷氏白）啐,出路之人,為何講此不利之言!不要說了,奴家備有小酌,權當與你餞別。須要多飲幾杯,少壯行色。

（韓成白）多謝我的娘。

【清江引】（殷氏唱）今宵欲寫風流賬,有限休登上。（韓成唱）滿撺到酆都,貼補雲情曠。（殷氏白）嘎,韓郎!（唱）恨不把雙軀殼團一片纔停當!（下）

第二齣　託夢除奸

（扮小鬼、判官,引窰神上,唱）

【點絳唇】寶鼎香浮,光明絳燭。吾神壽,眾姓祈求,祝叩財源茂。（白）吾乃奉化西鄉司窰正神是也。職掌燒缸生理,歷年錫福生財。今日吾神誕辰,自有匠工祭賽。查得王合瑞之妻向與韓成通奸,今夜借宿土窰,數合親夫殺死。即將屍骨鍛煉成缸,歸示其妻,亦應逼斃,復遭雷擊,報應昭彰。其夫披剃焚修,後為佛門侍者。有這椿公案,吾當暗顯神通,且待王合瑞到來,夢中示一警報便了。正是:瓦窰雖是無多地,統攝陰陽禍福門。

（王合瑞上,唱）

【好事近】羈旅荷神庥,託業聊為糊口。恭逢華誕,椒馨仰答高厚。（白）我王合瑞,前受窰主之託,小心照顧土窰,且喜燒出缸來,並無一些傷損。今日乃窰神聖誕,夥計們公斗分金,準備福禮三牲,已在厨下燒煮。為此攜着箒箒,先到神案前灑掃一回,已昭誠敬。（唱）酬恩賽願,為明裡整潔供箕帚。（白）怎麼一霎時身子十分困倦?總然端正福禮,還有一會工夫,不免就在神案前打睡片時。（唱）盼東君及早言旋,陸襄助得回江右。（作困科）

（窑神白）鬼判，揭起他睡魔。
（眾應科）
（窑神白）王合瑞，聽吾吩咐：半邊朝字韋相砌，戊字中間丁字立。前世冤家今世逢，管取今朝始面覷。牢牢記着。鬼判，速整威儀者。
（眾應科）
（王合瑞白）嗄，神聖，弟子不明白。阿呀，原來是南柯一夢。且住！方纔明明神道囑咐，半邊朝字韋相砌，戊字中間丁字立。這幾句偈語好不明白，又不知主何吉凶。
（匠工上，白）苾芬盈酒盞，肥脂見牲盤。王哥，福禮完備，就請拈香。
（王合瑞白）如此，占了。
（匠工白）好說。
（王合瑞白）神聖在上，弟子王合瑞暨闔窑匠人等，
（同白）獻祝千秋。（唱）

【前腔】蒙麻財氣易營求，感泐常懸心口。馨香明德，神祇鑒納靈佑。迎時祈報，祝無疆競獻芹私有。（王合瑞白）祭賽已畢，大家裏面飲福酒去。（匠工白）有理。（同唱）飲和時把酒言歡，似鄉社餕餘消受。（下）

（窑神白）你看這些工匠，十分誠敬，到也生受他每了。鬼判。
（眾應科）
（窑神白）少間韓成到來，爾等暗助王合瑞，殺死奸夫，已彰報應。
（眾應科）
（窑神白）大抵乾坤多一照，免教人在暗中行。（下）
（匠工、王合瑞上，同白）三牲爭共食，福酒飲酕醄。
（匠工白）王哥，我們今日都要回家看看。你一人在此，未免寂寞，怎麼處？
（王合瑞白）這到不妨。只是生活要緊，列位早去早來，不可耽擱久了。

（匠工白）這個自然，不過兩三日，就要上工了。

（王合瑞白）如此甚好。

（同白）正是：經營莫懶惰，財帛本艱難。（下）

（鬼卒隨韓成上，白）官差不由己，心急步行遲。我韓成，奉本縣大爺差遣，往象山關提盜犯。行了多日，來到這裏，天色已晚，不知什麼地方了。一帶荒涼，又無宿店。嘎，難道我走差了路不成？呀，你看這裏面燈燭輝煌，嘎，原來是個土窰。常言道：饑不擇食，渴不擇飲。不免借宿一宵再處。開門！

（王合瑞上，白）神祇夢語三分解，韓字明明暗隱藏。躊躇未了聞剝啄，且啟柴扉別審詳。

（韓成白）開門！

（王合瑞白）莫非窰主回來了？

（韓成白）請了。

（王合瑞白）請了。足下何來？

（韓成白）在下往象山公幹的，到此尋不着宿店，特借貴窰暫宿一宵。明日起身，自有房金奉謝。

（王合瑞白）這到不消，莫嫌地方窄小吓。

（韓成白）好說。

（王合瑞白）如此請進來。

（韓成白）多謝，奉揖了。

（王合瑞白）請了。可曾用晚膳？

（韓成白）不要說起。一帶荒涼，並無飯鋪。

（王合瑞白）如此是沒有用的了。

（韓成白）正是。

（王合瑞白）不嫌殘，有現成酒飯在此，請用些罷。

（韓成白）怎好取擾。

（王合瑞白）四海之內皆兄弟也。不消客氣，待我取來。

（韓成白）如此，從命了。

（王合瑞白）請一杯。

（韓成白）請。

（王合瑞白）這，請問尊姓？

（韓成白）在下姓韓。

（王合瑞白）嗄，足下姓韓？阿呀，方纔神明夢語："半邊朝字韋相砌"，我正解出個韓字，不想此人姓韓，好生奇怪！

【遠山橫】（唱）分明奇遇夢中人，（韓成白）我和你不是什麼夢裏相逢。（王合瑞唱）幸識荊州丰韻。（韓成白）忒過譽了。（王合瑞白）大名？（韓成白）在下叫做韓成。（王合瑞白）仙鄉何處？（韓成白）敝地江西。（王合瑞白）那一府？（韓成白）九江府。（王合瑞白）那一縣？（韓成白）湖口縣。（王合瑞白）涉遠而來，太勞苦了。（韓成白）咳，常言道，上命差遣，概不由己。（王合瑞白）是嗄。（唱）一身入官雖勞頓，比賤業銀錢多趁。（韓成白）雖則銀錢易趁，要曉得，身不入官為貴，那裏如得你這做手藝的，趁幾個本分錢，沒有什麼驚駭。（王合瑞白）好說。足下既是湖口縣人，可曉得有一個王合瑞麼？（韓成白）素聞其名，從未會面。只是他的尊嫂，我倒有交往的。（王合瑞白）什麼交往？（韓成白）阿呀，失言了！（王合瑞白）風花雪月，人之常情。你我雖是初交，漸漸已成莫逆。（唱）何用得言參假真，縱把風情賣，不算敗閨門。

【前腔】（韓成唱）鄰居燈火素相親，沒個些兒胡混。（白）足下為何知道王合瑞的？（王合瑞白）他昔年到我寓內做些交易，如今久已不見來。聞說他早已死了。（韓成白）死了麼？（王合瑞白）便是。（韓成白）謝天地。（唱）伊妻可免長孤寡，不消守松筠清韻。（王合瑞白）其妻容貌如何？（韓成白）不要說他別的，就是這雙俊俏眼兒，你見了他，也要神魂飄蕩。（王合瑞白）在下沒福，那裏如得足下。他既是個寡居，足下何不娶了？（韓成白）我亦有心久矣，恐怕外人談論。（王合瑞白）談論什麼？（韓成白）道先奸後娶了。（王合瑞白）如此說來，足下與他妻子早已交往的了。（韓成白）有交往沒交往，也不消說了。（唱）難道是桃園洞門，劉郎去阻迷雲。

（王合瑞白）如此說來，足下是個風流瀟灑及有趣的人了。

（韓成白）還有恩愛之處，一發告訴你罷。

（王合瑞白）請教。

（韓成白）噲,老兄。（唱）

【急三槍】感他臨行別,把金釵贈,情無盡。（王合瑞白）金釵可在？（韓成袖中取科,白）哪。（王合瑞白）乞借一觀。（韓成唱）似此貽彤管,極銜恩。（王合瑞白）阿呀！這明明是我妻之物,奸夫無疑的了！我自有道理。啐,只管講閑話,連酒多不吃了。待我取大碗來奉敬。（韓成白）在下量淺,只好借花獻佛。（王合瑞白）這是一點敬心,萬勿推辭。（韓成白）如此,只得從命了。（王合瑞白）這才是個朋友。（韓成白）阿喲,阿喲,吃不得了。（王合瑞白）好大量,再敬個成雙。（韓成白）其實不能從命了。（王合瑞白）吃個成雙杯,好與王大娘子成親。（韓成白）好吉言。這一大碗是要吃的了。（王合瑞白）足感盛情。（韓成白）阿呀,醉了,醉了,我要睡了。（王合瑞白）索興吃個盡壺之歡罷。（韓成白）那裏吃得這許多,你就把刀擱在我脖子上,我也不能吃了。（王合瑞白）請乾了。（作灌科,韓成吐科,王合瑞白）呀！（唱）他登時裏,如泉湧,難安穩。傾盆吐,睡昏昏。（白）韓兄,韓兄！這狗男女已睡熟了。此時不下手,更待何時？只是將什麼結果他？

（鬼卒指科,王合瑞白）嗄,待我到廚下去取了刀來嚇。（唱）

【風入松】冤家狹路遇生嗔,誓使身餐刀刃。（取刀科,白）狗男女,吃吾一刀！（殺科,韓成撲,鬼卒作拉倒,王合瑞唱）立時殞命舒長恨,從頭把情由思忖。（白）且住。自古捉奸見雙,如今只殺得一個,又不殺在奸所,一些沒有指證。就埋好了屍首,終非美事。幸虧窰主遠出,夥計又各自回家。我今把他的頭先割下來。阿喲,這狗男女！（作砍下首級科,白）頭已割下,把石灰熗了,連那股金釵,日後帶回家去,把那淫婦看,使他不得抵賴。一面將他屍骨和上泥土,叉入窰內,鍛煉成缸,一來可以滅跡,二來勝似揚灰。阿呀,韓成嗄韓成！今宵之事,非我不仁。（唱）鋒銛付重遭火焚,貪淫報先已夢窰神。

（白）真個神道有靈,如今已全應了。（下）

（殷氏上,唱）

【粉孩兒】縈縈的守孤幃愁悶死,怕翻雲覆雨,薄情如紙。楊花落地漂泊時,更難堪瘦損腰肢。(白)奴家自與韓郎別後,不覺四月有餘。屈指歸期,業已失約。不知他藉端逗遛,又不知果未回來,無從探個信兒,使我委決不下。天嘎,若果另尋門路,何苦待兔守株!不如早早回絕奴家,也算一椿現在功德。就是那賣水果的,雖然少遜一籌,強如閉戶修齋,落得眼前歡樂。(唱)豈貪饕隴蜀相兼,傷春去零落紅紫。(下)

(王合瑞挑木桶上,唱)

【紅芍藥】回故土目擊些兒,美風景照舊如斯。不幸惟吾至於此,誓歸來掃除牆茨。(白)我自殺了韓成,割下首級,即把石灰燴好,端正木桶裝盛,將屍骨焚化。不多一日,鍛煉成缸。夥計們纔來上工,窰主也討賬回轉。謝天地之德,一些不漏機關。我就算清銀錢,交明帳目,辭別窰主。蒙贈盤纏,取了一條扁擔,挑了瓦缸木桶和那一副行禮,一股金釵,星夜趕回。一竟倍道而來,離家不多路了。(唱)私情,莫用再訪咨,定招供罪名應死。到、到家門耐性輕敲,(叩門科,唱)為今朝羞見桑梓。

(殷氏上,白)是那個來了?(唱)

【福馬郎】一回旋聞剝啄至,料那人象山歸,伊邇歡喜死。(白)可是……(王合瑞白)是我在此。(殷氏白)阿呀!(王合瑞白)為何見了我這等大驚小怪?(殷氏白)有個緣故。(王合瑞白)且閉了門,裏面去說。(殷氏白)曉得。咳!(唱)早難道遊魂鬼夢來之?(王合瑞白)什麼緣故?(殷氏白)官人嘎!(唱)睽違已多時,添羞澀作驚詞。

(王合瑞白)哈哈,且自由你。

(殷氏白)官人,你一去二載,竟沒個信兒寄回。

(王合瑞白)一定道我死了。

(殷氏白)什麼說話!可憐奴家,日夜懸望。

(王合瑞白)也難為你。

(殷氏白)一向存身何地,今日纔回,一一說與奴家知道。

(王合瑞白)咳,還要說他怎麼!(唱)

【耍孩兒】自別家鄉遭變事,涉海人幾死,沒亂裏悵悵奚之。

（殷氏白）説也可憐。（王合瑞唱）三年，碌碌碌光景長如是，（殷氏白）吃苦了。（王合瑞白）那裏如得你，在家中會尋快活！（殷氏白）你做妻子的衣食無度，快活何來？（王合瑞白）咳！（唱）也比我乞食過吳市，還較勝多般耳。

【會河陽】（殷氏唱）不諒些兒，是何説詞？分明喬試故如斯。須知，遊戲無心，誰怪伊一絲，從今後休多事。（王合瑞白）我到不多事。（殷氏白）難道奴家多事？（王合瑞白）差也不多。（殷氏白）吼，這也作怪。（王合瑞白）作怪作怪非作怪，一邊已了相思債。六塵無我始安心，可奈楊花留蔕芥。（殷氏白）阿呀，好蹊蹺嗄！（唱）出奇，如背上添芒刺；折疑，還口裏生渣滓。

【縷縷金】（王合瑞唱）無明證，一些兒，有罪誰輸伏？力排之。（殷氏白）這些言語，一些也不解。（王合瑞白）阿呀！我倒忘了。（殷氏白）忘了什麼？（王合瑞白）帶了些土宜回來，怎麼不與你看看！（殷氏白）什麼土宜？（王合瑞白）哪，（唱）鄭重罌缸貴，伊休輕視。（殷氏白）阿呀，這一隻小小瓦缸，盛不得多少水，醃不下什麼菜，要他何用？（王合瑞白）吼，也就不該死死戀着他了。（殷氏白）誰去戀他？（王合瑞白）這也難怪。來，你仔細看看，這般的顏色，這般的式樣，由韓而至，可還尋得出第二隻麼？（殷氏白）怎麼帶個韓字？越發古怪了。（王合瑞白）什麼古怪，我原有個韓字。（殷氏白）什麼韓字？（王合瑞白）韓嗄！（殷氏白）正要問你個韓嗄！（王合瑞白）哪，（唱）本三韓成就出高貲。（殷氏白）原來是個姓韓的韓字。（王合瑞白）吼，你可看的明白麼？（殷氏白）待我來看。阿呀，妙嗄！這支瓦缸顏色不同，式樣各別。（王合瑞白）我説你心愛的。（殷氏白）待我拿進去收好了。（王合瑞白）這還不算希罕。（殷氏白）還有什麼？（王合瑞白）有。（作拿金釵科，白）哪。（殷氏白）阿呀！（作將缸落地科，王合瑞白）怎麼見了金釵這等着急？把缸都跌破了。（唱）於中有奇事，於中有奇事。

（殷氏白）啐，什麼奇事！不過這股金釵呢，像是奴的嗄！

（王合瑞白）嗄，像似你的？如何家中之物，反落在我手内呢？

（殷氏白）嗄？

（王合瑞白）嗄！

（殷氏白）噯，蠢東西，世上同名同姓的很多，何況這股金釵嗄！

（王合瑞白）是嗄，一些也不差。

（殷氏白）原不差。

（王合瑞白）你的可在？

（殷氏白）在。

（王合瑞白）取來我看，可以配得對麼？

（殷氏白）嗄。

（王合瑞白）嗄！

（殷氏白）哪，藏在箱內，一時尋不着鑰匙，慢慢取與你看。

（王合瑞白）哇！真贓現獲，還要支吾！

（殷氏白）扯淡，什麼支吾！

（王合瑞白）罷！（向木桶取出首級科，白）你睜開肉眼，來看這是什麼。

（殷氏白）啐，啐，啐。阿呀！有鬼嗄，有鬼！

（王合瑞白）可還賴得去麼？

（殷氏白）咳！（唱）

【越恁好】已將春意，已將春意，漏洩到一枝。（王合瑞白）阿呀，淫婦嗄淫婦！我不在家，怎麼就做出這樣事來！（殷氏白）住了，不要聽了別人言語，骯髒奴家！（王合瑞白）若是別人說的，不足為憑。（殷氏白）難道他親口招成的？（王合瑞白）罷，我實對你說了罷！（殷氏戰科，王合瑞白）自做江湖經濟人，韓成借宿到窰門。醉中親口供招定，賺得金釵果是真。殺死奸夫存首級，其餘骨殖火齊焚。煉成這隻黃磁物，並帶回家事有因。應夢前宵誅賊漢，還將頸血濺紅裙。一回重把青鋒試，咦，誓斬妖淫恨可伸。（殷氏白）官人嗄！（唱）縱奴悖亂，希饒恕感仁慈。（王合瑞白）饒不得！取刀來！（殷氏白）阿呀，官人嗄！可看往日夫妻之面，恕奴一個初犯罷！（王合瑞白）放屁！誰怕你再犯麼？（殷氏唱）哀求再四總如斯，原該萬死。（王合瑞白）罷，且看夫妻之分，把你一個全屍。鹽鹵、索子、刀，由你尋那一條門路去罷。（殷氏白）阿呀，官人嗄！饒了我罷!(王合瑞白)嗄,若再遲延,要動手了!(殷氏白)阿呀,殷氏嗄殷氏!(唱)你從前本失志貧情嗜,(王合瑞白)快些!(殷氏白)罷!(唱)到今朝揀鹵將身試。(下)

(王合瑞白)呒,呒,(唱)

【紅繡鞋】若非明示身屍,身屍;尚圖胡賴些兒,些兒。纔是我氣消時,雖潑賤自徇私,如暴露失仁慈。(白)我今把這股金釵仍舊與他戴上,一面買棺盛殮便了。且住。了結之後,我自然打點出家,要這所房屋何用,決意要別售了。這淫婦的棺木就火化了,恐外人談論太過。若殯葬了,也沒有把他這樣安穩。怎麼處?哦,前莊有個同姓不親的,叫作王誠。他的住房間壁,有所空園,可停棺木。我如今呵,(唱)

【尾聲】諸惟發付應如此,懊恨蕭牆起禍時,罷!準備着木櫬移園借一枝。(白)且買棺木去。走,走,走!(下)

第三齣 冥會補缸

(扮鬼卒帶韓成上,唱)

【南梁州賺】往日陽臺,到於今雲情何在?(白)那跑來的好似王娘子。(殷氏魂上,白)嗄,這是韓郎嗄。(殷氏魂、韓成魂白)望二位大哥方便!(鬼卒白)你們這兩個孽障!(唱)生前罪大,如何身死猶牽戴。(殷氏魂、韓成魂白)阿呀,二位大哥嗄!(唱)還心揣,方便事公門正該。(鬼卒白)雖則公門裏面好修行,如何方便的你們。來嗄!(韓成魂、殷氏魂唱)風流債,牡丹花下依然在。雖為鬼時難撇開。(鬼卒白)好個牡丹花下死,做鬼也風流。説得有趣,且容你們略敘一敘,不許耽擱久了,(唱)轉多遺害。

(韓成魂、殷氏魂白)這個自然。

(韓成魂白)阿呀王大娘嗄!我和你前緣前世,一緣一結,這樣收場,有話難説。

(殷氏魂白)阿呀,韓郎嗄!到此地位,有話快快説與奴家知道。

（韓成魂白）阿呀，我那大娘子嘎！自從與你別後，行到奉化土窰，前不把村，後不着店，只得借宿窰內。誰知窰戶就是你丈夫。

（殷氏魂白）此事我已盡知，都是你醉後露出真情，連累奴家死得好苦也！（同哭科）

（韓成魂白）只是我的骨殖，被你丈夫燒毀，鍛煉成缸，留在人間，也還是一件完全之物。被你失手跌破，年深月久，必成瓦礫，這也不算什麼大事。當不起我的骨殖拋散不全，如何覓得匠工，與我將缸補好。

（殷氏魂白）不消煩悶，在我身上，與你補好便了。

（韓成魂白）若果如此，永感伊成全之恩也。

（鬼卒白）耽擱久了，趲路。

（殷氏魂白）阿呀，二位大哥嘎，纔得重逢，如何就別！

（韓成魂白）還望二位方便。

（鬼卒白）吠！奉冥府吩咐，立刻打下刀山地獄受苦楚去，還不快走！

（殷氏魂白）阿呀，韓郎嘎！你這般瘦怯怯的身軀，怎經得那般痛苦！

（韓成魂白）阿呀，大娘嘎！這也是樂極生悲，不消説了。

（鬼卒白）快些趲路！

（韓成魂白）大娘請上，在下就此拜別。

（殷氏魂白）奴家也有一拜。（唱）

【臨江仙】鏡碎難圓誰喝采，（韓成魂唱）重逢忽又分開。（同唱）東西遙隔各天涯，今朝輕別後，何日魂再來？

（鬼卒白）走！

（韓成魂作欲下，又上白）大娘，補缸要緊！

（殷氏魂白）奴家牢記在心，不消囑咐。

（鬼卒白）走，走，走！

（帶韓成魂、殷氏魂分下）

（扮顧老兒上，白）修補缸罈是獨行，那知趁息極平常。不安本分圖風月，就有銀錢一掃光。自家顧老兒便是。年過五十，性愛風

流。家室全無，補缸為業。連日天氣下雨，不曾出門。今朝天色晴明，上街做些生意罷。(唱)

【誥猖歌】忙將擔子來挑起，挑起挑子走街坊。前街走到後街上，不覺來到王家莊。(殷氏魂上，唱)王大娘，出繡房，(顧老兒白)補缸嘎！(殷氏魂唱)忽聽門外叫補缸。雙手開了門兩扇，(顧老兒白)你看有個婦人開門出來，待我吆呼一聲。(殷氏魂唱)那邊來了補缸匠。(顧老兒白)噲，小娘子。(唱)聞知你家有缸補，(殷氏魂白)正要尋你補缸。(顧老兒白)好利市哩！(唱)借你寶缸來開張。(殷氏魂白)師父，(唱)大缸要錢幾多個？小缸要錢幾多雙？(顧老兒白)主顧生意，不討虛價。(唱)大缸要錢一百二，(殷氏魂白)小缸呢？(顧老兒唱)小缸要錢五十雙。(殷氏魂白)一些影兒也沒有。(顧老兒白)為何？(殷氏魂唱)一百二，五十雙，再添幾十買新缸。(顧老兒白)你到底是個外行。(唱)新缸那有舊缸好，新缸那有舊缸光？(殷氏魂白)不要嚕嗦，快說個老實價錢。(顧老兒白)滿天討價，就地還錢。丟開我的，只說你的，還我多少？(殷氏魂白)一分銀子。(顧老兒白)我是不知什麼數目的。一分銀子，不折不扣，不缺底串，實在該有多少銅錢？(殷氏魂白)准准與你七個大錢。(顧老兒白)吓！(唱)出門遇你來打叉，好生混賬不成腔。(白)補缸嘎！(殷氏魂唱)叫聲師父轉來罷，(顧老兒白)不轉來了。(殷氏魂唱)奴家與你有商量。(顧老兒白)商量什麼？(殷氏魂唱)大缸與你一百個，(顧老兒白)這還不離。小缸呢？(殷氏魂唱)小缸與你四十雙。(顧老兒唱)一百個，四十雙，再添二十有何妨。(殷氏魂白)虧你還要再說，且跟我裏面來看。(顧老兒白)來了！小娘子請見一禮。(殷氏魂白)不消。(顧老兒白)恭喜小娘子發財！(殷氏魂白)多謝師父，大家發財。(顧老兒白)我到不指望。(殷氏魂白)為何？(顧老兒白)我們做手藝的，趁錢微薄，只算一隻黃砂缸，沒銹水的。(殷氏魂白)三句不脫本行。(顧老兒白)只好度日而已，那裏發得財來！(殷氏魂白)好說。你的手段如何？(顧老兒白)不是我誇口，三十六天罡都是我補好的。(殷氏魂白)啐，這是三斗星。(顧老兒白)武松打虎景陽岡，難道不是我補好的？

(殷氏魂白)這是地名。(顧老兒白)四大金剛,月老吳剛,那個不曉得,虧我補好的。(殷氏魂白)這是神道。(顧老兒白)袁天罡,宋金剛,難道也不算我補好的?(殷氏魂白)這是人名。(顧老兒白)還有整三綱,練口鋼,久煉成鋼,扛來扛去,還有脱肛、跌落糞缸……(殷氏魂白)住了,一味都是混話!手段料想平常的,去罷!(顧老兒白)我又不見你的寶缸,你又不見我的補法,那裏就曉得平常嗄?(殷氏魂白)是嗄。(顧老兒白)缸在那裏?(殷氏魂白)夾街裏。(顧老兒白)夾縫裏?(殷氏魂白)啐!夾街裏。跟我來!(顧老兒白)來了。(殷氏魂白)哪,就是這隻缸。(顧老兒白)阿喲,這樣一隻破缸,我補不來的,請收好了寶貨。(殷氏魂白)我説你手段平常的。(顧老兒白)不是我手段平常,要曉得,別人弄破了,到叫我來頂缸!(殷氏魂白)正為跌破了,所以要你補嗄。(顧老兒白)是嗄,説得不差。小娘子,再添二十個錢罷。(殷氏魂白)快補起來。(唱)美嬌娘,進繡房,打開雲鬢巧梳妝。前邊梳起盤龍髻,後邊梳起插花香。大紅綢衫來穿起,八幅羅裙片錦鑲。打扮其實多齊整,去看老兒來補缸。(顧老兒唱)忽然擡起頭來看,小小一個俏嬌娘。青絲挽就時新髻,大紅頭繩扎中央。翠花一對雙蝴蝶,還帶一枝玉扁方。兩耳珠環懸空掛,包金鐲子放毫光。身穿一件紅綾襖,腰系汗巾理正當。八幅羅裙拖着地,團花恰好繡鴛鴦。松花白綾帕子拿在手,猶如西子共王嫱。越看越看越好看,阿呀!(殷氏魂白)阿呀!怎麽到打碎了!(顧老兒唱)失手打碎你的缸。(殷氏魂白)這便怎麽處?(顧老兒唱)叫聲娘子休要怪,買隻新缸賠舊缸。(殷氏魂白)啐,放屁,我決不與你干休!(唱)我今扯你當官去,(顧老兒白)真正缸片剃胎頭,兒、兒子個苦哉!(殷氏魂唱)打你四十大番黄!(顧老兒白)如今是不好哩!(唱)慌忙跪在塵埃地,我今拜你做乾娘。(殷氏魂唱)拜乾娘,不敢當,奴家心裏最慈祥。叫聲老兒起來罷,(顧老兒白)多謝乾娘。(殷氏魂白)只要放穩重些。(顧老兒白)乾娘教訓得極是。(殷氏魂唱)奴家不要你賠缸。(顧老兒唱)對天罰下千般願,(殷氏魂白)罰什麽願?(顧老兒唱)我今再不看嬌娘!(殷氏魂白)這便纔是。去罷。(顧老兒唱)挑起擔兒連忙

走,從今再不到王家莊。(下)

(殷氏魂白)阿呀且住!這一隻缸,乃是韓郎所託,今被擊碎,還有何顏再見韓郎於地下?噯,我如今趕上前去,必要他補好還我,纔肯干休。倘有差遲,咦,與他誓不兩立矣!(唱)

【耍孩兒】豈料那鄉間老多顛倒,打碎俺愛兒曹怎開交。疾忙趕上和他鬧氣怎然,(顧老兒上,唱)倒運今朝真不小。偏偏撞見如花貌,丟下了一天生意,(殷氏魂白)老兒,那裏走!(唱)你如今那處潛逃!

(顧老兒白)乾娘,你趕了來,可是跟我回去麼?

(殷氏魂白)胡說!快快補好了缸還我!

(顧老兒白)乾娘許了我,不要賠的了嘎。

(殷氏魂白)決難饒你!若不賠缸,看看老娘的手段者!(唱)

【前腔】你今番罪難逃休胡噪,(顧老兒唱)感嬌娘寬恕饒。今生若不恩相報,管來生願結草。(殷氏魂唱)噯,絮叨叨軟溫言不動搖,現出惡相分白皂。(白)你當真不賠?(顧老兒白)其實賠不起。(殷氏魂白)果然?(顧老兒應科,殷氏魂白)罷!變!(下)(扮原形上,做趕科)(顧老兒白)阿呀!鬼來了,跑嘎!(跑科,原形唱)休怪俺,癘鬼作耗,端為他特把災招。(作唬死顧老兒科,下)

第四齣　雷擊殭屍

(扮黑雲電母雷公風伯雨師龍上,白)破柱喧轟暮色催,一聲威壯六丁雷。不循規矱天條犯,豈為身亡免擊摧。

(扮北極大帝上,白)雷部諸神上前聽旨:今有江西殷氏,生前淫亂,死後成殭,又傷人命。故特遣爾等擊棺焚屍,不得有違!(下)

(眾白)領法旨。我等就此施行者。(同唱)

【沽美酒帶太平令】奉諭音下九宵,淫邪鬼肆怎然,陷害平人怎恕饒。因此上彰天討,珍除這禍根苗。陽世裏行奸賣俏,到陰司貪淫豫惡。恁呵,逃不過今朝法條,一會價焚燒孽消。呀!須知道

難逃果報。(下)

（殷氏魂上唱）

【泥裏鰍】堪笑顧老,年高尚迷嬌。情物擊碎,怎肯輕恕饒,怎肯輕恕饒。(白)奴家自成殭後,前日遇見韓郎,各訴別後苦情,纔知這缸即是韓郎屍骨,被我失手傷損,故託修補,豈知又被那補缸匠擊破。此恨難消,故現出猙獰惡相,已將老兒唬死。行到此間,呀,忽然雷雨交加,且往木櫬中暫躲片時。阿喲,我的驚魂好無定也!

（衆神上,追殷氏魂下）

（原形上,作圍擊死科）

（衆神白）已經擊棺焚骨,就此回覆大帝敕旨去者。（同唱）

【前腔】湛湛青天,纖毫不爽然。昭彰報應,始證鉢中蓮。(下)

西園記

（傳奇）

明·吴炳

【作者簡介】吳炳(1595—1648)，原名壽元，字可先，號石渠，又號粲花齋主人。江蘇宜興人。出身仕宦世家，文才出眾。萬曆四十七年(1619)中進士，與葉憲祖同科，先後任蒲圻縣令、刑部主事、工部員外郎、福州知府、浙江鹽運使、江西吉安府知府、江西提學副使等職。清順治二年(1645)入閩投奔唐王，授布政使、戶部尚書等職。後又追隨永曆帝，順治四年(1647)八月為孔有德所執。後被囚於衡州湘山寺，絕食以抗，次年正月十八日卒。吳炳文名素著，作有《說易》一卷、《絕命詩》一百首、奏疏《親賢遠佞意疏》和傳奇五種，現僅存一首絕命詩和戲曲劇本。其《綠牡丹》、《療妒羹》、《畫中人》、《情郵記》、《西園記》傳奇五種，合稱《粲花別墅五種》，又稱《石渠五種曲》。他在創作思想上提出"情郵說"，繼承湯顯祖的"至情論"。藝術形式上受沈璟、吳江派影響，曲律精嚴。明清曲家對之推崇備至，戲曲史家一般將其列入"玉茗堂派"。

【劇情概要】《西園記》全劇三十三齣，描寫書生張繼華與趙玉英、王玉真的姻緣故事。憑空結撰，事無所本。劇寫致仕官員趙禮築室杭州西山西園，有子惟權、女玉英，並有友人遺女王玉真寄居。襄陽書生張繼華同友人夏玉遊學杭州，一日獨自遊至西園，抵紅樓下，倦臥花茵。適逢玉真於樓上賞梅，梅枝墜落，繼華驚醒，拾還之。玉真見其倜儻風流，頓生愛意，即命丫環將梅花反贈之，繼華感而賦詩，玉真旋離去。玉英復上，繼華以為同一人，復吟詩以動其心。夏玉知西園乃趙家所有，故臆揣其為玉英。繼華復至西園，趙禮邀之坐館，偶遇前之丫環，益信邂逅贈花者為玉英。玉英因未婚夫王伯寧粗鄙無文，鬱鬱而病，繼華以為病因在己，便外出代禱。歸時路逢玉真帶丫環入園，方匆匆而別。後即聽聞小姐已病逝，驚以為所見者為玉英鬼魂。惟權、繼華、夏玉三人科考並中，繼華返回趙家，夜深之時，思念小姐而喚魂，玉英為之感動，遂以魂魄託名玉真與其幽媾。初，玉英死後，玉真成為趙家養女，聽聞繼華客其家而未見有所求聘，疑其有變。王伯寧復求聘玉真，被拒氣死，陰府遇玉英，又遭冥拒。趙家請夏玉為媒向繼華說親，繼華拒之，玉英力勸其成。洞房之夜，繼華驚見玉真，始知其人有誤，然猶不解何人冒之。玉英知自己與繼華緣分已盡，乃說明原委。於是趙府為其建水陸道場，追薦昇天。繼華與玉真成其姻緣。

【版本流傳】《西園記》版本有：一、明代崇禎年間兩衡堂刻本；二、明末金陵三美堂重刊本；三、1919年劉世珩據兩衡堂本為底本校編刻印《暖紅室彙刻傳奇》；四、1928年吳梅據兩衡堂本為底本校編收入《奢摩他室曲叢》；五、1957年《古本戲曲叢刊三集》據明兩衡堂本影印。本書點校以《古本戲曲叢刊三集》影印本為底本，參之以其他版本。

【演出情況】《西園記》為昆劇經典劇目。《堅瓠補集》卷六記作者於甲申春觀演《西園》，《集萃曲譜》收《雙覯》、《訛驚》、《尋幽》、《堅訛》、《代禱》、《憶見》、《訛始》等齣。當代有昆劇整理本，並拍成電影。然影響較大的是越劇。上海越劇院二團於1980年根據吳炳所作的同名傳奇及貝庚改編的昆劇新本改寫。由馬科導演，徐玉蘭飾張繼華、王文娟飾王玉真、孟莉英飾香珺、徐天紅飾趙禮。徐玉蘭扮演的張繼華，具有迂闊味和書呆氣，表現出人物純樸、憨厚、對愛情篤誠專一的性格。王文娟扮演的王玉真，外表端莊文靜、柔順矜持，內心愛恨分明、熱情奔放，敢於衝破封建禮教。該劇屢屢上演，均為滿座。1982年，上海電視臺將該劇攝製成戲曲電視連續劇，同年獲全國戲曲電視劇金鷹獎。

（朱崇志）

第一齣　開　卷

【西江月】(末上)買到蘭陵美酒，烹來陽羨新茶，請聽檀板按琵琶，莫道今朝無暇。　俗子開談即俗，佳人啟口尤佳。扇頭羞落滿簪花，惱得春風欲罵。

【沁園春】楚國張郎，武林遊學，偶過園亭，遇玉真鄰女。把梅花折贈，賦詩見報，一見留情。俠友聞之，認為園主，錯說嬌名是玉英。嗟薄命，為因緣不偶，負恨捐生。　娉婷，抱作螟蛉，兩姓糾纏再不清。奈旅愁難遣，追思舊事，把鬼名夜喚，現出真形。貪却幽婚，堅辭明配，賴鬼語因依始剖明。癡迷醒，笑差訛到底，反證姻盟。

　　　　錯認的趙玉英改名締好，
　　　　誤撇的玉玉真易姓聯姻。
　　　　苦楚了王白丁死生無據，
　　　　便宜了張繡林人鬼交親。

第二齣　舟鬧　正宮　尤侯韻

【引子·滿庭芳】(生上)裘漬征塵，琴棲鄉思，少年人老閒遊。襟情雲散，都倩錦囊收。說甚鵬程九萬，趁年時投筆封侯。傷心處耽貧溺病，貧病足風流。或吟或笑或悲泣，天縱癡狂人不及。未必豐神便玉如，亭亭愛向風前立。小生姓張名繼華，表字繡林，楚國襄陽人也。門高閥閱，志抗雲霄。禀資不劣，敢詩一目十行；援筆立成，不信十年三賦。恐六丁之下取，難泄天上禁文；笑二酉為無奇，不過人間常語。是則是人都說有奪我狀元的，除非頭上安頭；信不信終日價困在舉子中，真是命中有命。自小伶仃孤苦，如今已二十歲了，不要說起功名二字，便可意的女子，也不曾遇着一兩個。此生緣分，不知落在哪裡。年來遠擔書笈，遍訪山川，少借覽遊以抒憤悶。唉，無聊命酒，都則是新豐主人；有意彈琴，倩誰作臨邛令尹？這也不在話下。小生游至武林，偶遇一友，曰夏韞卿，意氣頗合，拉我同居淨業寺中。早間約往湖上，想就來也。

【菊花新】（末上）樽前心事劍前眸，十載相知一旦酬。有約過湖頭，忍辜負解衣沽酒。小生夏玉，字韞卿，約繡林閒步湖上，他還坐在書館，張兄請行罷。

（生出見介）夏兄請。

（行介）

【集唐】（末）張兄，你看：暖觸衣襟漠漠香，不辭沉醉一千場。（生）此時愁望情多少，若個傷春向路傍。

（末）堤上桃花，竟大放矣。

【過曲・好事近】（生）朱萼發晴洲，十里新梭霞繡。（末）妙在這些綠柳掩映。（生）好似傾宮翠袖，垂肩亂倚紅樓。香風脆軟，乍飛花但覺衣痕縐。（合）把西湖比似西施，同一樣黛橫波溜。

（末）湖中一泛何如？

（生）甚妙！

（末）那岸邊小船，可放過來。

（外扮船公唱吳歌上）老年個家長弗會把船搖，半夜三更落浪，曹姐道，我郎呀你水急偏生搖慢櫓，河深儜弗使長篙。請相公下船。

（生、末下船，外搖介）

【前腔】〔換頭〕（末）清遊，柔櫓送輕舟，一鏡青萍平剖。笑輪蹄忙聚，紛紜影落中流。（外）下雨了。（末）將花嫩雨趁空濛，還認却前山秀。棹到湖心亭去。（合前下）

【太平令】（雜擁淨巨舟鼓樂上）駭樂強謳，聲沸西陵水咽流。坐中客滿樽盈酒，睜白眼，恣遨遊。

（內作風起，生、末、外急上介）

【前腔】急棹歸舟，風雨飄蕭不可留。前邊巨艦來何驟，相撞着，卒難收。

（兩船撞介）

（淨喝雜打外介）你不曉得我是杭州城內慣使勢撒潑的王公

子麼?

（生、末）適間風起，尊舟順風壓下，與我船家何干?

（雜）哎，胡說!

【鵲打兔】敢來多口！王府內有名頭，大管家東道要先開手。船撞壞，人驚騾，金酒器竟成烏有，定然你偷。問老兒主意，私講官休?

（外）相公救命!

（末）也罷，有幾錢銀子在此，與你佈施這些餓鬼。（拋銀介）

（雜拾銀放外介）便宜了他，好放手時須放手，得饒人處且饒人。

（淨、雜笑下）

（外謝末介）

（生）夏兄，少年無賴，一至此乎，願聞其名。

（末）此王錦衣之子，人都稱為王白丁。

（外）風已息了，請上岸罷，正是：天上人間，方便第一。（先下）

（生、末上岸介）

（末）再與張兄酒樓一酌。

（生）怎好又擾?

【尾聲】（合）風前笑罷齊回首，分付虛舟，自觸舟，又早明月催人上酒樓。

歌殘舞倦各歸家，誰識西湖夜色佳。
只有客懷消不得，堤頭酒店又愁賒。

第三齣　倦繡　正宮　真文韻

【引子·齊天樂】（旦上，丑隨上）嬌寒癡暖偎人困，狼藉半床脂粉。睡去還驚，醒來無味，叫我如何放頓？天生瘦損，怕不為悲秋，豈是傷春？生死閨中，便待把欄杆拍遍，語誰人?

【長相思】（旦）春色蹉，日影拖，難得光陰易得過。無心整翠蛾。(丑)嬌無那,病如何,恰恰衣衫薄薄羅。小姐你着來還似多。
　　(旦)奴家王氏,小字玉真。先父簡庵公,雅有學行,曾舉孝廉。與恩伯陶齋趙公,為莫逆之友。不幸雙親相繼喪亡,喜得恩伯看顧,居址就在他西園門首。他家玉英小姐長我半歲,如同胞姐妹,時常往來。只是他嬌怯善病,一向不曾相會了。這兩日連我身子也覺有些不爽。
　　(丑)小姐没心没緒,何不同翠雲做些針黹消遣則個?
　　(旦)取花譜過來。
　　(丑)舊譜花鳥不中小姐的意,請小姐自描一個新樣兒。(旦)使得。(描介)
　　【過曲·玉芙蓉】輕輕瀉水痕,淡淡勻花暈,看鴉塗滿幅病過的殘春。你看瘦條條纖腰楊柳羞還韻,則這鬱結結剪舌鸚哥語又吞。(内叫賣花介)(旦停筆介)擎毫問,怕花和價褪。(落筆介)阿呀,落筆點污怎好?(丑)倒像一片水雲哩!(旦看笑介)這等一發足成了他。(合)倒喜的墨花落處便生雲。
　　(丑)樣已描完,請小姐上繡。
　　(旦繡介)
　　【前腔】(合)含霜金剪新,映水銀紗隱。趁蕉窗半晌、綠影斜分。(丑)好長日子哩。(旦)我待把閒針挑盡爐中燼,絲線拋殘牆角曛,春纖困。(停針介)(丑)小姐做到比翼鴛鴦怎便歇手了?我曉得了,怪雙飛並引,猛然間推床却起暗消魂。
　　(旦長歎介)
　　(丑)小姐免愁煩。
　　【前腔】(旦)我情中不帶欣,命裡偏招恨。怎今春忒煞瘦斷湘裙?(丑)小姐,我看你:烏雲慵整新時鬢,清淚猶淹舊日痕。(淨扮使女上)有花羞獨看,無病不相憐。奴家趙小姐侍女香筠是也,奉命請王小姐,不免徑入。(旦)小姐好麽?(淨)俺小姐身體近日粗安,明日園中賞玩,來請小姐同行。(旦)多謝了。只是我心上不耐煩。承芳訊,料懨懨病損,再見不得海棠雨後一番新。
　　(淨)俺家小姐說得好,

【前腔】春風託比鄰，樂事邀同韻。望小姐與鶯花作主，發付東君。(旦)我待不去呵，叫他閑階久佇情何忍；我待去呵，可為甚曉日凝妝意便嗔。(淨)翠雲姐，明日來，和你打秋千鬭百草耍子。你也攛掇一聲兒麼。(丑)小姐，須應允，甚窺園戒峻，難道做梨花夜雨不開門？

(旦)也罷，上覆小姐，明日准來。

鄰家遊女好差排，催到花間賭鳳釵。
燈下莫辭針線倦，連宵並繡踏青鞋。

第四齣　尋幽　正宮　尤侯韻

(末扮園公上)霄漢長懷侶，江湖已卜居。仙人惟白鹿，學士自銀魚。自家趙老爺府中園公的便是。俺老爺性格清奇古怪，年紀只好五十，就不願做官。致政歸來，足跡不入城市，在西山僻處造下這所園子，名曰"西園"，隱居於此。園若起在湖上，春三二月，遊人如蟻，我管門的開放之間，也略有些生意。這裡山窮水盡，經年無人往來，好不冷淡。今日小姐園中賞玩，分付不要放人進來，這也是不勞分付的。不免閉上了門，打一個盹。正是：山靜似太古，日長如小年。(下)

【過曲·白練序】(生跨馬，丑扮馬夫隨上)拋書卷，試強挽吟鞭控紫騮，看踏破萬疊武林山岫。(內云)相公，湖船上耍子？(生搖手介)湖頭、且免遊，單對這酒肉看花花也羞。閑探究，憑咱手眼另標奇秀。連日夏兄入城，獨坐書館，甚覺寂寥。雇着這匹馬兒，信意踏去。馬夫，但遊人喧雜去處，都不要行。

(丑)相公往哪裡去？

(生)只向那高山、斷壁、絕澗、危橋、亂草、叢蓁、荒墟、古墓，不要管行得行不得，與我帶着馬兒細細探討。

(丑笑介)相公，不把馬走壞了！

(生策馬介)你看人蹤隔絕，鹿跡交加，真另一片世界也。

【醉太平】〔換頭〕深幽，崖懸石漏，看飛泉一掛，萬壑爭流。無名野豔,離披反惹人愁。(丑)相公請下馬,走過這嶺。(生下馬介)垂韆、拼芒鞋踏綻在山頭,使不着馬蹄馳驟。呀,轉過山側,忽見朱扉掩映,粉壁參差,好古怪!馬夫,你可識這裡麼?(丑)從不曾到。(生)武陵依舊,想桃花有約、放入漁舟。(看介)門額署曰"西園",為何晝掩?待我扣他幾下。(扣介)

（末上）鶴巢松樹遍,人訪蓽門稀。相公何來?

【白練序】〔換頭〕(生)林丘到處遊,隨風暫留。這空山裡怎驀地創成園囿?(末)我家老爺,性耽冷僻,築室居此。(生)可借一觀否?(末)只怕不便。(生)另奉酒錢。(末)相公進去,不要攀折花朵。(生)曉得。馬夫且在門首等候。(丑)相公早些出來。馬憩蒼松下,人歸紫洞中。(下)(末引生行介)(生)那園主人倒也高雅,他風流亦我儔,看他位置峰林致各幽。(末)這裡來。(生)循廊走,真個是花堪解語、石能醒酒。

(內叫介)園公,老爺呼喚。

(末)從此數折,有紅樓一座。相公行至彼處短牆之下,記當止足。因近內廂,各取穩便。

(生)都曉得了。

(末)老漢暫別,正是:綠水留佳客,青山當主人。(下)

【醉太平】〔換頭〕(生)他説樓頭扃花鑰柳,把雕欄深護,未許窮搜。我閑來看竹,又何必問主人有意相留?澆愁,倩人擬解雉頭裘,則沒處向當爐沽酒。好個大園子,轉回拖逗,似這般迎睛送睫,倒教我應接難周。不要管他,一徑走到樓前,再作道理。

林開延岫色,花落滅苔痕。
佳景不可厭,幽懷誰與喻?

第五齣　庭宴　商調　蕭豪韻

【引子·高陽臺】(外上)按譜移花,因方植藥,清貧業課還饒。心遠居偏,倩天風掃淨塵囂。巢由耳厭東山話,料蒼生也未必專盼吾曹。太平時耕雨歌風,委實逍遙。小築深山斷送迎,月梧風竹夢魂清。鱸魚正美不歸去,等到何年是宦成?下官姓趙名禮,字子約,別號陶齋。世居武林,歷官至觀察使。每堅道念,不負清修,早解簪瓔,隱居山谷。夫人梁氏,德可相夫;兒子惟權,才堪步武;女孩兒玉英,班姬之訓,熟傳于母,謝庭之詠,欲過其兄。如此人生,亦差不惡,只是女婿王伯寧,天性頑劣,因女兒多病,尚未過門。又有故友王簡庵遺女玉真,未為擇配,時常在心。今日閒暇無事,分付設宴後堂,想已完備了。

【二郎神慢】(老旦上)縈懷抱大、未結男姻女好。(小生上)望膝下庭趨承鯉訓,詩和禮阿誰聞道。(小旦上,淨扮使女隨上)弱體初調猶未穩,陡覺得春寒嶤峭。(合)同歡樂,團圓骨肉,抵值黃金多少。

(外)老去蹉跎莫問年,
(老旦)春來蕩漾且隨緣。
(小生)花枝低壓當簷幕,
(小旦)鳥語嬌訛別管弦。
(外)夫人,春光明媚,和你後堂宴賞。
(淨)有酒。
(老旦)孩兒把盞。

【過曲·集賢賓】(外)青山綠水長靜好,何妨徑長蓬蒿?駒隙人生容易老,笑從前蝸角虛勞,長安夢杳。(視小生介)兒,則除是你遊鑣重到。(合)春向杪,休負却及時歡笑。

【前腔】(老旦)老相公,你飄然世外情太矯,也須為兒行立個根苗。都似你愛懶貪閒規避巧,問何人白首隨朝,囊空橐掃?(笑介)剛博得我個夫人官誥。(合前)

【黃鶯兒】(小生)宦況總蕭條,席餘榮,也不消。傳家清白那在金和寶?爹爹,你春秋漸高,山林自韜,那驅馳奔走兒當效,責難逃,爛斑舞袖還着舊青袍。

【前腔】(小旦)錦玉過昏朝,病纏身,都是福過招。倚嬌癡還向娘懷倒。(背介)我冰心未消,怕花心錯交,鎮日價把眉尖簇碎誰知道?(老旦)語兒曹,生歡做喜,切莫恁煎熬。

（内云）王小姐來看夫人小姐哩。
（外）王家侄女到來，夫人女兒快去陪了，且把酒筵撤過。
（老旦、小旦）犬嗅人至和鈴吠，鸚喜賓迎隔籠呼。（同淨下）
（外）我兒，你在書房與王妹夫讀書，不可怠惰。

【簇御林】研朝露，點夜膏，秀才家須習牢。寒窗風雨、猶記得吾年少。我兒，功名成就呵，也教我好穩臥林泉老。爾登朝，（合）把三槐五柳、齊插碧雲高。

（前腔）（小生）家聲遠，世業遙，敢灰頰，羞鳳毛。人間事業也打帳替爹行了，有一日時來到，姓名標。（合前）

（外）我兒，王妹夫作輟不常，出入無定，還須另覓益友，以當嚴師。

（小生）楚中張繼華，實當今第一名士，只是沒處請他。

（外記念姓名介）

楚才屈宋舊知名，千古文章有定評。
夢裡相思隔雲樹，天涯何日問嚶鳴？

第六齣　雙覯　南呂　江陽韻

【過曲・香遍滿】（生緩步上）紅樓高敞，看朝飛浦雲開畫梁，覓路花間紅踏浪，迴旋低粉牆，扉環雙釘黃。記得園公說，春風隔內廂，使不得那屐齒從前放。果然好座紅樓！你看牆下門兒反閉，想不好再進去了。走來困倦，不免就花茵之上，少息一回。（坐介）（作倦眠睡去介）

（小旦內云）翠雲姐，請你小姐先上樓去。

（丑應，隨旦行上）

【懶畫眉】（旦）郊原春色太憨狂。（作上樓介）我欲上層樓恐斷腸。（丑）小姐，百花爛熳，照得樓子通紅了。（旦）我都不愛，只愛這枝梅花，喜故人不減舊時香。（丑）小姐，正是：杏園猶見一枝梅哩。（旦）好似千羣錦隊披仙氅。（丑）待翠雲折來，與小姐插戴。（旦）這花近在牆角，等我自家折罷。（作揎袖折花，已斷，失手落花,打生額,驚醒介)(丑笑介)小姐,怎麼掉下去了?笑你怯膽偷花欠老郎。

(生)咩!怎麼就睡着了?

【前腔】偶隨蝴蝶宿花房,若個朦朧叩北窗。(拭眼拾花嗅介)可知道鼻尖還帶夢中香。這連枝梅花為何落下?像是有人折的。(作起立見旦介)分明是散花天女瓊樓上,(掩身偷覷介)我待巧學鶯身葉底藏。

(旦)翠雲,可下樓去尋這梅花上來。

(丑應,作下樓開門尋花介)

【前腔】紫泥淹浥上鞋幫。(回顧介)你看偷印尖尖樣幾雙。(旦)翠雲,是這裡落下去的。(丑)猛聽得枝頭何處弄鶯簀?(望旦介)小姐,再尋不見哩。(旦作見生急下簾介)(丑)為甚麼低回笑臉把朱簾漾?(生袖花揖丑介)小娘子拜揖。(丑驚介)呀!你是何人?輒敢至此。却教我褪步苔階應禮忙。(生)請問小娘子,尋甚麼東西?(丑)是枝梅花。(生)那梅花有何好處?(丑)俺家小姐說,百般花蕊都不如他。(生點頭介)正是。

【前腔】孤香端的領羣芳。(丑)掉了下來,再尋不見。(生)夢入羅浮路渺茫。(背介)這相逢又不是參橫斗轉月昏黃。(出花示丑介)綠珠飛墮渾無恙。(丑)郎君拾得,何不見還?(生)小生遊春至此,偶爾倦眠,那花不偏不正剛剛打在額上。既是你家小姐的,借手奉上。還要借小娘子的口,傳說小生是楚國張繼華便是。(遞花與丑,揖介)小娘子好生拿着,只願你翠袖殷勤做玉捧將。

(丑作閉門上樓介)

(旦)為何許久?

(丑)說起來,好笑得緊。原來粉牆之下,有個書生睡眠,這花落下,不偏不正剛打他額頭上,好不疼哩。他說借手奉還小姐。

(旦)劣丫頭,誰着你接他的?

【懶針線】【懶畫眉】東風誤點壽陽妝,好擔閣他一枕花陰午夢長。(丑)替小姐簪花。(旦)不要。春光不上冷釵梁。(丑)帶回家去供養可好?【針線廂】(旦)伴淒清一紙梅花帳,怕鎖不住夢魂飄蕩。（丑）這等丟去了罷。（旦）拈來只覺得我心頭痛，擲去又還憐他骨底香。依我說，不如仍舊還了那生，知音賞，直教他因梅添渴、想殺瓊漿。（丑笑持花下樓開門介）（生）小娘子，怎不送還小姐？（丑）唱了喏，與你說。（生揖介）（丑）起初的花，是你送還小姐的；如今的花，是小姐送還你的。（生接花介）多謝小姐美意。小生偶占一絕，望小娘子再與小生傳達。（吟介）羞桃辟杏蹮春開，親自佳人手折來。草短花深眠正穩，暗香飛送夢驚回。

（丑）我哪裡記得？
（生又念介）
（旦）恐怕趙小姐上來，不好意思。（作連呼翠雲一面下樓介）
（丑應，急閉門介）正是：閉門不管窗前月，
（旦）分付梅花自主張。（同下）
（生）怎麼就閉了門？（望介）連樓上也寂無人聲了。

【醉宜春】【醉太平】端詳，空餘悵望。怪樓中燕子，來去匆忙。遲留不耐想，他帶淚歸房。（小旦行上）怯風時憩竹，拭淚強看花。（轉身向內介）香筠，請王小姐到夫人那邊去，我上樓一看就來了。（生聽介）叮鐺，分明是長裙曳珮轉回廊，【宜春令】多應他胡梯重上。（小旦作上樓介，欲捲簾遽止介）原來有人在牆外。（生望喜介）真個小姐，放我不下，又上樓來了。則見他衣光翠影隔簾搖漾。

（擎花大叫介）小姐！梅花在此！小生在此！
（小旦）那人敢是瘋了？

【瑣窗繡】【瑣窗寒】他扭身軀做盡風狂，話含糊難審詳。（生）梅花！梅花！（小旦）好笑他誇花賣朵，舉示誰行？（生）我的小姐！（小旦）是哪裡說起，平生素昧何因相向？（生又叫小姐介）（小旦）幸得無人在此，頻呼喚豈成模樣？若說他真個是瘋的呵，【繡衣郎】覷儀容又翩翩俊爽、覷儀容又翩翩俊爽。

（生數花介）

【大節高】【大聖樂】將花數恰恰成雙，賦摽梅，空悒怏，則怕芳心洩盡酸心長。小生將這花呵，【節節高】那拼得瓶中養，只將來帳底藏，還要把心頭放。（小旦微開簾介）（生急窺介）匆匆倘欲問

行藏。（小旦急掩簾介）（生）因何又把簾兒障？他嬌羞終是女孩家，何不將春愁覷面從頭講？方纔口占詩句，梅香未必肯傳。待我朗誦一遍。看他如何發付。（高吟前詩介）

（小旦）好詩。

【浣潑帽】【浣溪紗】字韻香，豐神朗，不由人不暗引情腸。他因風送句聲偏響，我帶病聽歌意易傷。只是詩句與奴家全合不上，【劉潑帽】無端扯合誠冤罔。敢是首舊詩，難道信口腔不管的逢人唱？不要理他，且下樓去。情到不堪回首處，一齊分付與東風。（下）

（生望介）小姐小姐，你又進去了。

【東甌蓮】【東甌令】我把新詞念，你可聞將？怎冷落騷壇沒和章？則怕女中郎，還聽不上蕉桐響。（末扮園公上）邀日朝開戶，推雲夜掩門。相公，怎還在此？天色晚了，請出去。（生）去去將何往？楚魂今已滯高唐。（末）老漢說相公不要折花哩！（生笑介）我何曾折花！【金蓮子】剛拾得沒來由，惹愁煩，這前世未燒香。

（淨扮馬夫上）乍看雲生岫，又見鳥還巢。相公，你說就出來，等得一個不耐煩，馬要吃料，快些行罷。

（扶生上馬介）馬夫，這還是仙源？還是人家園子？

（淨）相公遊了一日，還不曉得是趙老爺西園？

（生）老丈，我明早再來。

【尾聲】准詰朝，重相訪，分明有個園開似辟疆。便做道是仙源呵，老丈須認着我到過天臺的舊阮郎。

（末）花如霞綺柳如煙，有興何妨日往還？
（生）倚徙不知天向暝，馬頭猶恨促歸鞭。

第七齣　憶見　仙呂　先天韻

【過曲·醉扶歸】（旦上）聽旁人強試看花面，偏今朝剛撞殢愁天，把指尖彈痛淚如弦。那顧得粉窩界破痕成線，好一似猛然拾得，却在誰邊？又不知那些兒失却，咱偏生怨。自從樓上遇着那生,更有甚心情遊賞?與趙小姐略坐一坐就回來了。唉,梅花便與他了,正不知他姓甚名誰,那個蠢丫頭,一定不曾問得。

【前腔】説甚麽有情人没揣的情根見,只怕没緣人翻種却病根緣。看含絲未吐懶蠶眠,正虛脾待蜜狂蜂扇,這舞風輕片片落花旋,恰似我磨頭圓,寸寸柔腸轉。

(丑上)要知心腹事,但聽口中言。姐姐在此自言自語,説些甚麽?

(旦)不曾説甚。

(丑)小姐不要瞞我,敢憶着拾花那生?

(旦)好胡説!我且問你,你可曉得那生姓名麽?

(丑)小姐不問,幾乎忘了。他説多多拜上小姐,他是楚國才子張繼華。小姐,真好一個少年才子哩!

【解三酲】照秋水雙瞳欲剪,着春衫一瘦堪憐。從來未識風魔面,初邂逅語留連。小姐,你手中落下花兒呵,擲車巧中河陽縣,他拾珮如逢洛浦仙。心繾綣,須記得春生樓上,人遇花前。小姐,那生還有詩一首,教我轉達。

(旦)可記得?

(丑)忘了。

(旦)想一想。

(丑)哦,有了。

(旦)快念來!

(丑念生詩介)

(旦)草短花深,暗香飛送,一時光景宛然。

【前腔】襯嫩綠草裀溫軟,覆輕紅花被連翩。我纖纖攀摘,還恐怕鶯瞧見,誰知道苔砌下有人眠。那花兒落下呵,好一似小兒耍斷連鳶線。那裡是遊女情拋隔水蓮,空繾綣,只落得春歸樓上、人散花前。

　　　　春風吹到一天愁,折得花枝不自由。
　　　　閨閤無端惹閒事,反嗔鄰女拉同遊。

第八齣　訛始　雙調　齊微韻

（末上）【集唐】讀徹殘書弄水回，落花爭忍掃成堆。斜陽漸入朦朧塢，今夜故人來不來？小生偶因俗務入城，數日不能擺脫。急覓繡林，以劇談消之，竟不知他往哪裡去了？天色向晚，想即歸也。正是：好書讀易盡，可人期不來。（下）

【北新水令】（生執梅跨馬，丑隨上）一鞭落日杏花西，乍回眸，只見雲連山起。怕明日呵，渡頭花片杳洞口、藥苗移。（丑加鞭介）（生）且慢驅馳，等待我把來路牢牢記。

（丑）已到寺門，相公下馬。

（生下馬介）

（丑）開門，張相公回來了。

（末上）鐘催僧課晚，月喚客歸遲。繡林兄何往？抵夜方回。小弟相候許久了。

（丑）將軍不下馬，各自奔前程。（下）

（生作癡癡立介）

（末）請到書館中去。

【南步步嬌】熏透郊原、遍是鶯花氣。芳草遮游騎，王孫何處迷？繡林兄。（生不應介）（末）看他背地沉吟，半晌無酬對，（生擎花嗅介）（末）手內好擎奇，他恨不得和身嗅入花心裡。繡林兄這等模樣，敢是醉了？

【北折桂令】（生）你道我醉騰騰不辨東西，笑金錯空囊渴倒詩脾。（末）到湖上麼？（生）厭殺那車馬肩馳、笙歌鼎沸、花柳妖園，只信步的窮探水源、順風兒訪叩雲扉。盡日棲遲，只落得愁欣相半，醒夢皆疑。

【南江兒水】（末）你忽忽如沾魅，昏昏似入癡。莫不是莽題橋激起一片凌雲氣，乍登樓揮殘幾點思鄉淚，浪乘槎續成半幅遊仙記？猜遍杜家詩謎，剪燭西窗，試說與端緒詳細。

【北雁兒落帶得勝令】（生）想殺他逗嬌容將曉日欺，想殺他開笑口把香風遞,(末)説起來是個女人了?(生)想殺他慢掂掂倚雕欄假不知,想殺他急生生下翠幕深相避。(末)這是梅花麼?(生)這便是遙充贈嶺頭梅也,當得親折取天邊桂。(末)難道是他送兄的?(生)他搓手兒弄香雪來相戲,我信口的奉新詩略當媒。(末笑介)我不信他看上兄甚的來。(生)真奇,知他看上了俺甚冷淡虀黄氣。(末)繡林兄,你癡了!(生)你道我癡也麼癡,則你不曾傍層樓試一窺。

(末)既不相瞞,何不直陳所以?

(生)小弟跨馬緣山而行,到一個所在,只見文垣朱户,竹木交加。小弟入觀亭榭之勝,偶然足倦,披草而眠。不意樓頭有一美人,攀折梅花,故意打在小弟額上。小弟因侍女送還他,他却仍贈與小弟,垂簾一笑,煞是有情。因此留連,不覺至晚。

(末)是甚麼所在?

(生)只記得門額題曰"西園"。

(末想介)西山頭有甚麼西園呢?是了,這是趙陶齋老先生隱居之所。

【南僥僥令】劍剚芙蓉嶂,香環杜若溪,名園金谷差堪擬。只問那墜樓人可似伊?

(生)既是趙老先生園子,這美人一定是他家裡的了。

(末)聞他令愛玉英小姐,素擅傾城之譽,繡林所遇,得無是乎?

(生狂叫介)我那趙玉英小姐!

(末掩生口介)外人聞之,恐不穩便。

【北收江南】(生)呀,你教我啞吞聲恐怕屬垣知,倒惹得我痛辛酸撲簌簌淚交頤。俺半生來落拓被人欺,嗟伯樂世希,誰承望提攜國士的是香閨?

(末笑介)君誠楚人,未習越俗。標緻女子,那日不見些來?我敢地呵!

【南園林好】遊不遍歌樓舞堤,看不盡風腰月眉,況似你平昔翛然高致。肯容易的絮沾泥!容易的絮沾泥!

(生笑介)韞卿兄休誇,你杭州原有口號,有脂粉而無佳人也。

【北沽美酒帶太平令】儘着將何晏面粉飾奇,樊素口脂稱麗,立遍蘇公楊柳堤,幾層關眼底,誰似他素妝梳隨便穿衣?似秋水遙沾天勢,恍孤鴻淨連霞尾。(舉花介)可正是殢香魂浮牽輕曳,憐瘦影橫披斜倚。我呵,乍嘻載疑忽啼,一憑君羨奇、笑癡欺迷,只將他小名兒心維口提,待飽嘗些忘餐滋味。

(末)夜深了,睡罷。

【北清江引】(生)你看浸疏窗滿湖明月低,客思清於水,寒衾無可眠,濁酒知難醉。梅花、梅花,則問你俏心情思睡未?

【集唐】

惹得巫山夢裡香,半隨風雨斷鶯腸。
春樓不閉葳蕤鎖,偷折花枝贈阮郎。

第九齣　憶訛　商調　庚青韻

【引子·繞池遊】(小旦上)誰憐薄命,閨閣年年病。瘦腰肢貌誇嬌,倩年光自好無人消領,斷腸花風吹滿庭。

【菩薩蠻】絲絲不斷情如繭,欲抽無緒何堪剪?春帶病同來,央春仍帶回。　挑燈覺影瘦,又是黃昏後。驀地想逢人,含羞還掩身。奴家趙氏,小字玉英,聰慧性成,姿容天授,謾說閨中之秀,頗饒林下之風。豈意有生不辰,所許非偶。咳,簫聲寂寞,不能附彩鳳以雙飛;倒不如桂影參差,且自抱銀蟾而獨處。可憐紅粉,豈委白丁?誓不俗生,情甘怨死。適間花園中賞玩,偶遇一生,手弄殘花,口吟新句。雖疑跳浪,亦喜清狂。世間固不少才子,只誰似我這樣佳人也。

【過曲·二郎神】心悲哽,惡因緣問何人譜定?怕月下模糊渾錯訂。(看影介)看娟娟楚楚,誰教消得卿卿?為甚的愁滿秦樓簫玉冷,險些兒要搥碎溫家玉鏡。紅顏命,拚淹淹床頭睡過今生。我想乍遇書生,煞是好笑人也。

【鶯啼序】湘簾靜掩如障橫,更花壓層層,並不曾笑臉相迎。卒然何處生情,解不出梅花唱詠,還恐怕是夢中留贈。呀,怎麼身

子一時困乏起來。寒抱影,(淚介)早不覺淚痕雙迸。(倦倚介)

（淨扮使女持燭上）花枝明曉鏡,燭火照殘妝。夫人請小姐用夜膳,怎麼困倒在此?

（扶小旦介）

【貓兒墜玉枝】（小旦）【貓兒墜】酸牙茶飯,苦勸懶應承,領受銷魂。一盞燈,怪燈花偏不向病人生。（淨）小姐不該花園行走,舊症又發了。（小旦）【玉交枝】只怕沉疴又雜新添症。（淨）小姐,被兒熏香了,請去睡罷。（小旦）睡昏昏誰知暖冷?（淨）小姐闔闔些兒。（小旦）困騰騰由他醉醒。

潦倒看花淚雨垂,算來惟有病相宜。
千愁萬恨無從說,說殺無人會得知。

第十齣　留館　南呂　東鐘韻

【過曲・一江風】（生急行上）步匆匆,一徑朝雲擁,日挾山魂動,絕人蹤。虎石蛇枝、滅現心驚恐。喜的將到西園了。望園林樹影重,園林樹影重。園公、園公,怎麼不應我?那有工夫等他?門開在此,不免闖將進去。花枝繡幾叢,看祥霞依舊把樓心拱。我張繡林為憶玉英小姐,一夜不睡,巴到天明,未及與韞卿兄說知,急走來此。你看簾影低垂,人聲杳絕。小姐小姐,你可知張繡林又來到也!

【前腔】畫樓空,只見燕語胡廝哄,豈厭賓來冗。小姐怎不上樓來?想此時還未起哩。料芳容,倒側朝衾正續逢人夢。呀,樓上甚麼聲?小姐來了也。聽凌波小脚蹤,凌波小脚蹤,低低似喚儂。吓,原來是風約簾鈎動。（作癡覷介）

【前腔】（外上,雜隨上）小園中策杖尋幽詠,只見劈面飛花送。畫從容,徑竹階蘭,手自刪支冗。（雜喝生介）你是甚人!老爺到來,快閃過些。（生仍癡望,作不知介）（外）想是遊玩的相公們,不要囉唣,請來相見。（雜）相公,家老爺有請。（生驚揖介）偶過尊園,如開綠野,遂瞻道範,恍接紫芝。（外）草沒庭中,久褻野人之足；花飛門外，敢停長者之車。荒蕪莫笑儂，荒蕪莫笑儂，惟存菊與松。先生仙鄉何處？（生）晚生楚國張繼華，遊學至此。（外背介）一向聽得說楚國有個張繼華，是當今名士。他芳名記得起兒曹誦。快請大相公出來。

（雜請介）

（小生上）花徑不曾緣客掃，蓬門今始為君開。

（外）我兒，你前日說楚國張兄，此位就是。

（小生）這等是繡林兄了，小弟有志歸韓，無因御李，今日乍遇，喜而欲狂。

（外）這就是小兒惟權。

（生）原來就是于度兄，每誦雄文，便令心折。雖難良晤，已訂神交。

（外）你兩人既諧傾蓋之歡，何不遂結斷金之約，肯移絳帳，暫就青壇？

（生背介）好機會也！

（向外介）但恐庸才，不堪重任。

（外）慨蒙一諾，如錫百朋。

（各拜介）

【集唐】匣有青萍笥有書，孔融襟抱稱名儒。好風倘借低枝便，肅肅雍雍議有餘。

（外）左右，看酒過來。

【梁州新郎】（外）【梁州序】你是陽春絕唱、白珩遺種，吞吐胸中雲夢。楚才雖富，君家早占雄風。（生）不敢。（小生）小弟呵，情深望斗，見切披雲。幾番價要負笈聽皋擁，自慚非玉質，敢借石來攻，肯濫附芝蘭籍譜中。（合）【賀新郎】追管鮑，盟王貢，千秋意氣南金重。期傾倒，盡春甕。

【前腔】（生）老先生，你西湖種秀，東山韜重。于度兄，學業克承家統。小弟此來呵，未修禰刺，何期草草登龍。只怕見同蛙井、才異錐囊，館穀羞承寵。（外）休得過謙。（生）若寓舍館，願即借此紅樓。（外）但憑尊意。（生）我愛他桃花紅雨亂，還有落梅風，怎教

他鎖老朱欄十二重？（合前）

（淨醉上）春時誰耐陪閑坐，酒後難容帶醒回。阿嘎，有此盛席，何故偏背學生？

（外）又在那裡吃醉了？尊客在此，好生整衣相見。

（淨）甚麼尊客？

（小生）是楚國張繡林兄，當今第一名士。父親相延與你我同看書的。

（淨）我怪殺人，動不動就說名士，只怕他的肚裡也與區區差不多兒。巴巴急急做假名士，倒不如老老實實做我這樣真丑驢。

（外）休得胡說！

（生）此為……？

（小生）舍妹丈王伯寧。

（生背介）這人就是湖上使勢無賴，如何做了他家女婿？或者不是這位小姐，此也未可知。

（向淨介）還有令襟丈，請來相會。

（淨搖頭介）

（生）怎了怎了？

（向小生介）令妹丈幾時畢姻的？

（小生）尚未。

（生背介）這等還好。

（淨）自古道主人不醉，客不囉呵。賢橋梓酒量不濟，還等學生奉陪。

（小生）這到有理。

（淨自飲介）有個粗令在此。

【節節高】連呼斝巨觥，照杯空，若還有滴重相奉。懲羣哄，戒淺鍾，催飛送。酸甜濁冷都堪用，風花雪月休教空。（合）莫訝觴政虐于官，請看人事昏如夢。

（生）敝寓淨慈，去此頗遠。晚生也不回去，些少書籍，煩尊使取來。

（外、小生）如此甚妙。掃却浮雲看世態，留茲淡水締心交。

（呼雜扶淨同下）

（生）原來小姐已許白丁，我張繡林枉費心機也！

【尾聲】天生世間風情種，自有連枝比翼一個俊梁鴻，難道輕付區區賣菜傭？

【集唐】

紅翠欹斜十二樓，鷓鴣清怨碧煙愁。
遥看黛色知何處？惟有桃源溪水流。

第十一齣　巫醫　越調　真文庚青韻

【過曲・水底魚兒】（丑扮女巫上）説鬼談神，人家為女賓。咒他災病，賺些金與銀。自家杭州城内一個女巫李娘娘是也，自小有些邪氣，與人那話曉蹊。如今學得一身本事，説道與神道相知。嘴口快如刀口，面皮老似脚皮。妝做聲音，假稱肚裡説話；意思輪搯，只在手内遊移。説你家裡天地見怪，家宅又有些不宜，莫不是四季香火未了？莫不是在那處掘土鋤泥？該道有條長蛇示個顯應？每朝可有烏鴉在你屋上亂啼？那虛空影現，老的長的，可是你亡過的祖宗先輩？也有穿紅穿緑，一班兒想是你姐姐姨姨？有幾處羹飯該做，是那頭齋獻難遲？脾胃弱，不思茶飯，便道是某殤亡將他口掩；筋骨懶，時常昏睡，就道是啥菩薩把你魂迷。和那道士串通，便判四十八分醮數；得了和尚錢鈔，又批七日七夜齋期。豬腿牛蹄，收歸來可以開店；金山銀錠，燒過了攏得成堆。病好了，真個是道來弗來都是我個手段；病弗好，只推他又信弗信還是你自己差池。咳，我做師娘的，也有許多難處，弗説可也弗知。別家亡人，又弗知能長能大；臨死個時節，又弗曉得穿子啥裳啥衣。假説神道護身，將牙根先來咬咬；要妝神道發怒，只得把桌子也去捶捶。還有古怪人家，貼子告示，三姑六婆，並不許上門踏户。就有三朝兩日，也只去問藥求醫。（笑介）憑你老官人介樣尷尬，那知尊夫人背地皈依，全憑這個法術，白手騙得東西。怎奈命運不做老，天災把來花賭無遺，正是如此得來如此去，虛空裡面，想是真有神祇！説話之間，早有一個人來了。

【前腔】（淨扮駝醫上）佐使君臣,岐黃曾討論。不須瞞隱,慣能醫死人。自家趙醫官是也。前面可是李娘娘?一向一向。

（丑）趙先生可興頭?

（淨）一發不濟。今年瘟疫不行,病人稀少。

（丑）便是。你的苦,就是我的苦了。

（末扮園公急上）難定求神和服藥,且須打卦更鑽龜。

（淨、丑）趙大叔為何急急忙忙的?

（末）不要說起。俺家小姐患病,老爺要請高手醫人用藥,奶奶定要燒紙,兩下狐疑不決,分付尋賣卜人占一占。

（丑）不消占得,一定燒紙的是。奶奶主意不差,老身原與奶奶相熟,再求大叔攛掇一聲兒。

（淨）難道!難道!看病服藥,方是正理。全仗大叔一力舉薦。

（丑）這老王八,前日醫死了人,官司還打不完,又來搶我的主顧。

（淨）花臉吃婆,一味說騙,趙老先生是正經人,決不用你的。

（末）李娘娘,且把你的本事說來我聽。

【憶鶯兒】【憶多嬌】（丑）香火動,家宅寧,那天地神明叫得應,降福消災極有靈。（淨）都是鬼話。【黃鶯兒】（丑）全憑至誠,不須靭疼,破財脫晦還乾淨。（附末耳介）好攛承,將來謝禮說定大家分。

（末）陳先生,你的本事也說一說。

【前腔】（淨）非二陳,即四君,薑棗燈心要記明。（丑）為何不先醫醫自家駝背?（淨）可不道自古良醫三折肱,縣家扁門部文劉身,華佗扁鵲也未必能多勝。（附末耳介）（合前）

【前腔】（末指丑介）你術欠靈。（指淨介）你醫未精。（丑、淨）只求大叔包荒。（末）這也不妨,老爺、奶奶着我問卜,我想賣卜的人又有什麼見識,只怕簾下君平浪得名,那問策三間空費神。（淨、丑）《論語》上說得好,可以作巫醫,不占而已矣。大叔只是不占便了。（末）你兩人且不要慌,包你都用。我回家去,假作賣卜人說道

官鬼發生。(丑)好。(末)又道天醫喜迎。(淨)妙。(末)港寬一任你船兒進。(附丑、淨耳介)(丑、淨)不消説。(合前)

只要銀子,那顧生死。
家人外人,無分彼此。

第十二齣　堅訛　黃鐘　魚模韻

【引子·西地錦】(生上)夢得相思佳句,披衣索紙追書。心情煩亂渾忘去,强吟較劣於初。小生偶爾遊園,卒然假館,多蒙趙老先生相遇之深,又得于度兄相資之益。只是拋撒了夏輯卿,心中甚歉;牽連了王公子,眼底堪憎。又聞得趙小姐有恙,多應為着小生,想憶成病。小生日夕不寧,却又不好問個的耗。你看樓前梅實,累累可愛,又是一番夏景也。

【過曲·啄木兒】鶯聲歇,花事除,節近黃梅天富雨。透簷牙粉竹辭衣,絮梁心乳燕營居。閒情盡日吟芳樹,牙腮手托情難訴,倚去欄杆一片朱。且下樓去閒步一回。(丑上)添香日正永,肥綠雨初晴。奴家翠雲是也,因趙小姐患病,俺家小姐叫我探問。隨便到樓前打幾個梅子。(生見介)那不是前日送梅的女郎麼?小生拜揖了。

【前腔】(丑)驚多禮。(生)小娘子。(丑)羞驟呼。(生)難道就不認得小生了?多謝梅花。(丑)説起梅花還記汝。(生)我如今在此看書,做了個西席先生了。(丑)可知他寂寞文園,恰堪留病窶相如。(生)小生口占的詩,小娘子可曾傳誦?(丑)替你念了。(生)近聞小姐有些貴恙,想為這詩上起的?(丑)是甚麼説話!俺小姐也没有病,他年年蹙額看春去,便郎當未必因新句,不勞你浪向妝臺問起居!

(生)恭喜小姐玉體清泰。小生誤聽失言,幸勿見責。枝頭梅子方熟,意欲折取一枝,煩小娘子送與小姐,以報昔日之惠。

(丑)小姐正遣奴家摘取。

(生)小生代勞。(摘介)

【三段子】甫能豆如,幾些時累垂滿株。夜來雨餘,帶梢兒清香濕襦。(遞梅與丑介)你與小姐説,愛他咀嚼由他醋,青青本色還如故,風味蕭疏略似予。

(內咳嗽介)

(丑)有人來了,我去罷。窄步嫌苔滑,私行喜竹遮。(欲下介)

(生)還有一句要緊話。(低問介)小姐尊字可是玉英?

(丑遙應介)正是玉真。(下)

(生)他説正是玉英。原來小姐没病,可喜可喜!

(末扮園公上)藥醫不死病,佛度有緣人。

(生)園公往哪裡去?

(末)相公不要説起,只為俺家小姐患病。

【前腔】他質如柳蒲,湊年時形消體劬。老爺、夫人呵,愛同掌珠,遣小人鎮昏朝延醫問巫。(生驚介)果、果、果然有病!那醫、巫也該有效?(末)相公,吉凶死生皆天數,幾曾見彩雲常駐琉璃固?(生)大體或者不妨?(末)病勢也是十分沉重的,只恐怕病人膏肓不可除。要去請先生診脈,相公且告别了。正是:有愁皆苦海,無病即真仙。(下)

(生)方纔梅香説小姐没病,園公怎又説病重?想是梅香故來哄我。病重之言,一定是真的了!小姐、小姐,這都是小生害你!

【歸朝歡】剛一撚,剛一撚,盈盈瘦軀怎當得無邊疾苦?(拜介)虔誠拜,虔誠拜,把蒼天吁呼,望慈悲光開照普。小生呵,只願做爐頭搗藥蟾宫兔,將嬌娥穩向懷中護,兩豎宵奔疾病無。記得淨慈寺旁,有古廟一所,人都説他靈驗,不免齋戒求禱。

玄霜搗就皆靈藥,只待裴航玉杵來。

極目閨中淚盈把,書生薄劣愧仙才。

第十三齣　代禱　雙調　皆來韻

【過曲·窣地錦襠】(丑扮廟祝上)清晨早把廟門開,打點香爐蠟燭臺。家堂菩薩教成乖,主顧多招日進財。自家靈應廟中廟祝

的便是。本廟原是淨慈寺旁伽藍庵，極有靈應。地方人改建廟宇，求籤問筊，倒也鬧熱。今早看有甚人來。（虛下）

【玉枝帶六么】（末上）【玉交枝】文心厭鳧，筆尖花空勞夢開，看看霜髮上頭來。【六么令】前程事，好難猜，幾時了却詩書債？幾時了却詩書債？小生夏玉，虛長三十多歲，連困公車，明春又當大比，未知命運如何。此間靈應廟籤詞甚準，科舉秀才多去求籤，小生隨例也走一遭。正是不能免俗，聊復爾爾。有人麽？

（丑上）哪個？原來是夏相公。

（末）明春大比之年，欲求一籤以决進取。

（丑）相公這等大才，自然高中的，請向前自家禱告。

（末拜介）神聖，你聽夏玉道來。

【鎖南枝】隋珠暗，荆璞埋，千金賦高誰買來？後事黑如霾，浮名賤於稗。辜負我英雄骨，骯髒懷，告神明，好把我運兒改。

（丑看介）恭喜是第一籤，明歲高中，募修廟宇，打帳相公開疏。

（末）若能如此便好。

（丑）又有相公來了。

（末望介）來的好像張繡林，有何急務，恁般匆遽。待我閃在一邊，看他做甚。（做虛避介）

【玉枝帶六么】（生急行上）佳人難再，痛纏綿天生病災。誠心三日飽清齋，攜香瓣，拜神臺，只求弱體重康泰！只求弱體重康泰！小生為趙小姐病重，五內如焚，特地早來替他求禱。

（丑）相公何來？

（生）小生楚國張繼華，為陰人犯病，特來求籤。

（丑）陰人或是令堂？或是令正？説明了好宣疏。

（生）你不要管，香金在此，我自通傳便了。（拜介）

【鎖南枝】蘭為質，玉作胎，多嬌那禁多病來？無計可替挨，求神與擔待！（丑）相公，這是擔待不起的，請求籤。（生求籤介）（丑看介）此籤欠佳，下下。（生哭介）難道小姐真無救了？待我再繳一籤。（拜介）攄誠悃，望鑒裁，掣他簽，再詳解。

（丑看介）古怪，原是方纔這籤。

（生大哭介）可好再繳？

（丑）不可褻瀆，正是：奉勸世人休碌碌，舉頭三尺有神明。（下）

（末）繡林兄。

（生驚介）原來韞卿兄在此。

（末）兄也不是個人，要到趙老先生家處館，也該與小弟說一聲兒。

（生）一見相留，幾月欠晤，疏隔為罪，自切悚惶。

（末）兄自去後呵，

【前腔】孤吟興，索酒懷，書窗寂寥空綠苔。兄莫怪小弟說，作貴人西席，好興頭哩。舊榻冷難挨，新氈熱堪愛。（生）休得取笑。（末）我且問你，因何卜？着甚哀？恁憂煎，費疑揣。

（生）小弟只為玉英小姐，再至西園，不想被他父親留住，那小姐想憶小弟，染成一病。

【前腔】愁撐肚，淚滿腮，他相思病危因不才。（末）這也未必為你。如今可好了麼？（生）岐伯費安排，巫咸沒消解。（末）這等你難道替他求籤？（生）是了，兄，這裡的籤想多不准？（末）人說甚准。（生）指望與他祈福佑，禳禍災，誰知抽着劣籤詞，興添敗。小弟告別了。

（末）許久不見，怎生就別？

（生）一定要別。

（末）到哪裡去？

（生）急回館中，再問消息。

（末）兄不要作駃，你回去，可替得他？舊寓咫尺，且曲留數日。

（生欲下）

（末拉生手介）決不放你去。

（末）沈約腰圍太瘦生，此中何得許多情？
（生）只愁風雨催花急，不耐枝頭到五更。

第十四齣　病訣　雙調　蕭豪韻

【引子·金瓏璁】(小旦作病容,淨扮女使扶上)今生生望少,薄露臨朝,渾瘦盡,不成嬌。夜臺應自好,不如早赴萊蒿,捱短日,轉無聊。奄奄弱息藕絲聯,撐被無多剩骨眠。擲鏡淚痕留不住,可憐無復舊時妍。我趙玉英一病纏綿,自春歷夏,寒攻熱逼,真是百樣煎熬;氣竭神離,已到十分消伐。連朝病勢,有增無減。香筠,我多應不好了。

(淨)老爺夫人說如今天氣炎熱,請小姐耐煩些,一交秋節,自然平安。

(旦歎介)我哪捱得到秋?早間王小姐說來看我,怎還不來?

(淨)想就來了。

【過曲·步步嬌】(旦上,丑隨上)看日轉庭槐人聲悄,鐺藥空煙嫋。尋常但見招,握手迎門,滿面堆笑。(淚介)痛殺病多嬌,如今客來只有鸚哥叫。

(見介)姐姐,幾日不見,怎生憔悴至此?

(小旦)薄命之人,死何足惜?專盼妹子到來,永訣數語。奴與妹子呵。

【江兒水】倚玉無分美,拈花欲並嬌。課完線帒家家早,鬥梳髻式朝朝好,換穿襪套般般小,睹遍階前芳草。(淚介)不想而今,忽地捐遺中道。

【沉醉海棠】【沉醉春風】(旦)看他強扶頭將咱孜孜覷牢,把往事星星相告,禁喘嗽,話叨叨。(淚介)(小旦)好苦。(旦)他痛將牙咬。姐姐不要愁煩,只指望你好起來。【月上海棠】步花間再踏芳塵,唱月下重賡新調。(小旦)這也不能夠了。(旦)看你如花貌,難道未試春風,遽先秋草?

(小旦)我有幾件釵朵,左右帶不去的,留贈賢妹,以為日後紀念。

(旦)這是姐姐香奩中物,時需插戴在體。自然平復,何出此言？

（小旦）妹子切莫推辭，奴家已與母親說過，送來便了。

【五供養犯】金珠略表，也不枉閨房半世知交。翠雲、香筠，你兩個過來，各分與你些少衣服，趁將奴眼在，分取舊紅綃。（丑、淨哭叩介）多謝小姐。（小旦）奴家便死也無所恨，這是前生壽夭，料爹行尚會遣消懷抱，更怕娘親痛短齒、耐長號。妹子，【月上海棠】專靠伊家，慰依衰耄。

（內云）先生要進房診脈，好生收拾。

（旦）姐姐我且回去，明早又來看你。

（小旦）只愁此別成長別，

（旦）但願來朝勝昨朝。（同丑下）

（小旦）妹子你真個去了！（哭暈介）

（淨慌介）老爺夫人快來，小姐暈倒了。

【玉抱肚】（外、老旦、小生急上）聞言驚跳，雜鴉聲枝頭怪鴞。（哭介）望百年月滿珠圓，忍一時瓦解冰消。（叫介）你一靈可聽得哭聲高，世上難尋續命膏。

（小旦作醒介）誰人在此喧鬧？

（外）好了！好了！

（老旦）是我也，兒。

（小生）妹子蘇醒。

【玉交枝】（小旦）精神全耗。（淚介）瘦不完止有如泉淚拋。爹娘呵，你也不要痛，我女孩兒原養不得堂前老，有哥哥服侍昏朝。只是我生來騙得父母驕，便銜環只好效來生報。（老旦）兒，略用些湯水。（小旦）死心窩空將水澆。（老旦）兒，你可有甚說話？（小旦作氣急拍枕介）喧喉嚨惟將枕敲。

【川撥棹】（外、小生）休悲悼，靠參苓，還奏效。（老旦）且再拼子母錢燒！且再拼子母錢燒！保祈他災除難消。（合）軟迷離魂欲搖，冷淋侵風暗飄。

（小旦）多謝爹娘好意，只是孩兒的病，犯得拙了。

【前腔】躊躅欄杆雨後蕉，聽江風催去潮。（外）我兒，你把病

原仔細一說。(小旦)不須問惹病根苗,不須問惹病根苗,總則是冤牽命招。(合前)

(內云)王家官人在後堂問病。

(小旦急作睡介)

(老旦)女婿早間叫人來說,若要病起,須是沖喜。

(外)這等病重沖甚麼喜?

(老旦)擇吉日行聘,待身子好了便與畢姻。

(外)也是,小姐想是睡着了。

(淨)是睡着了。

(外)我們出去,且等他息一息。孩兒去陪了王妹夫。正是:愁多一夜添頭白,

(老旦)淚盡千行助眼枯。(同小生下)

(小旦)老爺、夫人方纔說些甚麼?

(淨)說王家官人要沖甚麼喜,擇吉日行聘,病好畢姻。

(小旦)咳,我趙玉英死的不差也!

【尾聲】花枝甘背東風老,也省得狂蜂雜鬧,便等我向乾淨泉臺走一遭。

癡迷原有九原情,速整魚軒地下迎。
打頓氣絲和命掙,牽延剛得到三更。

第十五齣　聞訃　南呂　蕭豪韻

(雜上)天有不測風雲,人有旦夕禍福。自家王府院子是也。今早趙老爺門上打聽,小姐昨夜三更時分,不幸去世,只得報與公子知道。可憐紅粉佳人,化作南柯一夢。(下)

【過曲·秋夜月】(淨上)家勢豪,說起都知道。日日街頭尋人鬧,滿城與我加徽號,(敲腹介)道其中欠少,只包些料草。學生王公子王伯寧的便是,自小生性猖狂,占得嫖賭頭場。家父官居太尉,杭城第一門牆。兩個拳頭頗硬,更有狼僕扛幫,出入行人趨避,威風打斷街坊。從來不識一字,文章真弗在行。那些人口嘴不好,

把賤諱伯字抹了左手,寧字去了上裝,道我是白丁公子,可也名實相當。弗知那世福分,聘得一個美貌嬌娘,打點洞房花燭,今冬穩做新郎。豈料染成一病,半年弗起眠床,想是我花星未照,還該獨守空房。

（雜上）有事不敢不報,無事不敢亂傳。大爺,趙家小姐昨夜沒有了。

（淨大哭介）

（雜勸介）

（淨）主母死了,你們做家人的,不幫我哭一哭,反來勸我。

（雜）大爺,未過門的夫妻,為何如此痛哭？

（淨）蠢材！你哪裡曉得我的哭意,這不是哭我的妻子。

【大迓鼓】姻緣雖訂交,紅鸞慳偶,豈動悲號。（雜）正是,敢是肚腸痛那聘金？（淨）那在錢和鈔。（雜）小的委實不知大爺主意。（淨）你道我哭他甚麼？只是哭他的標緻,哭他月媚與花嬌,一種風流難畫描。

（雜）這不難,大爺再揀標緻的,續了寡弦就是。

（淨）只怕沒有,急切間哪裡尋着好的？

（雜）包有！

（淨）比趙小姐何如？

【前腔】（雜）風姿一樣標。（淨）住在何處？（雜）西園門外,有個可意根苗。（淨）就在西園,我怎麼不曾見？他家中見有何人？（雜）戚屬都無靠。（淨）這等哪個主婚？（雜）說起來又要求趙老爺。（淨）他女兒已死,水米無交,求他做甚！（雜）那小娘子的父親,與趙老爺有通家之好。今上無父母,下無兄弟,少不得是趙老爺主婚。向別家琴瑟再和調,又何必斷腸西風為玉簫。

（淨）絕妙絕妙！你且說那小娘子是哪一家？

（雜）呵嗄,他也姓王,是王孝廉之女,同姓不可為婚,怎處？

（淨）不要管他,只説自小舅家他養,教他認了舅家姓就是。

（雜）這也有理。

司敗問昭公,孔子曰知禮。

娶吳為同姓，謂之吳孟子。

第十六齣　訛驚　南呂　寒山韻

【引子‧一剪梅】（旦上，丑隨上）一夜金風葉乍刊，秋滿欄杆，人倚欄杆。珮環月下杳難攀，本自孤單，更覺孤單。

【集唐】少年已慣擲年光，一度思量一斷腸。無限別魂招不得，蓮花峰下鎖雕梁。

（淚介）我那趙家姐姐呵。

（丑）小姐免愁煩，常言道死者不可復生，哭也沒干。

（旦）咳，我與他是何等的姐妹。

【過曲‧香柳娘】似同胞一般，似同胞一般，小時相慣，晨昏笑語都無間。想生前玉顏，想生前玉顏，不信隔人間，若還在吾眼。他臨訣之時，專以伯母為念，怕老人家哀痛過了，不免去勸他一番。（丑）正是，我同小姐去來。向高堂慰安，向高堂慰安，強勸加餐。（旦拭淚介）倒先怕我啼痕難按。

（丑）小姐請行。

（旦）年老不堪重失子，愁多爭奈又離羣。（同丑下）

【前腔】（生急走上）怪良朋恃頑，怪良朋恃頑，把人牽絆，深閨痊否空凝盼。這兩日被韞卿苦苦留住，不知小姐消息。乘空得脫，急走回館。呀，那進西園去的不是小姐？後面隨的不是梅香麼？不免跟上，講幾句話兒。（旦、丑上）轉重廊曲欄，轉重廊曲欄。（生）小姐拜揖。（旦驚避介，丑）小姐不要忙，這便是張相公。你看他扇影少支欄，鞋尖險兜跧。（生背介）喜嬌姿遽安，喜嬌姿遽安，還該在繡閣休閒，怎便向花園閒散？

（向丑介）前日摘得青梅，可曾送與小姐？

（丑）一五一十交付明白，三面質對並無侵剋。

（生）休得取笑。

【前腔】（旦）謝他家手攀，謝他家手攀，脆香圓綻。（丑）小姐謝你哩。（生）投桃未報，獻佛非誠，方切自慚，何足云謝？只不知可中吃麼？（丑）虧殺他等閒驚破朱脣懶。（生）梅者媒也，小姐見贈梅花，小生亦以梅子為報。天假之合，事豈偶然。倘良緣不慳，倘良緣不慳。（旦）他一徑好胡顏，斜波溜光眼。（內犬吠介）（丑）有人來了。（旦欲下）（生攔介）（旦）且回家去，明日再來看伯母罷。生人遮路羞回步，密語當風畏竊聽。（同丑下）（生）怎麼不往內廂，反走出園外去？料閨中往還，料閨中往還，豈出門欄？想是驚慌錯散。且到書館中去，怎生寂然無人？

（向內介）請大相公出來。

（內應）俺家小姐不幸，大相公往寺裡修齋去了。

（生驚介）小、小、小姐你死了也！

【前腔】揾青袍淚潸，揾青袍淚潸，不勝悲惋，教人恨殺梅花瓣。且住，小姐已死，適纔所見，又是何人？（作怕介）哎喲，張繡林青天白日，遇着鬼了！我說病人不該好得恁快，且何故走出西園，原來是鬼！且往輯卿館中躲避，有何不可？（欲走又止介）鬼正在園門，怎敢行走，只得硬着膽，闖將過去。（走介）栗生生戰寒，栗生生戰寒。呀，鬼來了！（跌介）原來是落葉響珊珊，長空叫征雁。再回頭審看，再回頭審看，草袖煙鬢一似隨風追趕。好了好了，已到淨慈寺了。倘于度兄來請赴館，勸他早上公車便是。咳，趙小姐，趙小姐，你

【尾聲】芳魂不逐朝雲散，我比却抱柱書生負赧，待驚定情還，再把淚去彈。

秋水隔芙蓉，翩躚自來去。
借言伊人閨，應在煙生處。

第十七齣　議立　南呂　魚模韻

【引子·女冠子】（外上）膝前馴繞無嬌女，只一子又逼公車。（小生上）上林花挈伴須看去，怕目斷白雲深處。

（外）張繡林催你北上，何日起程？

（小生）稍候仲冬，行亦未晚。

（外）早至京邸，可以温習經史，且免途中風雪之苦。

（小生）甘旨缺奉，不敢遠離。

（外）我年未衰邁，山水自怡，我兒努力功名，切勿掛念。

（小生）自從妹子亡後，母親日夕悲啼，勸慰不止。孩兒行後，一發冷寂，誠恐哀毀失調。依孩兒所見，何不抱養王家妹子，早晚奉侍母親，孩兒也好放心前去。

（外）此言深為有理，不但汝母有伴，把我撫孤本意一發完了。

【過曲·奈子花】欺窮交家業無餘，指閨房便是遺孤。他臨終囑託提攜如父，每回思幾年辜負。（合）恩撫，恰好慰北堂遲暮。

（末扮園公上）攪我朦朧睡，憎他剥啄聲。稟老爺，王家官人差人在外，求老爺作主，要娶那王小姐。

（外）你道何如？

（小生）爹爹不要許他。當初看妹子意中似以失聘白丁為恨，只是從小許定，無可奈何。豈可又誤別人家兒女？

（外）我意正亦如此。

【前腔】（小生）論婚姻要相女歸夫，諺常云駿馬癡奴。這前車未遙，豈堪重誤？俟從容別尋門戶。（合前）

（外）你對來人說，王家同姓，只怕不便為婚。

> 不是冤家不聚頭，堪傷豔質委荒丘？
> 仙源久厭漁郎蠢，閉住桃花不肯流。

第十八齣　立女　黃鐘　江陽韻

【引子·傳言玉女前】（老旦上）繡閣淒涼，憑問我兒安往？哭不完殘衣剩帳。自生血肉自知親，說向旁人總不真。換得少年人不死，盡教死我老年人。我那玉英孩兒，虧你撇得下老身，竟自去了。老爺將王家玉真姪女，與我過房。我想過房的，怎能够如親生的，好傷感人也。

【傳言玉女後】（旦上，丑隨上）通家世誼，沒分隔終朝來往。

驟呼爹媽，好生羞向。母親請坐，待孩兒拜見。

（老旦）不消罷。

（旦拜介）念孩兒未諳閨范，從來倚習嬌癡。母親夙具母儀，還望勤加教訓。

（老旦背介）

【過曲·降黃龍】暗地思量，他與吾兒，並年生長。吾兒若在，盼得他來語笑成行，堪傷。早年淪喪，反教他人拜候前堂。（旦叫母親介）（老旦）猛聽他一聲呼喚，一度悽惶。

【前腔】（旦）娘、娘、福壽無疆，你看庭菊森森，一朝爭放。（扶老旦行介）待我嬌扶款步。（摘花簪老旦鬢上）笑折黃花，替你點綴秋妝。母親莫不風冷麼？衣裳，喚來添上。母親莫不肚饑麼？待效小姑、廚下先嘗，只恐怕生來愚劣、不中承當。

【前腔】（老旦喜介）端詳，德性溫良，旋繞身邊沒些生樣。春生笑臉，看他退後迎前，不住趨蹌。我兒，歸房，與伊斟量，盡春鬘裁飾衣裝。待來朝搜遺金釧，解付明璫。

（外上）螟聽蟲呼形亦肖，

（小生上）花憑木接性皆移。

（外背問丑介）小姐過來，奶奶可歡喜麼？

（丑）初時還有些不快，被小姐挨頭擦耳，一頓熱煨，就騙轉了。

（小生）如此却好。

（老旦）我兒拜了爹爹，見了哥哥。

（旦拜介）

（外）此女達理知書，不愧吾家閨閣。

（小生）恭喜母親添蘭益玉，可誇異日門楣。

【前腔】（外）兒行，秀出歸房，我愛他飛鳥依人，自然親傍。若不是天生骨肉，怎左右趨承，恁地家常？（小生）排行，忝為兄長，侍晨昏賴有賢妹相幫，倒強似兒郎生分，貼坐畫堂。

（小生、旦送酒介）

【黃龍袞】千秋共捧觴，千秋共捧觴，萬事從教放。報答春暉，寸草心空長。（旦背介）勉意追隨、終嫌生強，猛可來親父母心兒上。

【前腔】（外、老旦）齊齊總角長，齊齊總角長，的的同胞樣，一般兒貼肉粘皮，何必親生養？（小生背介）你看母親，老性柔情，一徑的甜移蜜向，猛可來親姐妹心兒上。

（雜上）閨內方添女，門前又到媒。稟老爺，王家官人知小姐過房，又央媒在外說，既無同姓之嫌，可再訂兩家之好。

（外）科場在目，即日起行，何暇講求婚事？且等中榜歸來，再作道理。

（雜）曉得，始知金榜客，即是洞房人。（下）

【尾聲】（合）夫妻兒女同歡賞，買不就一家和暢。（小生）只恐明日歌驪又斷腸。

衫袖依阿笑語明，自然憐惜自然輕。
世間莫怪娘親女，娘女相看別有情。

第十九齣　倖想　南呂　家麻韻

【過曲·金錢花】（淨上）死了一個渾家、渾家，再娶一個嬌娃、嬌娃。只嫌同姓少爭差。天成就，別栽花，將甚話再回咱，將甚話再回咱。着意種花花不發，無心插柳柳成陰。學生為王小姐親事，央趙老頭子作主，葫蘆提許了就是。偏生古怪，說甚麼同姓不可為婚，不想老頭子恰好領他為女，這却不是同姓了，又央媒去，料他屁也沒得放，打點做親樂樂。

（雜上）因緣因緣，是非偶然。謀事在人，成事在天。

（淨）親事如何？

（雜）趙老爺堅執不允，小的同媒人再三懇求，趙老爺說等大爺中榜之後再議吧。

（淨）好難人法！你曉得我是中不來的，怎處？

（雜）快請發蒙先生，連夜念起子曰來。

（淨）不濟事，我想中出來的，哪裡都是真才？

【瑣窗郎】【瑣窗寒】文章不必皆佳，笑冬烘頭腦花。少甚麼黃金百鎰買下烏紗，一般兒喬裝面孔風雲叱咤。我如今也去做些勾當，中了回來，莫説一個王小姐，【賀新郎】羨絲鞭遮住看花馬。(合)誰敢向問真假？

(雜)大爺所見甚高，或是主考，或是房考，買了字眼，中榜歸家，不怕親事不成。

(淨)只是場中卷子，也要塗黑。

(雜)這也不難。場前多有私賣蠅頭錄的，買他一本，夾帶進去抄寫便是。

【前腔】蠅頭錄本堪誇。(淨)好便好，只怕搜簡出來。(雜)商議一個妙法方好。(淨欲藏衣鞋、巾髪、筆硯、食物內介)(雜)都不妙。(淨)這等怎麼處？(雜)大爺休慌，從來科場禁約，先告人方法了道，藏在不可言之處。(淨)在哪裡？(雜)要潛入屁丫。(淨笑介)這等是放屁文章了。(雜)大爺，有得屁放就是好的。(淨)倘或大便不謹，突了出來，不是要笑。(雜)大爺，還有一個方法，揀着好秀才，買了同號，央他代做、滿紙塗鴉，也省得煩勞貴體、把枯腸搜刮。(淨)這倒使得。(雜)姓名兒穩向高頭掛。

舊女婿為新女婿，大姨夫作小姨夫。
洞房索性隨金榜，試看癡翁難得無。

第二十齣　同登　南呂　尤侯韻

【引子・步蟾宮】(生上)東風吹綻皇都柳，可是我今番時候？(末、小生上)笑人人都想奪前籌，誰落孫山之後？

(生)懸名挨第誇瓊林，
(小生)剪就宮花只待簪。
(末)老大自拼淪落慣，可憐家裡盼泥金。
(生)今朝放榜，我等同寓三人，倘得並雋，其樂何如！
(末、小生)此時也該報了，且到門首一望。

【過曲・不是路】(淨上)穩步瀛洲，放在荷包沒走頭。學生尋覓主顧,買通關節,只用幾貫錢財,功名便可拾芥。好笑趙于度、張繡林,平日同窗,欺我白丁,背地用功,不肯和我閒耍,哪知不用功的倒強似用功的。不免故意到他寓所等報,奚落一番。（見介）諸兄文字高妙,定然元魁。（末、生、小生）文無口,不知命運可相投？（淨背笑介）這兩個窮鬼不要說起,便是小趙這樣公子,一百個也不如老王,可笑得緊,也指望中！笑村流酸風蟄得眉兒皺,豈是入彀英雄我輩儔？（內喊介）（淨）來了！來了！（雜扮報人喊上）報！報！報！（淨扯問介）可是杭州王伯寧相公？（雜）張繼華相公中了！（生）中在哪裡？（雜）二甲。（末、小生）恭喜！（生）恐怕差了。（雜）無差謬,（出報單介）看紙條刊就尊名否？御筵尚候,御筵尚候。（擁生下）

【前腔】（末、小生）你看他意氣橫流,無計留仙附李舟。（淨）二兄且莫慌,老王還不曾報在。（內喊介）（淨）聽人聲驟,怎麼不見來報？（作呼報錄人,不應介）他過門不入好心憂。（雜喊上）報！報！報！夏玉相公、趙惟權相公都高中三甲！曲江頭,揮鞭總是同年友,十里朱簾卷畫樓。（淨扯問雜）（雜不理,推淨,擁末、小生下）（淨）他們都中,難道只空老王？想自己下處已報過了,且回去看。（雜扮家人上）得意猶如添翼虎,失時好像落湯雞。大爺可來報了？（淨）下處可曾報？（雜）不曾。（淨）我中是一定中的,怕還報不完。（雜）長久了。（淨）或者條子失落？（雜）這也未必。小人倒有一個想頭在此,只怕還有續案。（淨）胡說！關節怎生不應？（雜）大爺,這是一班撞金鐘光棍。（淨）既然不中,索還原銀。（雜）光棍拐了銀子,何處追尋？便尋見他,顛倒挾詐,不如罷休。（淨跌足介）真堪醜,利名兩折羞開口。銀子還是小事,趙家親事未必穩了。怕婚姻難就、婚姻難就。

　　榜上今朝沒了名,姻親大分已無成。
　　奸徒騙去知多少,叫做賠了夫人又折兵。

第二十一齣　再館　仙呂　先天韻

【過曲·甘州歌】(小生冠帶、雜唱道引上)【八聲甘州】行光一片,任馬蹄橫踏十里花煙。天涯芳草,翻覺殢人嬌軟。雙旌旗引路逢麗日,夾道行人誇少年。(雜稟到驛介)(小生)下官趙惟權,忝中春榜,給假省親。張、夏二年兄,亦以選期尚遠,請假而歸。分付,等候二位老爺同行。(雜應介)(生、末冠帶,雜唱道引上)【排歌】承恩允,乞假旋,春明門外即遥天。鄉心緊,驛夢懸,催程陡的斷金鞭。

(雜稟到驛,與生相見介)

(雜)稟上張爺,到湖廣去,就該與二位老爺分路了。

(生)匆匆言別,何以為懷?

(末)纔欣連轡,忽恨各天。握手臨岐,凄感欲絶。敝鄉此時柳暗堤頭,王孫走馬;轉盼荷香水上,仕女停橈。年兄無意一續勝遊乎?

(小生)西湖應自有緣,東道猶堪作主。

(生)小弟風木余悲,夭桃未偶。有身如寄,無家可歸。年兄既為設待徐之榻,小弟敢不買訪戴之舟?請多關照,願隨馬首。

(末、小生)如此却好。

(生)分付前站,不往湖廣,與二位爺通往杭州去便了。

(雜應介)(合前)(同下)

【前腔】〔換頭〕(外、老旦、旦同上)泥金報喜傳,又疏求歸省,暫返家園。書生僥倖,邀寵便令乘傳。(雜上)新科接舊宦,舊僕長新威。稟太老爺,小老爺已將到了。宮花顫影愁壓帽,彩帳翻霞心擁軿。(外)快備喜筵。(小生、雜行上)攜書去,着錦旋,笑他蘇季返秦年。(合)笙歌沸,街巷喧,相看骨肉倍歡然。

(小生拜見介)

【前腔】〔換頭〕嚴慈夙勉旃,幸一朝登第,未墜家傳。(外)我兒,這還是祖宗積德所致。絲衣粒飯,都是剩餘前件。你既得廁名仕途，就該勞力王事，要思量平生所讀皆聖教，莫負了頭上之冠稱進賢。（小生）多謝爹爹教訓。（雜）張爺到了。（外）哪個張爺？（小生）就是繡林年兄，一路同來的。（旦背介）他也中了！（老旦）堂前饒喜氣，門外列嘉賓。（同旦下）（生、雜行上）湖光映，山色連，依然鹿徑隱西園。人應笑，賓又還，敢是再圖館穀戀寒氈。

（見介）

（生）小侄昔幸登龍，今叨附驥，敢忘提攜弱植，還祈指示迷津。

（外）先生喜遂圖南，小兒亦免敗北，誼深同譜，感切他山。左右，設酒在西園舊館。

【前腔】〔換頭〕（合）閑行舊館前，看架頭顛倒，還是文章書卷。經年違別，恰似隔世因緣。苔因客去隨意牽，鳥識人歸加力囀。（外、小生）杯頻勸，榻尚懸，嘉賓何待主人賢。（生背介）情難訴，人可憐，怕香魂來往小梅邊。

（外）館中狹隘，不足棲遲。但係舊居，或無鄙棄。

（生背介）我想園中是小姐魂遊之所，不宜再住。

（轉介）若有別居，更覺便適。

（小生私語外介）妹子過房之後，舊居空了，盡可作寓。

（外）有一所小房，就在西園門首，先生寓彼便了，先生：

【餘文】恕疏貧，無甘脆。（小生）相知應不計周旋。（生）老年伯，說哪裡話？難道復館先生就不似前？

（生）回首荊門路轉賒，且隨書劍寄天涯。

（外）莫言客況淒涼甚，請看當年舊絳紗。

第二十二齣　覷婚　仙呂入雙調　齊微韻

【過曲·字字雙】（淨上）臉上雖多，腹中稀墨水，科場被賺折便宜，天理！他家許我做官歸招婿，難道不做官的再無妻一世？學生為王玉真親事，費盡心機，只想買中科名，婚姻立就。誰知為光棍所騙，下第而歸。那趙于度又偏生中了，好不熱鬧。我失意之人，有何面目上門求親？須得良媒在中說合。我想別人也不濟事，新中的夏輻卿,是他家同年好友,不免轉央攛掇。轉彎抹角,此間已是,有人麼?

(雜上)新銜為大叔,舊號是東橋。哪個?

(淨)王伯寧相公拜訪。

(雜)老爺有請。

【引子·玉井蓮後】(末上)玉子推殘,見客匆匆倒屣。

(雜)王白丁公子在外。

(末)此人何事而來?

(淨進介)老先生宏才偉抱,虎榜先登,小弟一來拜賀,二來有事奉懇。

(末)願聞。

(淨)貴年伯趙陶齋,原是小弟岳丈。

【過曲·好姐姐】昔年絲蘿借締,奈無福嬌閨先世。(末)可傷了。(淨)幸還有一位令愛,前盟未冷,何妨續小姨?(末)原是翁婿,續親想也不難。(淨)他說中榜之後,方許議親。羞不第,無顏再向朱門裡。老先生是同年好友,斗膽冒瀆,借鼎吹噓付允期。

【前腔】(末)兩家重修舊誼,算武林更誰似尊公門第。(淨)不敢欺,門第是數一數二的。(末)況你風流倜儻,(淨喜介)褒獎!(末)文章邁等夷。(淨羞介)敲打。(末)真佳婿,中榜議親,想不過是言詞激勵無他意,管取鸞膠可再期。

(淨)多謝老先生玉成!就此奉別了。

(末)男女居室,人之大倫。

(淨)金剛揩背,勞動大人。

第二十三齣　呼魂　越調　歌戈韻

【引子·霜蕉葉】【霜天曉角】(生上)秋窗夜火,照影挨更坐。【金蕉葉】片片庭梧欲墮,冷惺松風生帳羅。

【集唐】已帶殘陽又帶蟬,聲聲移近臥床前。自悲有瑟無彈處,露欲為霜月墮煙。下官承于度年兄慰留,假寓西園外宅。當此早秋天氣，甚覺淒涼。忽然想起玉英小姐，他為我一病身亡，亡後又顯出魂靈，與我相會，真是生死情緣。我張繡林一味畏怕，好不負心！

【過曲·小桃紅】他須不是幻花攝月女天魔，照舊的新妝裹也。窄徑回身，笑臉生渦，便道鬼如何？我的玉英小姐，只道你怯生生病偏多，誰道恨綿綿成真個。也似今夜月朗雲和，俏飛瓊可也步銀河？閉門獨坐，轉覺夜長，就枕還醒，看書又懶，如何是好。不免把小姐叫喚一番。（連叫介）

【下山虎】你一霎時夢昏影墮，難道就骨化情磨？（低叫介）小字休輕播，怕人聽波。（高叫介）叫徹層雲，須把他耳根聒破。（又叫介）（小旦內作微應介）（生聽介）是那裡風聲頻撒和？（又叫）（旦又應介）（生）好怪，恰像有人應聲，聽將來嬌脆更輕可，莫不是貼階除蟄唱訛？莫不是玉笛樓頭度？莫不是塞垣夜過？（內作風起介）（生）為甚的涼浸生衣玉粟多？

【本宮賺】（小旦魂作鬼聲上）淚濕秋雲，望草頭滅現荒郊火，輕身去來，怨的俺女兒家虛死浪生無枷鎖。奴家趙玉英鬼魂是也。地窟之下，忽聽得有人聲喚小字，心魂惕惕，如在睡夢裡，陡的醒將轉來。誰呼我？驚得我亂躚淩波渡奈河。（生又叫介）（小旦）聽玉英兩字，端詳個隨聲墮。原來就是西園外宅，王家妹子住的。誰在裡面？（覷介）我和他即世無瓜葛，敢恁的妄挑胡撥？

【五般宜】他那裡擁寒衾半遮半拖，他那里弄殘杯半醒半酡，他那裡手卷口吟哦。恁般的幽靜冷落，想是秀才家夜來功課。覷着他胸襟爽廓，又不似寒酸措大。細看起來倒有些面善，猛可裡記不起前生這俊潘安、曾擲果。

（生）玉英小姐，你敢恨着我來？

【江頭送別】紅樓下，不爭我浮蹤浪過；梅花朵，不爭我信口閒哦。這都是書生造下風流過，生生害殺嬌娥。

（小旦）原來就是執梅那生。我趙玉英難道為你憶死的？咳，當初若許得如此兒郎，也不枉殺奴家一命。

【五韻美】若是他戴烏紗，朝青瑣，任鴛班揀就無別個。我如今盼清明纔領到墳頭火,空山冷臥,只靠着野寺疏鐘敲破。誰似你癡情重、密意多、陪夜月?似杜宇聲聲特來喚我。

(生)窗外甚麼響動?

【羅帳裡坐】勾殘木葉,分明珮拖,依微月影隔窗低躲。待我起來一看。(小旦閃介)(生起又止介)這三更天氣,露下庭柯,癡癡懶待出衾窩。(作攜燈欲照,小旦吹滅介)(生)呀,又早燈花暗挫。夜已深了,進去睡罷。正是:酒醒剩將愁與我,戶啟推出月還他。(下)

(小旦)好笑這生,當初紅樓之上,簾垂幕隔,我便見他,他却不曾見我,如何想憶我來?其中必有差錯。咳,就算差了,自是天下有情人。只這幾聲叫喚,我趙玉英也消受不起了。

【山麻稭】〔換頭〕但情真何爭錯,莫不伊行原不差訛?知麼,為你費俄延,直站得苔痕破,抵多少夢回巫嶂、珮遺洛浦、淚滴湘波?

【餘音】說不盡轉輪彈指三生果,忽碧月前山偷墮。我趙玉英去了也!這響颼颼的剪葉風聲便是我。

　　　　珍重千金舊乳名,狂生何敢喚卿卿。
　　　　癡魂又惹梨花夢,撩亂春愁一夜生。

第二十四齣　訝疏　仙呂　皆來韻

【引子・小蓬萊】(旦上,丑隨上)學作他家兒態,一般兒親熱假挨。遺香剩粉,生教接領,暗地傷懷。奴家趙玉真是也,自從過房以來,又早一年光景。所喜者,爹娘見愛,叨承菽水之歡;所悲者,姐妹無依,徒作河山之歎。這也不在話下。可恨王白丁,無知來求續聘,爹爹辭待榜後,幸的他不曾中也。

(丑)小姐,這還不足為喜,張郎高中,是小姐的大喜哩。

(旦)劣丫頭!是甚麼說話?

【過曲・桂枝香】看他風姿瀟灑,自然的文章精采。幸未遇白眼朱衣,免得個明珠滄海。我一向只愁白丁中了,(合)怕桃花浪開,桃花浪開。巴人諧愛,陽春招怪。今日裡始舒懷,要展搶魁手,須儲作賦才。

（丑）他來説親,小姐就是夫人縣君了。

（旦）噤聲!

【前腔】他把五花懷揣,七香誇賣,止恐怕結彩樓,多可剩下牽紅絲在。（丑）他是風魔秀才,風魔秀才,當日個低回無奈,料不是輕狂無賴,謾疑猜。小姐你想,他怎不歸去、又來我家?若然不為圖婚至,難道仍因覓館來?

（旦）他如今還住在園裡麼?

（丑笑介）小姐,

【長拍】他欲向理繡窗前、理繡窗前,梳粧檯側,暫憩一鞭行色。（旦）這等説,難道就住在我家舊宅?（丑）差不多兒。（旦）怕流膏零剪未消詳,灑掃香階,粉氣溷書齋。算華門蓬室,豈容車蓋?好笑他行李如歸渾倚熟,曾不問主人來。（丑）他見我們不在,一定疑心了。（合）空有武陵溪在,怪紅稀綠暗、不見花開。

（丑）想他還不知小姐過房,故此未來説親。

（旦）既住我家房子,自然曉得我過房了。在此數旬,音問也不通一個,還指望他説親麼?

【短拍】這也是反覆人情,反覆人情,掀翻宦態,又何須苦恨多才?他不説親也罷了,若王家反來説親,如何是好?（丑）正是。（旦）只怕狡計落鴛駘,平白地把人坑害。枉却經年引領,盼得你名姓上金臺。

【尾聲】（丑）因緣簿內明開載,空着你閨閣裡暗中摹揣。（合）莫與鸚鵡偷聽浪作猜。

西園只隔一垣居,何事連句斷雁書?
蹤跡不來還不去,教人無處費躊躇。

第二十五齣　議贅　商調　皆來韻

【引子·繞池遊】（外上）君恩世戴,有子趨朝在,老林泉益堅狂態。(小生上)斑衣戲彩,椿萱康泰,只愁聽催官詔來。

(外)我兒,我一向身越江湖,心存廊廟,汝今登第,不惟增家門之氣象,亦可備國事之驅馳。小子勉之,老懷慰矣。只你玉真妹子,年已及笄,尚無佳配。那王伯寧日逐絮求續親,甚覺可厭。不若揀一門當戶對的許了,也省得心中牽掛。

(小生)孩兒思想,張繡林年兄才華出眾,家室未宜,爹爹何不即邀西席之賓,以作東床之客?

(外)這倒也好。

【接雲鶴】(末上)無端閒事費安排,央為月老望門來。王白丁求往趙年伯處說親,此間已是,不免徑入。

(小生)原來是夏年兄。

(末)小侄此來,特與令愛作伐。

(外)哪家?

(末)原是舊令婿。

(外)又是他了。

(末)他說老年伯原許過他了,只待中榜畢姻,

【過曲·黃鶯兒】金諾已先諧,困科場,也是命未該。那見帽兒窄窄,都有烏紗戴。(外)你道他學問如何?做人如何?(末)這無過老年伯曉得,怎反問小侄起來?知他才不才,知他歪不歪,想阿翁自有真評在,苦央來、婚姻大事,須要聽尊裁。

(外)不是老夫推阻,但前女夭亡,恐不吉利。

【前腔】回首鳳簫臺,淚臨風實可哀,想兩家非偶嫌齊大。況且小女是過房的,原也姓王,少甚麼年偕貌偕、門儕戶儕,自古道夫婦同姓多妨礙,語喬才,因緣不對,難許雀屏開。

(末)小侄原不慣做媒,偶因拉至,既承尊命,當為婉辭。

(小生)小弟就奉央年兄為舍妹作伐。

(末笑介)夏韞卿好興頭,人人來央我做媒哩。且說哪家?

【前腔】(小生)他是南楚俊多才,掇南宮,上第來。(末)太遠了。(小生)不遠,問他家只在西園外。(末)說起來是繡林年兄了。這個絕妙!他良緣未諧、良宵好捱,剩將歸娶要把風光賣。(小生)

舍妹雖是過房，與親生一般的，莫相猜，移桃接杏，總是倚雲栽。

（末）過房一節，隱起便了。

（小生笑介）一發像個媒人。

（末）這個媒人容易做，一説自然成的。只不知用何聘物？

【前腔】（外）只要女婿稱心懷，豈商量到聘財，拼得還他欠下賠錢債。（小生）不欺年兄説，王伯寧果然難配舍妹。等待得劉郎到來，自然的天臺劃開，那癡人空望斷門兒外。（合）巧安排，天生女貌，畢竟配郎才。

風流豈必婿為郎，不是韓生不竊香。
説向阿奴心自死，斷無雲雨夢襄王。

第二十六齣　幽媾　南呂　庚青韻

【過曲·懶畫眉】（小旦魂上）靈衣曳珮舊娉婷，莫道粉褪脂消骨不馨，那鬼情還解似人情。自死時帶得懨懨病，只愛向斷月零風冷處行。奴家趙玉英鬼魂是也。只為因緣失偶，抱恨身亡，幸蒙冥帝見憐，許住枉死城中，隨風遊戲。前晚有人頻呼小字，奴家尋聲探訪，即去年所見那生。今夜不免現出生前模樣，竟往書齋。只有一件，若説自己真名，他必然懼怕。我如今暫借妹子姓氏假稱王玉真便了。

【前腔】不是我妝神捏鬼假惺惺，只恐怕怯膽書生未壓驚。妹子，你休嫌醜質冒芳名，那等得他生始結前生證，且趁而今未轉生。已到書館，且躲在東牆樹邊，看他如何舉動。情深開地府，緣到現天臺。（虛下）

（生上）旅況鄉心並作秋，一番風雨一番愁。何人倚動前窗竹，敲枕中宵聽未休。昨夜挑燈獨坐，偶呼玉英，耳邊恍惚應聲，又似有人行動。欲待起來看個明白，燈又滅了。今夜月色皎潔，我且閒步中庭，以觀動靜。

（内起更介）

【紅衲襖】聽響咚咚一鼓零，覺得氣蕭蕭諸籟靜。這是戰疏風械械的凋梧影,這是墜寒枝拍拍的宿鳥聲。你看四野寂寥,重門杳閉,不要説是人,就是鬼也怎得到此。昨宵見聞,必屬謬誤,只是我非醉非夢,心下未能釋然。再如夜來叫他,看可有甚影響。(叫介)我這裡按狐疑漫審聽。(又叫介)(小旦暗上應介)(生)是何處弄鶯嬌真答應?(小旦出見介)是誰叫我?(生驚介)有鬼!有鬼!(小旦)奴家是人不是鬼。(生細看介)原來不是趙小姐。(喜揖介)看他活現分明的人兒也,生扭做鬼揶揄嚇一驚。敢問小娘子誰家宅眷?

【前腔】(小旦)你要問寒家也不隔幾程,我和你託高鄰只同汲一井。(生)就在鄰近,一向失瞻。(小旦)你秀才們敢惹下顛狂症,怎把我小名兒一謎的胡亂稱?(生)知罪了,尊字想也喚做玉英。(小旦)賤字玉真。(生)真、英相去不遠。(小旦)不覺的暈潮兒滿面生,悔殺那順風兒隨口應。(作轉身欲下)(生攔介)小娘子何所聞而來?何所見而去?(小旦)是我不合夜深無故闖入人家也,只説偶然的渡牆頭追小螢。

(生)書齋密邇,屈過一談。

(小旦)奴家聞得,此間趙小姐叫做玉英,死已經年。秀才何事相喚?

(生)説起話長,那小姐在生時節,曾於樓前折梅見贈。我口占一絶以報之。他下樓復上,繾綣多情。後來憶我成病,負恨終天。偶爾呼之,不意冒犯尊字。

(小旦背介)那日王家妹子先在樓上,贈梅之事,一定是他。怎生訛到我身上來?

(轉介)你怎曉得贈梅的是趙小姐?

(生)趙家花園自然是趙家宅眷。

(小旦笑介)這也未必。

(生)往事休題,小娘子尊姓?

(小旦)姓王。

(生)曾適人否?可有父母在堂?

(小旦)止為幼孤,未曾許聘。先父簡庵公曾舉孝廉。

（生）這等是舊家了。下官不敢隱瞞，就是楚國張繼華，叨中本年進士，給假南歸，偶爾借居於此。若不嫌棄，見成領個夫人官誥何如？

【宜春樂】（小旦）【宜春令】他說登金榜，姓字馨，做夫人貪他現成。我舊家門徑，怕釵荊裙布難消稱。止聽着你激楚喉嚨，打動我嗟呀情性。【大聖樂】顧不得風寒露冷，待望紙窗明處，夜訪書聲。

【太師帶】（生）【太師引】隔春庭剛這梧梢影，可知道乍相呼連忙應聲。他是個逗宋玉窺牆鄰女，我怎不效匡衡做鑿壁書生。小姐，可憐我天涯客次秋況冷，難道全沒有半面憐情？【繡帶兒】重偷喚卿卿嫡名。玉真小姐！玉真小姐！（小旦作羞態，不應介）（生）呀，怎反不似初時低低偷應？

【學士解酲】【三學士】（小旦背介）好笑你李戴張冠辨不清，倒不如咱鬼境精靈。【解三酲】你可知燈前幻照回鸞影，便是死後追呼小玉名？（轉介）你說我畢竟是玉真是玉英？須詳定，莫又認人為鬼、吃盡虛驚。

（生）那玉英小姐，下官親見其生，稔知其死，其為鬼也無疑。如今小姐是玉真，現立此間，豈有相疑之理？初見訛驚，幸勿見責。

【潑帽令】【劉潑帽】偶然二玉名廝並，細聽來甲乙分明。（小旦）只怕我還是個鬼。（生笑介）就是鬼也好，心知趙生隨灰冷。【東甌令】一般的風前叫出斷腸聲，難道鬼無情？

（小旦淚介）說道此處，不覺數行淚下。張郎信有情人也。

（生扶小旦同拜介）

【尾聲】辨至誠，親折證，同衾共枕過今生。（小旦笑介）只要你共穴相期訂死盟。

銀釭未許潛吹滅，剩把中宵照玉顏。
好處相逢疑是夢，還疑未必是人間。

第二十七齣　辭婚　中呂　齊微韻

【引子·繞紅樓】（末上）【菊花新】才子風流的的奇，爭羨擬若個門楣。主誼年情,料無推避。【縹山月】落做個見成媒。奉趙年伯之命,招贅繡林。來此西園外宅,是他寓所。有人麼?

【顆顆珠】(生上)密約恐人知,驚聞戶屨,忙起倒穿衣。原來是夏年兄。

(末)年兄少年久客,秋夜孤眠,能無離羣索居之感,亦有調琴弄瑟之思乎?

(生)小弟自來漂泊,頗奈淒涼。孤雲野鶴,已拼半世作頭陀;越水吳山,也難向他鄉尋腳綫。姻緣遲早,聽之於命而已。

(末)年兄怎如此說?

【過曲・駐雲飛】你客況淒其,冷暖無人貼肉知。中饋難虛置,後嗣當先計。小弟與兄做個媒人如何?(生)年兄試說。(末)嗏,說起最相宜,大家知契,所重親情,並不爭財禮。料想一個歡承一個依。你說是哪一家?就是趙年伯,尚有令愛未字。小弟思想,年兄又未聘,何不結就姻盟?偶然席間說起,他喬梓兩人,極其歡喜,就央小弟致意。真是女貌郎才、天作之合也。

(生)他家玉英小姐已亡,未聞再有令愛。若有兩位,或者死的不是玉英未可知也。

(末)玉英已死,此位也是趙年伯親生,是玉英令妹了。

(生背介)趙家好情,固無辭理,但與王小姐訂盟豈可違背?(轉介)不是小弟推阻,但小弟呵,

【前腔】世業寒微,書劍飄零無所遺。(末)年兄今已登第,所憂豈貧乏乎?(生)一舉雖登第,四壁難成禮。(末)已說過不論聘財了。(生)嗏,家隔楚江湄,彼居越里,難道一向恩深,長作他鄉婿?便趙年伯和年伯母呵,他父子天親豈遠離?

(末)彼自情願遠嫁,何必代為瞻顧?年兄聽小弟說,你與趙家呵,

【駐馬聽】莫說同中春闈,譜誼從今百世推。只這寒窗同守、客路同登、故國同歸,交情空擬斷金期,如何姻盟故把連枝棄?你當初見了玉英小姐怎生想慕,這位小姐呵,並育香閨,(笑介)風聞阿姐略如其妹。

（生）既荷年伯隆情，且辱年兄臺諭。弟雖至愚，豈不知感？（背介）

【前腔】暗地遲疑，叫我也難作言詞相抵回。（末）年兄倘別有心事，不妨直對小弟說。（生）似這燕鶯私約，怎許蜂蝶偷窺、烏鵲傳知？（轉介）煩年兄多多致意趙年伯，他降尊何至逐雞棲，我攀高也不妄想求鸞配。（末）這是甚麼主見？（生）莫問因依，豈不聞當年鄭子，力辭齊婿？

（末）小弟暫且回復，年兄還要三思。就此告別了。

（生）知己寧方命，佳人肯負心！（先下）

（末）好笑我做媒的，家家不着，正是：

頭醋不酸，二醋不辣。
若靠做媒，定然餓殺。

第二十八齣　遣伺　商調　家麻韻

（丑上）畫虎畫皮難畫骨，知人知面不知心。你道翠雲因何說此兩句？張郎未第之時，十分注意小姐。誰想今日，忽變初心。在此許久，不來說親，倒是我家老爺央媒議贅，却反不肯依從。奴家聽得此話，甚覺氣忿，不免說與小姐知道。

【過曲·山坡羊】（旦上）聽秋蛩支支如話，看秋鴻行行如畫，怪秋蟾偏偏照帷，怕秋風故故尋窗罅。（丑）小姐早起來也，請梳洗則個。（旦梳妝介）（合）對菱花，盤旋掠鬢鴉。（丑）小姐插了這枝玉梅花。（旦插花作墮下介）為甚的玉釵猛向、猛向妝臺打？花兒墮下，不是吉祥。（丑拾介）喜還未斷。（旦）翠雲，你可曉得那書生消息麼？（丑背介）若說姻盟，終成話靶。（旦）怎生不說？（丑）差、差，怕題他，莫問他。（旦驚介）呀、呀，果然他，不信他。

（丑）不要說起，老爺反央媒人說合，許將小姐贅他，他竟自不允！

（旦）有這等事？張郎你好負心也！（淚介）

【金絡索】【金梧桐】成團總是沙，向鬼空占卦，不到今朝不信書生詐。癡心辦至誠,【東甌令】認冤家,只落得憔悴支離向碧紗。他那裡倚誇書裡顏如玉。【針線廂】不管閨中淚似麻。【解三酲】能驕大。【懶畫眉】爹行折氣反求他。【寄生草】倒引得小兒曹弄口調牙,擡架起喬聲價。翠雲,你可知他却婚的意思?

（丑）哪裡曉得？

【御袍黃】【簇御林】（旦）他道我是孤貧女非宦家,總移栽終是別樹葩。不知爹娘心上真和假,怕未必似親生嫁。（丑）小姐多心,老爺夫人這般看待,總與親生一般的。（旦）不然一定有了別人了。【皂羅袍】章臺柳暗猶堪繫驊,藍橋漿暖憑君問茶,只怕他殢人又約梅花下。（丑笑介）小姐一發多心了。【黃鶯兒】（合）受波查,狂心拗性,一謎怎胡拿？

（丑）王家打聽這個消息,又是要來說親的。

（旦）玉英姐姐只為所聘非人,抱恨夭没。不想我又如此命薄,少不得也是個死。

【貓兒墜】好花雖謝,決不委泥沙,寧可投付清流襯兼葭。玉英姐姐,你夢魂應不在天涯,同咱也省得活在人間受人欺詐。

（丑）小姐不必着惱,待翠雲乘夜到他書館,察其動靜。把他負恩忘義,痛責一場,看他如何覆我？

（旦）這也有理,翠雲,

【尾聲】你向書齋婉轉無多話,只問明白心腸真假。（附丑耳介）若有背地欺心,你與我悄地拿下。

（丑笑介）曉得。

（旦）見他須即誦他詩,應記梅花折贈時。

（丑）難道熱腸全不轉,憑將青鳥付幽期。

第二十九齣　勸婚　仙呂　江陽韻

（小旦魂上）瑤臺月下乍相逢,笑指家居牆角東。未到五更先避曉,翛然身逐去來風。奴家與張郎私約,夜去明來,只道我果然是鄰家女子,誰知就裡行藏？近聞爹娘欲以玉真妹子招贅張郎,不知他因甚推阻。想為有了奴家，不好應允。唉，我與他人鬼相纏，終非了當。玉真妹子才是他真正夫妻。今宵赴期，不免勸他就婚，也顯得我平日姐妹好意。張郎，張郎，

【過曲·醉扶歸】你不肯學時人亂打的雙丫棒，端則謝東君單守看一邊牆。我在黃泉也感領你好心腸，只隔紅塵難顯示真形相。你待看咱人面不提防，誰知落咱鬼套多欺謊。張郎，我來了，開門。

【前腔】（生秉燭上）意懸懸空倚定門兒望，白日曛曛直盼到月兒光。（開門見旦介）好個至誠小姐。（即閉門介）多虧你路迢迢不惜的腳兒忙，（攜手介）袖垂垂故意把情兒傍。（小旦）恭喜郎君，又作趙家新婿矣。（生）此話哪裡說起？他家雖來議親，下官堅執不允，若是我黑漫漫早把誓兒忘，現有那碧青青天在頭兒上。

（小旦笑介）張郎你且莫慌，奴家也曉得你不曾應允，只是這頭親事端的該依。

【皂羅袍】好事欣從天降，莫錯過了金珠眷屬、閥閱門牆。（生）小姐這是甚麼說話？我和你有心燒了到頭香，豈可又瞞心許下雙頭帳？（小旦）張郎好意，奴家盡知，但念家世寒微，原消受不起夫人封號，不如應承了趙家罷。鳳鸞榮誥，非同泛常，蘋蘩正位，須教忖量。奴家呵，只好當流雲浪雨和你閒來往。

（生）豈有此理，這是小姐怕有異心，故把話來試我。

【前腔】怕半道橫生風浪，故虛投餌語，釣出衷腸。（小旦怒介）奴家一片好意，怎反如此猜疑？若不允彼親事，奴亦請從此逝矣。（欲下介）（生慌介）小姐不必性急，我和你從長揀便再商量。（小旦）還有甚商量？依我便是。（生）他怎般命題厝意叫我也難猜想。（丑暗上聽介）聽他丁丁列列，言長話長。（窺介）遮遮掩掩，形雙影雙，原來結識了私主顧，怪道不來求親。待我把金釵暗扣琅玕響。

（生）哪個？
（丑）不好說是小姐差來的，我有道理。（念生詩介）
（生驚介）

【前腔】不禁的小鹿心頭胡撞，這梅花詩只有趙小姐知道，誰

把風情舊稿向月下傳揚？（丑）是送梅花的，難道就忘懷了？快開門。（生大叫介）有鬼！有鬼！（丑）他因有人在內，不肯開門，故意聲張起來，叫我速去，張郎好薄幸也。正是：人情若比初相識，到底終無怨恨心。（下）（生又叫介）（抱小旦介）小姐，你不要害怕，你好扯咱衣袂立咱旁，且靠這窗兒緊扣燈兒亮。（小旦笑介）窗外的倒恐怕未必是鬼。（生）怎麼不是鬼？（小旦背介）好笑他認我做人，反認人做鬼。分明人跡，只道殘魂冷香。留連鬼趣，說是生姿豔妝。幾時醒得他重重曲曲糊塗帳？

【前腔】（末扮園公引雜數人上）夢裡聞聲驚恍，是西園外宅，叫喚猖狂。（叩門介）（生）鬼又來了！（雜）是我們，張爺為何大驚小怪？（生）大叔們，此間有鬼。（雜）快開了門，有鬼待我拿他。（生）有人來怎處？（小旦笑介）不妨，我俏身兒略借你影邊藏，你舒心的快把栓兒放。（小旦作掩介）（生開，雜入介）（內起旋風滅燈）（末倒介）（小旦作鬼聲急閃下介）（生）我說有鬼，果然有鬼！（雜齊叫有鬼介）（合）淋頭浹背，如澆冷湯；天昏地黑，都無隙光。（作見末介）呀，為何暈倒階除上？

（雜扶末共啐介）

（末醒介）

（雜）快張燈來。

（生）多勞你們了。

（雜）從來不信陰陽事，今日方知魍魎形。（下）

（生）小姐、小姐，這一場混嚷，不知你怎樣去了。唉，趙小姐，你嚇我張繡林還不打緊，怎的來嚇王小姐？

【尾聲】他怯身軀，深閨養，比不得我色膽從來粗放。趙小姐，難道你妒我作人間薄幸郎？早間夏年兄又有書來勸婚，我正躊躇未答。不想王小姐如此賢德，叮囑再三，明日寫書回復，擇吉畢姻便了。

夜壑風吹鬼火青，嘯聲帶血去猶腥。
東牆拭眼煙開處，依舊淒涼月滿庭。

第三十齣　冥拒　仙呂　真文韻

（淨魂上）屋漏更遭連夜雨，船遲又撞打頭風。人生枉作千年調，身死無償一旦空。自家王伯寧鬼魂是也，只為科場被騙，親事不諧，氣成一病。不期太尉老官人又死了，買關節一事又發作了。平日酒色過度，身子原是虛的，幾件齊來一搠，弄得嗚呼哀哉。唉，我王伯寧也是一個好漢，何等威勢？何等受用？誰想有今日也呵，

【北點絳唇】只指望種福成根，抽華似筍，無窮盡，未到時辰，說殺也無人信。

【混江龍】威權使盡，單靠着一個鐵澆銅鑄老家尊，鎮日價敲殘博局、吸破酒樽、妖姬賈媚、狎客趨恩。那曉得絲從蠶吐，也不識粒自田耘。撇下了冤家子曰，告別過仇姓詩云。想我犀黃玉白要做盡一朝官，算我柏翠松青也行不了千年運。誰想滕王風逆，薦福雷迎，未等到屍蟲出戶，已早見羅雀張門。使慣了我榮我貴，看不得人笑人顰。好排場後恭前倨，沒下落頭富梢貧。到如今止剩得一雙空手、三尺孤墳。臭皮囊再不到花花世界，假錠緞只好騙渺渺幽魂。還愁得蟻蟲蛀體，一憑他狐兔侵窀。葬不完今今古古北邙山，解不出醒醒夢夢南柯郡。為甚的奔波勞碌、角逐價紛紜？我想趙玉英小姐也在此間，只是撞他不着。若撞着了，與他結為夫婦，了我生前一點願心，豈不是好？前面飄飄拂拂，似有一位女魂到來。不免飽覷則個。

（小旦魂上）為人多窈窕，做鬼也風流。天色向晚，到張郎書齋中去來。

（淨作覷介）

（小旦避介）

【油葫蘆】（淨）則見他把九地下驚回暗谷，春嫋瀟湘六幅裙，一般的翠絲金朵簇烏雲。恁般體態，比似人間更加標緻。他向纖塵穩步無塵印，借輕煙籠影和煙褪。（近小旦介）（小旦）靠邊些！（淨）小娘子，這比不得人清白認的真，則好鬼乜邪胡廝混。我形骸

銷化只有魂兒趁，今日裡免不得再銷魂。請問小娘子誰家宅眷？

（小旦）奴家是趙觀察女兒，問我則甚？

（淨）原來是玉英小姐！久聞得你天姿國色，但恨生前不曾相見。則小子便是王伯寧。（揖介）

【天下樂】我叉手忙將禮數迎，殷勤好認親。（小旦怒介）王白丁，我與你有甚親來？（淨）呀！的親丈夫怎生不認？娘子可識我東床坦腹的王右軍？（小旦）哪裡說起？（淨）熱親親已下茶，單則為病懨懨未過門。（小旦）啐！（淨）早難道喚蕭郎作路人？娘子，你受過我家聘禮，生是我家人，死也是我家鬼了。就在地府之下，與你成了親罷。

（摟小旦介）

（小旦怒推淨介）王白丁，好不識羞！

（淨）你口口聲聲叫我白丁，敢是嫌我不識字麼？娘子你該知道：

【寄生草】陽世雖誇字，陰司不考文。（小旦）這酒囊飯袋，真是草包哩。（淨）則我那酒囊還勝却詩囊潤，飯腸更賽過文腸敏，便草包也不比得書包悶。娘子，你看天下人能有幾個識字的？止不過套成剽竊野狐禪，那裡有家藏真正蘭亭本？我且問你，你如今往哪裡去？

（小旦）到西園外宅，訪一個人。

（淨）這是張繡林寓所，你去做甚？難道看上了他，與他有賬麼？

（小旦）有賬無賬，總也不干你事。

（淨氣介）罷了罷了！一發幹出這等丑事，我親丈夫不管誰管？

【前腔】我只道你死守共姜節，你緣何偷開楚岫雲？好笑你有了私夫不把親夫認，你是個死人怎把生人趁？（摟小旦介）（小旦喊推介）誰敢強奸？（淨）難道我捉奸反作強奸論？當初呵，不提防你羞雲怯雨便向鬼門逃，如今不怕你覘風躲月再向人間奔。

（小旦）我自尋張郎去，不要理他。正是：酒逢知己千鍾少，話不投機半句多。（下）

（淨作趕不及介）

【賺煞】你看他蓮步躡香雲，蟬鬢生花暈。怎麼去得恁快，恰便似駕文蚓煙翻霧滾，便道年命生時無福分。難道做鬼魂依舊寡宿孤辰？我想他這般風致，如何看得我上？自知村，只好付與娘行供笑哂。歎書來筆鈍，恨磨將墨窘，從今後待望玉樓遙拜李修文。

　　　　書中有女顏如玉，此語分明勸讀書。
　　　　不識一丁人鬼厭，演成榜樣看如何？

第三十一齣　驚婚　南呂　齊微韻

【引子・于飛樂前】（外、老旦、小生上）玳筵前香霧靉，慶好合一家和氣，誇不盡綺羅珠翠。日來輞卿傳示，繡林願贅吾家。今當吉日良辰，分付掌禮人伺候。

（雜扮掌禮人催請如常介）

【于飛樂後】（生上）乍乘龍，還自愧未稱佳婿。（淨、丑扮女使，扶旦包袱蓋頭上）把修容暗護，趁風光欣成吉禮。

（生、旦拜堂如常介）

【過曲・賀新郎】（合）照耀華堂，吐銀盤燭花成對。羨閨房擅場佳麗，可不道才子風流也繡衣。好看承為郎夫婿，魚比目，枝連理；算百年美滿今朝起，歌燕婉，共歡喜。

（外）移此花燭，送歸洞房。

【香柳娘】（合）映籠燈絳衣，映籠燈絳衣，月光鋪地，向花間別起東床笫。望天河影移，望天河影移，玉漏莫頻催，金烏好晏起，願鶼鶼共期，願鶼鶼共期。真個是文將福齊，貌堪才比。

（生、旦入房介）

（衆）因緣本是前生定，曾向蟠桃會裡來。（下）

（生揭開旦包袱介）

【隔尾】我與你輕輕卸却蒙頭被，效勤勞但憑新婿。（旦作羞背介）（生）夫人你且略展羞眉，莫只向燈下低。

（見旦作驚介）

【不是路】一見生疑,莫不是蕩漾春心眼色迷?(再看介)呀,果然是他!怕也!怕也!(旦)為甚的深深避?(生)有鬼!(旦)何來鬼祟敢輕窺?(生)你、你、你不是鬼麼?(旦淚介)淚珠垂,我曉得了,他原不曾傾心俛首來求配,故意的潑語胡言把我欺。(生背介)我想同胞姐妹面龐多有相似,我怎麼一時驚叫起來?知差矣。(旦欲下,生攔揖介)尊前唐突多粗戾,急忙陪禮,急忙陪禮。

(旦)你這般錯愕,畢竟有個緣故,好好與我説明。

(生)適間下官偶然心驚,別没甚緣故,望夫人恕罪。

【太師引】(旦)難道你弄虛脾,全無謂?話顛顛真如鬼迷。你説有鬼,鬼在哪裡?(生)這是下官眼花,情願招認個不是。夜深了,夫人請安息吧。(旦)好笑他乍矜張不羞當面假,支吾只靠頑皮。我曉得在此,你山盟海誓先別締,(生驚,笑介)夫人,哪有此話?(旦)那其間料不作魍魎相疑,鴛鴦夢難教愛移。(生)夫人,端的没有此話。(旦)你説没有麼?怎賴得前宵明月窗西!

(生背介)前宵明月窗西,話倒有些來歷。不曾做親,先要吃醋了。

(旦)若不説明驚慌的緣故,奴家決不與你成親。

(生)夫人如此着惱,下官只得直説了。請問夫人當初還有一位令姐麼?

(旦)問他怎的?

(生)那令姐小字可唤作玉英麼?

(旦)你怎生曉得?

(生)當日呵。

【大聖樂】向西園貪看芳菲,不覺的困騰騰生睡意。令姐呵,把梅枝戲打如呼起。(旦背介)也是梅枝?(生)旋贈我帶將歸。(旦)也贈他?(生)我明早又到園中,恰好令尊留館,我只道天假良緣,誰想染成一病。(淚介)不知嬌娘疾革何言語?想你愛妹情長必揣知。適見夫人面龐與令姐宛然無二,因此上倉皇悚異。(旦)奴家與姐姐龐兒哪些相像?(生)哪有半些不像?一般的微波照眼、淡月生眉。

（旦背介）樓前贈梅，是我自家的事，他怎生不題，倒説我像姐姐？（轉介）那贈梅的，如何就知是家姐？

（生）友人夏韞卿説，玉英令姐素擅傾城之譽，下官所見，必然是他。

（旦）那時有何作證？

（生）有詩為證，下官口誦與他一個使女的。

（旦笑介）你好差也！贈梅便是奴家了，哪裡是家姐？

（生驚介）原來就是夫人！一向真在醉裡夢裡了。

（旦）怎不問個明白？

【三換頭】風情湊理，使不着粗心浮氣。笑你文場請客單忘本題，一味的騰東換西。（生）都是友人夏韞卿誤了。（旦）你道領頭人欠道地，也要問津人牙伶齒俐。（生）一向只説夫人是玉英，倒不曾訪問得尊字。（旦）玉子隨行遞，真真叫不迷。（生背介）那個王小姐喚作玉真，夫人怎也説是玉真？難道恰恰名齊，敢是知了風聲故意的將人笑嗤？呸，我又癡了。一邊姓王，一邊姓趙，佳人小字多相同。（轉介）夫人，依你説起來，花園門首撞見的，不是令姐鬼魂，依然是夫人了？

（旦）這原是我。

（生）那時聞有人來，夫人怎不進園內宅，反走到園外去？

（旦）園外是我家裡。

（生）家怎生在園外？

（旦）今君寓所，即妾舊居。

（生）此乃宅上別館，夫人如何住得？

（旦笑介）你還不知道，奴家是過房的女兒，原不姓趙。

（生）這從不曉得，夫人是誰氏所出？

（旦）奴家姓王。

（生驚背介）怎麽説？夫人又是一個王玉真哩！

（旦）先父簡庵公，曾舉孝廉，與恩父為莫逆之交，向居園外小宅。恩父憐奴孤窘，撫作親生。

【柰子花】牡丹芽原不低微，去江南橘性遷移。（生）紅樓相遇之時,可曾過房了?(旦)還未,不過是鄰家借綠、些時遊戲,又不曾把紅樓頭笑稱家裡,猜謎可不道失之千里。

(生背介)奇怪、奇怪,一時就有兩個王玉真!

【劉潑帽】縱然一樣多嬌媚,難道名和姓更沒差池?若是兩人廝見難回避,我把小字題,少不得脆滴滴雙聲遞。(轉介)夫人你休哄我,哪裡是甚麼王玉真?

(旦)你若不信,只問送梅的丫頭就是了。

(生)這也有理。

(旦)翠雲快來!

(丑上)有福之人人伏侍,無福之人伏侍人。啊呀,怎般夜深,你兩個還不睡?

【節節高】回廊月轉西,漏聲稀。小姐喚我怎的?替不得你良宵一刻千金際。前晚來探張爺,好做聲勢,可是嫌我不做美,故嚇回,喬稱鬼?(生)窗外念梅花詩的,就是你麼?我只道玉英小姐鬼魂在外,故而驚呼。(旦)翠雲,他一向認我是玉英姐姐,可是好笑?(生)我當初曾問你來,小姐可喚名玉英,你道正是。如今怎又說是玉真?(丑)我原說是玉真,張爺聽差了也。真、英兩字傳訛易,想花間問答非詳致。你若說雙文不是博陵崔,可還認得我傳書寄柬的紅娘婢?

【尾聲】(合)若不是阮郎真作天臺婿,怕認錯陶潛到底迷,方信梅花證果奇。

(丑)隔水探花認不真, 生姿翻訝是前身。(先下)

(旦)說明就裡嫣然笑,(生)秉燭端詳看故人。

第三十二齣　訛釋　仙呂　蕭豪韻

【引子·卜算子】(小旦魂上)夢不和人覺,魂欲隨天老。偷仿巫山幾暮朝,灑淚枯秋草。奴家與張郎幽婚,纔及兩月。不期緣數已盡,目下便要分離。唉,我趙玉英好苦也。(淚介)

【過曲·羽調排歌】折柳愁多,分釵恨杳。我則道人生苦趣偏饒,不如為鬼也逍遥。一任遊魂向好處飄,誰知閑風月不久牢?相交甫得又開交,難道我孤窮運死不拋,歡場未踏妒先招?

【引子・卜算子】(生上)既要新人好,又怕陳人惱。盡着風流擔子挑,都與情周到。

(小旦)張郎,只怕你没有許多情哩。

(生)不知小姐到來,有失迎迓。

(小旦)奴家今夜專來告别。

(生)小姐怎説此話?

【過曲・解三酲】我就新婚但依尊教,並不曾有意相拋。(小旦)我不怪你,那趙小姐好麼?(生)他是過房之女,原也姓王,連城今日雖歸趙,與伊家族譜同標。樓前贈梅的我一向認作玉英小姐,却原來是他。朦朧花下情空逗,折證燈前惑始消。(小旦)這等原是有緣的了。(生)還有奇處,他也喚做玉真。(小旦)姓名怎麼一樣好?其中必有一個假的。(生)小姐一定是真正王玉真,再不消説的。只是他如何也説是王玉真?難分曉,敢還是他行飾詐貌説娘嬌?

【前腔】(小旦)好笑你眼睜睜不知顛倒,聽軍聲誤認江潮。莫愁原是盧家號,我不過偶然間借口相嘲。(生)這等説,小姐倒不是王玉真了?(小旦)哪個説是?(生)小姐的係何人?(小旦背介)雖則是日中無影衫無縫。(轉介)少不得水有源流木有苗。(生)小姐尊字?(小旦)伊知道。(生)哪裡知道?(小旦)不記得高秋深夜、婉轉呼號?

(生)小姐語意含糊,使我茫然不識所謂,不如直説了罷!

(小旦)説便與你説,只是莫要害怕。

(生笑介)有甚麼怕?

(小旦)玉真原是奴家妹子,頭一次上樓是他,第二次上樓便是奴家,你可曉得麼?

(生)其時珠簾四垂,不曾見小姐龐兒,只道就是頭一次贈梅的。那玉真既云令妹,小姐還姓王還姓趙?

(小旦)奴家姓趙。

（生）不曾見說岳父母還有令愛，只有玉英小姐久亡過了。
（小旦）張郎，則奴就是趙玉英了也。
（生怕介）你、你、你就是趙玉英了！

【掉角兒序】怪道他倚清風行蹤恁飄，怪道他伴朝雪起身偏早。我則道順風風吹生豔嬌，笑吟吟共成歡好。你看他花旋繞、月籠包、香縹緲，那些兒像野魅山魈？小姐，我只不信，敢是意中懊惱，故把言辭撒挑？（小旦）我真是鬼，張郎索靠遠些。（生）便真是鬼也說不得了，拼着我偎伊冷骨，斷煙殘照。

（小旦淚介）張郎，

【前腔】你與我到閨中傳言阿嬌，你與我拜堂前謝辭雙老。我也曉得繼家聲兄名已標，更締良姻婿才稱妙。張郎，緣數已斷，從此會期少矣。少不得風歸壑、雨隨潮、雲還嶠，原不是久住窩巢。（生）難道你就要去？（小旦）青鸞信杳，黃泉路遙。張郎，你若念奴家呵，照舊的向風前月下、一靈高叫。（作鬼聲，將魂帕蒙首竟下）

（生放聲大哭介）我那趙玉英小姐呵。

（旦暗上）隔垣須屬耳，深夜且潛蹤。相公為何在此大哭？

【前腔】（生）我如今向娘行只得把風情實招，有一個到書齋曾把誓盟偷告。（旦怒介）一發了不得，做出這般勾當來！（生）娘子且不要惱，只道是豔釵梳東牆目挑，誰知他粉骷髏早做了北邙年少。（旦驚介）原來被鬼所迷，快些兒開清醮、請法曹、延高道，剿除他月怪花妖。（生）夫人，那鬼不是害人的。（旦）哪有不害人的鬼？（生）他說也姓王，字玉真，先把尊名假冒。（旦）冒稱奴家，愈加可惡！（生）下官初時也信了，成婚之後曉得夫人姓名，再三盤問，他方纔把真名自標。（旦）他真名叫做甚麼？（生）說起來，是伊行姊妹，玉英為號。

（旦）既是玉英姐姐，快請來相見！

（生）他說冥緣已絕，難以再留，言訖便行，不勝傷感。

（旦哭介）我那玉英姐姐，略消停片刻，等奴家一會也好。

【前腔】你怎生的影模糊鸞旌邐遙，恨殺我步從容蓮蹤遲到。姐姐，你難道不念我在生時殷勤至交？正要問你自別來寂寥音耗還有一説，我的姓氏可以假冒，姐姐的姓氏也好假冒了，只怕這鬼也未必是姐姐哩。（生）待我説來，他套的**凌波勒**，（旦）是。（生）戴的是**翠雲翹**，（旦）是！是！（生）穿的是**攢花襖**。（旦）件件都是！面龐生得何如？（生）説不盡他**俊俏苗條**。（旦哭介）真個是了，他可思量爹娘齒老？可曉得親兄高中？（生）都説多多拜謝，還教我好生致意夫人哩。（旦）可知道星星骨肉，總縈懷抱。

【尾聲】（合）角聲哀，蟲聲鬧，雨聲窗外又蕭蕭，怕魂落湘江不可招。

（旦）明早稟知爹娘，設醮追薦。

（生）正是：

　　　　未容言語還分散，帳裡芳魂不可攀。
　　　　金盌自從遺贈後，再無消息到人間。

第三十三齣　道場　黃鐘　車遮韻

【引子·南點絳唇】（淨扮法僧、雜扮衆僧持法器上）六字阿彌，萬層阿鼻，隨人業，地沉天越，寶偈能諄切。小僧淨慈寺住持大智禪師是也。趙老爺為亡女玉英小姐，發心建水陸道場，拜梁王大懺。今七七四十九日，功果已滿。不免登壇施焰，普救羣迷。

（雜）請師父上座。

（淨）正是：蓮座等閒觀萬劫，蒲團頃刻悟三生。

（雜鼓樂引淨下）

【北醉花陰】（小旦魂上）則聽得唪咒如潮耳邊熱，地冥裡些時響徹輕，渡過暗城堞，雨迅雲捷、難按心嬌怯。遙望見繡幡揭，是何處香煙空際結？（下）

【過曲·南畫眉序】（外、老旦、小生上）心上恨重疊，法鼓金鐃韻淒切。（作拜佛介）望光明一道、照開幽穴，只要你聽得着佛號千聲，領到這瓣香一熱。醮筵此夜為誰設，歸來有夢歡悅。（下）

【北喜遷鶯】（小旦魂上）看一天高掛明月，信人間風味差別。呀，又早來到西園，好道場也！清絕，瓜芬果潔。（作拜佛介）猛可裡稽首如來恕簡褻,憫燒殘香半截。且看這場功德,追薦何人?(看牒介)原來爹娘因張郎之言,大修好事,超度奴家的。(淚介)唉,你女孩兒生受了也!這供佛花是我悽惶淚血,這繞壇煙是我冤慘情結。來的是張郎和玉真妹子,且避過一邊。

【南畫眉序】(生、旦上)清淚暗眉睫,低首燈光影明滅。我那玉英姐姐,怎的便飄然歸去,更無言說?(拜介)拜教你萬業全消,止剩有寸心還熱。只願一魂俏向香頭接,莫惜路途周折。

(小旦)張郎、妹子,我和你說話來。

(生旦不應竟下)

(小旦)任我叫喚,怎不答應一聲兒?

【北出隊子】恰纔猛相逢不迭,謝你好夫妻憶念切。本待要絮叨叨與你覿面的細分說,淚盈盈執手也敘離別。呸,人鬼相隔,對面不見,怪不得他客生生迎頭兒故打撇。(下)

【南滴溜子】(外、老旦、生、小生、旦同上)隨笙鶴、隨笙鶴,法音振越;依香供、依香供,蕙肴薦列。佛囉,威神明徹,堪憐俊女娃、芳春夭折。待廣施盂蘭,把地獄壞裂。禪師傳說今夜魂歸,不免就經堂左右,打坐一回,看可有甚應驗。(各坐介)

【北刮地風】(小旦魂上)想又是夜課僧徒翻貝葉,却緣何男女齊列?呀,那不是我爹娘麼?(淚介)你幾些時兩鬢堆霜雪?這夜深沉怎不穩便安歇?原來寧家都坐在此,我一個個從頭參謁,一步步向前偎拽。怎奈生人氣旺,難以親近。好了,喜的燭初殘、燈將滅,且把我遮魂帕揭。(眾俱作睡態介)(小旦)看睡朦騰通打呵嚕,管眼前片片飛蝴蝶,這便是我弄神通、鬼攝捏。

【南滴滴金】(淨、丑扮使女上)虛堂夜靜生寒冽,共守長更沒話說。呀,老爺們通睡着了,甚麼響動?響嗤嗤似誰把經翻閱。露摶風、雲掩月,鐘沉鼓歇,冷清清最宜魂影獵。(淨)把壇老師父說,小姐魂靈今夜歸家,且回內廂,不是要處。(丑)正是。(合)顧影聽聲,猶如追躡。(下)

【北四門子】(小旦)謝你一家兒薦拔親檀越,為我備齊壇,誦咒說。我虧此功德,已得昇天了。脫離苦海無邊劫,步清虛,免惡孽。爹、娘,你再不要憶我了。你有子騰驤,有女依貼,好保養暮年尋喜悅。張郎、妹子,須信道死者疏睽、生者親熱,我怎肯攪亂你夫妻美協?(下)

(衆俱作醒介)

(旦)方纔睡夢之間,分明見玉英姐姐親來作謝,説虧此功德,遂得昇天。

(外、老旦、生、小生)所夢皆同。(俱淚介)

【南鮑老催】夢魂不別,徘徊數語殊痛切。恨催人屋外雞聲咽。珊珊響,冉冉來,匆匆別。你看他把瓶花散點,如飛雪精靈,似有人天接,只留不住神仙玦。

【北水仙子】(雜扮天女執幡蓋引小旦上)來,來,來,恁越絕,見,見,見,大地山河棋布列;那,那,那,霄漢可肩接;這,這,這,虹霓如帶曳;怕,怕,怕,守天關虎豹嚙;愁,愁,愁,駕天河烏鵲怯;趁,趁,趁,朝霞一縷早飛越;到,到,到,西方淨土方纔歇;總,總,總,仗佛力猛提挈。

(外)怪哉,仙樂鳴空,異香滿室,豈非天生之祥乎?

(末捧詔上)一封丹鳳詔,飛下九重來。

(衆跪介)

(末宣詔介)朕惟經邦佐治,典型端藉老成;敷采宣猷,驅策必需羣力。兹而觀察使趙禮,品高山嶽,器重珪璋,恬雅可風,設施未竟,特擢吏部侍郎;妻梁氏,進封夫人;候選進士張繼華,授翰林院簡討;趙惟權授監察御史,並以覃恩貤封父母及妻,欽此。

(各謝恩介)

(生)詔書怎勞年兄齎來?

(末)小弟已叨授行人之職。借問老年伯,舉家垂淚,有何緣故?

(外)為亡女夭没,設醮追薦,見夢生天,因此悲感。

(末)古人以生為寄,以死為歸,彭殤壽夭,宜付達觀。況既昇魂天上,只須合掌佛前。兒女之悲,竊所不取。

(外)忽聞君言,使我情盡。大家雪淚,稽首皈依。

（衆拜佛介）

【南雙聲子】生和滅,生和滅,悟大道,無分別。超浩劫、超浩劫,上紫府,朝金闕。莫悵結、莫悵結;好斬截、好斬截。願靈通遍滿,普度一切。

【北煞尾】世人諱把差訛説,似這般顛顛倒倒,偏有因緣結。這都是造化弄人真巧絶!

　　　　　　人情不厭美中美,世事恒多差上差。
　　　　　　聞道西園春正好,且攜殘酒問梅花。

绿 牡 丹

（傳奇）

明·吴 炳

【作者簡介】作者生平見《西園記》。

【劇情概要】該劇共三十齣。劇寫吳興書生謝英，才華富贍，人品出眾，因家貧而為不學無術的柳希潛聘為塾師。謝英有友顧粲，兩人相互切磋，皆負壯志。而柳希潛則與車本高臭味相投，日以飲酒賭錢為能事。車本高舍妹車靜芳才華橫溢，渴望找到儒雅之士做郎君。同里翰林學士沈重，致仕居家，欲以文才為選婿的標準，託名以文會友，尋找東床。柳、車、顧三人應招，以《綠牡丹》為題，各賦一詩。柳遣人令謝英代作，車讓其妹靜芳代作。結果，柳第一，車第二，顧第三。車靜芳讀柳生詩，慕其才華，待見到本人時，覺得貌醜言俗，不像文章滿腹者。柳、車爭婚沈氏，沈重答以"登科後決定"。柳生轉欲娶靜芳為妻，靜芳仍以《綠牡丹》為題，要求其做詩一首。柳生又遣人令謝英代作，謝英戲作"綠毛烏龜爬上花，只恐娘行看不出"，柳不解，照錄呈上，遂當面出醜。柳生因恨謝英，將其逐出。車生聘謝為塾師，於是，謝英和靜芳得以見面。沈重女婉娥見之前詩稿亦生疑，建議父親再開文會，以《辨真偽》為題做文章以試諸生。柳、車二人難以作弊，詐稱疾作離去，惟顧生一人完稿。後謝英與靜芳成婚，顧生與沈氏完姻。

【版本流傳】該劇現存刻本有明崇禎間金陵兩衡堂刻《粲花齋新樂府》所收本。民國初年《暖紅室匯刻傳奇》本據之影印，《古本戲曲叢刊三集》亦用此本影印。本書以《古本戲曲叢刊》本為底本，並用1928年吳梅校輯的《奢摩他室曲叢》本加以校訂。各本字詞不一致之處，則根據上下文意擇善而從。

【演出情況】清陸世儀《復社紀略》云，《綠牡丹》出，"杭俗好異，一時爭相搬演"。說明該劇曾風行菊壇。

（李佳一）

第一齣 奇 略

【南呂引子·臨江仙】（末上）利責名逗爾自忙，阿儂無暇相償。年來辜負好年光，風塵添面甲，車馬促頭霜。　前浦歌聲猶未歇，人間豈少周郎！春風一唱一回香，不須看局態，便擬上毬場。

【滿庭芳】謝子西賓，為主人借韻，吟詩遂作空羣。車家小妹，悄地代兄文。贋鼎連名高列，痛名流反遜前軍。殊驕蹇，忘其固陋，妄覬締良姻。　佳人能鑒別，垂簾復試，笑語喧聞。翰苑重修舊社，防範加勤。曳白難遮醜窘，兩英才許贅侯門。正花燭、泥金報至，樂事喜相尋。

　　老翰林誤認門生，假秀才弊呈試卷。
　　看文章香閣憐奇，撥科名金屏中選。

第二齣 強 吟

【仙呂引子·鵲橋仙】（生上）簫閑琴冷，少年如許，自剪燈兒影語。愁腸應共筆花枯，何處覓春來佳句？【減字木蘭花】淒涼誰問，咽在心頭空作悶。燒盡爐煙，嫋嫋看從斷處聯。　貧來自笑，頭上年年風雪帽。倚遍層樓，青到垂楊正未休。小生謝英，字瑤草。本貫汴京。先世從高宗皇帝南渡，占籍吳興。雖然賦值千金，只是田無二頃。羞言館穀，空戴儒冠。開口向人，可信張郎有舌；肉食者鄙，寧憐馮子無魚。今歲有同學朋友柳五柳，請同筆硯。館舍就在他城外別墅，倒也清幽。但柳兄習餘紈袴，性厭詩書，開館月餘，足跡尚未一至。今日又當文會日期，已着看館蒼頭相請，怎還不來？

（末扮老蒼頭上）無緣稱大叔，到老做書僮。
（生）相公可來？
（末）俺家相公同車相公出外閑耍，沒處尋覓，多應不來了！
（生）這等待我自做，你且出去。

（末）也等我打個盹看。似你搜腸刮肚便做出千張錦，可換得閉眼安心我這一覺眠？（下）

（淨上）牙籤空萬軸，生小未相親。劣友苦無趣，邀人誦讀頻。學生柳希潛，字五柳。累世仕宦，遺下家資頗厚。終日與我那好朋友車尚公，走街穿巷，飲酒賭錢，那有工夫看甚麼書？今年約謝瑤草同窗，不過了個故事。這癡子却認起真來，日日叫蒼頭請我到書房中去。我想書是我的書，與別人何干？好不扯淡！只自從吃了開學酒，還不曾見面，又道是我冷落他，不免去走一遭。（作連叫"謝兄"介）（生作文用心，做不知介）（淨笑，潛至生後，繫衣在桌，忽向生耳大叫介）（生驚起，見衣繫介）

（淨大笑介）謝兄好用心！

（生）連日奉邀作文，為何不至？

（淨）家下有些賤冗。

（生）今日恰好是文會日期，就請在此試筆。

（淨）一向荒了，怕做不出，改日請教罷！

（生）自古道："君子以文會友，以友輔仁。"大家鼓興纔是。桌子、筆硯都擺設停當，請兄坐了。

（生閉門介）（淨作强坐愁苦介）

（丑上）文字行中無夙分，風流隊裏有時名。自家車本高，字尚公。聞得柳大在莊內，不免徑入。為何反鎖了門？（作叩介）柳大！

（淨）這是車大的聲音，快開他進來。

（生）作文之日，不可應酬，只說不在家罷！

（淨背介）我在此受苦，這頑皮不要放走了，也等他略嘗些滋味。

（向生介）這車朋友，平昔極肯做文字的，進來無妨。（作開門介）

（丑）此位？

（淨）舍下西席謝瑤草兄。

（丑）就是舊歲宗師領案，久慕。

（生）方纔柳兄說車兄極喜作文，就要請教。

（丑）柳大，又來嚼舌了。

（生）一定請教。（丑欲行，生留介）

（丑）不曾帶得筆硯來。

（生）桌上盡有。

（丑作苦介）

（生）小弟新糾文會，二兄既在此作文，就是會友了。會規在此，請看。

（淨、丑）兄就說一說罷。

【過曲·皂羅袍】（生）罰例從頭嚴數：一、文期定於三、六、九，屆期早集，風雨不移，無故不赴者罰。不許佯忙詐病，推託支吾。（淨搖頭介）凶！（生）一、作文決不給燭，不完者罰。一、作文須沉思靜想，閒談亂步者罰。但文誇刻燭便為輸，那往來莫傍林檎樹。（丑吐舌介）一發凶！（生）這都有是舊規，還有要緊新例。（淨、丑）新例如何？（生）一、竊抄舊文者罰。一、傳遞者罰。怪來魚目，私和寶珠，防他雁足，偷傳錦書。（淨、丑）這等凶得極！可好略松些兒？（生）相期受益休言恕。

（淨）會友還有何人？

（生）顧文玉，已知會過了，下次入會。

（丑）每次題目那個出？

（生）大家輪流掌會，便出題目。今日小弟叨占了，已出，有題目在此。

（淨看念介）杜再賊。

（丑）差了，是壯舟賊。

（生笑介）是牡丹賦。

（淨）正是牡丹賦，一時眼花了。

（丑）我原識的，故意騙他取笑。

（生）各請靜坐作文。

（淨、丑作強坐介）（淨頓頭吟哦介）

【前腔】假作伊辛苦，（丑蘸筆、磨墨介）借揮毫潑墨，掩飾功夫。（生疾書介）二兄好膽真了，（淨）小弟方起草稿。（假寫介）張顛草聖任鴉塗。(丑低笑介)他有甚麼草稿起得？我只學十年閣筆方成賦。(淨搥腰介)從不曾坐這半日，倦得緊了，腰肢欲折，好索紅裙倩扶。(丑搔喉介)口渴得緊，只思想酒吃。咽喉如炎，誰把瓊漿早沾？(淨、丑起身介)再耐不過了，罰也由他罰了罷！性命要緊，便三槐九棘也要身軀做。

(生)小弟已做完了，二兄請自注罰。

(淨)罰多少？

(生)每位一兩。

(丑)賴了不出，怎樣處我？

(生)已後不許與會。

(淨、丑)倒也落得清淨快活。(作看生文混贊介)

【引子‧卜算子】(小生上)意氣相期許，鄙吝都忘去。問字重過揚子居，剝啄應嫌絮。小生顧粲，字文玉，與謝瑤草為莫逆之交。今日文期，不免步去看他新作。(叩門介)

(丑)趁此開門走了罷！

(開門介)(生)原來是文玉兄。

(小生)柳兄、車兄俱在此，文會好興也！

(淨)顧兄因何不來？

(小生)告過掌會，偶有小事。

(淨)無故推託，該罰了！

(丑)少不得也是一兩頭。

(小生)請教諸兄尊作。

(淨)小弟今日文思不來，已認罰過了。

(丑)吾明日補送。

(生)俚語恐污大目。

(小生)豈敢。

(看生文介)是一首牡丹賦，妙，妙！芳芬燦爛，允稱名花，宙合大社中，當以此為冠。即付梓人便了！(作袖去介)

(生)惶恐。

(淨)甚麼宙合大社？

（小生）小弟遍訪天下名士，徵其文章，彙選大社，以公同好。

【過曲・皂袍罩黃鶯】【皂羅袍】社橄捷馳吳楚，（丑）這等去得遠，可徵到了？（小生）幸我輩中人，不加鄙棄，似江梅驛寄，溢篋盈車。（丑）就是顧兄評選了？（小生）略譬魚豕冀成書，敢言藻鑒憑刪取？（淨）這等，但是朋友家文字，都好附入了？（小生）【黃鶯兒】且再商諸，先生往矣，不聽濫吹竽。

（淨）小弟有幾篇胡説，一定求刻上去。

（丑）小弟也求附一兩篇。

（小生）這却使不得，目録已刻定了。

（淨）方纔謝兄的，怎又袖去？

（生）拙作原不通，千萬莫刻。

（丑）多送些刻費來便是。

（小生笑介）那個為此？

（淨笑介）小顧，你也忒氣傲了！

【前腔】豈是斯文宗主？動驕稱我輩，冒附名儒。（小生）怎麼便罵起來？（丑）請了，學生也不求尊刻，項斯今不借韓噓。（淨）低選手選的文章，那個作准？怕洛陽紙價今非故。（生）二兄不必性急，待續集出來，收些人情文字便了。（淨、丑）再也不勞。（作別介）（淨）小顧這等放肆！待後日那裏考試偏要考在他前列，方消此恨！（丑）正是。（合）你還要自謙虛，無常考法，知道竟何如？（譚下）

（小生）一場喧鬧，那裏説起？

（生）文玉兄，不要理他。

【尾聲】才華自古能招妒，笑區區何堪比數！（小生）我也好沒來由，終日選文，惹這煩惱，枉困書叢作蠹魚。

（生）大刻將成，何人作序？

（小生）欲煩長兄。

（生）小弟豈敢僭越？邑中沈省庵老先生，世推尊宿，若得數語弁首，大足生色。

（小生）是敝通家，明日就去奉央。小弟告別了罷。

（生）再談一談。
彼此素心人，樂與數晨夕。
奇文共欣賞，疑義相與析。

第三齣　謝　詠

【雙調引子·金瓏璁】（外上）長安非日遠，夢裏朝天。深感荷、賜餘年，精神欣尚健。所求不在田園，千載事，付遺編。【鷓鴣天】家住蒼茫落照間，絲毫塵事不相關；斟殘玉瀣行穿竹，卷罷黃庭臥看山。　貪笑傲，任衰殘，不妨隨處一開顏。浮名尚被時人擾，碌碌琴書未得閑。老夫沈重，字子肩，別號省庵。世居吳興。原任翰林學士，請告歸家，宦情已斷，詩癖彌深。每恨今人不及古人，但喜先輩能援後輩。暮年無子，止一女婉娥，姿容端麗，格性溫和，既擅女工，兼耽文藻。粗娛膝下，聊慰目前。今日閒暇，不免喚他出來消遣則個。小鳳，請小姐出來。

【海棠春】（小丑扮梅香隨小旦上）東風吹落閑花片，甚已事切生淒怨。（小丑）瘦入帶圍輕，恨滯眉痕淺。（見外介）

（外）我兒，春光明媚，庭下牡丹爛漫，和你賞玩一回。

（小旦）孩兒備有蔬酒在此。

（外）生受你了。（小旦把盞介）

【過曲·玉山供】【玉抱肚】春深庭院，賀長日真如小年。比香山詠興還豪，比東山望眼疑穿。【五供養】似我這金釵翠鈿，總比不得劉家豚犬，一樣擎厄酒，祝花前，難道閨房弱息便不堪憐？

【前腔】（外）我兒，我玉堂寒儉，況如今投閑在田。《送窮文》自懺時乖，你買花錢莫怪囊慳。（小旦）爹爹，再飲幾杯。（外）你看他春風笑靨，抵死把霞觴催勸。小燕低飛去，掠衣還，故向鉤簾旋舞弄翩躚。酒已够了，且同我下階看花。

（小旦行介）牡丹千本，嬌豔非常，正如西子新妝，倚風欲笑。

（小丑）小姐，這是赭紅、鞓紅、飛來紅、袁家紅、楊家紅、醉妃紅、雲紅、天外紅、先春紅、平頭紫、魏紫、紫繡球、錦被堆，小姐還有顫鳳嬌哩！
　　(小旦)紅紫不足為奇,喜有黃白相間。小鳳你再數一數看。
　　(小丑)這是姚黃、禁苑黃、御衣黃、一拂黃、軟條黃、延安黃、建安黃、甘草黃、一尺黃,白的只有玉樓子、歐家碧。
　　(小旦)還有一種呢？
　　(小丑)小鳳不曉得。
　　(小旦)爹爹,此種何名？
　　(外)此綠牡丹也。舊譜不載。唐時有花師宋仲孺,以幻術變易花色,流傳此種,一木價值百金。
　　(小旦)海燕解憐,胡蜂未識。池名興慶,虛傳太白之詞；苑號宣華,枉費延瓊之價。真好花也！
　　(外)你既愛他,何不拈就小詩,以作榭庭勝事？
　　【玉抱肚】(小旦)塵生筆硯,好些時慵拈錦箋。(背介)怕長吟恰值春初,逗閒腸又到愁邊。今日裏名花傾國,難道兩無言？也只得勉強啼春學杜鵑。
　　(外)詩可完了？
　　(小旦吟介)小飲花前好句催,匆匆愧乏謝家才。春衫不共花爭豔,翠袖今從別樣裁。
　　(外)花有別態,詩有別腸,非此詩不稱此花,非此花不聞此詩。好暢快！小鳳,再斟酒來。
　　(外作澆酒花上介)我兒,你也自飲一杯。
　　(小旦)爹爹,再請進酒。
　　【前腔】(外)只願好花常見,到明春還思舊年。我兒,看你佳作,不覺我老人家也技癢起來,鬥茶槍,耳後生風,遇麴車口角流涎。(小旦)請爹爹也吟一首,待女孩兒奉誦。(外笑介)也罷了！只怕江花不似十年前,唱得驪珠總可捐。
　　(雜持書上)花徑無人掃,蓬門為客開。老爺,顧相公有書在此。
　　(外看介)原來是顧粲侄兒,新選社刻,求我作序。
　　(小旦)孩兒且告退了。

（外）小鳳，剪一枝綠牡丹，與小姐房中供養。

（小丑）曉得。

（小旦）且應將藥駐，（小丑）豈忍着酥煎！（同下）

（外）女兒如此才質，豈配庸流？外面朋友家都有文會，老夫如今也創立小社，一來挈引後生，二來訪求快婿。顧生原係通家，不消説了；還有柳希潛、車本高，皆舊家子弟，不免邀來同社。院子，明日候領名貼，請顧相公和那柳、車二相公，同來赴會。（雜應下）

偶然開雅社，不為集耆英。
漫自誇前輩，還須讓後生。

第四齣　倩　筆

【踏莎行】（老旦上）可怪春光，今年偏早，閨中冷落如何好？楚梅酸麼翠尖纖，愁時獨自吟芳草。　雨打梨花，重門清悄，其間況味儂知道。低回恐觸少年心，破顏強作迷藏笑。老身錢氏，年近六旬，夫男早喪，在車宅做個保母。他家老爺奶奶，都已亡過，止有一位大官人，和我乳領的靜芳小姐。那大官人遊蕩猖狂，甚不成器。偏我小姐爭氣，不要説他儀容絕世，那百家諸史，無不淹通；詩詞歌賦，援筆立成。不是老身誇口，端的飽學秀才，考他不過。曉妝已畢，想又有一番清課也！

【正宮引子·七娘子】（旦上）今春不似前春慣，壓簪花幾曾敢看？拋擲釵梳，荒疏茶飯，對人推説我新來懶。

（老旦）小姐，你又不戴儒巾，鎮日埋頭書本，敢待開女科，要奪取狀元不成？

（旦）保母，你教我不看書還做甚麼？

【過曲·玉芙蓉】韶光忒易闌，長日偏難晚。（老旦）小姐，燒些香兒，繡朵花兒麼？（旦）便待把香爐撥盡，繡線挑殘，只怕眉尖不肯隨潮散，心上終應似癮還。（歎介）（老旦）小姐，你休長歎，看金松玉腕，怪朝來鏡痕消瘦，一發不宜看。

（旦）保母,我這消瘦,也是慣的了。你且坐在桌旁,做些生活,等我研朱弄墨,不要負了淨几明窗。

（老旦）使得。（做生活介）

【普天樂】（旦）小妝臺,倩作喬書案。喜綠影蕉窗散。信手取一卷來看,原來是《漢書》。若不是班大家補證詞壇,怎得漢全書價重名山！再取幾帙看,這是《文君傳》、《鶯鶯傳》……（作掩過不看介）覷風流等閒,等前人一霎,恁地相關！

（老旦）小姐看書辛苦,老身破衣也補一領了。

（旦）還要仿幾個字兒。（舉筆介）

【漁家燈】展霜毫湘點煙寒,（拂紙介）劈雲箋薛井花翻。（看貼介）是衛夫人法貼,果然書家三昧！怪不得皋坐蛾眉,生受了右軍羔雁。（仿貼介）（老旦看介）老身雖不識字,看來寫得標緻。（旦）幾日不寫,又手生了,赧顏,只好印摹花瓣。（作墮釵介）（老旦拾介）小姐,落了金釵了。（旦笑介）豈顛筆狂來幘岸？（作整妝失袖染墨介）（老旦）阿呀,袖底被墨污了！脱下來與小姐澗去。（旦）不消,爛斑,由他袖間,襯猩紅正要這墨花輕粲。

（丑急走上）平時不燒香,臨死抱佛腳。妹子在那裏？妹子在那裏？

（旦）哥哥為何這等慌張？（丑）不要説起,沈翰林家裏立會,竟邀我去作文！

（旦）這是他的好意,哥哥去就是了！

（丑）你曉得我是做不出文字的。

（旦）既然如此,不去也好。

（丑）大老先生下帖相請,若不去時,必然招怪；且又惹朋友們嘲笑。妹子,可有甚麼計較？

（旦）没甚計較。

（丑看旦,作愧笑介）妹子,我千思百想,想得一計在此:這文字要出在你身上。

（老旦笑介）怎麽倒出在小姐身上？難道小姐替你去考！

（丑）會考替不得,文字是好替得的。没法了,只得奉央賢妹,代倩這遭。

（旦）哥哥，你做秀才的，臨文尚有難色，我女兒家，誰請先生教誨來？

【古輪臺】閉花關，鴛鴦繡譜背人看。（丑）妹子自小聰明，比不得拙兄愚蠢。（旦）便從小識得幾字，止不過盲詞竊聽街頭板，難通詩翰。（老旦）小姐過謙了，文章倒是在行的。只見大官人平昔不用功，故來難你。（丑）拙兄不才，自家知愧，但看同胞面上，救我一救！

（旦）那裏會考的，必是知名之士，就要雇倩，也須另覓文人。你妹子呵，便賦就烏闌，不出粉評脂贊。勝集蘭亭，風流世罕，怕衣冠未肯讓釵鬟。（丑）也不見說有知名之士，只求胡亂塞白。況你做出來的，自然絕妙！（作跪求介）（旦）依哥哥便了，只是何人傳遞？（丑）我也想到了，若用書房小廝，恐人猜疑，反到不妙。（揖老旦介）就央錢媽媽。（老旦笑介）怎央起老身來？倘然走了風聲，被管會的一把拿住，關防嚴憚，自不慣送暖偷寒。（丑）好一個老俏！管會的拿你何干？（旦）保母還不打緊，儻蠅頭半紙被人輕篡，詢求倉卒，語句沒遮攔，那時節羞無限，瑤天咳唾怎許落人間！

（丑）恐怕搜出來，外人知道，不穩便麼？

（旦）正是。

（丑）外人怎認得你筆跡？會長也不是監場御史，定要拷問懷挾的；自然藏匿得好，不煩妹子費心。文章雖然不會做，難道抄也不會抄？

（老旦笑介）若寫得帶草了些，大官人怕也不十分認得！

（丑）這婆子倒是個老傳遞！妹子，你有心代做，一發寫真楷些。

（旦）倘考低了，不要埋怨我。

（丑）自然不低。

【尾聲】（旦）怕應未入時人眼，知是男兒第幾班？後日會卷傳來，須送與我看。

（丑）自然。

（旦）你看我摹揣英豪指顧間。

（丑）自笑空疏腹底貧，（旦）香閨反有讀書人。

（老旦）文章自古無憑據，（丑）刺股懸梁枉認真。

第五齣　社　集

【越調過曲・水底魚兒】（末持拜匣隨淨上）早赴文盟，堂堂非白丁。暗中央情，許咱包首名。我柳五柳請謝坐館，一向惹厭，誰知也有用處。沈翰林家會考，難道真要我搜索枯腸？已分付他代做，現年在我家吃飯，怎敢不依？蒼頭，不要跟我，你把這拜匣且拿回家去。

（末）筆硯在裏面。

（淨）蠢才，等我先到會所，出過題目，你方送筆硯來。那時我便付題目與你帶回，教謝相公快些做完，趁送午飯來，就好傳遞。你須小心在意，不可洩漏。

（末）小人理會得。一任防閑密，無如計較多。（下）

【前腔】（丑上）壓得心驚，難忘家妹情。做來乾淨，不教疑惑生。（淨、丑譚介）（小生上）友欲尋三益，詩期賦八義。

（淨）顧兄，社刻可先完了？（小生）日來得罪，不必記懷。（丑）此來貴幹？

（小生）往沈家作文。

（丑）這等，我二人不去罷！

（小生）為何？

（丑）名士只該與名士結社，小弟們怎敢逐隊隨行？

（小生）車兄又來見罪了！會友已齊，請同赴會所去。

（淨、丑）見了主人，如何稱呼？

（小生）他既有心作養，便拜了門生，稱作老師便了。

（淨、丑）畢竟名士慣拜門生，我們且依你這一遭兒。

（外上）十年鐵硯未磨穿，盡道青青萬選錢。今日風簷抽秘思，不知藜火向誰燃？

代倩這遭。

（旦）哥哥，你做秀才的，臨文尚有難色，我女兒家，誰請先生教誨來？

【古輪臺】閉花關，鴛鴦繡譜背人看。（丑）妹子自小聰明，比不得拙兄愚蠢。（旦）便從小識得幾字，止不過盲詞竊聽街頭板，難通詩翰。（老旦）小姐過謙了，文章倒是在行的。只見大官人平昔不用功，故來難你。（丑）拙兄不才，自家知愧，但看同胞面上，救我一救！

（旦）那裏會考的，必是知名之士，就要雇倩，也須另覓文人。你妹子呵，便賦就烏蘭，不出粉評脂贊。勝集蘭亭，風流世罕，怕衣冠未肯讓釵鬟。（丑）也不見說有知名之士，只求胡亂塞白。況你做出來的，自然絕妙！（作跪求介）（旦）依哥哥便了，只是何人傳遞？（丑）我也想到了，若用書房小廝，恐人猜疑，反到不妙。（揖老旦介）就央錢媽媽。（老旦笑介）怎央起老身來？倘然走了風聲，被管會的一把拿住，關防嚴憚，自不慣送暖偷寒。（丑）好一個老俏！管會的拿你何干？（旦）保母還不打緊，儻蠅頭半紙被人輕篡，詢求倉卒，語句沒遮攔，那時節羞無限，瑤天咳唾怎許落人間！

（丑）恐怕搜出來，外人知道，不穩便麼？

（旦）正是。

（丑）外人怎認得你筆跡？會長也不是監場御史，定要拷問懷挾的；自然藏匿得好，不煩妹子費心。文章雖然不會做，難道抄也不會抄？

（老旦笑介）若寫得帶草了些，大官人怕也不十分認得！

（丑）這婆子倒是個老傳遞！妹子，你有心代做，一發寫真楷些。

（旦）倘考低了，不要埋怨我。

（丑）自然不低。

【尾聲】（旦）怕應未入時人眼，知是男兒第幾班？後日會卷傳來，須送與我看。

（丑）自然。

（旦）你看我摹揣英豪指顧間。

（丑）自笑空疏腹底貧,（旦）香閨反有讀書人。

（老旦）文章自古無憑據,（丑）刺股懸梁枉認真。

第五齣　社　集

【越調過曲・水底魚兒】（末持拜匣隨淨上）早赴文盟,堂堂非白丁。暗中央情,許咱包首名。我柳五柳請謝坐館,一向惹厭,誰知也有用處。沈翰林家會考,難道真要我搜索枯腸？已分付他代做,現年在我家吃飯,怎敢不依？蒼頭,不要跟我,你把這拜匣且拿回家去。

（末）筆硯在裏面。

（淨）蠢才,等我先到會所,出過題目,你方送筆硯來。那時我便付題目與你帶回,教謝相公快些做完,趁送午飯來,就好傳遞。你須小心在意,不可洩漏。

（末）小人理會得。一任防閑密,無如計較多。（下）

【前腔】（丑上）壓得心驚,難忘家妹情。做來乾淨,不教疑惑生。（淨、丑諢介）（小生上）友欲尋三益,詩期賦八義。

（淨）顧兄,社刻可先完了？（小生）日來得罪,不必記懷。（丑）此來貴幹？

（小生）往沈家作文。

（丑）這等,我二人不去罷！

（小生）為何？

（丑）名士只該與名士結社,小弟們怎敢逐隊隨行？

（小生）車兄又來見罪了！會友已齊,請同赴會所去。

（淨、丑）見了主人,如何稱呼？

（小生）他既有心作養,便拜了門生,稱作老師便了。

（淨、丑）畢竟名士慣拜門生,我們且依你這一遭兒。

（外上）十年鐵硯未磨穿,盡道青青萬選錢。今日風簷抽秘思,不知藜火向誰燃？

（雜上）稟上老爺，三位相公都請到了。
（小生）荷蒙呼喚，趨領教言。所祈不棄焦餘，惟望同收門下。
（外）何敢當此！（小生、淨、丑同拜介）
（外）老夫名泯沒世，諸兄畏起後生，望吐繡腸，冀舒衰眼。
（小生）小刻序文，慨付大筆，多謝了！
（外）刻完時，見惠一部。
（小生）正要請正。
（外）今日會考，原以取益，坐必依號，動必執簽。各宜恪守會規，毋得私談聚立。至於夾帶傳遞等弊……（淨、丑驚介）
（外）自非賢者所為，老夫也不必防閑了。
（淨、丑）做這樣事的豬狗不值！
（外）老夫還有一句話，先告過了：僭筆披閱，惟秉至公，一日短長，原非定論；居殿者不得妄生議論，前列者亦不可故作矜張。誼始無傷，盟期可久。
（小生、淨、丑）門生輩謹依臺教。
（各照號坐，淨坐天字、丑坐地字、小生坐玄字介）
（淨）領題。
（外付題介）各賦綠牡丹絕句一首。
（淨）筆硯怎不送來？
（末持拜匣上）此間是謝老爺門首。大叔，我家相公裏面會考，可出過題目了？
（雜）出過了。
（末）我有筆硯要送進去。（作遞匣與淨介）
（淨暗付題目介）午飯要早些！
（末應下）
（小生）堪悲大雅不作，竊幸斯文在茲。望賜春風之片言，希沐化雨於俄頃。
（淨）好、好！他獨自上去講題目，問主意了，大家去聽。
（外）凡作詩者，不在裝砌故事，剿襲靡詞，當須題外看題，筆先着筆。

【南呂過曲・梁州新郎】【梁州序】描愁鶯泣,題嬌花醒,自有騷人情性。青天搔首,攜來好句堪驚。記得春生池草,冷落江楓,絕代風流稱。三人非見少,真是拔其英,看振起西園舊日聲。(小生)多謝指教。【賀新郎】(合)句必選,思無剩,看人人自把先鞭競。欣勝會,鼓佳興。

(丑)告領出恭簽。

(外)老夫在坐,恐諸兄拘束不暢,倒先告退了。課銳看朝氣,征衰試午眠。(下,雜隨下)

(老旦上)受人之託,必當終人之事。在此等候題目。大官人怎不見出來?

(丑見介)錢媽媽題目在此。小姐做完了,即便送來。約在午後,莫遲時刻。

(老旦)曉得了!(下)

(丑繳簽介)

(小生)綠牡丹從不曾見,想是異種哩!

(淨、丑)正是,題目忒也出得煩難。

【前腔】(小生)都無花色,難分葉影,想像幽奇行徑。沉香亭畔,空留一撚嬌名。量他情憐芳草,溜點清波,風骨天然冷。映人袍袖也小衫青,柳汁輕澆眼倍明。(合前)

(淨)前日書房中題目,也是牡丹,可惜不曾做得。

(丑)都是你不做,連我也丟了。

(淨)蒼頭,怎還不送飯來?日頭已直了,肚裏也餓了。

【前腔】〔換頭〕午牆邊又報雞聲,春庭下空延鶴頸。(低介)難道他還做不完?盡閑敲夜半落來燈影。(末持盒上,張介)沈老爺不在上面,正好!相公用飯。(暗遞文與淨介)(淨)這時候才送飯來,可不急壞了人!(私看介)(小生起身介)(末咳嗽介)(淨急藏介)願兄敢疑小弟夾帶麼?飯盒在此,大家來搜一搜。(小生)偶然起身,那個有心看你?(淨)只有這黃虀餘瀋,青蔓殘羹,此外無贓證。(小生笑介)你不夾帶便了,何須如此撇清?(淨)蒼頭快回去,不許再來,省得人眼光落在我身上。(末下)(淨私抄介)千鈞擡筆

也霎時輕,偷得葫蘆照樣謄。(合前)

(丑低介)方纔柳大像有些緣故了。我的安心丸尚未到手,不免再領出恭簽,到門外去候錢媽媽。

(淨)怎麼又要出恭了?

(丑)連日大便不謹。顧兄也在此,若疑小弟出去,有些弊病,可隨着小弟,到茅廁上同走一遭,看可有家中男僕相近?

(小生)又是一個撇清的!

(丑出望介)錢媽媽怎還不來?

【前腔】我耐羞顏費盡叮嚀,難道他弄虛脾伴答應?妹子平日極是性慢,短風簷使不着向午曉妝心性。好了,望見他來了。(老旦上)原來大官人在此!(付文與丑介)(丑)多謝妹子費心,果然寫得端楷。恨不得移來雀飛,寫就鵝羣,彩筆兼求倩。(老旦)大官人好生抄寫,老身去了。正是天上人間,方便第一。(丑繳簽私抄介)誰想,詞場佳話也出娉婷?掩卷猶疑香暈生。

(合前)(各作完卷介)

(雜上)老爺,請各位相公當面彌封了。

(作彌封介)

【節節高】(合)圖書壓紙輕,號重登,更無關節通私請。(丑)柳大可得意麼?(淨)我心歡慶。車大,你也象得意?(丑)我志滿盈。(淨背介)你看小顧氣色不佳,偏是他容蕭冷。(丑)我庸流託庇皆扎掙,(淨)只怕你名流未必能僥倖。(合)今朝何幸共登龍,門前桃李花相映。

(雜)老爺還備有酒肴在此。

(小生)怎好取擾?

(淨、丑)主人美意,只索祇領便了。(共飲介)

【前腔】相知舊友生,締新盟,襟期灑落金蘭勝。(小生背介)他兩個寫些甚麼在卷上?多應是請客了。好笑他不思省,謾詫矜,空馳騁。堪羞絳灌非吾等,便凱旋也難唱南風競。(合前)

(小生)我等回去罷!

(淨、丑)舊規明日謝考。

（小生）怕也不消了，多謝了你老爺。

（雜）簡慢相公了。（先下）

【尾聲】（合）玉堂鑒識偏高迥，不似窗下朋儕哄和聲，當信文章有定評。

（淨）從來酒興助文興，（丑）僅見先生請學生。

（合）今日莫論高共下，　　明朝拆號自分明。

第六齣　私　　評

【南呂過曲・懶畫眉】（小旦上）吟花倒反被花羞，這也是好雨催詩信口頭。只好較撒鹽劣句奪前籌，怕拈髭終讓詞人手；儘着他月露風雲恣冥搜。奴家沈婉娥是也。前日偶賞綠牡丹，爹爹命賦小詩，率爾成吟，殊愧劣弱，不期爹爹謬加稱獎。聞得昨日會考秀才，也出此題，爹爹較閱將完，不免請來一看。（行介）呀！爹爹又出外去了。卷子現在案頭，（看介）原來只有三卷。（取淨卷詠介）"紛紛姚魏敢爭開，空向慈恩寺裏回。雨後捲簾看霽色，却疑苔影上花來。"此真天下絕調，怪道爹爹取作首卷。（又看丑卷詠介）"不是彭門貴種分，肯隨紅紫鬥芳芬。膽瓶過雨遙天色，一朵偏宜剪綠雲。"風致不減前篇，取作次卷，也罷了！（又看小生卷詠介）"碧於輕浪翠於煙，如此花容自解憐。仿佛姓名猶可憶，風流錯喚李青蓮。"此卷思力悉敵，在文章家可稱當行，置之第三，虧他些了。

【前腔】樓前沈宋總名流，一字三縑未足酬。政同魯衛竟誰優，好似兩賢相厄羞回首，畢竟難安頭上頭。且把我前日小詩，閑加比擬，譬如也在會中，爹爹應置何等？

【宜春樂】【宜春令】私評隋，暗忖籌，那"苔影上花"之句，天然秀逸，我怎及得他來？勸娘行甘輸一流。我詩中説"翠袖今從別樣裁"，是女兒家本色；這第二卷，也道"一朵偏宜剪綠雲"，也有些脂粉氣哩！彼非閨秀，怎幽情也向閑中逗？算初吟"翠袖新裁"，恰巧對"綠雲微皺"。（笑介）【大勝樂】書生即溜，把香奩逸句，俏地先偷。我想第三卷的才譽，也不是肯落人後的。

【學士解酲】【三學士】錯落明珠劈面投，應知接應難周。前二卷呵，偶然伯樂邀先顧，你也未是孫山作尾收。【解三酲】知屈就，倒為這無端高下，一晌低留。

牡丹香共色，疑向卷中開。
自分應羞澀，人間有俊才。

第七齣　贗　售

【商調引子·繞池遊】（外持卷上）時英輩好，後浪將前掃。老婆娑不堪重道。朝來閱卷已完，勉強次第，其實俱負俊才，無甚高下。女兒前詠，只說是我做的，出示他們，看可認得出？

【西江月】（淨上）今早欣聞鵲噪，（丑）連宵喜燦燈花。（淨）正逢考試必然佳，（丑）自有安心不怕。　（小生上）試看文生綺縠，任教紙卷雲霞。何來聒耳井中蛙，值得月旦高下？

（各見介）沈老師看卷，想已完了！大家進去伺候發落。

（入見外介）

（外）諸兄佳詠，老夫已妄肆批評，但恐顛倒未安，切勿見罪。

（眾）老師鑒別，自然不差。

（外拆號介）第一卷天字號。

（淨喜介）這是門生柳希潛卷子。

（外）好！若形容綠牡丹顏色，如何嬌倩，便落第二義了。你"苔影上花"四字，妙不可言。

（淨）不欺老師說，門生做的時節也覺有些意思。

【過曲·金落索】【金梧桐】（外）花看筆上嬌，畫在詩中笑。柳兄，你這樣好文字，何處得來？（淨驚介）其實是門生親自做的。（外）想別有神功，倩作天然巧？（淨踧慼介）門生並無倩作之弊，憑老師細訪！（外又拆號介）第二卷地字號。（丑喜介）門生車本高在。（外）好！過雨遙天，瓶花一色，幽懷異想，不愧風人。（丑）門生昨日著實用心，做得完時血也吐了幾口。（外）此與前卷不相上下，本該也是第一。文情天際飛，【東甌令】太飄蕭，年少比何句帶嘲？我且問你：一朵綠雲，是女人家事，你怎曉得？（丑驚介）沒有甚麼女人。（外）這玉臺近詠真佳豔，【針線箱】倒好似香閣當年自寫描！（丑）老師不要這等疑心。（外又拆號介）（淨、丑）不消得拆，此卷自然是顧門生了。（外）好！青蓮錯喚，風流宛然，雖屈在第三，卻是第一的文字。（小生）不敢。（淨、丑暗笑介）【解三酲】（外）無先後，【懶畫眉】看東風次第總則是春朝。（笑介）老夫有個譬如在此，【寄生草】似將來杏苑同標，怕俏名兒還說是探花好。

（各）多謝老師獎借。

（外）老夫也有俚詞一首，請教諸兄。

（小生）亟願借觀，以為矜式。

（外出小旦詩介）（淨、丑看贊介）老師尊作，真是程文，門生輩萬不及一。

（小生作沉吟介）不像自家作的⋯⋯

【黃鶯帶一封】【黃鶯兒】好句費推敲，捉刀人，敢不姓曹？衣冠優孟難虛冒。（外）顧兄怎麼說？（小生）依門生看起來，不是老師手筆。（淨、丑）難道老師做不出，要人代倩麼？（外）你且說此詩如何？（小生）愛他恁嬌，我也嫌他恁嬌，風華倒想像他人年少。（外笑介）果然不是老夫所作。（小生）出自何人？（外）這也不必管他了。（小生背介）詩中怎說愧乏謝家才？分明是道韞故事。【一封書】語蹊蹺，俏根苗，書記應疑有薛濤。

（淨）門生告退了。

（丑）會卷待門生領去。

（外）大家傳看便了。與人一席話，

（小生）勝讀十年書。（外、小生各下）

（淨笑介）你看小顧沒趣，竟自去了！

（丑作喚介）小顧，難道你一世再不見面？

（淨）我有計較在此：以請同社朋友為名，騙他到家，羞辱一場，有何不可？

（丑）就是小弟作東便了。

【琥珀貓兒墜】（合）岩岩氣概，勸你從此好收交。怕要洗盡江頭八月潮，金陵王氣黯然消。待明日呵，相邀、出醜當場，大家嘲笑。

凡人不可貌相，海水不可斗量。
你看今朝嫫母，公然勝似毛嬙。

第八齣　闈　賞

【雙調過宮·步步嬌】(旦上)想昨日倚馬征書吟不穩，點竄無加潤，匆忙便示人；到如今棘後回思，恐斷泥金信。得失寸心捫，倒不如我哥哥做旁人倚徙看棋陣。好笑我車靜芳，受人雇倩，代作會文，好不擔着干係！只恐怕考得低了，不像體面。聞得哥哥去聽發落，怎還不見回來？(丑袖卷上)濟人須濟急，為人須為徹。(連揖介)妹子多謝！

(旦)考在那裏？

(丑)僥倖第二。

(旦)也不見得高，有何可謝？

(丑)妹子說那裏話！若照你哥哥本領，莫說第二，就是六等也還沒得考哩！方纔發落的時節，何等光彩！

【江兒水】虹吐胸中氣，花生面上春。(笑介)妹子，你詩裏做出甚麼"一朵綠雲"，那沈翰林古怪，就說倒像女人口氣，幾乎露出馬腳來！那主司賊眼連忙問，(旦驚介)哥哥怎麼回答？(丑)我只一口咬定自家做的，我門生老臉朦朧認，總虧你佳人假手殷勤襯。妹子，我們考在前面的，也只如常；那考末的光景一發看不得。羞澀有言難盡，不敢同羣，一徑望家先奔。

(內云)大官人，柳相公差蒼頭相請。

(丑)就來了！原是舊知交，更添新氣色。呀！會卷在袖裏，你看完了，等我傳與各家。(做付卷與旦，先下)

(旦看介)第一名柳五柳，

【尹令】怪他占咱品第。第二名車尚公，笑他借咱資本。第三名顧文玉，謝他襯咱身分。沈翰林，你收了一個女門生了！書生繡裙,可也好點綴春風桃李門。看第三卷,倒也不弱,自是名流手筆。後面的尚然如此,那第一卷,不知怎麼樣妙哩!(詠生詩介)天下竟有此才子乎!

【品令】苔花影接,正無處覓檀痕;文心縈索,不怕鬼神嗔。奴家平昔吟詠之暇,想古人風流才俊,不可復得。千秋格韻,今日疑消盡。閨房不揣,也妄學弄朱拈粉。君是何人?振雅噓風只得拜後塵。我想車靜芳,虛負姿容,枉誇文藻,年已及笄,未知所適。哥哥既不以為念,奴家又不好自言,只恐駿馬駝癡,被人耻笑。唉!若得才具如此生者,奴願畢矣!(淚介)

【五供養】潸然自忖:不分今生,便付沉淪。若奴家是個男子呵,結成連袂,好朝夕細論文。才名伯仲,也不道十分衰褪。他看我的詩,只説果然是哥哥做的了!冷落金釵友,不相聞,空餘腸斷到黃昏。

(老旦上)夜雨空階急,春燈小盞明。小姐聞得大官人考在第二,難道外人才學,再有強似你的?(旦)保母説那裏話!

【玉交枝】他是千人英俊,漫思量尋常等倫。聰明只許驕閨閫,難道占雄風反壓倒頭巾?(老旦)小姐,你二人呵,似曹劉割據方鼎,錦標怎不讓我煙花陣?(合)料時名詞場噪聞,料時名詞場噪聞。(老旦)小姐,你且説他姓名與老身知道。

(旦)柳五柳。

(老旦)耳朵裏常常聽得有個柳五柳……是了,他與大官人不時往來。

【前腔】家居鄰近,論交情稱為狎賓。(旦)怎樣一個人兒?(老旦)老身不曾關心看他,只曉得舊時王謝好家門。(旦)原來是舊家,他家的事體,你可也知道些?(老旦)但諸凡未及相詢。(笑介)小姐,要知道他也不難,待老身去訪一訪就是。(旦)保母不要造次!怕東家未必真宋鄰,溪橋枉探梅花信。(老旦)老身居址,就在他城外莊房左邊,過去看看也不妨事。(合)想其人當如此文,想其人當如此文。

(旦)這等,保母明日去訪問一遭兒。卷已閲完,送還大官人便

了。好書快眼愁將盡，媚句鉤腸懶再吟。（下）

（老旦）小姐小姐，你倒看上那人了！你父母俱無，婚姻未遂，我做乳母的日夜在心。只願早招個俊俏的姐夫，和你一般文學。不免早往柳家打聽便了。

【尾聲】佳人才子真風韻，也要得因比幫襯。可知我引線牽針，原是個下里巴人。

第九齣　訪　　俊

（淨上）妝虎像虎，妝龍像龍，搖搖擺擺，批首相公。前日借小謝歪詩，考居第一。人人傳說我是沈翰林得意門生，我也居之不疑，逢人賣弄，竟挨入名士隊中，論長數短。這兩日來，連我自家也忘記文章不是我做的。如今見那小謝，不要謝他，也妝個大模樣擺進去便是。（作喚介）

（生上）叩戶聲何急，披衣應稍遲。原來柳兄到來。綠牡丹詩，小弟奉命草上，不知可用了？

（淨）平日小弟筆下極熟落的，不想那日偶然肚痛起來，勉強暫借兄作。

（生）只恐不通，有累柳兄了！

（淨）看來也好。

（生背介）話頭冷淡，想是考低了。

（轉介）可曾發案？

（淨）有了。

（生）兄在第幾？

（淨）小弟從來第一，幸托兄庇，這次也只照常。

（生背笑介）有這樣人！

（末持卷上介）虧我傳來妙，誇人考得高。大官人，車家傳會卷在此。

（生）待小弟留來一看。

（末）有人家請相公赴席。

（淨）這等，且告別了。正是酒債償難滿，

（末）書聲聽較清。（同下）

（生）好笑柳五柳，在我跟前，還是這般妝做，外面不知如何大哩！

【仙宮過曲‧醉扶歸】似你假惺惺面孔將人詑，敢怕有實丕丕筋節被人拿？虧殺你見咱時兀自向咱誇，倒好像我情他來只得由他大。沈老先生，你取一個白丁作首，恐怕差了些！不是鬧冬烘真笑你眼兒花，只欠關防，可認得出人兒假！原來車尚公第二，文玉兄倒是第三。想是看卷的受了囑託，難道這個花臉會做文章？（作詠旦詩介）妙哉！清新俊逸，庾、鮑一流人也！他怎做得出？恐怕也是傳遞的。

【前腔】賊牢籠知他好手無高下，黑衚衕教人何處覓瑜瑕？只一件，他家並沒朋友，那個代筆？不似我苦樓遲現坐主人家，少不得替周旋，不放先生假。我輩中也不見有這等俊才，敢藏着私主顧，任街頭賣遍洛陽花，怕懷中自有波斯價？

【不是路】（老旦上）許得兒家，強作蜂媒赴柳衙。老身才到柳家，他門上人說大官人在莊裏讀書，一徑走來，呀！真幽雅，一池春水漾晴沙。無人在此，不免徑到書房裏。（見生叫介）柳相公！（生驚介）想應差？（老旦）不差。（生）從不認得媽媽。垂楊未繫門前馬，何事閑行向碧紗？（老旦）老身的家，就在相公貴莊鄰近。華簷下，寒蘆半幅依門掛。特來閑話，特來閑話。

（生）媽媽有話盡說。

（老旦）老身姓錢，是車大官人家保母。

（生）那個車大官人？

（老旦）就和相公時常往來的。

（生）就是車尚公了。

（老旦）正是。相公家世，老身盡知，但不知相公貴宅還有何人？可曾娶過夫人了？

（生背介）這口氣像是訪親的。我將錯就錯，且權認做柳大，看他說些甚麼？

（轉介）小生呵，

【解三酲】伴佳客止留陳榻，歎孤身似在天涯。書生合守寒窗寡，空放浪，度年華。（老旦）相公貴庚了？（生）十九歲。（老旦）為何還未娶？（生）説的人家也有，只是小生略要揀一揀兒。（老旦）怎樣才中相公的心？（生）又要有色，又要有才，怎得個文君眉上還留黛，蘇蕙機中再吐花？（老旦）難道還不曾聘？（生）藍橋下無緣解渴，枉費閒茶。

（老旦）原來如此！

（生）小生也問媽媽，方纔媽媽説是保母，敢是乳養大官人的？

（老旦笑介）倒不是。

【前腔】沒福分，誰憐孤寡？耐心腸守出嬌娃。（生）原來領養小姐哩，多少年紀了？（老旦）盈盈十五春無價。（生）受過聘了么？（老旦）還未。（生）為何？（老旦）俺小姐也似相公這樣説，揀着才貌兼全的，方肯嫁他。（生笑介）揀貌也罷了！女人家不通文墨，知道那個是才？（老旦笑介）難道只是做秀才的，才通文墨？休自把秀才誇，你可知謝娘代叔清談苦，蘇妹嘲兄笑語佳？（生）媽媽不要騙我，只看你家大官人這樣本領，便曉得小姐了！（老旦）難虛架，笑天鍾秀氣、偏付娘家！

（生）還有一事問你：大官人會考的詩，不像自家製作，可是那裏央倩來的？

（老旦笑介）我家大官人雖然不濟，難道詩也寫不出幾句？

（生笑介）只是這次的詩忒好了些，

【前腔】倘應付原非佳話，我也道他自支撐將就塗鴉。風神不合能瀟灑？知背地有根芽。（老旦笑介）倒説他不該做得忒好。老身且問相公：這詩怎麼樣好？（生）小生也説不出他的好處，鶯聲風外如相問，只恨那花影階前不可拿。媽媽，你實對我説，是那個做的？待我看書暇，欣圖把臂，訴盡嗟呀！

（老旦笑介）有倒有一個人，只是不好説得。

（生）這也何妨？

【前腔】（老旦）待説與，不禁羞亞。（生）媽媽快説些兒！（老旦)待瞞來,怎鎖閑牙?(生)媽媽甚麼樣人?(老旦)從今漏泄風流話,休莽向外人嘩。(生驚介)老媽媽這般説,難道是你小姐做的?(老旦)若不信老身的話,卷子在此,請相公仔細認來,你不見光凝妝次零星粉,須索要香嗅搔頭欹旎花。(生作嗅卷介)果然香。小生的詩,想小姐已看過了,不知如何評品?(老旦)他也似相公這般歡喜,展玩終日,不忍釋手,纖纖把,挑燈快讀,老身但竊聽稱佳。

(生背介)原來小姐也賞鑒我!本該説出真姓名來,又恐媽媽嫌我貧寒,不肯成就;只含糊認了,且等他回復小姐,再有好意到來,方可剖明就裏。

(老旦)相公,老身告別了!

(生)小姐既喜看小生的詩,待有新篇,再來請教便了!

(老旦)相公切莫對人説。

(生)自然。

　　　　　(老旦)花葉兩邊對,心心只自知。
　　　　　(生)殷勤謝蛺蝶,來往説相思。

第十齣　扼　　腕

【正宮引子·緱山月】(小生上)世事竟何常,顛倒到文章。任旁人拍手笑郎當,看當年季子、貂裘敝也,舌在何妨!可笑沈家會考,不請別人,只把柳五柳、車尚公兩個白丁,和我作伴;更可笑兩個白丁,偏考在我前面。老師門生,好不認得熱鬧!高下何足介意,但文章定價,不應錯亂至此。

【過曲·錦纏道】少年場,十年來雄稱夜郎。不信小兒行,借天風雲時便賦就滕王。我曉得了,畢竟是傳遞來的!擲金梭鶯窺隔牆,哂瓶花蜂透前窗。他老人家那管這些閑事,又不是棘鎖要提防,盡弄得偷營伎倆。你看他兩個好生得意,蹄踏杏花忙,一般的喬妝模樣,倒好像杯水漾坳堂。

(末持卷上)主人多喜悦,僮僕也光輝。顧相公會卷在此,内有知單一幅，是車相公做頭，公請同社朋友。明日相公早些過去便是。

（小生）曉得了。

（末）論文皆契友，把酒盡平生。（下）

（小生）我也不要自負，那看文的定然不差，且虛心翻閱一遍。（作看卷介）呀！這兩首詩，公然好似我的。

【朱奴剔銀燈】【朱奴兒】莫道是無憑雁行，方信是公道文章。便傳遞的文字，不過也是朋友家做的，我便不如他了！便鼠輩無堪較短長，也總則讓人高唱。（笑介）既然考定，那個論你平昔來？【剔銀燈】低昂，且由他主張。柳五柳、車尚公，也怪不得你輕狂誚讓。我又想起沈老先生，拿出這首詩，分明來試我們。既說不是自家做的，又不肯說做方之人，其中必有緣故；看來是個女人手筆！（想介）向聞他有令媛善於吟詠，想就是他新製了！

【雁過聲】〔換頭〕佳章，居然倜儻，何期在深閨繡房？那時再三展誦，則怕紙中溜出金釵響！花筆海，繡文江，若把他也放在次第裏面，誰敢不拜玉降香？少不得娘行推社長。沈老先生，你既不說明，為甚拿將出來？好似插天影現巫山嶂，教我望斷雨雲空費想。我又想起來，女兒詩賦，父親豈可遍示外人？恐怕未必是。（又想介）是了，聞他尚未字人，想是故在人前，誇其才調，以示擇配之意。只一件，若依名次先後，我第三的自然沒分了，難道就招個白丁女婿？

【小桃紅】溝洫裏，桃花漲；籬窟下，鳴珂巷，蘭亭假本難心賞。小生只得要請復試了，澠池再戰方心降。沈老先生，想也必不草率，少不得彩樓面審才心放，不道得粉龐邊錯過何郎！再遲幾日，另謄窗課，同選刻送去請教。看他情意如何？

曾見佳人窈窕篇，吟花便欲似花妍。

莫言洛下無名俊，賤嫁輕狂假少年。

第十一齣　報　閨

【仙侶引子·西河柳】(旦上)詩中字,字字心頭刺,檻外琅玕,刻來都是。【漁家傲】悄為春愁春不管,幾時瘦損梨花面?知道花前人姓阮。無由見,新詩傳誦人間遍。　　縷縷雲松蛾暈淺,湘裙折底湘鉤軟。罷繡鴛鴦拈彩線,個儂無賴拋金剪。奴家為牡丹首唱,日夜縈懷,柳生柳生,你畢竟是何許人物?保母已去打聽,想就來也!

【過曲·六犯清音】【梁州序】病餘情景,夢殘心事,總入賀囊佳思。我想他這詩,怎樣做出來的?蒲團初定,想爐煙細嫋心絲。【桂枝香】簫度迷離曲,鶯偷縹緲詞。【排歌】今日呵,停妝鈿,減匣脂,柳邊欲折斷腸枝。保母怎還不見來?在此等候許久了!【八聲甘州】立殘苔蘚蓮應倦。(作倦介)怎一時困怠起來?(作手托腮介)倚遍闌干玉不支。(作微睡介)(老旦上)書舍人清灑,香閨女寂寥。呀,小姐好睡哩!(旦作睡中贊好詩介)(老旦笑介)【皂羅袍】你看他提心在口,念茲在茲,分明說出相思字。(旦作醒介)咩,怎睡着了?【黃鶯兒】夢何之?依然庭院,好是夕陽時。(老旦作低叫介)

(旦驚介)保母你來了!

(老旦)小姐,我來了好一會。事也湊巧,老身去時,恰好柳相公坐在書房裏。老身宛宛轉轉,將他家裏的事,問了一遍。他說年方十九,尚未婚聘。(笑介)好笑得緊!恰好會卷傳在那邊,他說我家大官人,不會做這好詩,定要問傳遞下落。老身只得把小姐代倩的事情,直對他說了。(旦)怎生就直說出來!他道我的詩如何?(老旦)他只道代倩的,是個朋友,見說是小姐,一發狂喜了不得!

【前腔】他愁腸如碎,癡情欲死,敢夢斷梅花一紙!他道同盟何幸?幾番欲拜閨師。(旦)我的詩,有何好處?就這般讚賞起來!(老旦)小姐,好一位官人哩!何必容加粉,真如玉作姿。(背介)這是因緣簿撮合司,何須顛倒費尋思?(旦)他可認得女人家的詩,略有些不同處麼?(老旦)正是。他也說來,道筆尖可畫渾疑黛。小姐,你看他的詩,也認得出是少年才子麼?他吟際空拈未有髭。(旦)保母,書生善誑,還須向旁人細咨,少甚麼大家對面原非是。(老旦笑介)老身這訪問,是極真的了!明日大官人請會考朋友,少不得柳相公也來。小姐親自看一看,便知分曉。敢參差,你望風承影,敢也道是男兒!

(旦)這也有理,只在簾內一望便了。

(老旦)阿呀!忘了,明日是浴佛日期,寺裏姑姑請老身赴齋,許多道友們同去念佛,多應不得陪伴,待老身回來時,細問小姐便了。

(旦)繫人腸處斷人腸,月魄花魂底事忙?
(老旦)既得聯吟皆社友,何妨青瑣一窺郎。

第十二齣　友　謔

【雙調過曲·普賢歌】(丑上)喬才可惡竊虛聲,考較原來是末名。在下便白丁,只怕老兄也欠青,傳與文場作笑柄。前日和柳大商議,只說公請社友,騙那小顧到來,大家耻笑一場,以雪不肯刻文之恨。他只道好意吃酒,欣然諾之。這時節柳大怎還不到?

【字字雙】(淨上)案首新銜滿街稱,僥倖!身無三兩骨頭輕,真興!別人擔糞替他馨,怎領?閉口何如好作聲?光景!(見諢介)

(淨)小顧可來?
(丑)他說就來。
(淨)小弟恐他不來,又叫蒼頭去請了。
(丑)妙!
(末上)暫偷看館暇,又替別人忙。顧相公到了!
(小生上)長日拋書卷,閒情付酒杯。車家相邀,本要辭他;又道我考低了,怕來赴席,只得勉走一遭。(見介)

（丑）小弟薄酌，單請同社朋友，便謝兄與柳兄同館，也不曾邀。
（淨）小弟下次作主。
（小生）尚未奉扳，怎好先擾？
（淨）會卷可傳到了？
（小生）二兄佳作，已捧誦過了。
（淨）小弟文字，一發看不得，顧兄真是名士，開口自然不同。
（丑）尊作可惜不曾抄得，想選刻中自然刻出來的，那時熟讀便了。
（小生）又來取笑。
（淨）沈老師看文，真是法眼。
（丑）一毫也不差的。
（小生）果然不差！
（淨）顧兄忒有心了！小弟們都是直腸快口，同社兄弟，須要忘懷便好。
（丑）請坐席罷！
（淨）顧兄請。
（小生）怎敢？
（丑）若依年齒，該是柳兄；若論名士，還該是顧兄。
（小生笑介）畢竟依了會考名次才是。
（淨）小弟占了。（各坐介）
（淨）小弟下次不赴會了，
（丑）為何？

【好姐姐】（淨）偶然、朝來患病，告會長臨期休訂。（丑）兄有何病？（淨）恐只管奪了顧兄案首，不好意思。（丑）小弟也怎麼占定第二，難辭賤冗，由他罰例明。（淨）一個說病，一個說忙，單單是顧兄去，怕案首不是兄的？（小生笑介）由小弟自家考末，不勞二兄如此費心。甘灰冷，任呼牛馬皆能應，蝸角何心更較爭？

（淨）小弟有個計較在此：顧兄文字原好，只因人少，偶然借重，做這件東西；不如與沈老師講過，多拉些不通朋友來，那時的第三，就是絕高的了！就替一替這件東西，也是妙的。

【前腔】廣拉新來後勁,也好襯老成高等。(丑)小弟為顧兄念頭,一發真切!我們都是好朋友,反多了這番高低,覺得體面上有些不像。以後只是序齒,何等蘊藉!就是批得不好些也罷了!泯然形跡,其時責繫輕。(小生)二兄又這等費心,忒勞了。批評定,漫言貧也原非病;多謝你削面秋風慰勞情。

(丑)原叫一班梨園奉酒,今早來回說,小生、丑、淨不在下處。

(末)聞得還少一腳末。

(淨笑介)末倒有,在這裏。

(小生)酒多了,告別罷!

(淨、丑固留介)(淨)我等無以為樂,大家唱隻曲子。

(丑)也平常。

(淨)竟上場串串,何如?

(丑)絕妙,只是串那一齣?

(淨想介)有了,做《千金記》上一齣"韓信胯下"。你我做淮陰少年;顧兄,你便做韓信。

(小生)小弟從不曾串戲。

(淨)又來道學了,大家都在戲場中逢場作戲,這也何妨?(強小生立介)你便不唱,只立在場上,當個韓信便了。蒼頭,你就打打鼓板。

(末應介)(淨、丑換小帽介)

【窣地錦襠】淮陰年少總馴良,叵耐韓生忒性剛。今朝必定到街坊,要使旁人笑一場。

(淨)自家淮陰少年是也。我是王一,兄弟便是王二,淮陰市上有名的好漢。近日出了甚麼韓信,鎮日背著一口寶劍,在市上搖擺,不顯得我們好漢,可惡得緊!不免尋他恥辱一場。

(丑)前面來的就是了。

(淨)韓信,你這樣一個人,只在河邊釣釣魚也罷了,偏要大模大樣自稱好漢,可及得我們的屁來?

(丑)我聞得好漢殺人不眨眼,你若真是好漢,可把劍刺殺了我兄弟二人,才見手段。若不敢刺,好好低了頭,在我們胯下扒過去。

【剔銀燈】你平生誇能武藝,到如今敢和咱相比!貪生怕死成何濟？休想我今番饒你！韓信把頭低，但説出胯底，空惹得旁人笑耻。

（旦上，潛看即下介）（淨、丑起足要小生鑽介，各跌倒介）（小生大笑介）

（淨）只管耍樂，忘了一件正經事，沈老師這樣得意，難道不去謝他？

（丑）少不得要些贄儀。

（淨）正是，你可辦了？

（各算裱禮譚介）（小生旁笑介）

【川撥棹】真蛙井，乍窺天，忘本等。這可似魍魎崢嶸，這可似魍魎崢嶸，聽不得嗥嗥吠聲！（丑）贄儀已算停當了，再飲杯酒。（合）但銜杯，稱好朋，共論心，訂久盟。

（小生）不如意事常八九，可與人言無二三。（作潛下）

（丑）小顧被我們搶白不過，竟逃席了！

（淨）名士也有這一日。

（丑）且不要罵。我們趁興頭時節，刻些文章出去，也做名士。

（淨）更妙！

【前腔】一日聲名滿洛城，（丑）算名流，讓我稱。（淨）那文章批語只揀好的抄上，假説是某老親評，假説是某老親評，（丑）發書坊教他殺青。

（淨）小弟也別了。

（丑）再講講。

（淨）醉了。我們酒落歡腸，

（丑）只怕小顧吃在背脊。

（淨）這不是好意請人，（丑）分明是呂太后筵席。

（淨同末下）（丑作醉介）

（旦上）事不關心，關心者亂。哥哥醉了！

（丑）我不醉。

（旦）方纔做得好戲！

（丑笑介）又讓你瞧見了。

（旦）聽見鑼鼓聲響，只道真個唱戲，出來一看，原來就是你們！哥哥，那做韓信的是那一個？
　　（丑）前日考末的顧文玉。
　　（旦）做淮陰少年的呢？
　　（丑）考案首的柳五柳。
　　（旦笑介）哥哥不要哄我，這不是他！
　　（丑）怎麼不是？
　　（旦驚介）真個是？
　　（丑）時常在我家中，那個不認得？他假說醉了，我的酒興正未，不免趕上捉住他轉來再吃。（作跑下介）
　　（旦）你看他浪子行蹤，市兒談吐，面上大有蠢氣，意中絕少酸情。豈是俊才？知為贋鼎。昨日保母恁般誇獎，不知他看着甚麼來？
　　【尾聲】風流想像幾無剩，只道相看定可憎。這沒揣的情腸教我向何處冷？且等保母歸家，再問詳細。
　　　　　　有才自應有貌，所見不逮所聞。
　　　　　　意内偏生意外，信己何必信人？

第十三齣　疑　　貌

　　【南吕過曲·香柳娘】（老旦行上）想簾前細窺，想簾前細窺，定然留意。少不得琴心也倩風兒遞，老身去赴佛會，憶着小姐，忙忙回來，不覺又晚了。聽鐘聲早催，聽鐘聲早催，原來會考相公們，酒席都散了。堂上已燈稀，闌珊客歸矣！你看小姐還不曾睡，倚薰籠半欹，倚薰籠半欹，月影初低，夜香燒未？小姐，老身回來了！
　　【前腔】（旦上）正嗔伊盼伊，正嗔伊盼伊，問伊詳細，昨宵絮語渾如戲。（老旦）老身極老實的，今日小姐可親自看見了？不敢欺。經我這雙眼睛看過，再無差錯。（旦笑介）還要賣弄，只怕眼乜斜見歧，眼乜斜見歧，錯認阮郎歸，桃源竟非是！（老旦）怎説老身錯了，敢不合小姐的看法么？這滴溜溜的措大，又沒有象簡緋袍，莫把眼兒忒放高了。笑黃齏未離,笑黃韲未離,小姐你也須把毬綵佯低,恕他酸氣。

（旦）不是這等說。你前日可曾到柳家去?

（老旦）去的。

（旦）可曾見那人來?

（老旦）老身不見,難道說謊?

【前腔】我親瞻紫眉,我親瞻紫眉,講的好一會話,坐移階曇,他茶風爐影今猶記。小姐見的,想也一般?（旦）見丰容果奇,見丰容果奇。（老旦）老身原說生得絕妙。（旦）肉意或欣肥,（老旦驚介）難道是個肥大的?（旦）銅馨想當味。（老旦）小姐這般說起來,一發不是那人了!或者柳相公原不曾來,小姐錯認了別個?（旦）問明了哥哥,果然是他。這樣人那會做詩?只怕也是傳遞,料胸中可知,料胸中可知,想也作蹺蹊,做個代僵桃李。

（老旦）明明有個柳相公坐在莊裏,若有代倩一定是他了。小姐,

【前腔】你無煩載疑,你無煩載疑,待老身過去,再看風致。少不得到頭猜破詩中謎。（旦）我只愛這詩,也不管他姓柳不姓柳,便家世寒薄些,也不妨!保母,須問明白了,莫含糊便回,莫含糊便回。還有一說:你就要那人再做綠牡丹詩一首來,方纔信他。原是舊時題,重拈有新意。（老旦）老身都曉得了,決不再蜂癡蝶迷,再蜂癡蝶迷。莫笑支離,還伊清理。

（旦）你去了就來。

（旦）但認真詩不認人,詩真便許是人真。

（老旦）桃源只在花深處,前度漁郎又問津。

第十四齣　覬　姻

（淨上）年紀二十外,紅鸞運未交。髻鬚已滿頰,人笑老風騷。我柳五柳賭錢吃酒,閑耍過了日子,倒把婚姻大事丟在腦後。便結識得幾個婊子,也覺沒甚意思。一向聞得車大的妹子,非但標緻,

兼且聰明，詩詞歌賦，無所不通。怪道車大前日考了第二，想他的令妹，就如我的小謝一般，娶為老婆，做個代筆，有何不可？昨日在他家會席，簾内影來影去，像有一個女人，想就是車小姐了！車大與我最好，説來無有不依；只是也要小姐自家情願，先央的當人暗通一通才好。但不知三姑六婆之類，那個在他家走動？

　　（老旦上）為欲尋佳配，重來訪俊才。（向内問介）大叔，柳相公可在書房裏？

　　（末内問云）你是那個？

　　（老旦）我是車大官人家保母，要尋相公講一句話。

　　（末内應云）相公在裏面。錢媽媽，你自進去。

　　（淨聽喜介）來得正好。

　　（老旦作叫介）柳相公……

　　（淨迎介）媽媽拜揖。

　　（老旦看介）這不是柳相公？

　　（淨）只在下便是。還有那個？

　　（老旦背介）這人嘴臉，好生難看，想小姐見的，就是他了。（轉介）昨日相公敢在我家赴席來？

　　（淨）正是。請問媽媽到來，有何貴幹？

　　【雙調過曲·鎖南枝】（老旦）閑行踏，到偶然，鄰家借綠窺董園。（淨）小園也沒有甚麼好看，媽媽有話，請就講了罷！（老旦）不瞞相公，老身來尋一位官人。（淨）是那個？（老旦）前日坐在書房裏的，敢是相公的同窗麼？他也説是柳相公。（淨背介）小謝這等可惡，就私下冒我姓名。（轉介）媽媽，我這裏並没同窗。（老旦背介）明明有一個人，這次來偏遇不着。空到武陵源，不見桃花面。（淨）此間往來人多，不知是那個朋友？（老旦沉吟介）怎麽不見他？（淨）媽媽若有説話，不若對我説了。左右在此走動的朋友自然想得出來，待我轉致便了。（老旦背介）知何語，好浪傳？事多磨，可歎没方便。

　　（淨）學生一向要請媽媽過來，今日幸然到此，直説了罷！

　　【前腔】憐孤子，未覓緣，燈花冷落愁夜眠。（老旦笑介）我又不是媒婆,對我説這話怎的?(淨)媽媽,你家有女正芳年,欲求作姻眷。(老旦背介)怎麼思想我小姐起來。(轉介)這婚姻事體,自有正經人主持,老身只是保母,那裏管得?(淨)大官人處,我自家去説,自然允的,小姐跟前,只求媽媽攛掇。閨閣裏,聞好言,繫紅絲,少不得你這暗針線。

(老旦)這是那裏説起?俺小姐呵,

【前腔】巫陽女,洛浦仙,姻緣結來須是五百年。(淨)學生正是五百年結來的了!(老旦笑介)只問你金屋在誰邊?我這裏金屏暫收卷。(淨)媽媽不要如此取笑。(老旦)誰與你取笑來?(背介)盡着你舒餳眼,流鼎涎,只唱得一聲告鄉官,可憐見。

(淨)敢疑我是個窮秀才麼?

【前腔】論家世,父祖賢,從容手頭頗有錢。(老旦笑介)相公家世富貴,老身那有不知?只俺小姐許人,也要略看人材的。(淨擺介)人材似俺柳相公也夠了。公子信翩翩,你只看風光袖梢剪。(老旦笑介)不是老身衝撞相公説,若再央倩好些的,到彩樓前相一相,自然中選了。(淨)難道柳相公專靠央倩的?聞你小姐善於詩賦,何不把前日會考卷子一看?頭一名便是學生!(老旦)那首詩可是相公親製?(淨)怎麼不是親制?實實在我肚腸底下挖出來的。小姐倘若看了,必然歡喜。新詩句,竟滿篇,想佳人,定留盼。(老旦)俺小姐也不曉得甚麼詩。沒來由在此胡纏,告去了。(淨)媽媽千萬撮合,打點謝媒便了。

　　　　　這段風流實可誇,　　花紅羊酒敢言賒!
(老旦)落花有意隨流水,只怕流水無情戀落花。

第十五齣　艱　　遇

【雙調過曲·玉枝带六么】【玉交枝】(生急行上)小窗私語,聽喁喁知應是渠。方纔與柳大説話的,好象錢媽媽。趕將出來,又不見了。(向内唤介)蒼頭,方纔可是車家的錢媽媽到來?(内云)正是,已去了。(生)他來尋我,怎不報知?(内云)他自尋我相公説話。(生)想還去不遠。【六么令】急忙倒屣出庭除。(作呼介)錢媽媽,快轉來!連招手,望風呼,說明就裏休教去,說明就裏休教去。(作望不見介)原來去遠了。小姐小姐,你教保母來到,一定有極要緊的話說,豈知不遇!我謝瑤草這幾日想得好苦也!

【金風曲】【四塊金】愁歜病歜!茶飯無心緒。嗟夫已夫!魚雁無憑據。床上殘書,階前荒雨。日日望錢媽媽,只不見來。【一江風】履聲虛,庭草春深,不見人行處。及至你來,我又不曉得,止有一個柳大接着,他一定驚詫了。前番君子儒,前番君子儒,怎變做高陽一酒徒?笑他錯眼知何據?我記得他說家就住在近邊,何不出去尋他!(行介)

【玉枝帶六么】他道東家鄰嫗,靠莊門有寒廬附居。(向內介)借問一聲,此間有個錢媽媽,家在那裏?(內云)這家就是。(生)呀,為何荒敝至此?你看蒼苔深鎖壁垣虛。(內云)他一向不住在此。(生)空訪問,好躊躕,想還只伴嬌娃住,想還只伴嬌娃住。他做車家保母,自然住在車家。竟往他門首去尋便了!我想那日若說明我謝瑤草真姓名,他也好來尋訪;如今混混沌沌,只道我果是柳五柳怎處?這是我自家差了!

【江頭金枝】【五馬江兒水】書生出處,全憑名姓俱。誰着你對他卓女,隱過相如?偏要假含糊,賦子虛。【柳搖金】今日裏教他暗裏私摸,閑中空絮。只道我言詞奸詐,故作差殊。只怕柳大竟說詩是他做的,把文章剿襲無剩餘。(歎介)唉!俗人眼力,若要擇婿,定道我不如他了。【桂枝香】豪華貴倨,怎數得着我風魔酸腐?(笑介)只一件也要查訪,詩兒實是誰做的?問何如,所事皆堪倩,東床倩得無?我又想小姐所重才貌,決不單論家世。

【姐姐插海棠】【好姐姐】既然心心自許,早難道稱量寒儒。【月上海棠】止不過青氈本等,彈鋏歌魚,怕窮秀才賣酒成都,還盡強似將軍腹負!那錢媽媽也是知趣的,一定在小姐面前贊成此事,鴛鴦譜,穩倩冰人,莫加塗注。已到車家,門上沒人,竟進去會車大便了。有人麼?

(丑上)忽聞堂上客,且向壁間窺。(作窺介)原來是小謝!想又來約做文章了,不要惹他。

（生）大官人可在家？

（丑捏鼻應介）不在家。

（生）你家有個錢媽媽,請出來,我有要緊話與他說。

（丑）沒有甚麼錢媽媽。

（生）是你家保母。

（丑）外邊念佛,好幾日不來了。

（生）本要在此等他,天又晚了,只得回去。

（向內云）錢媽媽來時,可對他說,前日相會過的這一位相公,來尋他說話就是。

（丑）曉得了。好了,黃鶴一去不復返,白雲千載空悠悠。（作跳笑下）

（生）怎麼錢媽媽又不在車家？

【江兒撥棹】【江兒水】我到空回步,他來枉返車,好似天邊鴻燕難相遇,知道門頭鳳字誰題去？只央的堂前鸚鵡能傳語。不覺淒涼日暮,【川撥棹】且歸來,別作圖。待朝來,再訪渠。（作到館介）到得館中,又早雨下了。

【尾聲】灑窗陣陣黃昏雨,可打得破萬千愁緒？直教你數盡更籌自歎吁！

　　　　　來往不相值,幽情何處知？
　　　　　風燈乍明滅,是客斷腸時。

第十六齣　羣　偈

（淨上）但要姻親穩,何妨道路多！這兩日與車大說,要聘他妹子。他說父母不在,須妹子自家情願。歸去商議,竟無回音。我又打聽得沈老師有一令愛,現在擇婿。倘因考案首的詩得意了,便上我也不見得。若聘得他的,可不又強似車家！早間小謝桌上覓得詩稿一本,只說是我平日製作,袖將去送與老師,乘便講起親事,有何不可？遠遠望見車大來了,且躲在一邊。

（丑上）狀元放在荷包裏，只恐京城剪綹多。聞得沈老師女兒擇婿，若柳大得知，定然去求。我這第二，不被第一壓了？悄悄的獨自一個來，還有妙處：把妹子的詩稿抄了幾篇，假作自己窗課，故意請教，以為入門開談之資。這樁親事算有九分九了。

（淨笑見介）車大到那裏去？

（丑）前面去訪一位朋友，不得奉陪了。柳大你到那裏去？

（淨）我也訪一位朋友，請了。（各別介）（假轉一回仍撞介）（各笑介）

（淨）大家不要相瞞了，我來看沈老師，送文章。

（丑）我也是送文章的。

【黃鐘引子‧傳言玉女前】（外上）底事索懷，止欠向平餘債。

（見介）（淨、丑）多蒙老師不棄，收錄門下。備有贄儀，望老師笑留。

（各出禮帖介）

（外）多謝盛情，領帖罷！

（各出稿介）拙稿請教，求老師面加批直。

（外）佳作待老夫從容翻閱，改日奉還。

（淨）門生一來奉候起居，

（丑）二來請教拙作。

（淨）還有一事啟上：門生呵，

【過曲‧啄木兒】年空長，姻未諧。（外）這等大才，久該有人擇配了。（淨）落拓飄零因不才。（丑背介）怎麼他也為這件事？（轉介）門生適纔正要啟齒，不期柳門生先説了。（外）世家子弟，怎都還未有親？（丑）老師，歎人情昨日朱門，盼良緣天上金釵。（外）二兄這般説，敢有甚麼人家，要老夫作伐麼？（淨）車兄先讓小弟説。（丑）這個讓不得，待門生先講罷。（外）二位同講就是。（淨、丑合）聞知閨閣留嬌愛，幸門牆不作閒人待，願上溫家玉鏡臺。

（外笑介）正是"一家女兒百家求"！二位同是知己，同在此説親，教老夫也不好回答。

（淨）自然先盡門生，是老師新取的案首。

（丑）老師原說門生的詩也該第一。
（外）二兄不須爭執，老夫另有酌量。
（淨、丑各爭譚介）
（小生上）理義有同好，文章自作緣。老師在堂，不免徑入。
（淨）顧兄，你來便來，那老師的女婿，已許定是我了。
（丑爭介）是我！（作爭譚介）
（小生）門生此來，送窗課與老師看，並帶拙選《宙合大社》一冊在此，求老師刪正。誰與你們爭女婿來？門生這窗課呵，

【前腔】螢光趁，雪影挨，小子成章無所裁。這社刻呵，敢翹然品第羣倫，謹公諸印證吾儕。至如老師擇婿，自然要面試文字，細訪人才，高下竟其生平，妍媸酌於輿論，空教眼熱樓頭彩，問鰓生可有福堪消否？一任屛雀從公自揀來。（外）人家來求親的盡多，老夫概未輕允。

【三段子】蕭條可哀，伴桑榆只有這娉婷小釵。因緣尚乖，結絲蘿止等個風流快才。三兄才學俱優，老夫一發不知所擇，滿前珠玉皆堪愛，想書中自有花星帶，且待登科，來詢納采。

（淨、丑各背介）若等登科，這事就不穩了。
（小生）老師門牆豈有白衣女婿？等登科後議親，極見教得是！門生再啟老師，會考幾時再舉？
（淨）老師已評品過了，再考也是一樣的。
（丑）舊規想該歇嘆。
（外）正要另擇日期請教。

【前腔】（小生）防他偽才，笑秦樓何須早開？收他駿才，盼金臺還求再開。稟過老師，下次會考，規矩再要嚴些方好！（淨、丑）難道前次有甚麼弊竇？（小生）嚴些好做文字，文心靜約方無懈。（外）極是！（小生）就是弊竇，也該防閑，便闖牆置棘非為怪。（淨、丑笑介）顧兄這樣有興，極是妙的。只怕又占前列，不要見罪便好！
（小生）你看我這請復王良，偏不自揣。
（外）諸兄，既大家鼓興，待秋爽些定期何如？
（小生）領命。

（外）笑談欣勝友，
　（小生）衡鑒識真儒。（外、小生先下）
　（淨背介）老沈口氣，不像許親。且騙車小姐到手，不要兩頭脫空。
　（丑）柳大，你也不是人了！一面求我的妹子，怎麼一面又求別家？
　（淨）你没有回應，只得另尋主顧，休怪休怪！
　（丑）不是我不來回覆你，爭奈舍妹心下不肯。
　（淨）又來混話，幾曾見女子嫁人，自家作主？令尊令堂不在，允貼少不得憑長兄發的。
　（丑）你倒乖，你的親事，騙我成就，不知我的親事，替那個討哩！
　（淨）沈老師心上，自然要許你我。只因小顧在坐，不好説得。若論案首，終久你要讓我。（丑又爭介）
　（淨）若把令妹竟許了，便讓沈家的親與你。
　（丑喜介）也説得是。
　（淨）既然許定，大家認了親罷！
　（叫介）車大舅！車大舅！
　（丑）難道就要我叫你妹夫？
　（淨）便叫一聲何妨？
【歸朝歡】（丑）妹夫的、妹夫的，今朝樂哉！穩做了寒家布袋。（淨）嫡親舅，嫡親舅，今朝樂哉，再無人搶伊買賣。（丑）正是一邊築牆兩邊快，（淨）却不道東家還了西家債。（合）小顧那曉得這等妙事，笑殺那即世孤單小賤才！
　（丑）還有一説：我前日對着舍妹，怎生替你誇揚，沈翰林簇新案首！好笑舍妹古怪，説你一字不通，連案首文字，也是傳遞來的。
　（淨背介）活神仙！（轉介）怎麼叫做傳遞？小弟自來不識這事，大舅著實替我辨明心跡。
　（丑）我也辨來，舍妹只是不信，説要隔簾面考一首詩。
　（淨）這個容易，明日就來求考了。

（丑）須要用心！

（淨）自然！

新詩着意裁，紅葉作良媒。
本是前生定，蟠桃會裏來。

第十七齣　戲　草

【商調過曲·山坡羊】（生上）接桐陰，槐陰堪倚，鬥榆錢，荷錢堪戲。到荼蘼花緣已疏，盼葵榴花統難中替。睡迷癡，朝來不覺饑。這風風雨雨，可是做作黃梅意？我的車小姐，怎不教你保母再來走一遭兒？難道你筆硯朋情一朝恝棄？算來還只是我差了，不該自隱姓名，致他無處訪問，應疑，敢笑我這假行蹤也太奇！錢媽媽，幾時再得你到此？無期，好怪你這悄行蹤也太稀。小生連往車家數次，並不得見錢媽媽；又恐怕他來尋我，反不相遇，只得日日坐在書館等他，這也不在話下。好笑柳大不知往那家會考，又來央我作文，此時怎還沒有題目來？

（末急上）前日騙案首，今番騙老婆；再充轉運使，無奈主人何！相公，題目有了，請快些做。

（生）我且問你：相公在那家會考？

（末不語介）

（生又問介）怎麽不說？

（末）俺相公分付了，不敢說。

（生）你若不說，我就不做了。

（末急介）不做，還了得？

（生）不過考末罷了！

（末）考末何妨？俺相公這番十分要緊，不是耍笑的。

（生背介）看這蒼頭好生急落，必有緣故。（轉介）我管你要緊不要緊，你若不說，我真個不做了。

（末）這等，只得直說罷！今日不是會考，是有人家要面試相公。

（生）一定是縣公了。

【前腔】可是獻琴堂，要騙着烏紗得意？（末）不是。（生）多應是學裏先生敢則試芹宮，假向那青衿爭氣？（末）不是。（生）莫不是你家族長課兒曹，有宗祠舊規？（末搖頭介）（生）這番猜着了，想就是沈翰林要復試，較門牆，只怕太史親質對？（末搖手介）都不是。（笑介）考俺相公的倒是一位女客哩！（生）那有這事？問朱衣，可曾見紅妝坐禮闈？我且問你：那女人如何面對相公？（末）只在簾內，不當面的。（生笑介）一般的簾分內外，怕也難為弊。（末）作弊是慣的了，小人積祖傳遞，好不在行。（生）我且問你：相公為何就要那女人考起來？（末）相公去求親事，那位女客恐是白丁，要考一考。（生）女人家通甚文理，你相公自己將就塗塗罷了！（末）聞得女客肚裏甚是有貨，倒與相公差不多哩！（生驚背介）莫不就是他，絕世姿才，何能比比？（轉介）是那一家？（末）就是車大官人妹子。（生）這個那裏使得？受人代倩，假騙姻親，連我也有傷陰隲了！你休題，為姻親，怎替伊？（末）若沒有文字去，小人就該死了！（作懇求介）（生背介）忽然想起來，倒不如做一首極歪的詩，等小姐看了大發一笑，絕他求親的念頭。隨機，為姻親，正替伊。（轉介）你老人家這等懇求，仍舊代做罷了！

（末）多謝相公。小人門外等候，正是與人方便，自己方便。（下）

（生）柳五柳你自思量，是何等樣一個人品？便妄想我車小姐來！

【金絡索】【金梧桐】鷦鷯自有棲，鼩鼠何多技！勸學兵家，知彼還知己。天邊費想來，【東甌令】笑癡狸，只問可有雞羣傍鳳飛，虧殺你無羊少雁般般缺。【針線箱】止靠着我扮彩妝紅件件依。若央我騙別人也罷了，就央我騙我的小姐，【解三酲】真新異！【懶畫眉】幾曾見借人聘物，反要奪人妻？就是文字央了，容貌怕也不中！【寄生子】再商量，坦腹、威儀，敢也要咱家替？（作看題介）原來題目就是綠牡丹。（做念介）牡丹花色甚奇特，非紅非紫非黃白。綠毛烏龜爬上花，只恐娘行看不出。（笑介）詩內把烏龜罵他，他那裏曉得？自然一徑直抄了。

【黃鶯穿皂袍】【黃鶯兒】伸紙便欣題；料狂奴，眼色迷，端詳那解其中意？只道波翻繡漪，光騰紫蜺，少不得人前嘖嘖誇新製。【皂羅袍】免教曳白，還他滿揮；又非請客，還他切題。柳五柳，你該謝我了，這不是泛常押韻稱而已。不免叫蒼頭送去，（喚介）（末上）見說文成後，應知飯熟時。相公，文章完了？（生付文介）完了。

【簇御林】你收藏好，莫泄機。（末）曉得。（生）他那裏等抄謄，不待遲。（末）就去了。（生）你悄地對相公說，我這首詩着實用心做的，不比前番草草無加意。（末）只照前番，也夠考案首了。（生）只一件，恐怕文字忒好了，反惹考試官疑心。（末）這便怎處？（生）若他盤問真假，你相公再不可說是央人做的，須要咬定口，無回計。（末）相公也自然如此。（生）管香閨，相看笑眼，絕倒不禁持。

（末）一心忙似箭，兩腳走如梭。（下）

【尾聲】（生）謔詞一首忙傳遞，回報了你風流佳婿。柳大不要見怪，這作弊姻親只得來作弄你。

人情不如天情巧，合婚偏得破婚詩。
可知只待張京兆，更有何人敢畫眉。

第十八齣　簾　試

（場上先擺試桌）（淨上）

不是一番寒徹骨，怎得梅花撲鼻香？我柳五柳為小姐親事，只得早來聽考。出的題目原是綠牡丹，已付蒼頭叫小謝做去了。只恐小姐利害，一雙嬌滴滴的秋波，端端只射着簾外，不比前次會長老人家憑我朦朧；若再叫蒼頭傳送，可不自露破綻？不免就叫車大做這件事，小姐定不疑心。好計好計！（叫介）車大。

（丑應上）若要娶妻皆面考，今生情願再無妻。你做文字罷了，叫喚怎的？

（淨）有事奉央，少停蒼頭拿一綹紙來，煩你悄悄送來與我。

（丑笑介）這是傳遞了。

（淨）不要作聲，恐令妹聽見。
（丑）還不曾出來。
（淨）没奈何，只得央你，成就此事，沈家的親準準讓與你了。
（丑笑介）也罷，將就幫襯你一遭兒。
（淨望介）簾内影動，想是令妹來了。（丑閃下）

【雙調・北新水令】（旦同老旦上）今日個絳帷高揭，新創的女開科。顫金釵至公堂坐，主司推姐姐，少不得巡綽就是你老婆婆。這簾影低挪，可便似貢舉院花陰鎖。

【南步步嬌】（淨）只見他珠翠香風，都在我身旁裏。坐起真無那，（窺介）偷憑扇底睃。（起介）待我走個俏步兒，扭捏身軀，也做得風魔過。（老旦出簾高叫介）兀那生員不歸號房，出外閒走，不怕瞭高的拿犯規麽？（淨急坐介）生員在，規矩敢言苟？告宗師，初犯從輕可！（老旦）相公用心做。（淨）曉得。（老旦入介）（淨大聲吟哦介）

【北折桂令】（旦）學蚊聲聚夜成訛。（笑介）保母，你看他日裏影兒，笑映日虯髯，弄影婆娑。（老旦笑介）真是好笑，倒好像羊子吃草。（淨揉眼、捶腰、磨腹，作倦態介）（旦）為甚的把深眼頻摩，圍腰虛簸，偉腹輕挪？（老旦）這等光景，像是要睡了。（旦）再休想東床穩臥，一憑你夢到南柯。（淨睡，作鼾聲介。旦）你聽鼻息如何？試問江郎粉筆，可送到他呵？（老旦出簾拍案介）

（淨驚介）蒼頭，謝相公文字可完了？
（老旦高叫介）柳相公不要睡，起來作文。
（淨）學生原不曾睡，正在此靜想提神。

【南江兒水】隱几窮非想，那裏是彎肱惹睡魔？媽媽，不是我文心一霎能灰墮，則我這春心一點難安妥，怎能够把琴心一謎都猜破？（老旦）快做完了罷？（淨）少不得還你今朝功課，掌號篩鑼，免費催場煩瑣。

（末上）文章已就催謄錄，關節難通怕内簾。謝相公的詩，催完在此，不免傳將進去。
（老旦）分付門上，閒人不許放入。
（作入簾介）

（末）怎麼處？

（丑上，手招末介）這裏來，相公與我說過了，傳遞的東西，待我轉送。

（末）如此甚好！做文章的說，叫俺相公憑他盤問，只要認定自家做的。

（作付文與丑介）眼望捷旌旗，耳聽好消息。（下）

（丑進淨桌邊介）柳兄可得意麼？

（淨）也想在肚裏了，尚未寫出。

（各丟眼色，做照會介）

【北雁兒落帶得勝令】（旦）為甚的眉梢故打皺？（淨、丑耳語介）（旦）為甚的耳畔頻相撮？（丑近淨作私付介）（旦）為甚的殷勤直靠他？（淨一面收文，一面望簾內介）（旦）為甚的忙邊來瞧我？（丑仍立開，作看草稿介）這草稿頭一個字就妙起了。（淨假謙介）（旦）保母，他兩個唧唧噥噥像是傳遞了。（老旦作褰簾大叫介）小姐說有人傳遞！（丑急下介）（淨）那個傳遞？方纔就是你家大官人在此看文。（老旦）小姐，難道大官人倒替他傳遞？（旦）不提備自家哥，怕反打入他家火！保母，你出去搜他一搜，莫怪我簡點用心多，看不的機關當面做。摩娑，休指望針眼裏輕偷過。（老旦）怎好去搜他？（旦）保母，你也好囉呵，則怕你懶巡攔，自犯科，懶巡攔，自犯科。

（老旦出簾介）柳相公，方纔真個像有弊病。

（淨）若疑有弊，請搜。（作伸袖、解衣與老旦看介）

（老旦）不見有些甚麼？（高報介）搜簡無弊。（入介）

（旦）明明是有弊的，既搜不出，且看他詩，就是果佳還要再考。

（淨私抄，低唱介）

【南僥僥令】任你清官能掙扎，怎當得猾吏巧騰挪！無賕只恐難懸坐，你看我掃千軍快寫波，掃千軍快寫波。（作寫完大叫介）生員交卷！

（丑上）尊作完了？（看贊介）

（淨作得意介）小弟自家也覺得這次文字不十分出丑，只怕難入令妹尊目。

（丑）待小弟袖進去看。

（淨）小弟恭候發落。

（丑入送旦看介）（旦大笑介）

【北收江南】呀！看來是這般精妙呵，可知道破工夫值得費延俄。（丑）是用心做的了。（旦）也虧他善抄謄，一字不差訛。（丑）果然謄得清。（旦）比前番佳制好還多！（丑）前番已考案首，這次該超等了。（旦）好便好，只怕不是他自己做的。（丑）妹子，你親自監場，見誰與他傳遞來？（旦）你且把真情問他，把真情問他，是何人代做這首打油歌？

（丑出介）舍妹見了尊作，只管哈哈的笑。

（淨）想是歡喜了，可說道好？

（丑）一頭笑，一頭說，比前番的更好！

（淨）這等著實中意了。

（丑）只是疑心你央人做的。

（淨）小弟這樣才學，人不來央也夠了，反去央人？

（旦笑介）我只道真正稱賞，抵死承認。保母，你出去問來！

（老旦出介）柳相公，若不是親做的，也要直說。

（淨）你們三個人，六只眼看的，搜又搜過了，難道文章會平空裏飛進來？

（丑）你若沒有弊病，賭一咒何如？

（淨）我就賭咒。（作罰誓介）我曉得了，

【南園林好】假言詞無端誚訶，可是要賴婚姻生端撒科？媽媽，我實對你說，親事是賴不成的！（老旦）柳相公，不要這等焦躁。（淨）不是我要來考，是你家小姐約我來的，文章不好也罷了；既拙作蒙加許可，為甚的重勒揹起風波？重勒揹起風波？

（丑）待我進去，替你懇求。

（丑、老旦入簾介）

（老旦）你可聽見的發作麼？

（旦笑介）

【北沽美酒帶太平歌】他只道真個值千金七字呕,便怎般弄劻兩輕顛簸!只怕不辨璋麐筆底訛,惹胡蘆滿坐。詳詩意,果如何?(丑)這等說起來,不當好了。妹子,你實說怎麼樣的?(旦笑介)他被代筆的人騙了,跳猴猻隨人牽磨,演傀儡借機挑撥。受騙的忒糊塗,沒些裁奪,那騙人的,太聰明也難辭罪過。(老旦)小姐只說好笑,怕他不服。明把好笑的緣故,說與大官人知道,也好回復他去。(旦笑念介)"牡丹花色甚奇特",(丑)也明白。(旦)"非紅非紫非黃白",(丑)不是紅紫又不是黃白,準準是綠的了。切題切題!(旦)後面二句好笑得緊,說"綠毛烏龜爬上花,恐怕娘行看不出",分明自罵是烏龜了!(丑、老旦俱笑介)(旦)呵,呵,真麼假麼,但由他認麼,細思量,還認作倩人猶可!(同老旦下)

(丑出介)(淨)令妹想沒得說了。
(丑笑介)我且問你:這首詩怎麼樣解?
(淨)總是極妙的了,何消解得!
(丑)舍妹說你被人哄了,詩中把烏龜罵你。
(淨)那有此話?
(丑)方纔聽舍妹念了一遍,還略有些影響,大家念一念看。
(作共念介)
(丑笑介)以後只叫你柳烏龜便了。這卷子是你自家供狀,待我收好在那裏。
(淨作奪破介)
(丑)這頭親事,替你費多少心機,在中說合,今日又相幫傳遞,大段是成的了。誰着你抄這樣詩,自打破鬼!不要說你沒面,連我也沒面了。請了。正是任教挽盡西江水,難洗今朝滿面羞。(下)
(淨)小謝這個畜生,吃了我的飯,得了我的束修,倒來捉弄我,立時就趕他出門了!早晨來赴考時,何等興頭;如今冷冷淡淡,教我怎生回去?不免唱只曲兒消遣則個。

【北清江引】俏娘行強占了文昌座,舉子纔一個;誇揚識鑒精,做作威風大。只怕不中得我這俊門生也是錯!

第十九齣 逐　　館

【中呂過曲·縷縷金】（末上）虧傳遞，好文章，照樣抄謄去，筆兒忙。再四叮嚀説，莫教推讓。巧機關做就有誰防？西賓果停當，西賓果停當！俺相公到車家面考，好不膽怯！我蒼頭也替他捏兩把汗。全仗謝相公幫襯，代做好詩；車小姐看來，自然中意，這頭親事穩穩騙到手了！等相公回來，與他討賞。

【前腔】（淨行上）虧傳遞，好文章，照樣抄謄去，筆兒忙。再四叮嚀説，莫教推讓。巧機關做就有誰防？西賓果停當，西賓果停當？

（末）小人討賞。

（淨）賞一頓拳頭！

（末）謝相公説着實用心做的。

（淨打介）還説用心，快叫他出來。

（末）謝相公有請。

（淨）甚麽謝相公！（作打末下介）

【前腔】（生笑上）虧傳遞，好文章，照樣抄謄去，筆兒忙。再四叮嚀説，莫教推讓。巧機關做就有誰防？西賓果停當，西賓果停當！

（淨）停當停當，正要和你算帳。

（生）算甚麽帳？

（淨）每日費我豬肉二兩、糙米五合、豆腐一塊、粗酒半斤，這樣好供給與你吃了，要你何幹？

（生）請同看書。

（淨）那個同你看書來？

（生）你自不看，也與我無干。

（淨）清明端陽，兩季束修，不消説起。連重陽節也預支去了。白白填你窮坑，不思報效。便替做一首詩，有甚麽勞動了你？

（生）不曾違命，立付蒼頭去了。

（淨）多謝多謝！

【粉孩兒】忙額手，荷君情無限量。果才高七步，世間無兩。（生）這也不敢當，但用心賦就，或者也還看得？（淨）還要賣嘴，難道見人不要留面光，甚冤仇把晃子來裝？（生）敢嫌拙作欠好？（淨）明欺我急忙時蒼素難分，纔提起髮指千丈！

（生）你且說那一句不好？

（淨）學生眼睛，也還認得幾字。你詩內明明把烏龜來罵我！

（生笑介）烏龜從來上詩的。《詩經》上說："我龜既厭"。古人詩也有"龜浮見綠池"、"文如龜負出"、"金錢願贖龜"、"山中今見鹿憎龜"，如此之類甚多，怎見便是罵你？

（淨）不要賴了！

【紅芍藥】（生）誰假手，淡抹濃妝？翻饒舌，說短論長。早知我輕微不壓望，問何難自家塗上！（淨）你看，又來搶白了。（生）就是自家不做，朋友家還有強似我的，時髦豈少共頡頏，你怎不先時拜求供養？（淨）做得好詩，被人口也笑破了！（生）那知他笑不是好意？想應他喜愜非常，對名篇擊節稱賞！

（淨）放你娘的臭屁！

【撲燈蛾】心頭自忖量，心頭自忖量，口裏還胡偲。一段好姻緣，被你頓生魔障也；空留絳帳，反折盡體面風光。請請請，我也不要你這樣先生，別處利市去，自翻潑瓶油甕醬，且歸家，挨酸忍淡受淒涼。（生）你要我去，我就去。大丈夫處世，何所不可？豈戀此升斗粟耶！

【前腔】飄零未可傷，飄零未可傷，驕蹇真無狀！檢點舊盟憶，不怕少咱前帳也。（淨）還想冬季束脩，好不癡！（生）你就賴了，我謝瑤草未便餓殺。溝渠器量，也潤不得我四海空囊。（笑介）（淨）你笑甚麼？（生）笑伊家胡思亂想也，賺佳人，掀眉撫掌笑平章。

（淨）還不出去？叫蒼頭鎖了書房門，再不要放這狗賊進來！

（生）大笑出門去，何能學棘棲？（下）

（淨）你看他有如喪家狗，好像落湯雞。

第二十齣　辨　贗

【南呂引子・臨江梅】【臨江仙】(小旦上,小丑隨上)疏竹篩風簾影碎,驚來午夢遲遲,日長閑殺小香閨。(小丑合)繡譜慵披,香篆隨灰。【釵頭鳳】(小旦)春歸久,還來否？哀蟬吟遍庭前柳。羅衣薄,愁難看,曉妝隨意,懶成梳掠。弱、弱、弱！(小丑)眉兒皺,渾消瘦,茶餐事事皆嫌謬。簷花落,垂簾幕,指頭針線,些時疏略,閣、閣、閣！(小旦)聞得前日有門生來見爹爹,呈送窗稿,爹爹因天氣炎熱,未曾展閱,奴家從案頭取來,原來就是會考三生。

(小丑)小姐,那三人可是一個姓柳、一個姓車、一個姓顧？

(小旦)你怎曉得？

(小丑)小鳳曾瞧見來！那姓顧的,人物清秀,真好一位相公！

(小旦)那兩個呢？

(小丑笑介)那兩個人,都叫他做"六五六"、"尺上工",分明一隻笛曲兒,想是他的綽號,人物又醜陋得緊。

(小旦)只要才學罷了,那在人物？

(小丑)小姐,人物是極要緊的。自古宋玉窺牆、潘安擲果,那見有才的沒有貌來？

(小旦)丫頭多嘴,且添些香兒在博山爐內,待我把他詩稿細看一番。

(小丑)曉得。正是香添知日永,暑減覺陰濃。(下)

(小旦看淨稿介)門生柳希潛。這就是前日案首了。你看他滿紙窮愁,如泣如訴,

【過曲・紅衲襖】恰好像困新豐無所棲,想着他託荊州非得已。這般口氣是個館穀秀才。我聞柳家素稱宦族,不應有此苦吟。又不是窮途窘作歸裝計,久客難將渴病醫,為甚的對春風泣數奇,仰屋梁噓冷氣？(又看介)這題目是"赴柳宅新館",一發差了！他自家姓柳,怎反說柳館？可見這稿不是他做的,莫不叔世英雄,專要假語欺人也？做個借他人鞍馬騎。再看車生的如何？(看介)怎

麼都是閨詞？

【前腔】你便有賦《長門》手段奇，怎如得賦《長楊》聲價起？難道香毫只許描珠翠，膩管偏宜抹粉脂？不說坐燈花刀剪遲，便道照菱花妝裹未！後面一首，是與保母問答之言，定是女人所作，任你仿盡香奩，畢竟是個文人也，總不如他自臨摹，嬌小癡！看此二人，皆屬贗筆，前番試作，未必果出本領？（看小生選刻介）這宙合大社，就是爹爹做的序文，顧生既有選刻，必系知名之士。（看稿介）其窗稿與試作相類，足見名下無虛。前日考的第三，果然屈了！

【瑣窗寒】漫商量若個高低，月旦從今有定題。堪羞贗鼎，枉辱相知；荊山抱璞，幾悲淪棄。幸遭逢繡帷高睇。拔奇，不從舊案問評批，何須恚恨知希？好笑柳、車二生把別人的詩稿，抄來送人；又不知檢點，想來是個白丁。爹爹，你的賞鑒好差了也！

【大勝樂】不堤防文是人非，這老監臨也欠主持。只怕榜頭張奭人驚異，嘩曳白，有差池。方纔小鳳這丫頭，倒說得有理，那見有才的沒有貌來？爹爹，你只知但憑貌取難搜詐，可曉得單靠言收也售欺。微窺爹爹意中，似欲借此為擇配張本，還須着意，險些把瓊葩玉蕊，浪葬污泥。

（外上）歸田暫作偷閒計，閉戶新詩却暑方。我兒，你在此看甚麼書？

（小旦）是三個門生呈送爹爹的窗稿。

（外）一向倒不曾看得，可好么？

（小旦笑介）好則都是好的，只怕有弊。（外）何以見得？

（小旦）那一卷姓柳的稿內，有一題說"新赴柳館"，

（外）就不像他自己口氣了！

（小旦）這姓車的，竟抄一本閨女的詩來！

（外笑介）有這等事！

（小旦）只有姓顧的窗稿，與試作不殊。

（外）我前日也疑心來，他三人見謁之時，把你原詩付看，試其眼力。柳、車二人，混加讚賞。那顧生就認得不是我做的。

（小旦）這也就虧他了。依女孩兒所見，何不再舉前社，以別

真才？

（外）不日也就要會考了。

（小旦）爹爹，這次須把規矩放嚴些兒！

（外）是了，前日出過題目，便進來了，不曾坐在會所，以致弊竇叢生。

【節節高】情將老憊欺，少防維，道我妝聾做啞同兒戲。多應是抄時藝，倩友為，偷傳遞！這次少不得着實稽查了，我精神打起還容易，只怕你心機使盡空煩費。館閣休誇有鑒裁，不如閨閣閑評第。

【尾聲】（合）文場自古多奸弊，把覆試文移飛遞，自有真才副厚期。

（外）水落石自出，晛見雪先消。

（小旦）不試淩霜節，何從識後凋！

第二十一齣　談　心

【正宮引子·齊天樂半】（小生上）井梧一夜先堪掃，趲落賦秋詩料。爽入生衣，涼侵冰簟，自覺情懷懊惱。小生前送窗課到沈家去，不期柳、車二人，正在彼求親，幸得不曾許允。唉，沈小姐，沈小姐，你不要錯認了對頭也！

【過曲·白練序】桃花片好，浪擲溪頭任泊飄；須詳探阿劉消耗。待我把小姐的詩，題在壁上。（題介）佳草可續騷，但朗誦還將渴吻消。我想小姐聰俊，決不似你令尊，憑人愚弄。可容我出首科場弊病來，我待向娘行告，告奸徒詐偽，試官顛倒。

（生上）豎子何足道，良友肯再過。此是顧兄書館，不免徑入。

（小生作看小旦詩不知介）

（生喚介）文玉兄，

（小生）不知瑤草兄到來，失迎了。

（生看介）此詩何人所作？倒也清逸。

（小生笑介）是一個女郎。

（生）那個？

（小生）沈省庵令愛。

（生）我只道閨閫鍾奇有一無二，耳目之間何多佳勝也！

（小生）兄敢又見那個來？

（生）兄已見過了，只是不知。

（小生）原聞。

（生）前日會考的第二便是。

（小生）這是車大。

（生）車大那會做詩？是他令妹代筆。

（小生）兄何以知之？

（生）不欺顧兄説，柳大案首的詩，也是小弟代筆。

（小生）原來就是尊作，怪道這般超卓。至如女人代考，千萬求兄一説。

（生）説起來，好笑得緊。那車小姐看小弟的詩，只道是柳五柳。

【醉太平】〔換頭〕多嬌，頗憐才調。但暗中摸索，那知姓氏虛囂？（小生）他自然不知是兄作了。（生）小弟看小姐的詩，雖然不信是車尚公，却想他家無人代倩。（小生）後來怎得明白？（生）小弟正在疑惑之際，只見車小姐的保母走來，他説春風隔院，有佳人代掌詩瓢。（小生）保母怎到館中？想是來相女婿了！（生）看他也是個訪親的口氣，但叫我做柳相公；我若説不是，恐他一徑去了，只得權時認做柳大。（小生）那有這等一個標緻柳大？（生）堪嘲，沈郎空自説豐標，總認作别家年少。（小生）若保母再來，就該説個明白了。（生）他後次來時，小弟又遇不著，瑣窗深杳，歎連宵盼斷，雙鯉迢遥。

（小生）小弟被你們倩遞，考在白丁後面，他兩個好不搖擺！

【白練序】〔換頭〕兒曹次第高，丢人眼梢，喬妝做許多般内家腔調。（生）這些小人情狀，自然看不得了。沈老先生的令媛，如今已有所屬麼？顧兄何不去求親？（小生）第一第二，兩個先自搶奪，小弟何處説起？吹簫、向碧桃，怕銅雀無緣鎖二喬。（生）本領真假,瞞不得人,若嚴加復試,他們伎倆立窮了。(小生)還要央謝兄來。(生)央小弟甚麼?(小生笑介)央兄莫再與他倩遞。那時節少不得拿到會長處,問出你虛圈套。(生笑介)問我何罪?(小生)倩人及代倩者,彼此俱坐。只看科場禁約便知分曉。

(生)休得取笑,小弟正為代倩一事,受了多少惡氣!

(小生)為何?

(生)那柳大不揣,竟往車家議親。幸小姐有些見識,要他隔簾面試,他又央我代做。

(小生)兄就不該代做了。

【醉太平】〔換頭〕(生)越庖,何妨屬草?笑登高劉子,杜撰題糕。(小生)想是故做不通的騙他了。(生)盲人不解,便欣然落紙揮毫。(小生)那車小姐看出,因事自然不成了。(生)空勞,河濱未許趁春潮,止博得傾城一笑。因此上惹他廝鬧,竟分顏割席,不念緦袍。

(小生)怎麼說?

(生)竟把小弟趕出館來!

(小生)這等可惡,真是白丁所為!就在敝館暫寓何如?

(生)只怕不好攪擾。

(小生)好說!

　　　　　　(合)黃金看意氣,白雪見文章。
　　　　　　我輩共扶植,忍令交道亡?

第二十二齣　邀　　館

(丑上)自昔孟嘗門下,朝朝食客三千;如今收養一個,也當延攬英賢。聞得柳大與小謝賓主不睦,竟將他逐趕出來。此人惹厭,也該這等處他。只是柳大少了代筆,後面恐要懊悔。我想第二畢竟不如案首,前日被柳大占了,也覺肚裏不服。若請小謝到家,貼他半年修金,他自然感激。倘有差使,當得效勞,案首不怕再有人搶去。且我妹子性格,清奇古怪,前次賠了多少小心,方肯代倩。

近日又為柳大胡纏,説合親事,面考出醜,老大有些不像意在那邊,也無面再去央他。不若另尋主顧,反覺直捷。已送書相請,想必就到。

（老旦上）堂前客至,廚下人忙。大官人,今日請甚麼人?酒席可要豐盛?

（丑）開學酒,將就些罷!

（老旦笑介）如今方來開學,先生多時在那裏?

（丑）別家逐趕出館,我憐見他,收留回來。

（老旦）這樣先生一定不濟的了!

（丑）他一向在柳大家代筆,考了案首,極是有才學的。

（老旦）既是代筆,前日面試,怎代出好笑的詩來?

（丑）一定不是他做的。不知為甚相爭,就不得終館。

（老旦背介）這人多分是頭一次相會的了!

（丑）我記起來:媽媽,你也認得這個先生。

（老旦）老身那裏認得?

（丑）他曾尋問你來,道有要緊説話,被我回他去了。

（老旦）老身家裏,近在柳家莊上,見他在那邊走動,以此相認,並沒甚要緊説話。待我去整理嗄飯來。（下）

【仙吕過曲·不是路】（生上）書笈重攜,帳去扶風客館移。車尚公相邀,雖非好主,却好通小姐消息。因此急來就館,不免徑入。（丑迎介）（生）慚裘敝,謬叨餐素,恐非宜。（丑）屈雞棲,敢言竊比他山礪,隨踵揚門願問奇!（生）太謙了!（丑）請問柳大為何與謝兄不睦?（生）懲嬉戲,不辭苦口循交誼。（丑）勸他看書,是極好的朋友了。（生）反遭嗔詈,反遭嗔詈。（丑）柳大一發不是人了,請到書房小酌。

（生）怎就取擾?正是傾蓋逢知己,

（丑）開尊對故人。

（共下）

【桂枝香】（老旦上）依然風致,不殊疇昔,休再歎室邇人遐,恰可喜天隨人意。方纔書房背後,仔細一窺,正是那位柳相公!酒席散了,就在此等他。(生上)正秋風客邸,正秋風客邸,蛩聲相遞,鴻音誰寄?到他家裏,怎不見錢媽媽?(老旦見介)柳相公!(生喜揖介)久相違,匆遽頻叉手,從容再整衣。

(老旦)老身又到柳家莊上,來尋相公。不期遇着那一位柳相公,說他館中再無第二個人。

(生)這是柳大誑言,小生現與他同窗哩!

(老旦)這等,怎又解館?

(生)實對媽媽說,小生原不姓柳,正等媽媽再相訪時,訴出衷曲,不期又被柳大回去。小生也連望媽媽幾次。

(老旦)竟不曉得,想是門上人回了。

(生)小生謝英,賤字瑤草。

(老旦)原來是謝相公!

【前腔】(生)我寒微家世,蕭條行李。(老旦)那個與相公論門第來?只尚未婚聘這話可是真的?(生)小生豈敢欺誑?不是我自誤絲蘿,有若個垂憐荇菲。動問媽媽,那柳大來此問事,小姐可曾許他?(老旦)笑兒行鮮恥,笑兒行鮮恥!我小姐也不回他,道這般粗蠢,自然不是文人。只要隔牆吟詠一首詩,婚姻徐議,且把文章先比。(生)這個處法絕妙,看可有得做出來?(老旦笑介)詩倒寫了一首,只是折便宜,自謔三交睡,渾如六眼龜。

(生笑介)詩裏怎把烏龜自罵?

(老旦)一定是代筆的騙他,他不識字,竟自寫上。小姐看了,笑之不已。相公既與同窗,必知其中端的。

(生)不瞞媽媽說,他考案首的詩,原是小生做的,私下傳遞。

【長拍】只說與他喬扮春風,喬扮春風,輕遮羞面,不意大加稱美。騙沈翰林也罷了,又來騙你家小姐,姻親何事,好借鶯書使詐行欺?(老旦)正是這等說。(生)小姐面考,他又來央我代做,我本待不做,等他曳白,恐他又生計較,推病而歸。欲辨是和非,不如把金針虛度,故相嘲戲。(老旦)罵作烏龜,想就是相公作弄他了!(生)他要我傳遞,我反借他家為便羽,傳遞與玉人知。(老旦)可笑他抵死承認,憑你怎樣盤問,再不肯說是央倩來的。(生笑介)這一發妙了！(老旦笑介)妙便妙,相公只怕忒毒了些。如此盡情安置,俺小姐也道來；怕聰明太過,罪過些兒！

(生)只為這些罪過,把我逐出館來了。

(老旦背介)前日小姐説不要管姓柳不姓柳,但見做詩之人,要他再賦綠牡丹以為證據。(轉介)俺小姐喜看相公佳作,何不再吟一詩,待老身轉達？

(生)只是沒有題目。

(老旦)小姐面考那人的題目,是甚麼綠牡丹,相公就做一做罷！

(生吟介)"葉色花容殊不辨,但聞香氣襲庭闈。朦朧月下宜詳認,莫作劉家黑牡丹。"

(老旦)老身那裏記得？桌上現有箋紙,請相公寫去。

(生)更好。(寫介)

【後拍】箋短情長,箋短情長,詞通面隔。媽媽,須仗你作詩筒,兩處傳知。草草寄新題,恕不及鬥妍搜麗,但不似他人空腹,盡着你簾試訂前期。(老旦)相公這般高才,還説甚麼簾試！

【尾聲】從來疑惑今朝釋。(生)媽媽,須記明瞭,我是謝瑶草,不是柳五柳,莫待把姓名訛記。(老旦)老身知道,謝相公,只怕這西席淒涼不可棲。

(生)風流信有緣,假館豈徒然！

(老旦)倩得鱗鴻便,殷勤寄短篇。

第二十三齣 疑 釋

【仙呂引子·番卜算】(旦上)人與句爭差,已識從前謬。意中誇羨尚難平,難道不是人間有？前日面試白丁,落得一場訕笑！會考佳篇,一定是央倩的了。只就是央倩,也少不得有個人。保母説所遇書生,談吐風姿,俱堪絶世；多應是他代筆,爭奈無處尋訪！

【過曲·二犯傍妝臺】【傍妝臺頭】到窮秋,見鬥春丹葉,反要起人愁。草樹迷遊騎,煙水障行舟。只曉得他也姓柳【八聲甘州】

空傳灞橋堪折柳,難向玄都再問劉。【皂羅袍】誰家吹笛,催人倚樓?【傍妝臺尾】落霞孤鶩思悠悠。

(老旦上)早知燈似火,飯熟已多時。小姐在那裏?(作見笑介)

(旦)保母為甚這般歡喜?

(老旦)大官人請一個先生到家,老身方纔看見了。

(旦)見了先生,有何歡喜?

(老旦)就是前日柳家莊內相會的這位相公,他原來不姓柳。

(旦)你可曾問明了真姓名?

(老旦)他説謝英,表字瑤草。

(旦)謝瑤草,一向詩刻中見他姓名來,像是個知名之士。

(老旦)他原在柳家坐館,考案首的詩,就是他代做的了。

(旦)我説這個花臉做不出。

【前腔】似這等搶頭籌,倒不如居殿,反覺減顏羞。謝生藏在他名下,那裏知道似雪白梅痕隱,山翠柳光收!(老旦笑介)小姐,那簾外面試的詩,也是謝相公代做的。(旦笑介)這是故意弄他,使我曉得。怕明珠暗中難自剖,因此上揉碎桃花寄亂流。(老旦)柳家因為作弄了他,趕逐出館,大官人便請了回來。(旦)相如多病,文園暫留,好聽月明高詠庾樓頭。

(老旦)小姐,今番可信老身的説話了?那謝相公濯濯正如春柳,軒軒有若朝霞。但學潘遊,必載滿車之果;若留荀坐,定聞三日之香。小姐倘若有疑心,在那處再窺一窺就是。

(旦)這也不消了,只他家中事體,可都根問明白?

(老旦)老身細細問來,

【甘州解酲】【八聲甘州】涼生四壁秋,又沒臨邛賢令,借飾風流,因此上蹉跎好事,果堪憐客館窮愁。小姐,你前日説要他再吟綠牡丹一首。(旦)可曾吟來?(老旦)真好高才,不經思索,怕老身忘了,寫在一幅箋上。【解三酲】坐間鸚鵡隨言就。(出箋介)這封上鴛鴦也是信筆勾。(旦)只怕外人手筆,我女兒家不好啟看。(老旦)小姐,這比不得淫詞垢;不過是先時社卷,把舊唱重酬。(旦念

贊介）

（老旦）小姐，綠牡丹已奇了,那有黑的？

（旦）這也是嘲那白丁的。黑牡丹是牛,叫我不要認錯了,是這等説。

（老旦笑介）前日罵作烏龜,如今又罵作牛,謝相公倒會取笑哩！

【前腔】（旦）詞源倒峽流,任偶然嬉罵,總足千秋。（老旦）小姐也好再做一首回答他。（旦）應知才盡,肯餘將剩巧重搜？謝生謝生,誰着你嘲笑狂徒,致遭驅逐;勉强就我家這館呵,正是鷦鷯不敢嫌枝陋,烏鵲無端望樹枝。（合）黄花瘦,算空閨旅館,一樣淒幽。

舊詩一讀一回新,何況新詩寄轉親。

莫又貸詩添錯誤,襯人名譽假欺人。

第二十四齣　叨　倩

（小丑扮老儒上）青雲志業已蹉跎,貧老兼催奈若何？怕染愁鬚惟鑷盡,任人笑我變成婆。學生范虚,因先父號摩訶,故賤號取作思訶,這些人就順口兒叫做"凡四合"。在學裏做秀才,準準六十年。如今年老,村學也無人請了。新近買得一本秘書,是《詩學大成》,看了便好做詩。又在人家抄得四六啟一兩套,就在門上寫個招牌,説"代做詩文書啟",果然也有人來央。凡是鄉耆壽文、村民婚啟,都是學生包攬,倒也好過日子。今日看有甚人來？（淨上）為人莫見短,凡事要思長。前日一時性發,把小謝趕去;如今沈家又興會考,没人傳遞,如何是好？不要説考案首,便將就成篇,免得白卷也勾了！聞得此間有個范思訶,慣會代筆,不免走一遭。（叫介）（小丑迎介）原來是柳大官人,特到寒舍,有何見教？

【雙調過曲·風入松】（淨）明朝逢九是文期,有先生把單貼傳知。（小丑）令師那位？（淨）沈翰林立社伊家裏。（小丑）不分等第么？（淨）分高下非同嬉戲,特奉懇詩文倩遞,（出銀介）看謝禮不輕微。

（小丑）大官人見託，自然效勞，豈敢冒領尊賜！
　（淨）要不推託，考後還補送一對禮盒就是。
　（小丑）多謝了。
　（淨）你却不要誤事。
　【前腔】（小丑）我從來代倩不差池。（淨）快些纔好。（小丑）看滔滔下筆如飛。（淨）你可曾替人做得慣。（小丑）村中童生，年年來求我的，便方纔縣考曾央替。（淨）替幾個？（小丑）包三卷一時同遞。（淨）可取出名字來？（小丑）喜榜上名標首第，還分外有程儀。（淨）你來是來得的，只怕不入時了！
　【前腔】衣冠舊樣不相宜，況時文變態新奇。（小丑）你不要管，憑他時文再不如我古文。（淨）不是這等說，我是前番案首望巍巍，無人敢爭鑣並轡。倘落後殊非事體，須細想可優為。
　（小丑）我做不下，難道好應承你？你且說那邊會友何人？
　（淨）有個顧文玉，一向自負名士。
　（小丑搖頭介）不濟不濟！
　【前腔】後生小輩莫誇題，負時名浪把人欺。你前次央着那個？（淨）是宗師舊領案謝瑤草。（小丑）雖然替你考了案首，也不濟。（淨）人都不濟，請說你的好處。（小丑）我針絲法脈不挪移，留先輩文章風味。笑俗尚趨馳冗細，歎此道日淪夷。
　（淨）明日小叫價送題目來。
　（小丑）學生也到沈翰林門首打聽便了。
　（淨）只不知題目難易何如？
　（小丑）不要管他，要賦就賦，要詩就詩。
　（淨）正是人有所願，天必從之。

第二十五齣　嚴　　試

　【引子·西河柳】（外上）懲前懶，倉卒欺衰眼；莫訝今朝，痛加防範。前番會考，規矩過寬，以致真偽無別，高下不論。我想起來，弊端只在傳遞。不許家中送飯，不許門外出恭，做會長的，刻刻坐在上面,察其動靜,不要說文字沒有得傳進來,便題目也傳不出去,其弊自然革了。且等會友齊時,再加申飭。

(丑上)吃一看兩,快活如何?人恨才少,我恨才多。今朝沈家會考,小謝代做,是該的了。妹子也情願代做,只怕沒手寫得。我想如今還有做重卷的,好歹兩首都寫上去,顯得才思優長。

(淨上)又尋新主顧,不用舊先生。我昨日央了范思訶代倩,心中已安。早些赴會去。

(小生上)努力雪前耻,隨緣赴舊盟。(各見諢介)(進見外介)

(外出小生稿介)顧兄窗課,僭筆過了。名言如屑,羨服羨服!

(小生)不敢。

(淨、丑)門生的拙稿,想老師也批直了,並望賜教。

(外)二兄尊稿,還未曾看。諸兄在此,前日次第,只怕外論不服。

(淨、丑)極服的。

(小生)老師憑文置第,洵秉至公。

(外)今日老夫也不進去,只在此坐觀,諸兄須要用心,分付門上人進來。

(雜上)堂上一呼,階下百諾。老爺有何分付?

(外)列位相公供給,本宅自備,各家不必送來。若有人在門首往來窺探者,即係傳遞,一概不許放入。如違者重責三十板!(雜應介)

(淨、丑作失色介)光景不妙!(各坐介)

(外付題介)題目是《辨真論》。

(淨)筆硯怎不拿來?(向外呼介)

(外)筆硯這裏盡有。(作付筆硯介)

(淨苦介)(末持拜匣上,欲入介)(雜攔介)

(末)俺相公有筆硯在內。(雜作不理,打下介)

(丑)門生告領出恭簽。(欲往外介)

(外)廊下自有淨桶,不必出門。

(丑苦介)

（老旦上窺介）大官人怎不出來？

（雜趕介）婦人也在此走動！（作趕下介）

【南呂過曲·三學士】（淨）會長端然全注眼，時時背地偷看。（外）快用心做！（淨）你出來題目還該易，也不管做就文章着實難。（出位介）門生請問老師：何如叫做"辨真論"？這首詩還要四句，還要八句？（丑亦出位聽介）（外）這不是詩，是個論題。天下有真有偽，真者為偽所抑，就是真偽混淆，須要辨明纔好。（丑）老師，這題目出在那一本書上？《大學》、《中庸》、《論語》、《孟子》，説明了，門生好做。（淨）自然是《論語》上的！（外）何以見得？（淨）《辨真論》這個"論"字，就是《論語》的"論"字了。（外笑介）果然不差，下去做就是了。（各就位介）（淨、丑合）幸得尊前相問難，詢題旨，略心安。（小丑上，探介）此是沈翰林門首，怎不見送題目出來？

（雜趕介）那裏一個算命先生？也直撞進來！

（小丑）咦，我是秀才相公。

（雜）好個相公！（作推下介）

【前腔】（丑）船到江心才悔晚，此來有甚相干？（外推介）（丑）構思正覺多艱澀，催捲偏生恁絮煩。（淨、丑合）如坐樊籠鵰狂犴。（淚介）偷彈指，淚潸潸。

（末送飯上介）我是柳家送飯的，放我進去。

（雜）俺老爺自備供給，分付各家不要送來。（趕下介）

（淨、丑作頭痛、腹痛、嘔吐各丑態介）

【前腔】（小生）寫就史書愁脱腕，難遮筆底瀾翻。（淨、丑各移桌近小生，欲竊抄介）（小生遠介）（淨低叫介）顧兄好人，借破題與我抄抄罷！（丑）略講一講，出去就請東道。（小生笑介）抄也該抄，講也該講，只是前日忒大了些。我只道掀開兩翼常作衣皮虎，誰知使盡長風已是到岸帆！（淨、丑仍作病態介）（小生）相對楚囚空浩歎，汝病態，好胡顏。

（淨出位告病介）門生夜來冒了風，一時頭疼眼花起來，文字已思量完了，只是寫不得，待下次多做幾篇罷！

（外微笑介）既有尊恙，不好勉強，就請回。

（丑作伏桌大叫腹痛介）
（外）為何大叫？
（丑）攪腸痧舊病發作。
（外）快扶出去！
（淨、丑出，各説病好介）
（雜笑介）二位相公怎麽裝做假病？
（淨、丑）起初真病，方纔好的。
（雜）既好了，再請進去，做完文字何如？
（淨、丑）這等病又發了。（仍作病態下）
（小生交卷介）
（外看贊介）此論宏遠奧博，學識俱優，我説是個真才。前次屈了！
（小生）不敢。
（外）那兩個形容氣質，不像好人，我已覷破了七八分。送來窗稿，又露破綻，故特出《辨真論》以寓微意。何期一字都無，詐言疾病，其為白丁無疑矣！
（小生）疾病人所時有，老師怎見得詐言？
（外）真病假病，自然有辨。老夫實對賢契説：只為小女未字。

【浣溪劉月蓮】【浣溪紗】借鉛槧間，要把門楣揀。看來無如賢契，況通家舊誼非寒。（小生）菲才無當，老師還要三思。（外）只怕嫌我蕭蕭霜已衰殘，告老如今又放閑。（小生）老師太言重了。（外）幸得前日不曾許那兩個。【劉潑帽】天河一任張騫泛，抱石還，遇不着星橋盼。你説前日老夫袖出這首詩，是那個做的？（小生）門生正不曉得！（外笑介）【秋夜月】他閨房也有看書案，渾未揣杜撰。（小生）原來就是令愛佳作。（外）【金蓮子】可笑那一些些小鬟，妄使作没先生，任情兒揮就欠吟安。

（小生）老師家教自然不同。
（外）那兩個前次的詩，必系傳遞。賢契可知他來歷麽？
（小生）門生也略知一二。

（外）怎不捉破他？

（小生）此須老師作主，同社朋友，不好認真。

【前腔】空捉奸，怕也難成案。（外）在那處傳遞？（小生）出恭關飯，都好作弊，料皆因散步傳餐。（外）你且説柳生卷子，是那個代做的？（小生）主人雖自掩書關，窗火仍留照夜闌。（外）是個同窗了，怪道他窗稿都是館師口氣！此人才具不凡，急欲聞其姓氏。（小生）是門生契友謝英。雖然不曾赴社，文章幸已邀清盼。（外）有這等好朋友，就該邀他同來了。（小生）他也願識韓，只是恐造次，遭閣訕。（外）車生代筆，又是何人？（小生）説起來更可笑！這頭巾不單靠我男兒辦，輸綺閣秀粲。（外驚介）也是女人？（小生）是車生令妹。（外）有這等事！可知車生窗稿都是閨詞。（小生）是詞場中易安，正好與俏香閨鬥才華，玉筍作同班。

（外）煩賢契致意謝兄，明日過來一晤。

（小生）領命！

（外）俗耳如聾總不聞，誰知孤鶴寄雞羣？

（小生）水源窮到流花處，不許青山隔暮雲。

第二十六齣　晤　　賢

【南呂過曲·懶畫眉】（生行上）相知原不在寒暄，片字輕投已見憐。我只道襧生小刺只在袖中還，那長錐又向囊中見。今日個裾曳侯門笑士前。顧兄傳説，沈省庵老先生愛我前詩，約去相會，只得拜謁一番。此間已是，門上有人麽？

（雜照常通報介）

（外上）正欲清言逢客至，偶思小飲報花開。（迎介）

（生）老先生望高山斗，見擬鳳麟，私淑有年，親瞻何幸！

（外）先生奇窺二酉，力富三餘，已識雄篇，欣逢玉宇。（遜生上坐介）

（生）既蒙獎許，就該在弟子之列。

（外）過謙了！顧兄説柳生社作，先生代草，果有之乎？（生）

惶恐!

【前腔】(外)好似上陽春色借鶯傳,險教我錯上江樓認別船。(笑介)外邊人不曉得,見取出白丁案首來,只道我眼花落井水中眠,誰知暗中不識青錢選?喜得不曾品作人間第二泉。

【前腔】(生)鄰家應乞暫從權。這不過一時塞白,怎敢妄向王盧較後前?老先生如此錯愛,何期痂癖久還堅?碑頭謬欲題黃絹,許望龍門豈偶然!

(外)尊館還在柳家麼?

(生)近日車兄改招了。

(外)聞得車生令妹,亦善吟詠。

(生)微聞車兄社作,果係令妹代草。

【前腔】(外)嬌癡只好鬥花鈿,怎知俊氣還流紙上煙?莫欺兒女亞君賢,看他揮毫也不讓文人健。這也不是會考,分明是才子佳人唱和篇。先生想已有親了,車小姐自然也有了人家。若是兩未婚配,老夫少不得從中作伐了。(生)晚生尚未有親,

【大迓鼓】煢煢竟寡緣,琴書簫冷,若個生憐?便車小姐呵,也未試金屏選。(外)這等絕妙!(生)老先生,難道他繡幃便許嫁寒氈?自然廣擇豪門,姻盟締聯。(外)擇婿豈論門第!老夫只是贊合了。(生)還有一説,那柳兄呵,

【前腔】先人已着鞭,況車兄與他最好,殷勤杯酒,日夕周旋。(外)難道就許他了?(生)小姐直意不允,薄命成悲怨。只怕阿兄萁豆自相煎,錯配癡愚,旁人笑傳。

(外大叫介)豈有此理!豈有此理!紅顏薄命,自古興嗟,絕代風流,何堪浪擲?縉紳之後,總是通家。老夫便硬做主婚,也不怕車生不依。小女亦通史書,正要請車小姐到來,説知就裏,自然樂從。(生)這等就是岳丈大人了,改日執贄門下。

【尾聲】名花灼灼何堪剪,倩得金鈴護小園。(外)我忍見淪濡不手援?

(外)手縮紅絲強作媒,可知月老也憐才!

(生)自應借得東風力,吹出簫聲上鳳臺。

第二十七齣 閨晤

【商調引子・風馬兒】(小丑隨小旦上)女伴聞知有俊聲,真同韻,我憐卿。管今朝有分聽新詠,金釵訂社,一樣喜嚶鳴。昨日爹爹會考,嚴加防範,那兩個白丁,果然露出本色。又聞車生前卷,就是他妹子靜芳小姐做的;奴家羨慕其才,欲求一見。爹爹說通家姊妹,有何不可?已着女使相請,不知可來?

(小丑)早間車家保母來說,他的小姐正要來看小姐哩。

【前引】(老旦同旦上)迢遞香風到户庭,頻回顧,小妝明。瘦羅衫,偏耐秋來冷;鳳頭窄繡,聊當踏春行。(見介)

(小旦)久慕芳姿,私欽豔羨。肯移玉步,暫就蓬居。

(旦)誼忝通家,好期連袂。莫嫌輕造,敢後尊呼。

(小旦)請問姐姐繡閣閒居,何以消遣?

【過曲・二郎神】(旦)房櫳靜,伴窗紗有欄花瘦影。(小旦)可做些生活?(旦)線帙朝來慵去整。(小丑)刺繡一定好的,請個樣兒看看。(旦)無心鬥巧,拈來十指偏生。(老旦)俺家小姐只喜看書的。(旦)也未必縹湘真解領,但看書便覺脂融粉淨。(小旦)還有甚麼功課?(旦)倘遇着心情勝,試輕箋偷摹一榻黃庭。(小丑)看書仿貼,都與俺小姐一般般的。

(旦)姐姐清課,也好略聞一二。

【前腔】〔換頭〕(小旦)趨庭,聞《詩》學禮,爹行印證。也偶向花間催小詠。(旦)要請教了!(小旦)只是無人唱和,疏風快月,多時負却才情。只道閨閣無從覓友生,誰知你唱白雪才高楚郢!憐同病,話從容,特來慰我孤清。

(小丑)小姐可有新做的詩?好與俺小姐一看。

(旦)奴家不會做詩。

(小旦笑介)姐姐不要瞞我,佳篇已從會卷上捧誦過了。與令兄代筆的,可是姐姐?

(旦)保母,這件事怎麼人都曉得?

(小丑)女人替考,真是新聞,一哄就傳開了!
　【集賢賓】(旦)無言自忖羞暈生,悔當日應承。傳笑人間應齒冷,料無端惹却譏評。(小旦)這個何妨?古來名媛多有詩詞行世。(旦)若是像樣些也罷了,臨時促倩,便捉筆匆匆題贈。(小旦)家父着實讚賞,原要取作案首哩!(旦)難再省,可不道偶然僥倖。
　　(小旦)過謙了!
　　(旦)方纔姐姐説花間催詠,願借一觀。
　　(小旦)不只不好請教。
　　(旦)好説。
　　(小旦出詩介)
　　(旦)原來也是綠牡丹。
　　(念介)不假寫摹,自然巧合。蕉花柳葉,信拜下風。
　　(小旦)呈醜了!
　　(旦)綠牡丹出自何所?詩中説"小飲花前",姐姐想曾見來?
　　(小旦)前堂現有此種。
　【前腔】園林萬緑空翠凝,恍煙暈初澄。家父玩賞之際,分付口占,不過要快聽村歌添酒境,笑臨風信口哦成。不期就將此題會考,斯文絶勝,羨弟子有紅裙偷領。(旦)佳篇若置第中,自當作首。(小旦)難比並,(笑介)還要請謝娘幫倩。
　　(老旦)小姐也是這等取笑。
　　(小旦)姐姐佳篇,不消説了。你説首名三名,畢竟誰勝?
　　(旦)若論文字,無甚低昂,但聞柳生亦出央倩。
　【黃鶯兒】文譽驟虛騰,信風聞,也有倩遞情。(小旦)這等,也與令兄一般了。(旦)只有顧生是個真才,遙知洛下才名稱。昨日復考呵,關防最明,衡評自清,從前月旦今番定。(小丑)俺老爺也説顧相公果有才學,聞得要將小姐招他。(旦)恭喜了!(合)賀聘婷,花間唱和,何必學吹笙!
　　(小旦)姐姐,柳生會卷,你可曉得代替的人兒麽?
　　(旦)不曉得。(小旦)我爹爹説是姓謝的——
　【前腔】楚楚一書生,壓儒流,果俊英。為飄零未得諧婚聘,我爹爹就要替他作伐。(老旦)那一家？(小旦)就是你家小姐！道你兩人呵，才華並稱，少不得風華湊成；這詩盟已早把姻盟訂。

(老旦)可有這個話説？

(小旦)我爹爹主意已定，説要硬做主婚。姐姐恭喜了！(合前)

(老旦)既然老爺有此好意，俺小姐拜為義父，與小姐姊妹相依便了。

(小旦)既忝通家，俺爹爹原是父執，若不嫌棄，就此同居。

(旦)恐太攪擾。

(小旦)貴庚？

(旦)十七。

(小旦)長奴一歲，已後只叫妹子便是。

(旦)癡長了！(各叫姊妹介)

    相並盈盈出畫堂，閑情亦解詠詩章。
    今宵便擬連床話，剪盡燈花訴夜長

第二十八齣　爭　　婚

(丑上)好笑！好笑！出乎意料。妹子去嫁人，親兄不知道。天下人不通，再沒有似老沈的了。會考嚴防，使我出丑，這也罷了。一個妹子，好好請到家裏，就認作乾爺，公然主婚，許與窮不了的小謝，竟不通我一聲。你道奇不奇？

(淨上)脾胃燥時偏要鈍，因緣缺處幾時完？車大有何氣惱？

(丑)不要説起。好笑老沈擅自作主，把舍妹許了小謝。

(淨)他又不是叔伯尊長，怎好這等亂做？我有一説在此。

(丑)有何説話？

(淨)若他肯把自家女兒許你，你方纔由他把令妹許人。

(丑)我也是這等想，他又把女兒許與小顧了。

(淨)別姓主婚，世無此事。這是明欺你了，你就該上門去罵。

(丑)罵了不睬，如何？

（淨）告訴親友。

（丑）也不睬，如何？

（淨）出說帖。

（丑）又不睬呢？

（淨）告狀！

（丑）欠妙欠妙，與紗帽打官司，輸多贏少。再尋一個計較纔是。

（淨）我想令妹原該許我，沈小姐原該許你，前日我們商議一毫不差。你我可再去爭執，老沈無話回得，畢竟說待放榜。

（丑）他前日原如此說。

（淨）我們先買了報錄人，等未揭榜時，先報你我中了，當夜就要成親。一成了親，便知道假報，只索罷了！

（丑）好計好計。

【正宮過曲·四邊靜】（淨）題名早買來先報，家中假歡噪。（丑）要做得像。（淨）一徑折花紅，還須賞衣帽。（丑）沒有條子怎好？（淨）不難，刻張紙條。（丑）報錄銀也要假稱一稱。（淨）彈些現梢，騙得老婆歸，我依然秀才了。

【福馬郎】（丑）只說揭榜今年偏較早，忙忙走向他家告。相吵鬧，正好趁金榜下把洞房邀；到手便支銷，雖反悔，已成交。

（淨）此計如何？

（丑）果然虧你。

（淨）這叫做"愚者千慮，必有一得"。（丑）只怕詐騙婚姻，有犯條律……

第二十九齣　假　　報

（外上）瓊林宴上賦新詩，尚憶當年意氣時。寄語郎君休乞相，阿婆塗抹也曾施。今年大比，謝生、顧生入京赴舉；此去臨安甚近，仍舊歸家聽傍。三場試卷，老夫都已看過，決他必然登第，就在榜下畢姻便了！

（生、小生上）龍門今日為誰開？遴選應知有俊才。
（淨、丑上）買得報人施巧計，因緣成就不須媒。（齊見外介）
（生、小生）闈中試牘，又承老師過獎。
（外）這樣卷子，定占魁元，老夫披讀再三，喜而不寐。
（淨、丑）門生拙卷，偶然忘了，不曾送閱。
（外）一定也是好的。
（淨、丑）聞知令愛小姐擇配，已有人麼？

【中呂過曲・駐馬聽】（外）新選東床，（淨）那個？（外）就是顧兄。（丑）何人為媒？（外）我親付紅絲自主張。（淨）顧門生有何好處？老師就許與他。（外）我愛他文章磊落，學問深閎。（淨）文學，那個沒有？（外）格韻飄揚。（丑）人物也只如此！（淨）車兄，你的令妹，聞得已許人了！（丑）沒有這話。妹子許人，難道我做親兄的倒不曉得？（外笑介）他父母不在，做親兄的該用心體訪，尋個好人家。（淨）也不曾見許差了。（外）倉皇漫賦鳳求凰，較量才貌須停當。（淨）才貌停當，是那一個？（外）就是謝兄。（丑）我不曾許，難道妹子自家許的？（外）老夫與令先尊同輩，忝在父執之列，這婚姻好事，便代主何妨！自古道"成人之美"，我也無謙讓。
（淨指生，丑指小生介）明明奪我親事，怎肯與你干休？

【前腔】（小生）閥閱門牆，冒昧成親果也欠審詳。只求老師廣詢才譽，別結姻盟，免受雌黃。（外）老夫已許定了！（生）雖欽尊命尚彷徨，怕親兄未允終嫌強。不是韓香，謹辭齊耦，豈敢邀非望？
（外）謝兄也不必固辭，有老夫作主，怕待怎的？
（淨）老師許與他兩人，不過說他好才學。
（外）正是。
（淨）好才學，不過要中。
（外）可知道。
（淨）焉知我們不會中？
（丑）當初老師原說：中榜之後，方纔議親。
（外）曾有此話。
（丑）老師不可爽信，若是門生僥倖中了，便稱門婿，也不辱沒老師。

（淨）若門生也得饒倖，只求車兄令妹，也要預先講過。

（外）怎見得二兄會中，那謝兄、顧兄便不會中？

（淨、丑）若他中了，有甚麼說？天下事不可知，多少巧的倒被拙的笑！倘或謝兄顧兄，偶然屈了，小弟們時運湊着，也照前日會考取在前列，那時莫怪小弟羅唣，親事免不得要讓了。

（外笑介）中與不中，放榜便見，何必預計？

（生、小生）想已只在二三日內了！

（淨）聞得今年揭榜最早。

（丑）接錄人打聽說，不出今日。

（雜扮報人喊上）報報報，柳相公、車相公中了！

（作擁淨、丑要寫報銀介）（生、小生問介）（雜作不理介）（生、小生作急下介）

【前腔】（雜）杏苑傳芳，千里驅馳未夕陽。（淨）來得快！（雜）**可欣同邑，既作同年，又是同房**！（丑）一發是同房，妙妙！（外）這報可是真的？（雜出錄條介）請看條子，是京裏分出來的，**姓名早向榜頭揚，錄條現刻非虛謊**。（淨、丑）只怕還是假的？（雜）這等真報，還說假的？快將錄銀出來，喜出非常，花紅衣帽還要求先賞。

【前腔】（淨、丑）**信有文章，策對天人果擅場**。（雜催賞介）分付家下，忙排香案，再叫梨園，快宰豬羊。老師，這親事是門生的了！**新郎頭上帽光光，門楣今日應教像**。老師，你好便促新妝，趁泥金報喜初開榜。（報人擁淨、丑下）

（外沉吟介）我吳興往昔還中得多，難道好的不中，單中這兩個白丁？別家怎不見報？我也還有些疑心。

（雜上）稟上老爺：車家柳家又差人在外，說今夜就來迎親。

（外）這兩個濫列齊竽，有識笑其顛倒。那兩生暫悲荊璞，逢年必不沉埋。我沈省庵眼力，不道大差。今日黃道大吉，竟招贅謝生、顧生，省得他們絮聒。我如今且不要說破。院子，分付掌禮人伺候。（雜應下）

（外）小鳳，請二位小姐梳妝。（內應介）

（外）正是任他風浪起，只是不開船。（下）

（小丑上）傳將堂上命，報與閣中知。小姐有請。

（旦、小旦上）驟聞人語沸，想有好音傳。小鳳，外邊為何喧嚷？

（小丑）是報錄的。

（旦、小旦）中了那個？

（小丑）說道車相公、柳相公中了！

（旦、小旦）還有呢？

（小丑）小鳳不曾聽見。老爺分付兩位小姐梳妝，今晚便要行禮了。

（旦、小旦各歎介）

【泣顏回】（旦）儃父掌書堂，可歎劉蕡遭放。春風無賴，桃花浪影空香。小鳳，這報可是真的？（小丑）報那有個不真？（旦）人情共詫，蕊珠宮錯寫今科榜。（小丑）小姐快些妝裹。（旦）妹子你自梳妝。（擲鏡介）我却不梳了！（小旦）奴家也不梳。（合）背菱花悄地無言，止不住淚痕偷漾。

【前腔】〔換頭〕（小旦）爹行，倚婿得為郎，也不必果然心賞。（小丑）小姐不消着惱，戴了紗帽自然好看。（小旦）烏紗雖好，堪羞暫飾猴妝。（小丑）既然中得來，一定也是真才了！（小旦）只怕喧騰士論，鬱輪袍未免從來謗。（小丑）恭喜小姐，就是夫人了！（小旦）姐姐，你自去做夫人，怕妹子沒有此福。（旦）我也是個沒福的。（合）擬今生自許荊釵，更不作七香奢想。

（老旦急上）燈花開並蒂，鵲語報雙聲。小姐，恭喜！恭喜！（旦、小旦不應介）

（老旦問小丑介）小姐為何不喜？

（小丑）像不情願嫁柳、車二家。

（老旦笑介）原來為此。老身也心下着忙，出去打聽，聞得老爺已請謝相公、顧相公去了。花燭已備，怎還不梳妝？

（旦、小旦喜介）（老旦幫梳介）

【越恁好】玉梳難把，玉梳難把，滑撒撒鬢影光。（絞面介）對羞眉暗剪，對羞眉暗剪，欣畫筆，有張敞。（小丑）小姐，戴了冠兒，一發標緻了!顫巍巍寶妝,顫巍巍寶妝。(旦、小旦換裙介)(小丑)更一聲聲,琤丁冬風響珮珰。(老旦)小姐,莫怪他酸溜溜秀才,看他年羽翮豐,天上奮翔。誰輕許、好繡球一謎由人搶?勸還添喜愜,莫待惆悵。

【意不盡】(合)催妝定有新詩唱,這捏雨拈雲不等常。少不得花燭雙雙拜你個老社長!

第三十齣　捷　姻

【仙吕引子‧小蓬萊】(外上)誰識風塵蘇季?笑世情空判雲泥。憑咱隻眼,收他合璧喜溢門楣。老夫較才擇婿,原不看榜招婚。已請謝、顧二生齊赴花燭,想就來也!(照常分付掌禮介)

【天下樂】(生、小生儒服上)未脫青衫愧可知,匆匆何暇問佳期?鵲橋促駕非心擬,勉按羞顏怕燭輝。(見介)門生不才下第,大負期許高情。老師不加督責,反遣完婚。聞命趨承,殊深跼蹐。(外)二兄既有軼羣之才,老夫豈作拘俗之見!前程自遠,暫屈何妨?況報人真偽未分,亦恐先後參差不一,依老夫看起來,一定還是中的。(掌禮照常請介)

【過曲‧不是路】(淨、丑急上)巧計成癡,反把他人好事催。(見介)老師說過中榜成婚,再賴不得的,言難悔,怕寒酸蘿蔦被人譏。(外)已在此行禮,不必再講。(淨、丑扯生、小生嚷介)成不得!成不得!吵吵鬧鬧,拼個大家不成便了。(雜扮報人急上)走如飛,華堂直入無回避。(作打入介)(外)你是何人?(雜)那個是謝相公、顧相公?我把榜上科名特報知。(外)心歡喜,風流果是吾家婿。適當婚際,適當婚際!

(雜出錄條看介)第一名謝英,第二名顧粲。中得高,賞錢一發要加厚了!

(淨、丑)條子還不足憑據。

(雜出全錄介)現有全錄在此。

【前腔】這是金榜全題,五百英雄沒剩遺。(外)怎不見柳、車二兄姓氏在上？（生、小生）二兄既有真報，只怕此報倒是假的？（雜）報錄只有我們，無同異，棍徒假冒總成非。（雜又扮後報人上）報報報！（前報）這是奪錄的來了！（混打介）（淨、丑）不要打，想是報我們的。（後報）小的不報進士錄，是報昇遷的。（遞報介）恭喜老爺欽點內閣！啟黃扉，聖恩特自田間起，佇望星馳入帝畿。（外）原來如此！兩班報人俱前廳酒飯，另有賞賜。（二報人俱下）（淨、丑欲下介，外留介）且不要去。車兄如今可肯許令妹了？（丑）原肯許的。（生揖介）多謝大舅。（丑）恭喜妹夫。（外）這兩頭親事，老夫雖則主婚，尚少媒灼，可好奉央柳兄？（淨）當得效勞。（外）二兄既未有親，都在老夫身上。門庭對，別尋佳麗酬知己。休嫌拋棄，休嫌拋棄。車兄倒代老夫，相陪柳兄，前邊少坐。待吉禮完時，奉邀薄酌。

（淨、丑）正是因緣因緣，事非偶然；謀事在人，成事在天。
（先下）
（生、小生換冠帶介）（掌禮仍請介）
【天下樂】（老旦扶旦，小丑扶小旦上）才子何須定錦衣，吟窗仍分伴書帷。泥金驟報登高第，把襖服重穿也是奇！（行禮照常介）
【解醒歌】【解三酲】（外）雖可喜秀才風致，怕還輸紗帽威儀。宮花擺落齎黃氣，向花燭下換朝衣。天街走馬人如玉，相府乘龍錦作堆。【排歌】（合）金屏煖，玉漏遲，香風細細襲庭幃。連枝樹，合巹杯，案前高手唱齊眉。
【前腔】（生）愛倩託當年如戲，細思量入事真癡。方知枉信微生直，全不認乞鄰醯。今日春官擢第叨先等，還似社長評文許首推。（生、旦合）承噓美，感主持，不隨流水逐東西。真佳話，稱韻題，聯盟伯仲是夫妻。
【前腔】（小生）笑往日浮名空繫，被庸流白眼全欺。揶揄不減貧家鬼，誰肯信捷春闈。飛揚敢説遮前恥，電勉聊將報舊知。（小生、小旦合）憐雌伏，終奮飛，香飄十里杏花堤。笑你真和假，欲騙誰？場收線索偶難提。

【前腔】(旦)假社友無從搜弊,女門生遥拜堪奇。才名不信輸夫婿,渾未服一名低。(小旦)但誇試卷皆新唱,莫忘了我初草程文有舊題。(老旦、丑合)笙歌沸,綺繡飛,合歡枝上月初低。攜花誥,拜鳳墀,福齊益信是文齊。

(雜)禀上老爺,階下緑牡丹一時開放。

(外)二月末旬,牡丹豈能驟放?我曉得了,今朝姻好,皆此花為媒,故竟先期發蕊,以告吉祥。取酒過來!(澆花介)

【尾聲】對名花,添歡喜,花迎喜氣豈無知?只願你煽出才情常作花下媒!

　　　　　　牡丹歲歲向春開,淚盡胭脂枉買來。
　　　　　　我欲倩君蔥蒨筆,青青只似點莓苔。

翠 屏 山

(傳奇)

明·沈自晉

山 景 風 系

【作者簡介】沈自晉(1583—1665)，字伯明，號西來，又號長康，晚號鞠通生，江蘇吳江人。出身於名門書香世家。沈氏家族從明代弘治起，文學人才輩出，父子兄弟甚至閨媛女郎皆擅詞藻。沈自晉弱冠補博士弟子員，之後淡泊功名，無意仕進。明亡後，隱居吳山，與子侄輩作曲賦詞，優遊以終。現存傳奇作品有《翠屏山》、《望湖亭》、《耆英會》(僅存收錄在《南詞新譜》中的五支佚曲)。另有曲譜《廣輯詞隱先生南九宮十三調詞譜》(簡稱《南詞新譜》)、散曲集《鞠通樂府》(為《黍離續奏》、《越溪新詠》、《不殊堂近草》的合稱)。沈自晉主張"湯詞沈律，合之雙美"，力倡"以巧筆出新裁，縱橫萬變，而無逾先詞隱三尺"，得到當時名家如范文若、卜世臣、袁于令、馮夢龍等人的推崇。他的作品舞臺性很強。

【劇情概要】該劇故事源自《水滸傳》第四十三回至第四十五回楊雄殺妻的故事。略云：楊雄為荊州獄吏，被市井無賴所刁難，因販馬銷蝕了本錢而流落此地的石秀路見不平，仗義相助。楊見石有豪俠之氣，遂與之結義為兄弟，並留於家中，幫助岳父經營肉鋪。楊經常宿值官衙，在家日少，楊妻潘巧雲好淫，嘗誘石秀，石秀拒之。巧雲與年輕僧人裴如海私通，石秀窺知其奸情並告知楊雄。雄大醉歸，質問其妻，妻反以巧言誣陷石秀欲奸污己。楊信其妻言而疑石。石遂俟僧密會歸，於途中殺之，褫其衣示於楊。於是兩人相約，以燒香為名，帶妻潘巧雲及婢迎兒至翠屏山拷問，使其供出奸情。楊怒殺妻、婢，然後兩人相攜投梁山泊山寨。初，小霸王周通聞桃花山劉一娘即石秀之未婚妻貌美，強行下聘，欲娶為押寨夫人。適李逵與戴宗下梁山，聞知此事，打抱不平。娶親之日，李逵喬扮成劉氏，痛毆周通。後朝廷頒詔，招安了梁山英雄。該劇從傳統道德的角度，對逾越倫理的淫蕩行為予以嚴厲的抨擊。風格強勁豪健，戲劇衝突激烈，曲辭本色當行。

【版本流傳】該劇現存雍正九年(1731)瑞宜堂葛氏鈔本，有殘缺，《古本戲曲叢刊二集》據之影印。張樹英點校本《沈自晉集》(中華書局，2004年)收錄了該劇。本書以《古本戲曲叢刊》本為底本，參校了《綴白裘》中的數齣和張樹英點校本。

【演出情況】該劇問世之後,盛演不衰。《綴白裘》中收有《戲叔》、《送禮》、《酒樓》、《反誆》、《殺山》等多齣。《醉怡情》卷三收錄有《覷綻》、《憤訴》《巧饞》《除淫》四齣。近代京劇、川劇、徽劇、湘劇、漢劇、秦腔、同州梆子、桂劇、河北梆子皆有此劇。

(王彩娟)

第一齣　家　門

【滿庭芳】(末上)石秀英豪,飄零薊北,萍逢締結楊雄。桃莊別後,家信隔西東。暫向屠間混跡,為良朋、閫內私蹤。遭讒謗,潛身操刃,智勇足欽崇。　　楊雄同設計,翠屏山上,斬却花容。幸水滸堪歸,急難相從。劉氏尋蹤遠遁,遇英豪、指引重逢。蒙丹詔,招安山寨,兒弟受恩榮。

來者,石秀。

第二齣　□　　□

【望遠行】(小生上)披肝露膽,到處熱腸兜攬。電閃青萍,俠骨向誰銷減?趁取衰柳長亭,且帶孤裘短擔,權忍受英雄時暫。

【減字木蘭花】虛花世態,雲翻雨覆真堪怪。潦草生涯,雪壓霜欺怎奈咱?　　飄蓬身己,天難地北應難礙。行李程途,水宿風餐何處無。卑人姓石名秀,排行第三,金陵人氏,因俺生來劣性,不肯讓人,專是路見不平,便欲拔刀相助,一忿所急,萬死不辭,人都喚俺拚命三郎。這也不在話下。只為自幼孤單,不顯一身武藝,流落他鄉,遭逢不偶。自去年走到桃花山下,多虧是我先人好友劉太公,就把女兒一娘,招我為婿,住了年餘,相看不薄。只是一件,男子漢不去外面尋些勾當,倒依傍妻孥,怎能有出頭之日?因此我使個性兒,拍拍馬兒,跑回家鄉來了。如今挪移資本,前往薊州一路,販賣馬匹,轉些利息回來。或者邊庭地面,討得些個小前程,江湖上結識幾個好漢,也未可知。早間喚下船兒在江口,就此出門去罷。搖落金山樹,秋聲不可聞。來此江口,船家!

(丑上)來哉。傷心江上客,回首故鄉人。客人來哉僖?

(小生)正是,俺來了。

(丑)下船來。

(小生)開船罷。

（丑）是哉。坐穩子，開船哉。

（小生）下得船來，你看好一派江景也！

【金風曲】江流有聲，千尺懸崖冷。江風有情，幾片輕帆整。兩畔波明，三山簇景。望滄溟，海闊雲空，人似行於鏡，真個是乾坤水上萍。（丑）客人，好個乾坤水上萍。（小生）恍似孤槎客使星，擊楫處皆堪詠。

（丑）客人，夜哉，歇子船罷？

（小生）正是，泊了船，明日再行罷。江上風波欲暮天，

（丑）客心何事轉悽然？

（小生）正是雁飛不到處，

（丑）果然人被名利牽。扳開子，推進，來哉，來哉！（下）

第三齣 □ □

【引】（末上）生不事戈矛，逞捷足羞逞吳鉤，問雲遊當年舊跡，尋仙路，問瀛洲。

（白）自家梁山泊上神行太保戴宗是也。奉宋公明將令，因昔日七星共聚，惟有公孫一清還鄉探母，今久不回，特差我到薊州訪他蹤跡，為此扮作承局模樣，便好下山也。俺戴宗這般打扮呵，雖為走卒，不占軍班。一生常作異鄉人，兩腿欠他行路債。尋常結束，青衫和皂帶隨身！趕趁程途，信籠與文書為護。監司出入，皂花藤杖掛宣牌；帥府行軍，夾捧橫旗施令字。往來郵地，日不移時；緊急軍情，時能應到。正是：早向山東餐黍米，晚來魏府吃鵝梨，（內介）道言未了，眾兄弟早到。

【粉蝶兒】（生上）生事吳鉤，浪傳名箭穿神手。（小生上）那裡討拜將封侯？只憑着莽生涯，險道路，替天巡狩。（淨上）排雙斧，走遍了赤縣神川。（副上）怕什麼官家兵將，落可也聞風驚走。

（生）花榮神箭遠傳名，

（小生）豹子林冲誰敢爭！

（淨）若遇李逵非小可，

（副）山中矮脚虎王英。（各見介）

（生）俺等七星共聚，惟有公孫一清還鄉探母，今久不回，特差戴院長前往薊州，訪他蹤跡，擺酒金沙灘餞行，只得在此侍候。

（小生）戴大哥在前，一同相見。

（衆）説得有理。戴院長請了。

（末）列位請了。且待大哥升帳，一同進參。

【泣顔回】（三旦、丑小軍引外上）（内吹打）漏網失吞舟，魆地裡丹心難剖。（衆）衆兄弟迎接大哥。（外）衆兄弟少禮。（衆）不敢。（外）衆嘍囉，排齊隊伍，往金沙灘去。（衆）得令！（合）金雞頒赦，操戈反正回頭。雄心按久，與羣英、聚義同相首。念當時共聚金蘭，久睽違訪遍名丘。（吹打介）

（外）俺宋江，多蒙衆兄弟扶持，在此梁山聚義。惟有公孫一清，今久不回，恐他遁跡名山，忘我舊約。今欲前去訪他，請歸山寨，煩戴院長走遭。

（末）小弟結束停當，專候大哥發令。

（外）衆兄弟，

（衆）大哥。

【上小樓】（合）想那日羣雄聚首契相投，今日個雁行斷影動離愁。餞別處漢關秦塞，楚尾吳頭。神仙蹤跡杳，何處訪丹丘？走煙霞不惜雙鳧，把青虛仙境拚歷透。迢迢遥遥，望天涯遍走。向一派渺雲山，那裡是真神紫氣藏仙叟？説什麽行李向邊州？

（淨）李逵有事，稟上大哥。

（外）有何事？

（淨）寨中無事，欲同戴院長下山，玩耍一回，不知大哥可容否？

（外）你去，便要惹禍。

（淨）咱不惹禍。

（外）況戴院長行得快。

（淨）咱也走得快。

（外）寨中各有執掌，不得胡行。

（淨）不容咱去，阿喲喲，悶死我也！（下）

（外）看酒來。

【鬥鵪鶉】（合）羨君家萬里能行，似乘虛御風還驟。訪心交莫暫遲留，比鷹隼雕飛倍陡。頓教人回首寒煙生暮憂，展離樽三曲封金甌。不憚勞撞府穿州，喬打扮身軀唧溜。（末下）

（外）分付回寨，（眾應）

【下小樓】壯心，驚泣楚囚，向風前兩鬢叟。借萑苻避死淹留，敢與王家相為仇寇？抋忠肝義膽相酬。代天行道，心無僑僥，齊等候招安時候。（下）

（淨奔上）阿喲，好惱！

【疊字犯】惱殺咱家性吼，動處沖牛貫斗。栓住了步兒鞋，卸不下萬紫兜，癡癡呆呆把道衣兒裝就。俺一似浪走無愁，怕什麼識尾舉頭？迢迢遙遙，便過山丘。端的是朝歡暮樂醉金甌。好惱嚇！方纔稟知大哥，欲同戴院長下山，玩耍一回。誰想大哥不容，為此悄悄下山，扮作雲遊道人模樣，與戴大哥同訪公孫一清，有何不可？

【尾】我離水寨，往他方走，管什麼軍令森嚴握守。戴大哥慢行！俺和你作伴同行到薊州。

第四齣　□　□

（貼上）我做丫鬟絕妙，自小生來佔倖，男子漢愛我知趣在行，女娘們喜咱關風識竅。原是潘巧姐裙帶上使舊的梅香，今做了楊大郎被窩中嚐新的草料。百忙裡學個鶴步徘徊，一會兒討得個狐冰消耗。怎知我大娘吃醋難熬，正新年把迎兒無端聒噪。說道我的娘，你不要將迎兒怎般樣看承，這腥兒那個貓兒不要？倘然間娘行也有事關心，少不得要迎兒從長計較。若還緊閉了這半扇門兒，（正旦暗上聽介）枉了雲娘千般風調。乾抹煞舊日乖張，那顯得新來波俏？

（正旦）咦！小賤人，你在此說我什麼？

（貼）嚇，我說大娘如此花容，恁般月貌。

（正旦）咳！

【憶秦娥】誇月貌，花容枉被花嘲笑。（貼）花嘲笑，近來憔悴，臨邛風調。（見介）

（正旦）年年七夕逢初度，乞得天孫多巧處。自憐薄命拙如鳩，飄零嫁作楊郎婦。

（貼）姐姐，你一段風流天付與，年少拋人容易去。春花秋月等閒看，無情不似多情苦。

（正旦）奴家潘氏，小字巧雲。只因宿世欠修，早是夫妻緣薄。前夫王押司，不幸身故，今已改嫁楊節級為妻。他原是中州人，留寓在此，今充押獄。雖然出入公門，也是一籌好漢！只是每日使槍弄棍，那有一些惜玉憐香？每夜值宿輪番，因此常擔些寂寞。咳，說什麽趁意的夫妻！

（貼）姐姐，轉眼新年，又是年初三了，只索尋些歡喜，不須煩惱。

（正旦）年止年華，又是一番光景，教人怎生消遣？

【集賢賓】條風乍轉臘盡消，早漏洩柔條。（貼）今日頭兒梳得好，（正旦）梭樣韶光將錦片掃。（貼）飲杯春酒罷！（正旦）笑屠蘇欲飲謹招。（貼）穿了這件新衣服，和你門首閒步一回。（正旦）咳！強把那新衣試早，看巧胜初裁鮮妙。愁正渺，驀忽地歲兒增了！迎兒，我要進去了。你把門前爆竹紙兒掃了，就進來。

（貼）曉得。（正旦下）

【普賢歌】（丑上）生來閒串走街坊，終日陶陶入醉鄉。嫖婆只一場，錢兒輸得光，一條褲兒沒了襠。自家本衛軍牢張保便是。開子新年，我說一年之氣，囉哩去白相？一走走到城隍廟裡去看看，只見故星賭銅錢個興得極，我說：得，我也來！一頓丁拐，輸得精光。無處挪移，只得走到楊雄兀去，借點稍來翻本。隔裡是哉，故是迎兒故丫頭。

（貼）啐！丫頭是你叫的？

（丑）勿叫丫頭，要叫儕？

（貼）我麼，要叫迎姑娘。

（丑）看嘴臉，小花娘！
（貼）胡說！
（丑）唔個此物，像胡刷。
（貼）呀啐！酒鬼走出去！（打丑介）
（丑）好打！
（正旦上）那個在此？
（貼）張酒鬼。
（正旦）你且進去。（貼下）
（丑）楊大嫂，拜揖。
（正旦）原來是張小哥，那裡來？
（丑）我來尋楊大哥說話，新年新歲，不拉唔乱丫頭一頓掃帚。
（正旦）小廝家，不要睬他。
（丑）小嚇？倒會幹大事務個哉！（正旦不理介）
（丑）楊大哥囉哩去哉？
（正旦）不在家裡。
（丑）說拉乱裡面？
（正旦）實是不在。
（丑）大阿嫂，有句說話，搭唔說。
（正旦）有什麼話？
（丑）我没，我没！
【引】（生上）卑棲雌伏雄舒哨，妻孥何事空冥落？張保，
（丑）阿呀，楊大阿哥，唱喏！
（生）那裡吃得這般大醉？
（丑）擾唔個。
（生）那裡來？
（丑）來尋唔說話。
（生）有何話講？
（丑）勿瞞唔說，開子新年，賭銅錢勿利，輸得烏龜能介裡哉，替唔借點稍去翻本。
（生）新年節日，那有錢借與你？

（丑）我勿開口沒罷，開子口，勿怕唔勿肯！
（生）有無出與我，怎説不怕不肯？
（丑）唔阿肯了？
（生）不肯便怎麼？
（丑）勿肯？認認我個拳頭看！（打生，丑跌介）
（生）狗頭！
（正旦急上，勸）官人，不可如此。
（丑）好打！楊雄臭烏龜，明朝到城隍廟裡來，三分一跌，跌輸子，勿為好漢！
（正旦）張小哥，不要如此。
（丑）介没大阿嫂，看唔面上，若勿，還要毡唔家婆臭毧來！（丑下）
（生）狗頭！
（正旦）官人，不要發怒。
（生）這是哪裡説起？受這廝一場懊惱！
（正旦）官人，不要發怒。
（生）巧姐，我楊雄呵，

【黄鶯兒】易水舊英豪，羨吳鉤焠斷毛，十年磨劍雄心老。如今這光景呵，似饑鷹在縧，似塗泥困蛟，什時發跡把恩難報？（合）且逍遥，逢時遇主，看名將出衡茅。

（正旦）官人，我有句話勸你。

【前腔】你勇略近嫖姚，氣方剛正易挑，却不道丈夫膽大心還小。豈不聞有個古人呵，悔秦椎浪敲，向黄石受韜？似你匹夫之勇終貽誚。

（生）住了！那個是匹夫？
（正旦）假如這等説。（合前）

【琥珀貓兒墜】（生）我心非鐵石，莫聽婦言嘵。只教你巧作名兒休賣巧，由他饒舌枉徒勞。（合）休焦，且把柏葉傳觴，醉飲春醪。

【尾】何時議築金臺峭？駿骨由來買價高。（生唱）巧姐莫怪、區區兒女曹。（生）千里青雲好致身，（正旦）每因回首即長顰。

（生）畫虎未成君莫笑，（正旦）安排牙爪始警人。

（生）泰山怎麼不見？

（正旦）在鄰舍人家飲酒去了。

（生）老人家在外吃酒，待我去尋他回來。

（正旦）不要去，住在家裡！

（生）嚇，婦人家不住在裡面，站在門首，成何規矩？還不走進去！泰山，泰山！（生下）

（正旦看生下）咳，看他才回來，又去了。咳！怎麼處？（下）

第五齣 □ □

【引】（外上）素封家世務農桑，積囷盈箱。春明正好尋歡暢，恨王孫去路彷徨。

【清平樂】浪遊何地，匹馬懷情悄。風捲楊花無定跡，何日重來歡會？老夫姓劉名仁，祖居桃花山下。因此地栽桃花數里，即喚桃花村，人便稱我是桃花莊上劉太公。多有幾貫資財，兼且一家安樂。山妻符氏，勤儉多能！小女一娘，工容少賽。前歲已招故人之子石三郎為婿，因他少年心性，不耐安居，只說別我還鄉，至今杳無音信。女孩兒的終身憂慮，媽媽也有幾聲埋怨，教我怎不憂愁？今日無事，不免與他母女同到莊前莊後，遊玩一番，就往東園對桃花飲杯酒兒，以遣悶懷，多少是好。院子！

（末暗上）有。

（外）傳話，請院君、一娘出來。

（末）曉得。院君、一娘有請。（副梅香內應介）（老旦上）

【引】兒女牽腸，奈東床人去，畫樓心快。（貼上）鴨鼎篆銷鴛枕，夢寒羞睹，燕雙鶯兩。（各見介）

（老旦）員外，自石三郎去後，不覺半歲有餘，即今音信茫然，未知流落何所，把我女孩兒竟成耽擱，虛度青春，如何是好？

（外）便是。或者老夫失與款待，以致薄情郎驟爾分襟，到今覆水難收，教我無一刻不想。

（貼）告爹媽知道，我丈夫雖成遠別，多應在俠少場中，倘有一日回心，豈得忘受恩深處？況事已如此，悔之何益？做孩兒的相依膝下，望爹媽且自開懷。

（外）女孩兒說得是。如此豔陽天氣，桃花盛開，你每同隨我到莊前莊後，遊玩一番，就往東園對桃花飲酒兒，却不是好？

（老旦）如此，員外請。

（外）果然開得茂盛也！

【惜奴嬌序】（合唱）花滿村莊，與山名廝稱，武陵不讓。暄風傳遍，吹開露井芬芳。風光，惹得游絲縈百丈，笑含情歡同賞。（合）景正長，願取花枝人面，歲歲相當。

（末）已是東園了。

（外）把酒肴擺下。媽媽，我每席地而坐罷。

（老旦）說得有理。

（外）看酒來。

（末）有酒。

【錦衣香】（合唱）春在前，花相向！酒入唇，人無恙。假饒不飲空歸，笑咱愚憨。花飛何事太匆忙？酣客歷亂，醉眼倘佯。畫橋西短牆，曲彎彎流水生香。粉墜脂飄蕩，消人愁況。是風生扇底，驪珠絕唱。

【漿水令】九重春何當岸旁，五更風莫教擾攘。休誇崔護喝瓊漿，花封滿縣，慢數河陽。瑤池畔，空望想，三千花實春無量。天臺渡，天臺渡，錦雲如障！玄都觀，玄都觀，紫陌塵揚。

【尾】爭如小苑風光漾，直飲到斜陽西傍，怕陰晴異日難量。

（外）　不見堂前東逝波，

（老旦）莫今歲月易蹉跎。

（貼）　遇飲酒時須飲酒，

（合）　得高歌處且高歌。

（外）收過了。媽媽，今年越覺茂盛了！

第六齣　結　義

（丑上）恨小非君子，無毒不丈夫，我張保，叵耐楊雄這廝，逞着自己本領，不看人在眼内。我前日替渠借銅錢，勿肯也罷，反把我痛打一頓，思之可恨！那間渠新充子劊子手，衆人替渠掛采把盞，我那間拉子幾個潑皮弟兄：草裡金剛、禿悔蛇、爛腿阿四、屈鼻頭徐二、打勿殺鯗鮍，去打裡一頓，搶子裡個禮物，叫他薊州城裡做不成好漢。楊雄，楊雄，叫你從前作過事，没興一齊來。（即下）（小生上）

【醉扶歸】遠迢迢霧瑣燕南界，影沉沉日落望鄉臺。誰知客館羈魄趁塵埋，教我窮途落魄多尷尬。万般皆是命，半点不由人。我石秀，到此指望做点生意，谁想销折本钱，又染成一病，不得还鄉，流落在此，只得賣柴度日。咳！我石秀也是一籌好漢，為何恁般狠狠？我這一雙赤手怎安排？三千白髮愁無奈。（内吹打介）

（小生）那邊鼓樂之聲，有個人來，我且閃在一旁，看他做什麼勾當？（即下）（三旦、外小軍，生上）

【泣顔回】（合）瑣尾羨楊雄，喜見英姿驍勇，雕青雙臂，擎來刀利如風。龍文夜吼，待身留、一劍除凶横。少年場俠烈馳名，遊街衢盡教驚悚。（淨、副、丑打衆即下）

（淨、副）打個毬養個！

（丑）説明白子打。

（生）你是張保嚇，

（丑）呔！楊雄，我前日替唔借銅錢，無得也罷，為啥個打我一頓？

（生）你今日便怎麼？

（丑）你今日詐別人物事，分點老張便罷！若没得，叫唔薊州城裡做勿成好漢！

（生）只看你本事了。

（淨、副）打個貪娘賊！

【太平令】狹路相逢,說着教咱氣滿胸!今番不與他胡哄,相見處怎能容?(眾各打介)

(小生暗上,看介)不要動手!(打介)哎!有我在此!(生看即下)

(丑)呋!我自打裡,啥要你強家勸?

(小生)我麼,叫做抱不平,特來打你這廝!

(丑)我專要打打抱不平!(打)

【撲燈蛾】(小生)打着潑賤材,殘生好相送。(丑)持着一雙拳,盡自將人摩弄也,(小生)將咱怕恐,欲饒伊情理難容,(丑)再休誇心雄氣猛,自今日,抱頭鼠竄敢交鋒?

(末上)不要動手!

(小生)呋,誰敢動我?

(末)不是。無用之徒,饒他去罷。

(小生)看兄分上,饒你!

(丑)打殺哉!等我認認看。

(末)還不走?

(丑)亦是一個凶個。(丑下)

(末)請到這裡來。路見不平真好漢,拔刀相助是英雄。請了。

(小生)請了。

(末)請問尊姓大名,仙鄉何處?這番路見不平,卻是為何?

(小生)在下姓石名秀,本貫金陵。只因命運不通,流落窮途,方纔一時氣忿,實與那廝不曾廝認。

(末)難得石兄一片熱腸,為何流落到此?

(小生)長兄聽稟。

(末)願聞。

【玉芙蓉】(小生)生涯似溺沙,身世如飄瓦。任關河路渺,曙鼓昏鴉。無媒徑路羞先達,長鋏歸來何處家?(合)雄心詫,信天公降罰,枉教人、望風翹首漫嗟呀。

【前腔】(末)青門豈種瓜?紫塞堪驅馬。趁邊風斷柳,淚灑清笳,凌煙慘澹新圖畫,陣雨蒼茫舊建牙。

（小生）請問長兄尊姓大名？

（末）實不相瞞，小可姓戴名宗，在梁山泊上宋公明手下，到此尋個朋友，不想有緣遇兄。

（小生）江湖上有個神行太保戴院長，就是仁兄麼？

（末）不敢。

（小生）久慕！久慕！

（末）豈敢。想兄如此豪傑，何不同往寨中聚義，却在此受此淒涼？

（小生）小生一時命蹇，未能出身。等閒這話，不必提起。

（末）這也不敢勉強。偶有白銀十兩，聊為資本。

（小生）尊惠出於無故，怎好受？

（末）朋友有通財之義，何妨？

（小生）如此，只得領了。

（末）請了。（合前）（下）（內喊介）

（小生）嚇，想必還在那邊廝打。待我趕上前去，打他一個落花流水，才認得我！那個要打？來來來！（趕下）

【縷縷金】（生上）平白地遇强梁，淮陰曾受辱，恨難當。路上何方客，教咱依仗？方纔遇了那夥人，竟不知那幫我打的，往那裡去了？快追尋蹤跡莫彷徨，恩儔好相向，恩儔好相向！（小生打上）

（生）不要動手！（各認，笑介）

（生）原來就是仁兄，教小弟那處不尋得？倒却在這裡。

（小生）小弟遇了一個朋友，多說了幾句話，不知仁兄呼喚，得罪！

（生）豈敢。和兄弟到酒肆一談，不知尊意若何？

（小生）使得。小東是小弟的。

（生）豈敢。請！酒家！

（副上）酒店門前三尺布，南來北往多主顧。楊大爺，吃酒儕？裡面坐。

（生）有好酒、好下飯，盡數拿來！

（副）是哉。（下）

（生）請了！請坐。

（小生）有坐。

（生）請酒！各處尋兄，幾乎不能相會。

（小生）小弟正在那邊打這狗頭，被一位朋友勸住，為此來遲。

（生）請酒！

（小生）請！請問仁兄，方纔為何與那廝鬧起來？

（生）方纔那人叫張保，原是本衙門當軍牢的。他前日來與小弟借錢。

（小生）可曾借與他？

（生）一時沒有，不曾借與他。

（小生）不借，就罷了。

（生）因此懷恨在心，今日見弟決囚回來，多蒙衆兄弟賀我花紅酒禮，他拉了無數小人，要來搶我的東西。方纔若沒有仁兄幫我這場便宜，幾乎出醜。

（小生）如此說，少打這狗頭幾拳了。

（生）也夠了。請！請問仁兄，到此幾時，還不曾相會？

（小生）長兄聽稟。

（生）願聞。

【鎖南枝】（小生）鄉關杳，客路悠，（生）到此有何貴幹？（小生）為經商遠遊到薊州。（生）仙鄉何處？（小生）念咱家住在長干，（生）是建康。高姓大名？（小生）姓石名為秀。（生）嚇，石秀。（小生）小弟本性粗疎，最肯與人出力。（生）好，這纔是個大丈夫！（小生）只爭氣不平，便待冲斗牛。（生）江湖上，少有這等朋友在外。（小生）若到其間，那時性命也就不惜了。因此有個綽號，（生）妙！必得請教。（小生）獻醜，（生）豈敢。（小生）喚做拼命三，在人口。

（生）是嚇，聞得有個拼命三郎石秀，

（小生）就是小弟賤名。

（生）就是仁兄！久慕大名，如雷灌耳。今日得遇，三生有幸！

（小生）虛名休得見笑。

（生）好說。酒來！請酒！難得期逢。

（小生）請問長兄,尊姓大名?

（生）仁兄聽禀。

（小生）願聞。

【前腔】（生）俺楊雄不唧溜,無端遇此讎。若使不逢俠士,驟然一力擔承,枉被人廝辱。（小生）大丈夫義氣相投,何必見外?（生）因此特來拜謝。（小生）說那裡話?方纔若非仁兄這般本事,怎打得這班人星散?（生）不瞞仁兄說,但便小弟,也是俠少場,英俊儔,（小生）弟原說是一籌好漢。（生）因小弟面色微黃,故爾也有個綽號,（小生）兄也有?妙!必要請教。（生）出醜,（小生）豈敢。（生）叫病關索,我的諢名久。

（小生）是嚇,久聞江湖上有個病關索楊雄,就是長兄?

（生）不敢。賤名。

（小生）得罪了。

（生）豈敢。

（小生）久慕英雄,未曾識荊。今日目睹,小弟之萬幸也!

（生）虛名休笑。

（小生）久仰!久仰!酒來!

（生）仁兄請酒。（各吃介）

（生）請問仁兄,還是孤身到此?可有親戚在此否?

（小生）一言難盡。

【前腔】身飄蕩,慚蹶緵,似新豐殢人窮馬周,（生）如此淒涼,怎生過活?（小生）只得賣……（生）請教?（小生）說也惶恐,（生）何妨?（小生）不瞞仁兄說,只得賣擔柴兒,度日如年舊。（生）有何本事?（小生）談本業,不過槍棒流。（生）多少年紀?（小生）問咱年,才得二十九。

（生）好!正在壯年。

（小生）我聽仁兄語音,不像這裡人。

（生）我原不是這裡人。

（小生）貴處是哪裡?

（生）我是中州人,流寓在此的。

（小生）我說是河南。

【前腔】（生）在他鄉枉拖逗，平生意氣投。小弟有句話，要與仁兄講。（小生）有何見教？（生）欲與兄結為兄弟，從此骨肉相看，何必論新舊？（小生）多蒙節級不棄，但不知尊庚多少？（生）癡長一年。（小生）如此說，是哥哥了。哥哥請上，小弟有一拜。（生）愚兄也有一拜。（合）然諾暫，行路羞，從此八拜交，相依歲寒守。

（生）請！

（小生）如今是哥哥了。

（生）嚇，愚兄從今日薦起，得罪了。

（小生）豈敢。酒來！

（生）兄弟，你酒量如何？

（小生）能飲幾杯。哥哥如何？

（生）愚兄最好。

（外上）善為傳家寶，忍是護身符。老漢潘公，聞得女婿楊雄與人廝鬧，女孩兒放心不下，叫我去打聽打聽，有人看見到酒肆中去了。這裡是了，我且進去。噲，我家大郎，可在你店中吃酒？

（副內）拉乱樓上。

（外）待我上去。大郎！大郎！（看小生介）嚇，想必就是這個人打我女婿的了。罷，拼這老性命，結果了他罷！（撞介）

（生）不要如此。方纔多虧相助，不曾吃虧，故此與他結拜為弟兄。

（外）他姓什麼？

（生）姓石。

（外）嚇，原來就是石叔叔。

（小生）哥哥，此位……

（生）是家岳。

（小生）就是老丈。請了！

（外）石叔叔，方纔粗魯，得罪！得罪！

（小生）請坐。

（外）大郎走來。

（生）怎麼？
（外）家中有現成的不吃，倒吃店中這貴東西？
（生）賢弟，就同到舍下去，少間搬頓行李罷。
（小生）總是要拜見嫂嫂的。酒家，算賬！
（生）豈敢。上在我賬上。
（外）老漢引道，這裡來。行行去去，
（二生）去去行行，
（外）這裡是了。
（生）賢弟請。
（小生）哥哥請。
（外）我兒出來，你丈夫回來了。
【引】（正旦上）鎮日閒情傛愁，不離却心上眉頭。大郎，聞你與人廝鬧，教爹爹來看你，可曾吃虧？
（生）沒有，多虧這結義兄弟，幫我一場便宜。過來，見了叔叔。
（外）叔叔，方纔多虧相助，老漢感激不盡。
（小生）好說。此位……
（外）是小女。
（生）是寒荊。
（小生）就是嫂嫂！嫂嫂請上，受石秀一拜。
（正旦）奴家年輕，怎敢受拜？
（生）常禮罷。
（外）讓他每拜拜，日後好相見。
（小生）念石秀一勇之夫，垂情國士。
（正旦）丈夫三生有幸，結義少年。
（小生）倘有粗疏，望尊寬宥。
（生）得承契結，凡事提攜。
（生）巧姐，不要說了，進去整治酒肴，與叔叔接風。
（正旦）曉得。好個美少年！（看小生介）
（外）叔叔請坐。石叔叔，我大郎在薊州城裡，也算得是個好漢！如今又有尊叔幫扶，我老漢還怕那個？

（小生）説那裡話？

（外）老漢有句話，與你商量。

（小生）有何見教？

（外）老漢原是屠沽出身，如今年老，小婿一身在官，所以撇了這行買賣。不知尊叔可曉得否？

（小生）先父也曾開過屠鋪，這行買賣，倒也曉得一二。

（外）待我去，

（生）那裡去？

（外）對門有個徐小七，叫他來相幫相幫。叔叔掌管賬目，明日就開起店來。

（生）且慢。

（小生）多謝老丈與哥哥。但恨石秀呵，

【玉抱肚】鳳凰生受，盡浮蹤天涯敝裘。荷君家傾蓋交歡，却教咱感恩深厚。（合）焉知異日不封侯，何事奇毛惜遠遊？

（正旦內白）爹爹，酒完了，請叔叔裡面飲酒。

（外）叔叔，請到裡面去吃酒。

（小生）君如新雁我歸鴻，

（生）十哉論兵命未通。

（外）兩葉浮萍歸大海，

（合）人生何處不相逢？請！

（外）大郎，叔叔酒量如何？

（生）強似你的。

（外）好嚇。如此，待我拿酒來，與叔叔耍三拳，較較量如何？

（小生）使得。請！（各下）（正旦看小生介）

（外）我兒，你丈夫結義這位好兄弟幫扶，誰敢欺負？

（正旦）便是。孩兒心上也喜歡。

（外）嚇，你也喜歡他，我也喜歡他，大家喜歡他！拿酒來，拿酒來！（下）

第七齣 □　□

【誦子】（副上）人道原從情愛生，怎教和尚便忘情？鼓聲不響因何故？却是槌穿破鼓聲。南無金剛王菩薩，摩訶薩！苦海無邊是出家，也是爹生娘養好根芽。自從披剃為僧後，難道割去光郎結個疤？一會兒按不住春心垂玉柱，盼不成偶配咬銀牙。正看經數聲歎息，剛頂禮幾度嗟呀。免不得行奸作歹，打夥兒戀酒迷花。只念着救苦菩薩，却撞個可喜冤家。開寶殿請他拜佛，入禪房遞盞濃茶。也是俺宿緣有分，不爭教兩意無差。他纏着俺，俺纏着他。褊衫袖當做鮫綃帕，拜佛席便是雕床象牙。釋迦佛見了眉頭打結，彌勒尊對我笑臉生花。四天王火性齊發，八金剛怒發查沙。一個高擎着金臂，一個摟住了琵琶。那些個神通廣大。險些兒唬殺了渾家。不過銅鑄的法像，幾個泥塑的哪吒。瞎賬，什麼佛法？鬼話，那個僧伽！正是：因果竹院逢僧話，難道不比尋常百姓家？自家報恩寺中裴如海是也。兩日酒色過度，身子疲倦，不免在此打個盹兒，養養精神哩介。（睏介）

【麻婆子】（貼上）使兒使兒多才幹，打扮入寺門。寺遠寺遠行不到，聽鐘聲耳畔聞。娘行撥遣怎驅分。似紅娘傳與法聰信。怕賊禿賊禿色情緊，須仔細去殷勤。

可憐嚇，嬌滴滴一個迎兒呀，教我去請和尚！你道為何？只因巧姐為前夫王押司兩周年，要請僧人做好事。石叔叔販豬去了，潘外公又老病發作，巧姐定要我去走遭，我道不去，他說和尚是吃人的麼？況海師父又是個好和尚，你去走走不妨。為此一口氣跑到這裡來，想寺院門行徑，不知好歹，我且悄悄進去。呀，有個和尚在此打盹。原來是個少年和尚，待我撮個法兒，取笑一場。嚇，有了！待我閃在佛像後。呣！我乃韋馱尊者，和尚不守清規，夢中囉唣，觀音菩薩命我護法尊神，打你三百杵，一下不饒。

（副）阿彌陀佛，和尚今後，再勿敢哉！

（貼）如此，饒你。

(副)莫道無神却有神,今後再勿可吓。
(丑上)師父,勿是觀音菩薩,倒是救命王菩薩。
(副)亂話,進去。(丑下)
(副)迎姐,啥風吹子來?
(貼)那裡認得我?
(副)兩年前,拉唔乩屋里念经個,难道就忘記子?
(貼)原來是海師父,失敬了。
(副)巧姐一向好麽?
(貼)何勞動問?
(副)潘公是我個乾爺。
(貼)㘅,如此説,巧姐是濕妹了?
(副)還是乾個好。
(貼)就是乾妹。當初有這許多瓜葛,連我迎兒到楊家來,家主又古怪,這些事體都忘了。
(副)巧姐一向好麽?
(貼)託賴。只是有些憂愁煩悶,為此特來相請。
(副)憂愁煩悶,尋和尚做啥?
(貼)後日十月初一日,巧姐為前夫兩周年,着奴家呵,

【剔銀燈】移蓮步特來拜懇,請大衆去看經宣論。這一場功德多齋襯,滿晝夜莫辭勞頓。(副同)經文,把名香好薰,不昧却三生法輪。

【前腔】(副)雖則是鳳求操穩,不似他琵琶别韻。(貼)這一堂鼓鈸須加襯,莫待遣歪僧廝混。(副)明晨,便先不茹葷,好印受西方正因。兩年前見巧姐,以後勿曾相會,近來渠丰采如何?
(貼)師父,休要問他。俺巧姐呵,

【前腔】尋常時不離內閫。(副)我與他呵,結兄妹何妨親近?(貼)不要胡説,等閒間休使蜂蝶趂。(副)好倩取東風花信。(貼)胡云!(副)管什麽法雲巧雲?(貼)敢妄想天鵝味新?
(副)一個噁心,吐子出來。
(貼)怕你吃不下。

（副）吃勿下，咽咽裡下去。
（貼）休得取笑。我去了。
（副）住丒，迎姐遠來，那有空去不成？有件東西相送。
（貼）什麼東西？
（副）是一個香袋。
（貼）要他何用？
（副）勿要看輕子渠，當初普救寺崔相國家紅娘姐，送與法聰和尚，祖上相傳至寶，今日特來相送。
（貼）如此多謝。
（副）難道迎姐没件罕物，回答小僧？
（貼）嚇，也罷，有串念珠在此，送與你罷。
（副）要渠做啥？
（貼）這是當初唐三藏往西天取經，遇見世尊座下須菩提長老，送這一百單八粒素珠，也是無價之寶。
（副）介没，拿來噓。
（貼）羞答答，怎好與你？也罷，你朝了那邊跪下，閉了眼，翻手轉來，與你。
（副）和尚要女客個物事，介難個。（貼吐涎唾即下）（副吃介）
（丑上）好吃嚇！啥個念珠？倒吐子一手心涎唾！
（副）故是有出個。
（丑）啥個出？
（副）故叫"守株待兔"。
（丑）是嚇。阿彌陀佛，阿彌陀佛！
（副）賊禿！平昔日脚，鰻鯉鰍鱔囫圇吞，今日百忙頭裡，倒念起佛來。
（丑）也是有出個。
（副）啥個出？
（丑）却不道"緣木求魚"？
（副）是嚇，好個"緣木求魚"！勿要亂話哉，後日十月初一，潘外公丒要拜懺，拿個帖子去。請圓通庵裡三師太、關王閣上二和尚、泗州寺裡八師父、東房兩個小和尚,快點!

(丑)是哉。

(副)狗肉那哉!

(丑)燉爛丠哉!

(副)拿兩個銅子去打酒。

(丑)勿要,開子一甏罷。(下)

第八齣　戲　叔

【引】(小生上)仗劍遙辭江樹,向燕城秋月雲孤。荊卿西去不復返,易水東流無盡期。落日蕭條薊城北,黃沙白草任風吹。我石秀,自與楊大哥結義,在此生理。這幾日在外鄉收買牲口,今日回來。噯,怎麼靜悄悄?店也不開,刀砧傢伙,都收拾過了,却是為何?嚇,是了。自古人無千日好,花無百日紅。我哥哥一身在官,不管家事,必然嫂嫂見我做了幾件新衣,他心上不快,這兩日我又不在家中,必有人搬弄是非,所以不做買賣了。休等他發言,先辭他回去。只是一件,那賬目要明白,才見石秀無欺。(看賬介)都已清楚,不免請潘老丈出來,交付與他。潘老丈,請出來,講句話兒。

(正旦內)不在家裡。

(小生)這是嫂嫂的聲音,就交與他,總是一般。就請嫂嫂出來。

(正旦上)來了。

【引】獨坐閒庭無緒,(小生)嫂嫂。(正旦)呀,聽三郎傳話歸宇。叔叔,回來了?

(小生)是,回來了。這賬目請嫂嫂收過,石秀若有半點私心,天誅地滅。

(正旦)叔叔何出此言?並不曾有甚他故。

(小生)石秀離鄉已久,欲回家去走走,特地交還賬目。今晚辭別哥哥,明日早行。

(正旦)嚇,奴家知道了。叔叔兩日不回,今日見收過了家夥,只道不開店，因此要回去麼，可是？阿喲！這是那裡說起？叔叔請寧耐性兒，待奴家說個詳細。請坐了。叔叔，你是曉得的，呀，奴家為先夫王押司呵！

【桂枝香】情非朝暮，寧同陌路？沒來由兩個周年，欲把經文超度。(小生)原來為此？原來為此？(正旦)別無他故。叔叔，還要勞伊相助。(小生)這個自然。(正旦)勸你莫多慮。(小生)我豈不曉得？受恩深處家隨在。為人在世，須要財上分明大丈夫！

(正旦)好！好個財上分明大丈夫，這些賬目，不必提起，叔叔請收了。

(小生)放下。

(正旦)嚇，叔叔來路遠了，隨便用些素飯罷。

(小生)多謝嫂嫂。

(正旦)迎兒，石叔叔回來了，取酒飯出來。

(小生)為着此事，所以不開店。我且耐着性兒，再住幾時。

(貼上)酒飯在此。

(正旦)放下，見了石叔叔。

(貼)石叔叔回來了？

(小生)正是。

(貼)請用酒飯。

(正旦)你且回避。

(貼)曉得。(下)

(正旦)叔叔請坐。

(小生)有坐。

(正旦)沒有甚麼，請杯熱酒。

(小生)承嫂嫂美情，待石秀領一杯。

(正旦)叔叔，這酒可好？

(小生)這酒，倒也好。

(正旦)好的？再請一杯。

(小生)有酒放下，待我自斟自飲，不敢勞嫂嫂費心。

(正旦)何妨？叔叔。

（小生）嫂嫂。

（正旦）叔叔，嚇，叔叔兩日在外，可知一件新聞的事兒？

（小生）這個，石秀倒不曉得，什麼新文舊文？

（正旦）嚇，説道陽谷縣，有個打虎的武松，起初那嫂嫂，也是這等喜歡他，那廝倒不肯從順。後來那嫂嫂有些什麼事兒，倒被那廝行兇，殺壞了許多人。江湖上遍傳，難道叔叔不曉得？

（小生）嚇，就是那武都頭幹的事麼？

（正旦）正是。

（小生）好，他幹得正氣！

（正旦）啐！什麼正氣？據奴看起來，那武松是個獃子。

【前腔】傾城一顧，高唐應賦。（小生）大丈夫戴髮含牙，敢使陳平名污？（正旦）又何必恁般？何必恁般？咳，只是可惜！（小生）倒要請教，可惜甚麼來？（正旦）可惜做嫂嫂的是一片好心，把此情辜負。（小生）他出言無據！（正旦作笑介）嚇，他意何如？（正旦）叔叔，雖云男女無親受，却不道嫂溺須將親手扶？

（小生）咳，嫂嫂，石秀是不讀詩書的男子，不耐煩聽你這許多嘮嘮叨叨、咕咕刮刮的言語。（看正旦即下）

（正旦呆看介）咳，罷！正是：酒逢知己千杯少，方纔是話不投機半句多。呀啐，原來是個俗子！（下）

第九齣　送　　禮

【羅袍歌】（副上）和尚雙眸如注，把光光乍整，去看嬌姿。（小生暗上）這是那裡説起？（副）隔裡是哉。妙嚇，色色空空總模糊，窗前新吐香絨縷。等我進去。阿有囉故里嘸？阿有囉故里嘸？（小生）呔！做什麼的？（副）嚇，我自來尋我裡乾爺個。（小生）那個是你乾爺？（副）就是潘公。（小生）潘公是你的乾爺？怎不説一聲？對裡邊亂撞！（副）勿曉得了。（正旦內）叔叔，那個在外？（小生）嚇，是個和尚，説尋潘老丈，又説是乾爺的。（正旦上）嚇，這是我家門徒海師兄。（副）故是啥人？（正旦）奴家出來了。（見禮介）

叔叔,他是裴家年少,清言行乎,與奴結拜,兄稱妹呼,與爹行自小做乾兒父。(小生)知道了。(淨扮道人上)出得報恩寺,來到薊州城。大娘。(小生)什麼人?(淨)我自海師父瓦,送一盤山臘菜、一盤糟茄子,送拉大娘吃酒個。(小生)又是個道人。送什麼禮?可要收他的?(正旦)叔叔,收了他的。(小生)嚇,這是要收的?(副)自然要收個。(小生)畢竟要收?(淨)故是該收個。(小生)嚇!(各看介)(小生)這裡來,少停打後門走。(淨)我最喜後門。(小生)要知心腹事,但聽口中言。(同淨下)(正旦)心忙向,步又徐,師兄,嬌羞遮掩到前除。(副)賢妹,許久不見。(正旦)師兄,為何一向不來走走?(副)賢妹,只為趨程遠,音問疏,紅塵隔斷薜蘿居。押司兩周年,無物相送,些少掛麵,幾包京棗,聊表薄情。

(正旦)出家人的禮物,怎好受?

(副)出家人個此物,受子極妙個哉!

(正旦)休得取笑。

【前腔】謝得師兄縈慮,把麥塵供棗,來當取伊蒲。迎兒,看茶來。(貼上)來了。一盞清茶獻芹余,海師父,請茶。(副)妙嚇。似瓊漿玉液親傳與。賢妹。我寺新建水陸道場,要請賢妹隨喜隨喜,只恐節級見怪。(正旦)大郎也不計較。老母死時,曾許《血盆經》懺,也要到上刹了願。(副)願心還是了個好。唔勿看見,故星好順個。為親恩無盡,還要肉燈點膚。(正旦)三年懷抱,因此血盆願篤,却不道目蓮救免生身母?(副)迎阿姐,到故日也來隨喜隨喜。(貼)來是要來的,只是路遠得緊。(副)走熟子就近哉。(貼)梵宮杳,蓮步迂,白雲深處是精廬。(小生上)莫信直中術,須防仁不人。呔,和尚,你怎麼還在這裡?(副)囉故?我是拉裡等我裡道人了。(小生)道人後門去了。(副)嚇,請問檀越,一向為啥勿見唔?(小生)我麼?邯鄲市,惡少徒,休嫌村野禮文疎。

(副)是,是。此位?

(正旦)我丈夫新結義的。

(貼)叫做石叔叔。

（副）告別哉。不羨王公與貴人，
（正旦）與君相見即相親。
（副）雖居世網常清淨，
（正旦）却笑山僧衣上塵。（各看介）（副下）
（正旦）啐，惹厭得緊！迎兒，下次不要睬他。
（貼）正是，睬也不要睬他！（正旦、貼下）
（副又上）咳，囉裡說起？正要搭渠說說，撞着蓋個厭人，只怕還拉瓜門前來，等我轉去。
（小生）有這等事！待哥哥回來告拆他。吔，和尚，你去了，怎麼又轉來？
（副）嚇，個個，
（小生）什麼？
（副）勿見個道人了，來裡尋。
（小生）方纔對你講過的了，他往後門去了，你還來尋他？
（副）是嚇，後門去哉。請問檀越，尊姓大名？仙鄉何處？
（小生）嚇，你要問我麼？
（副）請教。
（小生）我麼，姓石名秀，排行第三，金陵人也。
（副）嚇，南京朋友。
（小生）因俺生來劣性，不肯讓人，轉是路見不平，便欲拔刀相助，人都喚我拚命三郎。呵！和尚，我對你講！
（副）阿喲，苦惱！放子我說。
（小生）俺楊大哥是頂天立地一籌好漢，你今後得走，來走走；不得走，休要來！
（副）再勿敢來哉！
（小生）饒你去罷！狗禿驢！（下）
（副）阿喲喲！毦養個！怪道姓子石。一隻手像石頭，輕輕捏一把，觸子筋哉，倒要討個膏藥貼貼介哉。（下）

第十齣　□　□

（淨上）年老耳聾全無用，只好燒香點燭背經箱。隔裡是哉。潘阿爹拉裡？

（外上）慈悲勝念千聲佛，造惡空燒萬炷香。是那個？

（淨）阿爹，是我。

（外）老道，你來了麼？

（淨）佛像排拉囉裡？

（外）就擺在這裡罷。

（淨）是哉。

（外）衆位師父可來否？

（淨）拉瓦後頭，就來哉。

（外）如此，待我去看茶來。

【光光乍】（副、丑、二生、末、老旦扮和尚上）和尚去出家，身上掛袈裟，聽得鐘聲吃齋飯，真個快活光光乍。潘老爹。

（外）衆位師父，有勞。

（衆）豈敢。

（副）乾爺，點起香燭來；衆位師父，拿法器響響。（擂鼓三通）

【香柳娘】衆僧來道場，衆僧來道場，整齋佛會，琤玲玲敲響金鐘。起擂冬法鼓，起擂冬法鼓，掣動木魚槌，梵音滿堂沸。似天花亂墜，似天花亂墜，念的經兒是誰？不過波羅揭諦。

（副）請齋主拜佛。

（外）迎兒。扶侍大娘出來拜佛。

【前腔】（貼、正旦上）卸釵梳淡妝，卸釵梳淡妝，巧籠雲髻，怕脂慵粉褪添憔悴。把三分俏增，把三分俏增，蹙損淡蛾眉，飄揚素羅袂。謾追思往日，謾追思往日，教我難道笑的，攔着珠淚。（打鼓介）

（副）彌陀如來，彌陀如來，竊以瑜伽大教，為六道解脫之門；水陸良因，乃羣枉超生之路。冥陽濟度，今古流行。（打鼓介）南瞻部洲、大明國、薊州城。

（丑）大宋國、薊州城，看渠一面蘇意乱！

（衆）幹正事！

（副）大宋國、薊州城，信女潘氏巧雲，為前夫王押司棄捐半路，淹忽二期，花當兩周年忌辰，建此一晝夜功德。（打鼓介）仰憑佛力，普救亡魂。離地獄而躋天堂，澄河沙而超苦海。又顧潘氏，香已斷頭於結髮，繩復繫足於齊眉，永締潘楊，休同露草。（打鼓介）再有。迎阿姐拜佛！

（貼）嚇。（拜介）

（副）再有義女迎兒，慣情作贈嫁非久已，早尋配偶免偷人。

（貼）海師父，佛前打諢。

（副）保佑唔倒勿好？宣和二年十月日疏。

（衆唱）南無香雲蓋菩薩，摩訶薩。南無香雲蓋菩薩，摩訶薩。

（外）衆位師父，請到裡面用齋。

（衆）多謝。

（副）我拉囉裡？

（正旦）也在那邊。

（副）也拉故答？小死哉！（下）

【前腔】（正旦）覷裴僧貌妍，覷裴僧貌妍，懶頭新剃，光溜溜雙眼將人瞧。（副上）恨巫山在眼，恨巫山在眼，前眉語共心，齊肩與捻臂。（正旦）且當場會意，且當場會意，佛天有知，兩情不昧。（外打鼓介）

（衆上）動不得的。

（副）衆位師兄，串子五方，送佛罷。

（衆）有理。（打亂鈸走陣介）奉送佛歸靈鷲。法轉龍宮，僧返天臺，人歸寶階。南無登雲露菩薩，摩訶薩，摩訶般若波羅密。（打鼓介完）祭主功德。

（副）謝子齋主。

（衆）多謝。

（外）有慢。

（衆）來時禮三寶,回去念彌陀。（衆和尚下）

（正旦、貼上）迎兒,叫海師父說話。

（貼）海師父,海師父,大娘請你說話。

（副）那說?

（正旦）師兄,明日來取功德錢,可對爹爹說,血盆心願一事,不可忘了。

（副）來是要來個,怕唔乩石叔叔了。

（正旦）又不是親骨肉,睬他則甚?

（副）蓋没我去哉。東邊日出西邊雨,道是無情却有情。（下）

（貼）姐姐,可聽見海師父說:道士無情,和尚有意?

（正旦）啐,小賤人!（二旦笑下）

（小生暗上看介）好!好個"道士無情,和尚有意"!成甚麼功德?做甚麼道場?我方纔假說肚疼,伏在暗處,看那廝明明是一段奸情的勾當。我敬他是親嫂嫂一般,原來是個不良之婦。（冷笑）莫教撞在石秀手內!罷,我假作癡呆漢,權為懵懂人。（下）

第十一齣　□　□

（外上）十里松蘿映碧苔,一片晴色鏡中開。遥聞上界番經處,片片香雲出院來。老漢潘公,昨日見海師父說,報恩寺中新建無礙水陸道場,起一血盆懺會。我家女兒要去了還心願,自家又不好對大郎說,要我與他講。待他回來,再作道理。

【引】（生上）妻兒休問琴和瑟,良朋看刎頸,交誼重分金。（見介）泰山。

（外）大郎回來了。

（生）石三郎為何不見?

（外）外邊討賒賬去了。

（生）待我去尋他。

（外）賢婿,老漢有句話與你講。

（生）有何分付?

（外）當初先妻死時，小女曾許下《血盆經》懺，如今正值報恩寺新建水陸道場，要去了願。

【瑣窗郎】女孩兒一點微忱，自娘亡許到今。欲酬宿願，一叩禪林。明朝共往，將言達悃。為親恩罔極情和任，還懺悔，何必苦相禁？

（生）既如此，明日泰山你同他每去，走走就回來，我府前有事，要去了。石三郎來，說我尋他。古來難得是閒人，秋草春風老此身。（下）

（小生上）獨坐觀椎劍，悲歌歎短衣。老丈，哥哥可曾回來？

（外）纔回來，又出去了。

（小生）待我去尋他。

（外）石叔叔，老漢有句話要對你講。

（小生）有何見諭？

（外）老丈明日要同小女到報恩寺，了還香願，相煩叔叔在門首看管看管。

（小生）嚇，又要去燒香了願？我哥哥可曉得？

（外）他說去去。

（小生）正是：得他心肯日，

（外）叔叔，是我運通時。

（小生）好，真個是你運通了。你去，須要燒些好香回來。

（外）自然。檀香、絳香、線香、牙香、還有一把末香！（笑下）

（小生）看你這老亡八怎麼了？（下）

第十二齣　看佛牙

【懶畫眉】（正旦、貼上，同）豔裹濃妝出香閨，抵多少環佩人來月下期。行雲莫自濕仙衣，不知香積還迢遞，數里雲封塔影迷。

（外上）迎兒，慢些走。教我老人家那裡趕得上？

（正旦）迎兒，香燭紙錢，可曾帶來？

（貼）難道這些些小事就忘了！都帶在此。

（外）出得城來，早已望見報恩寺的寶塔了。
（貼）在那裡？
（外）這不是塔頂？
（貼）還走得不耐煩哩。
（外）不多路了。扶了大娘，快些走！
【前腔】（二旦）梵宇花宮遠微微，（內鐘介）（外）報恩寺在那裡撞鐘了。（二旦）聽何處鐘聲隱隱稀。撩人空翠望中移，想諸天合在藤蘿際。（外）那邊來的是海師父嚇，待我叫他一聲，噲，海師父！海師父！（副上）自有惠遠追隨入虎溪。
（外）我說是海師父。
（副）乾爺，小僧拉裡等候子半日哉。
（外）多勞遠接。
（副）好說。法事早晨做過哉，請到大殿上去拈香。隔裡來。（走介）乾爺，點起香燭來。賢妹，拜佛！
【前腔】（正旦）素手拈香念阿彌，（外）菩薩，願我女兒養個好外孫。（副）在我。（正旦）妙相莊嚴雙樹棲，頓令心地欲皈依。（外）迎兒，我和你去數羅漢。（貼）使得。（外）今年幾歲了？（貼）十七歲了，（外）一尊，一尊，（正旦）奴家潘氏，小字巧雲，行年二十一歲，七月七日建生。發心懺悔，今來了還心願。（外）海師父來！（副）那說？（外）這尊是什麼？（副）長眉大仙。（外）再數，六尊，六尊，（正旦）懷胎十月擔憔悴，欲報劬勞哀母兮。
（外）海師父來！
（副）亦是啥個？
（外）這又是甚麼佛？
（副）是厭物，
（外）嚇，厭物？迎兒，我每回去罷！
（副）到小房奉茶。
（外）使得，我每進去認認，師父先請。
（副）小僧引道哉。隔裡來，請進去。
（正旦）倒也優雅。

（外）好所在！出家人會受用，

（副）拿茶來。

（丑上）香爇龍涎，茶烹雀舌。潘阿爹，大娘，請茶。

（外）小師父，有勞你。

（丑）好說。

（副）酒是那哉？

（丑）端正裡哉。

（正旦）爹爹，我每回去罷。

（外）正是，去罷。

（副）豈有此理？乾爺遠來，那有空去之理？聊奉素酒一尊，少盡地主之情。

（貼）外公，回去罷。

（外）吃一杯去。

（副）酒來！小僧把盞。

（丑）酒拉裡？

【二犯傍妝臺】（副）執盞勸爹行，百年只有三萬六千場。倘然遇酒沒高況，枉輸却少年郎。（外）好酒！（副）故酒還勿當好，前日有個女客……（二旦）什麼女客？（副）啐啐啐！勿是，是米客。（外）我兒，你哥哥說的是米客，不是女客。（副）送個吳江雪酒，阿要燙壺乾爺吃吃？（外）妙嚇，老漢最喜的是吳江雪酒。（副）燙一壺出來！（丑）嚇，雪酒拉裡？（副）篩拉潘阿爹，（丑）是哉。（外）嚇，這就是雪酒？妙！斟滿了，待我嘗嘗看。（吃介）果然好！（丑）潘阿爹，吃個成雙到老，越老越騷。（外）越好！（丑）越好！越好！（外吃介）（正旦）爹爹，少吃些。（外）我吃得便吃。（丑）再吃三杯和萬事，吃酒子瓦磚頭。（外）又來作耍老漢了，解千愁！（吃介）（副）賢妹，請一杯，（正旦）奴家不吃了。（副）賢妹，你若遇酒不飲呵，看風光在前人共搶，只愁鶯燕搬將老去忙。（丑）再吃個四方平穩。（貼）外公，不要吃了。（外）吃了你的？吃了你的？我偏要吃！（吃介）妙，我兒，這酒怎麼做的？（副）故叫酒做酒。（外）何為酒做酒？（副）拿個酒做現成子，再蒸起飯來，拿個酒當子水沖下去，就叫酒做酒哉。(外)怪道有力道,又和順。迎兒,我每回去,也是這樣酒做酒吃。(副)篩拉乾爺。(外)嚇,再吃一杯。(正旦)爹爹,不要吃醉了。(外)吃醉了,大家住在此。(副)正是。住拉裡何妨?(貼)外公,少吃些。(外)小淫婦,吃了你的?吃了你的?**既承尊雅,敢不滿觴?教人沉醉轉難當**。(吐介)

(副)醉哉,攙進去睏睏,蓋暖熱子,(外、丑下)妙嚇!

【前腔】何來金殿鎖鴛鴦?任你身生兩翅飛不出這巍牆。賢妹,再請一杯。(正旦)奴家不吃了。(副)既勿吃酒,阿要看佛牙?(貼)佛牙可吃得的?(副)吃麼吃勿得,只好牙牙。(貼)在那裡?(副)要看,隔裡來,故是小僧個臥房哉。(正旦)鋪設得齊整。(貼)佛牙在那裡?(副)滿地虱,去尋沒哉。(正旦)**悄然一紙梅花帳,走來只少個俏鶯娘**。(副)**怕饞僧命薄空想想,怎得個施主應承入洞房?**(正旦)佛牙在那裡?(副)佛牙雖好,只是有人在旁,(正旦)教奴怎生發付小梅香?

(副)啥難?一撮撮子出去哉。

(正旦)迎兒,去看看外公。若是醒了,我每回去罷。

(貼)我不去,要看佛牙。

(副)佛牙,六隻眼睛,見勿得個。

(貼)為何?

(副)六雙眼見子,就要跳起來哉。

(貼)嚇,我曉得了。

(正旦)曉得什麼?

(貼)我便去了,你每兩個……

(正旦)兩個便怎麼?

(貼)不要做了一個。

(副)尖酸勞!促掐勞!

(貼)罷,罷,罷!天上人間,方便第一,我去,我去!

(副)唔去子沒,極是個哉!(貼下)

【不是路】(副)**慾火難降,望你女菩薩慈悲作個救命王**。(正旦)**看你淫情蕩,輕輕粟暴打你個硬皮囊**。(副)這襌休,為娘行整備在三年上,(正旦)任你鐵打心腸向火內烊。(副)交歡暢,這扁衫大袖多遮障。(正旦)走來,把帽兒撇漾,(副)走得來,把髻兒撇漾。(正旦作羞,向外走介)(副尋正旦,扯住介)(正旦笑)(副急介,抱正旦關門下)

【前腔】(貼上)步履䠙蹌,轉過經堂,又見幾房廊。和尚房裡,恁般周折,難安放,好將婦女暗中藏。(跌介)阿呀,跌死了,那裡去討命?這裡是了,姐姐,海師父,大娘,阿呀!不好了!我說道做出事來了呀!不提防,吳宮擺陣却被僧兵撞,姐姐,軟肉防牌怎當他鐵柄鎗?(聽介)軍威壯,聽禪床廝耨休辭創,阿喲!好個上頭和尚,下頭和尚!且住。他每好不小心,扁衫、髻兒,都在這裡!待我扮做小和尚敲門,唬他一唬。有理!先戴了髻兒,後戴僧帽。

【掉角兒】然後着扁衫裙釵換粧,戴毘盧稀奇形象。小猴精掀開洞門,老狐狸閃開三藏。開門!開門!楊大郎不是好惹的!免不得到官司、休藏抗,帶紅蓮、拖柳翠、去見都剛。開門!開門!(正旦急上)是誰喚響?教人悚惶!(看)却原來、法聰惱亂,不做周方。師兄快來!

【前腔】(副急上)恍身遊極樂那廂,儘教咱光頭摩湯,肉盤兒嚐新味甜,翠裙中風流別樣。(正旦)師兄,有個小和尚敲門,莫不是出家人、多狂妄,惱觀音、沖佛祖、觸犯金剛?(副)勿番道,等我去看。(開門介)囉故?(貼)在這裡了,好嚇!(副)原來是迎姐,決無擾攘,容咱後嚐。且求伊、緇衣脫却,免留供狀。

(貼)楊大郎不是好惹的。

(副)勿要嚷,捉個頭吧!

(貼)啐!

(副)哪,哪,哪!一錠銀子,送拉唔買果子吃。

(貼)誰要你的!

(副)是十錢而已。

(貼)又不與你打官司,什麼十全九全?

(副)要迎姐十全幫襯個意思。

(貼)好便好,只是少。

（副）若還少，布拉乩找。
（貼）甚麼布？
（副）就是宅上渡仙橋個布，送拉迎姐做雙大膝褲。
（貼）哪裡有這雙大脚？
（副）多來，做被頭裡抹布。
（貼）這和尚，到是老世事，脱去。
（正旦）師兄，我的髻兒呢？
（副）也是渠戴乩。
（正旦）還了我。
（貼）也要賞。
（正旦）家去賞你。
（貼）不對的，千錢賒，不如八百現。如今就要的。
（正旦）没有什麽，也罷，脱這件衣服，與你穿罷。（貼）也是要的。
（正旦）若爹爹問起，只說我身上熱，與你穿的。
（貼）身上熱，不妨事。只怕你身上來，連這小和尚頭兒不乾淨。
（副）尖酸勞！
【尾】（正旦）從今點破拈花相，（貼）姐姐，怪你不用梅香自主張。（副）迎姐，休漏泄風聲遍地揚。
（正旦）濕雲如夢雨如塵，
（副）一飯麻胡幾度春？
（貼）不用再三多囑付，
（合）想來俱是會中人。
（正旦）迎兒，看爹爹可曾睡醒？
（貼）曉得。（下）
（副）巧姐，你既有心於我，怎能够終夜歡娱便好。
（正旦）不難，我丈夫一月倒有半月當牢。待我買囑迎兒，教他後門伺候，見一香桌燒香，你便進來。
（副）好計！好計！

（正旦）還有一說，你我恐五更睡熟，不知醒覺，可尋一報曉之人，敲梆念佛，那時你好出門。一者，得他探望；二者，免教你我失曉。此計如何？

（副）妙！依計而行便了。

（貼內）姐姐，這裡來上轎。

（正旦）嚇，來了，師兄。（丟汗巾笑下）

（副）樂殺！樂殺！此事必須尋個胡頭陀來，搭渠商量商量，自有妙計，想方纔是，阿喲！（下）

第十三齣　起　兵

【點絳唇】（末、生、外、老旦扮小軍，小生頭目，丑上）項羽英雄，空聞名重，非咱種。天自生儂，叱吒千人擁。富貴何須歸故鄉？虞姬枉自喪沙場。桃花溪畔藏仙女，不出深山是洞房。吾乃小霸王周通是也。依山為寨主，打劫作生涯。風高來放火，月黑去殺人。近聞桃花山下劉太公有個女兒，生得十分美貌，意欲搶他來做個押寨夫人，眾頭目！

（眾）有。

（丑）以為何如？

（小生）大王，這個使不得。待我每先行六禮，前去下聘，從了就罷；不從，然後就起兵去搶，未為遲也。

（丑）依卿所奏。眾嘍囉！

（眾）有。

【豹子令】（丑）聞說桃莊女似姣，女似姣，如花容貌正妖嬈，正妖嬈。六斛明珠雖是少，獨眠孤館怎生熬？（合）良辰早，成親吉日良媒好。

【前腔】（眾）不要他家珍共寶，珍共寶，只消一個豔多嬌，豔多嬌。若得成親親自好，何須我等動弓刀？（合）用心勞，娶歸山寨把權操。（下）

第十四齣 □ □

【引】（貼上）霜剪荷衣翠，欲死驚憔悴。

奴家劉氏，丈夫石三郎，只因生性江湖，撇得奴孤身庭院，終日千思萬想，染成一病，如何是好？正是：不知遊子性，空上望夫山。

【東甌令】魚傳帖，雁題箋，都做了聲聲斷腸詞。雙蹙慼出悲愁思，淚滴盡胭脂漬，回文織得字參差，掐不就雄雌。

【劉潑帽】（外、老旦上）女孩兒整日慵妝姿，愁只愁兩下難支。石三郎呵，無端強要還桑梓，何日回思？何日裡重來至？我兒，病體如何了？

（二生上）奉着大王令，來聘閨裡人。這裡是了。有人麼？

（外）是那個？

（二生）我每奉周通大王差遣，聞得你家女兒生得好，着我每先行六禮，前來下聘。擇了日，大王親自到府成親。

（外）阿呀，我女兒是有丈夫的了！

（二生）咳，我每不管。把禮物撇在此。不從，起兵前來搶便了。閉門不管窗前月，分付梅花自主張。（下）

（外）拿了去！阿呀，媽媽，女兒不好了，有個什麼周通大王，把禮物撇在此，要搶去做個押寨夫人。

（老旦、貼）嚇，有這等事！

【玉抱肚】聞言驚震，戰兢兢愁絕斷魂！一霎裡霧惹迷天，恐將伊斷送青春。拚將佩刀先殞身，高堂年老情難忍。盼歸期人兒到門，又何愁人兒到門？

（外）且扶進去，再作道理。屋漏更遭連夜雨，船遲又遇打頭風。（下）

第十五齣 □ □

（淨上）山寨聞名一虎豼，鋼鋒兩把手中持。殺人放火非難事，執性從來是李逵。可恨宋大哥不肯放俺下山,為此瞞着他,扮作雲遊道人,趕着戴大哥,同訪公孫一清,玩耍一會,有何不可?饒他走上焰摩天,脚下騰雲須趕上。(下)

【引】(末上)迤邐重來,好把人物,寓遊驚覽。我戴宗,向訪公孫一清,不遇而返,為此扮作雲遊道人,再往那邊走遭。

(淨內)戴大哥慢行!

(末)那邊來的,好似李逵,看他趕來則甚?

(淨上)戴大哥,帶俺同去走走。

(末)沒有大哥將令,去不得。

(淨)甚麼將令!大哥,你是個好人,帶俺同去走走不妨。

(末)你要去,必須依我三件。

(淨)那三件?

(末)第一件,我的神行符咒,吃不得葷,要吃素。

(淨)不吃葷,吃些酒罷?

(末)去不得。

(淨)不吃,不吃!

(末)第二件,你與我師徒相稱。

(淨)不難,你叫我師父。

(末)去不得。

(淨)我叫你師父,如何?

(末)第三件,你的性子不好,去不得。

(淨)這是天生的,怎麼處?

(末)嚇,你若發性,我便咳嗽一聲,你要依我。

(淨)都依你。(內打更介)

(末)天色晚了,尋個客店安歇。

(淨)有理,有理。

(末)店家!

(副上)來哉。劉伶問道誰家好?李白回言此處高。阿喲!

(淨)咱是天生的。

(副)我道唔狗養個了?

（末）走末，先拿銀子去，取兩桌素飯來。

（副）喲，是哉。素飯拉裡。

【駐雲飛】（末）山色拖藍，暮景臨窗對酒談：綠蟻杯無憾，口嚼黃韭淡，嗏，一筯水晶鹽，味難探。把素持齋，只是經時暫，一飽無餘何必貪？（打二更介）

（末）你怎不吃飯？

（淨）咱今晚吃不下。

（末）你也有吃不下的日子？

（淨）不吃，也要你管？（末咳介）（淨肚痛介）

（末）這廝定要瞞我吃葷了。我且悄悄看他。徒弟，我先去睡了。

（淨）師父先去，我就來。（末下）

（淨）師父，戴院長，大哥，妙！他已睡了。酒家！酒家！

（副上）那哼！

（淨）不要喊！走來，方纔這人吃素，咱吃葷，有錠銀子在此，拿兩盤牛肉，打一角酒來。

（副）喲，是哉。牛肉、燒酒拉裡，請食祭。

（淨）去罷。（副下）（淨吃介）（打三更介）妙嚇，這些東西，才是咱吃的哩。

【前腔】寡酒難堪，没法支吾信口喃。特地將他賺，牛肉瞞他啖。（打四更介）嗏，莫笑口兒饞。恁肥甘，一似風捲殘雲，不用椒薑蘸。各適其情何必慚？（打五更介）（淨睏介）

（末上）天明了，起來趕路！（淨醒介）

（末）店家，我每去了。徒弟，今日要趕些路，與你栓上甲馬，畫了符咒。吾奉太上老君急急如律令敕，起！

【排歌】（合）萬里橫行，奔馳絶塵，無端唬魄驚魂。無由易水望中分。（淨）歇了罷！（末）歇不得。何處他鄉是故人？足下雲，雲裡身，罡風吹過九天門。鵬飛迅，鶴背穩，不知飛渡幾山村？

（淨）大哥，肚裡餓哉。

（末）有個饅頭在此，拿去吃。

（淨）拿不着，慈悲嚇！

（末）你定是瞞我，吃了葷了。

（淨）不瞞大哥說，吃了兩盤牛肉，一角酒。

（末）神行符咒，吃了一塊牛肉，要走十萬八千里。

（淨）可不走死了？慈悲，我的爺！

（末）如此，住！我先走，你就來。

（淨）走死了！大哥來！大哥來！

（末）怎麼？

（淨）兩雙脚猶如釘釘的一般，再提不起。

（末）你下次可敢吃葷了？

（淨）下次再吃，嘴上生個大疔瘡！

（末）如此，起！

（淨）妙嚇，如今才是咱的腿哩。

（末）我笑你是英豪，

（淨）幾乎一命拋。

（末）莊門非是海，

（淨）容得外人敲！

（末）隨我來。

（淨）大哥，慢些走！慢些走！（下）

第十六齣　□　　□

（外、老旦、貼上）不好了！

【薄媚袞】桃山上，軍馬要來，教我愁無那。今晚災殃，今晚災殃，三口倉惶，何處去藏躲？奴怎偷生？奴怎偷生？將身殉，拚摧挫，刎頸麼，頃刻災殃，難逃坎坷。

（淨、末上）柴門聞犬吠，落日少人行。

（末）這裡有個莊院，有人麼？

（外）有人來了，你每進去。（老旦、貼下）

（外）是那個？

（末、淨）投齋的。
（外）二位道者，請到別處去罷。
（淨）咱每又不是歹人，為何不容進去？
（外）老夫有些心事？故爾不敢相留。
（末）若有心事，說與我每知道，或者出得力，分得憂，也未可知。
（外）如此，請進去。
（淨）走末，咱每是吃齋的，師父可是？
（外）小廝，分付備兩桌素飯出來。（內應介）
（末）老丈有甚心事？
（外）二位道長，老夫有一小女，前年招得丈夫，因他少年心性，遠方買賣去了。這裡有個桃花山，山上有個周通大王，在此聚衆劫掠。
（淨）嚇，這裡也有強盜？
（末）是好漢。
（淨）嚇，好漢！好漢！
（外）敝莊時常進奉，他聞知小女容貌，竟要來強娶為妻。昨日撒下禮物，今日便要來搶拐。小女欲要自盡，老夫婦又割捨不得，又無別計，怎麼處？
（淨）老丈，一些也不難。俺在外雲遊，學得說因果法兒在此，便是鐵石人也勸得他轉。如今叫你女兒躲過，咱便到你女兒房中，待他來時，把那因果說起，勸他回去，就不娶你女兒了。
（外）好便好，只怕虎鬚未可輕捋。
（淨）難道咱不要性命的？
（外）既如此，待我與老荊、小女說知便了，（下）
（末）走來，不要做出事來。
（淨）你不要管，咱自有主意。
（外上）老荊、小女說，若得如此，感恩不淺！二位這裡來，這是小女的臥房，請進去，可要火？
（淨）不消，外邊有月亮。

（外）這位道者，請這裡來。（同末下）

【窣地錦襠】（三旦、副小軍、二生頭目吹打上）（丑醉態上）（合）衣衫窄窄帽兒光，花燭迎仙入洞房。裝模作樣做新郎，魆地行來畫錦堂。（吹打介）

（外上接）老漢迎接大王。

（丑）你是我的泰山，不消行此禮。請起。

（外）衆人有酒飯在外。

（丑）過來，謝了太大王。

（衆）多謝太大王。

（外）起來，都到外邊去。（衆應下）

（丑）夫人臥房在哪裡？

（外）在那邊。

（丑）泰山請便。

（外）不要做出事來。（下）

（丑）怎麽黑魆魆，燈也不點一個？想是夫人害羞？待我摸將進去。

【劉袞】新媳婦，新媳婦，獨自在暗中坐。想是無油，不肯點火。（淨）我奪你的囚娘嚇！（丑）這是我夫人，恁般孃娜！等我親一個嘴介。（淨打介）（丑）阿喲，好打！難道江北河魨，□的能大？匆要管，脫子衣裳，上床去。（淨）吥！

【前腔】何奸賊，何奸賊，直恁惹災禍？強把良家，要來淫污。撞着黑爺爺，還不識貨！斬草除根，有何不可？拿火來，待我吃他的心！

【前腔】（末、外上）房兒內，房兒內，不像說因果。兩虎相爭，咬着一個。饒他一命存，免教折挫。放虎歸山，災來怎躲？

（淨）哟，毛賊聽者！俺乃梁山泊上黑旋風李逵爺爺，下次若再來，我就一拳打死你這狗頭！

（丑）下遭再勿敢來哉，饒子我罷！打沒打子，等我認認新媳婦看。

（淨）吥！（丑奔下）

（外）不知是二位大王，得罪了。

（末）豈敢。請問令婿是何人？

（外）是金陵石秀。

（末）嚇，就是石三郎？前在薊州相會，因折了本，不得還鄉，老丈何不修書一封，請他回來，重整家園便了。

（外）如此，多謝指教。

（末）告別了。

（外）請到裡邊用齋。

（末）多謝。無限心中不平事，

（淨）一番清話又成空。

（外）二位大王去了，倘周通再來，怎麼處？

（淨）老丈，他若再來，只說李逵爺爺，還在裡邊說因果哩。（各笑下）

第十七齣　□　□

（丑上）頭陀頭陀，短髮如沙。若還過額，怎看姣娥？自家報恩寺中一個胡頭陀便是。我一向多謝海師父每事看顧我，時常照照料料，感激勿盡。前日偶然拉山門前念佛，只見一隻黃狗走過，肥泛得極，毛水亦乾淨，撥我呼渠進來，關子山門，攬頭介一記，就了賬哉。拿得來，剝子皮，斬斬碎，淨得粉浦能介，放拉鑊裡燒爛子，濃鹽赤醬，下子作料，撿故幾樣名件，拿來撥渠吃子。渠說道，故是興陽之物，得意之極，勿夠大啖。我正要轉身，渠說住瓦，我有一兩白物，送拉唔子。我說多謝師父，渠說勿要謝，謝斷子主客，我還有一件事體，要託唔。我說師父，唔叫我水裡水裡去，火裡火裡去。渠說故潘老個因兒，要搭我往來往來，要唔拉渠瓦後門頭看看，有香桌為號，我便好進去；還要五更頭敲木魚高聲報曉，我就好出來。我說故事體在我，為此今日特地替渠走走。正是：得人錢財，與人消災。我胡道雖然命苦，却也窮忙。閒話少說，且到渠瓦門前相機而行。隔裡是哉。阿彌陀佛，本山報恩寺啟建水陸法堂，缺少錢糧，隨緣樂助，功德無量。阿彌陀佛！

【雙勸酒】頭陀命蹇，苦捱磨難。手拿梆兒，肩挑齋飯，急奔波未得安閒，況其間事體相關。受人之託，必當終人之事，我胡道受海師父之託，着我楊家門首打聽消息，此間已是，假說抄化，哄那雌兒出來。阿彌陀佛，本山報恩寺新建水陸道場，缺少錢糧，隨緣佈施。

【前腔】（貼上）孤衾自眠，寒宵達旦，㑊驅可憐，又不經湯炭，這風情未曾當慣，且幫他送暖偸寒。

（丑）阿彌陀佛，隨緣佈施。

（貼）你這頭陀，不打齋飯，到在後門叫什麽？

（丑）小僧慣走後門够了。

（正旦上）迎兒，那個在此？

（貼）是個頭陀，在此募緣。

【奈子化】（正旦）聞說募緣僧來此經過，莫不是五更時報曉頭陀？（丑）正是。大娘，勸你平心念佛，只在朝昏功課，燒一炷晚香則個。（正旦）須知，三生喜結善緣不墮。迎兒，取串錢佈施他。

（丑）勸君常捨常常有，

（貼）明中捨去暗中來。（下）

（正旦）海師父着你來，有何話説？

（丑）大娘，

【前腔】海闍黎着俺瞧科，百忙裡傳與姣娥。（正旦）記着黄昏但有、一張香桌，才無礙好來入夥。（合）須知，機關莫使等閒説破。

【前腔】（貼上）問娘行瞞我因何？悄聲兒密語偏多。大娘，牡丹雖好，全憑綠葉扶持。難道潛身往來，不要梅香廕護，將夙夜獨行無那？（正旦）癡丫頭，那個瞞你？（合）須知，針將線引撇他不妥。

（貼）串錢在此。

（正旦）佈施與他。

（丑）承佈施子。

（正旦）瑶臺有路可追尋，

（丑）微日生檐夜夜心。
（貼）獨坐焚香誦經處，
（正旦）落花流水洞房深。
（丑）去哉。
（正旦）走來，方纔所言，不可洩露。
（丑）我是勿泄，唔勿要漏子。
（正旦）胡說！（下）

第十八齣　□　□

（末上）成人不自在，自在不成人。今晚該楊節級值宿，我是下役，該與他收鋪蓋。此間已是。迎姐，楊大官的鋪蓋，拿了出來。

（貼內）在這裡，自己進來拿了罷。

（末）偏是丫頭這等貪懶。正是：有福之人人伏侍，無福之人伏侍人。（下）

【引】（正旦上）暮色淒其，没理會無端自忖。（貼）夢冷那堪人在遠，愁深覺容光損。

（正旦）相思兩地隔重城，
（貼）不忿今朝喜鵲聲。
（正旦）今夜月明人靜望，
（貼）翠娥紅粉蔽雲屏。
（正旦）迎兒過來。
（貼）怎麽？
（正旦）我把這釵子與你，還要做件好衣服與你穿。早上與你說的話，不可忘了。
（貼）姐姐，你道我年紀小，倒是個老在行哩。
（正旦）只是想着那人，盼着那人，好生悶人也！
（貼）今晚家主不在家裡，好歹成就這段好姻緣，姐姐不須着急。

【梁州新郎】（合）松螺新亂，殘蛾初褪，倚徙寒侵嬌困。憑欄閑望,歸雲擁樹移痕。不覺心驚宿鳥,目斷禪枝,此際魂牽引。你看紗窗日落也漸黃昏,笑你幾度回頭錯應人。(正旦)不知那胡道,可幹得事來否?(貼)看來也是個唧溜的,待我燒香。(合)尋隴使,探梅信,向重帷好助風流陣。願山不壞,海無盡。

【前腔】(副、丑上)錫飛來步入風塵,路崎嶇不辭勞頓。(內起更介)聽詹城促漏,夜深寂靜。為甚侵衣單寒,撲面吹來,怎捱得長街淨?(丑)開門!開門!(貼)來了麼?(二五)正是。我答唔先應應急。(副)亂話!(丑)夜短,就出來嚇。(下)(貼)等得不耐煩了。(副)賢妹,(正旦)師兄,你好自在性兒,怎麼這時候纔來?(副)只因長街熱鬧,早來勿得。(貼)夜深了,請去睡罷。(副)與卿相見也即相親,恰似花底山蜂遠趁人。(合前)(下)

(貼)看他兩個,都進去了。

【節節高】也是前生未了因,儘溫存,青燈掩映紗廚潤。拖蟬鬢,拋翠裙,舒香襯。暢懷不似前番嫩,今宵够把渾身啃。(合)烈火燒來焰騰騰,寒威再加何足論?(困椅上介)

【前腔】(丑上)他家正掩門,鎖春雲,歡娛夜短情偏勤。聽鐘聲近,雞又鳴,更闌潤。高聲擎破多情陣,你教錯走鴛鴦閫。(合前)

【尾】(副上)朝朝暮暮陽臺穩,莫教他打作破盆,容得逍遙一醉憑。(抱貼)

(貼)是那個?

(副)我搭唔找一出。

(丑)天亮哉,還要找一出來?

(貼)去罷,明日早些來。(下)

(副)戰兢兢跳出迷魂陣。

(丑)勿好哉!一個筋斗跌出光郎引。

(副)勿妨事,我將拳頭裝上道兒冠,

(丑)故是那說?

(副)勿怕個賊道士勿來認。

(丑)壞良心個!去罷。(下)

第十九齣　知　情

【引】（小生上）千里風塵夢物華，心附歸槎，思遶天涯。翻手作雲覆手雨，紛紛輕薄何須數？當年管鮑貧時交，此道今人棄如土。我石秀，雖在窮途，幸逢俠友，寄居於此，度日如年。昨遇同鄉安太醫，他在桃花莊經過，捎帶家書一封，急切要我回去。只是我與楊大哥八拜為交，兩情莫逆，一時不忍輕別，只得再住幾時。咳，只是一件，非關石秀心上管閒事，只因眼內看不過。前日海闍黎與那婦人，明明是一段奸情，勿當未曾透漏。難道哥哥門內的事，我只推不管，知就罷了不成？唔唔，少不得要見個明白。（內打更介）夜已深了，不免進去睡罷。正是：他鄉既有主，客子寧長人？（下）

【水紅花】（丑、副上）風流謎裡正難猜，晚些來，誰人能解？今宵重會女裙釵，搵香腮，歡情無奈。（丑敲梆介）（貼上）來了，落得眼中消受，心坎裡巧安排。（副）一日不見隔三秋，（丑）總成胡道也偷偷。（副）賊禿！（貼）進去罷。（副、貼）匆匆一似夢陽臺也囉！（下）（內打二更介）

（小生上）歲暮陰陽催短景，天涯霜雪霽寒宵。我方纔進去睡，再睡睡不去。事不關心，關心者亂。我想那和尚來做功德，後來又約那婦人入寺燒香，這明明是奸情的勾當，只是這幾日倒沒些影兒了。

【解三酲】想這篆兒委決不下，好教人沒處詳察。不是俺弓蛇影裡生疑訝，須掘草問根芽。那和尚幾番來的時節，看他眉梢眼角多戲耍。那婦人呵，又早入寺歸來臉帶霞。難甘罷，怎做得窗前月冷，一任梅花？（內打三更介）已是三鼓了，不要管閒事，睡罷。

（丑內）阿彌陀佛！普度眾生、救苦救難、諸佛菩薩！
（小生）什麼響？
（丑內）本山報恩寺新建水陸道場，缺少錢糧，隨緣樂助！
（小生）是個報曉的，不要管他，睡罷。

（丑內）募化善男信女，隨緣佈施！

（小生）嚇，且住。我想此街，是條死巷，為何那報曉的，只管在此叫來叫去？

【前腔】又不是九陌三街鱗次瓦，止不過委巷深幽曲徑滑。（丑內敲梆介）聽梆兒急急連聲叱，（丑內白）阿彌陀佛！（小生）他高叫着佛菩薩。喲，報曉的，可知道麼？俺這裡屠沽道兒行業差，（丑內又念佛介）那些個吃素看經積善家？（丑內敲梆介）難禁架，抵多少池塘夢繞，惱亂鳴蛙。果然叫得蹊蹺，事有可疑。我且開了前門，轉到後門，悄悄看那廝，做甚勾當的。（下）

（丑上）長街多寂靜，梆兒不絕聲。天亮哉，匆要走子洋嚇。

【水紅花】（副、貼上）依稀仙子會瑤階，是凡胎，何來天界？昨宵今夕甚情懷？暢奇哉，日親日愛。（貼）去罷，今晚早些來。悄地潛蹤歸去，怎禁得再延捱？匆匆一似離天臺也囉！（貼關門下）（小生暗上，見趕副、丑下）

【太師引】（小生）聽門啞，有個人行踏，這機關怎瞞着咱？禿驢，幹得好事嚇！我恨不得疾忙追去，一刀兒把他兩個決撒！且住。石秀雖是粗魯，怕閫門事體成話靶，怎容我外姓喧嘩？嚇，有了。我好歹對哥哥講，這情非假，由他自來按捺。咳，這事怎好對他講？咳，我若不說，再無人言矣！難道是、相知朋友不直話？天明了，就往衙門尋見哥哥，說明此事便了。不容閉口深藏舌，（想介）不說罷，咳，說甚安身處處牢？要說的！要說的！（下）

第二十齣　酒　　樓

【引】（生上）愁旅寓聽關山，人物蕭條屬歲闌。驅馬薊城北，往來成古今。結交期一劍，情竭為知音。我楊雄，只為身在公門，碌碌奔波，未曾少暇。就是那石家兄弟，與我恁般投分，時常不得相親。今日喜得空閒，不免走回家去，與他敍敍。呀，那邊來的，好似他，待我迎上前去。

【引】（小生上）遊此地不知還，直道無憂行路難。哥哥。

（生）兄弟那裡來？
（小生）小弟一則在外討賬。
（生）早嚇。
（小生）要早些。二則尋見哥哥，講句話兒。
（生）嚇，要與我講話？和你到酒肆中敘敘罷。
（小生）酒樓上？使得，請。
（生）酒保。
（副上）來哉。公門酒店非村落？終日成行逐隊來。楊大爺，吃酒啥？裡面坐。
（小生）可有僻靜些的所在？
（副）後樓坐罷。
（生）有好酒、好下飯，拿來。
（副）是哉。
（生）請。
（小生）哥哥請。（上樓介）
（副）酒拉裡。
（生）去罷。
（小生）走來，我弟兄二人有幾句話講。有吃酒的來，不要放他上來。少停算賬，多算些與你。
（副）噢，是哉。（下）
（生）請坐，吃酒。
（小生）嚇，吃酒，請。
（生）妙！我一向府前有事，不得工夫，不曾與你快活飲三杯。
（小生）快活！今日得遇哥哥，其實快活，果然快活！（吃介）
（生）今日喜得空閒，吃個盡興而歸。
（小生）慢些。
（生）嚇，你方纔說，有甚麼話要講，可是？
（小生）小弟有句話，要與哥哥講。就是那……
（生）甚麼？
（小生）咳，還是吃酒。

（生）咳，兄弟，

【風入松】你從來開口沒遮攔，平昔有話就講，今日裡為甚欲言如赧？（小生）我想衙門中有多少朋友，偏是你這等忙？（生）我那得工夫？（小生）甚麼忙？（生）兄弟，我一身在官多羈絆，（小生）難道再沒些工夫到家，檢點檢點？（生）嚇，家中檢點檢點？嚇，我曉得了。（小生）哥哥竟曉得了！（生）我怎麼不曉得？（小生）曉得什麼來？（生）兄弟，敢是家無主畢竟將伊輕慢，可是？（小生）小弟一向在宅打攪，怎說"輕慢"兩字？（生）又不是？你說了罷！咳，兄弟，你還不曉得做哥哥的性兒麼？（小生）請教。（生）咱家性須不耐煩，兄弟，你疾速話免推乾。（小生）我也忍不住了，與他說了罷。

【前腔】蒙兄骨肉恁相看，教我一言難按。哥哥，自伊出去歸家罕，腦背後不生雙眼，朝夕裡在公門中事煩。你的家……（生）住了，（各看介）家甚麼？（小生）哥哥，家門內怎防閑？

（生）敢是我家內有甚麼事情麼？

（小生）有什麼事情，原來嫂嫂不是個好人。

（生）怎見得？

（小生）小弟看在眼內多遍了，不敢啟齒。昨日見得個仔細，今日才敢直言，哥哥休怪。

（生）不怪你，你說。

（小生）見你不歸，竟與那海……

（生）住了，（看介）海什麼？

（小生）就是那海闍黎。

（生）嚇，可是那報恩寺的海和尚麼？

（小生）着，着，着！

【急三槍】那和尚做功德、多顛倒、更深散，兩下相嘲，笑在眉間。

（生）後來便怎麼？

（小生）以後呵，

【前腔】三日後、還經懺、歸來晚，只見嫂嫂帶着酒，豔妝殘。

（生）有這等事？咳，罷了！罷了！

（小生）這還不打緊，

【風入松】我昨宵不寐五更寒，只聽得佛聲高讚。（生）難道又是一個？（小生）沒志氣，原來是個報曉的頭陀。（生）頭陀便怎麼樣？（小生）他每夜在後門首叫來叫去，小弟就起了疑心了。（生）他便怎麼？（小生）我潛身暗裡相凝盼，見和尚俗家裝扮，悄出去雞鳴渡關，說甚僧未起不如閒！（生）咳，有這等事！

【急三槍】怎知道、賊潑賤、多淫悍！兄弟，你住着！

（小生）哥哥，那裡去？（生）我頃刻裡，便除奸！

（小生）哥哥，

【前腔】却不道、奸情事、須親見？（生）難道你無確見？怎虛攀！（戰介）

（小生）哥哥請息怒，此事必須哥哥親眼看見，才好下手。

（生）我那看得見？

（小生）不難的，你今晚回去，

【風入松】只推值宿又輪番，等到三更以後，那期間打進門關。（生）可不走了？（小生）那廝必然倉惶驚走，哥哥打進前門，（生）打進前門！（小生）兄弟把住後門，（生）嚇，把住後門！（小生）他在後門一路常行慣，等那廝出來，石秀呵，一索捆莫教他鬆泛。哥哥，歸宅院切莫要破顏。（生）教我哪裡忍得住？（小生）依我來！（生）也罷，只得權寧耐且相安。

（小生）妙嚇，爽快了這許多！

（生）店家，上了賬。

（小生）告辭了。飲散高樓便轉身，

（生）阿喲，教人怒氣欲沾巾。

（小生）哥哥，五更專等頭陀到，

（生）兄弟，你要準備。

（小生）準備甚麼？

（生）準備鋼刀要殺那人！

（小生）在我。請了。

（生）請了。

（小生）哥哥轉來。

（生）怎麼？

（小生）你今晚回去，切不可提起，明日另有計較。

（生）是。請了。兄弟來，兄弟來！

（小生）怎麼？

（生）你方纔教道我甚麼？

（小生）哥哥打進前門，

（生）嚇，打進前門！

（小生）小弟把住後門，

（生）嚇，兄弟把住後門！

（小生）等那廝出來，我便捆！

（生）是了！是了！（下）

（小生笑介）妙嚇，是個漢子！是個英雄！被我道了幾句，看他毛髮倒豎，怒氣衝天，不枉我石秀與他結交了這一場。（笑下）

第二十一齣 反 誑

（末、外上）上命官差緊，心忙沒處尋。我每奉府太爺差遣，今日太爺在花園飲酒，要尋楊節級去使槍弄棍，他家中又不在，到那里去尋他？

（外）哥，我每到酒樓上去尋尋看。

（末）說得有理。

【引】（生上）怒氣填胸，按不住良言氣沖！

（末、外）楊大哥，教我每那裡不尋得到？却在這裡。

（生）尋我做甚麼？

（末、外）太爺在花園內飲酒，要你去使槍弄棍。

（生）咳，我家中有事，不得工夫。

（末、外）自古官差不自由，怎說沒工夫？走！

（生）既如此，待我回去就來。

（末、外）太爺在那裡立等，不要回去了。走，走，走！（下）

【引】（正旦上）門兒低亞簾兒淺，鎮日裡淒涼庭院。奴家潘巧雲，因迷戀海少年，大膽兒做下些事來。今晚是丈夫下班，怎麼這時候還不回來？想又被同伴拉去飲酒了。迎兒，整備些湯水，恐家主回來要吃。（下）

（生上）請了。

【園林好】歎人生榮枯在天，枉教人英雄自憐。博得個衙門廝踐，看發跡是何年？要發跡是何年？方纔蒙本府太爺道我使得好槍棒，賞我十大碗酒；才出得府門，又被眾兄弟拉到酒肆中痛飲一回，不覺大醉而歸。來此自家門首，開門！開門！

（正旦上）嚇，來了。想是大郎回來了。（開門介）大郎，回來了麼？

（生吐介）嚇。

【前腔】我見伊時胸中氣填，不由人一時恨牽。（正旦驚介）（生）好結果醃臢潑賤，休刮着大蟲涎，休刮着大蟲涎！你幹得好事！你這狗淫婦，在家中幹得好事！嚇，少不得死在我手裡嚇！（睏介）

（正旦）奇怪！

【江兒水】他往日歸來醉，安然一覺眠，為何的今宵不自生歡忭？我曉得，莫不是有甚風聲通一線，因而出口言不善？我曉得，分明是石……（看介）分明石秀那廝撥弄些言語了，啐！這也何難？我只得將他消遣。大郎醒來！大郎醒來！和你說個明白，免得夫妻情變。大郎！大郎醒來！呀，看他竟自睡了，我也和衣睡了罷。阿呀，天嚇，不知那一個天殺的，把酒與他吃醉了回來，受這場悶氣！咳，這是那裡說起？

（生）不好，口燥得緊。迎兒，取涼水來解渴。

（貼上）來了。半夜三更，討人的便宜，要湯要水！涼水在此。（生吃完介）

（貼）可要了？

（生）不要了，取去。

（貼）吃這樣東西！（下）

（生）巧姐，巧姐，

（正旦）怎麼？

（生）你為何和衣而睡？

（正旦）夜來見你醉了回來，故此和衣睡的。

（生）醉了，可曾説什麽？

（正旦）你麽？有些撒酒瘋。

（生）咳，不是嚇，就是那石家兄弟在此，你該好生看待他纔是。

（正旦）是那個嚇？

（生）石秀了，是那個！

（正旦）阿喲，天嚇，我那娘嚇！

（生）呀呀呀，為甚麽？為甚麽？

（正旦）我潘巧雲呵，

【前腔】指望嫁作王郎婦，(生)甚麽王郎李郎？(正旦)一竿撑到邊。誰知道殘香斷却前生願？(生)你嫁了我，也不虧負着你。(正旦)似你英雄人欽羨，誰知背後成糊麫。(生)成甚麽糊麫？(正旦)大郎走來，(生)你講。(正旦)教我詁到舌尖咽。(合前)

【五供養】(生)尋思輾轉，若個冤家到此相關？巧姐，好將情訴俺，不必怎俄延。(正旦)言之靦腆，如遭他毒眩，欲待將情訴，怕你性如弦。(合)有事關心，故相嗟怨。

【前腔】就是那石郎偃蹇，對我花言巧語蹁躚。(生)他對你説甚麽來？(正旦)他起初來時還好，後來見你幾次不歸，説道："嫂嫂，你獨自一個睡，可不冷靜？"(生)這也不該。(正旦)我也只是不睬他。(生)好，有志氣！有志氣！(正旦)昨宵將項洗，他背後竟來纏。(生)那時怎生打脱了他？(正旦)被我打脱了。(生)你何不高聲喊叫？(正旦)大郎嚇，欲待聲張怕喊，(生)怎説怕喊？(正旦)大郎，你是在人頭上做人的呀，恐喊得鄰家傳遍。等得君來到，又遇醉魂顛。(合前)

【玉交枝】(生)知人知面不知心，從來信然。分明破綻些兒見，巧姐，反將伊惡事傳宣。(正旦)他倒説我甚麽？(生)他説你的事也不小。(正旦)説我甚麽？(生)説你海……(正旦)海甚麽？海甚麽？(生)海闍黎事情多罪愆。(正旦)阿呀佛嚇，這等亂嚼，没些把柄將人騙！（合）説將來無因至前，又何須聽他巧煽？

【川撥棹】（生）休呵譫，（正旦）且將他肉案捲。（生）一時間不辨愚賢，一時間不辨愚賢，（正旦）到今日朋情怎全？（合）好教他歸故園，儘由他急着鞭。

【前腔】（正旦）不説他行忒恁顫，（生）只道我從今收市廛。（正旦）待我罵他一場！（生）巧姐，念絕交不出惡言，念絕交不出惡言，古人詞垂諸簡編。（合前）

【尾】人情閃爍如飛電，（正旦）魆地裡將人輕捻。（生）巧姐，我和你閉户安居最值錢。

（生）人前誰不貌堂堂？
（正旦）背後多將廉耻忘。
（生）種花休種不結果，
（正旦）交友莫交無義郎。
（生）好，好，好！泰山，快將店面收拾，不做買賣了。
（外內）為何着惱？
（生）不要管，衆夥計由他散去，宰的牲口都醃了。（外內應介）
（正旦）走來，結交得好兄弟！
（生）甚麼好兄弟不好兄弟！如今與他絕交，不要他上門就是了。
（正旦）大郎走來。
（生）又是甚麼？
（正旦）方纔這事，可要屈煞了人。
（生）我的娘，不要説了，曉得枉了你，屈了你！如今打發他去，一椿事就完了。不要説了，不要説了！（下）
（正旦）阿呀，你這糟頭！被我三言兩語，怎麼長，怎麼短，就聽信了。咳，糟頭！糟頭！看你怎麼了！看你怎麼了！（下）

第二十二齣　□　□

（小生上）蘭陵美酒鬱金香，玉盞盛來琥珀光。但使主人能醉客,不知何處是他鄉。我石秀感楊大哥契分,因此不惜直言,教他昨晚且自安眠,今日從容計較,把此事來了當。噯,為何又收了肉案!難道又要做功德?嚇,是了。正是:雖將我語和他語,未必他心似我心。昨曉大哥醉歸,必然走漏消息,被那婦人反將言謗我,故而如此。若與他分辯,好叫楊大郎出場家醜,可不枉了這段交情?罷,只得退一步,別作計較。有理。潘老丈,請出來講句話。

(外上)人情若比初相識,到底終無怨恨心。石叔叔,有何分付?

(小生)卑人在此,打攪多時。今日哥哥既收了肉鋪,特地交還賬目,若有半點欺隱,天地不容!

(外)嚇,叔叔要去了?

(小生)正是。

(外)我與他相交,欲待再留幾日,爭奈大郎不喜,只得由他去罷。叔叔,如今往那裡去?

(小生)嚇,只說遠去,好教他每放心。我有個故友,在塞外做些經紀,昨日有書來,要我走遭,就此拜別。

【三學士】一似王粲登樓迷望想,薊門回首雲黃。孰知不向邊庭苦,從死猶聞俠骨香。匹馬蕭蕭何地往?愁絕處處關塞長。哥哥回來,致意一聲。請了。(下)

(外)有慢。到是去的好,甚覺清淨些。(下)

第二十三齣　殺頭陀

【水底魚】(末、老旦上)終夜巡更,金鑼不暫停。(合)桹兒相應,湯湯咭珞聲,湯湯咭珞聲。我每薊州城裡更夫便是,近日新到巡捕,好生利害。今晚輪該我每巡夜,小心在意。(合前)(下)

【前腔】(小生上)披衣探聽。起來雞正鳴。(合)疾忙奔近,管教惡氣平。

(末、老旦)吥,甚麼人?

(小生)是我。

（末、老旦）原來石三郎。聞你還鄉去了，怎麼還在這裡？
（小生）還有些事未完，故爾在此。
（末、老旦）嚇，原來如此。
（小生）列位，聽譙樓已打五鼓，何不大家回去，歇息歇息，還在此做甚麼？
（末、老旦）如此，我每回去罷。請了。（合前）（下）
（小生）呵呀，俺石秀一生路見不平，那裡說起，倒受婦人一場惡氣！因此借寓在此，要把這件公案了當，才出心中之忿。昨日打聽小牢子到楊家收鋪蓋，眼見又值宿去了。因此我起個四更，潛身伏在暗處，等那廝出來，自有區處。
（丑上）得人錢財，與人消災。黃昏進去，五更出來。
（小生）吙，幹得好事！
（丑）阿喲，饒命嚇！
（小生）不許高聲！我且問你，海和尚教你在此怎麼？
（丑）我倒勿得知。
（小生）你不說，我就一刀！
（丑）等我說噓。
（小生）請！
【朱奴兒】（丑）海和尚與潘娘有緣，（小生）要你在此何幹？（丑）來往處驀將身閃，倩教從旁好顧牽，路途上莫辭人見。（小生）怎麼就出來了？（丑）拿個牢什敲敲，就出來哉。（小生）如今可在裡頭？（丑）拉虱。（小生）既如此，把衣服脫與我，饒你。（丑）是介冷，勿要凍殺子個。（小生）不脫，我就砍！堪髡，心頭火燃，好頭陀當咱一劍！（殺丑）妙嚇，頭陀已殺，把這梆兒敲入巷口，等他出來，結果他性命。（下）
【前腔】（副上）又不是迷魂睡眼，為何的把梆兒敲斷？阿喲，殺得來哉！（小生）吙，賊禿，幹得好事嚇，（副）阿喲，石三郎，自此分開比目肩。（小生）我不信。（副）若不信自有佛爺作驗。（小生）如此，把衣服脫與我，饒你。（副）脫子去，凍殺哉嚇。（小生）不脫，我就砍！（合）堪乾，不覺心頭怒添，頃刻裡把妖魔盡殲！（殺副下）

妙嚇,且喜頭陀、和尚都殺,把這刀放在頭陀身邊,別人見之,難以猜疑,況與哥哥無干,却不是好?再將這兩件衣服捲去,做個證見。正是:

殺人猶可恕,情理最難容。

殺得爽快!殺得爽快!(下)

第二十四齣　□　□

【單調風雲會】(生上)遍傳時,是一節蹊蹺事,說兩個人殺死。說昨晚一個和尚、一個頭陀,一齊殺在咱家巷口。我細尋思,多應是暗裡行奸,石秀陰行刺。(小生上)嗟,此事已分拆,無勞唇齒。為友除奸,不枉稱國士。哥哥,道路彷徨何所之?

(生)我正要尋你說話。

(小生)這裡不是講話的所在,到小弟寓所去。

(生)在那裡?

(小生)這裡來,請進去。做兄弟的不說謊麼?

(生)我一時酒醉失言,反被淫婦使個見識,特來請罪。

(小生)哥哥請起,弟雖不才,也是個好漢,難道幹此不良之事!恐你日後中了奸計,因此把他殺了,來尋哥哥看個證見。

(生)嚇。

【前腔】恨難支,潑賤應無二!開了門!(小生攔住)那裡去?(生)就去碎剮那淫婦,不怕他能插翅。(小生)哥哥,既在官司,却不道"拿賊見贓,捉奸見雙"。又不曾獲着雙奸,便把刀輕試。(生)嗟,怎免外人嗤,道我差三錯四。(小生)有句良言。叫你做個奇男子。(生)怎教我做個奇男子?(小生)東門外有座翠屏山,好生僻靜。哥哥只說往彼燒香,明日和大嫂同去,帶了迎兒上山,當面把言語對個明白,那時一紙休書休了這婦人,豈不乾淨?(生)好!只得委曲聽伊藥石詞。告辭了。

(生)翠屏深處鬱蔥蔥,

(小生)且向寒山萬木中。

（生）情到不堪回首處，
（小生）一齊分付與東風。
（生）請了。
（小生）請了。哥哥轉來。
（生）怎麼？
（小生）今晚又不要吃醉了。
（生）咳，如今再不吃酒了。（下）
（小生）妙！明日先在翠屏山等候，待那婦人到來，咳，自有道理。（下）

第二十五齣　□　□

【引】（正旦上）昨夜情人去悄悄，人別後沒些音耗。
（貼上）不好了！閉門家裡坐，禍從天上來。阿喲，大娘，不好了！不知那一個，把海師父與胡頭陀，一齊殺在後門首，都是赤條條在那裡。
（正旦）有這等事？嚇，迎兒，
【紅衲襖】莫不是蠢頭陀為爭風狠下刀？（貼）莫不是莽和尚妬他行生殺倒？（正旦）為甚的赤條條沒一縷絲兒罩？（貼）早難道互相殘做一雙刎頸交。（正旦）那裡有行客兒歹鬭着？（貼）又沒有鄰里每來廝鬧。（正旦）我曉得了。（貼）曉得什麼？（正旦）莫不是丈夫行特地行凶也？（貼）只怕不是。（正旦）管則是拚命三郎弄得來沒下梢。（哭介）
【引】（生上）勉聽良言，按不住咱家俠性。（貼咳介）
（正旦）迎兒，為何這兩日，眼疼得緊？
（貼）便是，紅在那裡？
（生）為何這等眼紅？巧姐，我夜來得一奇夢，甚是奇怪。
（正旦）夢見甚麼？
（生）夢一神道見責，說我舊願未還；我想起來，向日曾許東門外岳廟裡一炷香願未還，明日喜得空閒，和你同去走遭。

（正旦）你自要去燒香，要我同去何用？

（生）這願為你許下，不是當耍的。

【賞宮花】神天有靈，欲相祈保泰寧。舊願難忘却，入夢更堪驚。開口莫言不信佛，舉頭三尺有神明。夢中神語還堪信，莫道無神也有神。迎兒，你明日也去走走，

（貼）曉得。（生咳嗽）（正旦哭介）（貼搖手介）（下）

第二十六齣　殺　　山

【山羊轉五更】（小生上）鬱蔥蔥層嵐如靛，急煎煎寒飆如箭，虛颭颭孤蹤似萍，冷颼颼怒髮如虬顛。我也不自憐，愁他作話傳，這不平意氣難消遣，因此刃落霜街，塵襟血濺。還恐他、胡做作、没高見，被我一時賺出、賺出閨中嬡。若得個跡剖真情，說甚言深交淺？

妙嚇，來此已是翠屏山，好個僻靜的所在，少不得在此做個法場。

（生內）轎夫，把轎子擡回去，我每走回來了。

（貼上）大娘走嚇。

【前腔】（正旦上）亂紛紛叢篁如蒨，響泠泠幽泉如咽。愁慨慨一心似呆，意懸懸千轉如絲線。（生上）我思量起，事到頭難辭辯。（正旦）這裡到岳廟，還有多少路？（生）唔。（貼）到岳廟還有多少路？（生）就在前面，走！（二旦）怎麼走到這樣所在來？（生）他一身做事敢向誰埋怨？俺自有男子剛腸，住了，怎肯為妻兒情軟？（小生）哥哥請了。（生）兄弟請了。（小生）嫂嫂，（貼）為何他也在此？（正旦）叔叔，為何也在這裡？（小生）我麼，為嫂嫂有句話與石秀有些干涉，今日要在哥哥面前對個明白。（生）好，對個明白。（正旦）阿喲叔叔，你是個知事的人呀，何緣，隨人把話煽？（小生）雖然，也要還咱一句言。

（生）住了。賊淫婦，你前日對我講，叔叔幾番把言語來調戲你，又來衝撞你，今日無人在此，對個明白。

（正旦）過了的事，又提他怎麼？迎兒，我每回去罷。

（貼）有理。

（小生）咳，嫂嫂怎說這話？石秀今日，要在哥哥面前，

【古輪臺】要問明白，(貼)燒香，對起是非來。(小生)吥，你無根浪語為何來？(正旦)叔叔，因何沒事擔驚怪？那些寧耐。(小生)嫂嫂不要口硬。哥哥，取證見與他看。(生)淫婦，這件狗皮，是哪個的？(正旦)我不曉得。(貼)呀啐！(小生)哥哥，只問迎兒，便知明白。(生)是嚇。(貼)阿喲！(生)小賤人，怎地僧房入奸？怎地黃昏勾引？怎地五更敲梆？好好實對我說！若半語胡歪，看取鋼刀磨快。(貼)放了說。(小生)放他講。(生放)講！(貼)姐姐，我只得要說了。(正旦)迎兒，說不得的！(生)吥！講！(貼)入寺燒香，酒酣春色，把迎兒發付兩和諧。但使官人不在，夜來香桌安排。五更出鈸，暗中策望，頭陀擔戴。不想石叔惹非災。(小生)住了，怎麼推在我身上來？(貼)都是姐姐賣囑迎兒，都是胡廝賴，眼珠落地不見影兒篩。

【前腔】(小生)休猜，料非我叮囑裙釵。問嫂根節情由，莫教遮蓋。(生)有理。(二旦)阿呀！(生)賊淫婦，好好實對我說！若無語搪塞，怎把奸情詞改？(正旦)須念平日夫妻，兩情廝愛，勸你權將怒兒解。也是前生孽債，早託兄妹同儕，道場留意，僧房約定，往來無礙。酒後露狂乖，多尷尬，假言嘲戲總推捱。

（小生）哥哥，含糊不得的。

（生）是嚇。

（二旦）阿喲！

【撲燈紅】(二生)怒從心上起，怒從心上起，惡氣怎分擺？送暖與偷寒，這個丫頭好生膽大也！(小生)哥哥，留他貽害，好教他先喪塵埃。惱殺這潑奴胎，從今斬草去根荄！(殺。貼下)

【前腔】(生)一時間誤聽，惹得交情壞。醉裡露消息，反被把人來賣也！心腸忒歹，險教咱一命難捱。先下手恨舒懷，霎時身首早分開！(殺。正旦下)

【尾】拋將怨氣雲霄外，狼藉橫屍不可埋。兄弟，殺了這兩個

賤人,如今往哪裡去?(小生)哥哥,竟往梁山別劃擺。(下)

第二十七齣 □ □

【點絳唇】(外上)嘯聚英豪,衣衫劫寨,天恩大,回首懸崖,水泊權棲耐。

青袍多少誤儒生,爭似絨衣定太平?天子非常賜顏色,預開麟閣待勳名。俺,宋江,多蒙衆兄弟扶持,在此聚義。聞得張太守賫詔到來,招安山寨,且待衆兄弟出來,一同下山接旨便了。

(末上)家住絳州城外,諢名鐵槊如銀,翻江作浪鬼神驚,俺乃浪裡白條張順。

(淨上)一二三四五,金木水火土,有人問咱名,俺乃阮小五。

(老旦上)文又高來武又高,慣使長槍並短刀,有人問咱名和姓,我是梁山顧大嫂。

(副上)天青地青,打彈為生,有人問俺,石彈燕青。

(正旦上)束髮冠紅纓燦爛,鳳頭鞋寶鐙斜插。天風吹動鬢邊毛,一丈青當先出馬。

(貼上)文又強來武又強,也曾三打祝家莊,有人問咱名和姓,我是梁山孫二娘。

(丑上)前勿算,後要亂,未曾殺陣我先畔,有人問我名和姓,我乃鬼嘴二萬貫。

(合)大哥在忠義堂,不免上前相見。請了。

【引】(二生上)暫向梁山,脫離虎穴龍潭。報去,楊雄、石秀要見。

(副)啟大哥,楊雄、石秀求見。

(外)快請相見!

(副)待我摻跳。

(二生)不消。俺來也。

(副)咦,亦是兩個真命強盜來哉。

(二生)大哥請上,待楊雄、石秀拜見。

（外）不消。好，聞得石三郎在十字街殺了奸夫，楊大郎在翠屏山剎了淫婦，真乃英雄也！

（二生）不敢。列位請了。

（衆）請了。

（外）衆兄弟，擺齊隊伍，一同下山接旨便了。

（衆）説得有理。

【好事近】（合）水泊聚英雄，替天行道，義氣相同。梁山為寨，各人要並力心同。望丹書下九重，召英豪共佐投明宋。待朝廷頒詔來宣，那時節叩首重瞳。（下）

附錄　翠屏山佚曲

【正宮·朱奴插芙蓉】【朱奴兒】笑着那蛙兒伎倆。不爭似怒臂螳螂，狡兔謀空鼠技藏。【玉芙蓉】倒翻成弄却、虎啖羣羊。罡星出世從天降，煞曜臨凡勢莫當。歌聲唱，喜翩翩雁行，頃刻間、報仇雪恥有輝光。(見《南詞新譜》卷四)

【越調·亭柳帶江頭】【亭前柳】月落曉霜清，年老路難行，暗中來摸索，兩脚苦伶仃。怎生、有個人形影？【江頭送別】是何人血染青萍？

【仙呂入雙調·園林沉醉】【園林好】泥滑擦谿山路幽，亂蒙茸高低雜柳，月黑處難教疾走。【沉醉東風】搭上撓鉤，喜得勝凱歌旋奏。為他再籌，為咱再籌，只索走向梁山把衆鳩。(同上卷二十三)

嬌紅記

（傳奇）

明·孟稱舜

【作者簡介】孟稱舜(約 1599—1684),字子塞,又作子若或子適,號小蓬萊臥雲子、花嶼仙史,會稽(今浙江紹興)人。生於儒學世家,早年受家學影響,飽讀詩書,博聞強識,詩詞曲賦無一不工,少時便有才名。成人後仍晨夕誦讀不絕,寒暑著述無休。崇禎時諸生,曾任松陽教諭。他品行方正孤介,不肯與俗為伍,以正風俗、興教化為己任。朔望升堂講道,闡明濂閩心學,課士嚴正,學子毋敢喧嘩。孟稱舜是明末曲壇上的一位重要的戲曲作家,作有《嬌紅記》、《貞文記》、《二胥記》、《二喬記》、《赤伏符》等五種傳奇和《桃花人面》、《殘唐再創》、《眼兒媚》、《花前一笑》、《死裡逃生》、《紅顏年少》等五種雜劇,其劇作以"言情"為主,深得湯顯祖劇作的神韻。孟稱舜不僅在戲曲創作上有着較大的成就,在戲曲理論上,也頗有建樹,他在《古今詞統序》、《古今名劇合選》的評點、序文及一些劇作的題詞中,就戲曲創作方面的問題提出了自己獨到的見解。

【劇情概要】該劇全名为《節義鴛鴦冢嬌紅記》。劇寫宋徽宗宣和年間汴州人申純,字厚卿,聰明卓異,流寓成都。選場失利後,到眉州拜訪舅舅王通判,對表妹嬌娘一見傾心,日夜思慕。嬌娘對申純亦一見傾心。二人詩詞往來,傳情達意,並剪髮為誓,私定終身。申純回家後,相思成病,借求醫之由,又來到舅舅家,與嬌娘密會於臥室。如此月餘,被舅舅侍女飛紅窺見,嬌娘以小惠堵飛紅之口。申純回家後,請父親派人上門求親,但舅舅王文瑞却以朝廷規定内親不得通婚為由,峻拒之,二人絕望。申純原與妓女丁憐憐交好,此時婚姻失意,重至丁憐憐處,丁告知曾見到嬌娘畫像,心實慕之,求申純向嬌娘討一雙花鞋。未幾,申純又來到王家,再度與嬌娘幽會,竊取嬌娘花鞋,被丫環飛紅發現。嬌娘懷疑申純與飛紅有私,責難飛紅。飛紅惱恨,故意讓嬌娘父母發現申、嬌二人私會事,申純無奈,遂辭歸。不久,申純高中進士,重至舅舅處,欲圖婚姻。在飛紅謀劃之下,舅舅王文瑞見申純得官,方許其婚姻。不料此時節度使之子慕色求婚於嬌娘,王文瑞悔婚,欲將嬌娘改嫁官家公子。嬌娘鬱鬱而病,婚期漸近,病情日重,約申生訣別,不久辭世。申純聞訊,懸梁自盡,被人救醒,然死志已堅,終絕食而亡。後兩家將二人合葬於濯錦江邊。

【版本流傳】元人宋梅洞有小說《嬌紅記》,明初劉東生有雜劇《金童玉女嬌紅記》等,摹寫的皆是此故事。孟稱舜在前人創作的基礎上將其改編為傳奇。該劇今存有明崇禎間刻本,《古本戲曲叢刊二集》據之影印。今易見的是上海文藝出版社1982年出版的由王季思主編的《中國十大古典悲劇集》。

【演出情況】因該劇情節曲折,情感動人,故而問世之後,不斷地被搬演到舞臺上。

(杨　敏)

第一齣　正　名

【西江月】醉看花前妙舞，閑聽座上新歙。繁華冷落盡消除，片晌頓成今古。　　一段幽魂渺渺，兩行紅淚疏疏。貞夫烈女世間無，總為情多難負。

【滿庭芳】王女嬌娘厚卿申子，天生才貌無雙。心期密訂，彼此繫衷腸。笑把梨花擲處，擁爐語，生死情長。姻緣好，分爐斷袖，風月兩相將。　　為求親間阻，天愁地恨，無計成雙。更飛紅暗妒，屢致參商。帥子豪華慕色，挾家勢、強結鸞凰。男和女，情同鐵石，並塚配鴛鴦。

烈嬌娘心擇多情種，俏飛紅妒阻真歡寵。
豪公子強入燕鶯羣，義申郎情合鴛鴦塚。

第二齣　辭　親

【滿江紅】（生上）天賦多才，逞年少，凌雲勝氣。怎能够九天奮跡，一身榮貴。腰下青萍長自吼，脚跟紅線何年繫？可正是潘安宋玉，為傷秋，情無已。【鷓鴣天】十二甘羅已相秦，我今二十尚逡巡。龍頭未屬身猶賤，鴉髻雖勤志早星。　　真薄命，歎飄零，於今婚宦兩無成。有時月內逢仙姊，才顯成都雙鳳名。小生姓申名純，字厚卿，祖貫汴州人也。隨父親流寓成都。八歲通六經，十歲能屬文。鞍馬弓箭，亦頗諳習。兄弟兩人，俱負時聲。去秋與俺哥哥同赴選場，不利而歸。胸中鬱鬱，難以自遣。有母舅王文瑞現為眉州通判，今欲以探親為名，到彼處散悶。遲則半載，早則月餘回來。未知爹娘許否？道猶未了，爹娘、哥哥早上。

（外、老旦、小生上）

【前腔】（外、老旦）暫住林園，傳家法詩書執禮。幾時得兩兒榮貴，光生門第。（小生）百歲良宵如過馬，一春好景同流水。趁雙親未老，向高堂，供甘旨。

（外）老夫申慶，老妻王氏，生有二子，長喚申綸，次喚申純。申綸年長二十二歲，早已娶有媳婦。申純生時老妻夢吞彩雲一朵，醒時猶有異光在室，今年方弱冠，擇婚未遂。老妻兄弟王文瑞，親生一女，名喚嬌娘。聞她才貌端妍，意欲聘做媳婦，奈文瑞在眉州做官，未及遣媒說合。今欲遣申純往問安否，乘便就探取這門親事。申純！

（生揖介）孩兒有。

（外）你舅舅在眉州，我一向要遣你去問候，奈你進場無暇。今場事已過，你可乘暇去走一遭，但不可久滯於彼，致我家中懸念也。

（生）孩兒曉得。

（外）孩兒，你緊記着：

【宜春令】垂簾下，花正肥，待花落須當便歸，休得要淹遲歲月，教我老爹娘倚門望斷人歸未。（老旦）你去拜上舅妗呵，道是他夫婦福分無邊，我父母容顏憔悴。（合）須記，征鴻便羽，把尺書頻寄。（生）孩兒呵，

【前腔】乘休暇，別錦幃，整行鞭，離東向西。眉州隔此雖則不遠，只今回首，高堂咫尺情空系。到異邑無意留停，望故里有魂長侍。早看庭花未謝，是孩兒歸時消息。

（小生）兄弟，我和你居則同席，出則連鑣，今倏爾言別，可勝分飛之歎也！

【前腔】花纔放，草又萋，踐征途王孫馬蹄。你今別去，半肩行李人迢遞。休道是老爹娘朝夕縈牽，則我兩兄弟幾經離析。須記，鸝裘莫滯，早歸來與你花前相對。

（生）你兄弟少不得一去便回也。

【前腔】又不為名與利，相謫離，生間阻，楚天一涯。自今相別，伯勞東去無儔匹。我只為探舅氏暫爾分飛，哥哥，你奉雙親好生看視。認取庭花未謝，是您兄弟歸時消息。

【餘文】（外、老旦）人生何事關胸臆？（小生）黯銷魂萬里橋西。（生）最苦的是親在高堂子遠離。

（外老）楊柳枝頭色變黃，（生）躬承親命去他鄉。

（小生）家人早把歸期數，（合）莫爲看花殢洛陽。

第三齣　會　嬌

【鳳凰閣】（末、外旦引貼、淨同上）（末）空庭春廣，麗色垂垂欲上。晝閑無事坐黃堂，看兒女簾前來往。（外旦）衷腸難放，門楣少，幾時得畫眉相向。

（末）宦處眉州二載餘，官清民善頗安居。

（外旦）膝前一對嬌兒女，

（末）且與焚香課讀書。老夫王文瑞，奶奶趙氏，這侍女名喚飛紅。自家世籍成都，今官眉州通判之職。所生一子，名曰善父，年方六歲。女曰嬌娘，小字瑩卿。生時老妻夢天上仙娥折與仙葩一朵，嬌豔異常，因此取名嬌字。今年已二八，才貌端妍，爲我宦居在此，尚未許聘於人。俺肩上止有一姊，適與同郡申慶爲妻，生下二子，俱有文才。俺因孩兒幼小，意欲喚二甥到任所同理諸事，爲他方讀書進場，遷延未果。今聞次甥自來候我，只目下可到。院子，你在外廂伺侯，看申家官人到來，即便通報。

（淨諾，同下）

（生上）

【新水令】行行步步看花放，遍郊墟，暖風輕蕩。看對對銜泥燕，傍人飛，爲春來説與多愁況。小生爲訪舅氏，行來到此，看眉州好風景也。【摸魚兒】錦城西一區華屋，天開多少佳趣。當門綠水朝千里，何況碧山無數。堪愛處，有瀟灑新篁，松檜森前路。深深院，見簾幕低垂，絲簧迭奏，鎮日價歌舞。　金閨彦，聯翩占住。小生平昔依慕，今朝走馬行來近，試倚繡鞅凝覷。見處處繁花開遍，幽意誰爲主？詩朋酒侶，向此地嬉遊，尋花問柳，須自有奇遇。説話間到了門首，有老院子在此候門。老院子，你報老爺奶奶知道，説申官人來也。

（淨）呀，申官人到了。老爺正着我等候，待我去通報咱。

（報介）

（末、外旦、貼同上）

（生入見介）

（末）久違音問，今日見了賢甥，使我不勝之喜。

（生）久別尊顏。容小甥一拜。

【步步嬌】千里驅馳來相訪，忙拜倒臺階上。（末）賢甥免禮，且問你爹媽俱好麼？（生）別來已二霜，幸我雙親，一般無恙。舅妗想俱萬福？（末、外旦）僥倖也好。（生）恰兩下盡安康，今日個相逢欣喜應難量。（末）二哥路途勞頓，院子將酒來洗塵。（淨下持酒上，生衆同坐飲介）（生）含弟百一姐俱好麼？（末、外旦）

【前腔】我稚女癡男皆嬌養。（生）含弟尚小，百一姐今庚十幾了？（末、外旦）我女孩兒是你年居長。（生）聞的聰慧異常。（末）知書性頗良。（生）可曾許聘了麼？（末、外旦）未遇姻緣，使人惆悵。（生）不知要許甚樣人家？（末、外旦）要配好鴛鴦，則除他人材啊，得似你才郎樣。

（生）小甥禮合請見。

（外旦）飛紅請小姐來見二哥。

（貼下，上，耳喑介）小姐未曾妝束哩。

（外旦）二哥家人也，便不妝束，出見何妨。

（貼下，同旦上）（旦）檻外新花又一年，蜂鬚偏惹繡窗前。金針繡帖無心弄，且拔鸞簪理篆煙。

（貼）姐姐，你今日朱粉未施，雙鬟綰綠，愈覺可人也。

【懶畫眉】亂雲鬟低綰出漢宮妝，（掩鬢介）這金釵敢溜下也。鬢兒邊，斜鬈着一枝金鳳凰。這衣服恁精楚啊，身兒上，穿着套花茸茸織錦藕絲裳。奶奶堂上等着，姐姐，你脚步兒挪了半日啊，剛轉過翠生生繡軟梅羅帳。這正是嬌怯怯雲雨巫山窈窕娘。

【前腔】（旦）我剛在繡房中繡罷了錦鴛鴦，待收拾起金針看海棠。則見小梅香輕輕的彈響小紗窗。（貼）申家哥哥在此，奶奶催着哩。（旦）道是老夫人宴客華堂上。我且待偷覷咱，呀，却是個玉面鵶裘楚楚郎。（出見介）（外旦）哥哥遠來，孩兒可把酒勸哥哥一杯。（旦把酒，生接介）呀，這妹子長的恁般好也。

【玉交枝】驀見天仙來降,美花容雲霞滿裳。天然國色非凡相,看他瘦淩波步至中堂。翠臉生春玉有香,則那美人圖畫出都非謊。猛教人魂飛魄揚,猛教人心迷意狂。(旦)申家哥哥好一表人材也。

【前腔】神清玉朗,轉眼眸流輝滿堂。他雖是當筵醉飲葡萄釀,全不露半點兒疏狂。淹潤溫和性格良,盡風流都在他身上。不爭他顯崢嶸,珠宮畫廊,也不枉巧溫存,錦幃繡床。

(生)我見了那妹子,可忘了與舅妗扳話。請問舅妗,平日也飲些酒麼?

(末)我與你舅母居常飲酒不過數爵。

(生)賢妹也飲些麼?

(外旦)他天性不飲。

(旦低頭介,生)

【前腔】可人模樣,天生就,春風豔妝。他妹妹,我哥哥,則是側身偷眼低低望。想他是年少嬌娘,驀然間翠靨紅生兩頰旁。怕道不關情,怎便把春情揚?猛教我神飛醉鄉,猛教我魂飛翠鄉。

(末)賢甥量好,可開懷飲數杯。

(外旦)飛紅滿斟二哥酒。

(生)長者賜,不敢辭,但小甥失志功名,一向負病,不能多飲。

(旦低語貼介)看二哥似不任酒力了。

(貼低笑介)小姐初見,怎便恁般相知哩。

(旦)我看他,

【前腔】停杯相向,言笑處,風生畫堂。他那壁,我這壁,偷睛兩下頻來往。愛他個年少才郎。雖然阻隔筵前花數行,則乍相逢早已私相傍。敢一樣神飛醉鄉,敢一樣魂飛翠鄉。(末、外旦)二哥雖則有恙,一路上勞頓,倒多飲數杯也好。

【江兒水】玉碗斟香糯,盛來琥珀光。你客中暢飲精神壯。(生)小甥飲不得了,(側覷介)見他佯整搔頭,我偷睛望。(翻酒介)將這杯酒兒都淹在青衫上,險露出輕狂模樣。似這般醉眼荒唐,將座中的人呵,錯認做巫陽仙仗。(貼)我覷申家哥哥和小姐啊,

【玉抱肚】兩下低鬟相向。我心中猛然暗想：多管他佳人才子，都一般兒風流情況。一個待眉傳雁字過蕭湘，一個待眼送魚書到洛陽。（末、外旦）二哥既然推辭，且暫歇息，明日再飲罷。

【玉山供】驀見你形勞意攘，待來朝花前舉觴。（生）小甥委是醉也，（側唱）我見他抵春纖推整雲翹，（旦側唱）我見他濕青衫暗倒霞漿。（外旦）飛紅，可送小姐先歸繡房去。（貼）酒闌客散，各自的歸回庭帳。俺小姐呵，道去也回頭望。（旦）自情傷，今後呵，甚心兒向窗前重繡好鴛鴦。（同貼下）（生）小甥領二親尊命，候過舅妗，即便告回。（末、外旦）二哥遠來勞苦，況我家事務，正欲藉你料理，歸去之話，且則休提。

【好姐姐】那廂，收拾下半間草堂，安頓了琴書劍囊。且自安心，莫為思家歸去忙。在此有我舅妗呵，相親傍，也當的一家骨肉團圞相，好認并州作故鄉。（下）（生）小生不圖今日有此奇遇也，恰纔蒙舅妗留俺，俺便住在此一世也罷。

【川撥棹】心思想，我可也不空來了這一場。驀遇着這金屋嬌娘，驀遇着這金屋嬌娘。猛回頭何方故鄉，則索破工夫，閑打當；耐心情，守夜長。

【前腔】想着他龐兒淺淡妝，玳筵前情意長。我被逗得個意亂心狂，我被逗得個意亂心狂。他嬌模樣還不離我眼眶，待相忘，知怎忘；要相從，轉渺茫。

【僥僥令】空庭人已往，鶯韻罷調簧。酒醒神回，益覺無情況。這沒下梢的惡相思知怎當？

【尾聲】三春楊柳堪人賞，只怕捱不徹這相思兩字長。今日啊，怎把我歸去的心期來便講？

　　　　　　長為看花涕淚盈，今朝忽爾遇雲英。
　　　　　　藍田洵是神仙宅，何用崎嶇上玉京。

第四齣　晚　　繡

【一枝花】（旦上）杏花春雨謝，滿眼飄香雪，晝閑天氣冷，流清血。寶鏡臺前，懶畫芙蓉頰。新愁難打迭，弄草拈花，辜負好天良夜。【畫堂春】弄寒弄暖雨霏霏，雨餘幾遍相催。催了開時催謝時，滿院花飛。　　獨坐空庭，悄悄無言，手拈花枝，枝頭杜宇送斜暉，幽怨誰知？奴家每想，古來才子佳人共諧姻眷，人生大幸，無過於斯。若乃紅顏失配，抱恨難言。所以聰俊女子，寧為卓文君之自求良偶，無學李易安之終託匪材。至或兩情既愜，雖若吳紫玉趙素馨，身葬荒丘，情種來世，亦所不恨。吾今年已及笄，未獲良緣，光陰荏苒，如同過隙。每每對花浩歎，不能自已。昨於堂上瞥遇申生，相其才貌，良可託以終身。為此日來，心上眷眷若有所繫。今春寒晝冷，獨倚繡床，情懷寂寞，暢好可憐人也。

　　（悶坐介）

　　（貼上）紅杏枝頭春意鬧，動人情思知多少。姐姐，你小廊獨坐，撫針凝睇，非關病酒，敢為傷春也。

　　（旦）晝長無事，對花鋪繡，不知春色何在，說甚傷春也。

　　【香羅帶】綠窗人語絕，閑鋪繡帖。（貼）姐姐，你停針不語，却是為何？（旦）我停針不語身倦怯，覷着那畫眉簾外日兒斜也，剛繡的來一對錦蝴蝶。（貼）姐姐既然身子困倦，向花園裡散散心兒罷，只管繡些什麼？（旦）聽，聽聲聲巧鳥雙弄舌，道則麼有甚關情也，走向空庭把花自折。（貼）不是飛紅多口，姐姐，我覷你近新來啊，

　　【羅江怨】裙寬了三四褶，腰肢瘦怯，知您意兒因甚些？你生小的在香閨中受用十分別也，有甚閒情得向眉梢惹。我猜姐姐啊，敢則惜春光去漸賒，聽春規啼不歇，一般般害的個傷情切。（旦歎介）

　　【五更轉】你道我在香閨恁愁怯，我生小兒情性別，沒甚關情也害得傷情切。夜夜看花，淚痕流血。衷腸事，待說來如何說？怕的是淒淒杜鵑、杜鵑枝上咽，楊柳樓西，曉風殘月。

　　（貼）是哩，姐姐身畔，則少個姐夫。待老爺回家，定有人來說親，只不知姐姐心上，要甚樣姐夫纔好？

　　（旦）我是女孩家啊，

　　【前腔】這事兒却教怎生說？（貼）這裡無人，便說也不妨。像

那李衙内、張舍人,潑天價富貴的子弟可好麼?(旦)你道他金珠堆滿穴,豪家富室好枝葉;怕則氣勢村沙,性情惡劣。便做是紙鸞鳳、草麒麟,恁差迭。好花輸與、輸與村郎折。這段姻緣怎教寧貼?

(貼)這等,只揀個讀書的才子好麼?

(旦)便說那才子,也有不同。

(貼)怎麼不同?(旦)

【前腔】臨邛客輕把文君舍,白頭吟長歎嗟,聰明人自古多情劣。(貼)這等怎樣好?(旦)薄命紅顏,好花易折。但得個同心子,死共穴,生同舍。便做連枝共塚、共塚我也心歡悅。打迸香魂,向誰飛越?(貼)姻緣分定,也揀不得許多。眼前倒有個人兒在此,似那申家哥哥呵,

【五更轉犯】他俊樣兒,天生絕,和你一般情意愜。(旦羞怒介)你小妮子家,說來的話兒十分劣。我和他兄妹排連,怎把姻親相結?(貼)這也常事,便說說何妨?(旦)怕不道隔牆邊有耳,有耳暗中聽也,你沒遮攔浪輕說。

(貼背云)小姐被我說着心事,轉倒惱我。

(回云)飛紅在此久了,看奶奶去。你五分心事我已三分曉,何須抵口遮藏了?我且閉門不管月黃昏,一任梅花落盡多多少。(下)

(旦)不如意事常八九,可與人言無二三。我心中之事,怎對飛紅說的啊!且收拾繡帖歸繡房去罷。

【二犯五更轉】昏黃時節,收拾了繡花針線帖。(倦倚介)倚牙床坐對餘香謝,猛擡身欲起、欲起身又怯。呀,月兒早上也,則見一鉤鉤楊柳枝頭月,傍晚妝臺,照人明滅。凝望眼,難打捱這春長夜。(歎介)月色天邊,人同此夕,歎花陰人遠音塵絕。(生潛上)(旦驚顧介)翠竹輕搖,繡簾低揭,兀的有誰來也?

(生見低問介)姐姐,你倚床長歎,將有思乎?將有約乎?

(旦作正視介)兄何自來?此日晚矣,春寒逼人,兄覺之乎?

(生)春寒固也。

【尾聲】(旦)春寒悄悄空庭榭,怕對無情良夜月;一任他簾外

花開,我自歸去也。(下)

（生）呀,姐姐徑去了,怎生發付我也？我到此承舅妗相留,出入堂廡之間,與姐姐時或相遇。見其凝妝正色,不敢輕語相挑。今此倚床長歎,似有動情之意。却纔以一言試之,又把他詞拒我,正視逡巡而去。（歎介）知他竟兒可是怎生？這相思兀的不乾害殺也呵！

枝頭好鳥亂啼春,獨坐花前自慘神。
我亦有愁無處訴,只應回首淚沾巾。

第五齣　訪　麗

（二淨上）四座諸賓請弗喧,聽我兩人念脚色。我祖號為戈十貝,我父號是馬户冊。農工商賈都不做,呵卵捧脬為第一。慣依豪門使聲勢,常走富家騙衣食。賭博場中盡經過,吹彈隊裡長相壓。嫖經酒經顛倒熟,勝似《詩》《書》並《周易》。正人相視等冤仇,蕩子見我如親戚。踏着門庭家便破,猶如請位喪門客。東家賣盡千頃田,擺尾摇頭過西宅。只我名為馬小三,只我喚做戈小十。聳肩諂笑不須羞,世上而今都一律。小十哥,我和你昨日在張二爺家喧得爛醉,今帥大爺著人來喚,索去走一遭。兄弟,我和你脱空活計般般有,任富貴子弟脱不的我手,則恐妻子餓死在家中,單單博得自家這張口。（下）

（丑扮帥公子上）

【一江風】小兒郎,富貴天生相,出殼從嬌美。仗爺娘,心頭愛惜,掌上奇擎,當做珍珠樣。不須紙半張,不須字半行,生小兒脚踏在人頭上。自少無分菽與麥,富貴全憑父祖力,貪賭貪酒又貪花,花花太歲稱第一。自家帥公子便是。父親現為西川節鎮,勢焰熏天,生來所欲,無不如意。但只一件,俺自少性格風騷,最愛的標緻女子,此間有角妓丁憐憐,名為殊色,日日接來陪酒伴宿,終是煙頭粉面,未稱吾願。今要於成都十郡內,不論遠近,尋個絕色女子,聘做渾家。昨已喚馬小三、戈小十兩個商議,怎生還未到？

（二淨上見介）入門未問榮枯事，觀着容顏便得知。大爺，你喚我兩個來，面上却像有些唧噥，怎麽説？

（丑）你兩個真是鑽心的蟲兒，你道我心中為着哪件，可猜一猜。

（二淨）我猜來，敢有人欺負大爺哩？

【前腔】論伊行，富貴王侯樣，到處人欽讓。真個誰敢欺負你呵。再參詳，敢思量飯吃？你吃的是美酒羊羔。敢思量衣穿？你穿的是繡錦衣裳，但要的都停當。敢用度上有些不足？你金銀堆滿箱，綾羅積滿床，甚憂愁得到你心上？

（丑）都不是，都不是。

【前腔】想吾行，生小風流相。（二淨）是了，想着那話了。（丑）些個事，關情況。（二淨）去接了丁憐憐來便是。（丑）這也罷了，任飄揚，翠館紅樓柳陌花街，到處曾遊蕩。只少個人兒娶他到我房，摟他上我床，做一個戲水的鴛鴦樣。

（二淨）這不難，娶一位大娘便了。

（丑）我正想娶大娘，那得有絶樣標緻的？

（二淨）趙員外、錢都督家俱有年長的女兒，隨着娶一位何如？

（丑）你且説容貌如何？

（二淨）

【前腔】那婆娘生的羅刹樣，是件兒不停當。細端詳，髮似蓬鬆，體似蝦蟆，一見人逃往。身兒丈二長，脚兒尺二長。這正是破糞箕，生笞帚，娶將來和你一對兒相廝像。

（丑）狗才胡説！你聞有標緻的女子快講來。

（二淨）想世間佳人都要配才子，大爺你娶來，到老不和睦，不如只揀富貴家女兒娶一個罷。

（丑）胡説，如今世上是公子便要充才子了。（做意介）難道我這樣一位俊俏公子，倒弱似那吃黃菜的酸丁？你只揀絶樣標緻的説來我聽，我娶他，不怕他不肯。

（二淨）大爺真要標緻的麽？有，有，有一個西施，一個文君，一個楊貴妃，一個崔鶯鶯。（丑）這都是死的。

（二淨）如今世上那有活的人？孟夫子、孔夫子，只好把幾個死的説説罷了。

（丑）休胡説，快講來。

（二淨）我講來，大爺不要火動。孫家有個賽玉，李家有個碧仙，周家有個湘芷，伍家有個如蓮，這還不打緊，一個姓王名嬌娘，真有沉魚落雁之姿，閉月羞花之貌。仙姬隊裡無雙，神女羣中第一。

【前腔】那嬌娘生的菩薩樣，是件兒都停當。再端詳，體似凝酥，臉似芙蓉，一見神魂蕩。頭兒梳的光，衣兒熏的香。大爺，你若見了呵，不由你不癱倒在銷金帳。

（丑倒介）咦，我死哩！

【前腔】説嬌娘，真是天仙樣，一聽魂靈喪。我如今怎便得到手啊？自商量，若還娶得他，拜罷高堂，同入流蘇帳。那時節宰了一隻羊，排了幾隻觴，把我那歡娛慢慢的和你媒人講。如今急切不能一見，你可引了畫工，把那些女子的真容，乘間偷畫來我看。還再打聽有好的也畫將來，待我查的的當，央人去求婚便了。

（二淨）領大爺臺命。

（丑）聞説名姝色嫣然，（二淨）神如秋水臉如蓮。

（丑）他時果得成佳配，（二淨）打辦真誠答謝天。

第六齣　題　花

【鳳凰閣】（生上）無情無緒，幾個流鶯聲度。起來閒步小庭除，怕有玉人來去。玉人何處？則剩得形單影孤。一番笑語未分明，道是無情又有情。我幾次低頭自惆悵，（歎介）小姐啊，你做了"熟梅天氣半陰晴"。小生為嬌娘，留此月餘，時與相會中庭之上。看他似真似假，如迎如拒，去之則邇，即之復遠。敢道是俺姐姐呵，

【金梧桐】青春兒剛二八，不解傷情緒。則那傍晚妝臺，獨倚看花處。紅愁綠慘深，都向眉峰聚。説不傷情，直恁傷情苦。這芳心一點應難數。想他倚床夜繡，顰眉凝睇，悄然長歎，是何衷情也？

【前腔】他停針欲起遲,淚眼看花無語。所事惺惺,繫却人腸肚。我思量欲待休,怎得思量住。昨宵夢中見他,好不情長也！春夢無端,常向香閨去。則醒來啊,依舊半竿的紅日紗窗暮。(望介)從花園左側進去,與繡房相通。我拼的撞將去,摟住他,怕怎麼?(行介)

【前腔】碧桃花徑幽,青鳥音塵阻。若個仙姬,冷落朝朝暮。我待做漁郎去問津,硬撞入桃源路。(止介)不中,倘他決撒起來,可不誤了好事也。又則怕漲滿春溪,不許漁郎渡,向武陵溪畔空延佇。細思小姐,不異聽琴卓女,我亦何愧當壚司馬,但未知兩下緣分如何也?

【梧桐樹犯】空成煙月招,錯配姻緣簿,月老天公,自古多差誤。他做了癡心卓女情難訴,我做了薄福相如命合孤。如今怎得與小姐相見,把這衷腸訴他,他或也動念。歐陽臺望斷人何處,怎得似前宵花間相遇。(下)

(旦上)細雨紛紛潤綠苔,春風催却牡丹開,為憐花信匆匆去,斜倚欄杆淚滿腮。(歎介)覷惜花軒外,牡丹又早開也。春色三分,能幾時乎?我想花容易老,人同朝露,使我對之,可勝惆悵!

(生上)

【不是路】驀見嬌姝,小立在欄邊瘦影孤。偷相覷,雲鬟低斂似當初,倩人扶,看花脈脈嬌無語。(旦低歎介)(生)對景悠悠暗自吁。(旦見生,驚介)(生揖介)重相遇,似裝航夢入遊仙路。不須驚遽,不須驚遽。請問姐姐在此看什麼?(旦不答,低頭介)(生)

【前腔】春小梅株,問花信枝頭還在無。無言覷,千愁萬恨在眉嫵。(旦轉看花介)(生)姐姐,你看檻中牡丹數本,欲開未開,似有惆悵之意。小生不揣,題詩二首在此。(送旦,旦看,低歎不語介)(生)他看了這詩啊,暗嗟吁,數行清淚花如訴,滿紙春心血自枯。(內叫小姐介)(旦袖詩欲行介)(生)則見他忙收取,聽何人隔院嬌聲度,待轉身歸去,轉身歸去。(旦徐步下)(生)呀,姐姐將我詩展視,傾鬟低面,欲言不言,徐步而去。小生今日這相會,又則枉然也。

【浣溪紗】將今日,思前度,直恁般奚幸煞吾。你當日呵,一分春色三分語;今日呵,萬種春情一句無。心自數,想你的意思兒不真實,乾薄幸,誤殺相如。

【前腔】惡相思,無憑據,到今日轉展成虛。你熱處呵,似花香春樹蜂聲聚;你冷處啊,似雲暝秋江雁影孤。情怎訴,空則是將人兒來撇下。我想來,倒不如早辦取歸去何如。我今衷腸無可告訴,則索題詩綠窗之上。(題介)

【尾聲】謾題詩,添悽楚,愁腸千曲語難模。世間誰似我這一種淒涼也,想那潘令河陽可也定不如。

惜春長為愛花愁,花自開時涕自流。
爭奈春花不相顧,花飛春去兩悠悠。

第七齣　和　　詩

（貼上）二八花容侍女身,隨他無事度芳春。也知一種傷情思,秋波暗裡去撩人。俺飛紅頗饒姿色,兼通文翰,不幸落身侍女隊中,出入老爺房閨之內。奶奶素性嚴妒,俺與老爺,名雖親近,實未沾身。今年二八,與小姐同庚同月而生。伏侍老爺奶奶,略有餘閒,便走向繡房,陪伴小姐,觀其刺繡染翰。俺小姐才色兩全,兼以情致幽婉,矜怯自持,一語一笑,亦不妄發。古來名姝淑媛,真乃少有其儷。但我暗地窺他,他自一見申家哥哥之後,於心忽忽若有所繫。我每微言問之,小姐只是不答。(歎介)小姐小姐,你雖獨種深情,我亦頗知佳趣。果然你要做崔鶯,難道我做不得紅娘呵不成?這也休題,俺看申家哥哥,果然性格聰明,儀容俊雅,休道小姐愛他,便我見了,也自留情。今日老爺不在家,奶奶又睡着,且到中堂瞧他去。(行歎介)看此春色如許,便鐵石人怎不情動也。

【窣地錦襠】雙雙蛺蝶舞晴莎,春日春風豔綺羅。怪他蟲鳥害情多,爭奈人生空老何?呀,那小慧這丫頭也來了。

(老旦扮小慧上)俺小慧專跟在小姐身畔,今小姐去看奶奶,老爺又不在家,且向堂上耍子去。

【前腔】長陪繡閣剪春羅,無慮無憂快活多。春來莫放好時過,瞞却夫人閑踏歌。

(見貼介)飛紅姐,我們趁老爺不在,堂上耍子去。那壁廂湘娥姐也來了。

(丑扮湘娥上)我看見飛紅姐和小慧都走向堂上去了,我也同他們去耍子兒。

【前腔】三春好景最無過,花面丫鬟十八多。常來花下覓情哥,不見情哥奈若何?

(貼)好哩,你要覓情哥覓哪個?

(丑)那得情哥來,只是望梅止渴。

(老)那申家哥哥倒好,只怕不要你這癩蝦蟆哩。

(丑)休亂話,我們瞧他在也不在,不在時,去園內或鬥草,或打秋千,或尋個乖小使,大家耍子去。

(貼背介)與他們纏住耍子,有甚好處,不如哄他去罷。

(回云)呀,奶奶叫哩。

(丑、老)奶奶幾曾叫?

(貼)你們不聽得自在此,我去罷。(下)

(丑)呀,飛紅姐去了,我們在此也沒興頭,唱個曲兒去罷。

【掛枝兒】小梅香離繡房,走到花園兒裡,撞着一個愛風流識趣人兒,那人兒將衫兒袖兒扯住了相調戲。驀地間則見老夫人走將來至,罵一聲小賤人你在此做甚的?哎,哎,哎!兀的不蕩了人魂靈也,乾乾兒嚇個死。

【前腔】(老)小梅香告夫人,休的要閑淘虛氣,小賤人今日並不曾落了便宜。我在花園兒裡,被那小奴才硬梆梆扯住在花陰底。若是湯着了身兒,打呵打也該得的;若是合着了口兒,罵啊罵也應得的。哎,天呵!只可惜白白的擔這虛名也,乾乾的害個死。(同笑下)(旦上)

【風馬兒】獨對紗窗人寂寞,打迭起翠鈿窩,向中庭閒步看花朵。東風悄悄,無語怨情多。【訴衷情】迷人春色透簾櫳,長日雨絲中。又是一年花信,點點落殘紅。　　雲淡淡,水溶溶,去匆匆。

昨宵今夜,萬怨千愁,都付東風。我昨遇申生翠欄之側,題詩相贈,意欲答他幾句;聽得丫鬟聲喚,驀然驚散,思之一夜難眠。今早起來,對此傷心天氣,可怎生消遣也。

【集賢賓】香銷翠鼎閑繡閣,問春事如何?杏雨拋殘花數朵,悵匆匆好景無多。流光漸過,恁情緒靚妝濃抹;眉暗鎖,這醃臢病甚時輕可。我看丫鬟們,只有飛紅頗知我意。奈他口兒欠穩,有甚心情,難與輕言。小慧這妮子,年紀幼小,不諳世事,她却朝夕在我身畔呵,

【前腔】影兒般不離了人兩個。問道,俺姐姐,您俏樣子這憔悴因何?俺則是欲語無言心暗度,近新來病染沉疴。知緣什麼,羞答答怕人參破。情怎奈,長則是倚欄空坐。想申生昨日呵,

【前腔】一幅新詩索俺人唱和,一星星話向情多。俺這兩眼相看心自可,幾番兒伴整衣羅,羞生翠朵。還則怕俏相如,未必果心兒如我。待酬諾,教我怎生的酬諾?

(貼上)可憐春色三分去,且自偷閒學少年。姐姐,你悶坐在此怎麼?今日老爺出去了,奶奶又睡着,我和你中庭閒步消遣些兒。

(旦)中庭外申家哥哥在麼?

(貼)申家哥哥也出去了。

(旦)這等俺和你閒步來。(行介)

【囀林鶯】潛身轉入花臺左。呀,甚聲兒響,敢有人來也。(貼)不是人,是那鳥呵,弄風箏啄響庭柯。(旦)行過雕欄也,綠階寂寂苔痕鎖。飛紅你覷着,敢那生已來了?隔紗窗怕有個人呵。(貼瞧介)他還未回哩。姐姐,你覷他書舍中好清幽瀟灑也。似這等錦衾繡窩,更殘紅數點,落在案上啊,花零落香鈿翠朵。(旦)四壁上題詠恁多也。細吟哦,四壁上新詩洩漏情多。(貼)窗上有詩一絕在此。(旦讀介)日影縈階睡正醒,篆煙如縷午風平。玉簫吹徹霓裳調,誰識鸞聲與鳳聲。好詩也!

【簇袍鶯】胸如錦,情似魔,剪春光繡綺羅。才華高占風流座,敢賽得相如過。雲亭水榭,傷心事多。花辰月夕,傷情意多,筆尖寫出愁千個。(合)傻哥哥,沈容潘鬢,取次暗消磨。(貼)這生賣弄

才學,姐姐也和他一首兒。

【攤破簇御林】酬詩句,兩意和,也當做好處相逢語話多。(旦)想他對瑣窗顧影伶仃。花月下,淚漬層羅。(背介)相思病染都因我,我被他害得愁天大。兩如何,春衫濕盡,一樣淚痕多。(和詩介)春愁壓夢苦難醒,日迥風高漏正平。魂斷不堪初起處,落花枝上曉鶯聲。(貼)和得好詩。姐姐,你和申家哥哥正是一對兒。

【簇御林】題紅怨,血淚多,把衷腸訴與他,新詩字字同聲和。恰一樣愁無那,兩情合。那生歸來見了呵,也則道今宵織女,空自渡銀河。(旦)飛紅,你說甚話!

【琥珀貓兒墜】聽伊言語,直恁謊傻儸。俺則是篆冷煙銷日影䫡,貪看詩句謾酬和。休波,說什麼織女銀河,兩下情多。(鳥啼介)(貼)日色晌午,奶奶晝睡可醒哩,我們回去罷。

【尾聲】聽枝頭花弄鶯聲過,敢則怕堂上夫人睡醒麼。(合)我和你且歸去深閨將他詩細哦。

　　(貼)風簾搖竹動春陰,(旦)閒向書窗和短吟。
　　(貼)莫道香閨絕流賞,(旦)幽蘭原自有知音。

第八齣　番　釁

(淨扮番王上)𩭔皮氈眼赤支沙,威鎮邐娑黑水涯。一夜鳴笳沒城角,撑梨西畔屬番家。咱家西番國主是也。咱國昆侖嶺下,與宋朝隴蜀地界相連。叵耐宋朝北臣契丹,西和西夏,蔑視咱國,不來進奉。咱今點起大小部落,搶入川蜀,占住成都,不怕他不來請和於咱。大小部落,就此起程。咱看咱國兵馬可也不弱也呵。

【北端正好】小番兒騎着這馬兒生,大番們騎着這馬兒長。天生來一個個好勝爭強。似這等拳毛凸鼻身軀壯,却便是鐵打天蓬樣。

【滾繡球】風刮的旗影紅,塵迷的日色黃,赤剌剌遍長空平沙一望,咱這裡密匝匝擁弓刀萬騎成行。則待要踢翻了唐社稷,踏碎了宋邊疆。那時節,敲金鐙將凱歌齊唱,猛可的赫剌剌威鎮番邦。

葡萄酒醉胭脂血,貂帽花添錦繡妝。這氣概非常。土魯們,這是什麼地方了?

（衆）川西地方了。

（淨）快搶掠一番。

【倘秀才】這馬呵,不弱似騰天的熱蟒。咱這人呵,好強似藏山的毒狼。不爭咱一拳兒骨都都打得昆侖蹋,敢一氣兒呵,呵得千層黑海揚。說什麼天心幫孽子,旺氣屬番邦,都則是馬壯人強。你看宋國人馬,望風逃竄的好疾也。

【叨叨令】大土魯、小土魯,哈哈鬧鬧,鬧鬧哈哈,猛可也撼得天關壯。烏花馬、白花馬,潑潑鄧鄧,鄧鄧潑潑,猛可也踹得昏塵蕩。牛皮鼓、鼉皮鼓,撲撲通通,通通撲撲,猛可也擂得轟雷放。蓮葉箭、菰葉箭,擠擠擦擦,擦擦擠擠,猛可也射得飄風揚。兀的不是唬殺人也麼哥,兀的不是唬殺人也麼哥。把那些鐵甲軍、赤甲軍,亂亂紛紛,紛紛亂亂,猛可也走得魂靈喪。

【尾聲】咱這小西番,莽軍聲敢出在大西番上。覷著那漢軍兵,一個個戰篤速手脚慌張。咱休道搶了成都呵,便白占了小小的中原,可也易如掌。

樹國昆侖下,休言兵騎寡。
漢室無良將,公然去牧馬。

第九齣　分　鞋

【掛真兒】（旦上）曉起香閨靜悄悄,紗窗畔花色誰嬌？慵理新妝,腰肢瘦減,寬掩湘裙多少。【浣溪紗】夢上秦樓煙樹迷,醒來麼損遠山眉,一腔幽怨訴誰知。　　夜遇春寒愁欲起,曉窗暝色映花枝,羅衾滴盡淚胭脂。今日春寒恁陡,風物蕭條,早起對鏡,好無聊人也。

【香遍滿】殘檠空照,斗帳寒生眠不牢。聽好鳥呼春枝頭叫,惜花忙起早。可憐珠淚拋,都將玉粉消,這怨恨何時了。我把燈煤描着眉兒。（描介）

【懶針線】眼前人比楚天遥,愁入雙眉懶自描。可憐枉度可憐宵。透珠簾繡户輕寒悄,獨自把妝臺斜靠。我想起他詩,暗裡好傷情也。他長箋破盡吟芳草,我甚情兒膩粉輕勻點翠桃。愁多少,朝來朝去,鏟不去暗種情苗。

(生上)昨日小生偶出,姐姐到我房内,依韻和詩一首。休道字字幽香,言言清韻,直在蘇蕙花蕊夫人之上。則他萬種芳情,已見於此。申生申生,你相思可盼得着也。今以謝詩為名,直到他繡房去,看他怎麼。姐姐呵,

【懶畫眉】你一首新詩將涙雨飄,可敢也漏泄春光在柳條。俺將一分情當九分瞧。知他年小傷情早。(見旦介)姐姐,恰起理妝理?早則是鸞鏡蛾眉對寂寥。

【劉潑帽】你無言獨傍妝臺曉,學春山淡寫眉梢。(揖介)謝姐姐新辭和出風流調。(旦羞,答拜介)(生)看他絕樣嬌嬈,這花容更比前宵好。

【浣溪紗】(旦)哥哥你運彩毫,多才調,一字字見出風標。妹子呵,則是枝頭小語啼春鳥,幼女花前學弄簫。(生)姐姐好詩,諒小生怎到得。休道別的呵,則你那一萬種芳情,盡在此中了。(旦羞介)莫相嘲,説甚的女孩家和新詩,把春情洩漏柔條。

(生見燈燼介)敢問這是燈煤耶,燭花也?

(旦)燈花耳。妄用意積之,近方得之。

(生)好燈花也,小生到不如他呵。

【紅納襖】他曾傍妝臺畫出螺黛巧,他曾入鴛幃照見雙鳳小,他也曾陪笑靨特地把繁花爆,他也曾照朱顏閑將繡枕描。你親手兒常自調,用意兒收的好。是佳人積久方成也,可不道蠟炬成灰涙未消。小生敢丐一半去書家信,不知許否?(旦首肯介)這燈花呵,

【前腔】正宜伴端溪蘸將玉兔毫,正宜傅鷰箋寫出丹鳳稿,正宜賦求凰配上那瑶琴操,正宜譜新詞吹入在碧玉簫。(生)既蒙見許,乞分以遺我。(旦)既許君矣,寧惜此。(分介)我素手兒親自剖,休教油煤兒污繡襖。(牽生衣拭介)緣兄得此,可作無事人耶?將郎衣拭處輕輕也,可正是翠袖分燈點綠綃。(生笑介)敢不留以

為贄。(旦怒介)

【秋夜月】我與你兄妹交,有甚喬做作。你説出的話兒直恁將人相奚落,看人一似閑花草。(走介)我向爹娘行去訴告,休教你没人處恁般來戲謔。(生牽衣介)

【東甌令】望妹妹休焦躁,且擔饒,將不犯觸龐兒早變了。(跪介)我則向階前跪倒,跪倒忙陪笑。是不合胡言道,做的個文王下馬拜荊條。好姐姐饒我罷。(旦)不呵,怎麽?(生)我則直跪到明朝。(旦扶生,生摟,旦退立介)

【前腔】哥哥伊請起,謾妝么,今後休將人覷的喬。(生起唱)看他玉容半頳芙蓉貌,越恁多波俏。謝伊家擔饒了這一遭,我可感刻在心苗。(背介)今日小姐有幾分惱着了,便有心情也難對他説。在此許久,怕人瞧見,不如且出去罷。(回云)小生唐突姐姐,多有得罪,則索告退。正是:欲向花前數離恨,轉添春恨苦難醒。(下)

(旦)申生,申生,你的衷腸我已盡知,我的衷腸你可果知道麽?

【尾聲】郎意堅,奴心曉,巫山相隔路非遥。他被我搶白了幾句,則愁你今夜裡,敢則把枕上相思珠淚拋。

幾許蘭爐積久成,殷勤一半付多情。
花前不敢分明道,恐漏春光出繡楹。

第十齣 擁 爐

【繞地遊】(生上)桃花落後,是我歸時候。到今朝,為誰拖逗?舊愁正陡,新愁還又,甚時節,博得個佳人意投?誤却春光底事忙,相思一夜九回腸。沉吟認取佳人意,為雨為雲未可量。小生醉家月餘,為慕小姐,致妨歸約。昨蒙他分爐相與,似有頗盼之情。及至話到中間,又復變色拒我。似此半吞半吐,甚時得了?今後遇他,定須與他討一決絶。正是:欲識琴中意,全憑指上彈。(下)(旦同老旦小慧上)

【前腔】晚春時候,繡閣輕寒透。瘦花枝,伴人清晝。傷春病陡,人更比花枝消瘦。冷眉峰,分不出今春去秋。【菩薩蠻】小庭花落無人掃，疏香滿地東風老。

（老）燕語自雙雙，錦屏春晝長。

（旦）愁勻紅粉淚，眉染春山翠。獨坐對花枝，憶郎郎不知。小慧，今日春寒，比昨宵更甚，深閨獨坐，好難消遣人也。

（老）姐姐，春風寒峭，不如到暖閣中擁火去。（同行介）（旦坐歎介）

（老）姐姐，你日常寢食悠悠，有顰無笑，不知為着何事？

（旦）小慧，你知道麼？

【金絡索】深閨不解愁，因甚愁偏陡。不為傷春，却似傷春瘦。朝朝夜夜期，思悠悠，化做春波不斷流。便做道春波有斷情難斷，一刻還添萬斛愁。（歎介）相逢處，欲將訴與又夷猶。硬心情，打迭憂愁；愁未去，來還又。

（老）小慧伏侍小姐，一日三餐，不知愁是怎的。如何小姐整日說個愁字？

（旦）小丫頭，你曉什麼，你且去瞧瞧奶奶，若尋我，來說我知道。

（老）小慧曉得。自來不識愁何物，閑向街頭看賣花。（下）

（旦）像小慧這等年小妮子，無慮無憂，倒也快活。我怎學得他？我想世間女子，似我這樣愁的呵，可也盡多。

【前腔】婚姻兒怎自由，好事常差謬。多少佳人，錯配了鴛鴦偶。夫妻命裡排，強難求，有幾個美滿恩情永到頭，有幾個鸞凰搭上鸞凰配，有幾個紫燕黃鸝誤喚儔？相邂遘，人生福慧總雙修。問天公，一霎風流，怕無分也難消受。婚姻事本由天，女子一身，豈容自失？我當初聽人說起姻親，全然不放在懷。自從瞥見申生之後，不知何故，心上要丟再也丟他不下。

【前腔】往常時見人兀自羞，見了他呵，驀地心拖逗。白日黃昏，夢魂兒不離了人前後。知他意怎生，兩情投。想則是老天公註定了今生鸞鳳儔。還則怕春風未老桃花面，等不的雙鏡臺前人白頭。傷情處，擁爐無語自悠悠。（歎介）我看申生，料不是寡情薄倖的人，果得和他半晌綢繆，我也拼着三生守。

（生手執花枝上）美人獨坐顰蛾眉，未識心中却為誰。小生折得梨花一枝，欲將到膽瓶去。那壁擁爐而坐的，正是小姐。待我撞將過去，看他怎麼。（見旦）（旦坐不起）（生擲花）

（旦驚視，徐起拾花介，云）兄為甚棄擲此花？

（生）花淚盈暈，知其意何在？故棄之。

【喜梧桐】將好花，折在手，未識花心可也得似人心否？撇下花枝，和你兩休休。你果若無情呵，免為你添僝僽。從今後再不、再不向花間走。（旦）東皇故自有主，夜屏一枝，以供玩好足矣，兄何索之深也。

【前腔】花淚盈，花枝瘦。知他也為關情，害得這伶仃瘦。人面花容，一樣兩悠悠。還怕道人心不似花容久，風吹的零落、零落在黃昏後。

（生）幸蒙見諾，無得翻悔。

（旦笑云）諾什麼？

（生）姐姐自想。

（旦）春風甚勁，兄可坐此共火。

（生坐介）（旦）兄衣厚否？恐寒威相迸呵。

【金梧桐】春寒翡翠衣，獨坐銷清晝。怕你客中人，容易傷春瘦。（生）我客衣常苦單，你相念情何厚。則我這寸斷柔腸，你可還也相憐否？（旦笑介）何事斷腸？妾當為兄謀之。你斷腸為甚，索與從頭剖。（生）姐姐無戲言。我自遇姐姐後，魂飛魄揚，不能着體。夜更苦長，終夕不寐，求一訴衷情而不可得。我每細察姐姐，言語態度，亦似非無情者。及言深情味，則變色以拒我。豈真不諳世事而故為此？諒屏謬之質，不足當雅意，深藏自秘，將有售也。今日一言之後，小生只索西騎了。（淚介）

【簇袍鶯】我為你擔愁病，寬翠裘，盱佳期掩淚眸。冰弦賦盡求凰奏，你狠文君還知否？妝臺千里，琴心怎投？玉容咫尺，詩謎怎酬？料凡夫做不得那神仙偶。訴情由，今生薄福，早自辦歸舟。

（旦長歎介）君固疑妾，妾敢無言？妾知兄心已久，但恐不能終始,其如後患何?妾亦比月來,諸事不復措意,寢夢不安,飲食俱廢,君那知道呵!

(生)姐姐既有此情,何復固爾拒我?

(旦)豈不知男女婚姻,當圖久長。兄既有情,當歸告尊親,遣媒說合,安得聊為目前苟且之計?

(生)相思病染,朝不謀夕,往返求婚,動須累月,此時當索我枯魚之肆了。況或議親不允,則當鞦然遠遁,後更何以為計?

(旦)只要兩下心堅,事終有濟。若事不濟,妾當以死相謝。

(生)小姐此言,小生當謹銘之肺腑。

(旦)妾心所慮,還則有一件。

(生)姐姐所慮何事?(旦)

【前腔】我和你,兩意投,欲言時還自羞。癡心女子從來有,你俏相如敢知否?怕則怕茂陵秋草,拋人白頭,漢宮紅葉,飄殘御溝,等閒容易將人逗。甚情由,落花飛絮,乾自嚮東流。(生起揖天介)姐姐不必過慮,小生若有負心,皇天共鑒。(生、旦合唱)

【貓兒墜桐花】擁爐相對,訴盡兩心愁。一個懶整新妝上翠樓,一個青衫濕盡楚江頭;一個門掩梨花倦對酒,一個寒添錦袖慵挑繡。

【前腔】兩人心事,一樣害春愁。夜夜朝朝無盡頭,生生死死幾時休。今日呵,妾意郎心兩洩漏,願天公有意、有意把姻緣就。

(老上)奶奶尋小姐哩。

(旦)奶奶尋我,我見奶奶去。(同下)

(生)今日與小姐細訴衷腸,蒙小姐許我婚姻之約,這段相思,可不枉然了。我還待同小姐密訂佳期,被小慧驀地來喚去。正是世間萬事,怎便得如意也。

【尾聲】一天好事准擬今宵就,又則被不做美東君斷送愁。今夜呵,空教我魂斷西風燕子樓。

爐頭細語訂心期,勝似雲英一喚時。
此後相思應有準,定知足底繫紅絲。

第十一齣 防 番

【番卜算】（外引衆上）旗隼駐專城，萬里聲威盛。成都大將有花卿，草木知名姓。嵯峨蜀闕倚雲霄，世掌貔貅志氣豪。仗劍殺人如刈草，兒童望影亦魂銷。自家帥節鎮，世鎮成都。劍川四路，悉歸統轄。真所謂"花根木豔公卿子，虎體鵉班將相孫"是也。近聞西番國酋，將欲竊伺邊疆。已遣哨子探聽去了，這早晚還未見回。

（貼扮哨子上）

【不是路】萬騎番兵，疾卷江濤勢似傾。（外）他要搶犯何處？（貼）邊笳兢，他待要長驅直搗錦江城。（外）邊上將士作何堵截？（貼）望前旌，紛紛士女爭逃命，鶴唳風聲盡可驚。（外）如今約到那裡了？（貼）烽煙近，此時已入川西境。老爺呵，須疾忙策應，疾忙策應。

【前腔】（外）突入番兵，四壁邊牆半已傾。邊城上無一人抵敵，朝廷養兵何用？那膽風盛，文官武將盡逃生。（衆）老爺須作速救應。（外）可令成都遠近，一應官民人等，三丁抽一，上城守禦。現在營兵，悉起從征便了。起軍丁，岩城處處須防訊，鐵騎星飛去遠征。（衆）老爺，兵到何方接應？（外）須前進，休教躪入成都境。忙傳軍令，忙傳軍令。

（衆傳令介）老爺將令：目下番兵犯界，一應官民人等，三丁抽一，上城防守。有抗違不從令者，斬首號令施行。

（內應介）

（外）大小三軍，即今日拔營前去。

【急扳令】響堂堂，金鼓亂鳴，閃搖搖，旌旗蔽明。早提戈禦虜，早提戈禦虜。自古道，水來土掩，賊至兵迎。萬里長驅，淨掃膻腥。（合）方顯得大將軍八面威靈，麟閣上早標名。

【前腔】敲金鼓，聲如震霆，列刀槍，光同耀星。快催兵向西，快催兵向西。真個是人隨令轉，馬聽鑼聲，直指前驅，勢不留行。（合）方顯得大將軍八面威靈，麟閣上早標名。

(外)整點生兵不可當,(衆)金戈鐵騎儼成行。
(外)邊疆截斷分中外,(衆)莫把成都作戰場。

第十二齣　期　阻

（生上）門掩春風粉畫垣,佳人似住五雲端。昔年劉阮天臺路,面阻重山翠隱巒。小生與小姐自那日擁爐細語之後,至今無緣再得相會,這相思又索害也。我想當日呵,

【步步嬌】悄悄梨花空庭院,驀遇多嬌面,則見他幽香減翠鈿。瘦斂愁眉,秋波暗轉,同倚碧欄邊。和我雙雙訴出心頭怨。

【忒忒令】受不盡千愁萬怨,剛博得意回心轉。幽期密訂,見他欲語情還覥。又誰知驚拆散,兩無言。驀地間雕欄畔,那玉人兒不見。

【嘉慶子】想玉人兒不見,天樣遠,更斗帳涼生夜怎眠。一寸柔腸萬轉,空目斷武陵源,覓音信早茫然。我今且到那廂候着。

【尹令】待重來尋方覓便,又早到夜香深院。隔紗窗怕人瞧見,潛蹤躡跡,(潛行介)待叩花房未敢前。

（旦上）憶昔相逢畫欄處,驀然驚散情難訴。一夜老烏啼到明,獨宿空房淚如雨。我自與申生擁爐細語,回來輾轉自想,整夜無眠。今天色又早明也,且起向窗前對鏡理着妝兒。呀,窗外影兒搖動,是花是人?（覷介）

（生）窗內響動,未知是誰,待我吟詩試他。(吟介)為報鄰雞莫驚覺,好留殘夢到江南。

（旦）此乃東坡思歸之句。(隔窗問介)兄有歸家之思乎?

（生窺窗介)姐姐起的恁早。

【品令】冷清清綠窗春曉,鏡臺前,惜花人起,斜倚鬢雲偏。(旦)兄為甚思歸之切?(生)衷腸斷盡,在此無益,只得歸去呵!聽聲聲杜宇,特地把歸人勸。佳期未偶,枉自空留戀。道的個不如歸去,空結來生未了緣。

（旦）兄果無意於妾,前日之言,却是為何?

（生笑介）我豈無意？但姐姐空言見誚，在此也則枉然，所以欲圖歸計。若姐姐果有真情，小生便住此一百年也使得。

（旦）今日間人衆，無可容計。兄室外有小窗，可抵妾室。到晚兄逾窗度荼蘼架，至熙春堂下，此地人稀花密，當與兄相會。正是：身無彩鳳雙飛翼，心有靈犀一點通。（下）

（生喜介）小生早則喜也，且回書房中等去。

【豆葉黃】喜佳人親許，共結良緣。（拜介）謝天公着意周全，謝天公着意周全。春風嬌面，香溫玉軟，月下花前，償盡了即世裡相思情債，償盡了即世裡相思情債。這敢是夢哩，怕還道白日相逢，天臺夢邊。我受了無限相思，纔得小姐見憐。今日這天，怎生如此難得晚哩。

【園林好】呀，恁迢迢長日似年，眄不落紅輪半天，枉自把閒庭踏遍。兀的不焦殺也病文園，焦殺也病文園！我再看天呵，還未晚哩。天，我央及你，我與你唱喏，怎生不動？我與你下跪，又不動。我與你下拜，也不動。呸，潑毛團，鰾膠粘住你哩。紅紅潑潑更瞳瞳，夕向西沉早在東。為甚今朝偏戀着，生根結蒂在當中。說什麼"人有善願，天必從之"，我如今唱喏，你也不動；跪你，你也不動；拜你，你也不動。敢待罵哩，

【江兒水】罵你個妒色毛團面，鰾膠兒粘在天。要你下去呵，可便似顛風倒走黃河岸，瘦馬逆行連雲棧，死囚押赴森羅殿。你直恁般兒留戀，懊恨蒼天，怎不肯與人行些方便？呀，便道人怕硬的，天也怕硬的。方纔未鬧他，天還是未時；如今鬧了啊，日頭兒早落也。

【三月海棠】我這裡凝望眼，將東欄西角都憑遍。甫能得紅輪斂彩，呀，兀的不是雲上也，又早見潑墨生煙。堪怨，雨脚雲頭驀地轉，把重幛障住嫦娥面。兀的不是雨來哩，痛煞風波，倏起平川，將漁郎阻隔桃花岸。看這雨呵，珠連玉散飄千斛，瀽甕翻盆下一宵。急的是翠巖前一派寒泉噴，猛的是繡旗下數面征聲操。一陣陣打梨花葉落，一聲聲滴愁人心碎。偏生昨日不雨，明日不雨，恰好今宵下的恁疾也。正是"時來風送滕王閣，運去雷轟薦福碑"。申純，

你命兒直恁寒哩。
　【江兒水】可便似銀河水,翻來下九天。中庭漂麥春潮濺,古廟轟碑蒼龍戰,北溟奮翩鯨魚變。忽地風濤大顯,咫尺嬋娟,似阻隔春鴻秋燕。今夜要睡呵,甚睡兒得到我眼裡也。
　【玉肚交】昏昏庭院,灑花枝聲聲慘然。冷清清獨對殘檠,悶騰騰輾轉無眠。潺潺小窗滴漏穿,瀟瀟變做心窩怨。恨悠悠燈前影前,淚班班腮邊枕邊。(歎介)老天這等不做美,休道是小生,便俺那姐姐呵,
　【川撥棹】殘妝面,淚斑斑凝望眼,也知他怨着蒼天也,知他怨着蒼天。洞房虛,香銷錦鈿,一般般情悵然,一般般愁怎言。
　【前腔】撥盡殘燈午夜天,控雙鉤繡帳懸。要做一好夢無緣,要做一好夢無緣。倒不如從前自眠,一般般情悵然,一般般愁怎言。
　【尾聲】從來好事多磨舛,也再不似我今番悲怨。便做似鐵石人呵,怎捱的這夜雨更長不曙天。

　　　　自來好事定多磨,爭似今宵磨更多。
　　　　可恨無情通夜雨,花陰漲滿作銀河。

第十三齣　遣　召

　【海棠春】(外、老旦上)(外)他鄉遊子離昏旦,空着我倚門長盼。(老旦)花落已多時,人去歸何晚。
　(外)孩兒到舅家已經兩月,未見歸來,使我好生懸望。
　(老)員外可寄書去叫他回來。
　(外)待大孩兒來商議寄書去。
　(小生忙上)天有不測風雲,人有無常禍福。今日報馬連到五次,說番兵犯境,已入川西地面,將次到成都來了。帥府傳下號令,點兵抵敵。一面催取遠近官民人等,俱要上城防守,如何是好?
　【鎖南枝】兵戈起,頃刻間,羌笛數聲吹滿山。烽火接郊原,四下人星散。點民丁相守捍,要正身怎迭辦?(外)如此怎好?你兄

弟還熟諳弓馬，得他上城防守為便。如今可急寄書去叫他。

【前腔】他弓馬曾習慣，經今去未還。急急把音書寄，教他疾早歸來，莫待更遲晏。（合）還只怕干戈阻，進退難，他要歸來呵，途路間急難趲。

（外）羽檄征書晝夜催，（老）兵戈忽地起西陲。

（小生）還愁道路多難阻，（合）未必歸時得早歸。

第十四齣　私　恨

（生醉上）醉中讒自語惺惺，一夜相思白髮生。斫取秋光書不盡，且從花下學劉伶。昨夜一天好事，忽地為暴雨所阻。小生晨起，遇小姐於中堂之上，許以乘間當別圖之。咳，未知別圖在幾時也，我心上好生懷悶。今日陪舅氏到鄰家飲酒，吃個爛醉，且往書房中睡去。（下）（旦上）

【七娘子】殘英落盡胭脂冷，阻幽閨長門晝扃。前約無憑，後期難訂，歎紅顏何事多薄命。無情滴滴通宵雨，隔人遠在花深處。斜倚熏籠坐到明，腸回千摺和誰訴。我前夕約申生相會熙春堂畔，不料暴雨頓作。（歎介）思量老天好不做美也。

【刷子帶芙蓉】雲雨隔雙星，都來世間，好事難成。眼底姻緣，似銀箏線斷無憑。淒清，黃昏後數枝花影。人憔悴，一般孤零。重幃寂靜對銀鐙，低回無語淚縱橫。（老上）忙向幽閨添繡線，閑來花下看秋千。小姐，老爺醉酒回來，奶奶分付家中人等，俱要早早收拾哩。（旦）曉得了，你瞧奶奶收拾去。（老諾下）（旦）家中人已收拾了，我且潛出繡房看申生去。（行介）

【普天帶芙蓉】我趁着這碧桃花將身映，早轉過了芳紅徑。呀，他門兒掩着呵，則見他靜磣磣門掩梨花，（彈窗介）我可輕輕的彈響窗欞，他敢也低低應。為甚人兒不見些兒影？知他害相思一枕春醒，待想像高唐夢成。他直恁睡着了。自徘徊向窗前低喚了兩三聲。申生，申生！

【朱奴插芙蓉】我這裡低喚了數聲，他那裡全然不應，空教我印透蒼苔羅襪冷。他怎恁般好睡也？看將來，多干是書生薄倖。思還省，無言悶增。這姻緣敢則似落花流水兩無情。（內風響，旦聽介）

【玉芙蓉】猛聽的風敲翠竹聲，我則道夢裡人初醒。枉徘徊悵望，欲去還停。只這一層紙隔紅窗靜，似阻斷巫山十二屏。他敢無情對我，故此推託睡著了？自恨咱癡迷性，錯看了那生。把從前一分情，認做九分情。申生，你直恁情薄呵！

【山桃犯】他夢繞巫山頂，我枉向花前等。書生自古多薄行，三分說話全無準。把人兒忒煞相奚幸，更説甚慘磕磕花下深盟。

【摧拍】他做不的會藍橋水淹的尾生，我做了赴元宵留鞋的月英。想癡心女兒，想癡心女兒，錯認文君，許奔長卿。薄倖無端，辜負初盟，掙脫了錦片前程。我當初怎便把真情訴他？猛提起，自心疼。在此怎的？且回去罷。（行介）

【一撮棹】行花徑，不由人丕丕的自心驚。回去好無聊也。紗窗畔，獨立影伶仃。想當日，空與語惺惺。他情薄何處問真誠。今後這衷腸，則索丟開了。思相撇，心中又難定。今夜裡夢魂兒啊，空則飛向楚瑤亭。

【尾聲】瑤亭人杳東風靜，枉教我幾度無言空涕零。待回去呵，(回望介)還則是目斷斜陽花下影。

　　　　　　風搖竹影掃青苔，獨自低迷步幾回。
　　　　　　惆悵楚王情已杳，空勞神女下陽臺。

第十五齣　盟　　別

（生上）楊花落盡子規啼，遊子他鄉淚滿衣。相思處處牽人臆，幾度思歸未可歸。我為小姐淹留在此，前日小姐悄出相會，自恨醉酒沉臥，致乖良晤。小姐疑我有意欺他，數次要斷誓約，至於剪髮書盟，才得小姐意轉。今日忽接家書，為番兵入犯，催迸回去，只得告辭舅妗，星夜起程。但我心上怎放得小姐去也！

（末、外旦上）聞說干戈起隴頭，急催人去意難留。匆匆唱罷思歸引，回首他鄉是并州。賢甥，聞的番兵信急，家中催你回去，那聲息可是如何？

（生）番兵將逼成都，家下甚是驚惶。

【黃鶯兒】烽火接天紅，遍郊原，掃地空，千山草木都驚動。家山幾重，家書數封，子規喚起離鄉夢。思忡忡，神魂萬里，飛向錦城東。（末）賢甥在此，諸事多藉料理。今家書催逼，只得暫放你回去，一路上切須保重。

【前腔】胡馬勢縱橫，阻兵戈，道路窮，歸途千里多驚恐。行人偶逢，把音書早通，莫教人望斷風波重。（外旦）二哥是必再來！（合）去匆匆，烽煙息後，重到這錦堂中。

（生）小甥自當便來。

（末、外旦）如此可且暫別。一川水釀離人淚，九曲腸回遊子情。（下）

（旦上，見介）今日忽聞東歸之信，使妾心悒然，何以為情！

【山坡裡羊】聽簷外鵲聲飛送，驚起繡幃幽夢。憶當日，錦堂前共奏求凰詠。兩意中，靈犀一點通。又誰知今宵影裡，（掩淚介）影裡成歡寵。枉教我，淚滴寒塘萬點紅。朦朧，昨相逢也是空。匆匆，恁思量也是空。（生）小生自那日初到，便蒙小姐見愛呵。

【前腔】感謝佳人情重，一見把春山雙縱，和我繡窗私語盟香永。恨轉蓬，花飛水自東，風流回首驚殘夢。隔斷深閨路幾重。匆匆，別離頃刻中。朦朧，今宵那處逢？（旦）擁爐之約，彼此銘之肺肝。今雖未獲同歡，豈得不與同怨也！

【皂羅袍】說起離愁千種，恨天公阻隔，萬里巫峰。聽枝頭杜宇夜啼紅，倩不得蜀山鸚鵡飛傳夢。惜花軒外，憑欄意慵。繡花窗下，相思淚濃。離情此際應相共。（生）兩月以來，雖未獲身侍妝臺，然夢魂耿耿，無刻離於左右。今匆匆別去，未知相見何夕，好是傷情也。

【前腔】驀地角聲吹弄，把離情喚起，魚水難同。想當日呵，殷勤剪髮表深衷，生生的願得諧鸞鳳。桃源香徑，何時再通？瑤臺月下，何年再逢？淚痕濕透青衫重。

（旦）別後離情，妾亦同之。妾有詩一首，贈兄為別：綠葉陰濃花正稀，聲聲杜宇勸春歸。相如千里悠悠去，不道文君淚濕衣。

（生）感謝厚意，小生謹和詩一首：密葉重幃舞蝶稀，相如只恐燕先歸。文君為我堅心守，且莫輕拋金縷衣。小生還有一言，敢道麼？

（旦）有話何妨。

（生）小生與姐姐正及婚時，喜的兩下未曾聘定，切謂老天不為無意。適聞綠葉陰濃之句，使人未免生疑也。

【解三酲】我和伊，雖然是妹兄情永，却更比夫妻般恩重。為干戈打散鴛鴦夢，怕重來時節呵，花飄謝，葉陰濃。我做了庾蘭成愁來空賦香奩詠，你做了楚巫娥夢赴高唐若個峰。心堪痛，可一似青青楊柳，別嫁東風。

（旦歎介）妾此心君還未知道呵！

【前腔】休道是折柔條春光飄送，我甘守着翠屏雙鳳。想着擁爐對語私相共，也當做了片刻裡，並乘龍。待來時呵，還你個依舊春風花笑擁，則願你長向高唐來夢中。思還痛，休教人倚樓望斷，萬里歸鴻。

（生）深謝姐姐憐念。但小生此去，來期尚未可準，兩地相思，若不病死，定應害死了。

（旦）古云："有情那怕來年期。"只要辦取堅心，好事豈在匆忙。

【掉角望鄉】說歸期，心勞意忡。訂來期，恩濃情重。願兩下相全始終，休認做蜂狂蝶哄。（合）夢相從，情相共，兩和同，今生即世諧歡寵。鴛幃裡，繡帳中，願心兒早把連枝種。（生）小生項已辭過舅妗，即此相別了。

【尾聲】別意懶，歸愁重，何時花下更相逢？今夜啊，則是夢斷蕭蕭古驛中。（下）

（旦）申生去了。我和他兩情空切，後會難期。人前啼笑，俱有不敢。暗地思量，益增惋歎。今日乃稔知這相思別離滋味也。

    匆匆南浦別離時，雨過櫻桃血滿枝。
    淚眼逢人頻自掩，幾番偷寫斷腸詩。

第十六齣　城　守

【六么令】（雜扮守城軍上）禁城圍繞，密密扎扎排列槍刀。女牆邊，幾點陣旗飄。輪班去，走周遭，遍城頭巡視無昏曉，遍城頭巡視無昏曉。俺們是把守成都的軍丁，因為番兵入犯，奉帥府軍令，着俺等排家編户，上城把守，只得晝夜在此巡警着。（生衆扮隊長上）

【前腔】櫼槍星掃，潑潑騰騰殺氣兵妖。怯書生，權着短征袍。軍和士，要和調，把城頭休折倒中軍號，把城頭休折倒中軍號。俺們是成都府生員監生人等，為因番兵入犯，百姓丁男，排家編户，上城防守。俺們派為什隊長，晝夜在城上提帥丁壯人等。各位諸兄，俱要小心着意！

（生）小生自眉州新到，守城事宜，未曾諳習，全望諸兄提帶。

（衆）我們做秀才的，只好着寬衣，扯大袖，講些太平話兒，怎教我們在此守城？

（生）如今各邊上監軍置使等官，都要秀才做哩。

（衆）做是做了，只把些地方兵馬不着。

（生）你道秀才不慣，那些拿長槍舞大劍的又誰慣哩？

（衆）説的有理，今日既派定在此，只得大家勉強支持。（下）

（淨番衆上）

【前腔】順風揚噪，遍搶郊墟，萬姓奔號。咱這裡，篩鑼搖鼓戰聲驕。馬到處，影蕭條，覷華人哭倒咱胡人笑，覷華人哭倒咱胡人笑。咱兵一路搶殺，直到成都界上了。中國軍將，無人敢當。咱們搶得婦女金銀滿載，且搬回本國去罷。（下）（外衆上）

【前腔】胡雛長嘯，撲剌剌勢似風濤，漫山漫野喊聲高。沙場上，兩兵交，死生勝敗應難保，死生勝敗應難保。塵頭起處，有番兵來了。我們無可躲避，只得拼死一戰。（番兵上戰）（外衆敗下）（番唱前介下）（外衆上）走也，走也！（回望介）呀，前面番兵大吹大擂去了，俺們不免趕送一程，打得勝鼓回去罷。

【前腔】塵迷日小，遙望番軍，唱凱聲驕。咱這裡，潛兵相送過河橋。等他去，盡歸巢，響咚咚大敲勝鼓軍前報，響咚咚大敲勝鼓軍前報。

虜騎縱橫勢甚凶，邊城似籜卷秋風。
果然送却番人去，也算將軍第一功。

第十七齣　求　　醫

【金蕉葉】（生病上）千思萬思，鎮昏朝，因他淚滋。伶仃瘦，腰肢柳枝，衡一般兒愁人樣子。【踏沙行】密約沉沉，離情杳杳，屏山半掩餘香嫋。倚樓無語欲魂銷，天涯黯淡連芳草。小生歸來兩月，喜番兵已去，地方安妥，欲往見小姐，未得爹娘之命，不敢遽行。為此鬱鬱成病，甚時得痊可也呵。

【征胡兵】向花箋倒寫鴛鴦字，常則是無言痛諮。新來悴損些些，春風玉一圍，羞掩羅衫袿。都則為那人兒，隔在楚天涯，天涯怎至。

【前腔】想當日，花亭月館談情事，佳期在茲。恨匆匆隔斷他方，相離爾許時，好信無由寄。夢魂裡遙憶着那人兒，人兒不至。我的姐姐，我今念你，你知道麽？

【香遍滿】几案上千來張紙，一張張都寫遍了他名姓兒。魆魆地心期長如醉，拚安排憔悴死。人前強語支，着迷只自知，誰訴與我心頭事？小姐，小姐！我叫你不應，我睡了夢你罷。（睡，驚醒介）

【前腔】夢中魔魅，恰便是憑欄對花私語時。淚眼滴滴啼紅漬，我和你，兩下裡翠衾人獨自。我添的潘郎鬢內絲，你減却蕭娘鏡裡姿，敢一樣情無二。

（外、老旦、小生上）床頭弱子病沉沉，醫藥無功愁轉深。一刻腸回三四折，須知十指痛連心。孩兒，你病體如何了？

（生）孩兒病體，日加沉滯。

（外、老旦）兒，你病為何而起？想來必是往來途路，饑飽勞役所致。

【羅帳裡坐】你饑寒路途，驅馳乍歸；從軍旦夕，憂勞迭繼。（小生）兄弟，你敢還則為功名失志，和着那兩般兒湊着呵，七情傷損，妙藥難醫。要這病兒痊可，算除非遣悶與停思，這病兒方纔可已。

（生）這病連我自家也不知從何而起，可恨成都偌大地方，沒個醫人曉得的。倒不如眉州那邊，有幾個良醫，慣治無名之症，請來診視纔好。

（小生）眉州偌遠，醫人怎肯到來？除非就醫方可。

（老旦）這些醫人醫死的人多，醫活的人少。依我見，不消去就醫，只請個師婆賽一賽願就好了。

（外）古云：信巫不信醫，一不治也。還是就醫的好。但病體如此，路上怎生去得？

（生）孩兒因病求醫，須勉強而行。但爹娘在此，孩兒怎忍相離？

（小生）爹娘吾自奉養，但願你前途保重。

【前腔】你經山履危，切須護持。老爹娘在堂，吾當看待。（外）願你此去呵，安然病已，免的我日夕縈思。（老旦）略好便寄個信來，休教我倚門望斷信音稀。（合）這話兒須在你胸頭緊記。（生）孩兒謹記得。

（外）少年何事病多般，（老）剩得秋風瘦骨寒。
（小生）但願此行勿藥喜，（合）急須傳語報平安。

第十八齣　密　　約

【鵲橋仙】（旦上）香肌玉體，慊慊愁損，怕見紅飄成陣。縷金衣上漬啼痕，盼不得天涯人近。臨別殷勤詩語長，云云去後早回鄉。小樓記取梅花約，目斷江山幾夕陽。自那日申生匆匆別去，經今月餘，杳無音耗，好牽繫人也。

【桂枝香】多愁多悶，翠裙寬褪。碧桃邊未遂良緣，海棠下重

添新恨。枉勞人意兒，枉勞人意兒。暗中思忖，誰偢誰問？可憐春，三分好景飄零盡，數朵飛花斷送人。我想申生呵，

【前腔】千般丰韻，萬般情分。今做了流水飛花，誰肯向天涯傳訊？枉相思幾時，枉相思幾時。剛捱春盡，又嗟秋近。暗傷神，可憐眼底天臺路，化做巫山萬里雲。

（貼上）聞命來香閣，傳言向瑣窗。申家哥哥到了，奶奶請姐姐相見哩。

（旦）果然來了，你休説謊。

（貼）不謊，姐姐去見就是。（背介）小姐聽説一聲申家哥哥到了，喜逐顏開。正是：欲識心中意，全看臉上容。（同下）（生上）

【女冠子】白雲溪口重相問，向水上覓紅塵。病殘人，更值凄涼運，怎消的春前恨。一春愁病苦難禁，只為愁多病瘉深。夙約空餘今日恨，新歡不遂去時心。小生託言求醫到此，雖蒙舅妗十分憐念，奈與小姐自到時一見之後，無緣更得相會。孤眠斗帳，好可憐人也。

【大聖樂】看一床弦索生塵，翠衾寒，壓繡裀。六朝金粉銷磨盡，誰與我，共溫存。劉郎重到花前訊，吩斷當年花下人。歎天涯眼底，枉將人悴損，眠睡不穩。

【前腔】冷清清四壁苔痕，靜慘慘，鎮掩門。庭花落盡愁無盡，空目斷，楚天雲。想隔牆人遠天涯近，斗帳香銷杜宇魂。枉奔馳病損，更行眠立盹，受盡了五行愁運。房中寂寂，愈覺無聊。且捱向外廡，佇望一回，或小姐出來也未可知。

（旦上）聽的申生病體未痊，連日無便，不得往看他。如今瞞過丫鬟們，悄地瞧他去。

（生見；驚介）我到此幾日，姐姐不一來看我，敢你心上也不記的我了。

（旦）連日無便，不及來看你。你道我忘了呵，則頭上的可知道哩。

【駐馬聽】薄倖劉晨，問別天臺隔世塵。我為你慵臨寶鏡，羞整花鈿，倦理香雲。小窗人靜幾黃昏，挑爐坐看殘燈暈。憔悴因

君,玉容減却梨花粉。

(生)我自那日去後呵,

【前腔】感夢勞魂,一日相思十二辰。似黃姑織女,兩地分開,阻隔音塵。啼痕點處翠綃新,不疼不痛多愁悶。為爾傷辛,銀河路杳無由問。

(旦)你龐兒果自恁般消減了,須解開愁懷方好。

【前腔】休為傷春,瘦樣伶仃憔悴人。(生)我愁懷怎生解得?歎陽臺路阻,舊恨新愁,欲去無門。(旦)兄何不覓一太醫診視?(生)太醫怎生治得!只除姐姐可以救我。(旦)我不會下藥,何以救你?(生)姐姐豈忘臨別之言乎?當初許我結姻親,曾將剪髮表真情。今日等閒便忘却,花稀葉綠改深盟。(旦泣介)臨別之言,妾何忍忘?千縷青絲一縷心,與君啼別淚沾襟。暮暮朝朝思未了,海棠花發到如今。(生)既如此,何坐視我死而不救乎?(旦)日間人眾,無可為計。今夜兄可逾窗到妾寢室,妾與君謀之。等的那晚妝樓外月兒昏,和你雙雙細數春前恨。(生)前蒙見約,忽為暴雨所阻。今日待到更闌,又恐他變呵。(牽旦衣介)不如趁此良辰,且向小窗探取梅花信。(旦推介)此廣庭也,十目所視,休得如此。(貼、丑沖上)(生、旦驚下)(貼)湘娥姐你見麼,俺姐姐和申生在此私語,見我們來時,驀地驚散了。(丑)正是,小姐一向害的是木邊之目,心上之田,如今做的提燈就火了。(貼)怎麼説?(丑笑介)着手了。

【剔銀燈】一個是風魔俊儒,一個是懷春倩女,驀見他香鬟並偎在花前語,出落得雙眉偷聚。他兩個做夫妻,倒好是一對兒。躊躕,看青鸞並舞,暢好是春風畫圖。(貼)俺姐姐常時則是口硬。

【前腔】他向人前剛則有三分冷語,無人處早露出十分情緒。分明是迎風待月浦東户,兩下間偷吟詩句。支吾,藏根露蕊,做不的個好人家女模。(丑)我和你悄悄打聽,看後來怎麼,捉他個鵝兒。

(貼)密語向欄杆,(丑)包藏九里山。
(貼)欲知花下信,(丑)好向冷中看。

第十九齣　歸　圖

【掛真兒】（丑上）夙世常拖花酒債，天生就風流滿懷。錦帳牙床，黃昏曉旦，少個人兒陪待。小子生年二十，素性只貪酒色。不羨富貴豪奢，得個美人願畢。小子要娶一個絕色的女子做渾家，前已着馬小三、戈小十兩個遍去尋訪，圖畫真容來看，這幾時怎生還未見回話？急的我似熱地上蜒蚰，好耐煩不得哩。（二淨持畫上）

【光光乍】生小學成乖，說騙作生涯。鑽懶幫閒人無賽，高占鶯花風月寨。俺兩個奉着大爺的命，尋訪美人，圖畫真容。如今共得九人，疾忙回大爺話去。

（見介）（丑）你兩個去了許久，方纔回來，急得我夜夜心頭火出。如今共訪得幾個美人？快將圖來我看。

（二淨）我兩個費了萬般心力，共覓得九個。大爺瞧着，一個個教你麻倒哩。

【駐雲飛】承命宣差，遍訪多嬌女俊才。大爺你覷：他傾國傾城態，絕世應無賽。嗏，菩薩坐蓮臺。掛在書齋，日夕燒香，頂禮千千拜；拜得多嬌活現來。（丑看畫麻介）咦，真好標緻哩。

【前腔】一見疑猜，恰似神女紛紛下楚臺。春月生光彩，春柳凝嬌態。嗏，杏臉與桃腮，笑影哈哈，似語如生，斜倚欄杆，側瞧着教人麻上來。（二淨）大爺，幀將起來你看。（掛介）

【前腔】四壁安排，仿佛筵前列錦釵。大爺覷波，則見他一個個妙色堪人愛，俊眼將人睞。嗏，雲雨若和諧，同赴陽臺，攜手扶肩，完却相思債，做一個蛺蝶紛紛恣往來。（丑看介）咦，我的美人，我的心肝！怎生得到手，和你羅哩連連哩羅哩。

【前腔】甚日和諧，繡枕橫欹錦帳開。扯破湘裙釵，解散香羅帶。嗏，兩手貼弓鞋，抱在胸懷，做一個粉蝶穿花，采得花心敗，一段風流天降來。（二淨）大爺不須急性，世上嫁女的，只要有財有勢。憑着你這般財勢，求他哪一個不肯？多用些金帛，娶他到家，隨你受用哩。那時只不要忘了咱兩個。

【三學士】你是個翠帶輕裘年少才,占春光舞榭歌臺。少不得門迎繡履三千客,户列朱顏十二釵。殢酒簪花多氣色,管取你光光帽,好事諧。(丑)如此,小子當築壇拜將。

【前腔】酒泛金杯浮琥珀,早些兒拜將登臺。佳人宛轉敲金拍,醉客佯狂飲繡鞋。謝你冰人成眷愛,光光帽,喜滿腮。

(二淨)畫裡容顏絕代無,若教對面更何如。

(丑)擬將頂禮焚香拜,夢裡須教一會吾。

第二十齣　斷　　袖

(貼上)日上小姐和申生在庭前密語,今晚間把房裡陪伴的都打發到奶奶房內去了,意是怎麼?待湘娥姐來,商議了,瞧破他。

(丑笑上)飛紅姐,你道世間罕不罕?一樁怪事幾曾見,小小姐兒慣成精,今夜房中學偷漢。

(貼笑介)你道這奇了,這還不希罕。你道那個釣魚不用鉤?那個引針不用線?只有我家小姐奇又奇,偏背了我們自偷漢。今日老爺不在家,奶奶身子不快,小姐叫房內人,都來相伴奶奶,這分明日裡兩個約下了。我們且不要說破他,夜間看他怎麼。正是:繡窗嬌女學風流,

(丑)漏泄春情雙鳳頭。

(貼)隔牆有眼偷瞧見,

(丑)羞麼羞也羞麼羞。(同下)

(生上)欄杆倚遍盼斜陽,玉露沉沉漏更長。為赴海棠花下約,趁他明月照東牆。早間蒙小姐約在繡房相會,盼不的天兒早黑也。今更闌夜靜,逾窗到此,只索悄悄的踅過荼蘼架去。

【水紅花】聽枝頭啼煞後棲鴉,省喧嘩。晚妝樓下,澄澄玉宇淨無瑕,腳兒蹅,露濃苔滑。轉過了低矮矮荼蘼架側,是甚的抓住我也?則被棘針兒抓住了咱衣衩,索忙閃過那海堂花也羅。(下)

(旦上)妝閣深深燈影迷,倚窗聽罷老烏啼。何事期郎郎未到,則怕是郎處樓高月上遲。日間約申生晚夕相會,今更漏已沉,怎生

還未到也？

　　【前腔】顰眉無語對燈花，是誰家鳳簫吹罷？銀河耿耿月生華，影交加，花枝低亞。忽聽驚飛何處，撲刺刺樹頭鴉。（聽介）敢是那人兒叩響小窗紗也羅！（生上）來此是熙春堂下，庭廣無人，四圍寂靜，好怕人也。

　　【梧桐花】漏沉沉，更殘罷。身立在淹淹冷露下，心頭丕丕驚還怕。呀，小姐窗兒開着哩。（覷介）看他紅綃半幈，蟬鬢輕羅。眉橫秀色，似雲影春山。臉映蟾光，如玉沉秋水。舉首對天，一若重有憂者。玉人兒隱斂着雙鬟向窗紗，盈盈的眼尾侵波盼望殺。他可對嫦娥訴不盡衷腸話。（扶窗介）

　　（旦驚喜介）呀，申生，你來了！

　　【繡帶兒】柳梢頭垂垂月下，漸時轉過鄰家。我這裡剪秋波望斷花陰，你驀地偷展窗紗。喧嘩，你個俊相如色膽天樣大，險把小膽的文君驚殺。聽咚咚長更未煞，且和你並坐窗前，消停閒話。（生）

　　【前腔】無瑕，嬌臉兒教人愛煞，可便是月殿裡嫦娥，向人間並倚菱花。念小生濁世凡胎，怎配的上閬苑仙葩？星槎，似莽張騫夜犯銀漢下，待和你鵲橋偷駕。覷今夜清暉可佳，兀的是一刻良宵，千金高價。（旦）

　　【前腔】嗟呀，小兒女婚姻事大，可怎生輕輕的窺宋鄰家？都只為貪戀多才，全不顧禮法相差。（生）夜漏過半，幸會難逢，可就枕也。（旦）年華，如今弱小剛二八，曉什麼風流調法。消停坐，同看月華，喜的是掛影嫦娥，伴人幽暇。（生牽旦，旦推介）（生）

　　【前腔】堪誇，燈兒下嬌嬌恰恰，似相逢夢裡巫峽。妝點煞錦繡鴛幃，鎮風流花月窗紗。嬌娃，夜深更永花睡罷，且和你效綢繆鳳鸞同跨。訂婚店紅絲暗加，早則是殢玉留香，恣情歡洽。（牽旦衣行介）（旦）

　　【隔尾】小文君初把香車駕。（低介）奴年幼不諳世事，你俏相如呵，休將人認做了夜奔臨邛索有瑕。（生）不待多言，俺則與你細探着這一朵葉底風藏藕子花。（下）

（貼、丑上）事要不知，除非莫為。你聽小姐房內，唧唧噥噥半夜了。小姐你做的好事，尚兀自口強哩。

【醉羅歌】躡足躡足將紗窗亞，聽他聽他兩情呎。那申生呵，黇夜逾牆入人家，似待月西廂下。梅香告道，把偷花漢拿；夫人知覺，把偷香賊拿。隔窗有耳全不怕。這也怪不得申生，世間只有女人偷的男子漢，那有男子漢偷的女子？細詳察，都是他，庭前細語那根芽。

（貼）我們聲張起來，一來小姐見怪，二來壞了申生行止。且躲著，待申生出房來捉住他，看怎麼說。

（丑）是。（同下）

（生、旦攜手上，生）

【太師引】錦繡榻，春無價。（看袖介）軟香羅，紅生翠加。（旦）羞答答看怎的？（生）想今宵被窩裡情愛，可一似兩鵝鵝共戲晴沙。嬌羞弱體鸞扎撒，香汗惹細雨濛花。嬌聲顫鶯啼暮衙，當不的這嫩腔腔殢雲殢雨嗚嗢。

（旦）更漏將盡，怕人知覺，你且去罷。

（生）怎忍去也。

【前腔】燈影下，多嬌姹。（摟介）痛相憐，情傾意洽。（旦指袖介）認取這點胭脂，春生衣袖。（剪袖介）留此為他日之驗。願你後日呵，休忘却今夕韶華。妾女子也，情牽意惑，殊乖禮法，幸稍秘之。囑檀郎莫向人絮刮，輕輕的葬送兒家，空留做風流話巴。（生）小生怎敢，雞聲催曉，虯漏已殘，如今只得告去。（旦）來宵呵，則和你早相會在那花陰月影簾下。

（旦下）（生將下）

（貼、丑沖上）話巴話巴，夫人知覺。

（生慌介）知……知覺些什麼？好姐姐遮蓋咱。

（貼、丑笑介）申生，你是讀書君子，怎做這勾當哩？

【袞遍】燈前偷折花，燈前偷折花，一弄多奸詐。黇夜來家，色膽如天大。夫人知覺，怎肯干休輕罷？（生）既洩漏，求恕饒，二位姐姐呵，休乾把人相驚唬。

（貼）你秀才家偷香竊玉，當做賊論，不道輕輕的饒了你。

（生）我到此也無別事。

【前腔】空庭看月華，空庭看月華，閑向窗前話。沒甚他情，怎不干休罷？（貼）你看月看到小姐房裡去？你早則招了，如今又倒抵賴。俺小姐呵，可似海棠零落，春風一把。（丑）好好一個小姐，如今不知弄做怎麼了。（合）你還則是硬口兒說出這平安話。

（生笑揖介）如今都不消說，二位賢姐，肯休便休了，不休……

（貼）不休怎麼？

（生）不休呵，少不得他做鶯鶯，你做紅娘，勾引的名兒，大家去不得。

（貼）看這慣偷老婆的賊漢子，我們如今權饒你這一次，你如何謝我們？

（生）我客中別無一物，就把這身子謝你罷了。

（貼啐介）要你身子怎麼！

（丑笑介）你先謝那個？

（生）三人同睡罷。

（貼）呸！虧你不識羞的臉兒。

（生）二位賢姐，

【尾聲】你來朝莫向人前話，謝娘行遮藏了那些。（貼、丑）別的休閒講，你則索花下燒香拜誦咱。

（貼）蟾宮偷折桂花枝，（丑）恰似西廂待月時。

（生）好把風聲細藏隱，　莫教鸚鵡語人知。

第二十一齣　遣　媒

（末院子持包袱上）受命華堂上，投身驛路中。自家院子，受老員外的命，因為二官人到眉州舅爺家，將次半載，着我持書接他回來。一路奔馳，天色又早晚了。

【一封羅】天涯子未旋，寄音書，忙向前。涉水登山日漸晚，搖曳旗亭酒望懸。羣羣飛鳥，棲遲樹邊，行行征旅，消停店間，待來宵

早把征塗踐。（下）

【臨江梅】（生上）回首深閨人已遠，前宵好夢茫然。餘香猶在錦襴邊，白日情牽，黑地魂連。離合悲歡一樽酒，南北東西十里程。好夢自來留不住，匆匆難唱五更聲。小生與小姐相敘，正在歡濃之際，被院子促我回家。只得醉了舅妗，趲行而歸，一路上好無聊也。正是：一般翠柳短長亭，歸路不如去路好。到此已是家中了，我自進去。

（外、老旦上）天涯遊子歸期晚，堂上衰親望眼擡。忽聽簷前喜鵲噪，愁顏化作喜顏開。（見生介）孩兒你回了。你到舅家，怎生一向留滯在那裡？（生拜介）

【奈子宜春】去時節，花發庭前。恰歸來，葉滿平川。經今半載，晨昏不見。（老）當初囑咐你早早回來，你怎生忘了？（生）孩兒何敢有忘？只為舅妗苦意相留，因此上未得把歸鞭即展。拜啟，望雙親憫念，恕兒之譴。（外）

【前腔】你去他家，半載周年。我叫你回來呵，第一來怕你為飄零，拋棄韋編。（生）孩兒怎敢。（外）二來你年已長了，鸞幃鳳錦，未得遂乘龍佳選。聞舅家百一姐呵，他貌端妍，尚兀自未牽紅線。今日待遣媒人特往，為求姻眷。

（生背介）如此早則喜也！
（外）我已着院子喚媒婆，怎麼還未到？
（丑上）

【宜春令】能撮合，慣厮連，一憑咱花詞巧言。把仙娥引動，吹簫搭上神仙眷。（見介）老員外，老安人，喚媒婆做什麼？（外）俺家官人要求親，特來喚你。（丑）媒婆就去，只要你拖地紅羅，管成就釵頭金燕。我替人間，專一為行方便。只不知要到哪一家？

（外）是我安人家舅爺，今在眉州為官，有女芳年，名喚嬌娘。

【前腔】男和女，結好緣，仗冰人把紅絲暗牽。（丑）親上親，錦上花，媒婆去時，包他一說一肯。（老）你拜上俺舅爺呵，我和他舊家門戶，似朱陳世世諧姻眷。專望你千里佳音，早完成百年歡宴。（外合）謝你媒婆，有的是數貫青蚨，幾匹紅絹。

（丑）今日良辰，即當前去。
（外）為傳芳信仗良媒，
（老）管取姻緣百世諧。
（生）天上青鸞應有託，
（丑）人間紅葉不須猜。（外、老、生同下）
（生急上）媒婆慢行，慢行。
（丑）呀，官人趕來什麼？
（生）我有密情告你。（揖介）

【三學士】拜告你冰人聽我言，這事仗託周全。（丑）不消官人說，我自當竭力。（生）不瞞你說，我和那小姐呵，星前曾結三生誓，今日的月下重尋即世緣。（丑笑介）原來新人倒是舊人了。（生）為此專望你一力總成，果得百年成愛眷，我把心香爇，答謝天。（出書介）我有書一封，央你密地送上小姐。
（丑）這使得。你兩個，

【前腔】才子佳人情不淺，早些兒結盟月下花前。你將這錦箋一幅傳心事，我把紅線千條系好緣。管取兩人成愛眷，夫妻美，畫錦圓。（生）果得如此，我私下還有重謝。

【尾聲】這段姻親不偶然，（丑）想老天定與諧姻眷。（生）還望你早去早回，我則佇待青鸞把好信傳。

（生）密語說真心，憑媒寄好音。
（丑）佇看河水側，綠柳插成陰。

第二十二齣　婚　　拒

【普賢歌】（丑上）媒婆慣會使花脣，我做媒婆更有名。東家去說親，西家去說親，十處說親十處成。媒婆媒婆，道路奔波，未知今日，命運如何。我奉申老員外命，來此求親。問說此間已是王老爺的衙了，不好徑進去，且叫一聲：管門大叔那裡？
（淨上）堂上畫閒人不到，階前吏卒走如牛。這婆子那裡來的？
（丑）我是成都特差來求親的，望大叔通報。

（淨）少侍，老爺已上。（末上）

【搗練子】年已暮，鬢將星，膝前一女正娉婷，甚日紅鸞雙照影。（淨報、丑見介）

（末）你是誰家所差？

（丑）聽稟：

【玉山供】奔馳方定，為申家郎，特來問親。（末）那個申郎？（丑）就是老爺姑爹家。那二官人呵，恰天生，才子佳人；美夫妻，翠鸞堪並。門闌喜慶，是夙世紅絲牽定。姑爹和姑奶奶拜上老爺呵，道是兩下姻緣好，念前情結取今日此姻盟。

【前腔】（末）承他來命，我心中非不願聽。只一件，我小姐和申郎，本是個兄妹排連，怎做得夫妻匹聘？（丑）這也何妨，申官人才俊聰明，是老爺素曉得的，招這女婿也不枉了。（末）雖然他才華獨勝，有日向龍門高聘。爭奈我家小姐，無分與仙郎配這姻盟，空勞紅葉為傳情。

（丑）還望老爺允諾。

（末）你既到此，且見了奶奶，再作商議。

（外旦上）遠聽冰人語，來傳月老書。（見介）

（末）媒婆遠來，可留她茶飯。（下）

（丑）申官人求親，專望奶奶主張哩。

【前腔】女兒家婚聘，是和非憑娘主成。申官人是天上仙桃，伊小姐是日邊紅杏。雙鸞並影，占盡了人間佳勝。奶奶與他成就了這段婚姻事，美恩情似天邊烏鵲渡雙星。（旦潛上，聽介）（外旦）

【前腔】家門廝稱，論婚姻端然可成。但兒女事須聽着他家尊，我做娘的如何折正。天緣若定，終有日乘鸞相慶。（丑）姑奶奶再三拜上奶奶。（外旦）你去拜覆姑奶奶呵，休得忙相倩，做姻親，還要端詳仔細問神明。

（丑）這頭親事，不消疑得，問神明怎麼？小姐在那裡？待媒婆也請見一見。

（外旦）丫鬟請小姐出來。

（旦徐步出，低唱）

【玉抱肚】銀屏低映，聽的俺娘親，話兒全無準誠。我和申生呵，是雙雙比翼鴛鴦，怎忍教分飛孤另。（歎介）相思風月錦前程，今後方知沒四星。（丑見，低云）小姐非申家郎君之情人耶？

（旦竦然，低應介）是也。（掩淚介）

（丑低歎介）我看小姐呵，

【前腔】低聲相應，則見白泠泠潸然涕零。怨黃姑隔斷銀河，濕鮫綃，淚花偷迸。淒淒腸斷不堪聽，楚峽猿啼第幾聲。郎君有手書，着我送上小姐。（出書付旦）

（旦袖介，下）

（丑）小姐玉貌花容，和申官人錦心繡腹，正是一對兒。況小姐芳年及笄，奶奶休蹉過了這門好姻緣呵。

（外旦）

【前腔】青鸞須並，美姻緣知他怎生。因老爺在任，把小姐淹滯在此。雖今日正及韶年，還則是未行花運。待他明月照雙星，笑看春風開雀屏。（丑）待媒婆再見老爺懇求，奶奶還擅掇一聲。（末上）媒婆，姻事不成，不好留你，你拜上姑爹說：

【五供養犯】婚姻不成，非我妝喬。申家官人呵，他是才俊書生。有朝身貴顯，別選結良盟。我小姐區區陋質，怕配不上舊香荀令。（丑）老爺休謙。這頭親，那個不說相當的？（末）你且自消停去，不必再叮嚀，自古姻緣皆由前定。（丑）姻緣姻緣，只要老爺肯就是了。

【前腔】姻緣正等，一個是人世裴航，一個是仙府雲英。藍田堪種玉，何必上瑤京。親上親，錦上花，可正似溫郎昔日，重配上玉臺雙鏡。（末）我意已定，不必重提。（丑）親事不成，媒婆怎生去回復？千里空歸去，羞殺俺做媒人，要把良緣，赤繩牽定。（末怒介）

【前腔】你話兒不省，要結良緣，須按人倫。如今朝廷立法，內兄弟不許成婚。他弟兄相廝喚，怎可作姻親？你向他行拜上，少什麼貴豪門，彩樓招聘。媒婆，疾早歸家去，莫消停，這縷紅絲，向別家牽定。（下）

（丑）罷，罷，說親不成，則索告回去，還請小姐別一別。

（外旦）丫鬟請小姐出來。（旦上）

（丑）老爺堅執不從,小姐自家説一聲也好。

（旦）媒婆,我是女孩家呵,

【江兒水】提起那婚姻事,欲言待怎生。我和他花前曾把深盟訂,指望百年諧歡慶,誰知一朝打散鴛鴦頸！這都是咱紅顔薄命,要結婚姻,則除向碧紗廚等。

（丑）好好一頭親事,則老爺不肯,耽擱了兩下。

（旦歎介）

【前腔】錦片前程事,怨天公不作成。休,休,我拚做個鴛鴦盡老成孤另；繞樹南飛烏鵲冷,怎肯把琵琶別抱秋江暝。離合緣契,此乃天之為也。二兄無事宜來,無以姻事不諧為念。（出書介）你把我書中意呵,説與我那多情人聽。今世來生,休忘却了夜香人静。（下）

（丑）別過小姐,告謝奶奶,媒婆去也。

（外旦）你多多拜上姑奶奶和官人,休以婚事不成為怪。

（丑）媒婆曉得。

【尾聲】疾忙銜却夫人命。（外旦）枉勞你奔波千里路途行。（合）也只為不是姻緣難強成。

（外旦）自古姻緣非偶然,（丑）定有紅絲暗裡牽。

（外旦）説親不遂休埋怨,（丑）謀事在人成在天。

第二十三齣　妓　飲

【海棠春】（淨上）五陵豪貴知名早,遍柳陌,行轎俱到。呼酒挾佳賓,共向花前倒。少年心事欲拿雲,氣概風流衆所尊。指點銀瓶頻索酒,倒翻金版共論文。自家陳仲遊是也。生在豪門,長於貴族,結交才彥,素擅英聲；識納名姬,頗邀俊譽。男則與申厚卿為友,女則和丁憐憐為伴。詩酒唱酬,往來不倦。如今屢次拉申厚卿到丁憐憐家飲酒,他只推故不去,未知何為？丁憐憐也屢催俺拉他同去,昨俺自往相約,方纔許諾,這早晚敢來也。（下）

（生上）

【前腔】相攜紅袖花間飲，行步懶，不知因甚。為念玉樓人，淚滴胭脂滲。昨遣媒婆到舅家求婚，未知成否如何，好生牽掛。今日陳仲遊約我同訪丁憐憐，本待不去，吃他再三相央，只得勉強走一遭也。（下）

（貼、丑同上）

【念奴嬌引】（貼）妓家門徑，常則把財相貴重，錢為親戚。一任你風流才俊子，錢盡也都須回避。俗客相隨，可人不至，淘盡虛脾氣。

（丑）姐姐，你雖是千伶千俐，怎跳出這醃臢的生計？

（貼）煙花為姊妹，

（丑）露水作夫妻。

（貼）老大無人至，

（丑）門前車馬稀。

（貼）奴乃角妓丁憐憐，這是妹子伴姐。奴家夙具姿容，兼通音律。一切豪家貴冑，雖皆有心戀我，我却無情對他。只有申厚卿是此間才子，長到俺門行踏，我亦盡情延納。半載以來，不知為甚，足跡杳然。昨央陳仲遊再四拉他，約於今日到來。我已備下酒肴相待，怎這時還未見到他？

（生、淨同上）（見介）

（生）間別相將半載餘，

（淨）桃花人面憶當初。

（貼）可憐老大容顏改，

（丑）屢次招郎空寄書。

（生）呀，憐娘怎出此語？

（貼）且請坐了講。

（衆坐介）（貼）申相公見棄奴家，今日甚風兒吹到也？請先飲三大杯。

（淨）這該得。

（生）領憐娘尊命。（飲介）

【念奴嬌序】佳人意美，見殷勤翠袖，幾番高捧金杯。（丑）申相公請乾了再斟。（生）小生醉也。（淨）你剛剛坐下，怎便說醉了？（生背介）回首蘭房凝望處，想燈下蹙損蛾眉。我在此飲酒，不知我小姐在那裡做甚？堪惜身在紅樓，魂飛香閣，停樽未飲已先醉。（合）空辜負，今番好景，花月相輝。

（淨）憐娘吹彈一曲，侑申相公酒。

（貼）使得。

（吹彈介）（淨）

【前腔】相對，紅偎翠倚，暢高歌狂詠，開懷拚飲千石。（生睡介）（淨）撥盡檀槽，為什麼司馬青衫偏濕。任你銀燭高燒，金杯低勸。憊憊昏倒玉山頹。（合）空辜負，今宵好景，花月相輝。

（貼）我想申相公呵，

【前腔】當日，旖旎千般，風流萬種，常來花下快銜杯。今日因甚的，因甚的，醉倒筵前如泥？（淨推生介）厚卿兄，醒來飲酒。（生睡中呻吟介）（貼）堪惑，看他冷語三分，熱心一寸，吞花眠柳少滋味。（合）空辜負，今宵好景，花月相輝。

（丑）申相公睡着了，陳相公暢飲數杯。

（淨）使得，杯子不當事，敢大碗來。（連飲介）

（丑）陳相公好量。

【前腔】歡會，一個錦繡胸懷，一個江淮襟量，筵前雙勸縷金杯。（貼）夜沉了。（丑）猛聽得，猛聽得斗轉銀虯聲催。（淨）我也醉了，伴姐同我睡罷。（丑）恁的，一個醉眼眯斜，一個神魂飛俏。（淨翻酒介）（丑）翻了酒也，袖翻宮錦濕淋漓。（合）空辜負，今宵好景，花月相輝。

（貼）既陳相公醉了，伴姐你扶他去睡，我在此等申相公醒來。

（丑扶淨介）青玉案前雙勸酒，銷錦帳裡醉扶歸。（同下）

（貼喚生介）申相公，

（生驚摟貼介）我的姐姐。

（貼）什麼姐姐？

（生）呀，我猛然驚覺，原來却在這裡。憐娘，夜幾時了？

（貼）夜漏過半了。
（生）陳相公呢？
（貼）陳相公睡了。
（生）我別憐娘去罷。
（貼）夜恁深了，那裡去？
（生）歸去不妨。
（貼）申相公，我幾次招你不來，如今只說要去。奴身雖為賤妓，夙昔蒙你相愛，為甚今日伴俺不睬，將人恁般冷落也？
【柳搖金】情懷如醉，知伊為誰？憶昔與君期，永遠同歡契。豈料你今朝頃刻時，甜桃酸李，對面兩參差。是了，你才子身奇，怎搭上風塵賤妓。要去就去，如今以後，再休向柳陌花蹊，柳陌花蹊，閑停車騎。
（生）憐娘休怒，是小生得罪了。但我情緒萬千，實難相告。
（貼）有甚難說處，只是丟了我又尋別個。
（生）成都內外，再有誰似憐娘的，我去尋那個？
（貼）要知心上，但聽口中。適纔你夢中喚誰？
（生）憐娘既知道了，我亦不敢相瞞。但我今所遇非復風塵中人也。
【前腔】牡丹花下，相逢異姿。（貼）畢竟是誰？（生）姓王名嬌娘，乃眉州王通判的小姐。我與他心眼兩相期，暗裡成佳會。（貼）生的如何？（生）我看世上沒這樣人，便梨花帶雪，海堂着雨，也比不的他。他較名花風韻奇，休道身兒上諸餘堪喜。只那新月映修眉，西子楊妃，應難並美。（貼想介）既名嬌娘，又美麗如此，豈非小字瑩卿者乎？（生）憐娘怎曉得？（貼）向帥府公子，求婚慕色，遍地訪畫真容，共得九人，此其一也。色瑩肌白，眼長而媚，愛作合蟬鬢，時有憂怨不足之狀。我至帥府內室見之，因記其姓氏，可果是此人麼？（生）憐娘如親見其人，我所遇的正是他。（貼）難怪你視我猶如土壤，那人真天上人也。論嬌娘，人間罕有。要覓芳姿，要覓芳姿，則除在蕊珠宮裡。（生）俺那嬌娘，醉能詠絮，貌足欺花，真乃世外之佳人，不愧女中之才子。憐娘稱為天上人，也不枉了。教我怎不愛他,怎不念他?

【僥僥令】春花嬌旖旎,春月影熹微,路入桃源相逢處,脈脈兩情迷。怎忍離?

（貼）休道你男子們,我看了圖兒也注目不能去,但恨不一見其面。聞他脚兒極小,你去時幸將他舊鞋丐我。

（生）他那雙小脚兒,果然值千鎰之金。我去時,便持他鞋兒來送你。

（貼歎介）

【尾聲】怪的將人看做閑花比,你果然是逢神女巫山那壁。（合）可知道雨雲深處夢相隨。

　　　　　　　（生）西施嬌豔欲傾吳,千種風流絕代無。
　　　　　　　（貼）畫裡猶能動世人,幾番對影自躊躕。

第二十四齣　媒　　覆

【風入松慢】（外、老旦上）門闌喜氣看何如,如何音信還無?計程遥把歸期數,算今宵,定返門閭。（生上）夢裡佳音來到,醒來依舊蕭疏。

（外）凡事由來係夙因,

（老）況復婚姻百世親。

（生）青鳥未傳雲外信,紅鸞難照月中人。

（外）安人,媒婆到你兄弟家說親,不知那親事諧也不諧,使我好生牽掛。

（老）昨夜燈花爆,今朝喜鵲噪,這親事一定諧哩。（丑上）

【鎖南枝】巴巴走,長短途,說親不成惱殺吾。財物没分毫,滿鬢堆泥土。我想這親不諧呵,女和男兩下裡都痛哭,我做媒婆枉勞碌。（入見介）

（外、老）媒婆你回了,親事如何?

（丑）我說來,員外休得生嗔,安人切莫煩惱。我去說親,幾次三番,磨了半截舌頭,舅爺只是不允。說朝廷立法,中表兄弟不許為親。後來媒婆催逼得緊，舅爺因而發怒，速速趕離他門，走得我兩腳慌忙無措。

（老）怎麼舅爺不從？

（外）我算這親事，十分該有九分成的。如今不成，乃天之數也。

【前腔】婚姻事，難強圖，干只是天公未諧鸞鳳書。（老）他說話強推辭，媒婆呵，你來往空奔逐。他說內兄弟不許為親。（合）想他只要揀豪家成眷屬，把俺舊親戚棄如土。（生）奶奶怎麼說？（丑）奶奶說兒女婚姻，憑老爺做主。（生）

【前腔】聽他語，直恁般奚落吾。他道我書生命窮難坦腹。我想古來呵，玉鏡舊臺前，都與成鴛侶。偏我今生不得與他家諧鳳卜，難道俺秀才們盡世兒做孤獨？（丑）雖然怪不的官人埋怨，媒婆到有一言相勸：

【前腔】你不須的，長歎吁，想着那長安繡成花錦圖。招贅狀元郎，都是些公侯女。那時節向東床來坦腹，方信道你書中有的是顏如玉。（私語生介）只可憐那小姐，

【前腔】花含悴，柳怯舒，斑斑翠綃香淚枯。我一提起官人呵，他未語涕先零，猛可的說不盡傷情句。如今有回柬送與官人。（出書）（生密收介）教官人休以姻事不成為念，不分他狠爹娘喬懊古，干則撥賺了詠桃花翠鸞女。（生長吁介）（外）孩兒，

【前腔】你休的，多埋怨，也是你姻緣運未疏。（老）媒婆，論俺家官人呵，也配得上那通經織書班大家。孩兒，我只恐你不能够畫閣上顯崢嶸，怕什麼繡幃裡無親侶。（合）你且趁着槐黃候，忙應舉，待登科有的是好媳婦。

（丑）媒婆且別去，另尋一頭好的來替官人說。

（外）生受你奔馳，些須白金相謝。（出砌末介）

（丑）多謝員外安人。將線引針針不通，

（外）（老）歸來空自怨天公。

（合）真乃是有緣千里能相會，無緣對面不相逢。（同下）

（生吊場云）世間好事果難成，恨在眉頭痛在心。（歎介）說親

不成,何足掛念。但我這段姻親,怎比得別的。老天,老天,你怎這等不做美也呵!我且看小姐回柬怎麼説。(拆看介)呀,却是《滿庭芳》一調。(讀介)簾影篩金,簟紋浮水,緑陰庭院清幽。夜長人靜,消得許多愁。長記當時月色,小窗外情話綢繆。因緣淺,行雲去後,杳不見蹤由。殷勤紅一葉。傳來密意,佳好新求。奈百端間阻,恩愛成休。應是奴家薄命,難陪伴,俊雅風流。須相念,重尋舊約,休棄杜家秋。咳,俺想此婚不成,再到舅家也無顔了。巫山雲雨,恐當永捐;洛浦風煙,徒然在望。對此情詞,不覺淚下。

【孝南枝】讀了詩中句,腸斷無。我和他三生結來緣分疏,數月短恩情,相隔楚天隅。新求間阻,無計成婚,恩情虛負。可正是樹拆連枝,水浸藍橋路。今後這怨恨怎休也。比如今點翠斑淚滴初,怎捱徹久長天冷朝暮。想當日燈前密約,月下深盟,不分真個休了也。

【前腔】從今日,憶往初,俺把梨花笑擲同擁爐。他道事若不濟,當以死謝。細語訴衷情,相期做夫婦,到如今鸞飛鳳孤。小玉窗前,一般悲楚。提起前宵,總是傷心處。他教我勿以婚事不成爲念,我怎生得不相念也。雖是他毒意爹扯碎了鴛錦書,拚今世呵,定要和你生同衾,死同墓。

果然雲重花難見,信是風狂雨不成。
爾把尺書空寄意,我今傾淚若爲情。

第二十五齣　病　禳

(丑上)受人之託,必當忠人之事。我替申家官人説親不遂,官人因而成病。悄地唤我商議,意待再去見小姐。怕老員外不允,託我對員外説,唤個師婆禳解。那時只云中鬼,到外方躲避才好。爲此特和張師婆母子商量去。(外旦上)

【水底魚兒】步斗禳星,覡巫素擅名。書符咒水,無靈似有靈。(見介)呀,李婆婆久不見了,今日甚風兒吹的你來?

(丑)今有一事總成你。前日我替申家官人求親,那人家抵死不肯。

（外旦）不肯罷了，如今怎麼？

（丑）這官人和那小姐，原是舊有賬的。如今要到他家去，怕爹娘不允，特請你去禳病，只説中鬼，須到西南方數百里外躲避方好。先有白金二兩送你，你可同我走一遭。

（外旦）這使得，我喚了兒子同去。（同下）

（生病，老旦、小生扶上）

（生）我這病怎生休也！

【山坡羊】瘦亭亭的病骨兒實難保，軟呠呠的弱軀兒甚時好？（老）兒，你病中覺怎樣？（生）剛合着眼呵，則見嬌滴滴如花似玉那個、那個人兒到。（泣介）撲簌簌珠淚拋，恨則恨銀河風浪惡，將俺業身軀阻隔在巫山廟。一度思量愁魂暗消。（合）虛焦，焰騰騰如火燒；難熬，冷浸浸似水澆。（生睡介）

（外上）孩兒的病怎麼了？

（老）他如今剛睡着。

（小生）兄弟病症，甚是奇怪。

【前腔】則見他忽地神魂縹緲，忽地言詞顛倒。夢中如有什麼、什麼人來到。不幾宵，龐兒憔瘦了。（生笑介）（外）這怎麼説？（老）敢是親事不成，失了志兒。聽他魔魔媚媚胡云道，念念風風情味惡。（合）蹊蹺他胸中意怎描。虛囂，枉摧殘命一條。

（外）這分明害了什麼鬼病。昨已叫李媒婆去請張師婆來禳解，看他來怎麼説。

（丑、外旦、淨同上）（丑）此間已是，我們徑進去。

（進見介）張師婆，你怎生作法禳解，得我官人病體安康？

（外旦）我乃異人傳授九天玄女娘娘正法，須要備辦三牲酒禮，祭請神將。燒符一道，上達天庭。燒符二道，神將來臨，附在俺孩兒身上。有鬼捉鬼，有怪捉怪，無不靈驗。

（外）牲禮已備，便可燒符請將。

（外旦）員外請拈香，待我燒符請將。（作法介）道香，德香，寶惠香，通三界香。吾奉九天玄女娘娘敕令：三界直符使者，十方從駕威靈,當境土地龍神,諸處城隍社廟,幽冥列聖,遠近至真,以此真香普同供養。伏以神威至赫,袪百魅以迎祥;法力無邊,掃羣妖而育物。今有本府本縣本坊申慶,為因孩兒申純,夢境隨邪,病魔為祟,特於今年今月今日今時,敬請神官,奉行攝勘,有鬼捉鬼,有怪捉怪。稽首拈香,萬祈鴻鑒。(外拜,拈香介)

【駐雲飛】拜禱神前,無奈我孩兒病未痊。語話多虛誕,啼笑俱乖舛。嗏,一病恁遷延,特備牲牷,仰冀靈威,早與除凶患,災難消除頃刻間。

(外旦擊牌介)一擊天清,二擊地靈,三擊五雷,速變真形。赫赫揚揚,日出東方。金牌一響,神將來降。

(淨扮神將、仗劍立壇前)

(外旦書符噀水介)吾持此水非凡水,九龍噴出淨天地。太乙池中千萬年,吾今將來淨妖氣。謹請年值月值日值時值神將速降壇前,攝勘邪魔,弗使有違。吾奉九天玄女娘娘急急如令敕。

(淨倒介)(外旦再噀水介)(淨起,跳舞介)

【北寄生草】咒符的、咒的威光顯,拈香的、拈的情意虔。俺則見青嫋嫋法壇前幾縷香煙轉,烈騰騰半空中幾道靈符旋,勿律律醮堂邊幾陣陰風展。猛聽的那金牌響處鬼神降,則我這劍光影裡邪魔顫。

(外旦)荷蒙神將來臨,請問纏住申生的,是何方鬼怪,甚處妖精?

(淨)待吾神看來。

(看笑介)我則道是甚般鬼怪,那樣妖精,原來是:

【前腔】幾個油頭鬼,將他病體纏。(外旦)這些女鬼,怎麼模樣?(淨)有一個青衣的女子呵,剪雙燈搭不上鴛鴦眷。有一個白衣的女子呵,恨荒丘長不出棠梨片。有一個紅衣的女子呵,葬輕煙訴不出香囊怨。這都是些依花附草小精妖,敢賺殺那吟風弄月才郎面。

(生作占語介)來的是何方神將,你敢奈何的我們?

(淨)兀那小鬼頭你聽者:

【前腔】我是靈霄府天蓬將,奉仙符下九天。把俺那移星換斗神通顯,驅雷掣電靈光現,排山立海威風展。(生)你便有許多本事,也奈何不的我們。我們與申生冥數當然,你休管閒事。(淨怒介)這些小鬼頭,你還則要興妖作怪畫堂中,(趕殺介)俺待趕、趕的你潛形遁跡陰山塹。

(生)你休趕逼我,我們與申生是婚簿上註定的,你趕時可不犯了天條?

(淨)小鬼頭噤聲!

【前腔】低道婚簿上呵,註定姻緣好。則那活人兒怎許你死鬼纏?(生)古來人鬼交媾,也是有的。(淨)你便是閬苑上的神仙,也怎把書生戀?你便是水殿裡的龍神,也怎做陽人眷?你便是八洞內精妖,也怎與才郎綣。你待將他遊魂攝向嚇魂臺,俺則把你羣邪押赴驅邪院。

(生)罷,罷!你如今趕的我緊,我且暫時回避。少不得二五三七四六之辰,重來相會,怕你也跟不住他哩。(生昏睡介)

(淨)小鬼頭去了。申慶,你一干人聽我分付:冤魂夙世苦相纏,今生重結好姻緣。直須時地逢雞犬,方保平安病體痊。申純醒者,吾神去也。(倒介)

(外旦)天神分付了,官人病體即好,員外可拈香謝將。(外拈香介)

【駐雲飛】感應無邊,凜凜威光信儼然。邪魅俱驅遣,疾病應無患。嗏,香繞玉爐煙,謹備牲牷,俯向法壇,叩首三千遍,恭送靈神上九天。

(淨醒起介)一覺好睡也。

(生)(醒介)好睡也。天色幾時了?我如今頓覺精神爽快,可是為何?

(外)孩兒你方纔睡中覺怎麼?

(生)只見一金甲神將,進房中驅趕幾個女鬼出門去了。

(老)張師婆符好靈驗也。

(外)恰纔天神分付的怎麼說?

（外旦）天神道冤魂夙世苦相纏,言此鬼是官人生前結下的。今生重結好姻緣,因是冥數使然,故此不好拿他。方纔官人說,那鬼躲過二五三七四六之日重來,天神特教官人遠避。他道是:直須時地逢雞犬,方保平安病體痊。巽為雞,巽西南也。戌為犬,後日是壬戌日。教官人後日起身,到西南方數百里外躲避,方保平安。若待惡鬼重來,再驅遣他便難了。

（外）神人之言雖是,但西南方何處可以躲避?

（小生）只有舅家在西南方數百里外。

（外）前日求婚不遂,怎好又去?

（老）這也不妨,只要孩兒病好。

（丑）正是:新親不成,舊親還在,便去也無妨。

（老）當初孩兒有病,一到舅家便好了,如今畢竟去的是。

（外）如此可先着人去說,隨後起身罷了。且將白金二兩,謝了張師婆。

（外旦）多謝員外。

神語分明說與伊,急須遠避莫遲疑。
此行保得身無恙,心病還將心藥醫。

第二十六齣　三　謁

【虞美人】（旦上）春花秋葉何時了?斷送情多少。不勝清怨滿東風,為憶多情,閒步小簾櫳。【青門引】乍暖還輕冷,風雨晚來方定。庭軒寂寞近清明,殘花落盡,添却去年病。　　追思舊事重難醒,人去重門靜。那堪婚姻間阻,銀河望斷雙星影。奴與申生別後,媒婆來問親。奈我爹爹不從,有辜夙願。昨有人來說申生患病,要到我家將息。今日我爹娘俱到隔鄰王寺丞家看花,則索向庭外盼望申生去也。

【羅江怨】綠窗香霧濃,花飛亂紅,劉郎昔年花下逢。只今日啊,桃花依舊笑春風也。思量前事,猛然淚橫,離鸞別鳳何日同?恨也天公,不與成歡寵。淒涼卷未終,淒涼卷未終,風流運怎通,枉

結下山海樣恩情重。想當初花前與他相會呵,

【前腔】合歡意正濃,他同我同。歎今時去來如轉蓬,幾番無語怨天公也。匆匆,歲月,花西水東,尋思往事疑夢中。冷冷淒淒,他那裡恨壓眉尖重,我這裡愁添淚點紅,愁添淚點紅。姻緣甚日逢,都付與春前夢。身子困倦,且在秀溪亭上少坐片時。(坐介)(生上)此地睽違已來年,重來門戶尚依然。春風與我如相識,時遣流鶯奏管弦。小生為想小姐成病,託言中祟,來此躲避。覷這門前風物如故,煞可感人也。

【瑣窗寒】想當年此日門中,人面桃花相映紅。到如今,還則見桃花笑對春風。當初指望同諧連理,今所望不諧。可憐人情已改,舊歡如夢,我和他敢一般兒意愁心冗。(見旦介)呀,前面亭上獨坐的,正是小姐哩。(旦起介)這來的是申生哩。(生)此間驀地忽相逢,怎禁四目相看悲痛。姐姐間別無恙?

(旦)哥哥萬福。

(生)姐姐何故獨坐於此,舅妗安在?

(旦)今日王寺丞家邀我爹娘去看花,至暮方歸,兄可同此暫坐。(同坐介)聞的你有恙,龐兒果恁消減了。

【前腔】對花枝寂寞東風,可正是一樣清光照病容。自昔親議不諧呵,歎巫山雨跡無蹤。今生夙世作一場春夢,再跨不上翠臺雙鳳。兄今來此何幹?往來風雨路途中,空害得愁病衝衝。

(生)日月未久,何爾相忘?我自別後,行止坐臥,何啻夜月屋梁之思。中間請命嚴君,冀諧媒妁,天不從人,竟辜夙望。今百計重來,以尋舊約,乃有再來何幹之詞,我之失計,不以甚乎?

【繡太平】我為你捱不徹更長漏永,我為你花前淚滴殘紅。想婚姻不遂於飛,拚的個諧連理死也相從。匆匆春宵敲斷五更鐘,早驚散合歡雙夢。猛提起,越教人斷腸悲痛,更說甚伊心我心,誓盟山重。

(旦)兄心果如金石,妾何敢忘也。

【針線箱】你意兒天長地永,我脈脈地芳心自懂。倘果我今生不得諧鸞鳳,爭似當日翠衾休共。感謝你雨雲不改三年夢,難道我

花月空拋一夜風？（拜介）越教人知重。我今後呵，把兩衷情，都一樣的訴與蒼穹。

（生旦攜手行介）（合）

【東甌令】魚和水，兩和同，才子佳人情意濃，到頭有日成歡寵。（見舊詩介）（生）舊館窗几依然，所題詩名濡翰如新，歲月已遷，可傷人也。（合）堪歎惜，多悲痛，年前景物眼兒中，忽地似飄蓬。

（內）老爺奶奶回了。

（旦）家人傳呼爹娘已回，你可到中堂迎候，我暫回避也。（下）

（末、外旦、貼、淨、丑從上）

【不是路】賞遍芳叢，春色年年好處逢。花香送，酒闌人散夕陽中。（生迎拜介）入簾櫳，堂前頓首忙趨奉。（末、外旦）呀，二哥到了。聞你有恙未痊，這雙鬢依稀帶病容。心還恐，路塗奔逐多勞冗。切須珍重，切須珍重！

（生）蒙舅妗垂念。

（末）你病為何而起？（生）

【前腔】命犯災凶，病入膏肓藥怎攻。（末）病中怎麼光景？（生）多驚恐，夢中恍惚鬼神逢。（外旦）此皆二哥心神不定所致。（末）你意匆匆，功名失志精神憒。這也不消用藥，則要遣興消愁你病自鬆。（生）惟舅妗憐其微恙，再造之賜，沒齒不忘。相驚動，一枝暫棲鶼鶼共。感承恩寵，感承恩寵。

（末、外旦）舊時館舍如故，住此何害。想你病大率功名失志所致，與那饑飽勞役的不同，還須善自保攝。

【短拍】妙藥難攻，妙藥難攻，心頭病冗。則要你早消除兩鬢秋風。那瀟灑小牆東，喜的是人無喧哄，好把伊行裝暫頓，慢些兒醫可你病衝衝。（生）謝舅妗相念。

【尾聲】寵愛深，恩情重，尊前語笑喜相同，則我這病體而今半已鬆。

（生）為因多病遠求醫，（末）舊館依然尚可棲。
（外旦）自是故園花樹好，（生）飛來宿鳥盡依依。

第二十七齣　絮　鞋

【懶畫眉】(生上)偷身潛步入蘭堂,則見寂寂春風花自香。來到繡房呵,(覷介)怎不見姐姐在此？她敢為雲為雨夢高唐。我輕輕的揭起梅羅帳,呀,又不見俺風流可喜娘。(翻床介)休道別的呵,則這牙床繡帳,錦衾角枕,瀟灑非常,幽輝可佳。塵不拂而自淨,香不熏而自悠,甚人兒消受得也。(見鞋介)你看枕邊露出金蓮兩瓣,奪目生光。便有千鎰之金,怎買這雙小脚兒？前丁憐憐要丐他舊鞋,我累次求之未獲,如今不免竊了去。(取鞋行介)覷此鞋呵,

【前腔】紅綃緊蹙鳳頭妝,半扎慳慳三寸長。見了不由人春心不動也。為傳心事惱襄王。行來印出青苔上,撒却金蓮瓣瓣香。來到書房也,且將這鞋兒藏著,到舅舅那廂攀話去。(下)

(貼上)青螺秀黛巧妝梳,衣惹熏風透體酥。閒倚雕欄自惆悵,庭院深深啼鷓鴣。俺自昔申生去後,心下好生念他。他今因養病,重到我家。我每與他中庭相遇,語言調笑,兩下更是關情。今趁此畫閑,到東軒上偷覷他去。(行介)呀,這苔痕鎖綠,書扉靜掩,他又早不在了呵。

【前腔】書臺寂寂冷紗窗,靜掩梨花春晝長。待我進房去瞧着。似此床帳淒清,簾窗瀟灑,果是可人也。(翻床見鞋介)呀,這是小姐鞋兒,怎生在此？小姐往時做下了,為沒有實證,常則抵賴。我今把這鞋拿去還他,看他怎麼說？我把雙尖拾在繡衾傍。小姐呵,你雖然硬抵着牙兒強,如今可也洩漏春光在這廂。(下)

(旦手拈花枝上)

【前腔】折花枝徐步轉小回廊,(看衣介)則被露珠兒呵,掠濕了湘羅翡翠裳。(放花枝介)且把衣兒鞋兒都換了,重來香閣理新妝。(揭帳看介)呀,是誰人揭動俺芙蓉帳,倒亂了鴛鴦繡枕傍。(尋介)我鞋兒怎麼不見了？

(貼上)小姐日常在窗外刺繡,今日怎生還在房內呵？

【前腔】低睛偷覷小紗窗,他敢還臥向高唐夢楚王。呀,小姐尋甚哩?(入見介)小姐,你為甚沉吟無語自思量?(旦)適纔誰到我房裡?(貼冷笑介)小姐,你閨房中有誰人得向伊妝臺傍。(旦)這等我房裡東西怎不見了?(紅)你不見了哪件扢挣的惱亂春情着甚忙。

(旦)斷是誰曾到我房裡。
(貼)我實不曾見誰進來。小姐,你這等忙着怎麼?
【紅衲襖】莫不是惹梅梢吊下了玉搔頭小鳳凰?(旦)不是。(貼)莫不是走蒼苔將你翠裙衩被棘針兒來抓上?(旦)不是。(貼)莫不是誰呵涴污了你繡帖裡簇錦的雙鴛樣?(旦)不是。(貼)莫不是誰呵跌損了你巧攢花七寶妝?(旦)不是。(貼)莫不是甚人兒盜了你碧雲翹明月璫?(旦)也不是。(貼)這番我猜着了:敢則是甚人兒將你小菱尖拆了雙。(旦)果然是了,正是我放在床內的,為甚不見了?(貼)若提起這繡鞋呵,可有個拾的人兒也。(袖中出鞋介)小姐何不早說,却怎的明月蘆花空自忙。(旦)好怪。這鞋呵,

【前腔】昨日夜深深的藏在我鴛枕傍,今日曉清清呵還不離了這香席上。(貼)這等怎出繡房外去了?(旦)又不曾跨青鸞撇向秦樓閶,怎的化雙鳧却在雲影翔。(貼)我想這鞋兒敢是小姐與人的。(旦)嘿聲,我鞋兒怎的與人。若論我繡鞋呵,似美珊瑚海底藏,有甚人兒來盜的往。莫不是你謊僂儸故意的賍誣也,枉教我渡口津頭到處忙。

(貼)小姐倒賍誣起我來。若問這鞋呵,我自還你拿的人兒。
(旦)你說是誰拿去?
(貼)飛紅早時呵,
【泣顏回】閒過小書窗,驀見金蓮開放,雙鉤紅玉,曲灣灣奪目生光。幸是飛紅看見,特地持來付與。若是別人行見了如何講?小姐,不是你與那生,定是那生拿去的。若不呵,則問這繡鞋兒放在深閨怎到的那生床上?
(旦)什麼那生?
(貼)小姐,你想我家裡有哪個?

【前腔】(旦)思量這事怎推詳？道是那生偷去呵，我繡房與他書房隔絕，又不是近西廂，兩下門兒相傍。他總待偷香竊玉，不道白日裡敢輕輕把繡房偷向。(貼)不是小姐與他，又不是他拿去，定是飛紅贓誣小姐的了。我把這鞋兒送到奶奶查個詳細。(走介)(旦扯介)你忙怎的，我也不說定你拿去。則如今幸在你手中。若別人見了，成甚模樣？只要你口兒放穩，向人前驀地休胡講。(貼)恁的我就不告知奶奶罷了。(旦)你便告知奶奶呵，我則問這鞋兒既落在書生，怎又使你小梅香再拾得在那生床上？

(貼)小姐，你到底會放刁。我如今不與小姐講，只去問申生，看他怎麼說？正是：幾番欲問東風意，反被東風來瞞人。(下)

(旦)我想申生累次向我索鞋，這鞋定是他偷去的。只不知何故，又落飛紅手上？敢是他兩個別有甚勾當。古云：癡心女子負心漢，申生，你直恁般情薄也。

【意不盡】雜情自古應難量，郎意爭如流水長。今日個蜂狂蝶攘，則怕漏盡春光使我心自想。

　　　無情無緒自疑猜，花正開時蝶又來。
　　　欲把芳心訴明月，還愁月影轉西階。

第二十八齣　話　　紅

【搗練子】(貼上)春晝永，燕雙飛，欲遣愁腸愁著眉。早是含愁身不覺，春情洩漏與人知。俺自見申生，心下十分留意。申生一心對着小姐，視我不甚關情。昨去看申生，值他不在，於床上拾取繡鞋，拿去還小姐，小姐倒猜疑起我來。我今去問申生，看他怎麼說？(行介)覷這嬌花宿雨愁難放，翠柳含煙濕欲舒，是好一段春光也。

【風入松】看年年花柳冷煙迷，恁韶光把人輕擲。千愁萬恨在眉尖逼，待拋下甚時拋得。(生上潛聽介)(貼)長伴着春風翠幬，腸斷也燕雙棲。

(生)飛紅姐，休要腸斷，小生雙棲何如？

（貼）呀，你怎生這等慣做賊。

（生）我偷了那件是賊？

（貼）你竊聽人言，豈不是賊？

（生笑云）可不道捉賊見贓，竊聽人言，贓在那裡？

（貼）要贓也有，則問你床頭繡鞋那裡來的？

（生）怪道我床裡不見了繡鞋，原來是你偷去了。

（貼）呸，你做了賊，倒説我。我告你到官，看怎麼説。

（生）隨你告官，我不怕。

（貼）告官不怕，告奶奶！

（生）這倒怕哩，我央求你咱。（揖介）

（貼）不够。

（生）跪，

（貼）也不够。

（生）這等怎麼？

（貼）跪了叫。

（生）叫什麼？叫你親親的姐姐！

（貼）啐，誰是你姐姐？我要你叫娘。

（生）你原叫飛紅，叫你紅娘罷。

（貼）什麼紅娘！乖兒子，你是慣家的張君瑞，也不消的我紅娘了。（見蝶介）你看一雙蝴蝶兒，飛來飛去，倒好似你。

【啄木兒】遊芳草，接翅飛，浪撲金鞍隨馬蹄。叩香閨，暗裡相隨，還則怕阻繡簾欲投無計。輕狂似逐楊花起，閑尋翠鈿投荒砌，望斷花房魂夢迷。

（生）這蝴蝶好似飛紅姐。

【前腔】餘香逐，過水西，飄揚隨風高又低。送春光飛向鄰家，貪春色又來花底。尋芳浪逐遊蜂隊，我則怕粉香早共蜂黃退，尚兀自顛倒窗前知為誰。

（貼）休胡説，你若撲得那一對蝶兒着，我就把鞋來還你。（同撲介）

【三段子】看他雙飄並倚，剪春光翩躚舞衣。依約亂飛，愛風流妝臺暗窺。似游絲細把芳英綴。雙雙采却花心碎，（做撲着介）則這小扇輕輕撲得歸。

（旦上）翠簾清響斗金鉤，院靜無人春色幽。妝罷無言下階去，看他粉蝶過牆頭。我見一對蝶兒，在窗前飛來，怎麼不見了？（見貼介）呀，你兩個在此做什麼？

（生見，急下）

（貼）飛紅在此捉蝶兒耍子。

（旦怒介）你不去做女工，在此耍子？

（貼）如此春光，教人怎不閑耍哪。

（旦）那遊春是男子漢的事，做女人家怎學他。

【三段催】有幾個王孫們金鞍馬蹄，恣盤桓踏青翠堤。有幾個才士們提壺挈榼，逞風騷流觴水湄。（貼）難道女人家不是人哪？（旦）你丫鬟們呵，止不過房中刺繡添針黹。（貼）再呢？（旦）妝臺拂鏡除香膩。誰許你遊月下，笑星前，看花底，春情一片閑挑起，將漁郎賺入在桃源裡。則怕奶奶知道呵，把粗棍兒，敲殺你丫環輩。

（貼）飛紅呵，

【前腔】並不曾輕描翠眉，夜燒香芙蓉院底。又不曾拂綽繡衣，結同心荼蘼架西。止不過趁着這春風豔李花開日，向空庭偶踏的紅英碎。便做道閑鬥草，喜尋芳，忙拾翠。也則是小梅香呵，偷閒學少尋常事，須不曾行雲送雨巫山會。（旦）還虧你說，我去告知奶奶打你下半截來。（貼拜介）告姐姐權饒過丫鬟輩。

（旦背云）這丫頭說話，倒暗指着我來。（轉介）我今權且記着，下次如此，定不干休。（下）

（貼怒指介）小姐，你做的事瞞誰？倒幾次尋嗔我，我拚的乘便告知奶奶，看怎生解說？小姐呵，

【歸朝歡】你没人處，没人處，狂行亂為。驀地裡，將人笑耻。果然是，果然是言清行虧。則怕你假清清，怎生般遮瞞得到底。投至那西廂月下聞消息，御溝葉上傳名字。那時節呵，敢則漏泄春光你悔自遲。

怪他心事忒多端，欲寄音書把雁瞞。

青鳥銜來雲外語,管教平地起波瀾。

第二十九齣　詰　詞

【剔銀燈】(生上)銷不盡情多怨多,鎮日裡閑行閑坐。俺把春花秋月都經過,投至得兩心相可。因何舊愁未妥,又惹起新愁怎麼。(歎介)世間歡少愁偏重,空教無語天公。小生前到小姐房内,竊取繡鞋,藏在繡枕之旁,不期被飛紅拿去還了小姐。飛紅因與小姐有隙,昨日舅妗前指着小姐所履之鞋,揚言謂小生曰:"此即子前日所遺之鞋也。"小姐色變,慌把他語影過,幸而不致漏泄。小姐自此與我形跡頓疏,不知他還是怕人知覺,還是疑怨於我?我尋思問個明白,又恨未得其便。今且到後園瞧着,或小姐出來也未可知。(行介)呀,花下有鸞箋一幅在此。(拾看介)花底鶯踏紅英亂,春心重,頓成愁懶。楊花夢散楚雲平,空惹起情無限。　傷心漸覺成牽絆,奈愁緒寸心難管,深誠無計寄天涯,幾欲問梁間燕。【詞寄青玉案】。乃一首春怨詞也,玩此定是小姐所作。

【漁家傲】看取這一幅香箋情思多,踏亂紅英,春愁怎那。楊花落盡眉還鎖,則兩下裡衷腸抛趓。咫尺蘭堂,翻做了山高水闊,好教我幾度沉吟眄殺他。(再看介)這詞意雖是小姐的,只字畫却不相同,待見小姐時問她。(置案上,暫下)(旦上)

【醉扶歸】春情一點,早被人瞧破,藍橋咫尺起風波。新愁舊恨教我怎銷磨,是風流惹下風流禍。則幾番呵,對花流淚點層羅,將我這心兒,待訴與誰行可?世間萬事,皆非偶然。前日申生盜了我繡鞋,他若不與飛紅有私,怎生又轉落飛紅手内?那日兩個在花前調戲,被我説了幾句。飛紅懷恨於心,在我爹娘跟前,説起鞋兒,幸我一時將言影過,這魂靈都飛綽半天去了。我想他兩人相好,若不是申生教他説,他怎肯惡了申生?正是:山川可料人難料,薄倖如君有幾人。我當初錯信申生,如今悔也悔不迭了。

【前腔】思量盡是奴之錯,想書生原是劣情多。他對面抛人奈如何,則恨我當初枉把新詞和。(做行見鸚哥介)我與申生相會此堂之上,他人不見,這鸚哥倒都見的。(做拋豆介)戲拋紅豆打鸚哥,待説與我愁千個。

(內作鸚哥語介)嬌娘子何打我也?

(生急上)花定早知無客至,鳥啼始覺有人來。

(見旦揖介)姐姐日來相見何少?

(旦)男女有間,豈容頻會。

(生)姐姐休説遠了。古云:"一日不見,如隔三秋。"日來想殺小生也。請姐姐暫到我書房中一語。

(旦)兄妹之間,豈容無人私會。

(生)姐姐敢是怪小生呵。乞到房中,待小生賠話。(牽旦入介)姐姐請坐。

(旦坐不語)

(見詞取看,不語介)

(生)姐姐何故不語?

【桂枝香】慘慘悶坐,無言低躲。則見你淡掃眉峰,尚兀把翠煙輕鎖。想伊心就裡,想伊心就裡,愁城千垛,難猜難破。沒頭鵝,萬種傷情事,知伊為什麼。且問姐姐,此詞何時所作。

(旦不答介)

(生揖問介)小姐何不見答?

(旦背坐介)

(生)這却怎的?

【前腔】幾番推挫,鬢雲低嚲。隨着我萬語千求,他只把秋波低閣。想伊行意裡,想伊行意裡,愁如天大,都皆因我。自心摸,莫不眼底跟前事,甚般兒惱着他?

(生再揖介)姐姐暫且息怒,乞賜明言。

(旦)此飛紅醉也。兄自彼得之,何必詐妄。

(生)原來是飛紅之詞,小生適從花下拾得,姐姐何必生疑。

【大迓鼓】花前閑打睃,偶然拾取,一葉蕉羅。並不曾倚風偷把情詞和,説甚的春心一點暗蹉跎。你皺掩雙眉,却是為何?(旦不語長吁,拂衣起介)(生牽衣問云)姐姐再少坐,説明了去。

【前腔】我心中自猜摩,有甚般過犯,害却愁多。敢則你把舊情一旦成抛躲,恰無端特地起風波,枉教我萬想千思,可是奈何。

(旦拂衣起介)胸中萬恨千愁事,説與旁人怎得知。(下)

(生)呀,小姐竟拂衣去了。小生這場冤恨,對誰訴來。(歎介)小姐,小姐,

【前腔】你情多怨恨多。幾回不語,蹙損鈿窩,將我這不明白的衷腸訴與誰人可?難道你果然把舊時花月總銷磨,乾則奚落我書生直恁麽。

沉吟無語思匆匆,幾度看花恨轉濃。

未識窈娘心上事,倚欄還自問東風。

第三十齣 玩 圖

【夜行船】(丑上)笑問花時還問柳,誰似我遍體風流。只恨的未遇佳人,姻緣不偶,心下僝僽。生長朱門繡户,却恨姻緣遲暮。壁間遍掛美人圖,日夕焚香贊慕。雖然不得親身受用,也權當春風一度。自家為要選取渾家,遍地購得美人圖九幅。中間未知虛實,不敢即往求婚。日常無事,將這幾個美人,玩他叫他,拜他贊他,定要他活現起來。今日休暇,且看玩他一番,有何不可。(看畫介)這美人真美的極哩。

【銷金帳】丹青妙手,圖畫非虛謬。美仙娥則除非天上有。看他那般風韻,那般嬌秀。咦,將人忽地、忽地魂靈暗逗。徹夜相思,病染無人救。和他怎生、怎生得共在銷金帳裡宿。待小子叫他一聲,看他應也不應。(叫美人,自應笑介)

【前腔】俺這裡叫聲應口,他眼兒還瞧着我哩。則見他兩眼秋波溜。他身兒堆的都是俏哩。俏身軀怯又柔,果然是玉兒琢成,粉兒團就。宮腰纖媚、纖媚一似風前嫩柳。美人,你也回叫我一聲兒。(做叫公子,自應笑介)看他欲語如生,不住的將人逗。和他怎生、怎生得共在銷金帳裡宿。我看這些女子,個個有沉魚落雁之容,閉月羞花之貌,不信世間真有此美人呵,

【前腔】恰便是飛瓊伴偶,共倚在陽臺岫。想人間何處求?休說娶他做俺渾家,只要湯他的一湯,(摟介)摟他的一摟,怕今生沒福、沒福也難消難受。空教我夜夜燒香,一聲聲叫徹心肝肉。和他怎生、怎生得共在銷金帳裡宿。俺日裡想念他,他夜裡敢來伴俺同睡。一個道:公子,奴家奉陪。一人道:公子,今夜該妾身為伴。

【前腔】鸞交鳳友,有分把姻緣湊。夜夜裡夢魂中成配偶。則見他那般歡愛,那般情厚。小子摟了他呵,聽他不住、不住的嬌聲廝耨。咳,可惜醒來時,依舊孤眠,被冷黃昏後。和他怎生、怎生得共在銷金帳裡宿。雖是如此說,如今便睡了,做個夢兒也還好。(睡介)

(貼上)為人莫作婦人身,況作煙花水上塵。常把真情瞞自己,安排假面對他人。奴家丁憐憐。昨蒙帥公子呼喚,為陪官身不得閒,今日望他去。(入介)來到他書房,怎這等靜悄悄地?(見介)呀,他還睡着哩,待叫醒他。大爺,大爺!

(丑驚摟貼介)美人心肝,你來了。

(貼笑介)大爺着鬼了,什麼美人心肝。

(丑)呀,原來是憐娘。我昨叫你,你怎麼不來?

(貼)昨日為賠官身,故此今日纔來看大爺。大爺,你心下怎這等惶惶的?

(丑)小子心下只想個老婆。憐娘,我問你,你出入豪家,曾見真有像這畫中的美人麼?(貼看介)怎麼沒有。只如這嬌娘呵,奴家聞的他金蓮半折,美貌多姿。兼以詞章翰墨,無出其右,所入畫中的,未能寫其一二。以此女實之,想其他皆然也。

【玉抱肚】佳人嬌幼,粉香生,梨花韻幽。似高唐暮雨朝雲,巧丹青難描難就。畫圖中幾般兒畫不出他美風流,果然是高占人間第一籌。(丑)依憐娘說,世間果有此女,我就求婚於他。

【前腔】難描難就,這嬌娘,今時罕有。果然是賽得過天上嫦娥,更說甚做人間仕女班頭。小子今世呵,果若得吹簫同上鳳凰樓,把今後從前一筆勾。(貼)只一件,此女容貌雖美,聞他已有外遇,恐非全身。不若就這美人中另揀一個。

【江兒水】解語如花貌，論人間兀自有。這嬌娘呵，他一枝已折他人手，青青不似當時舊，春光盡向章臺漏。說與你知心韓壽，要結鴛儔，怕少甚好人家的閨秀。（丑）看來畫中的美人也都不如他，娶老婆似此也够了，別的管什麽！

【川撥棹】他國色天生就，我姻緣成好逑。但得他肯配風流，但得他肯配風流，更説甚條枝嫩柔。便道似落殘花趁水流，俺做漁郎待怎休。（貼背云）果如此，却是我誤了申生呵。（轉介）大爺，你是豪門貴客，

【前腔】須是要折取花枝第一籌，怎去拾殘香左壁頭。（丑）這也何妨。只要標緻呵，就如你妓館紅樓，就如你妓館紅樓，也都搭上鸞交鳳儔。便道似落殘花趁水流，俺做漁郎待怎休。

（貼）這等公子甘心做龜子了。

（丑）如今這等的盡多。我明日央人和老爺説，就去求親便了。

【尾聲】我魂靈已飛向妝臺右，則願得今日呵，等時成就。和他倒鳳顛鸞把夙債酬。

（貼）生綃四壁美人圖，（丑）小小風流偏屬蘇。
（貼）若得與他成配偶，（丑）勝如折桂上雲衢。

第三十一齣　要　　盟

【十二時】（旦上）前恨何時遣，忽地的重添幽怨。薄倖相如，輕離熱閃，枉教人心裡自淹煎，瘦却柳腰一線。【清平樂】深深院宇，睡起思千縷。暗想當時情已去，一霎飛雲過雨。　看他雙燕歸來，幾番敲斷金釵。冷落前花開盡，新花別照亭苔。奴自以身許申生，不料申生心變，有負前盟，夙昔衷腸，幾欲付之流水，思量好恨人也。

【集賢賓】風花影裡啼杜鵑，喚春閨怨恨無邊。翠壓春山雙黛淺，幾番兒記起從前。雕欄倚遍，不禁的柔腸千轉。殘妝面，空界破兩條紅線。我想古來如張珙別聘韋娘，李益重婚盧氏，男子負心，似此盡多。然亦皆兩載三年，留滯他鄉，纔有此事。未有轉眼

負心如申生的呵。

【梧桐樹犯】花容未改前，不道郎情變。一夜霜風，忽地成秋苑。則那野花偏得東君戀，長向妝樓斗錦鈿。俺自把床頭繡衾餘香卷，寶鏡香奩，都變做了淒涼紈扇。

【金梧繫山羊】冰弦和淚傳，寫不出俺胸中怨。悶倚牙床，沒的尋思遍。雜情誰似他，轉眼心腸變。悔却當初，錯把盟香展。淹煎，淚花兒澆向天；堪憐，則索展餘衾空自眠。我今無可消遣，只向床裡睡着些兒罷。（睡介）（生上）

【梧葉兒】青衫濕，淚痕斑。衷腸事，向誰言？閒庭踏盡，空廊繞遍，拜告天天，怎得個佳人意轉。千恨萬恨，只恨我不自小心，遺下繡鞋，致令小姐見怪。今日覓便到小姐房中，說明衷曲去。（行介）往時到此，小姐喜笑相迎。今空幃冷落，想他還只睡着也。呀，窗上有詩在此。（讀介）灰篆香難炷，風花影易移。徘徊無限意，空作斷腸詩。（歎介）小姐呵，

【黃鶯兒】你詩賦斷腸篇，淚斑斑，成翠蘚。歡娛剛好生悲怨，香銷篆煙，花飄錦鈿。俺衷腸萬折應難辨。問蒼天何緣間阻，風浪起平川。

（撫旦背介）姐姐，何晝寢於此？

（旦起怒介）此乃妹子臥室，兄無事何以到此！

（生揖云）是小生得罪了。小生一言請問：再會以來，多蒙厚愛。邇日形跡間，不能不為所棄，何今昔異志乎？

（旦不答介）（生）小生既為所棄，自分薄劣，不敢再造妝臺。但見棄之因，亦乞明示。

（旦淚介）妾昔與兄恩情不薄，不道一日遂成捐棄。今者君棄妾耳，妾何敢棄君。

【貓兒墜玉枝】想當日花天月地，兩兩結盟言。道則個地老天荒情意堅，誰料周年半載，和你不得永團圓。這還是郎心變也還是奴心變，則索呵請先生自言，則索呵請先生自言。

（生）小生怎敢有變，還是你女孩家情意不久，反怨於我也。

（旦歎介）這也隨你說罷了。

【金絡索】你慢道女孩家情意偏,驀地多更變。自古道癡心女,負心漢,這對軸頭兒兩下相廝見,怎得個成雙到老年。(生)小生有誓,生則同衾,死則同穴。(旦)我永也不敢望了,再休言。你自向花前斗錦箋,你自今生即世去成姻契,你自移却紅絲向好處牽。我則冷清清守着個繡枕兒,閑消遣。休道是春宵白日夢魂邊,便一靈兒死向黃泉,(淚介)也再世與你、與你的不願重相見。

(生)小生若有二心,有如此日。且問姐姐,何事如此疑我?乞望明言,小生死亦瞑目。

(旦歎介)兄豈不自知,何待妾言。兄偶遺鞋,飛紅得之;飛紅偶遺詞,兄且得之。天下偶然之事,何多之甚耶?

【攤破簇御林】做來事,忒偶然,不料偶然重偶然。你繡鞋他拾在書齋,他詩束你拾向花前。你兩個呵,真乃是天緣遇合應非淺,我便把恩情斷却、斷却終無怨。幸愛新人,無以妾為念也。囑付你自情專,休憐故寵,阻隔好姻緣。(生仰天大歎介)怪道你日來深恨于我,原來却為飛紅之故。

【黃鶯兒】提起最堪憐,我衷腸,除問天,你芳心一點應須轉。空亭月前,祇林樹邊,我怎肯等閒忘却東君面。如今隨我怎麼說,你總也不信。當於靈神前,賭下一個大誓如何?(牽旦衣介)和你並香肩,將千愁萬恨,訴與舊啼鵑。

(旦回笑介)君果然麼?

(生)怎不果然!

(旦)若然,後園中池,正望明靈大王之祠。此神聰明正直,叩之無不回應。今當企祠大誓,我才信着你。

(生)如此便去。想明靈大王,定知我心也。(同行拜介)

(生)小生申純,

(旦)奴家王嬌。

(同云)念我兩人,形分義合,生不同辰,死願同夕。在天為比翼之鳥,在地作連理之枝。暮暮朝朝不暫離,生生世世無相棄。祝英臺畔千年石,但隨暑往寒來。山伯墳頭百尺碑,一任風吹雨洒。魄入土而成碧,萇弘之血猶腥;魂對月以長號,望帝之靈不老。兩

情若舊,片語如新。女若負男,墜沉淪於永劫;男若負女,立誅殛於震霆。皇天后地,實聞此言,赫赫神靈,望垂明鑒。(同拜起唱)

【前腔】低首拜神前,辯真誠,鐵石堅,閑花媚柳無情戀。今生枕邊,來生石邊,做的個鴛鴦同塚心歡忭。負盟言,靈神鑒取,早死葬黃泉。

(旦拜生介)感郎情重,賤妾一時不察,錯怪于郎也。俺兩人呵,

【四犯黃鶯兒】並口説盟言。美恩情,勝似前,想老天公定也從人願。來年去年,衾邊枕邊,拚三生記取這神前願。夜夜朝朝,兩情不變,化作雙飛紫燕。

(生)小生只為遺鞋拾箋兩事,開罪於姐姐,若非姐姐説明衷腸,可甚時得個明白也。

【前腔】想起這惡姻緣,淚潸潸,滴石穿。似這般離鸞別鳳生悲怨,我則道今生影邊,來生夢邊,永無緣再睹我多情面。幸喜今日恩情重見,恨不把玉體兒團成一片。

(生、旦攜手同唱)

【尾聲】此情兩下成繾綣,則願做夫妻百年歡宴。今日這恩情離而復合,可正是昔時韓玉簫呵,重結着韋郎末了緣。

(生)此情訴與鬼神知,(旦)地久天長誓不離。
(生)莫似當時輕間阻,(旦)令人還賦斷腸詩。

第三十二齣 紅 構

【一封書】(貼上)開簾霧氣清,看繁花,照眼明。侵階草色青,助春遊,將蓮步擎。日轉空庭人影靜,忽聽黃鸝啼數聲。呀,那來的是申生也。俊書生,我為你逗春情,幾次花前陪笑迎。

【前腔】(生上)韶華入錦亭,壓春愁,人未醒。空階款步行,踏香塵,春草青,晝永窗前煙篆冷。(貼喚介)申生,(生聽介)忽聽嬌鶯啼一聲。(貼又喚介)申生哪裡去?(生覷介)原來是飛紅叫我。我且佯作不聞,轉後花園去罷。暗心驚,轉翠屏,又則怕洩漏春光

過武陵。(下)

　　(貼)呀,申生明見我在此,佯然不睬去了。我想申生冷落於我,皆只為着小姐。小姐呵,你前日失鞋事,被你瞞過了,今後再有甚事,我徑說與奶奶知道,倒替你愁哩。正是:春風有恨他尋我,秋月無情我戀他。(下)

　　(旦上)

　　【卜算子】畫永香閨靜,日照紗窗影。睡起看花倍可憎,紅蠟殘脂冷。【擣練子】情脈脈,思依依,夜夜燒香拜子規。舊恨新歡人不覺,暗中只有兩心知。我自與申生盟誓之後,兩下情好倍甚。今春閒無事,意欲緩步尋芳,只恨不得申郎為伴。(行介)

　　【金梧桐】春來繡戶輕,滿眼花枝映。為怕花飛,踏遍芳紅徑。這春色與去年總一般也。年年淑景來,歲歲因他病。不見俺情郎,減却了尋春興,枉教人辜負良風景。

　　(生上)俺躲過飛紅,行來到此。呀,前面牡丹叢畔,佇視凝睇的,恰是小姐哩。

　　【東甌令】雕欄畔,六曲屏,驀見佳人獨自憑。看他濃妝淡抹皆妍靚,倚翠柳,將身映,欲言不語百媚生。(見介)(旦)獨步芳園,喜兄到此。(生)則見他含笑喜相迎。

　　(旦)今日喜的丫鬟們俱和俺娘親在中庭有事,兄既到此,可同我園中同步一會。

　　(生)小生奉陪。姐姐,你覷名園寂寂悄無蹤,

　　(旦)墮階縈蘚舞愁紅。

　　(生)膩粉半拈金屬子,

　　(旦)暖香猶滿繡熏籠。

　　【皂羅袍】滿目韶光爭盛,喜園林靜悄,好鳥和鳴。嫣紅嫩紫列芳屏,殘英遍地胭脂冷。春風過影,花香細生,朝霞低映,紅妝倍明。行來處處撩人興。

　　(生)對此好景,不覺春情頓起呵。

　　【大聖樂】綽羅衣楊柳風輕臉微酣,心半醒。(牽旦衣介)我和你潛蹤悄悄穿芳徑。(旦)哪裡去?(生)前面百花軒畔,深隱無人。

趁着那草鋪繡葉成茵,百花影裡交鴛頸。可正是好處相逢情思增。(旦)說也羞人,放尊重些。(生)覷他如嗔似喜,佯推半領,早把人掉了魂靈。

【前腔】(生摟旦推介)囑東君,且自消停。(生)這裡無人見也不妨。(旦)羞答答,有天瞧,待怎生?(生)小生情至,不能自已。(旦)自古道風流不在成歡幸。(生)不成怎當得。(旦)他那裡熱廝纏,我冷叮嚀。(生)叮嚀些什麼?(旦)妾丑陋之質,固不敢辭。但慮雨雲初交,歡會方密,情狀昏迷,萬一卒有人至,使妾無容身之地呵。怕雲迷雨戀情難勝。(鳥鳴,旦驚介)兀的不有人來也。(生放旦介)(旦)聽枝頭上鳥送嬌音心暗驚,郎休急性,兀那花陰左側有個人聽。

(生)哪裡有人,却是鳥聲,打斷一天好興。還有一件,我和你既盟為夫婦,今後休得再以兄妹相稱。趁此無人之處,先廝喚一聲:嬌娘我的妻。

(旦應介)

(生)妻,你也叫我一聲。

(旦低叫介)申郎夫。

(生應)(旦淚介)

【解三酲】可正是鳳吹鸞應,兩下裡相敬相親,猛教人歡娛極處生悲哽。(生)嬌娘妻,你怎吊下淚來?(旦)我和你既相愛,恨不得早相成。枉則是說衷腸,一說一個天兒暝,則這兩字夫妻尚兀無准誠。還思省,空則向花前攜手,語笑同行。

(生)論我和你呵,

【前腔】似這交飛鸞鳳影,也當的秦女吹簫樓上聲。(掩淚介)我則在淒涼盡處思歡慶。(拭旦淚介)我和你既相愛,不在早相成。把夫妻兩字世世牢相訂,鈿盒金釵表志誠。今日裡廝奚幸,花前攜手,笑語同行。

(旦)申郎你果不負所盟,奴死亦瞑目也。

(生)盟言在昔,今日不索重題,致生悲感。且趁此好景,荼蘼架外一玩去。(攜手行介)

（合）

【掉角兒】早行過芙蓉翠屏，又來到荼蘼香徑。曲欄邊幾般兒野草閑花，也解的一般般並頭相映。我與你兩心堅，拚今世、待來生，相廝並。合歡雙慶，雲亭樹影，花亭鳥聲，助遊人歡情樂事，許多情興。

（貼上窺介）小姐和申生在此何幹？我去請奶奶來覷破他。（下）

（旦）在此許久，怕有人瞧見，回去罷。

（生）多聚半刻也好，且再到別園中一看去。

【尾聲】遊春不盡春遊興，行過風亭共水亭，還再則與你走向銀塘雙照影。（下）

（內貼云）天氣晴暄，牡丹盛開，奶奶請去一看。

（外旦、貼同上）

【憶多嬌】草又青，花又明，一度年好處生，老眼看花空涕零。轉過前亭，轉過前亭，早見風吹落英。（指花介）這牡丹開的恁早也。

（生、旦攜手上介）

【前腔】花氣清，花色明，人面如花分外俜。俺這一對美小夫妻在這答花徑行。枝上流鶯，枝上流鶯，叫得遊人倦聽。

（見外旦）（生急奔下）

（外旦）嬌娘，你女孩家不在繡房中，來此怎的？

（旦）孩兒在繡房中坐久，身子困倦，來此看花消遣。

（外旦）哎，你女孩家豈可晝靜獨行無人之地？

【鬥黑麻】冷澹園林，雲迷霧凝，四下悄無人。魑魅滿庭，花妖魅，柳精靈，倘若觸著些兒，教娘怎生？（旦）孩兒以後再不敢了。（外旦）要行也須丫鬟們為伴。便做是春光惱情，看花過草亭，小女孩家、小女孩家，怎少的梅香伴行。

（貼）小姐呵，

【前腔】你魆出香閨，閑看繡英。若不是夫人親來覷明，又則道是鶯惹事，燕知情。小賤人呵拖逗娘行，胡行亂蹬。這園林晝冥,小姐,你休將千金體自輕。若要尋芳,若要尋芳,少不得梅香伴行。

（外旦）走！賤人,誰要你插嘴。你且送小姐歸繡房裡去。

（旦同貼下）

（外旦看旦下介）日來見女孩兒言語態度非常,心下好生疑他。今同申生在此,四下無人,敢做下甚事來。明日只打發申生回去罷。正是：欲防蜂蝶探花信,好把紗窗緊護持。（下）

第三十三齣　愧　　別

【女冠子】（生上）無端招引旁人妒,情寂寞,影蕭疏。幾番兒倚遍欄杆玉,算則是不如歸去。好事多磨成又敗,相看冷眼誰偢睬。五湖風月轉頭空,何時了却鴛鴦債。昨在園中為飛紅所賣,只得告辭舅妗回去。俺舅氏尚有徘徊之意,妗意略不相留,則索飄然了。（歎介）但今去後,怎得再見俺小姐？為此輾轉延捱,欲與一訣而去。思量好恨人也！（旦上）

【哭相思】一夜狂風春事阻,空歷亂,紅無數。天呵,您害得俺愁人忒狠毒,腸斷也,甚時續。聽得申生辭我爹娘回去,想他也只出於無奈。今悄出相別,來此是他書房也。（見生泣介）我和你歡好方新,風波忽起。此雖飛紅賤人所為,實亦一時緣分所致。天呵,天呵！我王嬌娘直恁般兒命薄也。（生亦泣介）古云：好事多磨。不信我和你直恁般兒遭磨折也呵。

【五更轉】芳草涯,斜陽暮,聽啼鵑血淚枯。他聲聲抵死、抵死的催人去,幾次三番,欲留難住。磚填塞,水漲滿,桃源渡。想今宵夢醒,夢醒人何處？萬種淒涼,向誰分訴？（旦）

【前腔】淚泠泠,千行雨,一般般腸斷無。聽道一聲去也,眼見的真個拋人去,萬想千思留郎不住。似這等惡分離,苦間阻,藍橋路。便安排好夢,好夢也無尋處。只落得恨壓眉尖,把滿天愁蹙。

（生）恨殺飛紅離間,致有此事。

【前腔】硬劈開,連枝樹,生分比目魚。嬌花朵幾番兒被却狂風炉,零落階前,半成塵土。這都是前生怨,即世冤,廝相遇。鴛鴦簿上,簿上把孤辰注。今後淒涼,正當天數。

(旦)雖是飛紅賤人隔斷姻緣,我今倒不怨他。

(生)不怨他,怨誰?

(旦)我倒只慮着你呵。

【前腔】自古道好事兒,多艱阻,我則問春光還到無。痛煞煞香魂暗逐流年去,囑付東君,舊情休負。似這等輕拋閃,易摘離,難相聚。今番去也,去也怎把來期數?做的個缺月重圓,斷弦再續。

(生)眼前事勢如此,後來相會,何可預料?

【前腔】恨匆匆,離別去,怕從今相會疏。姐姐呵,你自向銀屏翠幛重重護;我自向楊柳灘頭,蘆花津渡。明月底,煙水邊,無尋處。做的個三生夢斷,夢斷重來路。好事良緣,早難如故。

(旦)可不道山川有隔,此情難隔。只要你心長記憶,求便再來,勿以疑間,遂成永棄,使他人得計也。

【前腔】休為奴,添悽楚,覽青銅長歎吁,把六朝粉黛都收去。則願的兩下衷腸,休同朝露。盼着門前馬,陌上車,重來處;停春閣上花如故。死死生生,同衾同墓。

(淨上)(旦避介)

(淨)一曲離歌催去馬,三杯苦酒送行人。申官人行李完了麼?老爺明早有公宴,奶奶身子不快,不及送行。特備盤費在此,教官人要行即行,不必相別了。

(生)曉得了,你自去回復老爺奶奶。

(淨)理會得。(下)

(旦見生)

(生)適纔院子不是來送盤費,分明是催我起身。我如今再難少停了,只得就此拜別。(泣拜介)

(旦)俺娘好狠心也。妾有一辭送郎,郎見之如見妾也。(出詞)

(生讀介)豆蔻梢頭春意闌,風滿前山,雨滿前山。杜鵑啼血五更殘,花不禁寒,人不禁寒。　　離合悲歡事幾般,離有悲歡,合有悲歡。別時容易見時難,怕唱陽關,莫唱陽關。

(生淚介)姐姐此詞,小生當日存襟臆也。

(旦)郎今去後,妾此身亦不知如何也!

【香羅帶】從今後鬢雲兒懶待梳,繡花兒懶待模。是則是吹簫月明鸞鳳孤。俺向春眠帳裡,眎着個夢和書也。還將後日,遥想當初,梨花擲處同擁護。受了萬種相思恨,甫博得情意孚。不道一夜東風,綠樹紅顏都是虛。

(生)事已到此,還望姐姐善自將息,以須後會。

(旦)郎此去轉眼是秋榜之期,只願一舉高登,重遣求婚。或俺爹爹見許,也未可知?

(生)功名成否在天,但姐姐深情,小生斷不敢忘也。

【前腔】我不怕功名兩字無,只怕姻緣一世虛。青衫數行血淚枯,聽陽關剛唱一聲初也。遥岑落日,野禽亂呼,淒涼往事夢不知。俺如今身去心不去,你好將愁恨除。若得你長住花容,少不得掘地通天,定要使你重會吾。

(旦)感郎厚意,妾當忍死以待。

(生)小生送姐姐到庭畔。(別又止介)

(旦泣云)申郎,你真去也。

【尾聲】真去也,愁千縷,天涯何處故人疏。申郎,你有便,書也寄一封兒。(生)咳,姐姐,你在深閨之內,我還則怕雁杳深閨教我難寄書。

　　　　(旦)繡窗私語便傾心,(生)擬共乘鸞上碧岑。
　　　　(旦)可奈桃源香徑裡,(生)亂紅飛阻夢難尋。

第三十四齣　客　　請

【七娘子】(外上)西藩獨鎮權非小,拜門牆,文官武寮。一子癡頑,病軀難保,教人日夜縈懷抱。一家世世掛朱衣,威聲遠播夜郎西。富貴勳名今已極,只愁膝下少佳兒。某久制西邊,威權素著。前番兵犯境,飽掠而去,內外大臣,皆欲借名升賞。為此加某太尉職銜,兼賜勢劍銅荊,有事先斬後聞。文武官寮,盡出吾下。吾生威福,可為盛矣。但我膝下,單有一子。年過弱冠,每與議婚,屢推不就,不知何意?今又臥病不起,使我好生憂疑。有馬小三、戈小十兩個,專一跟他走動,定知病起根原,左右可喚來問他。(喚二淨上)

【字字雙】我做幫閒職業高,休笑。輕衫小帽會妝么,熟套。豪奴惡少盡相交,同調。捧脬呵卵不辭勞,身靠。俺大爺意下要娶那嬌娘為妻,叫我兩個去對老爺說。看我兩個大體面,怎對老爺說的?今老爺來喚,或者問起這樁,我們乘機進說。若得成就,大爺這場擡舉可不小哩。(見叩頭介)

(外)你兩個整日跟在大爺身旁,怎把大爺弄得這等了?

【劃鍬令】都是你這夥幫閒鑽懶奴儕料,逗得大爺呵,歌樓酒館亂胡哨。(二淨)在下兩個怎敢?(外)若不呵,為什麼今日病蹊蹺,懨懨害倒,身如火燒,醫藥怎療?你說與我根由病苗。

(二淨)不瞞老爺說,大爺致病,是有緣故。那日呵,

【前腔】驀然見個多嬌貌,般般生得真波俏。大爺一見火發,心頭強難熬。大爺有誓,要娶一絕色婦人為妻,今生呵,定要與他鸞顛鳳倒。只為老爺在邊上,干戈未消,婚姻未到。因此上三焦病染,恰似淹煎害癆。

(外怒介)原來這等,真是可惱!

【前腔】俺這裡高門甲第連雲嶠,那凡雞怎入鳳凰巢。前張參爺、李都爺小姐,都許詠桃夭。大爺呵,尚兀自俺推不要。這女子,料不過是閑花野藻,難諧世好。你兩個去說與大爺道,將息病好,俺把良緣別選,完成鳳交。

(二淨)老爺道這女子是誰?就是那眉州王通判的女兒,名喚嬌娘,才貌非常。王孫公子,俱要求婚,因他父親在眉州,故此未曾許人。

【前腔】他家閥閱雖然小,則文班武職也堪調。女色更妖嬈,久嫻母教,堪成鳳交。老爺若要大爺的心頭恙好,則除娶他為配,方得這醃臢病消。(外)我也聞得此女果好,你就說與大爺知道:

那王通判任已將滿,待回來,就着你兩個去求親便了。(下)(二淨)好了。老爺已允,此婚必成。我們去對大爺說,他這場歡喜,真不當耍哩。

　　　　走朱門慣為鷹犬,弄花唇撮合鸞凰。
　　　　待公子已成花燭,帶挈我共飲霞觴。

第三十五齣　贈　　佩

【臨江仙】(外、老旦上)昨日音書來報喜,他家早已榮歸。(小生、生上)(小生)忙排樽罍遠相期,(生)知他何日到,暗裡自思惟。

(外)昨阿舅差人來說,任滿改調,打從這裡經過。憑限緊急,家眷人多,不便入城停閣,約我們郵亭一見。未知酒果完備了麼?我們快到郊外迎候去。

(二生)酒果早備,即可起行。(同下)

(旦引車子上)自眉州起行到此,一路風塵,好勞頓也呵。

【香柳娘】恨車輪馬蹄,恨車輪馬蹄,輾人心碎,看秋花不似我容顏悴。過山高水低,過山高水低,生小住香閨,怎禁這勞瘁。況淒涼旅邸,況淒涼旅邸,孤蓬亂飛,教我愁懷難悉。(下)

(貼、丑同車上)小姐車子前行,我們隨後而來,一路上景致,好看也呵。

【前腔】聽車聲馬嘶,聽車聲馬嘶,暗塵風起,南來北往人如織。過前村後溪,過前村後溪,樹色映斜暉。偷開繡簾視,列青山翠圍,列青山翠圍,雕輪緊隨,恰便似人遊圖裡。(下)

(末、外旦引衆車子上)離眉州數日,將次到成都也呵。

【前腔】住眉州幾時,住眉州幾時,夢魂猶繫,欺無端又渡桑乾水。我心中暗悲,我心中暗悲,一去永相離,回看數行淚。(衆稟介)前面驛前,有爺親戚相候哩。(末)快到驛前相見。向河橋驛裡,向河橋驛裡,朝東暮西,宦遊如寄。

(外、老旦、二生同上,見介)一別相將已數年,

(末、外旦)今朝重會路塗間。

（合）夢中自是長相憶，猶喜容顏盡似前。

【前腔】想別來幾時，想別來幾時，面顏如昔。（外）老舅榮轉，老夫特來把盞，郵亭把酒談胸臆。（老）二外甥連年在衙內打擾，深愧不當。（末、外旦）自家骨肉，說甚打擾。（老）百一姐怎不到？（末、外旦）路上停留不便，已打發前行，不及來見姑娘。我們即刻也要別了。（外、老、二生）再消停半晌，且寬懷這杯，且寬懷這杯，此地再相離，重逢在何日？（外旦）我們去罷，天色將晚，女孩兒們等久了不便。（合）看疏林落暉，看疏林落暉，將人緊催，切休留滯。

（外、老旦）這等我們且告別。申純，再送舅姈一程回來。草草離亭數杯酒，送盡東西南北人。（同小生下）

（末）前邊車子多遠了？

（衆）約數里了。

（末）快趕上去，忙把玉鞭催駿馬，恐防野樹晚煙迷。（同衆下）

（生）此來專欲一見小姐，誰知他車子已先行了，不免從小路趕上去。正是：欲隨彩鳳歸天上，恨不身生兩翅飛。（下）

（旦引車子上）聞說申郎迎見俺爹娘於郵亭之上，俺欲見他一面，也不能够，好想殺人也。

【前腔】恨孤身慘淒，恨孤身慘淒，望着那人不至，愁懷似海深無底。（生急上）前面那輛車子是小姐的。幸喜別的車子未到，不免闖上去，曳簾相見。（叫介）姐姐，申純在此。（旦應，掩淚介）申郎，你來也。（生）猛傷嗟痛悲，猛傷嗟痛悲，未語淚先垂，相看兩心碎。（旦）遇郎之後，一日為別，不能堪處。況今動是經年，遠及千里，思郎之切，安保後日復相見乎？妾或垂首瞑目，骨化形銷，郎將別尋佳配，枕邊恩愛，悉已付之他人了。怕形銷骨毀，怕形銷骨毀，恁時節呵，花眠柳迷，把恩情都棄。（生）姐姐，你還不知我心也！

【前腔】想神靈鑒玆，想神靈鑒玆，我和你一般情意，生生世世無拋棄。（旦）若然妾荷郎之恩，便死而無怨也。感情深意美，感情深意美，便做道骨冷怕成灰，幽魂永相繫。（車子催云）天色晚了，快趕路去。（旦）欲語征夫催去忙，臨歧分袂轉情傷。不堪千里三年別，恨說仙家日月長。妾今與郎相別，未知後會何時。香佩一枚,內有金綃團鳳,以真珠百粒,約為同心結,謹以贈君,君見物思人可也。得暇可乘便一來,勿以地遠為辭。恨征夫緊催,恨征夫緊催,匆匆別離,記取這同心香佩。(下)

(生哭介)小姐去了,我待再趕上呵,

【前腔】望前山霧迷,望前山霧迷,把香車遮蔽,飛魂逐影飄千里。趕不上了,只得回去罷。轉空房慘淒,轉空房慘淒,人去楚天涯,夢中怎相覓?聽寒蛩四壁,聽寒蛩四壁,知他為誰,一般愁戚。

【尾聲】臨歧分袂添愁淚,今後相思倍往日。我則看了這同心香佩呵,當做人兒把我這情事悉。

隔別佳人煙水湄,欲尋好夢遠相隨。
還愁路阻天臺杳,夢裡如何一見之。

第三十六齣　赴　試

【醉落魄】(末、淨同上)(末)蛟龍久在池中隱,一聲雷震,滿川桃浪紅生暈。(淨)競躍天門,方顯舊精神。

【前腔】(生、小生同上)(小生)十年窗下無人問,喜逢佳運,同趨帝闕探花信。(生)回首妝樓,暗裡自傷神。三年一度選場開,

(小生)四海羣英入彀來。

(末)只恐主司多憒憒,

(淨)却拋駿馬拾駑駘。

(末、淨)我們同行赴選,個個摩拳擦掌,自謂大將可得,厚卿兄獨有不豫之色,何也?(小生)舍弟一路鬱鬱不樂,諸兄可以一言相解。

(末)似厚卿兄才學,取功名如拾芥,何乃鬱鬱如此?

(淨)正是。厚卿才學高強,解元在荷包裡的東西,不用憂疑。

(生)諸兄學業高遠,危中可必。小弟荒唐淺陋,自分甘落孫山,此行只勉步後塵耳。一路風物蕭條,不勝愁悶,更有何念及於功名也。

【八聲甘州歌】千愁萬恨,想當初相遇,膩雨嬌雲。殘紅飛處,

隔斷一年春信。秋光已老雙鬢影,客路淒淒重斷魂。(合)疏楊下,日半曛,寒蟬哀咽不堪聞。功名事,休待論,擬將心事問東君。

(小生)兄弟,看你神情恍惚,鬱鬱似有所思。移此心鏖戰文場,自然高中,那時何求而不得也?

【前腔】文章邁等倫,想此去辭場鏖戰,墨香成陣。龍蛇現影,縱筆掃盡千軍。宮花兩朵雙插鬢,軟帶圍腰掛綠雲。(合)披香殿,簫鼓殷,春風喧滿六街塵。紅樓上,語笑新,彩球爭擲少年人。

(末)自來戴紗帽的,不曉文章,只曉勢利。依小弟看來,勢又不如利。有了利,勢也有了。如今父兄要子弟做官,不消教他讀書,只自家掙銀子。銀子掙得多,舉人進士也好世襲了。

【前腔】昭文館閉門,便長沙哭倒,誰愀誰問?鳳凰池上,立着一隊不識字猢猻。奶腥胎髮猶尚存,説地談天胡論文。(合)登高第,居要津,幾曾都是讀書人?錢財少,才學真,到頭終老做劉蕡。

(淨)老兄,説是如此説,難道一榜中都是有勢有利的人占了?只要天來湊,我便孤寒人,不消文字好,一般也會錯去。像小弟這們不濟的,未必不中。正古人所謂時也、命也、運也、數也。

【前腔】時來總莫論,論吾儕何必文林豪俊。此去看花上苑,平步踏上青雲。天香惹得衣袖氳?爛醉佳人紅錦裙。(合)貂裘染,京洛塵,蘇秦原是舊蘇秦。今日裡金魚佩,彩色新,榮歸衣錦傲親鄰。

(衆)老兄説的甚當。只中了時,難道不想做些聖賢事業,只傲親鄰罷了?

(淨)如今世上,那有聖賢?舉人便是賢者,進士便是聖人。做到大官,也只造些房兒,占些田兒,娶些妾兒,寫些大字帖兒,裝些假道學腔兒,父兄子弟們使些勢兒罷了。

(衆)此論倒也真的。長安已近,且各歸寓中準備進場去。

【餘文】望官闕,蓬萊近,飄飄獻賦欲凌雲。我們呵,可正是玉筍班中一會人。

(生)歷盡風塵道路賒, (小生)紛紛傑士滿公車。
(末)就中誰是強中手, (淨)折取月中第一花。

第三十七齣　喜　賀

【生查子】（外、老旦上）（外）喜氣上眉心，不似今朝甚。（老旦）聞道兩孩兒，俱已身衣錦。

（外）家無田產不須憂，

（老）有好兒孫方是福。

（外）巍巍科甲兩同登，

（老）看取全家食天祿。

（外）長子申綸、次子申純，同往應試。春秋兩榜，俱登高第。大孩兒授綿州主簿，二孩兒以兼通弓箭，升授洋州司戶，今皆歸家待次。安人，可着人打掃戶庭，待孩兒們到也。

（二生冠帶侍從上）

【臨江梅】（小生）兄弟雙雙歸畫錦，一時聲重南金。（生）高山深水共登臨，為憶親心，聊慰親心。（見拜介）

（小生）朝辭白屋謁金門，

（生）一舉成名天下聞。

（老）果是讀書身發跡，

（外）皇天不負苦心人。幸喜兩兒高第，又得美除，真家門之幸也。昨夜呵，

【玉芙蓉】燈花報好音，你兄弟雙歸錦。看親鄰四壁，個個歡欣。榮宗耀祖蒙恩蔭，故使文章遇賞音。（合）還思你，朝攻暮吟，喜到而今，遂却讀書心。

（二生）孩兒兩人，偶爾中選，上叨天地之恩，下賴父母之庇。

【前腔】宮花兩鬢簪，釋褐身衣錦。説甚麼文章字字，價值千金。想昔年落魄，今朝恁，不是文章不似今。此皆是叨親蔭，文場共臨。孩兒兄弟呵，奏瑶琴，偶爾會知音。（淨上）貧居同里無相識，貴在他鄉有遠親。我老爺看登科記，見申家二位官人得第，差我來賀喜。此間已是了，不免徑進去。（見介）恭喜二位相公登第，老爺特遣院子來賀喜。俺家老爺呵，

【簇御林】看了登科記,喜氣侵,託親姻,寵庇深。道是二位相公呵,雙雙姓字標雲錦,特地把青鸞任。捧泥金,攔門賀喜,表取故人心。

(外、老旦)生受你遠來了。

(淨)老爺還有話:二位相公,雖已榮授,如瓜期未及,幸一過款,使蓬户生輝也。

(生)舅有命召,兄宜一行。

(小生)父母在,不遠遊,然舅妗所命,亦不可違,長子克家,弟固當往。

(外、老旦)孩兒,你一向在舅家相擾,如今該的去拜謝。

(生)孩兒知道。念孩兒呵,

【前腔】剛則辭京輦,歸故林,又待別高堂,將塗路臨,朝朝暮暮奔馳甚。(外、老旦)你瓜期可也不遠了。春將近,待要榮之任。(合)莫留滯,歸鞭疾整,我這裡早自盼回音。

(生)辭別尊前整玉靷,夢魂猶自繞庭幃。

(合)須知此去遙相憶,莫滯他鄉音信稀。

第三十八齣　榮　晤

【西地錦】(末上)繡幌斜迎日色,數枝花影橫階。簷前鵲語忙催煞,未知好客誰來?窗外日光彈指過,庭前花影暗中移。我前遣院子,去賀二甥,兼召他同來,如何目下還未見到也?

(生冠帶同淨上)

【夜行船】綠柳長亭妨翠蓋,騎瘦馬,遠走天涯心急行遲,玉人何在,目斷五雲天外。小生與小姐間別許久,今蒙舅氏遣召,特地前來,以圖一面,來此已是了。

(生入見介)尊前間別已年餘,

(末)雙鯉迢迢空寄書。

(生)今日相逢渾似舊,

(末)喜看平步躡雲衢。賢甥,你兄弟同登高第,老夫不勝喜躍。

　　【玉交枝】你文場喝采,羨雙雙名傳六街。讀書人了却了讀書債,平步拔出塵埃。軒車繡旗踏地來,親鄰遠近生光彩。不由人喜顏滿腮,不由人歡情滿懷。

（生）此皆舅舅福庇,量小甥兄弟呵,

　　【前腔】年來無賴,幸今時,雙飛鳳臺。說什麼男兒自有凌雲概,則俺劣書生豈是仙才。功名一朝平地來,偶然得附蟾宮客。算都是祖宗分該,算都是天公命排。

（末）大哥何不同來？
（生）老親在堂,特留看待。別後舅妗及賢妹俱佳勝麼？
（末）都也平安。院子請奶奶和小姐出來相見。
（外旦同旦上,見介）
（生）舅母在上,容小甥拜謝。
（外旦）二哥途中勞頓,免勞下拜。

　　【前腔】聞知你看花南陌,又重承驅馳遠來。奔波道路多勞憊,拂不去兩鬢黃埃。（末）先將酒來洗塵。（淨斟酒介）香醪數杯澆客懷,明宵重整華筵待。向東軒把行裝打開,將路途間塵勞解劃。

（旦視生,背介）

　　【前腔】我與他別離一載。鎖修眉何曾暫開。今日個雙雙對立在臺階側,訴不出半字情懷。相看不言心暗猜,眼前如隔巫山外。知甚日歡情早諧,（掩淚介）怕人瞧愁顏怎擡。（下）

（外旦）二哥遠來勞倦,廳事東邊,已打掃下靜室,可以暫息。
（生）多謝舅妗。
（末、外旦）

　　【隔尾】東軒側畔多瀟灑,阻隔中庭如海。（生）我則夢魂兒呵,還飛傍玉鏡妝臺。

（末、外旦同下）
（生）來到寓室,好寂靜也。這分明是妗心疑我,特阻隔我在外。適纔與小姐彼此佇視,難出一言。早知這般,便不來也罷。

【五供養】虛房禁害，霧掩雲屏，花影空來。愁魂隨夢去，好事奔誰來。似這淒涼情狀，好教我如何抵捱？牆外春風影，來似不曾來，兀的不負了月明千里故人來。

【江兒水】為訪金釵客，奔波特地來。今日個妝臺玉鏡人空在，月夕花朝情難再，相看不語愁無奈。似這等不尷不尬，没底相思，害的我蕭蕭頭白。

【姐姐帶僥僥】枉着今番此來，捱不徹千愁百害。想當初南柯夢裡幾度來，白日相逢成離闊，似這一萬種淒涼誰慣來。

【尾聲】則待闖入深閨，又怕惹起尊親怪。只得悶厓厓呵守着這無氣路相思情債，算則是不如抛却春風歸去來。

　　　　蕭蕭翠竹響琅玕，夜雨幽窗夢更寒。
　　　　遥望玉樓人近遠，起來撥盡曉燈殘。

第三十九齣　妖　　迷

（魂旦上）非雲非霧亦非煙，上通碧落下黄泉。一片幽情千古在，為誰憔悴為誰憐。奴乃翠竹亭前鬼魂是也。年少夭亡，殯居此地。一點幽情不散，每夜魂遊月下。見亭西軒内，有一書生，常倚床對竹而坐，吁嗟長歎。其意乃為想念室内小姐，以致於此。色心所感，使奴不能忘情。今夜假充小姐，遂其幽懷。覷天邊月兒可早上也。

【月上五更】花落殘紅罷，孤魂自瀟灑。地老天荒際，一點情難化。趁着這閃閃屍屍昏黄月色下，輕輕的轉過薔薇架。見半炬殘燈，淚花流蠟，伴着個俊臉兒書生幽淒煞。惹的俺心魂不住、不住把他牽掛。鬼病新來，較我生前還大。（下）

（生上）簟展湘紋浪欲生，幽人多感夢難成。倚床剩覺添愁思，閉户何妨待月明。小生為小姐到此，妗以前疑，寓我堂外東偏。我亦自念嫌疑之際，不敢輕入中堂。欲待告辭回去，却恨千里遠來，如何委放得下。昨晨入謁舅妗，驀遇小姐。説妗今年高，不暇他顧，飛紅方用事，為此動成間阻。今屈事飛紅，結其歡心，令我少留月餘，以圖再合。未知果得如願否？每夜孤悄，只是掩門對燭而坐。正是：欲倩蛙聲傳密意，難將螢火照離情。好悶人也呵！（倚床坐介）

【前腔】獨照寒檠下，淚點墜殘蠟。悶倚牙床坐，夢裡人真假。有影無形，心魂兩相迓。幾番坐待長更煞，翠衾生涼，孤眠如乍。驀聽得窗外廂聲兒颯，敢則是步蒼苔踏響凌波襪。（聽介）呀，却是一陣寒風把紙條輕刮。（魂旦上）來此是那生書舍呵。

【醉羅歌】夜涼月色低低下，草蟲唧唧傍窗紗，寂寞幽魂自嗟呀，又把那人牽掛。奴與那小姐，此心原則相同也。他那裡朝思暮想也只為他，我這裡魂勞意攘也只為他。雖然是依花附草形兒假，人和鬼兩女娃，真情一點不爭差。（扣窗介）

（生驚介）適聞户外步履之聲，今又彈響窗櫺，是有誰來也。

【白練序】聽聽更沉罷，看竹影橫窗漏月華。（魂旦急扣介）（生）夜深更靜，誰扣咱門也？知他是人耶鬼耶，堪詫，我開門試覷咱。（見旦介）呀，小姐怎得到此？露冷風清獨自家。窗兒下，潛潛等等，玉肩低亞。（旦）妾候郎多晌了。

【醉太平】休訝，我為你相思夜夜，孤魂獨趁，淡月殘霞。（生）姐姐今夜何以得來？（旦）今夜個梅香睡着，偷來共倚窗紗。無涯，萬千心事付琵琶，待和你臨風消假。夜香臺下，端詳細語，兩意無加。

（生）小生想念姐姐，無刻放下也。

【白練序】這眼兒下，似隔斷巫山巴水涯。朝和夜，衷腸為伊牽掛。擁寒衾，淚似麻。不道今夜呵，一點殘燈重結花。香肩亞，把新愁舊恨，直說到曉雞啼罷。

（旦）剛得相會，夜又將闌也。

【醉太平】呀呀，恨冰輪欲墜，催人去也，幾處啼鴉。辰鉤待月，香魂飛去無家。嗟呀，你則是夜夜挑燈待落花，好則把鳳鸞同跨。（內雞啼介）妾今去也。似這等夜來曉去呵，怕誰知察。便做似雲移月影，人鬼無差。

（生）姐姐去後，小生依舊孤單也。

（旦）此後妾必夜至，郎無幹不必到中堂。或偶遇着，不必以言相問。妾或與郎語，幸無見答以狎邪之言，使人謂郎無意於妾，庶其疑可釋，歡情可長聚也。

（生）你若每夜必至，我入室何幹？只夜間切不可負約，致我長盼也。

【尾聲】雖則你走花陰怕的脚步兒滑，願今宵是必早些兒來也，莫教我撥盡殘燈把眼望花。

　　　　（生）燈前獨坐影無聊，得子相過話寂寥。
　　　　（鬼旦）夜夜盟言莫相負，須知心似往來潮。

第四十齣　詰　祟

【一枝花】（旦上）無言心暗度，薄倖應難料。這幾時龐兒憔悴損，愁多少。大抵人情不似初時好。天涯一望杳，萬種淒涼，空訴與丫鬟知道。一點芳心冷似灰，蘭幃寂靜瑣塵埃。芙蓉帳小銀屏暗，昨夜燈花又浪開。我為飛紅阻撓，與申生相隔咫尺，不能一敘闊別之情。只得屈事飛紅，結其歡心。不料申生舊情忽變，或十餘日纔至中堂。呼之不應，召之不來。昨飛紅說他寓處，名倡豔女甚多，意必別有所昵，故此一變前情。晚間令丫鬟穴窗窺視，果見一女子並肩而坐。却說顏色態度，與我一般，不知是人是鬼。待飛紅來，再審個詳細。

（貼上）小姐，昨日丫鬟們說，申生房內女子，和姐姐龐兒一般。若說是人呵，世間哪有這般廝類的？是鬼呵，不信世間真個有鬼哩。

【女冠子】他燈前坐着個如花貌，敢別惹下浪花浮草，劣書生薄倖從來道。終不然呵，真有甚鬼胡妖，裝成圈套，弄的人夢顛魂倒。他有情乾把無情戀，你鳳侶空將素手招。（合）想起就裡，費人評度。（旦）

【前腔】他風流改盡風流調，直恁的將人奚落，枉教我花前閣淚低低叫。真和假恁蹊蹺，如魔似妖，難猜難料。他千里到此，怎便做了相如負却文君意,又把瑤琴去別處挑?(合)想起就裡,費人評度。

(貼)此事必須申生自來,纔得明白。

(旦)我早時喚他,他只推故不來,却是怎生?

(貼)姐姐,你後堂等着。我叫小慧去說是奶奶喚他,他定然進來。(同下)

(老扯生袖上)(生)

【一江風】起花朝,獨坐紗窗曉。忽聽的梅香道,(老)奶奶請你不去,惱着哩。(生)話蹊蹺,你那夫人,怎把我頻頻叫?(老)我不知道,你自到後堂見奶奶。(生低云)前小姐囑我無事不必至中堂。我欲前又自却,欲前又自却。(老)不必躊躇,徑進去就是。(生)莫不我身邊甚做作,惹的你夫人惱?(老)奶奶沒甚惱你。(生望見旦欲轉介)呀,小姐獨坐在此,我怎好過去?

【前腔】俏多嬌,獨坐香閨悄,這深深處怎許閒人到。(老)小姐正要見你。(旦上叫介)申生!(生不應,轉介)我去罷。(旦)恁妝麼,幾次三番,枉教我低向花前叫。(挽生袖介)(生)舅姆喚我,我去,我去。你休將翠袖招,你休將翠袖招,怕人兒驀地瞧,不由我不不地心頭跳。

(旦)你可暫坐,我有事和你說。

(生不得已,坐介)

(旦)我昔待君,亦為不薄,豈君一旦身貴,遽爾見棄了?

(生不答介)(旦)

【梁州序】深閨寂寞,影兒誰吊,咫尺天涯人杳。我為你良宵虛度,幾回淚濕鮫綃。不道你等閒拋棄,兩次三番,對面將人掉。可正是彩雲聲斷也紫鸞簫,一段恩情沒下梢。這千種恨,憑誰告?

(生不答,背介)小姐今日怎說這些鬼話?

(旦)你怎生只是不答?且問夜間與你並坐的是誰?

(生)沒人。

(旦)我已知道了,不消抵諱。

(生背介)小姐話是怎麼?

（左右視介，云）你教我弗言，今何故只管問我？

（旦）我有何事叫你弗言？

（生驚介）這怎麼說？（左右視介）左右有人麼？

（旦）没人在此，你有話盡說。

（生）你自前月來呵，

【前腔】黄昏清漏，空庭人悄，瞞却梅香來到。（旦）說來怪異了！且問你見時說甚麼？（生）道則是人前相遇，休將言語輕佻。（旦）每夜可來麼？（生）自從前月，直到今朝，夜夜同歡笑。（旦）這話真奇怪了。我孤燈捱不徹冷長宵，幾向書窗話寂寥？這說的，如何道？

（生）這裡既無人，何須抵諱？你每夜到我房中，囑我弗言，怕飛紅輩知之生釁也。

（旦）這等你真個着鬼了。久聞你所居窮僻，中多怪魅，諒必化我形狀以惑你。我屈事飛紅，近已得其歡心。日夕使人招你，你不至；問你，你亦不答。將謂別有異心。夜來使丫鬟窺伺，乃見一女子形狀如我，此非鬼祟而何？為此特招你相詢，不信可喚飛紅來問他。

（貼上）郎君何故棄我姐姐？

【前腔】你有人處幾次妝喬，害的俺姐姐神思顛倒。似這般薄倖人，則合把艾焙香燒。昨夜使人向你，燈前偷覷，細語雙雙，有個人兒，和我小姐一樣如花貌。敢則是蟾宫飛下紫霞綃，不則是逗却個東鄰碧玉翹。因此上，平白地將人調。

（生驚介）飛紅姐，你說的可真麼？

【前腔】我、我這裡聽你說着，驀地裡神魂飛渺。（旦）我也不信真個有鬼。（合）算都是害相思幾番夢境相招，逗、逗得個邪魔出現。（生揖介）若非姐姐見愛，眷眷不忘，則我必死鬼魅之手了。兩月以來，有負恩情，使小生何以為心。把兩月恩情忽地都拋了，辜負伊虛度可憐宵。珠淚汪汪暗自飄，猛說起，使我心頭跳。

（貼）既已說明，中堂不可久留，你且出外廂去。

（生）今晚怎麼還到外廂去？只在這裡罷了。

（貼）往時幾次喚你不來，今又推你不去。適纔哄你，你到外廂去，少不得夜間小姐又來相伴。

（生）我真個疑心起來，敢你們說的都是鬼話？我今也不去，只在此間罷。

（貼）你且去，我夜間同奶奶來看你，別有計較。但奶奶問你，不可說似姐姐，怕奶奶生疑。

（生）如此只得且去。飛紅姐，你是必早些兒來看我。

（生）似怪如妖非偶然，（旦）書房猜做謊桃源。

（貼）昔時劉阮天臺裡，（合）錯認逢仙數百年。

第四十一齣　明　妖

（外旦、貼同上）

（外旦）飛紅，你說申生被鬼迷，是誰見來？

（貼）外廂人都是這般說。昨晚丫鬟們不信，已親去瞧見來。

（外旦）這等，我今夜和你親看去。（下）

（生上）

【月雲高】綠階幽曠，四壁野蛩響。甫見的日影低低落，又早見月色朧朧上。鬼火燈青，閃閃的搖書幌。我想小姐夜夜到來，人道交感，一些無差。怎麼日間相見，說夜間的是鬼，連飛紅也說是鬼，着我今夜等鬼來。瞧着是和非，真和假，沒揣的使我心中想。（內風起介）（生驚介）樹頭葉刺刺，牆邊土碌碌，兀的不是鬼來也。則見一陣陰風冷透窗，吹得森森肌骨涼。我只得強自打坐，看他果是如何。（坐介）

（魂旦上）

【前腔】幽居泉壤，盼不的月兒上。奴家鬼魂，假充小姐，與申生幽期，又早一月有餘了。依託如花面，是假非真相。則俺不滅幽魂，一樣情非誑。今夜偌早晚，傍亭陰，轉荒階，（驚介）何處裡丁當響？呀，卻是風吹玉馬之聲。我且徑過去。趁着這月影雲移過矮牆，還向人間魅阮郎。

（見生介）申郎，你獨坐在此，奴家盼不的到晚來相伴也。
（生驚起，背云）這分明是小姐，怎説是鬼？

【太師垂繡帶】自徬徨，這話兒如何講？我則見他入門來幽輝滿堂。道是鬼行無影衣無縫，（覷介）我覷他燈影下龎兒無恙，身穿着翠冷霓裳。怎見是鬼？只一件呵，斟量他夜來朝去一月上，怎没個梅香相傍。待我且問他。姐姐，這荒臺樹風清露涼，你孤影兒怎不害些兒驚惶。

（旦歎介）我為你，

【醉太師】情郎，恨不早盼的黄昏月上。待晚妝初罷，瞞過梅香，受怕擔忙。甫能得捱到書窗，衷腸，瞞神嚇鬼休待講。夜深也，閒話休提。（扯生介）趁着這月暗花香，眉兒向，把歡娱早償。休辜負良宵，等的那更殘雞唱。

（生驚倒退介）姐姐靠後。
（内風起介）
（生）怕也，怕也。

【太師垂繡帶】冷風涼，（遮燈介）窣把殘燈揚。影淒淒，雲偷月光。細看了如花模樣，便是鬼也使人愛煞，果然是舊日嬌娘。端詳，是真是假心暗想，還敢是玉天仙降，拖逗我魂迷意狂。（欲近又退介）怕果然是鬼怎了？待相倚又怎禁心兒驚惶。

（旦）申郎，你見我，且前且却，是怎的？

【醉太師】休慌。我和你做夫妻，千情萬況，怎伴俅不睬，頓時拋漾？（生）姐姐，你敢不是人？（旦）胡説，難道我不是人是鬼？無情楚王，硬將人猜做夢裡高唐。申郎，你敢則心變也。堪傷，書生行自古多劣相，全不念去日風光。（外旦、貼悄上，窺介）（旦扯生）（生躲介）（旦）我和你相親傍，山高水長。便死也，少不得一靈兒兩墳相向。

（貼撫窗，鬼旦閃下）
（外旦、貼趕入，四壁覷介）適纔誰人在此？

【香柳娘】是誰家女孩，是誰家女孩，如花形狀，向書窗共把閒情講？（生慌介）没、没人。（貼）分明有一人兒，怎麽不見了？這人兒怪哉,這人兒怪哉,轉過繡屏旁,不見影兒樣。(生)不敢相瞞,果然有一女子在此,怎麼不見了?我心中自想,我心中自想,敢則是天仙女郎,忽地裡還歸天上。

(貼)郎君着鬼了,還不懂?

【前腔】是花邪柳妖,是花邪柳妖,依人模樣,把少年郎逗得魂靈喪。(外旦)莫不我們都見鬼了?(生)不好了,我做人着鬼迷,望妗救我。我心中唬殺,我心中唬殺,不是眼荒唐,甚影兒望風揚。(貼)此地幽僻,所以有鬼,必須搬入有人處方好。(外旦)可移入中堂,暫住幾時。你不須悒怏,你不須悒怏,移歸內堂,免遭災障。(生)如此深謝救命之恩。

(貼)誰傍燈前話漏深,(生)是人是鬼謾沉吟。
(外旦)畫堂深處藏蹤影,(合)浪蝶狂蜂自不侵。

第四十二齣　帥　媾

(二淨上)奔走豪家富貴叢,綽號人間歡喜蟲。紅鸞剩有雙星照,青鳥權將一信通。前老爺着咱兩個做媒,求親王氏。因那王通判在眉州,未及即去。今任滿改調,大爺着我兩個到他家說親,事成之日,重重有謝。正是:得他心肯日,果然是我運通時。(下)

(末上)

【碧玉令】中閨無倚嬌兒面,未得遂乘龍佳選。幸遇才郎,待整舊盟言,姻緣好。望天公早諧人願。白頭失偶最堪傷,兒女關心愁斷腸。但得門楣終有託,一般膝下長輝光。老夫不幸,數月前老妻因病身亡。所遺一子,年幼未諳世事。小女嬌娘,年雖長成,亦未許人。當初申生求親,老夫以中表不便辭之。今看申生在我家經理庶務,才幹有餘。又且少年登第,前程萬里。老夫欲尋前約,使飛紅探他,他意無不允。遣人到他家去說,亦已相從,專待擇日遣聘。老夫這條心纔放下也。

(二淨上)為傳天上青鸞信,來叩人間錦雀屏。咱兩個替大爺求婚到此,不免徑入。

（末）二位何來？

（二淨）小子兩個是帥府中人，有天大喜事，送來宅上哩。

（末）二位是帥府上客，可以請坐。有何喜事，乞言其詳。

（二淨）聽告：

【瑣窗寒】君家有女嬋娟，俺大爺呵，正青春，人少年。一雙兩美，合配文鴛。因此上，把鸞書遣訂，祈諧仙眷。老爺呵，你不須把雀屏招選，天然賜下這好姻緣，我料伊不勝歡忭。

（末）二君不知，這門親事雖好，只一件呵，

【前腔】他家甲第雲連，奈我寒門聲望懸。攀高結貴，事不周全。（二淨）這何妨，他家雖將相蟬聯，老爺亦黃堂參佐，也算門當戶對的。（末）況小女呵殘妝陋質，難諧仙眷，望伊行把好辭回轉。（二淨）這怎辭得？他家已備下黃金千鎰，白璧十雙，彩緞百匹，珍珠二斛，就要遣聘哩。這段姻親，多少公侯貴女，求而不許，你怎倒推辭起來？（末）只是寒門不敢相攀。謾言有玉種藍田，想這段姻親，非是吾願。

（二淨）你不須固遜，豈不知俺爺威勢。要相求，也不怕你不肯。

（末）此間豪門盡多，豈必寒舍。

【前腔】（二淨）論他家威鎮西川，怕没甚豪門成契緣。只俺大爺呵，貪求淑女，意厚情堅。老爺是仕途上人，怎不曉勢利二字？令愛許了他家呵，豪親結好，榮華無限。（末）不許怎麽？（二淨）你道帥爺是武官，奈何不得你。他現有勢劍銅鍘，先斬後聞。況且兄弟俱在當朝，果若逞威權，你風波難免，兩般利害任君便。只怕今時不許，後日悔之晚矣。說甚這段姻親，非是吾願。（末起背介）正是那帥家威福，一省中誰不畏他？況兼公子年少風流，女兒許他，也不辱没於我。

【前腔】想他家威福齊天，若不遂姻親他怒怎言。所慮申生已有婚姻之約，他今還未曾遣聘。幸的是青鸞尚杳，紅葉空傳，我便把彩繩換却，別成繾綣。（回介）二君拜上帥爺，他既俯求，我怎敢不仰扳？只是小鶯雛，怎搭上錦鷳佳選。（二淨）既承臺諾，便當回

大爺話去。歡然許遂好姻緣,知他也不勝忻忭。
　　【尾聲】合歡幸許成歡宴,(末)百歲良緣非偶然。(二淨)我說與大爺呵,早則準備成親花燭筵。
　　　　(末)芙蓉雙錦鵲屏開,(二淨)自有英雄入彀來。
　　　　(末)料得姻緣天付與,(二淨)蔥蔥喜氣擁樓臺。

第四十三齣　生　離

　　【杏花天】(旦上)霎時打散秦樓鳳,隔行雲,巫山幾重。昨宵好夢無憑准,猛提起心愁意冗。憑將此日思前日,誰想佳期負後期。世上傷情無限事,琉璃易碎彩雲飛。奴與申郎密訂姻盟,中遭間阻。自我母親亡後,爹爹念家下無人治理,遂許申郎婚姻之約,竊意皇天果不違人所願。豈料帥子忽來求親,爹爹迫於權要,復背前言,思量好恨人也。
　　【小桃紅】想世間萬事轉頭空,誰似咱傷情重也。舊約難憑,新怨重逢。何處問流紅?歎從此兩分張,各西東。負佳期,生拚的把殘生送也。(歎介)正是:淚灑梧桐雨,一聲一點愁;愁淚有時盡,愁懷無盡頭。奴家直恁般命薄也。恰便似紗窗外夜雨梧桐,爭如那柳和桃,猶解的嫁東風。我聽飛紅說了這話,險些兒驚死也呵。
　　【下山虎】聽清宵漏斷,曉鼓殘鐘,驚散了遊仙夢。新情乍濃,新怨還來,幽歡密寵,歎往事從頭一霎空。老天直恁懂,把並頭花生生的分了兩叢,老烏鴉硬扭做雙棲鳳。天昏也那地懵,好惡姻緣愁殺儂。我去說他知道,想他這驚可也不小呵。(行覷介)呀,他還睡着哩。(生睡容上)
　　【金蕉葉】綠窗睡濃,是誰人輕窺繡櫳?(見旦介)原來是嬌娘妻呵,驀地把行雲暗通。(摟介)我扭腰肢將香軀緊擁。
　　(旦)申郎,你還不知道。昨日做的你妻,今日做你妻不得了。(淚介)
　　(生)這怎麼說?

（旦）前日婚約覆敗。帥子求婚，家君迫於權勢，已將妾身許他了。

（生驚介）怎麼說，你爹爹將你復許帥家了？

【章臺柳】哎呀，潑天風浪凶，打鴛鴦何處逢？你爹前日呵，早許結姻親，兩姓通，我準備做東床魚水同。為甚平地裡堆成太華峰，生隔斷兩西東？（泣介）猛教我淚珠湧，只今日把人輕送。

（旦）雖是俺爹爹變卦，你也休埋怨他呵。

【前腔】不是我負心爹無始終，則我多情女忒命窮。我和你無分春風畫錦紅，做了墜飛花隨水東。即世的藍橋沒路通，則辦的死相從，生難共。把兩下恩情呵，早都做杜鵑枝，片時殘夢。

（生）這還是小生緣慳也。

【醉娘子】想紅鸞合注，花星未拱，舊盟言一旦空。古來多少才子佳人，都得成雙，緣同也意同。偏則俺和你呵，受了千萬般傷情痛，到頭來沒分成歡寵。

（旦）生願不諧，死願還在。

【前腔】是前生命慳，今生命凶，鎮淒涼多唧噥。記荼蘼小院東，和你似海般恩情重，少不得生生的願與諧鸞鳳。

（生）離合悲歡，皆天所定。帥子既來求婚，親期料應不遠，小生便當告別。今生緣分從此訣矣，你去勉事新君。則要想起西窗明月，花陰深處，恩深義重，那時休便忘了人也呵！（淚介）

【五般宜】你早則擁笙歌畫堂中，你早則扶笑臉向春風。俺可似愁韓重，真命窮，和你做夫妻全無始終。回想着舊歡如夢，伊西我東。須知道，後日蕭郎，陌上難逢，便做似死和生離別永。

（旦怒介）兄丈夫也，堂堂六尺之軀，乃不能謀一婦人。事已至此，而更委之他人，兄其忍之乎？妾身不可再辱，既以許君，則君之身也。

【前腔】俺怎肯再賦琵琶漢水東，俺怎肯再舞翠柳野煙中。你做了男兒漢，直恁般情性憒，我和你結夫妻恩深義重，怎下得等閒拋送，全無始終？須知道，死向黃泉，永也相從，痛傷悲，血淚湧。（掩面大慟介）

（生擁旦介）我言亦豈本於衷腸，但一時計出無奈呵。

【江頭送別】非緣我，非緣我，把誓盟輕縱，也只慮這恩情到頭拋送。不如早些兒拆散了鸞和鳳，免教的惡相思兩下衝衝。（歎介）如今欲不去呵，怎忍的。

【江神子】生察察看花飛別紅。欲去呵，怎忍的煞剌剌眼底飄蓬。思量懊恨天公，爭似當初休把兩情通，免今日怎般兒葬送。

（旦）你既不忘情於我，還望早為我計之。

（生）事已如此，只得緩圖。

【餘文】提起那花陰底下盟香重，（旦）少不得死也波將身陪奉。（合）怎說的花燭蘭房還則別去寵。（旦下）

（生欲下）

（丑扮院子衝上）忙齎千里信，來接遠遊人。官人一來數月，老相公在家懸望，今患病不痊，特差院子來接官人。官人可即刻起程。

（生沉吟介）如此怎好？我為小姐心下悲傷，只得強駐。今父親有病來接，勢又決難更留。且告過舅舅，起程歸去。

（末上）一鞭殘照催行色，兩眼西風添悶懷。賢甥何事匆匆，即要起程？

（生）父親有恙來召，只得就行。小甥自來荷吾舅相待如子，今此告別，實為怏然也。

（旦上，潛立末後覷介）

（生）

【憶鶯兒】數載中，相過從，感荷深恩海樣洪。此日分離難再逢。關河幾重，雲天幾重。（見旦，各偷掩淚介）回思舊事渾如夢，淚痕濃，青衫濕盡，偷掩背東風。

（末）賢甥歸去，府君無恙，還宜再來。我女兒親禮在即，家事紛紜，望你一來料理。

（生）賢妹親期已近，純歸侍亦須累月。又瓜期將及，此後相逢，未可預定也。

（末）女兒在近出室，賢甥來期未定，此後未必再會了。丫鬟可請小姐出來相見。

（旦掩淚急下）（老上）小姐身子不快，不出來了。

（末）勉出一見無妨。

（老下，復上）小姐有病睡着哩。

（生）如此，小甥即便告行。

【前腔】別淚濃，難再逢。（末）你舅母既亡，賢甥又去，我有女於歸旦暮中，眼底孤身老景窮。你去家中把椿萱再奉，俺這裡錦堂晝空。（同掩淚介）（合）相看四目心悲痛，向東風，青衫濕盡，腸斷為離鴻。

【尾聲】（末）人間最苦離愁重，（生）幾次往來途路中，則我今日呵，說不出離愁愁更濃。

　　　　（末）數載奔馳向路途，（生）郵亭長自歎離居。
　　　　（末）今朝此別愁還重，（生）說與旁人識得無？

第四十四齣　演　　喜

【梨花兒】（丑上）臉上花花衣飾齊，人人道我風流婿。掐指排來三月期，嗏，如何等得良辰至？小子聘得嬌娘為妻，約在今月送禮，十月成婚。算來還有三個月日頭，如何等得？已差人喚馬小三、戈小十兩個來，要他去催早些。怎這兩個狗弟子孩兒，還未見到？

【前腔】（二淨上）我去做媒手段奇，把嫦娥哄下雲端裡。騙得花紅來到時，嗏，均分一半休爭議。（見介）

（丑）我在火上，你在冰上，你這兩個弟子孩兒，好不中用。我說定親後要一送一娶，怎挨得到十月？今日早時叫你，你這時纔來。可恨，可惱！

（二淨）啊哎，我從不見要老婆這等性急的。今月送禮，十月成親，是老爺揀定的日子。依我兩個時，你娶了大娘，我們大家有分，休道今日，巴不得前日就到手哩。

（丑）咦，怎麼我娶大娘你們都有分？

（二淨）大爺又吃寡醋哩。不說大娘那話兒，大家有分，却要你謝媒哩。

【玉絳畫眉序】洞房翠燭，照風流，一對新娘新婚。共入流蘇，一刻春宵何處覓。你兩個做夫妻，真是美。一個的緊抱纖腰，一個的輕搜玉體。那時休把、休把我媒人棄，記取你相思今日。

（丑做意介）我正想老婆，你又引我動火。我且問你，似我這樣風風流流標標緻緻一個新郎，那新人也歡喜麼？

【前腔】匆匆喜氣，帽兒光，扮的衣裝鮮麗。娶過嬌娘，咦，我與他同睡在流蘇春帳裡，這歡娛難待比。真個是似蝶穿花，真個是如魚戲水，把海棠枝上新紅試，想起那風流無底。還一件。現鐘未打，且先煉銅。如今親期將到，打點做新郎，也是要緊的。昨去喚丁憐憐來做新婦，趁你兩個媒人在此，先把拜堂演一演。怎麼這時節，丁憐憐還未見到？我們外廂望去。（望介）那來的是了。

（貼扮丁憐憐上）

【桃柳爭春】梳妝未已，聞呼忙向前來。知他因個甚的。（見介）

（丑）憐娘，你怎麼來的恁遲？

（貼）昨日被朋友纏的慌，起來遲了些。

（丑）你到有朋友纏你，我昨夜裡乾癢煞。

（二淨）不要閑講了，大爺打點做新郎，請憐娘權做新人拜堂，晚間留在此，就不乾癢了。

（貼）大爺幾時做新郎？

（二淨）十月。

（貼）這等教新郎還早。

（丑）我巴不到今日哩。

（二淨）大爺可扮起來。（丑冠帶介）

（二淨）憐娘也扮起來。（貼扮介）

（二淨）連小子們也扮起來。

（扮儐相介，云）大爺且慢拜堂，如今要憐娘教道，且先拜了先生。（丑拜）

（二淨唱拜介）拜先生，拜先生，世間幾個學生做新婦，如今倒都是新婦做先生。堂上先生軟似綿，只有房內的先生狠殺人。如今拜完了先生，大爺且退在後堂，待我們請你出來。（三請）（丑出立介）

（二淨）大爺扮的真像哩。

【撲燈蛾】金花雙插鬢，妝成做新婿。大爺這番去轎裡抱出新人來。畫燭錦屏前，捧出那多嬌麗也。（丑捧貼出立介）（二淨）**雙雙立地。大爺讓新娘立在東邊。列東西，金鼓喧吹。這番喝拜拜堂了。（丑拜）（二淨喝介）拜高堂，拜高堂，新婦直立新郎拜，分明教是怕新娘。日間拜了夜又拜，雙膝跪在席中央。往時大率新郎教新婦，如今倒都是新婦教新郎。（丑）怎麼新婦教新郎？（二淨）新郎不慣新人慣，你夜間仔細去參詳。這番牽紅進房了。兩下高堂拜畢，喜孜孜，共牽紅錦入羅幃。房裡的事，不是我們教道的，須憐娘和大爺說。（貼）

【前腔】酒闌入洞房，大爺，你須斯文些，休教露村勢。百般樣溫存，請他入到銷金帳內也。大爺那時節呵，替他摘除寶髻，再替他脫掉繡衣。他肯便肯了，不肯時，須用雙膝跪地。（丑）這怎使得？（貼）你道世間那個不跪老婆的？諒大爺也不消我教道。摟得他上床時，還怕他百樣做嬌癡。

（二淨）憐娘，那事兒一發細說一番。

（丑）這個漢家自有制度，不說也曉得。

（貼）大爺你用慣舊罐子，那新人須不比往常呵。

【前腔】你輕將玉體挨，那新人呵，少不得把春纖暗相抵，半羞半佯推。你須用輕憐疼惜也，摧殘嫩蕊，擺腰肢，嬌喘輕啼。（丑做意介）咦，說得我火動哩。（二淨）連我也火動哩。（丑）唉，這時節還要你媒人插嘴？（貼）那其間，風流可喜，美甘甘，勝如天上步雲梯。

（二淨）好，新郎教完，只要謝帥父了。

（丑）不消說，成親後連媒人總謝。

【尾聲】我把這樁樁件件從頭記，盼到妝臺賀喜時。那時節呵,謝了先生再謝媒。
　　(二淨)桃之夭夭葉蓁蓁,(丑)之子于歸宜家人。
　　(貼)有學養子而後嫁,(合)宜其家人教國人。

第四十五齣　泣　　舟

　　(老旦上)床頭相對病多嬌,瘦影棱生骨半銷。恰似下弦天上月,五更吹逐楚峰高。俺小慧伏侍小姐,一向見他情思悠悠,歡喜時少,愁悶時多。今害病深沉,看他芳容盡改,幽豔都消,夢裡如啼,醒時成醉,好可憐人也。道猶未了,飛紅姐也到。
　　(貼上云)花開花落流年度,世間只有愁偏駐。滾滾瞿塘三峽流,終古幾曾流恨去。好男好女不成雙,月老注書無是處。君不見名花嬌豔欲傾城,可憐長被狂風妒。鵑魂啼血已千年,何時叫轉回生路?俺小姐多才多貌,更是多情,一見申生,便以終身相託。自奶奶去世之後,我在老爺跟前強捏成婚,不料又為帥家所奪,悔却前言。小姐因而抱恨,病漸伶仃,將次已是九分九了。
　　(老)咳,小姐病勢沉重,怎生是好?
　　(貼)我聽小姐眠思夢語,只要一見申生。我潛書去喚申生,申生已到河下,不敢進見老爺,約小姐扶病,悄地往他舟中一見。小慧你看着繡房,我扶小姐去。咳,小姐呵,你夢隨楊柳曉風寒,
　　(老)命逐梨花春畫殘。
　　(貼)憑將一片貞魂化為石,
　　(合)只愁你不堪重上望夫山。(同下)
　　(外、丑扮梢公梢婆上)濯錦江頭風浪高,一葉峨岢趁水子搖。搖來搖去把弗子個櫓,恰便似昨夜梢婆在艙子裡頭撅摺子腰。
　　(丑)看你好嘴臉。
　　(外)船已傍岸了,艙裡相公來瞧着,王爺家在那裡?(生上)
　　【梅花引】幽情萬種和誰說,猛傷嗟,淚成血。走向江頭,經過幾朝夜,一刻驚魂三四轉,盼不得那玉人兒影見也。心似秋來蕉上雨,身如春後樹殘花。相思滴滴愁難盡,病走天涯何處家。小生為

父親有恙,奔回家裡。不料小姐患病將危,飛紅潛書喚我。我不敢稟知父親,貪夜買舟,私奔前來,約小姐舟中悄地一會。正是:巫山怯雨逢秋夜,不似西樓待月時。(下)

(旦病容,貼扶上)(旦)

【秋蕊香】睡倒愁腸千折,攢身起,半晌癡呆。(貼)風裡殘花幾開謝,(合)這病兒淹淹害也。【烏夜啼】(旦)新來病染千般,在眉灣。一自春光去後,見時難。　　(貼)飯不飯,無昏旦,命多艱。(旦)恨煞天邊孤雁,帶愁怪。飛紅,我自申郎去後,已近一月,看看病勢將沉。聞他到門首候我相見,已數日了,今日老爺遠出郊外,我則索扶病走一遭也。

(貼)姐姐氣息如絲,身子瘦怯,却怎生行走的動也。

(扶旦慢行介)(貼)

【步步嬌】看你瘦腰肢,剩得無多幾。腳步兒行難赳,孤神怎害怯。半點幽魂,似火明滅。姐姐,勸你畢罷了傷嗟,免輕輕的斷送你殘軀也。(旦歎介)飛紅,你豈不知我心事呵。

【沉醉東風】我為他香肌瘦怯,痛傷嗟,無明無夜。便做道湘川竭,石灰山裂,俺心兒怎生休歇。(合)枕邊夢蝶,花邊淚血,拚的生生死死,隨着天兒共滅。

(貼)那崖下駐的船兒,是申生的。姐姐,我扶你下了船,我瞧老爺去。

(生上,扶旦介)(貼下)

(生)姐姐別來幾時,怎病已到這等了?

【好姐姐】自別多情姐姐,不上的三秋周月。怎生病影伶仃,害得直恁劣。(合)腰肢怯,剩得翠裙兒剛三褶,較比黃花更瘦些。(旦)申郎,我和你別雖剛月,却勝似三秋了。(執生手慟介)

【前腔】欷嗟,分離一月,恰勝過數年隔別。命閃殘燈,待隨着風兒便滅。(合)傷情切,覷着這滿川上下飄紅葉,不似我和你,恁相看眼內血。

(旦)妾與郎相見,便以此身許之於郎,不料今日竟不能如願也。

【三月海棠】想着那情意愜,荼蘼架底相逢夜,可便似秦樓笑詠,玉管吹徹。傷也,月老注不成鸞鳳侶,天公拆散了鴛鴦帖。恨岳高,淚波竭,做的個參辰日月,不交接。

(生)這都是小生命薄所致,姐姐休自嗟怨呵。

【前腔】還不徹前生夙債今生業,恰花開霧障,月滿雲遮。悲切,自古紅顏多命薄,爭似我書生命犯十分拙。風月擔,早收迭,枉將年少成拋撇。(旦)

【忒忒令】枉辜負,星前誓設。空冷落,神前香爇。良辰惡夕受過千磨滅,捱不滿愁悶劫。破婚書,追魂牒,兩般兒廝撞者。(生)

【五供養犯】菱花碎跌,帶解同心,甚日重結?(旦)小文君緣分薄,沒福兒駕香車。(出斷袖介)謝郎厚愛,今日回思,此景可復得乎?交還你香羅翠袖,恁風流,今生休說。今此一見,遂成永訣了。你去也終須去,我別也怎生別?(合)真乃是顏色如花,命同一葉。

(生)姐姐情意如山,我豈不曉?但既迫嚴父之命,便暫從他氏也罷了。

(旦)申郎,此話再休提了。

【前腔】姻緣分劣,俺和你,不能够生與同衾,死與同穴,也怎做的兩鞍韝一馬,單輪躐雙轍。三貞七烈,拚殘生都是夙緣前業。妾向時與郎擁爐,謂事若不濟,當以死謝。如今死不得同伊死,教我撇也怎生撇?(合)記取笑擲梨花,擁爐時節。

【玉交枝】擁爐時節,對花前,把盟言共設。(生)盟言雖有,也則休題了。(旦)盟言要忘也怎忘得,我如今這紅顏拚的為君絕,便死也有甚傷嗟。則一件呵,郎青雲萬里,厚擇佳配,共用榮貴,妾不敢望。但郎氣質屢弱,自來多病,身軀薄劣,怎當得千萬折?怕誤了你,誤了你他年錦帳春風夜。(合)這情懷,教人怎撇?我便向黃泉,如何便貼?

(生淚介)姐姐,你一身兀自不保,直恁顧念小生。小生此心,久已訴之老天了。

【前腔】傷悲嗚咽，你聲聲言辭痛切。從前舊事都拋捨，怨天公直恁、直恁將人磨折。我如今富貴二字早置之度外，潑功名，視做春晝雪。那婚姻事一發休提了，業姻緣看比殘宵月。（合）這衷腸，誰行訴説？這冤恨，何時斷絕！

（貼上）相逢一字一行淚，説與江猿哀斷腸。姐姐郎君，省可啼哭，老爺將回，須以分手了。

（生）飛紅姐，我與你姐姐恩情，你所盡知，今此一見，恐成永休，却教怎生分手也？

（貼）姻緣成毀，輾轉無常。安知此後，不可復合？只要俺姐姐善自將覷，保全身子罷了。

（旦）休道盟言中變，難以再合。便得再合，今我身子狼狽如斯，諒也不能永延了。

【江兒水】提起當初事，教人腸寸絕。今後呵，再休想詠梨花坐待南樓月，再休想題錦字流出深溝葉。則落得點翠斑灑遍湘江血。死也波孤眠長夜，冷塚荒墳，有的、有的個誰來疼熱。（咽倒倚生懷介）

（生叫介）小姐！小姐蘇醒！

【豆葉黃】看香銷玉減，病體唓嗻。再休想即世相逢，再休想即世相逢，做了波心撈月，鏡中捉影，轉轉傷嗟。自如今、自如今義銷恩斷。則這衫上啼痕，積的有萬層千迭。

（貼淚介）看了不由人不傷心也。

【園林好】聽一聲聲，傷者痛者。看一點點，還是血也淚也。（旦醒，生合唱）不信我惡緣惡業，做的來恁周折，乾受盡此磨滅。

（外、丑上）相公，今時風順，正好開船回去了。

（貼）老爺要回，姐姐快些上崖罷。

（旦扯生衣介）妾昔與郎泣別幾次，只今日一別，便是永別了。

【川撥棹】今日個生離別，比着死別離情更切。願你此去，早尋佳配，休為我這數年間露柳風花，數年間露柳風花，誤了你那一生的、一生的錦香繡月。（合）一聲聲，腸寸絕。一言言，愁萬迭。

（生）姐姐果為小生而死，小生斷也不忍獨生了。

【前腔】掌上珍珠似我心上結,豈料今為了千古別。誓和你共死同生,誓和你共死同生,怎再向別人、別人行同歡共悦。(合)一聲聲,腸寸絶。一言言,愁萬迭。

(旦)今生自是休了,只不知來生再得相會也否呵?

【前腔】今日生離和死別,恰正似花不重開月永缺。我不能夠與你,我不能夠與你做的片响夫妻,剛博得個三生話説。(合)一聲聲,腸寸絶。一言言,愁萬迭。

(貼)千別萬別,終須一別。老爺已回,快上崖去罷。

(扯旦)(旦扯生哭介)

【哭相思】是這等苦離惡別,要相逢則除夢中來也。

(貼扶旦下)

(生泣望介)哎,小姐去了。罷!罷!罷!古云:樂莫樂兮新相知,悲莫悲兮生別離。我昔與小姐共會西窗明月之下,指天立誓,豈料到頭,如此結果。欲待再留數日,打聽小姐病體安否。又恐家中老父知覺,只得疾忙轉船回去。

(外、丑開船介)

(生)你看舟人撥棹,蘋浪番風,彩鷁急飛,征鴻易斷,目力有盡,江山無窮。教人怎不痛絶也呵!

【尾聲】歸舟滿眼傷愁絶,聽何處離鴻哀咽?敢則是俺玉人呵,痛煞煞哭聲兒還在也。

(生)佳人扶病到江頭,(外)渭水生波咽不流。
(丑)一叫一回腸一斷,(合)哀猿個個助人愁。

第四十六齣　詢　紅

【雙勸酒】(末上)嬌癡女孩,強辭婚配。未知他意兒,怎生迷昧。索須是問取詳細,我心中纔免憂疑。事不關心,關心者亂。我將女兒許婚帥家,親期已近,他却抵死相拒,蓬頭垢面,以求退親,未知所為何來。想飛紅必知其詳,不免喚他來問。飛紅!(貼上)

【前腔】佳人病勢,十分憔悴。百般樣勸他,轉加沉滯。算除

非那生來至,這病兒方保無危。(見介)

(末)小姐病體怎生了?

(貼)十分欠好。

(末)我問你,小姐年已長大,難道不要配人了不成?今既許帥家,却執意要求退婚,是何主意?

(貼)小姐呵,

【鏵鍬兒】他心中意裡,只要一書生為配。青燈共守,舉案齊眉。那侯門富豪子,知他怎的?料應是無智慧,多昧癡。這等醃臢氣息,倒不如一世孤眠到底。

(末)原來為此。他不知帥家富貴非常,帥郎現當承襲世爵,兼且端方俊拔,不類凡兒。你說與小姐,教他免愁煩,好將息,以待婚期便了。

【前腔】侯門富貴,那更青春貌美。現則是烏紗壓鬢,寶帶腰垂。小姐到他家,便是夫人縣君也。受的那金冠與霞帔,榮華無比。煞強似一個酸女婿,寒士妻,糟糠匹配,枉受着些黃齏況味。(貼)飛紅曉得。(末)你將帥官人圖影,拿去小姐看,小姐必然歡喜。你說與他:

(貼)自古婚姻係夙緣,(合)何須苦苦強憂煎。

(貼)碧桃樹上枯藤纏,(合)也用安心守自然。

第四十七齣 芳　　殞

【海棠春】(貼扶病旦上)病魂靈飛去多回次,博不得一聲疼惜。淚點血成毅,哭向空房死。非緣多病怯秋寒,只為傷情淚滴潺。人欲求生生不得,我今求死死偏難。

(貼)小姐是何意兒?老爺只望小姐病起,完成親事,小姐怎生只說個要死?

(旦)我心中事,他人不知,怎瞞得你。且問你,老爺適間喚你怎麼說?

(貼)老爺說婚姻天定,小姐休得固執,枉送殘生。帥官人目下就要成親,小姐請自將息,以待佳期。

(旦怒介)不説那帥家罷了,説起帥家,我恨不即刻而死。(持刀刎介)

(貼奪刀介)小姐何用如此。

(旦歎介)我昔已有成言了。

【集賢賓】誓盟言輾轉還在耳,我怎忍眨眼忘之。如今拚的個因他憔悴死。(貼)死是什麽好事,死了怕還要悔。(旦)我心中没甚嗟諮,毫無怨悔。果得個早歸泉世,顛倒是完却了我心頭事。

(貼)小姐讀書知禮,豈不聞女子未嫁,當從父命。今乃故生執拗,豈得稱為孝乎?

(旦)飛紅你有所不知。我始遇申生,雖則未獲老爺之命,自念婚姻事大,古來多少佳人,匹配匪材,鬱鬱而終。與其悔之於後,豈若擇之於始。至於中間,兩要婚議,老爺業有成言。今乃一旦改許他氏,是負義之愆,不在我了。昔荀氏毀容截髮,以抗親命,後人不謂非孝。我今安得强從父命,自背初盟也。

(貼)小姐始遇申生,也只愛其才貌。今帥家富貴極矣,帥官人端方俊拔,殆過申生。聞他欲得小姐,甚如饑渴,其他皆所不問。小姐若改從帥家,上既無逆於親言,下亦不乖其夙志,豈不為兩便乎?

【前腔】想佳人自來多有之,只要做夫妻,稱着心兒。老爺畫有帥官人圖影在此,小姐覷波。據着他富貴風流年少子,不減似宋玉丰姿,潘安貌美,比那可意種一般無二。小姐你休恁的,空斷送了花容玉體。(旦推畫不看介)那人便美煞,與我何干?

【前腔】鍾情人自古誰似此,生和死,没個休時。隨着他甚樣風流豪貴子,俺怎生生撇却人兒,重跟别氏?做夫妻全無終始,空恁的顛倒了鴛鴦雙字。

(貼)小姐不從老爺之命,蓋為昔日與申生有約。今聞申生歸去,已議親貴族,守他也枉然了。

【黄鶯兒】他金屋美嬌姿,結新婚,方燕爾,如今已忘却了當初事。小姐呵,你瘦棱棱體兒,冷清清淚兒,害愁煩枉為他人死。小姐不信,他現將你所遺香珮,結以雙環隻釵,寄還小姐。(出砌末介)細尋思,休書一紙,是這股斷釵兒。

(旦看,泣介)相從數年,申生心事,我豈不知?他聞我病甚,將有他故,故以此開釋我。

【前腔】相倚許多時,他心兒,我意兒,一般憐取人無二。我為他朝思暮思,他為我念茲在茲,料應都為憂愁死。兩情詞,當初月下,共訴海神祠。

(貼)當初雖有盟言,今申生見小姐已有他約,只得別娶。小姐因申生別娶,改從他氏。兩下衷腸,俱為無負,望乞三思。

(旦歎介)此語再提他怎麼,

【簇御林】雖是我紅顏女,水性兒,怎做的嫁東風桃李枝?倚門賣俏閑構肆,直恁的無終始。休道申生不是那樣人,自嗟諮,便道郎心已改,我也只想望郎時。

(貼)古人説的好,他既負心,我亦改意。小姐休得固執,單送了自家性命。

(旦取珮細視,擲介)我固知申生非負心者。我始以不正遇申生,今又改而之他,則我之淫蕩甚矣。既不克其始,則當有其終。

(長吁介)紅娘子愛我甚矣,幸勿多言。我固不惜一死以謝申生也。(哭介)

【前腔】俺雖不比浣紗女,烈性兒,也願學墜層樓春燕子。白楊紅粉啼痕漬,敢則是一樣的傷情思。舊盟辭天荒地老,不改擁爐時。

(貼歎介)小姐呵,便道申生今未別娶,儻你果有不幸,難道他當真休了不成?那時你則飲恨於荒塚黃泉之下,他却追歡於瑤臺華席之中,悔也悔不迭了。

【黃鶯學畫眉】看你苒苒氣如絲,似雨殘花,風亂吹,東西飄泊應難止。你傷悲自支,他歡娛怎知?萬一果有不幸呵,(泣介)冷清清黃泉下只影誰憐爾。(旦)你不須過慮,痛諮,我甘心一死渾無二,怎做得浪蕊狂枝。

(貼)小姐既然誓志不回,當初老爺改許帥家之時,何不明言所以?

（旦歎介）我自那日已只願一死，兒女恩情從此永休。俺爹爹自背前言，我雖言之亦必不聽。況我與申生私遇，此事怎向爹跟前説的也呵。

【黄鶯穿皂袍】兒女兩情私，教我對爹行，羞答答，説甚的？（貼）當初不説，如今説也遲了。小姐呵，你如今死也、死也應難悔。（旦）我如今也没什麼悔。我有詩二首在於枕席之下，倘我死後，你替我寄與申生，便是你的情了。（貼淚介）小姐，你只説個死，我看你數日來飲食俱絶，向時顔色光彩都到那裡去了？只剩得臉兒上兩行淚痕，似淡淡胭脂。身兒裡一腔瘦骨，似棱棱冰玉。煞是可憐人也。飯兒半匙，茶兒半卮，連朝來幾曾得到你喉嚨底。（旦歎介）紛紛淚點，似風前雨絲。悠悠弱魄，似風前柳絲。一任你杜鵑聲，慘淒淒叫不的，（咽介）叫不的我離魂至。（悶絶介）（貼）小姐！小姐！呀，不好了，老爺快來！快來！（末上）

【黄鶯帶一封】兩眼淚如澌，聽傳呼，女命危。孩兒！孩兒！我連聲叫唤他渾無氣。（貼叫介）小姐！小姐！（合）我聲聲痛悲，你昏昏怎知。（末）罷了，罷了，是我把你青春斷送應難悔。看他蹙愁眉，淚成灰，兩眼睜睜兀怨誰。

（貼）小姐連朝飲食不進，以致悶絶。把熱水灌下去，或者還得蘇醒。（灌旦）

（旦醒介）哎喲，爹爹，孩兒拜謝你了。

（末）兒快休説此話，你自掙扎呵，兒！

（旦歎介）罷了，爹爹，如今女孩兒呵，

【山坡裡羊】在我爹跟前，做的全無終始。死了去，陪侍娘罷，則索向娘跟前，長相看侍。（貼）小姐，只要好起來，你意兒，老爺俱依的你。（旦）這也休提了。飛紅，我没的囑咐你，一來爹爹隻身獨影，須好生看侍。二來，（不語介）（貼）小姐怎的不語了？（旦低介）你則你則向人前，再休提起我生前事。悶咽咽我心内辭，只有天知和地知。我死了呵，墓邊草色千年紫，化作春蠶，口中亂絲。（合）淚淋淋血兒，都灑向九嶷山翠竹枝。虛飄飄靈兒，早飛傍望夫山貞女祠。(末)兒,你果然得好,我便回了帥家罷。(旦歎介)爹爹,你再休提帥家二字呵。

【前腔】提起訂婚書,是我一道追魂紙。提起帥家人,是我即世裡冤家至。休,休,休,休再提起我心頭事,越惹得人來愁痛死。死,死,死,千死萬死終須死,爭似今朝早些告辭。(合)淚泠泠血兒,都灑向九嶷山翠竹枝。虛飄飄魂兒,早飛傍望夫山貞女祠。

(末)你只掙扎你命也,兒!

(旦)爹,扶我中堂去罷。

(末)扶你也,兒!(貼同扶介)

【尾聲】(旦)可正是,汪汪的流盡了兩眼西風淚。我心兒裡早已成灰。(長歎介)死也呵,敢則還灑向陽臺去作雨飛。(並下)(末、貼同哭上)咳,可憐,可憐,小姐不幸死了也。一面差人去帥家報知,回了他親事。一面差人到申家去說。咳,孩兒,孩兒,則被你痛煞我也。

(末)朱顏幼女喪黃泉,(貼)哭殺白頭人老年。

(合)假使旁人聞說起,　也應同是淚漣漣。

第四十八齣　雙　　逝

【破齊陣】(生愁容上)數葉芭蕉蕭瘦,房空帳冷魂孤。哀雁天邊,寒蛩草際,幾陣暗風吹雨。黯黯殘燈渾無焰,垂死蕭蕭鬢影疏,夢中人到無?三十三天離恨高,我今更上一層霄。悠悠魂去無尋處,怕見殘燈助寂寥。我自與小姐相別回來,枕旁滴滴,盡是啼痕;袖上行行,無非淚血。他今親期已迫,未知生死如何。思想起來,便把青天作紙,峨眉山為墨,瞿塘三峽當硯水,湘川上竹竿為筆,怎寫的盡俺滿腔中愁恨也。

【刷子帶芙蓉】驀地想當初,花前月前,同結歡娛。道是盡世今生,休教鳳散鸞孤。嗟吁,更幾遍離愁間阻,終博不得連枝雙樹。暮雲斷處望蒼梧,雁聲淒咽楚天孤。若小姐果然為我而死,我少不得也相從了。

【普天樂】我和他，艤孤舟江頭哭，哭的來腸寸斷。傷情處，天昏慘，煙水模糊；江濤咽，驚走游魚。算世間那似我衷腸苦！你獨拚的紅顏向冥途，我怎還忍別畫眉嫵。記的擁爐共語，誓雙雙並結生死鶯書。

（小生上）不是愁魔即病魔，知他愁病兩如何。雖然病為愁偏重，也道愁因病癒多。我兄弟素性風流，賦情俊爽。數年之內，往來舅家，去則笑逐顏開，歸則歡隨興減。日來勢更加劇，兀坐一室，以手書空，咄咄若與人言，不知為著何來。我今去看他病景，可怎麼了！（見生癡坐不理介）

（小生）兄弟，你怎生癡坐在此？

（生驚起介）兄弟病中恍惚，望乞休罪。

【尾犯序】（小生）你獨坐自嗟吁，為甚傷情，無意無緒。我猜著你了，敢則是蘇小當年，撇不下那油壁香車？休誤，你蘭閣上早則名高繡虎，怕鴛幃裡少甚身偎錦玉，休只為迷花沾草，斷送了美身軀。（生歎介）

【前腔】欲語又躊躇。（小生）不素躊躇，直說我知道，我或當為你謀之。（生）有個人兒，相傾相慕。（小生）是那個？（生）是那個金屋嬌姿，曾許與我同結鶯書。歎吁，是則是今生沒福，是則是前生合注，無端的分開連理，兩下裡淚痕枯。

（淨院子上）世上可憐長別酒，人間最苦永休書。

（見生云）我家小姐，不幸已亡，老爺有書在此。

（生驚介）小姐亡了？天呵！兀的不痛殺人也。

（拆書看介）呀，內有飛紅寄來小姐訣別詩二首，讀之胸懷千裂，肝腸寸斷。天，天呵！我，我申純早則死也。（悶倒介）

（小生扶介）兄弟蘇醒。

（生徐醒介）天呵！小姐，你何薄命，一至於斯。

【香柳娘】想當初偶然，想當初偶然，花間相遇，擁爐細把衷腸訴。你今朝死也，你今朝死也，魂向楚天隅。我夢中怎能睹？痛從此間阻，痛從此間阻，行雲徑迷，斷紅難續。（小生）兄弟且免悲傷。

（生）

【前腔】悵秦樓悄然，悵秦樓悄然，聽簫人去，月明誰伴孤鸞舞？看詩詞慘悽，看詩詞慘悽，蘸緑古堂前，教我放聲向天哭。待重逢路阻，待重逢路阻，甘歸九泉，和伊一處。

（小生）呀，兄弟何出此不祥之語？却不道斷者不能復續，死者不能復生。況那嬌娘，義為中表，兩次言婚，不遂百年之約，豈得過爾傷心，有乖大義。吾弟讀書知禮，萬宜自節，以保身軀。我去説與爹娘知道，打發院子回去，兼遣往弔罷了。（同淨下）

（生）咳，哥哥，你怎知我與嬌娘，情深義重，百劫難休。他既為我而死，我亦何容獨生？我今留詩與爹娘哥哥為別，只索自縊，隨小姐於地下罷了。（含淚題詩介）竇翁德劭如椿古，蔡母年高與鶴齊。生育恩深俱未報，此身先死奈虞兮。（再題介）當年風雅藹雙鸞，擬共翶翔萬里天。今日雁行分散去，誰憐隻影叫蒼煙。（擲筆悲介）爹娘、哥哥，非是我不念深恩，忍得半路相拋。想古來義夫烈士，不惜殺身，以踐一諾。我昔與小姐有誓，生不同辰，死當同夕。今他既待我九泉之下，我便欲悔背前盟，諒老天也斷不相容了。小姐向時贈我一幅錦羅香帕，指望金蓮對熨，銀燭高燒，雙牽繡幕之紅絲，共結錦裙之翠帶。不意今日將來自縊，做了追魂的牒子，索命的幡兒。天、天，好是可憐煞人也。（縊介）

（外、老旦、小生同上）（見，驚救介）

【江兒水】嚇，嚇得心驚怖，身篤速。則見他把香羅緊系喉嚨住，我手脚忙忙都無措。（解下羅帕，叫介）孩兒，孩兒！（小生）兄弟，兄弟！（合）叫他不醒，却教如何處？（生氣轉"哎喲"介）（衆）驀聽他喉嚨兒底，氣斷也聲還續，細喘吁吁，討得個絲絲生路。孩兒，快醒，快醒。（生低介）

【哭相思】正待要急往相隨，誰把我喚回泉路？

（外、老旦）孩兒也，爹娘在此，你怎麼這等短見？

（生欷介）爹娘在上，聽兒一言。承繼宗祧，大吾家門，有哥哥在此也够了。孩兒不肖，不能終侍膝下，惟大人割不忍之愛，休為孩兒致有痛傷，則孩兒死亦瞑目了。（悲介）

【二郎神】聽兒語，望爹娘免把孩兒顧慮。哥哥呵，他早已致足雲程萬里路，鸞封豸誥，定然當耀門閭。似我不肖孩兒，生的、生的來都是虛，半路間把雙親別去。（外、老旦）兒，休如此說。則願你好自將息，保全性命，慰我白頭爹媽之望。（生）要孩兒身好，諒不能够。哥哥，你覷雙親年老，兄弟夭亡，盡心侍養，專靠你一人了。好將覷，兩白頭爹娘晚景桑榆。

（小生）兄弟，怎如此癡見？大丈夫志在四方，豈甘死兒女子手中乎？弟年少科高，青雲足下，何在區區眷戀一女子。況世間美婦人盡多，你今為彼一人，上負二親之望，下殞六尺之軀，竊為吾弟，有所不取。

【前腔】悲吁，你名高翰苑，蘭堂早住。少什麼紅粉樓頭卿相女，容華似玉，雙雙同詠關雎，又何須故把青春輕送與？你覷着兩爹娘呵，年衰為汝淚雙枯。倘你真個不保，痛怨煞這兩白頭爹娘，究竟何如。

（外）哥哥說的話，句句是正理，你快休癡也兒。

（老旦）兒，你做了官，怕沒有好媳婦兒？却只為親事不就，斷送殘生，可不真個短見也兒。

（生）二親之言，孩兒亦豈不曉？但事已到此，兒即欲自主，也不能够。只望爹娘休的為死傷生，罔極之恩，待孩兒再世來相報罷了。

【二鶯兒】難語，我身軀在此，我魂靈早去。想當日呵，有的是死死生生月下書，神明鑒取應難負。（哭介）爹娘、哥哥，我都顧不得你了。我一行行淚枯，我一絲絲氣無，不如早些兒死去，也同歸一所。（外、老旦）再休這般說也，兒！（生張目介）強捱取一晌的時光，也反添着嗟嘘。

（閉目昏介）

（外、老旦哭介）兒！兒！兀的不痛殺我也！

【二賢賓】聽他語，搵不住我幾千行淚雨。我兩人年老，定道是你來送我，也知道父子白頭難久居，却誰知他青春早送，反教鳳泣鸞雛。（老旦哭罵介）這都是阿舅的不是。你兩番價違背親盟，自家斷送了香閨幼女,又把別人家的孩兒辜負。(合)真痛楚,問天,天,怎挖却我心頭肉?(小生扶生介)兄弟掙挫着,不爭你死了呵,老爹娘在此,你怎放的去也。

【前腔】忙偎取,他額角上冷淋浸汗兒流似雨。軟軟攤攤,扶不起他憔悴軀。看雙眉緊蹙,絲絲氣也全無。都只為金閨幼姝,乾斷送了玉堂人物。(合)真痛楚,問天,天,怎挖却我心頭肉?(同放聲哭呼介)

(生掙醒,衆扶介)

(生)爹娘,哥哥,啼哭也枉然,我今再不能重生了。

【尾聲】今生無分重完聚,我一靈兒早飛向瑤臺高處居。(歎介)枉活了這二十四年也,則當做人世三生一夢餘。

　　　　　人世生離最慘人,況今死別更傷神。
　　　　　寒塘淚滴生青草,千古斑斑血未湮。

第四十九齣　合　　塚

(貼上)巴水東流,蜀山西峙,悠悠千古,無相見期。嗚呼痛哉,可傷人也。我想人家生女兒,與生兒子一般,總不如癡呆懵懂,可以無災無難,長生久壽,做一個老爹奶奶。似俺小姐聰慧多情,顛倒為此四字所誤。我飛紅自顧才貌,不下於人,寄身侍妾,不得配個年少才郎,長自悶懷。如今看了小姐,倒也放下了許多。小姐遺我金鈿翠朵,見了倍增傷感。到了小姐房内,斷書殘寫,零落左右,喜笑悲啼,音容如在,教我怎不悲酸也呵!老爺為惜小姐,痛背前言,每日哭的老眼昏花。今日是小姐逢七之辰,我且到小姐靈位前,叫喚他一聲兒。呀,老爺又早哭上也。

(末哭上)兩鬢蕭蕭白髮疏,人生一枕夢華胥。可憐眼底嬌兒女,化作春前啼鷓鴣。飛紅,自你奶奶亡後,有小姐侍奉朝昏,我眼前還不甚慘淒。前將小姐許聘帥家,指望姐夫過門,半子承歡,老景有靠。不料小姐又早身逝,冷清清地覰着半張靈位,教我怎不痛傷也呵。

【北新水令】慘可可哭的我眼兒昏,為嬌兒,斷腸千寸。再覷不的膝前人宛轉,再聽不的堂上語殷勤,老景誰溫?思量起越更添愁悶。

(貼)想起小姐真好傷心也。

【南步步嬌】一夜秋風黃花損,又把我嬌滴滴小姐人兒殞。覷妝臺生暗塵,走向靈幃,把芳心試問。小姐,小姐,你一星星耳朵兒可曾聞。(歎介)則見你蹙著眉兒,還似舒不展生前恨。

(末)當初把小姐許聘帥家,非有他意。

【北折桂令】俺則為小孩兒,尚未成人,許聘豪家,共結姻親。非圖他白璧黃金,則待倚依半子,樹立家門。不道老天呵,把我這掌上珠輕拋摘損,心頭肉硬剜離分。說起傷神,想起銷魂。兒呵,雖則你赴黃泉有母堪投,兀的不念你爹呵,悲白髮有命難存。

(貼)小姐,你衷腸別人不知,則我飛紅,可件件知道呵。

【南江兒水】姐姐,你說不出心中事,捱不過病裡身。長則見你對春花,漸淹淹暗把蛾眉損;臨皓月,冷清清常將腰肢褪;不道你上青山,生刺刺立把身軀殞。提起淚珠雙搵,便做道倩女魂離,怎得個重生時分。

(淨上)奔走途間苦更苦,帶得書來愁又愁。

(見介)稟老爺,院子把小姐訃音,報與申相公知道。申相公聽知小姐身喪,懸梁自縊。

(末)怎麼說,申相公懸梁自縊了?

(淨)幸得家人見了,救他蘇醒。

(貼)救醒了,還好。

(淨)雖是家人救醒,絕食二日,也竟身亡了。

(末、貼驚介)怎麼,申相公也亡了?(哭介)

(淨)姑爹有書回報,埋怨老爺,兩違婚約,以至於此。

(末看書介)這委也怪他埋怨不得。申生呵,

【北雁兒落帶得勝令】想着你美文才年少人,却早昇月殿鵬程奮。指望畫麒麟把名姓揚,不道貪鴛侶將身軀殉。我孩兒與他呵,兩下正青春,才貌兒恰相勻。不得即世裡諧秦晉,則待向來生結契

姻。酸辛,他死也一句句含愁悒;聲吞,便做似鐵石人也一行行珠淚頻。

（貼哭介）想他兩個,真一樣可憐人也。

（末怒介）哎,飛紅,我想小姐、申生,兩下身亡,皆汝所為。我前問汝,汝何不實以告我,稔成事變,以致於此?你今日兀自還哭他怎的?（貼伏地請罪介）這的委是飛紅之罪,但飛紅心上,指望老爺曲遂姻盟,庶幾此事不致張揚。誰料到底稔成此變,白白送了他兩人性命也。他兩人呵,

【南僥僥令】一個懷揣着薄命的相如青瑣恨,一個變做了多情的倩女綠窗魂。兩下裡抱却那無窮的千般恨,如今死也做不得兩成雙連理根,兩成雙連理根。（末歎介）當初兩違親議,亦老夫之過。如今悔也悔不迭了。

【北收江南】呀,早知道是這般生拆開,恨不的早與結姻親。比如今嬌鶯雛鳳兩離分,雙雙化做杜鵑魂。哭,哭得我聲乾氣氳,想他黃泉下料應埋怨煞俺白頭人。

（貼）看來他兩人身喪,不是老爺之過,也不是飛紅之罪,皆屬老天之定數。今去已不能復追,死已不能復生,老爺年老,省可愁煩了。

【南園林好】免為他感勞夢魂,免為他悲傷淚滾,大古來相諧眷姻,都則有命兒存。生和死,且休論。

（末）我想申生豐儀如許,才學又如許,怪不得女兒家愛他。今生前之願既已違之,當與他結一死後之緣罷。

（貼）怎生結死後之緣?

（末）我今着院子,把小姐靈柩,送到申家合葬。死者有知,定也快然於泉下了。

（貼）這個恰好。

（淨）院子就送小姐靈柩去。

（末撫柩介）兒,你靈魂兒可聽我言語麼?

【北沽美酒帶太平令】想生前緣分屯,諒死後兩情殷。您如今高塚鴛鴦成比鄰,靈魂兒兀自忻。鬼窟裡做夫妻,永相親,倒博得

個天長地亙。兒，有你靈柩在此，還似見你一般，你今靈柩又去了，單剩得我冷清清無女孤身，兀的有誰俅誰問，枉拋殘白頭霜鬢。（哭介）我如今哭的來心昏眼昏，指望你做門楣將我靈車相奔。呀，又誰知你少年人倒先著我老年人殞。

（淨跪介）小姐雖則夭亡，老爺膝下，還有小舍人在此。倘過自哀傷，致妨貴體，偌大家庭，託之於誰？從來說女大不中留，小姐若在，將亦于歸別室，怎能長住跟前？今一旦仙昇，逍遙蓬萊閬苑之間，與出室何異？望老爺保全貴體，萬勿以死傷生。

（貼）院子說的好話。況小姐、申生，荷老爺之命，並塚合葬，兩人早則喜也。

【南尾】記的他星前月底情相印，道則是即世來生不忍分。今日呵，果做了個並塚鴛鴦，可也在泉下穩。

（末）生願不諧死願諧，（淨）天公暗裡自差排。
（貼）可憐青塚年年月，（合）長照棠梨墓頂開。

第五十齣　仙　　圓

【唐多令】（生、旦仙妝上）花落水空流，天臺古渡頭。憶真情，生死相投，鏡約釵盟今始就，攜手向碧雲遊。

（生）雨絲晴片兩情牽，
（旦）結得韋家隔世緣。
（生）幾點梨花墳上土，
（旦）半開半落已經年。

（生）姐姐，我和你自花前相見，即訂姻盟，中間幾遭間阻，抱怨而終。今生志不遂，死願重諧。蒙你爹爹，將兩人靈柩，並葬濯錦江邊，朝暮相隨。地下之樂，不減人間。今且到舊時遊聚之處，隨喜一會，看風景何如也。

【二犯傍妝臺】傍妝樓，這瘦花枝還照小窗幽。滿前的景物俱如舊。（旦）那雙飛的可是去年春燕也，聽雙雙燕語去時愁。（生）想昔時千愁萬怨，今日才休也。三生夢中成愛偶，把昔日情懷今日勾。(合)秦臺雲冷,風光水流,好則是天長地久永效綢繆。(旦)想我和你此地歡遊,也非一日呵。

【前腔】美情投,貼上數年周。(歎介)不料中遭間阻,一朝的紫簫聲斷鳳凰樓。(生)如今也休提了。緣簿上諧鴛偶,都是些舊根由。今朝死也符密咒,可正是一點真情無盡頭。(旦)我今到此,俺爹爹和飛紅可知道麼?(悲介)死生分阻,幽明路殊。(合)回思前事,千休萬休,也當做從來女大不中留。(坐介)

(貼上)春風寂靜冷紗窗,物是人非痛感傷。紫燕飛來華屋裡,舊巢猶剩粉泥香。俺自小姐亡後,獨居無伴,好是慘淒。今乃清明寒食之辰,記的往時與小姐同上妝樓,眺望陌頭柳色。今楊柳依依如故,小姐人兒何在也?

(上樓,見生、旦驚倒介)呀,小姐和申郎怎的都在此?

(旦)飛紅,你不須驚怕。我二人自辭人世,即歸仙道。朝暮追隨,樂勝人間。此身雖死,可以無恨。惟是親恩未報,弟年尚幼,一家之事,賴汝支持。善事家君,無以我為念。墳邊祭掃,汝若能來,又當相會也。(貼癡坐介)

(生、旦)我們題詩壁上,以為影驗。(題介)(同閃下)

(貼癡醒介)呀,世間怎有這等怪事?他兩個形像如生,語言歷歷,難道我醒中做夢來?小姐明說墳邊相見,不免請了老爺,同到墳上走一遭。老爺快有請。(末上)

【玉女步瑞雲】雨細風柔,恰又是清明候,傷痛煞白頭老叟。飛紅,今日清明節屆,待整備祭物,到小姐墳上去。你大驚小怪怎的?

(貼)適纔飛紅到樓上,見小姐和申生兩個,笑語如生,分付飛紅於墳上拜掃相會。不信世間有這等怪事!

(末)那有此話?我同你到房裡去看。

(至房介)小姐、申生何在?

(看介)呀,壁上有字在此。

(讀介)蓮闈愛絕,長向碧瑤深處歇。華表歸來,風物依然人事非。月光如水,偏照鴛鴦新塚裡。黃鶴催班,此去何時得再還。

（悲介）孩兒，你精靈果然在此，怎不出來與你爹相見也？
　　（貼）怪哩，字跡半濃半淡，皆已滅去。小姐適云已歸仙道，想他真個做仙了。小姐約墳上相見，老爺便可即行。
　　（末）正是，正是。且將人鬼三分話，認作幽明一片心。（下）
　　（外、老旦、小生、從人上）
　　【菊花新】（外、老旦）倚閭盻斷錦江頭，青鳥音沉隴樹秋。（小生）思起淚難收，荒墳畔枉澆餘酹。
　　（外）今此清明節屆，亡過孩兒，與王氏嬌娘，同葬濯錦江邊，不免去墳上澆奠一番。孩兒，你舅舅約在今日，同來墳邊祭掃，怎麼還未見到？
　　（小生）那前面有一簇人來了。
　　（末、貼、從人上）（見介）
　　（末）生離死別苦相尋，
　　（外、老旦）今日相逢愁更深。
　　（小生、貼）彼此各懷無限恨，
　　（合）隴頭松柏起悲音。
　　（末）老夫兩違親議，致賢甥與我孩兒并有參商。今日相見，不特負恨於死者，抑且有愧於生人。
　　（外、老旦）此實兩家孩兒薄命所致。今死得成雙，已荷大恩了。
　　（末）看此白楊荒塚，累累傷心，他兩人年正青春，何乃置身此列，好傷心也。
　　（衆同悲介）
　　【駐馬聽】滿眼松楸，狐兔紛紛走古丘。今日個清明寒食，玉壘城邊，濯錦江頭。雲山淡淡水悠悠，陰風幾陣悲聲吼。（澆酒介）涕泗交流，空教滴盡杯中酒。（外）孩兒，媳婦兒，你兩人少年夭亡，可念你爹娘俱已年邁，指望你到墳前澆奠，怎倒使做爹娘的來澆奠你呵。
　　【前腔】一命歸幽，撇下高堂人白頭。你只念恩情難阻，誓結鴛鴦，並下秦樓。不念你兩家的爹娘呵，膝前兒女兩都休，一雙老景多僝僽。(合)哭倒荒丘,你墓中有耳曾聞否?

(末)孩兒,賢婿,你今死後,了了為神。想着你爹娘呵,

【前腔】老景誰瞅,苦痛聲聲哭怎休。想着你一雙並美,真乃是翰苑豪英,仕女班頭。今日個文章紅粉葬荒丘,命兒落在他人後。(合)則願你死結鴛儔,雙雙同赴蓬萊岫。

(老旦)孩兒,媳婦兒,

【前腔】你少掩荒丘,反教哭煞你高堂人白頭。昨夜夢見我孩兒媳婦兒雙雙同在我的跟前,醒來還是南柯一夢。想前宵夢裡兩兩歸來,笑語相逐。醒來欲見影難求,則那月光一點紗窗透。生前不得完婚,今死葬於此,也枉然了。(合)死結鴛儔,一場夫婦空遙受。

(小生)兄弟,我和你名齊藝苑,誼重荊枝。及今聯翩得第,指望同你致身榮顯,光耀門閭。豈知你不念白髮之老親,甘殉紅顏之幼女,雙雙命掩黃泉。使兩姓爹娘,哭倒於墓下,好是傷情也。

【前腔】你名壓時流,往賦天邊白玉樓。空教我失羣鴻雁,和着衰老椿萱,哭向墳頭。杜鵑聲斷不勝愁,道的個繡雲黃土把朱顏覆。(合)怨恨難休,月明華表歸來否?

(貼)想俺小姐和申官人初會,即以死相期。今日果如所云,此心也不枉了。你前約我墳上相見,怎生如今形跡杳然了呵?

【前腔】當日風流,一點情牽兩意投。生時拆散,死願成雙,跨鳳同遊。虎溪明月照雙丘,果然符却花前咒。(合)可正是織女牽牛,你敢則朝朝暮暮去陽臺右。(見鴛鴦介)呀,這一對鴛鴦,飛翔上下,自初時到今,捕之不得,逐之不去,活是小姐和申官人相親相依的景象。這敢是兩個精魂所化也?

(衆)真個詫異哩!

【催拍】兩鴛鴦,雙飛隴頭,似啼鵑哀鳴樹頭。覰山空水幽,覰山空水幽,白雲天際,千載悠悠。一點衷情,甚日還休。歎累累滿目荒丘。回首處,涕交流。

【前腔】樹連枝,花開並頭。鳥比翼,如魚共游。想精靈怎休,想精靈怎休,暑來寒往,幾度春秋。野草閑花,遍地生愁。歎累累

滿目荒丘。回首處,涕交流。

（貼）呀,如今一對鴛鴦,忽然不見了,這分明是兩個精靈出現。前云死後即歸仙道,以此看來,果不虛了。正是:世間只有心難化,地上無如情久長。（合）

【一撮棹】天長久,似一川水東流。巫山上,何日暮雲收?湘江岸,甚時淚痕休?古今月,昏夜照松楸。算前和後,只有恩情最難朽。君不見,鴛鴦塚,千載錦江頭。

　　生死榮枯轉眼同,白楊日夕起悲風。
　　年華有盡情無盡,何必人生非夢中。

（衆下）

（生、旦上）前約飛紅到墓前相會,今日兩家父母兄弟,同到墳上,我兩人化作鴛鴦,出與相見。他們對面不能認識,匆匆的歸去了。

【一封書】（旦）仙凡隔冥幽,對雙親,空淚流。（生）夫妻願已酬,向瑤臺,長聚頭。世上光陰如電走,爭似仙家日月悠。（合）唱仙謳,倒玉甌,共向碧桃花下游。

【前腔】（生）棠梨花正幽,更芙蓉開暮秋。（旦）浮生水上漚,則我和你兩恩情,無了休。夜夜月明涼似水,照見鴛鴦新塚頭。（合）上瀛洲,赴瓊樓,把塵世相思一筆勾。

（外扮東華帝君引仙從上）浮情一點裝成世,忉利天邊情最長。凡人莫道仙鄉遠,情根斷處即仙鄉。申純、王嬌,你二人聽俺分付:

（生、旦跪介）你二人原係瑤池上金童玉女,則為一念思凡,謫罰下界。歷盡人間相思之苦,始緣私合,終歸正道。王嬌憐才誓死,化石之節何慚;申純踐約捐生,抱柱之貞奚愧。慕色牽情,雖有乖於常法;秉志守義,亦夙重於仙家。復證前因,免淪末劫。申純陞授玉皇案下修文侍史。王嬌升授王母臺前司花仙女,兼掌世上姻緣之籙。舉凡佳人才子,量其應否悉與如願,勿使錯配,有負生成。

（生、旦謝起,易袍服,衆並行介）

【紅繡鞋】仙家歲月長留,長留。塵情到此都休,都休。披雲錦,衣霞綃,敲玉版,倒金甌,一齊共赴三山岫,一齊共赴三山岫。
（生、旦）

【馱環着】向三山古岫,向三山古岫,此地遨遊。歎烏兔如梭,星馳疾走。人世紛紜四驟,帶絮牽泥,怎打出害情癡輪回雙扣。今日裡荷神天恩佑,共引向桃源津口。（合）諧仙偶,結鳳儔,把玉鎖金枷,一齊脫手。

（眾稽首介）

【永團圓】願當今聖明天子千萬壽,恩和德,達重幽。太平百姓開笑口,蟲和蟻,一般兒諧婚媾。鸞交鳳偶,三生夙世魂不朽,石上言非謬。人圓鬼轉,一樣效綢繆,辦取真情種,終須有。天長地久,華表歸來後,城郭依如舊。

【尾聲】死生交,鸞鳳友,一點真誠永不負。則願普天下有情人做夫妻呵,一一的皆如心所求。

　　　　　　燕子樓前月色冥,鴛鴦塚上柳梢青。
　　　　　　百年秋景愁常在,一枕春醒夢未醒。
　　　　　　舊譜幾經才士賦,新詞只許美人聽。
　　　　　　從今看徹三生事,莫為情多髮漸星。